HEYNE <

VICTORIA SCHLEDERER

Des Teufels Maskerade

Roman

Originalausgabe

WILHELM HEYNE VERLAG
MÜNCHEN

Mit Zeichnungen und Karten von Iris Daub

FSC
Mix
Produktgruppe aus vorbildlich bewirtschafteten Wäldern und anderen kontrollierten Herkünften

Zert.-Nr. SGS-COC-1940
www.fsc.org

Verlagsgruppe Random House FSC-DEU-0100
Das für dieses Buch verwendete
FSC-zertifizierte Papier *Super Snowbright*
liefert Hellefoss AS, Hokksund, Norwegen.

Originalausgabe 12/2009

Redaktion: Martina Vogl

Printed in Germany 2009
Layout und Herstellung: Mariam En Nazer
Umschlaggestaltung: Nele Schütz Design, München
Satz: Christine Roithner Verlagsservice, Breitenaich
Druck und Bindung: GGP Media GmbH, Pößneck

ISBN 978-453-52655-6

www.heyne-magische-bestseller.de

Tous les hommes naissent sincères,
et meurent trompeurs.

Alle Menschen werden ehrlich geboren,
und sterben als Betrüger.

LUC DE VAUVENARGUES,
»RÉFLEXIONS ET MAXIMES«, PARIS 1746

K&K Departement für Okkulte Angelegenheiten, Bureau Prag,
8. August 1915

Hochverehrter Graf Trubic,

es ist meine traurige Pflicht, Sie über den Tod unseres gemeinsamen Freundes Dejan Sirco in Kenntnis zu setzen, der gestern seinen Gefechtsverwundungen erlag.
Anbei übermittle ich Ihnen seine Aufzeichnungen der Ereignisse des Sommers 1909 zwecks Archivierung in der Centrale; in Anbetracht der Brisanz des Materials gehe ich davon aus, dass diese Vorgehensweise auch Dejans Wünschen entspricht. Er hatte im Übrigen das Dossier mit einer Notiz versehen: »Felix wird wissen, was zu tun ist«.

Ihr ergebener Diener
Mirko Zdar (Leutnant)

K&K Departement für Okkulte Angelegenheiten, Centrale Wien,
11. August 1915

Mein lieber Leutnant Zdar,

auch wenn Dejan und ich – wie Ihnen zweifelsohne bekannt ist – unsere Differenzen hatten, so war er mir doch ein guter Freund, dessen vorzeitigen Tod ich zutiefst bedauere.
Was nun das Dossier betrifft, so bin ich Ihnen überaus dankbar, dass Sie es an mich weitergeleitet haben. Ich gebe Ihnen ganz Recht, gerade in stürmischen Zeiten ist es ratsam, Vorsicht walten zu lassen, und doch fühle ich leises Bedauern bei dem Gedanken, dass diese abenteuerliche Geschichte in einem Archiv verschwinden muss.
Talleyrand soll gesagt haben, der ideale Weg eine Wahrheit zu verbergen, wäre, sie offen auszusprechen. In Anbetracht dieser Weisheit stellt sich mir nun die Frage, ob die Aufzeichnungen unseres Freundes nicht tatsächlich am besten zwischen zwei Buchdeckeln aufgehoben wären – als phantastischer Roman.

F. T.

k&k

Bureau für
Okkulte Angelegenheiten

– Centrale Wien –

Die ungeheuerlichen Ereignisse des Sommers 1909

Dossier zu Dejan Sirco, Baron und Hauptmann a. D.

1

Bratislava und Prag

4. bis 9. Juni 1909

Bratislava, am 4. Juni 1909

Meine teure Esther,
vergib mir, dass meine Antwort auf Deinen letzten, bezaubernden Brief so lange auf sich warten ließ. Dejan, Mirko (den ich heute durch mein Diktat zum Mitwisser mache, da Dejan gegenwärtig im Dienst unseres höchst sonderbaren Auftraggebers unterwegs ist) und ich haben vor einigen Tagen recht überstürzt nach Bratislava reisen müssen: Ein gewisser Graf Mahler hat uns engagiert, die angeblich skandalösen Liebeleien seiner jungen Gemahlin zu beweisen. Nach Tagen intensiver Recherchen steht nun fest, dass besagte Dame unschuldiger ist als ein Lämmchen – jeder Erbauungsroman liest sich pikanter denn ihre Korrespondenz.
Unglücklicherweise haben der Graf und Dejan ausgehandelt, dass wir unsere Gage nur erhalten, wenn es uns tatsächlich gelingt, einen Fehltritt nachzuweisen. In Konsequenz dieser hirnrissigen Abmachung (zu der selbstredend weder Mirko noch ich hinzugezogen wurden), verbringt Dejan nun unproportional viel Zeit damit, der arglosen kleinen Comtesse schöne Augen zu machen. Er hat es nicht anders gewollt.
Ansonsten regnet es seit Tagen fürchterlich; soeben haben wir einen Vormittag damit zugebracht, uns beim Kartenspiel in unserer Herberge zu langweilen. (Welche unsinnigerweise den schönen Namen »Zum Goldenen Gardisten« trägt. Ich bat Mirko gestern, sich bei dem Wirt nach dem Ursprung jener befremdlichen Benennung zu erkundigen, doch dieser hatte das Gasthaus erst vor wenigen Monaten übernommen und konnte sich keinen Reim auf die Namensgebung seines Vorgängers machen.)
Ferner versuchen Mirko und ich, Dejans Launen zu ertragen. Unser alter Freund befindet sich in letzter Zeit in denkwürdig trüber Stimmung – derart gereizt habe ich ihn nicht mehr erlebt seit den Wochen nach seinem Unfall letztes Jahr. Besonders unerträglich gab er sich vorgestern, als wir auf dem »entsetzlichen« Marktplatz auf den

Vagabunden warteten, der uns durch einen nächtlichen Spaziergang über die Dächer ein paar Briefe aus dem Sekretär der Gräfin Mahler beschafft hatte.

Während ich alle Mühe hatte, mich in dem Gedränge vor den Rädern diverser Karren und dem groben Schuhwerk der Marktleute zu retten, der Gestank von halbverdorbenem Gemüse und Fleisch mir grässliche Übelkeit bereitete und ich mich ferner quälte, das dialektbehaftete Idiom der hiesigen Bevölkerung zu verstehen, hielt Dejan mir jenen bewussten Vortrag, den er in diesen Situationen zu halten pflegt.

»Schmiedet denn niemand mehr groß angelegte Ränke?«, fragte er mit tiefer Bitterkeit in der Stimme. »Kaum fährt die feine Gesellschaft in die Sommerfrische, werden wir zu Laufburschen in zweitklassigen Liebeskabalen degradiert. Das ist meine letzte Saison, das schwöre ich dir, bei allem was mir heilig ist. Nächsten Frühling setzen wir uns nach Paris ab, genießen im Kreis der Boheme das sorglose Leben.«

Bei dieser hochtrabenden Rede konnte ich nicht umhin, mir ein leises Lächeln zu gestatten – wie oft hatte er mir bereits in überzeugendster Manier geschworen, dass dieser Tag unwiderruflich der allerletzte sein würde, an dem er Talent und Spürsinn vergeudete als Detektiv im Dienst der Oberschicht.

Und dennoch: Die Tage, an denen Dejan seinen Beruf, nein, vielmehr seine Berufung, verflucht, haben sich in letzter Zeit merklich gehäuft. Ein Umstand, der vermutlich in engem Kontext zu seinem 39. Geburtstag steht, den er letzte Woche wenig feierlich begangen hat. Ich bin mir sicher, Du hast ihn vergessen, meine schöne Esther, und ich bitte Dich inständig, ihn nicht weiter zu erwähnen. Dejan reagiert gegenwärtig recht brüsk, wenn jemand ihn an die Tatsache erinnert, dass er sich mit großen Schritten der ungeliebten Vierzig nähert, und ich fürchte, auch Du bist augenblicklich nicht vor seinem Zorne gefeit. Als er letzte Woche ein ungekanntes graues Haar entdeckte, warf er doch tatsächlich eine Teekanne aus Meißner Por-

zellan aus dem Fenster unserer Wohnung. Du kannst Dir sicherlich die Befremdung der Nachbarn vorstellen.
Kurz, der Müßiggang bekommt ihm von uns allen am wenigsten. Mirko gibt sich recht pflegeleicht, insgeheim ist er wohl dazu geboren zu privatisieren, und seine Bewunderung *gegenüber Dejan ermöglicht es ihm, mühelos über die Launen und Fehler seines Herrn und Meisters hinwegzusehen. (Wenn Du diesen letzten Satz liest, sei Dir bewusst, dass ihm eine exakt neunminütige Diskussion vorangegangen war, in der Mirko mich zu bewegen trachtete, »Freundschaft« anstelle des unschönen Wortes »Schwärmerei« zu schreiben. Dies ist der Kompromiss.)*
Wirklich, Esther, ich kann Dich nur bitten, halte Augen und Ohren offen, ob es angemessene Arbeit für uns gibt im heimatlichen Prag. Der Umstand, dass wir unseren Lebensunterhalt momentan mit Aufträgen von enormer Lächerlichkeit bestreiten müssen, ist wahrlich entwürdigend. Ich hoffe von ganzem Herzen auf einen neuerlichen Zwist unter Rosenkreuzern, eine verschwundene Reliquie oder die Rückkehr des Vampirs auf dem Vyšehrad. (Dessen Ausbleiben mich offen gesagt schon seit geraumer Zeit verwundert. Ich war tatsächlich der Meinung, nichts und niemand auf der Welt sei sturer als dieser Nosferatu.)
Nun denn, ich hoffe auf baldige Nachricht von Dir. Küsse die kleine Alena von mir.

Ich verbleibe stets der Deine
Lysander

Liebe Esther,
wenn Lysander sich über Dejans Launenhaftigkeit auslässt, dann wohl nur, um von der seinen abzulenken. Bratislava ist eigentlich gar nicht so kolossal uninteressant. Ich habe Dejan und Lysander bereits beim Kartenspiel einen ganzen Beutel Kronen abgenommen. Tarockieren können sie alle beide nicht, meine Herrn Mentoren.
Heute Nachmittag sind wir bei der Comtesse Mahler zum Tee eingeladen. Als sie erfahren hat, dass der Herr Baron in Begleitung seines armen verwaisten Neffen reist – wie ich diese Rolle hasse –, war sie ganz hin und weg. Und Lysander kommt sowieso mit, als Haustier am schwarzen Samtband, auch wenn er dann wieder den Beleidigten spielt.

Mirko

PS: Auf den Vampir wäre ich schon auch neugierig.

Esther,
nur ein rasches Addendum: Unterstehe Dich, Lysander ein Wort zu glauben. Ich bin geneigt, ihm für seine despektierlichen Reden den Pelz abzuziehen und Dir einen hübschen Muff daraus schneidern zu lassen.

Dejan

Aus den Aufzeichnungen Baron Sircos, Bratislava, 4. Juni 1909

Tee und Kammermusik in der weitläufigen Stadtwohnung der Comtesse Mahler. In aufpolierter Gardeuniform eines Hauptmanns des 46. K&K-Regiments schritt ich in den in geschmacklosen Rosatönen gehaltenen Salon, gefolgt von Mirko, meinem Neffen für jenen Nachmittag – einem Bild jugendlichen Charmes und Begeisterungsfähigkeit, den hämisch grinsenden Lysander auf dem Arm.

Als geübter Blender und Schauspieler weiß man mit der Zeit genau, wann es von Nutzen sein kann, mit exzentrischer Entourage zu erscheinen, und tatsächlich: Die Comtesse und ihre Gäste – zwei pastellfarbene Freundinnen und ein schnauzbärtiger Jüngling, wohl ein Student oder Leutnant in Zivil – waren hingerissen von unserem farbenfrohen Auftritt. Offiziere, die mit Otter und Neffen mit tragischer Vergangenheit reisten, schienen gesellschaftlich hoch im Kurs zu stehen.

»Welche Freude, Baron!« Mit einer Lebhaftigkeit, die ihre sonst so phlegmatische Art Lügen strafte, begann die Comtesse die Vorstellungsrunde. Ich präsentierte meinerseits: »Mirko Savic, der Sohn meiner unglücklichen Schwester« sowie »Lysander Sutcliffe.«

»Bitte wer?«, machte der Student oder Leutnant, dessen Namen zu merken mir aufs Äußerste widerstrebte, mit beredter Handbewegung.

»Mein Otter«, erklärte ich mit größtmöglicher Selbstverständlichkeit, was den drei Damen entzücktes Gekicher entlockte. Die Chancen standen gut, überlegte ich, während ich mich in taktischer Nähe zu der Dame des Hauses auf dem Sofa niederließ, dass wir auch nach unserem Abgang Hauptgesprächsthema bleiben würden.

Die Unterhaltung drehte sich bald um den Zusammenbruch eines bekannten Bankhauses, den der schnauzbärtige Jüngling schon seit langem vorausgesehen haben wollte, sowie die Pläne für die anstehende Sommerfrische der Comtesse Mahler.

»Es gibt nichts Tristeres als Pressburg im Juli!«, rief sie im Brustton der Überzeugung. »Seit der Graf und ich vor vier Jahren hierhergezogen sind, graut mir vor diesem Monat. Na, Sie werden es ja erleben, Baron. Sie bleiben doch über den Sommer hier?«

»Nun, wir dachten daran, in den nächsten Wochen nach Prag heimzukehren, doch Ihre Beteuerungen der sommerlichen Tristesse hier reizen mich beinahe, diese zu kosten.«

»Prag im Juli ist auch entsetzlich«, verlautbarte die Comtesse.

»Wo kommen'S denn eigentlich her, Baron? Außer vom Balkan, wollt' ich sagen«, fragte der Comtesse füllige Freundin in Gelb spitz, während sie einen Teelöffel in ihren ausgesprochen unschönen, fleischigen Händen drehte.

»Ich bin in Sarajevo geboren«, antwortete ich ihr wahrheitsgemäß, auch wenn ich stark bezweifelte, dass ich ohne einen steifen Cognac in der Lage sein würde, einen Vortrag über mich ergehen zu lassen, wie langweilig meine Heimatstadt im Juli sei. Ungeachtet meiner langen Lehr- und Wanderjahre oder meines unrühmlichen Abschieds aus Sarajevo dachte ich doch immer noch mit einiger Nostalgie an die Stadt meiner Jugendzeit.

»Der Graf hat ein paar Monate in Ragusa gelebt«, zog die Comtesse Mahler eine recht großzügige geografische Schlussfolgerung. »Es hat ihm dort überhaupt nicht gefallen.«

»Zuviel Fisch und Nationalismus«, warf Mirko ein, der Lysander verstohlen mit ein paar Marzipanstückchen fütterte und unter strafenden Blicken übergangen wurde.

»Der Graf scheint sich außerordentlich viel auf Reisen zu befinden«, bemerkte ich scheinbar absichtslos, während ich mir gestattete, die Comtesse für einen Augenblick eingehend zu mustern. Hübsch war sie gewiss nicht, eine knochige Gestalt mit reizlos glattem, dunkelblondem Haar und plumper Gestik.

»Oh, dazu hat man ja Freunde, dass einem nicht zu einsam wird, nicht wahr, Elli?«, wandte das rundliche Geschöpf in Gelb sich an ihre peinvoll harmlose Freundin, die diese Äußerung auch noch mit einem netten, gedankenlosen Lächeln quittierte.

»So geht es nicht weiter«, setzte ich Lysander und Mirko auseinander, als wir eine Stunde später den Rückweg antraten. »Es ist ein Skandal, dass wir uns das noch antun müssen! Langweilige Damen der Gesellschaft bezirzen und Briefen nachjagen! Ebenso gut könnte ich als Gigolo mein täglich Brot verdienen und Lysander an ein Kuriositätenkabinett verkaufen.«

»Den Teufel wirst du«, zischte Lysander, der gegen den Regen in der weiten Kapuze meines Überwurfs Schutz gesucht hatte und nun wie ein feuchter Pelzkragen um meinen Hals lag.

»Oder ich könnte dich einfach an Aleister Crowley zurückgeben; gewiss hat er seinen Unterricht in magischen Belangen noch nicht für abgeschlossen erachtet, als du deinen Abschied nahmst«, spann ich den Gedanken weiter. »Damit wäre mir zwar finanziell nicht sonderlich gedient, aber ich habe den Eindruck, ich würde mich persönlich zum ersten Mal seit langer Zeit wieder richtig wohlfühlen.«

»Ich glaube«, wagte Mirko nun einzuwerfen, »wenn zu deinem *täglich Brot* nicht unbedingt eine Belle-Etage-Wohnung gleich um die Ecke vom Hyberner-Haus und ein Benz zählten, wäre es deutlich einfacher bestreitbar.«

Lächelnd wandte ich mich zu dem Jungen um. Beinahe drei Jahre waren vergangen, seit ich jenen gewitzten kleinen Taschendieb und Gassenjungen in den Straßen von Brno aufgelesen und ihm in weiterer Folge angeboten hatte, bei mir und Lysander in die Lehre zu gehen. Vieles hatte er bisher begriffen und gelernt, nur seine ausnehmend kleinbürgerliche Einstellung zu Luxus und Geld konnte oder wollte er nicht ablegen.

»Erinnere ihn bloß nicht an den Wagen, Mirko«, mischte sich Lysander, ungefragt wie stets, ein. »Sonst ärgert er sich gleich wieder darüber, dass er sich neulich die Startgebühren für die anstehende Grand-Prix-Fahrt in Wien hat leihen müssen.«

»Mit dem Preisgeld allerdings können wir uns in Anstand und Stil eine Zeit lang in einen pittoresken Fleck Provinz zurückziehen und jedweder extravaganter Freizeitgestaltung huldigen, die uns in den Sinn kommt«, führte ich zur Verteidigung meiner Passion an.

Mirko posierte in perfekt gespielter Nachdenklichkeit, die Augen halb geschlossen, den linken Zeigefinger an sein Kinn gelegt. »Oder«, verkündete er nach einer Weile, »wir können dich wie vergangenes Jahr aus einem Trümmerhaufen hervorwühlen. Ich darf erinnern, Esther hat beinahe der Schlag getroffen, als wir dich über und über bandagiert auf einer Bahre heimgebracht haben.«

In dem Gesicht des Jungen spiegelte sich eine kuriose Mischung aus Spott und Sorge wider.

Ich wandte den Blick ab. Vermutlich hätte ich seine Bedenken mit einem Lächeln oder einem Scherzwort zerstreuen können, doch ich fühlte, dass ich ihm ein wenig mehr Ehrlichkeit schuldete. In der verhältnismäßig kurzen Zeit, die seit unserer ersten Begegnung vergangen war, hatte Mirko es tatsächlich zuwege gebracht, mich und Lysander als eine Art Familie zu akzeptieren. Vielleicht musste man in einem Waisenhaus einer Provinzstadt aufgewachsen sein, um emotionale Bande zu einem derangierten Abenteurer und einem vor Jahrhunderten verschiedenen Earl, dessen rastloser Geist durch einen magischen Unglücksfall an den Leib eines Fischotters gefesselt worden war, entwickeln zu können. Dennoch: Vaterersatz für den Jungen zu spielen war eine Rolle, die sich nur wenig mit meiner Selbstwahrnehmung sowie charakterlichen Disposition vertrug.

»Dejan? Träumst du?«

Lysander riss mich aus meinen Gedanken. Erst jetzt nahm ich wahr, dass ich mitten auf dem regennassen Gehsteig stehen geblieben war, und das offensichtlich seit geraumer Zeit.

»Es tut mir leid«, murmelte Mirko, »den Unfall hätte ich wohl besser nicht erwähnen sollen.«

Der Unfall. Bei dem Grand Prix de Dieppe, letztes Jahr, hatte ich nach einer leichten Kollision die Kontrolle über meinen Wagen verloren und war von der Fahrbahn abgekommen, um an einer Mauer zu enden. Ein Abenteuer, das ich mit mehreren Knochenbrüchen und schweren Verbrennungen an linker Hand und linkem Unterarm einigermaßen glimpflich überstanden hatte, auch wenn ich danach monatelang das Bett hatte hüten müssen. Seither trug ich aus Gründen ästhetischer Rücksichtnahme stets einen langen Lederhandschuh an meiner Linken, wenn ich ausging. Mir persönlich jedoch begannen die Narben zu gefallen, waren sie mir doch sowohl Mahnmal der eigenen Sterblichkeit als auch Ausdruck des Umstandes, dass das Schicksal es offensichtlich gut mit mir meinte.

»Ich habe nicht an den Unfall gedacht«, antwortete ich brüsk.

Lysander keckerte boshaft dicht an meinen Ohr. »Oh, natürlich nicht, wie könnte man nur annehmen, dass du nicht freiwillig hier im Regen Wurzeln schlagen willst.« Er hielt einen Augenblick inne. »Ich persönlich glaube ja, dass du jetzt, seitdem du bei dem Rennen in Wien angemeldet bist, sehr oft an den Unfall denkst. Und ich wollte dir lediglich in Erinnerung rufen – von Abenteurer zu Abenteurer –, dass es zuweilen tapferer ist, von Wagnissen zurückzutreten, als sich mutwillig in Gefahr zu bringen. Aber das ist wohl nur die bescheidene, persönliche Meinung eures hochverehrten *Haustieres*.«

Prag, am 7. Juni 1909

Meine Herren,
hättet Ihr Euren Hausverstand – so einer von Euch im Besitze desgleichen ist – angewendet, wäre Euch vielleicht schon früher eingefallen, dass eine Stadt wie Bratislava im Juni für drei kosmopolitische Musketiere wie Euch keinerlei adäquaten Zeitvertreib bieten kann. Es sei denn, es steht dem dekadenten Reisenden der Sinn nach fleischlicher Zerstreuung – eine liebe Freundin hat kürzlich ihr eigenes Haus eröffnet, »Salon Eugenie«. (Gott soll mir helfen, ich kenn' sie seit der Zeit, als sie noch die Stanja aus Budovice war.)
Wenn ich schon mit dem Separée-Geschwätz begonnen hab', will ich Euch gleich noch eine denkwürdige Begebenheit schildern, die sich gerade neulich erst im Salon meines Hauses zutrug: Da kommt nämlich eines Abends, zu später Stunde, der Graf Trubic zu Besuch. Sehr diskret und heimlich, gerade so, als würd' er sich in eine drittklassige Kaschemme in der Vorstadt schleichen. (Was mir beim Besuch eines der bekanntesten und – ohne in Selbstlob schwelgen zu wollen – besten Etablissements der Stadt, doch ein bisserl lächerlich vorgekommen ist, aber bitte.)
Jedenfalls erkundigt er sich gleich nach der kleinen Französin, die ein paar Monate bei mir gearbeitet hat. Zumindest Du, Mirko, solltest Dich noch an Louise erinnern: Du hast einen Abend lang versucht, ihr schöne Augen zu machen, als wäre sie ein ganz unbedarftes Mäderl vom Land. Bub, Du brauchst noch recht viel Schliff in diesen Belangen!
Wie dem auch sei, mit der Kleinen konnt' ich dem Grafen nicht mehr dienen. Die ist ausgerechnet zwei Tage vorher mit diesem Nichtsnutz von selbsternannten Poeten, der drei Straßen weiter gewohnt hat, durchgebrannt. Angeblich nach Warschau, wenn den Gerüchten zu trauen ist. Daraufhin hat der Trubic dann nach langem Hin und Her mit der Mariana vorliebnehmen müssen, und die

hat mir am nächsten Morgen, wie er schon lange wieder fort war, etwas Kurioses erzählt: Nämlich, dass der erlauchte Herr sich recht eindringlich nach dem Baron Sirco erkundigt hat, der wie man sagt, bei mir praktisch ein und aus geht.
Du musst ja selber wissen, Dejan, dass das Mädel nicht viel hat erzählen können über Dich. Aber ein paar der Fragen – etwa ob sie dem Trubic was über die »Freundschaft« zwischen Dir und mir berichten könnte – sind der Mariana schon sonderbar vorgekommen. Und mir offen gesagt auch.
Vielleicht findet sich ja hier das nächste Abenteuer für Euch? Wenn ein Trubic sich auf diese Weise nach Dir erkundigt, dann tut er das doch sicher nicht nur, um Informationen einzuholen. Der weiß doch ganz genau, dass ich Dir die Begebenheit prompt berichten werde, und ich wette mit Dir um die Schmuckschatulle der alten Erbtante, die ich nicht habe, dass das ganz in seinem Sinn ist.
Ansonsten macht mir Alena ein bisserl Verdruss in letzter Zeit. Sie vermisst Dich, Lysander. Vor ein paar Tagen hat sie doch tatsächlich vor versammelter Belegschaft von ihrem Onkel, der nicht nur ein sprechender Fischotter, sondern zu allem Überfluss auch noch Engländer ist, erzählt. Glücklicherweise ist sie gerade in dem Alter, wo Kinder gern und häufig flunkern, und die Mädchen haben sich nur über ihre herzige Fantasie amüsiert.

Gebt gut Acht auf Euch
Esther

PS: Dejan, falls Du noch immer Sponsoren suchst für das Rennen in Wien: Vorige Woche hatte ich das Vergnügen, mit einem piemontesischen Marchese zu soupieren, den mir der junge Herr von Schwarzenberg vorgestellt hat. Jener Marchese, dessen Name ganz und gar unaussprechlich ist und sich noch viel weniger dazu eignet, niedergeschrieben zu werden, hat letztes Jahr seine Karriere als Rennfahrer beendet, und hat nun durchaus vor, Verstand und

Vermögen beim Aufbau eines Rennstalls aufs Spiel zu setzen. Ich hab' mir erlaubt, ein bisserl Werbung für Dich zu machen. Der Marchese ist ein sehr eleganter Salonlöwe und versteht ganz großartig zu plaudern. Ich bin mir sicher, Du wirst dich blendend mit ihm verstehen.

Aus den Aufzeichnungen Baron Sircos, Bratislava, 9. Juni 1909

»Kurios«, wiederholte Lysander in ausgesprochen indifferentem Tonfall, kaum dass ich den Brief niedergelegt hatte. Ich wusste mit einiger Gewissheit, dass die Aussage meines Gefährten sich nicht auf den Umstand bezog, dass Trubic sich nach mir erkundigte, sondern vielmehr auf die Art, *wie* er es tat.

Warnend blinzelte ich ihm zu, doch Lysander sprach ungerührt weiter: »Wie lange ist es her, seit deine Pfade jene des hochwohlgeborenen Herrn von Trubic kreuzten?« Offenkundig zog er es vor, mein Zwinkern als vorübergehenden nervösen Tick abzutun. Er richtete sich auf seine Hinterpfoten auf, seine dunklen Knopfaugen, die soviel mehr Geist offenbarten denn tierhafte Intuition, fixierten mich.

Halte ein, signalisierte ich ihm stumm. Lysander gab ein Schnaufen von sich, ein Laut, der, wie ich bereits vor langer Zeit gelernt hatte, dem Äquivalent eines menschlichen Seufzers entsprach.

Mirko erhob sich von dem Sofa, auf dem er lässig hingegossen Esthers Brief gelauscht hatte. Langsam trat er zum Fenster, starrte einen Moment in den wolkenverhangenen Himmel, ehe er sich wieder mir zuwandte. Neugier und Vorfreude auf das mögliche Abenteuer brannten hellrote Flecken über seine Wangenknochen. Immer wieder versetzte es mich in Erstaunen, wie sehr Kind dieser hochgewachsene Junge, der bei Bedarf Manieren und Eleganz eines Gentlemans an den Tag legen konnte, doch noch war. »Du bist mit Graf Trubic bekannt?«, hakte er nach; angeborene Intuition hatte ihn sogleich das eigentlich Wesentliche der Aussage erfassen lassen. »Aber das ist doch kolossal! Ist es wahr, dass er in seiner Jugend der persönliche Spion für Seine Kaiserliche Majestät war? In den ganz delikaten Privatangelegenheiten war er unterwegs; hat mir der Ludvik erzählt, du weißt schon, der immer in den Drei Kronen sitzt und manchmal fürs Tagblatt schreibt ...«

»Ich *kannte* ihn«, setzte ich dem enthusiastischen Wortschwall ein Ende; ertappte mich gleichzeitig dabei, wie ich nach meinem Spazierstock griff und den Knauf drehte, bis die verborgene Klinge sich aus ihrer harmlosen Hülle ziehen ließ. Mehr lächerliches Spielzeug als Waffe, aber Felix Trubic hatte den Stock als »raffiniert« bezeichnet, als er ihn mir zu irgendeinem Anlass schenkte. Aus unerfindlichen Gründen hatte ich mich niemals von ihm getrennt.

Überrascht hob Mirko den Kopf, starrte mich geradewegs an. Schon bereute ich den harschen Tonfall dieser wenigen Worte. »Die Begegnung endete nicht unbedingt glücklich«, fügte ich etwas versöhnlicher hinzu.

Mirko zog eine Augenbraue hoch.

»In einem Duell«, präzisierte ich.

Die Stille, die diesem Kommentar folgte, schien mir beinahe greifbar, für einige Sekunden hallte selbst das Ticken meiner Taschenuhr zu laut in meinen Ohren. Eine schmerzhafte Stille, erinnerungsbeladen und blutbefleckt: frischer, kühler Herbstmorgen auf einer Lichtung etwas außerhalb der Stadt; banges Warten, ehe zwei elegant gearbeitete Duellpistolen sich gegeneinander richten; peinvolles Ende von – ja, wovon?

Stille, die erst gebrochen wurde, als Lysander auf den Couchtisch sprang und mutwillig eine Teetasse umstieß, deren Inhalt sich über die Abendzeitung und Esthers Brief ergoss.

Mirko löste sich aus seiner Erstarrung. »Und wer hat gewonnen?«, stellte der die impertinenteste aller möglichen Fragen.

Hatte einer der beiden Streiter an Gewinnen oder Verlieren gedacht, an jenem Septembermorgen vor neun Jahren? Hatte ihnen nicht davor gegraut, schuldbeladen das Sterben des anderen bezeugen zu müssen? Waren sie nicht zerrissen gewesen zwischen Ehrempfinden und so viel tiefer gehenden Emotionen, und hatte nicht doch der Lebenswille gesiegt, bei ihnen beiden?

Kommentarlos zog ich das Hemd aus meiner Hose. Einen flüchtigen Blick gestattete ich meinen beiden Gefährten auf die hässliche Narbe an meiner Seite.

Mirko stieß einen anerkennenden Pfiff aus. »Trubic!«

Langsam schüttelte ich den Kopf, während ich meine Garderobe wieder ordnete. »Niemand.«

Verständnislos ließ Mirko seine Blicke zwischen mir und Lysander hin und her wandern. Mit zusammengebissenen Zähnen zählte ich im Stillen bis zehn, ehe ich erklärend hinzufügte: »Vielleicht verstehst du jetzt, weshalb ich nicht sonderlich großen Wert darauf lege, Graf Trubic noch einmal zu begegnen.«

Ich lehnte mich in meinem Sessel zurück. »Ein Duell auf Leben und Tod«, unter Aufbietung all meiner Kräfte bannte ich ein verräterisches Zittern aus meiner Stimme, »dass wir beide überlebt haben, kann als Versehen gewertet werden. Oder als Ungeschicklichkeit.«

Aufgeregt nagte Mirko an seiner Unterlippe. »Meinst du, er will eine alte Schuld begleichen?«

Unwillkürlich verzog ich meine Lippen zu einem kleinen, spöttischen Lächeln. O nein, Rachsucht war ihm immer ferngestanden, diesem Felix Trubic, den ich einst gekannt hatte vor zu vielen Jahren.

Vor meinem geistigen Auge nahm ein grausiges Tableau Gestalt an und ließ mich geradewegs auf die halbvergessenen Ruinen der Vergangenheit blicken: blutgetränktes Laub in seinen bunten Schattierungen und das Lächeln in Trubics Augen, als ich mich wieder auf die Beine gekämpft hatte.

»Tu es, mein Freund. Bring es zu Ende, wenn du es wagst«, hatte er mir zugeflüstert, und ich hatte die Pistole weit fort von mir geschleudert.

»Lass es gut sein«, vernahm ich Lysanders leise Stimme wie aus weiter Ferne und sein sanfter Tonfall war es wohl, der mich wieder zur Besinnung brachte. Ich brauchte, ja, ich wollte ihr Verständnis nicht für die Fehler und Verbrechen, die ich einst begangen hatte.

»Wir kehren nach Prag zurück«, wechselte ich unvermittelt das Thema.

Lysander keckerte amüsiert. »Wenn Mirko und ich nichts dagegen haben, würdest du es vorziehen, nach Hause zu fahren, meinst du wohl.«

Mechanisch nickte ich und griff nach Mirkos silbernem Zigarettenetui, um mir einen seiner grässlichen, orientalischen Zigarillos anzuzünden – stand mir an diesen Nachmittag doch der Sinn nach Selbstbestrafung.

»Sollten wir vorher nicht noch diese ärgerliche Geschichte mit der Gräfin Mahler in Ordnung bringen?«, erkundigte sich Lysander. »Immerhin, einen Fehltritt der tugendsamen Dame können wir nach wie vor nicht nachweisen. Und in unserem Metier ist es höchst unratsam, angenommene Aufträge unerledigt zu lassen, das solltest du gut genug wissen.«

Ich zuckte die Achseln. Die Comtesse Mahler kümmerte mich in jenem Moment genauso wenig wie mein Ruf. »Mirko, möchtest du Gräfin verführen? Ihr wäre es sicherlich ein Vergnügen.«

Der Junge errötete sacht. Bei all seiner sorgsam anerzogenen

Weltläufigkeit war er doch gänzlich unerfahren im Umgang mit der Damenwelt; dabei hätte es ihm an Chancen, soweit ich im Bilde war, kaum gemangelt.

Mit dem Zigarillo beschrieb ich einen weiten Bogen in der Luft. »Kein Interesse?«, fragte ich resignierend. »Gut. Lysander, du siehst, auch diese Frage ist geklärt – ich bin ja nun wahrlich zu alt, um mich für schnöden Mammon an eine Gräfin zu verkaufen, also wirklich.«

2

Prag

10. bis 15. Juni 1909

Aus den Aufzeichnungen Baron Sircos, Prag, 10. bis 15. Juni 1909

Umständlich neigte der livrierte Diener den Kopf. »Der Herr Graf ist leider nicht zugegen. Vielleicht …«

»Ich warte auf ihn«, unterbrach ich den ältlichen Dienstboten grob. Die Ankündigung wurde mit einem leichten Nicken zur Kenntnis genommen; Sekunden verstrichen, ehe er hinzufügte: »Wenn ich den Herrn Baron darauf hinweisen dürfte, dass der Herr Graf angeordnet hat, dass er heute gar niemand empfangen will?«

»Ich warte in der Bibliothek.« Ohne eine Reaktion des Dieners abzuwarten, händigte ich ihm Hut und Cape aus und schritt geradewegs die gewundene Marmortreppe, ein Relikt vergangenen Reichtums der Familie Trubic, empor. Ich hatte stets über ein ausgezeichnetes Gedächtnis verfügt – bittere Notwendigkeit in einem Beruf wie dem meinen –, so dass es mir ohne größere Mühen möglich war, mich in dem Palais zu orientieren, auch wenn ich seit Jahren nicht mehr zu Gast gewesen war.

Indes, das bunte Panoptikum der Erinnerung illustrierte meinen Weg mit Trugbildern, schmerzhaft in ihrer Harmlosigkeit. Zehn Jahre waren vergangen – bei weitem nicht genug, um Schuld und Hass zu tilgen.

Meine Hände zitterten merklich, als ich vor den hohen Flügeltüren zur Bibliothek haltmachte, mich nicht dazu entschließen konnte, sie aufzustoßen. Was erwartete ich nur dahinter?

Meinen alten Freund Felix Trubic, wie ich ihn unzählige Male gesehen hatte: auf dem Sofa lungernd, in eine englische Tageszeitung vertieft, derart konzentriert auf eine Detailfrage der Weltpolitik, dass er mein Erscheinen erst nach einigen Momenten wahrnahm?

Einmal noch war ich wiedergekehrt, damals, Wochen nach jener Affäre der Ehre; nie konnte ich mit Gewissheit sagen, weshalb. Hatte ich um Verzeihung bitten wollen für das, was ich getan, oder für das, was ich unterlassen hatte? War mir an jenem bewussten Abend – berauscht von süßem Rotwein und dem Duft der Huren – der Gedanke gekommen, die unglückselige Angelegenheit in einer Art abzuschließen, wie es sich für Männer von Stand und Ehre geziemte?

Die steife Höflichkeit, mit der Trubic mich empfing, war schlimmer als jede offene Beleidigung. Mit gespenstischer Ruhe hatte er mich gemustert, die Augen ausdruckslos in seinem hageren, von Krankheit gezeichneten Gesicht. »Also schön«, hatte er mit gelangweilter Stimme gesagt. »Wenn du möchtest, so beenden wir es. Übermorgen früh, selbe Lokalität.« Mit einem sanften Lächeln hatte er hinzugefügt: »Dann bleibt dir noch ein Tag, um deine Angelegenheiten zu ordnen und nüchtern zu werden.«

Ich war, Entschuldigungen flüsternd, geflohen.

Nach diesem höchst unrühmlichen Auftritt hatte ich es auf das Tunlichste vermieden, meine Pfade noch einmal jene Trubics kreuzen zu lassen, was sich nicht weiter diffizil gestaltete, da er und ich uns häufig auf Reisen befanden und im Übrigen in äußerst unterschiedlichen Kreisen verkehrten.

Erst als eine dunkle, wohlbekannte Stimme mich aus meinen Gedankengängen riss, wurde mir bewusst, wie lange ich so auf dem Gang ausgeharrt haben musste.

»Baron Dejan Sirco«, sagte Trubic ruhig. »Nun, das ist eine Überraschung.«

»Wohl kaum«, erwiderte ich, ohne mich umzudrehen. »Zumal Sie es waren, der auf recht unsubtile Weise Erkundigungen über mich eingezogen hat.«

Dicht an meinem Ohr vernahm ich Trubics leises, heiseres Lachen. »Oh, dies meinte ich nicht. Es erstaunt mich lediglich, dass du nicht länger deine Herkunft verleumdest und wieder als Baron verkehrst.«

Langsam und, wie ich hoffte, gelassen, wandte ich mich ihm zu, wechselte wie er die Anrede. »Was willst du von mir?«, fragte ich. »Und vor allem, weshalb machst du dich zum Narren, indem du Dirnen befragst, statt nach mir zu schicken? Du weißt bei Gott, wo du mich finden kannst.«

Felix Trubic seufzte. »Du hast offenkundig zuviel Zeit unter Barbaren und Gelichter verbracht, das lässt die Manieren ein wenig leiden, mein lieber Freund«, stellte er gleichmütig fest. Mit lockerem Griff umschloss er meinen Unterarm, führte mich in die Bibliothek.

»Die Angelegenheit ist ein wenig diffiziler, als du annimmst.« Leichthin fügte er hinzu: »Diffizil genug, um sie wie zivilisierte Menschen über einem Aperitif zu besprechen.«

Die Sitzgruppe am östlichen Fenster präsentierte sich dunkelgrün und zerschlissen wie einst. Einzig der klobige Schreibtisch aus glänzendem Teakholz, dessen ich mich noch so lebhaft entsann, war einem weniger ausladenden Exemplar gewichen, das gegenwärtig mit Depeschen, Landkarten und Büchern bedeckt war. Ein schneller Blick offenbarte mir, dass Trubic sich eingehender mit dem Thema Piemont auseinandergesetzt hatte.

Meine Neugier entging ihm nicht.

»Ausgesprochen langweilige Arbeit«, erläuterte er mir liebenswürdig. Mit einer formvollendeten Handbewegung lud er mich ein, Platz zu nehmen, und klingelte nach einem Diener.

Nunmehr konnte ich nicht umhin, seine schlanke Gestalt einer raschen, doch gründlichen Musterung zu unterziehen: Sehr blass, sehr müde sah er aus; das rotbraune Haar, in dem bereits etliche graue Strähnen blitzten, trug er wie eh und je eine Spur zu lang. Eine dünne, bleiche Narbe schlängelte sich von seinem linken Ohr den Hals hinunter – wer auch immer versucht hatte, ihm die Kehle durchzuschneiden, es musste ihm beinahe gelungen sein.

»Nun?«, hakte ich nach, kaum dass der Diener sein Silbertablett abgestellt und den Raum mit devot gebeugtem Kopf verlassen hatte.

Trubic lehnte sich in dem Fauteuil zurück, lässig schlug er die Beine übereinander. »Du hast etwas falsch verstanden.« Er schien gelangweilt. »Oder, meinethalben, hat deine kleine Freundin, etwas falsch verstanden. Nichts stand mir ferner, als mich auf eine derart lächerliche Weise mit dir in Kontakt zu setzen. Ich war nur an einigen Details interessiert, über die mir das Mädchen – wie war noch ihr Name? – unglücklicherweise wenig Aufschlussreiches berichten konnte.«

Mit zwei Fingern hob er sein Sherry-Glas und trank mir mit einem Kopfnicken zu. »Doch nachdem ich dich nun schon einmal zu Gast habe, kann ich meine Fragen auch gleich persönlich an dich richten. Ich gehe davon aus, plumpe Ehrlichkeit wird in diesem Fall weit mehr dein Wohlwollen erregen denn subtile Konversationskunst.«

»Ich kann mich nicht entsinnen, dass du jemals für deine Ehrlichkeit – oder Plumpheit – bekannt warst«, gab ich etwas schärfer als intendiert zurück. »Aber frag nur, ich bitte dich.«

Für den Bruchteil einer Sekunde fixierten mich seine blassgrauen Augen. »Es ist eine hochgradig peinliche Affäre«, begann er im Plauderton. »Ich nehme an, du erinnerst dich noch an den Major von Waldhausen, unter dem du damals in Mostar stationiert warst. 1895 müsste das gewesen sein?«

»1896«, korrigierte ich ihn mechanisch. Das Jahr meiner unehrenhaften Entlassung aus dem Regiment, an der Waldhausen nicht völlig unbeteiligt gewesen war. Eine schändliche Angelegenheit hatte dazu geführt, gewiss. Allein, eine Angelegenheit, die, mit ein wenig Gutwillen des betreffenden Kommandanten sich leicht hätte vertuschen lassen – wie Hunderte derartige Zwischenfälle davor bereits vertuscht worden waren.

Trubic nickte. »Ich sehe, du erinnerst dich.«

Unruhig nippte ich an meinem Sherry, betete, er möge fortfahren und die Erinnerungsfetzen an eine regnerische Sommernacht, an heillose Verwirrung und haltlose Anschuldigungen und diesen einen Pistolenschuss vertreiben.

Trubic hustete; ich sah, wie sich sein Gesicht für einen Moment schmerzlich verzog.

»Vor einiger Zeit hatte ich geschäftlich mit Waldhausen, der übrigens mittlerweile ein hochdekorierter Oberst ist, zu tun. Es ergab sich, dass ich ihn für einige Tage nach Prag einlud. Eines Abends waren Christian – mein Wiener Cousin, du erinnerst dich bestimmt nicht mehr an ihn, er ist der langweiligste Mensch, den ich kenne – und Waldhausen in geselliger Runde unterwegs, und da kam es, dass sie die Nacht im Etablissement deiner bewussten Freundin beschlossen.« Trubic verschränkte die Arme vor seiner etwas zu schmalen Brust. »Um es kurz zu machen: Den nächsten Abend hat Waldhausen nicht mehr erlebt. Der hinzugezogene Arzt konnte weder eine Gewalteinwirkung noch eine Vergiftung feststellen. Ein ausgesprochen geschickt eingefädeltes Verbrechen: Dass Waldhausen auf der Rückfahrt in der Droschke lallend über starken Schwindel und Unwohlsein klagte, schrieb man dem übermäßigen Champagnergenuss zu. Etwas später brach er dann bei der Anstrengung, in sein Bett zu steigen, zusammen.«

Ich massierte meine Nasenwurzel. Ich wusste auch so, worauf er hinauswollte. »Das heißt, du schließt einen natürlichen Tod aus«, stellte ich in neutralem Tonfall fest. »Wie bist du weiter verfahren?«

Trubic verzog die dünnen, blutleeren Lippen zur bösen Parodie eines Lächelns. »Oh, wir haben vertuscht, was es zu vertuschen gab. In seinem Totenschein ist von plötzlichem Herzversagen zu lesen, und einem alten Bekannten beim Tagblatt ist es zu verdanken, dass auch die Journaille Waldhausens Tod vorerst nicht an die große Glocke gehängt hat.« Gedankenverloren spielte er mit seinem Glas. »Aber ich … ich bin neugierig.«

Ich atmete tief ein und aus. »Du möchtest mir einen Strick aus der Affäre drehen?«, fragte ich so gelassen ich es vermochte. »Eine späte Rache? Das ist deiner gänzlich unwürdig, Felix.«

Fast verblüfft hob er den Kopf. »Aber nein, welch erstaunliche Unterstellung. Ich darf dich darauf hinweisen, dass Waldhausen kaum meine ungeteilte Sympathie genossen hat? Zudem, der Oberst ist tot und begraben, welchen Sinn hätte es da noch, einen Skandal auszulösen? Wissbegierde ist es, die mich treibt, weiter nichts.«

Beinahe gegen meinen Willen lachte ich kurz auf. »Erzähl mir nicht, dass du weniger Sympathien für den verschiedenen Oberst hegst denn für mich.«

Bedächtig wiegte Trubic den Kopf. »Nun, auch wenn unsere farbenfrohe Vergangenheit ein recht tragisches Ende nahm, so hat sie doch existiert.«

Umständlich zog ich eine Zigarette aus meinem Etui, entzündete sie. »Ich habe ihn nicht ermordet«, antwortete ich nach einer Weile hitzig. »Und, um deine Frage vorwegzunehmen: Ich habe ihn auch nicht ermorden lassen. Weder wusste ich, dass er sich in der Stadt befand, noch hätte ich Anlass zu derartigem Verhalten. Das Ende meiner militärischen Karriere war rückblickend gesehen das Beste, was mir passieren konnte.«

Beinahe hatte ich erwartet, meinen Beteuerungen würde widersprochen werden, aber Felix Trubic zog es vor zu schweigen. Einen Moment saßen wir stumm in der sommerlich-schwülen Bibliothek beisammen, dann bedeutete Felix mir mit einem Nicken, dass die Audienz beendet war.

»Selbstverständlich«, hörte ich ihn murmeln, als ich auf die Tür zuschritt. »Selbstverständlich.«

Die Abenddämmerung brach bereits herein, tauchte die Stadt in unwirkliche Goldtöne, als ich mich in Begleitung meiner beiden Kameraden auf den Weg zu Esthers Salon in der Mikulášská machte. Ja, tatsächlich, ein Hauch des Surrealen schien der Angelegenheit anzuhaften: das Wiedersehen mit Trubic, die Anschuldigungen, die auf nichts anderem basierten als seinen fragwürdigen Schlussfolgerungen. Soweit ich es vermochte, hatte ich meine Freunde in die Ereignisse des Tages eingeweiht, ohne jedoch allzu sehr ins Detail zu gehen.

»Deine Entlassung aus der Armee?« Lysander, der sich höchst widerwillig von Mirko in einem ausladenden Einkaufskorb befördern ließ, reckte sich unwillkürlich, seine langen Schnurrhaare zitterten vor Entrüstung.

Der Hitze des Sommernachmittags hatten wir es wohl zu verdanken, dass die sonst so rege besuchte Einkaufsstraße sich fast menschenleer vor uns erstreckte. Die einzigen Passanten waren ein Mädchen, das auf der gegenüberliegenden Straßenseite selbstverloren in ein Schaufenster blickte, und ihr ältlicher Begleiter, der sich schwer an einen der Alleebäume gestützt hatte und seine Stirn mit einem Taschentuch betupfte. So kam es, dass Lysander, ohne seine Stimme zu senken, mich ungehindert auf eine weitere kleine Wahrheitsverbiegung hinweisen konnte: »Du hast mir immer erzählt, du hättest die Armee freiwillig verlassen!«

Ich zuckte die Achseln. »Dann habe ich dich eben belogen«, antwortete ich gleichmütig. Ich hatte denkbar wenig Lust, auf offener Straße mit einem Otter die dunkleren Aspekte meiner Informationspolitik zu diskutieren.

Lysander schnaufte. Mit komischer Verzweiflung murmelte er: »Hat der Mensch doch nicht einmal den Anstand, sich eine Ausrede einfallen zu lassen.«

Der Umstand, dass wir mittlerweile an unserem Zielort angelangt waren, enthob mich der Problematik, eine passende Erwiderung zu finden. Schweigend traten wir ein.

Die Trostlosigkeit eines noch ungeöffneten Bordells drückte wie stets meine ohnehin schon trübe Stimmung – die Atmosphäre schläfriger Langeweile und verwelkter Rosen, abgestandener Moschusduft; vereinzelte Sonnenstrahlen lenkten den Blick auf Falten und Unebenmäßigkeiten in den Gesichtern der beiden Mädchen, die müßig im Salon beisammensaßen.

Auf meine Frage nach Esther hob eine der beiden nur müde den Kopf und wies mit einer schlampigen Handbewegung in Richtung Stiege, ohne uns weitere Aufmerksamkeit zu zollen.

Klappernde Absätze und ein Hauch von herbem Parfüm kündigten das Erscheinen der Dame des Hauses an.

»Na endlich!«

Kaum hatten wir die letzten Stufen erklommen, umarmte Esther Mirko und mich auch schon ungestüm, strich über Lysanders glatten, prächtigen Pelz. »Ich hab' mir schon gedacht, ihr fahrt gleich von Bratislava aus nach Wien, eine Schande wär' das gewesen. Aber jetzt kommt's doch herein, in meinem Haus braucht wirklich keiner auf dem Gang herumzustehen!«

Fügsam folgten wir ihr in ihr äußerst hellblaues, opulentes Boudoir, von dem aus sie die Geschicke ihres Salons und ihrer Mädchen zu lenken pflegte.

»Mit dem Herrn Marchese ist auch heut' Abend wieder zu rechnen«, setzte Esther indes ihren Redeschwall fort. »Er kommt immer nur donnerstags und sonntags zu mir, der Rest der Woche ist für die Marchesa reserviert ... Mein Gott, Dejan, schau mich nicht so trist an! Man könnt' ja meinen, du hättest deinen eigenen Geist gesehen.«

Mit schwachem Lächeln hielt ich sie auf Armeslänge von mir. »So ähnlich«, bekannte ich.

Mir entging nicht, dass Lysander und Esther wissende Blicke tauschten, während Mirko sich scheinbar gänzlich in die Betrachtung einer kleinen Erosfigur auf dem Frisiertisch vertiefte.

Esther, ließ ich mir durch den Kopf gehen, war nicht nur hübsch – und das, obgleich sie die Vierzig bereits überschritten hatte –, sondern verfügte auch über eine ausgesprochen rasche Auffassungsgabe.

Augenblicklich verstummte sie, stemmte die Hände in ihre ausladenden Hüften. Ärger, Interesse und Sorge funkelten gleichermaßen in ihren schwarzbraunen Augen. »Raus mit der Sprache.« Mit flinken, präzisen Bewegungen füllte sie drei Gläser mit Portwein.

Noch während ich überlegte, wie diese Geschichte zu beginnen war, sagte Lysander ohne Umschweife: »Trubic.«

Esther schüttelte den Kopf, strich sich eine dunkelbraune Haarsträhne aus der Stirn. »Trubic?«, wiederholte sie verständnislos. »Hast du meinen Brief nicht erhalten?«

Mit einem Mal fiel mir ein, das ich nie mit ihr über die unglückselige Affäre Trubic gesprochen hatte. In jenen Tagen hatten Lysander und ich ein stillschweigendes Abkommen geschlossen, dass niemand allzu genau erfahren musste, was geschehen war. Trubics angeborener Diskretion sowie seinen ausgezeichneten Kontakten zu den unterschiedlichsten Persönlichkeiten von Einfluss und Namen war es darüber hinaus zu verdanken gewesen, dass die Angelegenheit in den Salons der Gesellschaft totgeschwiegen worden war. Selbst die Lokalblätter hatten ihr keinerlei Bedeutung zugemessen.

Auch Lysander schien sich jetzt – endlich – daran zu erinnern, denn er blinzelte entsetzt und senkte den Kopf.

Träge ließ ich mich auf dem kleinen Diwan nieder. »Ist dir ein Oberst von Waldhausen bekannt?«, fragte ich stattdessen.

Mit einem dramatischen Seufzen stürzte Esther ihren Portwein hinunter. »Aber ja. Der alte Mistkerl besaß die Unverschämtheit, im letzten Augenblick noch in eine Vase mit Orchideen zu urinieren, als er besoffen aus dem Haus getaumelt ist.« Gedankenverloren nahm sie die zerschundene Zigarettendose zur Hand, in der sie ein Sortiment an Stiften und Pinselchen verwahrte, ließ den Deckel auf und wieder zu springen.

»Und seinen Wein hat er auch nicht vertragen. Wie der ausgeschaut hat, ganz bleich und krank – wie ein Schulbub nach seinem ersten Rausch!«, fuhr sie ihre Erzählung der Ereignisse fort. »Wer nicht trinken kann, der soll's erst gar nicht probieren, aber bitte … Ich frag mich wirklich, wie ein Herr wie der Graf Trubic mit so was befreundet sein kann! Und die Louise hat auch ihre Geschichten zu erzählen gehabt, na, ich sag's dir … Das war wohl die gerechte Strafe Gottes, dass das alte Schwein der Herzschlag getroffen hat.«

Lysander setzte sich auf seine Hinterbeine. »Louise? Jene Louise, die nach Warschau geflohen ist?«

Esther nickte heftig. »Ein paar Tage später, ja. Übelnehmen kann man's ihr kaum, dass sie nach so was genug hatte von ihrer Arbeit. Aber trotzdem, was für ein Bild das machen könnt' – Gerüchte gab's da gleich. Da bräuchte nur irgendeine dahergelaufene Straßenhure erzählen, der Oberst wär' vergiftet worden, und schon hätten wir die ärgsten Scherereien am Hals. Na, und zwei Tage später kreuzt der Trubic, bei dem der Oberst gewohnt hat, hier auf und fragt die Mariana nach dir aus. Ich meine ja, der will dich auf die Geschichte ansetzen. Die Polizei hatten wir noch nicht im Haus, ein rechtes Glück, sag ich dir.«

Im Wandspiegel betrachtete ich, *en passant*, mein Gesicht, schmal und hart und mitgenommen präsentierte es sich mir, gerahmt von schulterlangem, unordentlichem, blondem Haar. Unwillkürlich rief ich mir Trubics Worte wieder in Erinnerung – vielleicht hatte ich tatsächlich zuviel Zeit unter Barbaren und Gelichter verbracht. In den Augen eines Fremden mochte ich an jenem Tag tatsächlich eher als Vagabund und zweitklassiger Detektiv denn als Baron und Offizier außer Dienst durchgehen.

»Dejan?«

Endlich nahm ich wahr, dass drei Augenpaare mich fixierten.

Ich straffte mich. »Was haben die Mädchen dir über Trubic und Waldhausen erzählt?«, fragte ich ruhig. »Ich muss alles wissen, jedes Detail. Es ist sehr wichtig.«

Erneut füllte Esther ihr Glas. »Na, nichts Spektakuläres. Beim ersten Besuch nur, dass der Waldhausen ein Schwein ist, pardon, war. Ein richtiger Perverser, der wollt' doch im Ernst …«

»Danke«, unterbrach sie Lysander. »Die pikanten Einzelheiten etwas später, bitte.«

Esther lächelte schief. »Sonst gab's nicht viel. Nur, dass der Trubic … na ja, nicht besonders *fähig* war, hat die Mariana gemeint. Aber gut, es ging ihm wohl auch nicht so um Erfüllung fleischlicher Gelüste.«

Ich winkte ab. Nach Boudoirgeschwätz stand mir der Sinn wahrlich nicht in jenem Moment.

Lysander hüpfte zu mir auf den Diwan, schnaubte verächtlich. »Es ist doch sicher möglich, diese Mariana zu befragen?«, erkundigte er sich mit größtmöglicher Höflichkeit.

Esther zuckte die Achseln. »Wenn du nicht darauf bestehst, die Befragung selber zu unternehmen?«

Ein kurzes, keckerndes Lachen Lysanders war die Antwort. »Diese Ehre überlasse ich schon dem Herrn Baron.«

Esther raffte ihren dünnen, blassblauen Kimono enger, in höchst ansprechender Manier spannte der seidige Stoff nun um ihre üppige Gestalt. »Eine Frage noch«, ernst und unverwandt blickte sie in meine Richtung, »woher das plötzliche Interesse am Oberst Waldhausen?«

Unruhig spielte ich mit meinem Glas. »Ich glaube, ich habe niemals erwähnt, dass er mein Kommandant war, als ich … die Armee verlassen habe?«

Jäh beendete Mirko seine Inspektion des Eros. »Nein«, kam er den anderen mit der Beantwortung meiner Frage zuvor.

»Es gab damals ein paar«, ich suchte nach Worten, »Verwicklungen in unserem Regiment.«

»Selbstverständlich«, antwortete Lysander; der Hohn in seinen dunklen Augen war nicht zu übersehen. Offenkundig erheiterten ihn die Unannehmlichkeiten, die mein fragwürdiger Umgang mit der Wahrheit mich sich brachte. »Wie hätte es auch anders sein können?«

Sie warteten.

Ich wusste, ich schuldete ihnen eine Erklärung, eine Geschichte, irgendetwas. Und doch, in Worte zu fassen, was geschehen war, hieß, den Dämonen Vergangenheit und Erinnerung einmal mehr Macht über mich zu verleihen. »Ich werde mit Mariana sprechen«, kündigte ich an, ehe ich hastig hinausstrebte.

»Aber natürlich erinner' ich mich an den Trubic; ein feiner Herr ist das und was der mir gezahlt hat, auch wenn wir gar nicht richtig zur Sache gekommen sind – also, Sie wissen vielleicht schon, was ich mein', Herr Baron.« Nachdenklich kratzte Mariana ihren runden Oberschenkel unter dem kurzen, hellroten Seidenhemdchen, beäugte mich fragend. »Und Sie sind wohl auch nur zum Fragen stellen hier, was, Herr Baron?«

Ich deutete ein höfliches Nicken an.

Mariana seufzte tief, mit flinker Zunge beleckte sie ihre rotbemalten Lippen, eine uralte, unmissverständliche Aufforderung, auf die einzugehen ich an jenem Abend kaum gewillt war.

»Was haben Sie ihm erzählt?«, fragte ich steif. Noch immer stand ich im Türrahmen, wollte nicht eintreten in dieses kleine Reich der Sünde und Wolllust: verspiegelte Wände, pornographische Zeichnungen auf dem Paravent. Und wie dramatisch unterschied sich Marianas sorglose Zurschaustellung ihrer körperlichen Vorzüge von den Herausforderungen Esthers subtiler Erotik.

Missbilligend beäugte mich die junge Hure. »Als ob ich so viel über Sie wüsst', Herr Baron, mit Verlaub. Und das, was ich gewusst hab, hat den Trubic wieder nicht so richtig interessiert. Ob Sie's mit der Madame treiben, das wollte er wissen, und ob die Madame in Sie verliebt sei und so was eben.« Sie lächelte breit und präsentierte dabei eine Reihe ausgesprochen unhübscher, gelblicher Zähne. »Ich hab' ihm gesagt, dass die Madame mir einmal erzählt hat, sie würde nicht glauben, dass der Herr Baron überhaupt in der Lage wär' zu lieben, und da hat der Trubic gelacht wie verrückt. Nicht zum Aushalten war das. Besoffen war er aber nicht, glaub' ich.«

Ich verschränkte die Arme. »Und sonst?«, fragte ich unnachgiebig.

Mariana räkelte sich nun in ihrem Sessel. Nachdem sie ihre kleinen, fleischigen Füße betrachtet hatte, hob sie den Kopf.

»Ein schöner Mann ist er halt, der Trubic. Vielleicht nicht so schneidig wie der Herr Baron, aber auf eine andere Weise. Schad' dass, na Sie wissen schon … Einen Unfall hat er gehabt, hat mir die Marý erzählt. Die ist ganz auf du mit einem von den Dienern vom Trubic – sehr verschwiegen ist der nicht, der Diener mein ich. Angeblich hat's den Trubic vor zwei Jahren arg erwischt; bei irgendeiner Rauferei, auf der Krim war er wohl unterwegs. Den sollten'S sehen, ganz voll Narben, an Stellen, wo man sich denkt, na, das tut doch weh …«

»So sag schon. Was schreibt er?« Lysander schien es mir nicht weiter übelzunehmen, dass ich ihm die einfachen Freuden seines morgendlichen Bades mit einem Telegramm durchkreuzte, das zweifelsohne Arbeit bedeuten würde.

»*Erwarte dich gegen zwei im Schwarzen Adler. Lysander mitbringen. Trubic*«, verlas ich den lapidaren Text und ließ mich am Rand der Badewanne nieder.

»Und den plötzlichen Sinneswandel beliebt der Herr nicht zu erklären?« Lysander schnaubte leise, in Rückenlage schwamm er im lauwarmen Wasser. »Höchst kurios.«

»Was von Waldhausen noch übrig ist, ist gewiss schon lange nach Wien überstellt und begraben«, versuchte ich mich zu beruhigen. »Trubic kann mir nichts mehr anhängen.«

Lysander gab ein kurzes, bitteres Keckern von sich.

»Das Kurioseste an der ganzen Geschichte ist natürlich, dass Trubic Waldhausen nach Prag *eingeladen* hat. Soweit du mich ausnahmsweise wahrheitsgemäß unterrichtet hast, verband die beiden nicht unbedingt eine enge Freundschaft?«

Meiner inneren Anspannung zum Trotz gelang mir ein, wie

das goldumrahmte Ungetüm von Wandspiegel mir offenbarte, einigermaßen zuversichtliches Grinsen, als ich ihm antwortete: »Nun, in wenigen Stunden werden wir es herausgefunden haben.«

Schon vor Jahren, als Felix Trubic und ich in seltener Einigkeit das kleine Gasthaus am Fuße des Hradschins zu unserem bevorzugten Treffpunkt auserkoren hatten, war der Schwarze Adler im besten Fall als auf recht pittoreske Weise schäbig zu bezeichnen gewesen. Eine Tendenz, die sich mit der Zeit deutlich verstärkt hatte.

In der kleinen, düsteren Kellertaverne gelang es so manchem Schurken und Poeten, träumend und saufend die Zeit totzuschlagen – ja, die Zeit außer Kraft zu setzen, fühlte man sich doch unwillkürlich zurückversetzt in romantisch-verklärte verstrichene Jahrhunderte, in denen grimmige Musketiere und Schausteller in bunten Lumpen hier gezecht haben mochten. Trubic, der Vergangenheiten mochte, vor allem wenn sie ihn selbst nicht betrafen, hatte einmal die Überzeugung geäußert, dass just diese heruntergekommene Schenke der einzige Ort in ganz Prag wäre, an dem er seine Seele fliegen lassen könne.

Ja, so hatte er sich tatsächlich ausgedrückt – damals, als er mir noch Freund und Gefährte gewesen war.

»Dejan?«

Lysander, der gottergeben an seiner Leine neben mir hergehoppelt war, setzte sich auf die Hinterbeine, seine schwarzen Knopfaugen glitzerten. »Würde es dir etwas ausmachen, mich wenigstens einmal an deinen Gedanken teilhaben zu lassen, wenn du schon meine Fragen nicht beantworten willst?«

Ich hatte nicht einmal gehört, dass er etwas gesagt hatte;

glücklicherweise schien es dem Dienstmann, der sich abmühte, seinen Karren die schmale Gasse hinabzumanövrieren, ähnlich ergangen zu sein, denn er setzte unverdrossen, ohne auch nur den Kopf nach uns zu wenden, seinen Weg fort.

»Ob es dir nicht auch absonderlich erscheint, dass Trubic ausgerechnet den Schwarzen Adler vorgeschlagen hat«, wiederholte Lysander seufzend, nachdem er sich vergewissert hatte, dass sich kein weiterer Passant mehr in Hörweite befand. »Es sieht so aus, als wolle er mit aller Macht eine gemeinsame Vergangenheit heraufbeschwören.«

»Unsinn«, widersprach ich eine Spur zu heftig. Auch mir war dieser Gedanke gekommen – und allzu schnell hatte ich ihn wieder verworfen. »Wahrscheinlich ist Trubic auf die Taverne verfallen, weil sich hier jedermann um seine eigenen Angelegenheiten schert und es keinen interessiert, was der Nebentisch zu besprechen hat.«

Trubic erwartete uns bereits. Eine Karaffe Wein vor sich, saß er entspannt an einem der ungeschlachten Holztische, ins Gespräch vertieft mit einem jungen Menschen von wächserner Hautfarbe und ausgemergelter Gestalt. Nur Trubics stutzerhafter Aufzug – der englische Anzug mit dem eng anliegenden, grün-schwarz gemusterten Gilet – sowie die etwas affektierte Geste, mit der er uns zuwinkte, ließen darauf schließen, dass er nicht sein halbes Leben in üblen Kaschemmen verbracht hatte.

»Pan Navratil«, stellte er uns das leichenartige Geschöpf vor, kaum dass ich Platz genommen und Lysander auf die Bank gehoben hatte.

»Ein vielversprechendes, junges Talent auf dem Gebiet der impressionistischen Malerei. Wirklich, Sie müssen den Herren einmal Gelegenheit bieten, Sie in Ihrem Atelier zu besuchen und Ihre Arbeiten zu bewundern«, fügte er an den Maler gewandt hinzu, was dieser mit einem entgeisterten Glotzen in Lysanders Richtung quittierte.

»Es … wäre mir eine Ehre«, stammelte er schließlich.

Vertraulich klopfte Trubic auf seine knochige Schulter. »Aber natürlich wäre es das.«

Der Maler, der begriffen hatte, dass dies sein Signal zum Aufbruch war, erhob sich umständlich. Nicht ohne eine kleine Verbeugung vor Trubic anzudeuten und ein »Wiedersehen, der Herr Graf« zu murmeln, entfernte er sich schlurfenden Schrittes.

Felix Trubic säuberte seine Linke, mit der er das speckige Jackett des Künstlers berührt hatte, in einem Seidentaschentuch. »Ein furchtbarer Mensch, aber er malt ganz exzellent«, erklärte er im Plauderton.

»Warum sind wir hier?« Mir stand der Sinn nicht nach Konversation.

Mit gespreizten Fingern strich Trubic durch seine Locken. »Nun, zum einen, weil ich dich um Verzeihung bitten möchte: Es mag sein, dass ich Waldhausens Tod betreffend etwas vorschnell geurteilt habe.«

Ich regte mich nicht. Glaubte er tatsächlich, so einfach die schweren Anschuldigungen vom Tisch fegen zu können?

Offensichtlich war dem so, denn nach einer winzigen Pause fuhr er fort: »Und zum anderen, weil ich deiner, nein, eurer Hilfe bedarf.« Mit diesen Worten zog er ein Kuvert aus der Innentasche seines Rocks. »Dies wunderliche Briefchen ist mir gestern ins Haus geflattert, allem Anschein nach meint man es nicht allzu gut mit mir.« Er verzog die Lippen zu einem dünnen Lächeln. »Sieht so aus, als würde es genau in dein Aufgabengebiet fallen.«

»Woraus schließt du, dass wir für dich arbeiten würden?«, fragte ich steif, während Lysander, wie eh und je der neugierige

Pragmatiker, sich daran machte, mit Schnauze und Pfoten den Brief zu entfalten.

Lässig lehnte sich Trubic zurück. »Nun, ich glaube an die Macht der Wissbegierde. Außerdem werde ich euch beide bezahlen.«

»Ich werde gewiss keine Bezahlung …«, begann ich, doch Lysander unterbrach mich mit einem ungeduldigen Pfauchen.

»Nun sieh dir das an«, flüsterte er, und so las ich widerstrebend die knappe Botschaft in lateinischer Sprache, deren Übersetzung ungefähr so lautete:

> *Deine Zeit ist gekommen, Felix, der Du bist aus dem Geschlechte der Trubics. Deine Zeit, Buße zu tun. Dem Retter Böhmens soll Ehre und Heil widerfahren, was ihm die Deinen einst verweigerten. Ist am Bluttag die Schuld nicht beglichen, so magst auch Du die verschlungenen Pfade des Zwielichts beschreiten.*

»Wirr und pathetisch obendrein«, kommentierte Lysander leise das Gelesene.

»Und weshalb informierst du uns anstelle der Polizei über deine kleinen Drohbriefchen?«, wollte ich brüsk wissen.

Trubic grinste sein unnachahmliches, schiefes Grinsen, als er ein weiteres, gefaltetes Schriftstück aus seinem Jackett fischte. »Die Geschichte ist noch nicht zu Ende.« Mit spitzen Fingern reichte er mir den zweiten Brief.

Unwillkürlich zuckte ich zusammen, als unsere Hände sich berührten. Ich hasste mich für die Lächerlichkeit der Reaktion und verlas schnell mit gesenkter Stimme: »*Deine Zeit ist gekommen, Jindřich, der Du bist aus dem Geschlechte der Trubics. Deine Zeit, Buße zu tun* … und so weiter, und so fort. Wie einfallslos, ein und denselben Drohbrief an mehrere Personen zu richten«, schloss ich leichthin.

Trubic leckte sich die Lippen. »In der Tat. Wenn ich dich auf das Datum des zweiten Briefes aufmerksam machen dürfte, Dejan? Den ersten erhielt ich, wie schon erwähnt, gestern Mittag.«

»13. Juni 1883«, flüsterte Lysander verständnislos, seine runden Ohren zuckten nervös. »Das ist ... eine Weile her.«

Gedankenverloren betrachtete Trubic seine langen, eleganten Finger. »Eine Weile, ja. Ich war gerade vierzehn, als mein Vater starb.«

Das Papier entglitt meinen Fingern. »Dein Vater?«, vergewisserte ich mich.

»Jindřich, Graf Trubic.« Sein Blick schien über uns hinwegzugleiten, in weite Ferne gerichtet. »Denn an ihn war der Brief gerichtet. Wie gut entsinne ich mich des Morgens, da er das Billet auf dem Frühstückstisch vorfand: Sehr bleich wurde er, bis zum frühen Abend schloss er sich in seinem Arbeitszimmer ein. Meine Mutter, meine Schwestern, ich, bang strichen wir vor der Tür auf und ab und wagten doch nicht, anzuklopfen. Dann rief er mich, seinen einzigen Sohn zu sich, und er erzählte mir von den unheimlichen Ereignissen, die den Tod meines Großvaters einst begleitet hatten. Der war, so führte mein Vater aus, eines Herbstmorgens blutüberströmt im Bett vorgefunden worden. Zwölf Messerstiche wies sein Brustkorb auf, und – das war jenes Element, das meinen Vater am heftigsten zu beunruhigen schien – an seiner rechten Hand steckte ein Ring, den kein Familienmitglied jemals zuvor gesehen hatte. Ohne recht zu wissen, was er tat, hatte mein Vater damals seinem Vater den Ring abgezogen und ihn fortan aufbewahrt. Nun, an jenem Abend legte er den Ring in meine zitternden Hände und ließ mich schwören, dass ich ihn immer bei mir tragen und mich der Tragödie meiner Familie entsinnen würde.«

Trubic fixierte mich jetzt. »Ich wusste, dass ich meinen Vater zum letzten Mal gesehen hatte, damals, als ich das Arbeitszimmer verließ, und doch wagte ich es nicht, mich zu verabschieden. Wenig später hörten wir den Schuss.«

Lysander war der Erste, der seine Sprache wiederfand. »Das tut mir sehr leid«, murmelte er.

Trubic nahm die Kondolenz gelassen hin. »Es ist schon lange her.«

»Der Ring?«, fragte ich. »Der Fuchsring?«

Felix Trubic nickte langsam. »Der Fuchsring.«

Unwillkürlich stiegen Erinnerungen in mir auf, Erinnerungen, die ich nicht haben wollte: der Moment, in dem ich den kleinen, alten Silberring mit der eingravierten Fuchsgestalt, den Trubic stets an einem Lederband unter der Kleidung um den Hals getragen hatte, zum ersten Mal zu Gesicht bekommen hatte; als ich mich allzu willig von der einen oder anderen interessierten Frage ablenken hatte lassen; als … Ich schüttelte den Kopf, als könne ich so die Geister der Vergangenheit vertreiben, meine Sinne wieder wachrütteln.

Sorgfältig verstaute Trubic die beiden Briefe in seinem Jackett und zündete sich eine Zigarette an. Sinnend blickte er in die kleine Flamme, bis das Streichholz beinahe heruntergebrannt war und seine Finger versengte.

»Wir übernehmen den Fall«, sagte Lysander an meiner statt.

»Unter einer Bedingung«, fügte ich eilig hinzu.

Trubic blickte mich spöttisch an. »Die da wäre?«

»Du beantwortest mir eine Frage: Weshalb hast du dich noch mit Waldhausen abgegeben?«

»Ich sagte dir doch bereits, wir hatten geschäftliche Vereinbarungen.«

»Ich glaube dir nicht.« Mein inquisitorischer Tonfall entsetzte mich. Was kümmerte mich, mit wem Trubic aus welchen Gründen Umgang pflegte?

Doch Trubic zuckte nur die Achseln. »Dann tust es eben

nicht.« Gleichmütig fügte er hinzu: »Ich werde euch beide mehr als angemessen entlohnen, wenn ihr mir weiterhelft.«

»Wir nehmen an«, wiederholte Lysander. Seine schwarzen Augen glänzten.

»Der Retter Böhmens. Der Tag des Blutes – was soll das denn heißen?« Mit gerunzelter Stirn ließ Mirko seine Blicke zwischen Esther und mir schweifen, als wir am selben Nachmittag im Salon meiner Wohnung zusammensaßen.

Lysander hatte sich mit einiger Vehemenz temporär der Denkarbeit verweigert und sich Esthers entzückender Tochter Alena angenommen, welche die kleinen Kunststückchen, die er ihr vorführte, mit begeisterten, entnervenden Quietschlauten quittierte.

»Masarýk?«, schlug Esther vor. »Ein großer, ein brillanter Mann ist das, hab' erst letztens in der Zeitung eine Denkschrift von ihm gelesen. Wenn einer Böhmen in die Unabhängigkeit führen kann, dann er.«

Ich verbarg mein Grinsen hinter einer Tasse Zitronentee. »Wenn du jetzt noch Trubics Ahnen in irgendeinen Kontext zu Masarýk stellen kannst, wird dir meine immerwährende Bewunderung sicher sein.«

Nachdenklich tippte Esther mit Daumen und Zeigefinger an ihr Kinn. »Hast ja Recht, es muss ein Mord gewesen sein, der weit in der Vergangenheit begangen wurde, wenn das arme Großväterchen deswegen schon daran glauben musste.«

Mirko zerbröselte einen Butterkeks auf seiner Serviette. »Mord?«

»Ist doch sonnenklar, meine ich«, erklärte Esther, den Mund voll Rosinenkuchen. »Einer von Trubics Ahnen hat den Retter Böhmens über die Klinge springen lassen – deshalb das Gerede von Bluttag und so fort. Na ja, und seither ist die Familie verflucht. Wenn Trubic sich bis zum Jahrestag des Mordes nicht bei der Mischpoche des Verschiedenen entschuldigt, oder was auch immer sie wollen, wird auch er ermordet.« Sie nahm sich ein weiteres Stück Kuchen. »Was außerordentlich schade wär'. Hab ja noch immer die Hoffnung nicht ganz begraben, dass er sich eines Tages doch noch hinreißen lässt zu – na, ihr wisst schon.«

Sie hob eine Hand. »Vor dem Kind keine Schweinereien bitte, aber ich sag euch, sogar den Marchese würd' ich dann stehen lassen. Unter Umständen.«

»Der heilige Wenzel«, antwortete Mirko.

Energisch stellte Esther ihren Teller weg. »Pfui Teufel, Junge, du solltest dich schämen. Über Heilige reißt man keine dreckigen Witze, da möcht' der Herrgott vor sein.« Rasch bekreuzigte sie sich.

Fröhlich keckernd schaltete sich nun auch Lysander ein. »Doch nicht für dein Bett, Esther. Als Retter Böhmens, meint unser historisch bewanderter Schlauberger.« Umständlich begann er seine Schnurrhaare zu ordnen, setzte sich auf die Hinterbeine – ein untrügliches Anzeichen, dass er Kräfte sammelte für einen längeren Vortrag.

Ich seufzte. Ich liebte meine Freunde, aber es gab Augenblicke, da hätte ich ihnen allen mit Vergnügen den Schwarzen Tod an den Hals gewünscht.

»Nun«, begann Lysander bedeutungsvoll, »der Mord an einem Heiligen wäre gewiss ein Grund, einen Fluch auf eine ganze Familie zu ziehen. Allein weist deine These ein chronologisches Problem auf: Trubic, wie dir bekannt sein dürfte, Mirko, ist ein Name serbischer Herkunft. Wenn man ein wenig in ihrer Familienchronik stöbert – was ich, wie ich betonen möchte, mit der ausdrücklichen Zustimmung des Grafen schon vor vielen Jahren getan habe –, wird man recht bald vor die Tatsache gestellt, dass die Trubics bis zur zweiten Hälfte des

16. Jahrhunderts vollauf damit beschäftigt waren, ihre Besitztümer und die Militärgrenze zwischen dem osmanischen und dem habsburgischen Reich zu sichern. Sie fochten und kümmerten sich keinen Deut, was im fernen Böhmen vor sich ging. Erst um 1600 kam der erste Graf Trubic nach Prag. Und zu jenem Zeitpunkt weilte der heilige Wenzel schon längst unter Engelsscharen.«

»Um 1600, sagst du?«, wiederholte ich, einer jähen Eingebung folgend.

Lysander nickte.

»Man sagt, das Blut sei in Bächen über den Marktplatz geflossen«, warf ich ein, was mir wiederum einen verwirrten Blick Lysanders eintrug. »Der Bluttag ist der 21. Juni des Jahres 1621, als nach verlorenem Gefecht die Anführer der Schlacht am Weißen Berg, samt und sonders tschechische Herrn von Stand und Namen, von den siegreichen Habsburgern auf das barbarischste niedergemetzelt wurden.«

Mehr als sechzig Herren hatten an jenem Tag vor der gaffenden Menge auf dem Altstädter Ring den Tod gefunden, weil sie an einen Gott und an das Recht der Selbstbestimmung ihres Landes glaubten. War einer von ihnen der besagte Retter Böhmens?

Für einen Augenblick ersann ich mir das Bild eines stolzen jungen Mannes, der kühne Visionen spann; der am Ende aller Schlachten sein Land in Frieden und Freiheit zu sehen meinte; und ein falscher Kamerad stand an seiner Seite, lauschend, abwartend, auf den Lippen Felix' Lächeln.

Mirko holte mich aus meinen Phantastereien zurück in die Wirklichkeit.

»Und es ging um den böhmischen Protestantismus«, sagte er, sichtlich stolz auf seine mühsam memorierten Geschichtslektionen. »Vielleicht hatte der gesuchte Trubic-Ahne ja mit der Ermordung von Jan Hus zu tun?«

Ich stöhnte leise. Mirko durfte mit Fug und Recht ein infernalisches Talent, historische Fakten und Zeitfolgen in Unordnung zu bringen, sein Eigen nennen.

»Ist dir zufälligerweise nach Lektüre der Chronik auch bekannt, welche Rolle die Familie Trubic in den Kämpfen gespielt hat?«, erkundigte ich mich bei Lysander, nicht zuletzt, um mich von einem rüden Kommentar hinsichtlich Mirkos Unbildung abzuhalten. Mein alter Kamerad war jedoch bereits wieder zur Gänze von Alena in Beschlag genommen worden. Ausgelassen wie ein junges Wiesel rollte er mit ihr über den kostbaren Perserteppich.

»Bedaure«, erklärte er zwischen zwei spielerischen Sprüngen. »Darüber schweigt die Chronik – wie Chroniken es nun einmal zu tun pflegen.«

Resignierend seufzte ich, während sich in Esthers Gesicht ein Lächeln ausbreitete. »Na, meine Herren, was kann's denn schaden, ein bisserl in den Bibliotheken zu wühlen, und zu schauen, ob's in der Familie Trubic irgendwelche Sympathisanten der Katholischen Liga gab?«

Gewiss, es schadete nichts. Leider brachte es uns auch keinerlei Erkenntnisse. Volle vier Tage bezogen Mirko, der allzu willig einmal mehr die Rolle des treuen Adlatus einnahm, und ich Quartier in der im Clementinum gelegenen Universitätsbibliothek, um notwendigen Recherchetätigkeiten nachzugehen. Auf das Sorgfältigste durchstöberten wir Folianten um Folianten, durchforsteten systematisch Chroniken, und originale wie gefälschte Handschriften auf den geringsten Hinweis nach der Familie Trubic. Unglücklicherweise, so zeichnete sich alsbald ab, hatte die Familie sich nicht nur von den protestantisch-katholischen Zwistigkeiten ferngehalten, nein, auch später hatte keiner der Trubics auch nur das entfernteste Interesse an

Politik und Revolution gezeigt. Geradezu unnatürlich ruhig hatten sie sich verhalten.

Was selbstverständlich ein höchst ermutigendes Zeichen war, so überlegte ich mir eines Nachmittags, als ich in einem wohlverdienten Augenblick der Muße in der sonnigen Fensternische meines liebsten Kaffeehauses über einer Tasse englischen Tees unsere bisherigen, dürftigen Erkenntnisse überdachte. Wenn eine wohlsituierte Familie von Stand sich augenscheinlich solch große Mühe gab, sich aus allen politischen Verwicklungen, aus allen Kabalen und Skandalen herauszuhalten, dann war dies weit mehr als nur ungewöhnlich.

Doch konnte man aus derart winzigen Details, dem Nicht-Vorhandensein von Hinweisen, tatsächlich auf ein planvolles Vorgehen schließen? Wollte die Familie Trubic aufgrund einer früheren Schuld unbemerkt bleiben, ja, vergessen werden?

»Mit drei Überseekoffern ist sie angekommen, heute Abend«, erläuterte Lysander zwischen zwei hastigen Bissen. Erst vor wenigen Minuten war er, erschöpft und zerzaust, in unserer gemeinsamen Wohnung angekommen, wo er nun im Salon vor dem unbeheizten Kamin eine Mitternachtsmahlzeit aus halbgarem Fisch und Erbsengemüse verschlang.

Lysander, der während unserer Bibliothekssuche mit der Überwachung von Trubics Stadthaus beauftragt worden war, wusste anders als wir Handfesteres zu berichten: Das Palais beherbergte neben dem Grafen offenkundig seit neustem eine weitere Person.

»Ein Gepäck, das im Übrigen die logistischen Möglichkeiten des Trubic'schen Haushalts bis an die äußersten Grenzen ausreizte. Zum Schluss haben der alte Butler, der Hausdiener und der Kutscher gemeinsam die Koffer in die Halle gezerrt. Viel hätte nicht gefehlt und das Fräulein hätte Anstalten gemacht, bei dem Manöver selbst Hand anzulegen.«

Lysander hob den Kopf, Verschlagenheit stand ihm ins pelzige Gesicht geschrieben.

»Tatsächlich?«, erwiderte ich und fuhr ungerührt fort, in der Zeitung zu blättern. Den Triumph, dass ich die Beherrschung verlöre und nach dem Mädchen fragte, würde ich ihm nicht gestatten. Da mochte er noch Stunden mit seiner umständlichen Erzählung fortfahren.

Es war Mirko, der meine Pläne durchkreuzte. »Von dem Fräulein wollen wir hören, nicht von ihrem Gepäck«, fuhr er ungeduldig dazwischen.

Mit unschuldigen Kulleraugen musterte uns Lysander. »Das Fräulein?«, fragte er und putzte mit den Pfoten seine fettige Schnauze. »Aber natürlich, das Fräulein. Ich dachte nur, es wäre stilistisch ein wenig ansprechender, euch das Gesamtszenario zu umreißen. Die Kunst der Erzählung liegt schließlich in der farbenfrohen, rhetorischen Umsetzung der zu schildernden Ereignisse. Das wussten schon die fahrenden Sänger des Mittelalters – und sie taten wohl daran, sonst wären dem ignoranten Abendland Geschichten wie die der Nibelungen längerfristig wohl kaum in Erinnerung geblieben.«

»Das Fräulein«, wiederholte Mirko streng, »nicht die Nibelungen.«

»Sie war jung, sehr jung. Obwohl sie einen Hut trug – einen ausnehmend hässlichen, neumodischen Hut, der gewisse Ähnlichkeiten mit einer Bratpfanne aufwies –, gelang es mir, einen ausführlicheren Blick in ihr Gesichtchen zu werfen. Ganz reizend, vielleicht noch etwas zu rund. Allerhöchstens achtzehn, schätze ich.«

Nach dieser ersten klaren Aussage sprang er neben mich auf das Sofa und streckte sich träge auf den Kissen aus. »Dem Trubic ist sie gleich um den Hals gefallen, nicht sehr damenhaft, aber bitte. Und der Trubic küsst sie doch tatsächlich …«

»Wie bitte?«, entfuhr es mir.

»… vor den Dienstboten auf beide Wangen«, beendete Lysander ungerührt seinen Satz. Er gähnte. »Mehr gab es dann nicht zu sehen, auch wenn ich auf meinem Posten verharrte, bis im Haus die Lichter gelöscht wurden.«

Mirko verschränkte die Arme vor seiner Brust. »Meinst du, sie ist seine Geliebte?«, fragte er mit enervierender Arglosigkeit. »Oder seine Braut?«

»Nach alldem, was Mariana mir zu berichten wusste, wird eine Geliebte kein rechtes Vergnügen mehr mit Trubic haben. Und von einer bevorstehenden Vermählung hätten wir gewiss in den Zeitungen gelesen«, so nonchalant, wie ich es nur irgendwie vermochte, schloss ich das Gespräch.

3

Prag

16. bis 17. Juni 1909

Aus den Aufzeichnungen Baron Sircos, Prag, 16. bis 17. Juni 1909

Entgegen meiner Gewohnheit war ich am nächsten Morgen sehr früh erwacht, und befand mich damit in einigermaßen munterem und weitgehend angekleidetem Zustand, als Esther uneingeladen zum Frühstück erschien. Der Großteil ihres Haares wurde von einem schreiend bunten Hut verdeckt, sie roch sacht nach Wein und Rosen, was den Verdacht nahelegte, dass sie sich noch gar nicht zu Bett begeben hatte.

Schwer ließ sie sich in den Sessel mir gegenüber fallen, warf ein Billet in die ungefähre Richtung meines Tellers. Das Papier flatterte hin und her und landete schließlich höchst unglücklich in einem Konfitüreschälchen. Mein Diener Pavel, der seine umfangreiche Gestalt noch immer im Türrahmen positioniert hatte, bedachte Esther mit einem höchst pikierten Blick und fragte: »Soll ich ein weiteres Gedeck für die gnädige Frau auflegen?«

Esther gähnte. »Nein, bewahre. Die gnädige Frau geht schon wieder. Die gnädige Frau hat nur heute Nacht einem höchst ungnädigen Besucher versprochen, dies hier so bald wie möglich dem Herrn Baron zu überbringen.«

Pavel, der inzwischen seit fast zehn Jahren bei mir im Dienst stand und an die Verhältnisse in unserem Haushalt gewöhnt war, erkannte dies als sein Stichwort, sich diskret aus dem Salon zu entfernen.

Leise schloss er die Tür hinter sich; ich schnitt eine Grimasse.

Ein weiterer Auftrag also. Nach Wochen bitterster Langeweile schienen sich die Ereignisse wie üblich zu überstürzen.

Esther steckte sich eine Zigarette zwischen die dunkelrot bemalten Lippen, ich riss ein Streichholz für sie an und beugte mich zu ihr.

»Wirklich, Dejan, Lysander, weshalb müsst ihr denn unbedingt immer noch meinen Salon als Anlaufstelle für eure Klienten missbrauchen? Spätestens seit der Geschichte mit der falschen Freimaurerloge kennt doch *toute* Prag die Adresse vom Herrn *Detektiv* Sirco. Da könnten die hilfesuchenden Herrschaften sich doch gleich an euch wenden und müssten nicht regelmäßig in meinem Haus für Verwirrung sorgen? Andere Spezialisten im okkulten Bereich wickeln ihre Geschäfte ja auch nicht unter Miteinbeziehung von *gesellschaftlichen Einrichtungen* ab, möcht' ich meinen!«

Es war nicht der richtige Moment, Esther in ihrer gerechten Empörung zu widersprechen, obschon ich mich mit einigem Amüsement an jenen Wiener Ermittler erinnerte, der im Zivilberuf als Dompfarrer in St. Stephan tätig war und seine Aufträge vorzugsweise im Beichtstuhl entgegennahm – jeden Dienstag und Freitag, zwischen Mittags- und Drei-Uhr-Messe.

»Jedenfalls«, nahm Esther ihre Erzählung wieder auf, »der Herr, der da gestern aufgekreuzt ist, lieber Himmel, ich sage euch, das war eine Gestalt. Gezittert hat er am ganzen dreckverschmierten Leib. Gerade, als ob er dem Kanal entstiegen wäre, hat er ausgeschaut, und sich auch ungefähr so benommen. Und dieses Gekritzel, das gegenwärtig die Marmelade verunziert, hat er abgegeben.«

Unbekümmert fischte Mirko das Briefchen aus der Schale. »Den Untoten bei Libuše und Premysl gesehen. Jaroslav«, verlas er die Botschaft und sah mich verständnislos an.

»Jaroslav ist der Friedhofswächter auf dem Vyšehrad«, übersetzte Lysander die wenigen Worte. »Ganz offensichtlich hat er unseren hartnäckigen Vampir einmal mehr an dessen Lieblingsplatz gesichtet, zwischen den grauenhaften Statuen von Myslbek.«

Esther zuckte die Achseln. »Na, und wieso kann mir der Herr Jaroslav das nicht wie ein gesitteter Mensch mitteilen? Der sollte sich doch zumindest ein bisserl daran gewöhnt haben. Ein ›Entschuldigung, der Vampir, dieses sture Ungetüm, ist schon wieder da‹, hätte doch vollauf genügt. Aber nein, da stürzt er herein, als wäre ihm der Leibhaftige begegnet; stinkt, als hätte er sich vor Angst bepisst, mindestens; und macht mir ein Riesengeschrei, dass er unbedingt den Baron sehen muss, jetzt sofort und auf der Stelle. Das ganze Haus ist zusammengelaufen, zum Glück hat keiner recht verstanden, was eigentlich los ist!«

Auch wenn ich Esthers Missvergnügen über den Verlauf der Dinge nachvollziehen konnte, so schien mir ihr Urteil über den Friedhofsgärtner etwas harsch: Bei den unerfreulichen Erfahrungen, die er bereits mit dem Vampir gemacht hatte, musste es ihm als Zeichen der Tapferkeit hoch angerechnet werden, dass er Schritte unternommen hatte, uns über die Wiederkehr des Nosferatu in Kenntnis zu setzen. Immerhin, vor drei Jahren, als der Vampir zum letzten Mal Prag heimgesucht hatte, war es Lysander und mir nur mit knapper Not gelungen, den Herrn Jaroslav aus seiner tödlichen Umklammerung zu befreien.

»Dieser verfluchte Nosferatu!«, ließ ich meinem Zorn über die neuerlichen Komplikationen freien Lauf. »Kaum ist man in einen anderen – und, wie ich betonen möchte, ungleich relevanteren – Fall verstrickt, hat er partout nichts anderes zu tun, als Prag wieder zu seinem Jagdgebiet zu erklären. Wir haben keine Zeit für solche Nichtigkeiten!«

»Eigentlich«, warf Lysander ein, »haben wir mit dem Vampir nichts mehr zu tun. Wann wurdest du denn zum letzten Mal dafür bezahlt, dass du dich mit ihm abgibst?«

»Im Frühling 1901«, antwortete ich zögerlich. Damals hatten mich Stadtoffiziale auf die Fährte des Vampirs angesetzt, nachdem es zu einem Zwischenfall bei einer spätabendlichen Trauerfeier in der Rotunde auf dem Vyšehrad gekommen war. Tatsächlich war es mir gelungen, den Vampir zur Abreise zu bewegen, und ich hatte ein recht großzügiges Honorar erhalten. Doch nun war der Vampir wiedergekehrt – es gab eine Verantwortung, der man sich nicht entziehen konnte.

Mirko hob den Kopf. »Ich könnte den Vampir übernehmen«, erbot er sich.

Fasziniert von den gängigen Vampirdarstellungen der schauderhaft populären Schundliteratur war er ganz versessen darauf, eines Tages einem echten Untoten gegenüberzustehen, um ihm einen Pflock durch das Herz zu rammen, und so die Welt von einem weiteren Übel zu befreien. Dass der tatsächliche Umgang mit Vampiren mit jenen romantisierenden Fiktionen wenig zu tun hatte, hatten Lysander und ich ihm bereits wiederholte Male – vergeblich – zu vermitteln versucht.

»Hast du den Verstand verloren?«, herrschte Lysander den Jungen an. »Was verstehst du schon von Vampiren? Bist du so ein Dummkopf, dass du den Legenden glaubst, die zur Abschreckung und Unterhaltung von Tölpeln und Träumern dienen?« Aufgeregt fauchte er. »Vampire sind Raubtiere, unberechenbar und launenhaft. Solange der menschliche Aspekt ihrer Seele überwiegt, so kannst du noch mit ihnen argumentieren, doch je älter sie werden, desto mehr überlagern die Instinkte des Raubtieres die Vernunft des Menschen. Und dieser Nosferatu ist sehr alt.«

Ernst fügte er hinzu: »Mag sein, dass wir unsere Scherze über den Vampir reißen, doch steht man ihm erst gegenüber, da verspürt selbst der Tapfere zuweilen mehr als nur ein leises Unbehagen. Und auch wir, die wir Erfahrung haben im Umgang mit diesem Nosferatu, wissen nicht, ob nicht irgendwann der Tag kommt, da sich seine Jagdgier gegen uns richtet – allen Versprechungen und Freundschaftsbekundungen zum Trotz.«

Ich stimmte Lysander zu, und dennoch: Vielleicht tat ich Mirko Unrecht, ihn stets von den allzu riskanten Aspekten unseres *metiers* abzuschirmen, als sei er noch immer der halbwüchsige Knabe von einst. Vielleicht sollte er dem Vampir begegnen, sollte erleben, was Gefahr wirklich bedeutete, ehe ich ihn fort, hinaus in die Welt schickte?

Solche und ähnliche Gedanken beschäftigten mich, während Lysander und ich in einer Mietdroschke die steile Straße hinauf zum Vyšehrad, dem alten Burgberg Prags, holperten. Wie bezeichnend war es doch für den Vampir, dass er sich ausgerechnet die Überreste der alten Festung, von deren Mauern die sagenumwobene Königin Libuše mit ihrem Gemahl Premysl vor langer Zeit auf die Stadt hinabgeblickt hat, zu seinem bevorzugten Quartier erwählt hatte.

Am Leopoldstor, knapp vor der Rotunde, ließ ich den Kutscher anhalten. Zu Fuß setzten wir unseren Weg fort, leise und heimlich, den finsteren Gestalten der Nacht gleich.

Neben ihrer Unberechenbarkeit und tierhaften Sinnesschärfe ist mit Sicherheit ihre Fähigkeit, sich völlig lautlos und mit übermenschlicher Geschwindigkeit zu bewegen, die unangenehmste Eigenschaft von Vampiren. Nur in Ausnahmesituationen kommt man im Umgang mit ihnen in den Vorzug, das Überraschungsmoment auf der eigenen Seite zu wissen.

Heute, da wir so geräuschlos, wie wir nur vermochten, durch die Gartenanlagen des Burgbergs schlichen, war das Glück mit uns: Eine Weile schon konnten wir nun aus sicherer Entfernung den Nosferatu beobachten. Offenkundig tief in Gedanken versunken kauerte er, den Kopf in beide Hände gestützt, auf dem Sockel der Statue, die Libuše und Premysl zeigte.

»Hoffen wir, dass er nicht durstig ist«, flüsterte ich Lysander zu, ehe ich mit lauter Stimme rief: »Master Buckingham! Erinnern Sie sich noch an uns?«

Der Vampir sprang auf, seine bernsteinfarbenen Augen schienen in der Dunkelheit zu leuchten.

Gemessenen Schrittes trat ich aus den Schatten, Lysander dicht an meinen Fersen.

»Master Buckingham?«, wiederholte ich, nachdem der Vampir außer einem kehligen Drohgeräusch keine weitere Reaktion gezeigt hatte. Aus Gründen, die ich wohl nicht weiter erläutern muss, war es mir sehr wichtig, dass der Nosferatu einen Gesprächspartner und keine bloße Jagdbeute in mir sah.

Einen bangen Augenblick lang warf er den Kopf zurück, witterte in die Nacht wie ein Wolf, zum Sprung bereit, dann entspannte sich seine Körperhaltung etwas.

»Sie sind es, Sirco«, grüßte er mich in akzentbehaftetem Tschechisch. »Sie kommen spät. Ich hatte Sie bereits vor einigen Nächten erwartet.«

Master Alvin Buckingham, der Vampir vom Vyšehrad, bot stets aufs Neue einen höchst eindrucksvollen Anblick, wenn man ihm erst gegenüberstand: Gelblich-braune Augen leuchteten in einem Gesicht, das so bleich und hart schien, dass es einer Marmorbüste zu Ehren gereicht hätte. Wenn er lächelte – und das tat er häufig –, blitzten zwei äußerst einprägsame, spitz zulaufende Fangzähne zwischen vollen, dunkelroten Lippen. Seiner Neigung zu grotesken Auftritten nachgebend, trug er in jener Nacht einen altmodischen Anzug, der zur Gänze aus dunkelgrünem Samt geschneidert war. Die dunkelbraunen Locken verschwanden teilweise unter einem schwarzen Dreispitz.

Lysander schnaubte.

»Auch Sie heiße ich willkommen, Sutcliffe«, sagte der Vampir beinahe freundlich. »Ich nehme an, Sie beide sind wie üblich gekommen, um mir zu erklären, dass ich in Prag nichts verloren habe?«

»Wir hatten eine Abmachung, Master Buckingham«, wagte ich ihm ins Gedächtnis zu rufen.

Der Vampir bleckte seine glänzenden Zähne zu der bösen Parodie eines Lächelns, doch er schwieg.

»Wenn Sie auch nur einen Menschen töten, werden Sie wünschen, niemals hierher zurückgekommen zu sein«, versuchte ich zu drohen.

Nun lachte Buckingham. »Wenn ich Lust habe, den Todesmoment meiner Opfer auszukosten, dann werde ich es tun, ganz, wie es mir beliebt. Und wenn ich es wünsche, dann sind Sie, Baron, der Nächste, an dem ich mich nähren werde.«

Seine bemerkenswert lange Zunge leckte über seine Lippen, gerade so, als freute er sich auf ein delikates Mahl. Was ich, aus der Sichtweise eines Vampirs, zweifelsohne darstellen mochte.

»Verstehen Sie mich nicht falsch«, sagte Buckingham rasch, als ich unwillkürlich einen Schritt zurücktrat. »Es würde mir gegenwärtig nur wenig Vergnügen bereiten, Sie zu töten …«

Er fixierte mich, seine Bernsteinaugen schienen geradewegs in die Untiefen meiner Seele zu tauchen. *Doch einen weiteren Kuss wirst du mir gewähren,* hörte ich ihn in einer Sprache sagen, die nur in meinem Kopf hallte; einer Sprache, die nicht auf dem artikulierten Wort beruhte, sondern auf Blicken und der Kunst der Gedankenübertragung. Aus weiter Ferne meinte ich, Lysander meinen Namen rufen zu hören. Seine Schnauze stieß gegen meinen Unterschenkel, doch ich konnte mich nicht mehr regen, die stummen Worte des Vampirs hatten mich gänzlich gefangengenommen.

Einen Kuss.

Ich wusste, was folgen würde – und ich hasste es. Hasste mich für meine Angst, hasste mich für die pervertierte Erregung, die mich durchfuhr, als der Vampir seine messerscharfen

Fangzähne in meinen Hals schlug. Brennender Schmerz, eiskalte Finger schlossen sich um meine Handgelenke, Dämonenleib dicht an mich geschmiegt, unbarmherzig trank er mein Blut. Rote Schleier legten sich über meine Augen; Panik des Ausgelieferten, Futterquelle und Lustobjekt zugleich zu sein, überfiel mich. Dann, mit einem kehligen Stöhnen, ließ er ab von mir und ich brach in die Knie, schwindelnd, frierend, beschämt.

Ich danke dir.

»Dejan? Geht es dir gut?« Lysander stupste mich vorsichtig mit der Schnauze an.

»Machen Sie sich keine Gedanken, der Blutverlust ist keineswegs bedenklich«, sagte Buckingham, der sich affektiert mit einem Taschentuch die Lippen betupfte.

»Alles in Ordnung«, schnappte nun auch ich, während ich, die behandschuhten Finger ins Erdreich vergraben, zitternd darauf wartete, dass der Schmerz endlich nachließ.

Lysander knurrte. Nicht zum ersten Mal war er Zeuge meiner Demütigung durch den Vampir geworden, der sich Master Buckingham nannte. Natürlich war dies nicht sein richtiger Name, niemand kannte diesen. In eingeweihten Kreisen mutmaßte man, der Nosferatu wäre deutlich älter als das Haus Buckingham. Doch über sein wahres Alter sprach kein Vampir.

»Sie sollten Prag wirklich verlassen, Master Buckingham«, warf Lysander nun ruhig ein. »Ich bin mir sicher, Sie selbst erinnern sich am allerbesten, wie knapp – und vor allem, mit wessen Hilfe – Sie das letzte Mal den selbsternannten Vampirschlächtern entkommen sind. Eine neuerliche Mordserie und Sie sind wieder der Gejagte, die Beute.«

Buckingham ließ sich mit seiner Antwort Zeit. Mit nachlässiger Geste streifte er sich den Hut vom Kopf, spielte mit dem Federbesatz.

War es klug, den Vampir an die Nacht seiner Niederlage zu

erinnern? Vor drei Jahren, als seine neuerliche Rückkehr nach Prag ruchbar geworden war, hatte sich eine Vielzahl fragwürdiger *wissender* Subjekte, vom gewöhnlichen Abenteurer bis zum pensionierten Geheimagenten, in der Stadt eingefunden, um das Monstrum unschädlich zu machen. Da meine Sympathien stets auf Seiten des Wolfes lagen, war es mir leichtgefallen, Partei für Buckingham zu ergreifen; in der Jagdgesellschaft hatte man mich dafür verachtet.

»Wie gekonnt er seine Worte zu setzen weiß, der kleine Otter«, sagte der Vampir zuletzt und bleckte die Fangzähne.

Vielleicht war Lysander der einzige von uns, dem es dann und wann wirklich gelang, zu dem Vampir vorzudringen.

Mühsam hatte ich mich indes auf die Beine gekämpft, ein wenig schwankte ich noch, übersah demonstrativ Buckinghams süffisant dargebotenen Arm.

»Es wäre doch äußerst tragisch, wenn Sie ausgerechnet jener Stadt, die sie zu Ihrer Wahlheimat auserkoren haben, schlussendlich zum Opfer fielen«, spottete Lysander sanft – und brachte mich damit auf eine Idee.

»Master Buckingham, ich muss Sie mit einer Frage behelligen«, begann ich.

»Ich bin gegenwärtig in zu süßer Stimmung, als dass ich sie mir mit Ihren Fragen verderben lassen wollte, Baron Sirco«, entgegnete der Nosferatu.

Ich verzichtete darauf, ihn daran zu erinnern, wessen Blut seine Laune derart gehoben hatte und fuhr ungerührt fort: »Sagen Sie mir, wann kamen Sie zum ersten Mal nach Prag?«

Die Augen des Vampirs wurden schmal. Raubtieraugen. »Weshalb fragen Sie?«, zischte er.

»Weil ich Ihre Hilfe brauche.«

Buckingham lachte schallend. »Baron, wirklich! Es sind Wesen wie Sie, die mich die jämmerliche Menschheit, dieses rastlose Ameisenpack, lieben machen. Da stehen Sie vor mir, taumelnd, atemlos und bitten *mich* um Hilfe. Fürchten Sie den Tod denn so wenig?«

Ich biss die Zähne zusammen. »Nicht mehr.« Worte, unbedacht, dumm. Worte, die ihn zu Recht amüsierten, diesen arroganten Unsterblichen.

»Erinnern Sie sich an die Schlacht am Weißen Berg?«, warf Lysander nun ein.

Buckingham gähnte. »Ich habe mich niemals für Politik interessieren können.«

»Ist Ihnen der Name Trubic bekannt?«, fuhr mein Freund unbeirrt fort.

Der Vampir bleckte die Zähne zu einem abschätzigen Lächeln, strich sich eine Haarsträhne aus der Stirn. Eine kleine Ewigkeit schien es in Anspruch zu nehmen, ehe er antwortete, und die Antwort gestaltete sich in der Tat wenig aufschlussreich: »Möglich«, sagte er.

»Es wäre durchaus opportun, würden Sie sich etwas mehr Mühe in der Präzisierung ihrer Aussagen geben.« Obgleich ich mich noch immer schwer auf den Sockel der Herrscherstatue stützen musste, um überhaupt auf den Beinen zu bleiben, kehrte meine Lebenskraft allmählich zurück.

Tatsächlich fühlte ich mich stark und gefasst genug, um eine kleine Finte zu riskieren. »Von jenem Trubic spreche ich, der für die Freiheit Böhmens focht.«

Angespannt erwartete ich Buckinghams Reaktion – doch wollte er wirklich etwas verheimlichen, war er ein deutlich kundigerer Schauspieler als ich ein Menschenkenner war.

Für einen Augenblick versank der Vampir gänzlich in der Betrachtung der schmalen Mondsichel. Dann maß er mich lange mit funkelnden Augen, in denen Hunger und Sehnsucht gleichermaßen brannten.

»Eine schöne Nacht«, murmelte er.

Ich tauschte einen Blick mit Lysander. Es war kein Geheimnis, dass Vampire höchst empfindlich auf den Mond reagierten.

Rückzug, signalisierte mir Lysander mit einer hastigen Kopfbewegung.

Ich hatte nichts dagegen einzuwenden.

»Ich war *erstaunt*«, sagte Trubic und stellte damit unter Beweis, dass es ihm entschieden an Wortschatz mangelte, um die höchst widersprüchlichen Emotionen zu beschreiben, die einen denkenden Menschen zwangsläufig heimsuchen mussten, wenn er in sein Domizil zurückkehrte und ebendort, unruhig in der Vorhalle auf und ab schreitend, einen grimmigen Vampir mit einer weinroten Samtkappe auf dem Kopf vorfand.

»Master Buckingham, also wirklich.« Felix' ausgesprochen bleiche Gesichtsfarbe betrog die Worte um ihren intendierten spöttischen Klang. »Es wäre wirklich eine Tat der Nächstenliebe, diesem Vampir einen weniger absurden Künstlernamen ans Herz zu legen. Ich glaube nicht, dass ihn irgendjemand als Master *Alvin* Buckingham ernst nimmt. Und erst dieser lächerliche Hut ...«

»Vampire haben kein Herz«, unterbrach ihn Lysander ruhig, worauf Felix noch eine Spur blasser wurde und seinen Cognacschwenker so fest umklammerte, als hielte er sich daran fest.

»Aber was war sein Anliegen?«, erkundigte ich mich. Träge lehnte ich mich in dem Samtsofa zurück und hoffte, mir den Anschein verleihen zu können, voll und ganz Herr dieser mehr als außergewöhnlichen Situation zu sein.

Keine zwei Stunden, nachdem Lysander und ich von unserem beinahe katastrophalen Rendezvous mit dem Vampir zurückgekehrt waren, war ein Diener Trubics bei uns erschienen, mit der Botschaft, dass sein Herr dringend unserer Anwesenheit bedürfe. So hatten wir zum zweiten Mal in dieser Nacht eine eilige Fahrt durch die mittlerweile fast ausgestorbenen Straßen der Stadt angetreten. Und hier waren wir nun.

Mechanisch begann Felix, über Lysanders dichten, glänzenden Pelz zu streichen. Dass mein Gefährte eine derart entwürdigende Behandlung anstandslos über sich ergehen ließ, mag den Ausnahmezustand, in dem wir uns alle befanden, hinreichend illustrieren.

»Lili«, murmelte Felix nach einer Weile. Und nachdrücklich, als würde diese Ergänzung alle Fragen restlos klären, fügte er hinzu: »Meine Tochter.«

Ich weiß nicht, ob meine vielgerühmte Selbstbeherrschung mich ausgerechnet in jenem Moment, da ich ihrer so dringend bedurfte, verlassen hatte. Lysander nach meinem Mienenspiel zu fragen, habe ich niemals gewagt.

»Deine Tochter?«, wiederholte ich. »Seit wann hast du eine Tochter?«

Zugegeben, nicht der relevanteste Aspekt, jedenfalls nicht unter den vorherrschenden Gegebenheiten.

Lysander stieß ein kurzes, humorloses Keckern, das alles Mögliche bedeuten konnte, aus, ehe er mit dem ihm eigenen Sinn für Logik fragte: »Und was genau *wollte* der Vampir von ihr?«

Langsam hob Felix den Kopf, wandte mir sein müdes Gesicht zu. »Sie an ein Versprechen erinnern. Sie dazu bringen, ihre Schuld zu begleichen.« Eine vage Handbewegung illustrierte seine ebenso vagen Worte. »Was weiß ich. Spielt auch keine Rolle mehr.«

»Spielt keine Rolle mehr – weshalb?«, erkundigte sich Lysander, ehe ich eine etwas taktvollere Reaktion, wie »Sie ist doch in Sicherheit?« anbringen konnte.

Trubics Hände zitterten merklich, als er unsere Cognacgläser abermals füllte. Mit großer Selbstverständlichkeit plazierte er ein drittes Glas vor Lysander, der diesen *faux-pas* großzügig übersah.

»Sie ist fort«, erklärte Felix und zog einen Briefbogen aus der Innentasche seines Gilets. Mehrere Jahrhunderte schienen zu verstreichen, ehe es ihm gelang, das Papier zu entfalten. Kommentarlos reichte er es an mich weiter.

»*Ich reise noch heute mit dem Nachtzug nach Wien*«, stand da, in einer kleinen, ordentlichen Jungmädchenschrift. »*Lass mich gehen. Bitte. In Liebe, Lili.*«

Lysander richtete sich auf seine Hinterbeine auf, kaum dass ich die kurze Nachricht verlesen hatte. »Und Sie haben sie tatsächlich ziehen lassen?«, fauchte er. »Statt ihr zu folgen, haben Sie lieber nach uns schicken lassen! Ziehen es vor, auf Polstersofas Brandy zu trinken, als Ihr eigen Fleisch und Blut von einer Dummheit abzuhalten!«

In die schwarzen Knopfaugen meines Gefährten hatte sich ein Funkeln gestohlen, das bei einer etwas eindrucksvolleren Gestalt als einem Fischotter wohl als gefährlich zu bezeichnen gewesen wäre.

»Sie wollte gehen. Es steht mir nicht zu, sie aufzuhalten«, stellte Felix seltsam gleichgültig klar. Abwesend blickte er in seinen Cognacschwenker. Für einen Augenblick empfand ich das tiefe Bedürfnis, ihn in eine brüderliche Umarmung zu ziehen, ihm zu versichern, wie leid es mir tat – alles.

»Zumindest wird sie in Wien vor Buckingham in Sicherheit sein«, sagte ich mit einem warnenden Blinzeln zu Lysander.

»Sie ist jung. Sie hat Angst. Und wenn sie nicht darauf gehofft hätte, dass ihr ehrenwerter Herr Papa ihr zu Hilfe eilte, hätte sie kaum eine derartige Notiz hinterlassen«, belehrte er uns, während er aufgeregt auf dem langen Diwan hin und her zu eilen begann – wie es nun einmal seine enervierende Angewohnheit in Momenten der Anspannung war.

Felix bedachte ihn mit einem verächtlichen Lächeln.

»Wenn ich Sie so sprechen höre, wäre ich beinahe versucht,

anzunehmen, dass Sie weit mehr über heranwachsende Mädchen wissen, als es der Fall sein kann.«

Lysanders Schnurrbarthaare zitterten. »Nun, *meine* Töchter sind wenigstens niemals Hals über Kopf aus ihrem Heim geflohen!«

»Du hast mir nie erzählt, dass du Töchter hattest«, warf ich ein. Vergeblich kämpfte ich gegen ein vages Gefühl von Neid und Einsamkeit. Selbst Felix, selbst Lysander, die zwei ungewöhnlichsten und schwierigsten Persönlichkeiten, deren Lebenswege jemals den meinen gekreuzt hatten, hatten Kinder, die ihren Namen, ihre Erinnerungen, so fragmentarisch und unwahr diese auch sein mochten, weitertragen würden in das blasse Land der Zukunft.

»Nein«, schnappte Lysander kurz angebunden. »Nachdem sie beide vor knapp zwei Jahrhunderten gestorben sind, sah ich bisher wenig Veranlassung, dich mit meiner Familiengeschichte zu behelligen.«

Ein Hauch Ironie war in Felix' Stimme zurückgekehrt, als er leichthin einwarf: »Wirklich, Lysander, irgendwann, wenn der Zeitpunkt nur etwas geeigneter ist, *müssen* Sie mich in die Mysterien, die Ihre Existenz umgeben, einweihen. Vor zwei Jahrhunderten, sagten Sie?«

»Catherine starb am 12. Juni 1714. Mary folgte ihrer Schwester drei Jahre, zwei Monate und fünf Tage später ins Grab«, sagte Lysander sehr kalt, ehe er behände vom Sofa sprang und in Richtung Tür eilte.

»Wo willst du hin?«, rief ich mit einiger Verspätung. Ich stand noch immer im Bann der Eröffnung, die mein alter Freund, den ich in- und auswendig zu kennen meinte, gemacht hatte. Tatsächlich fiel es mir manchmal schwer, mir in Erinnerung zu rufen, dass Lysander einst ein Mensch gewesen war: ein Offizier und Familienvater und Gentleman.

Abrupt und beinahe komisch rutschend, kam Lysander auf

dem blanken Parkett zum Stehen. »Ich wecke Mirko, damit er mich nach Wien begleitet«, erklärte er, als handle es sich um die selbstverständlichste Nachtgestaltung der Welt.

»Sie wollen nach Lili suchen?«, vergewisserte sich Felix.

»Wenn Sie es nicht tun, ja«, erwiderte Lysander kampfeslustig.

Ich sah den Zeitpunkt gekommen, zu schlichten. »Es ist keine schlechte Idee, Felix«, wandte ich mich an Trubic, dessen blasse Wangen vor Empörung hektisch-rote Flecken aufwiesen.

Lysander bedachte mich mit einem abfälligen Blick. »Keine schlechte Idee? Abgesehen davon, dass der Sinn für Menschlichkeit es befiehlt«, er wandte sich Trubic zu, »sagten Sie, dass Master Buckingham von Lili die Begleichung einer wie auch immer gearteten Schuld forderte. Vielleicht möchten Sie uns dies etwas präziser erklären, *Sir*?«

Ein Hustenanfall erschütterte Felix, ehe er antwortete: »Ja nun, als ich Ihrem *Master Buckingham* just diese Frage stellte, machte er Anstalten, mit blitzenden Fangzähnen und fauchend wie eine missgelaunte Katze, die man von ihrem Platz am Ofen verscheucht hat, auf mich loszugehen.«

Ruckartig stellte ich mein Glas ab. »Konntest du ihn abwehren?«

Als sich Felix' Lippen zu einem müden Lächeln kräuselten, begriff ich. Mit nachlässiger Geste schob er den schwarzen Seidenschal, den er sich nach der Mode der Pariser Boheme um den Hals geschlungen hatte, ein Stückchen nach unten, um den Blick auf zwei winzige, dunkelrot-verkrustete Wundmale freizugeben, wie sie einzig die Bisse eines Vampirs verursachten. Wie oft hatte ich derartige Narben schon gesehen – an Toten, an Lebenden, an Fremden, an Freunden, an mir selbst, wenn ich mich in Momenten müßiger Eitelkeit eingehender im Spiegel betrachtete.

»Sie konnten nicht«, stellte Lysander fest, und es klang kein bisschen unzufrieden.

Zusehends gewann ich den Eindruck, dass er in dieser Causa im Zweifelsfall lieber für Buckingham als für unseren Klienten Partei bezogen hätte. Und dabei war er, dieser verdammte Schuft, derjenige, der den Auftrag überhaupt angenommen hatte.

»Ich hatte Glück, denke ich«, sagte Felix; gelassen zündete er sich eine seiner dünnen, französischen Zigaretten an.

»Hat Buckingham dir während ... des *Aktes* ... eine Botschaft übermittelt?«, erkundigte ich mich vorsichtig.

Felix betrachtete das Mundstück seiner Zigarette. »Nur eine Warnung: Ich solle Lili tun lassen, was immer ihr beliebe, wenn ich dem traurigen Schicksal, mit gebrochenen Augen in der Gosse gefunden zu werden, entgehen will.« Er blinzelte mir zu. »Die Ausdrucksweise des Vampirs, nicht die meine. Und, dass ich immer noch eine Wahl habe.«

Lysander, der in der Zwischenzeit auf dem Teppich Platz genommen hatte, sprang wieder auf die Beine. »Mirko und ich werden den Frühzug nach Wien nehmen.« Ein schneller Blick auf die Uhr hatte ihm offenbart, dass keinerlei Hoffnung mehr bestand, den Nachtzug zu erreichen und Lili von ihrem Vorhaben abzuhalten.

»Telegraphiert mir, sobald ihr Wien erreicht habt«, bat ich ihn geistesabwesend.

Lysander stieß ein bekräftigendes Keckern aus, ehe er aus dem Salon stürzte.

»Und du?«, fragte Felix mit einem kleinen, wissenden Lächeln. Draußen, am Gang, scharrten Lysanders Krallen auf dem glatten Parkett.

Ich sah ihn an. Nur ein Klient, das war er, nicht mehr.

»Ich sollte bei dir bleiben. Es besteht die Gefahr, dass Buckingham zurückkehrt.«

Felix blies den Zigarettenrauch in Richtung Plafond.
»Natürlich«, sagte er.

Der Morgen fand mich orientierungslos und in zerknitterter, nicht gänzlich vollständiger Kleidung auf dem Diwan in Felix' Ankleidezimmer; eine leere Cognacflasche, zwei Gläser neben mir auf dem Boden, die Erinnerungen an die Ereignisse der letzten Nacht unzureichend, vage und wirr. Wenn ich meinem Gedächtnis trauen durfte, und das war in Anbetracht des dumpfen Schmerzes, der hinter meinen Schläfen tobte, dem widerlichen Geschmack in meinem Mund und einem ebenso widerlichen Schwindelgefühl – alles untrügliche Indizien vorangegangener Trunkenheit – gegenwärtig keine gute Idee, so hatten wir die Vergangenheit auf alle naheliegenden Arten rekapituliert. Dass ich dennoch nur auf dem Sofa erwacht war, erfüllte mich gleichzeitig mit Erleichterung und leiser Besorgnis.

»Wieder auf den Beinen?« Felix lehnte im Türrahmen. Er trug Reithosen, blankpolierte Stiefel und einen farbenfrohen, abgenutzten Morgenmantel; ein Wassertropfen rann aus seinem feuchten Haar die Kehle herab.

Umständlich rappelte ich mich auf.

»Du reitest aus?«, stellte ich reichlich zusammenhangslos die erste Frage, die mir in den Sinn kam.

»Nun, eigentlich dachte ich, wir beide.« Felix ließ sich neben mir auf den Diwan fallen, streckte sich. »Ich habe den Rest der Nacht mit der Durchsicht verschiedener Dokumente verbracht. Anscheinend konnte man sich im Falle meines Großvaters auf kein Sterbedatum einigen: Die Familienchronik hält den 11. Juli fest, was aber schwerlich der Wahrheit entsprechen kann, wenn er – wie aus den Todesanzeigen zu entnehmen ist – schon am 8. Juli beigesetzt wurde. Die Aufzeichnung meiner Großmutter wiederum legen den 6. Juli nahe …«

»Felix! Langsamer und zusammenhängender, bitte!« Ich rieb mir die brennenden Augen, versuchte mit aller Macht, mich der Einzelheiten der vergangenen Stunden zu entsinnen – wie es schien, waren wir zu neuen Erkenntnissen hinsichtlich des Fluchs gekommen.

Felix zündete sich eine Zigarette an, griff über mich hinweg nach dem bunt bemalten Keramikaschenbecher, der auf dem Rauchtischchen an meiner Seite des Diwans stand.

»Du hast mir gestern von deinen Befürchtungen, der Bluttag könnte schon auf den 21.Juni anspielen, berichtet«, erinnerte er mich.

Peinlich berührt schüttelte ich den Kopf. Es hatte noch nie großer Mengen alkoholischer Substanzen bedurft, um mich in den Zustand blödsinniger Trunkenheit zu versetzen; eine Tendenz, die sich zu meinem Leidwesen seit dem Unfall noch weiter verstärkt hatte.

»O weh, der Cognac.« Resignation und Amüsement zeichneten sich zu gleichen Teilen in Felix' Zügen ab. »Jedenfalls fiel mir bei diesem Stichwort ein, dass ich nicht wusste, wann genau meinen Großvater sein scheußliches Schicksal ereilt hatte. Nun, nachdem ich hier nur widersprüchliche Aufzeichnungen zur Hand habe, gedenke ich einen Familienbesuch in der Provinz – will heißen, etwas außerhalb der Stadt – zu unternehmen, um mir ein paar Informationen anzueignen.« Voll Elan, obschon er in der letzten Nacht noch weniger Ruhe gefunden haben musste als ich selbst, sprang er auf. »Und du wirst mich begleiten.«

Ich nickte, auch wenn mir gegenwärtig der Sinn allein danach stand, mich hinter zugezogenen Vorhängen in einem bequemen Bett auszustrecken und den Tag zu verschlafen. Dennoch hatte ich das Gefühl, Felix etwas schuldig zu sein.

»Es tut mir leid«, sagte ich, ohne genau zu wissen, wofür ich mich eigentlich entschuldigte.

Felix lächelte dünn. »Mir tut es auch leid«, antwortete er zu meiner größten Überraschung.

Ich blinzelte und sah zu ihm auf. Wie beiläufig streiften meine Blicke über seinen schlanken Oberkörper, die furchtbaren Narben, die sich über seinen Bauch zogen, tiefer wiesen – und wie mit einem Schlag kehrte die Erinnerung zurück an diesen einen, unendlich langen, peinvollen Augenblick, der sich nicht hatte mit Cognac und nicht mit Worten überwinden lassen. Dieses Schweigen, das ich mit der dümmsten aller möglichen Fragen durchbrochen hatte: »Wie ist es geschehen?«

Und Felix hatte gelächelt, so wie er auch jetzt lächelte, wie er immer lächeln würde, ein spöttisches Verziehen der Lippen, das die Bitterkeit in seinen Augen doch nicht verschleiern konnte.

»Es war im Krieg«, hatte er mir geantwortet, »einer jener Kriege, von denen du in keiner Zeitung und keiner Depesche lesen wirst. Ein Krieg, von dessen Existenz nur ein paar kodierte Dokumente, sicher aufbewahrt in einem Bureau, dessen Namen du niemals hören wirst, zeugen.«

Betreten senkte ich nun den Kopf.

Kaum zwei Stunden später waren wir unterwegs. Felix, aus unerfindlichen Gründen wild entschlossen, den Landadeligen zu geben, hatte darauf bestanden, in den Stallungen unweit des Hradschiner Platzes zwei Reitpferde zu mieten, statt einer Droschkenfahrt den Vorzug zu geben.

»Weshalb hast du mich wirklich für diesen Auftrag angeworben?«, wollte ich unvermittelt wissen, als wir in langsamem Schritttempo hügelabwärts durch die verwinkelten Gassen der »Neuen Welt« ritten, ein verschlafenes kleines Viertel, in dem sich seit Premysl Ottokars Zeiten kaum etwas verändert haben mochte.

»Deine Erfahrungen mit den Mächten, gegen die wir zuweilen kämpfen, reichen weiter zurück als die meinen. Weshalb versuchst du das Geheimnis nicht selbst zu lüften?«

Felix blickte über die Schulter zu mir zurück; die Gasse war zu schmal, dass zwei Pferde hätten nebeneinander gehen können. »Aber das habe ich getan. 25 Jahre lang habe ich es versucht – und bin gescheitert.«

In einer etwas breiteren Straße angelangt, brachte er seinen Schimmel, ein schönes, kräftiges Tier, zum Stehen. Ich tat es ihm gleich.

»Wenn jemand dieses Rätsel erkunden, diesen Fluch abwenden kann, dann sind es wir beide – du und ich«, sagte er ruhig. Lange sah er mir in die Augen. »Du erinnerst dich mit Sicherheit nicht mehr daran, doch *damals*, als du die Armee verlassen musstest, da wollte ich dich dafür gewinnen, mit mir zusammenzuarbeiten.«

Ich nickte vorsichtig; mein Brauner schnaubte, tänzelte unruhig. »Ich entsinne mich.«

»Wir wären *unbesiegbar* gewesen, gemeinsam. Aber du wolltest es nicht. Deine eigene Berufung finden, ha! Jetzt wühlst du in den Geheimnissen der feinen Gesellschaft und scheiterst daran, deinen Vampir vom Vyšehrad ein für alle Mal zu bannen. Und das wirst du auch noch in zwanzig, dreißig Jahren tun, bis es aus ist mit deiner kleinen, dummen Existenz.« Er seufzte schwer. »Und doch brauche ich deine Hilfe.«

Ein Billet von Esther erwartete mich, als ich sehr spät an jenem Abend nach Hause kehrte: *»Der Marchese schlägt vor, dass wir uns morgen, am Abend, so um sieben, halb acht herum, alle zusammen treffen. Damit Ihr über die Rennfahrereien reden könnt und mir nur ja recht schön fad ist.«*

Ich legte das Briefchen beiseite, wanderte ziellos durch die

Wohnung. Lysanders und Mirkos Abwesenheit ließ sie mir größer und fast ein wenig einsam erscheinen: So sehr hatte ich mich in den letzten Jahren an meine beiden Begleiter gewöhnt, dass ich mich kaum noch erinnern konnte, wie es war, als ich alleine hier gelebt hatte. Freilich, damals hatte ich sehr oft Besuch empfangen, einen gewissen Besuch …

Energisch schüttelte ich den Gedanken ab. Meine vage Melancholie, entschied ich, schuldete sich einzig meiner Müdigkeit. Den gesamten Tag hatten Felix und ich mit Recherchen auf den Gütern, die seinem Großvater gehört hatten, zugebracht, ohne zu tiefergehenden Erkenntnissen zu gelangen, außer dass er höchstwahrscheinlich in der Nacht des 7. Julis 1861 ermordet worden war. Ebenso wie dessen Großvater.

Der 7. Juli, der Bluttag, der meine angenommene Spur zur Schlacht am Weißen Berg vernichtete.

4

Prag und Wien

17. bis 19. Juni 1909

17. Juni 1909,
im Zug irgendwo zwischen Prag und Wien

Liebe Esther,
heute muss ich Dir einen schwierigen Brief schreiben. Möglich, dass Du nach Ende der Lektüre nichts mehr mit mir zu tun haben willst. Umso besser wird es sein, dass Dich diese Zeilen erst erreichen, wenn ich schon sehr weit fort bin.
Gestern Nacht habe ich aufgrund eines Missgeschicks beim Packen für unsere Fahrt nach Wien etwas gefunden, das ich im Leben nicht hätte finden wollen. Ich gestehe, ich habe ein bisschen in Dejans Garderobe gestöbert, nach dem einen oder anderen mondänen Accessoire, das ich mir hätte borgen können, und da waren sie plötzlich: Ein paar Seiten eines Tagebuchs, versteckt in einer Hutschachtel, zwischen hässlichen Krawatten.
Ich weiß, was Du jetzt sagen wirst, Esther. Beinahe kann ich Dich durch das Rattern der Räder fluchen hören, und Du hast ganz Recht. Es war ein harter Kampf – von mir gegen mich –, den schlussendlich doch ich gewonnen habe.
Dejan hat mir bei aller Großmut und Freundlichkeit nie besonders viel über sich selbst verraten. Denk' ich Schwachkopf mir, das ist die Gelegenheit, ein wenig über seine Vergangenheit herauszufinden. Wenn er diese Seiten schon aufgehoben hat, und den Rest des Tagebuchs nicht, da müssen sie doch eine außerordentliche Geschichte erzählen? Etwas, das ihm wichtig ist, aber so wichtig auch wieder nicht, dass er sie an einem Ort stationiert hätte, wo Leute gemeinhin Dinge, die ihnen kolossal wichtig sind, aufbewahren. Also, kurz und gut, ich war neugierig. Und ich habe sie gelesen.
Anbei schicke ich Dir die fraglichen Tagebuchseiten. Ich habe sie mitgenommen, ich weiß nicht, warum. Ich glaube, ich wollte sie Lysander zu lesen geben, aber jetzt hat mich doch der Mut verlassen. Was Dejan auch tut, Lysander wird immer als Freund weiter an seiner Seite stehen.

Lies das Tagebuch, oder auch nicht. Gib es Dejan zurück, oder auch nicht. Lass Dir nur gesagt sein, er ist nicht derjenige, für den Du ihn hältst. Für den ich ihn gehalten habe. Er hat unaussprechliche Dinge getan – und er hat uns alle belogen. Keinen Deut besser ist er, als manche der Kreaturen, die er jagt.
Ich weiß jetzt auch, warum er sich die Mühe gemacht hat, einen vierzehnjährigen Gassenjungen als Schüler zu sich zu nehmen und ihn jahrlang zu unterrichten. Verdammt soll ich sein, dass ich die widerliche Absicht nicht eher erkannt habe.
Lebe wohl, Esther. Wiedersehen sollen wir uns nicht mehr. Ich werde Lysander noch helfen, Lili Trubic zu finden. Es ist meine Pflicht, und ich will nicht aus Egoismus das Leben eines Menschen unnötig gefährden. Aber nachdem dieser Fall beendet ist, da werde ich gehen, wohin auch immer das Schicksal mich verschlagen mag. Solltest Du versucht sein, Dir Sorgen um mich zu machen, tu' es nicht! Menschen wie ich sind geboren zum Überleben.

Mirko

Tagebuch Dejan Sircos aus seiner Militärzeit

26. August 1896

Seit zwölf Tagen in einem armseligen Dorf bei Mostar stationiert. Einziger Vorteil besteht in einer nahtlosen Anbindung an die neue Bahnlinie. Warum wir hier sind, weiß keiner mit Gewissheit zu sagen, nicht einmal Major Waldhausen. Gerüchte über drohende Revolten und Anschläge auf die Bahnstrecke kursieren. Eine Aufgabe, derer anzunehmen sich auch die örtliche Polizei gewachsen fühlen sollte.

Immerhin sind wir Offiziere und Trubic in einem recht annehmbaren Landhaus untergebracht. Ansonsten ebenso heiß wie langweilig. Ich gewinne stetig den Eindruck, dass Graf Trubic der einzige Mensch hier ist, mit dem man sich über anspruchsvollere Themen als Huren, Pferde und Waffen unterhalten kann – auch wenn er sehr schweigsam ist in Bezug auf sämtliche Gründe seiner Anwesenheit in unserem Regiment.

Als ich ihn vorgestern nach dem Diner, wir standen auf der großen Terrasse vor dem Haus, offen darauf ansprach, antwortete er mit einer Anekdote, die Talleyrand zugeschrieben wurde: Einmal habe der große Diplomat den klügsten Spion, der je in seinen Diensten gestanden hatte, als jungen Adeligen beschrieben, der, wenn man ihn nach seinem Beruf und Auftrag fragte, stets treuherzig zur Antwort gab, »Ich bin hier, um zu spionieren«. Eben jener junge Mann sei von niemandem ernst genommen worden, sein Humor und seine Manieren wurden jedoch als so vollendet empfunden, dass man ihm letztlich sehr viel erzählte.

Die Lippen zu einem kleinen Verschwörerlächeln verzogen, sah Trubic mich an, und ich konnte nicht an mich halten, ihn zu fragen, wer *sein* Talleyrand sei.

»Also wirklich, Sirco.« Missbilligend schüttelte er den Kopf. »*So* naiv war er nun auch wieder nicht, unser kluger Spion.«

Reflexartig wanderte meine Hand an meine Hüfte zum Griff des Säbels, den ich an jenem Abend doch nicht trug. Ich glaube, für einen Augenblick wäre ich imstande gewesen, den unbewaffneten Trubic zu töten, hätte er mir gestanden, seinen Sold aus Feindeshand zu erhalten.

Auch Trubic bemerkte meine Geste; bestürzt ergriff er meinen Arm, zog mich einige Schritt zur Seite. »Sie missverstehen mich, Hauptmann«, beeilte er sich zu erklären. »Kaiser und Vaterland diene ich wohl …«

Seine hellen Augen schienen im Dunkel zu leuchten. Mit gespreizten Fingern kämmte er durch sein rotbraunes Haar, das ihm altmodisch und etwas weibisch bis zu den Schultern herabfiel.

»Wer sagt mir, Graf Trubic«, warf ich steif ein, »dass ich Ihrem Wort trauen kann?«

Seine Antwort bestand aus einem schallenden Lachen. »O niemand, niemand!« Freundschaftlich schlug er mir auf die Schulter, ehe er sich, noch immer lachend, entfernte.

27. August 1896

Den ganzen Nachmittag mit Leutnant Yosch auf Patrouille. Keine nennenswerten Vorkommnisse, doch Yosch entpuppte sich als überraschend geschwätzig. Auch über Trubic wusste er Erstaunliches zu berichten. »Wissen Sie denn nicht, was sie über den Grafen erzählen?«

»Sie«, so beschloss ich, konnten nur die gemeinen Soldaten des Regiments sein.

»Von einem Erzherzog soll er beauftragt sein, in geheimer, privater Mission.« Yosch grinste wissend. »Eine Herzensangelegenheit. Mit so was verdient der Trubic sein Geld. Es ist eine Schande für einen Grafen, nicht wahr, Herr Hauptmann?«

Ich zuckte die Achseln, trieb meinen Schecken zu schnellerem Trab an. Die Dünkel und Vorurteile jener, die wie die Familie Yosch erst vor kurzem in den Adelsstand erhoben worden waren, waren mir ein Graus.

»Aber das Beste, das Beste hat der Herr Major vor ein paar Tagen erzählt.« Rasch hatte Yosch wieder aufgeholt, und ich musste gute Miene zum bösen Spiel machen.

Yosch grinste breit. »Ist Ihnen denn was aufgefallen am Trubic …«

»An *Graf* Trubic«, verbesserte ich ihn kalt.

Ergeben nickte Yosch. »Pardon, Herr Hauptmann. Am Grafen Trubic natürlich. Ob dem Herrn Hauptmann am Gehaben vom Grafen Trubic etwas aufgefallen ist, wollte ich sagen.«

Mir stieg das Blut zu Kopf. Auch ich hatte die Gerüchte vernommen, die unter den Soldaten kursierten – bedingt wohl zu einem nicht geringen Ausmaß durch Trubics Erscheinungsbild. Männer von großer körperlicher Schönheit und verfeinerten Manieren erweckten oft Misstrauen und Ablehnung in den Augen von Soldaten, die als Idealbild nach wie vor den starken Krieger verehrten.

Yosch schien mein Schweigen zu lange zu dauern. »Ein … Sie-wissen-schon ist er, sagt der Herr Major, auch wenn er es nicht beweisen kann. Aber fast jede Nacht macht sich der Trubic davon, in die Stadt; und einmal wurde er gesehen, wie er sich in einer üblen Kaschemme mit einem sehr *hübschen* jungen Mann getroffen hat, das Schwein.«

Abwesend habe ich Yosch zugenickt, doch eine Frage lässt mich seither nicht los: Warum treibt Trubic sich nachts in dubiosen Lokalitäten herum? Ich bin der festen Überzeugung, dass nicht die Befriedigung körperlicher Gelüste im Vordergrund dieser Unternehmungen steht.

Ich hätte nicht übel Lust, Trubic einmal selbst zu folgen, um herauszufinden, was er wirklich tut. Trotz aller Sympathie – die im Übrigen wohl auf Gegenseitigkeit zu beruhen scheint – traue ich ihm nicht über den Weg. Würde er eines Tages als Spitzel einer feindlichen Macht enttarnt, oder mit zerschnittener Kehle in der Gosse gefunden, ich wäre nicht sonderlich verwundert. Männer wie Trubic, das scheint mir unumstößlich, pflegen kein langes, erfülltes Leben zu führen.

29. August 1896

Mit Waldhausen, Yosch und Trubic zum Diner bei dem Polizeipräfekten von Mostar. Süßer, schwerer Wein, der Gehirnwindungen verklebte und Zungen löste; Waldhausen gab eine Unzahl schwachsinniger Anekdoten aus seiner Karriere zum Besten, der Polizeipräfekt quittierte jede einzelne mit blökendem Gelächter. Der Abend endete in Freudenhaus von höchst mittelmäßiger Qualität – sehr junge Dirne, wenig kundig, aber eifrig.

Erst gegen Morgen zurückgekehrt. Kopfschmerzen, schlaflos. Trubic hat sich unter einem billigen Vorwand davongestohlen, als wir das Haus des Polizeipräfekten verließen. Kann mich nur über seinen Leichtsinn wundern.

9. September 1896

Erste Anzeichen, dass der Sommer sich seinem Ende zuneigt. Die Nächte sind etwas kühler geworden, die Tage indes verstreichen in altbekannter Eintönigkeit. Unternahm langen Ausritt mit Felix, den man in letzter Zeit kaum mehr zu Gesicht bekommen hatte.

Als ich ihn heute Nachmittag auf die Liebesangelegenheiten des Erzherzogs ansprach, tat er sehr amüsiert, ließ jedoch anklingen, dass Yosch und seine Kompanie von Schwätzern sich durchaus auf der richtigen Fährte befänden. Soweit ich Felix' Worte richtig deutete, wollte er mir weismachen, es handele sich um die Beschaffung kompromittierender Dokumente, die in Zusammenhang mit der Existenz eines illegitimen Kindes und den erpresserischen Ambitionen einer Dame von zweifelhaftem Ruf stünden.

Nun konnte ich der Versuchung nicht widerstehen, ihn zu fragen, wie es dazu gekommen war, dass ein Graf Trubic sich damit verdingen muss, Aufträge wie den eben Geschilderten auszuführen. Woraufhin Felix mich wegen meiner strikten Ehrenkodici auslachte.

»Sehen Sie mich an, Dejan«, sagte er und richtete sich im Sattel seines Braunen zu voller, wenn auch noch immer nicht sonderlich beeindruckender, Größe auf. »Ich versichere Ihnen, wie Sie mich hier vor sich sehen«, mit einer beredten Handbewegung wies er von seinen schlammbespritzten Reitstiefeln bis zu dem Lockenhaar, »sehen Sie einen der letzten Abkömmlinge eines großen Adelshauses, das sich schon vor Hunderten Jahren dem Kampf seiner serbischen Heimat gegen die osmanischen Scharen verschrieb. Und sich dabei so gründlich ruinierte, dass die wenigen Verbliebenen ein gänzlich unwürdiges Dasein fern der Heimat zu fristen haben.«

Lächelnd fragte ich ihn in meiner Muttersprache: »Wie kommt es, dass Sie Tschechisch und Deutsch ohne Akzent sprechen?« Ich selbst würde meine Heimat nie verleugnen können, sobald ich den Mund öffnete.

»Ich bin in Prag und Wien aufgewachsen. Meine Familie unterhält seit vielen Generationen ein kleines Palais in Prag«, antwortete er mir in flüssigem, doch stark akzentuiertem Serbisch, das mich erneut unwillkürlich lächeln machte. »In Wien ging ich zur Universität, bis ein *bedauerlicher Zwischenfall* das vorzeitige Ende meiner Studien mit sich brachte.«

Irrte ich oder zwinkerte er mir bei diesen Worten zu? Vielleicht war auch nur ein Staubkorn in sein Auge geraten, und ich las in eine ganz alltägliche Geste einen Verschwörerbund.

Je mehr Zeit ich mit Felix verbringe, umso deutlicher wird mir, dass ein lange vergessen geglaubter Aspekt meiner Persönlichkeit sich wieder regt. Überdeutlich wird mir doch … Ja, weshalb zögere ich Narr, den Satz zu beenden? Schäme ich mich, es einzugestehen, fürchte ich die Macht des geschriebenen Wortes über meinen Geist, meine Seele? Misstraue ich dem unschuldigen Weiß des Papiers, das einst zum Verräter werden mag? Gleichwohl, ich beginne zu begreifen, dass mein Verhältnis zu Trubic die Bande herkömmlicher Freundschaft zu übertreten im Begriff ist. Gewiss, noch ist nichts Ungebührliches geschehen, kein Wort, keine Berührung getauscht …

Dejan Sirco, armer Tölpel. Hast Du nichts gelernt aus jenem fernen Tag, als ein junger Baron sich einer Tollheit wegen um Familie, Gut und Ehre brachte?

10. September 1896

Ärgerlicher Zwischenfall auf dem Exerzierplatz. Als zweiter Offizier in der Kommandohierarchie hatte ich den morgendlichen Übungen beizuwohnen, da Waldhausen noch seinen Rausch auszuschlafen gedachte. (Sein Diener meldete, der Major sei »unpässlich«, ein untrüglicher Beweis für die Richtigkeit dieser These.)

Die Kompanie hatte sich gerade denkbar schlecht gelaunt in der warmen Vormittagssonne auf dem erbärmlichen Sandplatz neben den Stallungen eingefunden, da flatterte eine entkommene Gans aus dem nahegelegenen Hühnerhof des benachbarten Bauernhauses zu uns herüber. So dicht an der Schnauze meines schreckhaften Schecken vorbei, dass dieser stieg, als ich mich eben in den Sattel schwingen wollte – einen Fuß bereits im Steigbügel. Nachdem es mir nicht mehr möglich war, mich zu befreien, stürzte ich rücklings in den Staub, verrenkte mir dabei schmerzhaft das linke Fußgelenk und zog mir eine mächtige Beule am Hinterkopf zu. Richtiggehend benommen muss ich wohl eine Zeit lang im Sand gelegen sein, während Yosch und einige der Soldaten sich um mich bemühten. Gleichwohl meine ich recht hämisches Gelächter vernommen zu haben. Beliebt, das habe ich bereits festgestellt, bin ich hier weder bei den Soldaten noch bei Waldhausen. Einzig Trubic schätzt mich.

Dieser kam mich auch in meinem Quartier besuchen, wenige Minuten nachdem der eilig herbeigerufene Arzt mich verlassen hatte. (Vierundzwanzig Stunden Bettruhe hat er mir aufgrund der leichten Gehirnerschütterung verordnet und meinen Knöchel so dick bandagiert, dass ich ohnehin keinen Stiefel tragen könnte.)

Mit halb amüsierter und halb besorgter Miene stand Felix in der Tür zu meinem Schlafzimmer, eine Augenbraue fragend gehoben. »Angriff durch einen feindlichen Flugkörper, Sirco?«

Ich war, ohnehin reizbar und geladen wegen des peinlichen Missgeschicks, nahe daran, ihm den Aschenbecher, der auf meinem Nachttisch stand, an den Kopf zu werfen. »Ich werde leben«, konterte ich stattdessen, »auch wenn es knapp war.«

Zwanglos ließ er sich auf der Bettkante nieder.

»Das will ich doch hoffen«, bemerkte er, und ein höchst eigentümlicher Ausdruck, den ich zu jenem Zeitpunkt ebenso wenig deuten konnte, wie ich dies jetzt zu tun vermag, zeichnete sich in seinem kantigen Gesicht ab. »Vergessen Sie nicht, Sie sind der einzige halbwegs zivilisierte Mensch, mit dem ich mich gegenwärtig unterhalten kann. Waldhausen ist ein Idiot, Yosch ebenso und generell scheinen die interessanten Menschen hier nicht sonderlich dicht gestreut – zumindest habe ich noch nicht viele von ihnen entdeckt.«

Mein Kopf pochte peinvoll, als ich mich aufsetzte. Sehr vorsichtig lehnte ich mich an die Wand. »Dafür gehen Sie recht häufig aus«, stellte ich trocken fest.

»Oh, der gute Yosch hat geplaudert!«, rief er, wie ich fand, unangemessen erheitert aus. »Der Leutnant beging doch tatsächlich die Ungeschicklichkeit, mir vor einigen Tagen nachzuschleichen, als ich mich zu später Stunde in die Stadt begab. Sie können sich nicht vorstellen, wie entsetzt er war, als ich ihn ansprach und in eine Unterhaltung verwickelte. Ich glaube wirklich, dieser arme Tropf war davon ausgegangen, ich würde ausziehen, um Seele und Vaterland an den Meistbietenden zu versteigern.« Ernst geworden sprach er weiter. »Als ob Interessenten für derartige Ware sich ausgerechnet hier versammelten.«

Er schlug die Beine übereinander, bot mir eine Zigarette an. Für den Bruchteil einer Sekunde berührte ich seine Hand, die das altsilberne Zigarettenetui hielt und zuckte unwillkürlich zurück. Er riss mir ein Streichholz an, neigte sich vertraulich zu mir. »Ich will Ihnen ein Geheimnis verraten, Dejan. Interessante Gesprächspartner suche ich nicht auf meinen nächtlichen Erkundungszügen.«

»Das Fleisch ist schwach?«, fragte ich mit einem leisen Grinsen, das er prompt erwiderte.

Genüsslich zog ich an der höchst gewöhnungsbedürftigen Zigarette – eine französische Marke. Felix liebt und lebt die Dekadenz bis in die kleinsten Details; ich kann es ihm kaum verübeln.

Abrupt erhob er sich dann vom Bett. »Ich werde Sie jetzt in Frieden lassen, Dejan. Ruhen Sie sich aus, ich will Sie morgen wieder auf den Beinen sehen.« Mit diesen Worten wandte er sich zum Gehen.

11. September 1896 (möglicherweise)

Tiefe Nacht. Ich schreibe im flackernden Schein einer einzelnen Kerze. Wo ich meine Taschenuhr abgelegt habe, vermag ich nicht mehr zu sagen, so dass es mir gegenwärtig verwehrt bleibt, zu verifizieren, ob ich mich noch im Heute oder schon im Morgen befinde. Und was für eine Rolle spielt es? Wahnsinn hat von mir Besitz ergriffen, blanker Wahnsinn, Tollheit in ihrer irrwitzigsten Form. Ich weiß nun, ich bin geschaffen für ein Dasein in der Hölle, an die ich doch nicht zu glauben vermag. So schwach, so dreist …

Oh, wie verfluche ich den Augenblick, als ich, noch zu recht früher Abendstunde mein stickiges, enges Gemach nicht mehr auszuhalten meinte. Meinen Diener hatte ich bereits fortgeschickt, also humpelte ich mühsam die Treppen hinunter, barfuß, nur mit Hosen und Morgenmantel bekleidet. Obgleich es erst wenig nach zehn Uhr war, waren im Haus bereits die Lichter gelöscht; Waldhausen und die anderen Offiziere waren mutmaßlich ausgegangen und niemand würde Anstoß nehmen an meinem gänzlich unangemessenen Aufzug.

So stand ich nun auf der dunklen Veranda, lauschte den vertrauten Geräuschen der Nacht. Dann und wann ließ ein Windhauch die Blätter rascheln und machte die Vorgewitterschwüle etwas erträglicher, dennoch klebte mir bald der Morgenrock schweißfeucht am Leib. Müde setzte ich mich auf die schmale, steinerne Brüstung. Ich wollte rauchen, doch ich hatte keine Zündhölzer bei mir. Also verharrte ich, die Zigarette in der Hand, auf meinem Posten. Bald schon schweiften meine Gedanken ab, fast widerwillig erinnerte ich mich an eine Zeit vor allzu vielen Jahren, Hunderte schienen es zu sein, als ein sehr junger Baron zu Sirco auf den Gütern seiner Familie, erschreckend nahe dieser Stadt, einen Sommer lang jede Nacht auf einer Veranda wartend in die Dunkelheit gelauscht hatte, der Dinge harrend, die da kommen mochten.

»Sie hier, Dejan?«, unterbrach eine Stimme, die ich erst im zweiten Moment erkannte, meine Gedanken. Ungehört war Felix Trubic an meine Seite getreten, lehnte sich nun lässig an die Brüstung.

»Ich konnte nicht schlafen«, erklärte ich knapp. Mir entging nicht, wie Felix' durchdringender, kühler Blick auf mir ruhte. Oh, er war kein Narr: Er ahnte, dass es seine Rückkehr gewesen war, auf die ich gewartet hatte.

»So wie ich auch.« Noch immer sah er mich unverwandt an. »Die Hitze macht rastlos. Wir sollten die Gewitterwolken begrüßen.«

Ich meinte ihn im schwachen Licht des Mondes lächeln zu sehen. »Wo waren Sie, Felix?«, fragte ich unvermittelt. Ich war der Spiele müde, und doch – wie bewusst war ich mir in jenem Augenblick der aufwühlenden Präsenz dieses Fremden dicht neben mir. »Ich glaube Ihnen Ihren Erzherzog nicht«, setzte ich hinzu.

Felix lachte leise, aufreizend. »Das sollten Sie aber, Dejan«, sagte er beinahe sanft. »Gerade wenn es eine perfide Lüge wäre, so täten Sie doch besser daran, mir Glauben zu schenken. Wenn ich Ihnen etwa erzählte, Sie, Waldhausen, das gesamte Regiment, wären lediglich in diesem gottverlassenen Dorf stationiert worden, um mich in meinen Aufgaben zu unterstützen, falls ich versagen und es zu kriegerischen Ausschreitungen kommen sollte – das würden Sie mir doch gewiss ebenso wenig glauben.«

Es klang wie ein Befehl: Eine Aufforderung zu Misstrauen, wo ausnahmsweise kein Misstrauen angebracht sein mochte. Und doch schien mir die Vorstellung ebenso beunruhigend wie grotesk, dass ein ganzes Regiment von Olomouc bis nach Mostar verlegt worden war, nur um einem Spion Rückendeckung zu bieten, sollte es bei seiner Mission zum Äußersten kommen.

In unseren Marschbefehlen war von der Niederschlagung einer dräuenden Revolte die Rede gewesen. Ein Aufstand, ein Bürgerkrieg, das Ende unserer vertrauten Ordnung? Nichts war unmöglich, in dieser heißen, dunklen Nacht.

»Sie irren«, hörte ich mich sagen, mit rauer, fremder Stimme. »Ich glaube Ihnen. Ich begreife nicht, aber ich glaube Ihnen.«

Felix sah zu mir auf. »Es gibt nichts zu begreifen«, sagte er, ungewohnt ernst. Gedankenverloren strich er mit den Fingerspitzen über die steinerne Brüstung. »Es ist ein Mysterium.«

All die Fragen, all die Zweifel, die ich ihm entgegenschleudern wollte! Und doch zögerte ich. »Aber …« Ein jähes Donnergrollen übertönte meinen Einwand.

Beiläufig berührte Felix meine Hand.

»Ein Mysterium«, wiederholte er sehr leise, sehr dicht an meinem Ohr. »Und ich habe Ihnen schon viel zu viel verraten, mein Freund, um Sie noch gehen zu lassen.«

Die ersten Regentropfen prasselten auf die warmen Steine der Veranda, als er mich mit großer Selbstverständlichkeit auf den Mund küsste.

18. September 1896

Ich lerne mit der Schande zu leben. Jeder neue Morgen, jeder Moment der Unaufmerksamkeit bringt die Gefahr der Entdeckung: Militärgericht und ehrlose Entlassung aus den kaiserlich-königlichen Streitkräften oder die diskrete Warnung, der Revolver, die Hintertreppe aus dem Leben, auf der man heimlich, wie ein ungebetener Gast davonschleicht?

22. September 1896

Binnen einer einzigen Nacht ist die Welt, wie ich sie kannte, eingestürzt. Die sauberen Trennlinien zwischen Wirklichkeit und Illusion, Wahrheit und Trug, sind nicht mehr.

Vielleicht ist Felix tot?

Vielleicht trage ich die Schuld?

Aus heiterem Himmel lud mich Felix gestern ein, ihn auf einem seiner nächtlichen Streifzüge zu begleiten. »Du sollst sehen, was das Kaiserreich neben Engländern und Nationalen und Aufständischen bedroht«, kündigte er leise an, als wir am frühen Morgen, noch ungestört von Waldhausen und Yosch, im Salon frühstückten.

»Habe ich dein Vertrauen doch noch gewinnen können?«, fragte ich abwartend.

»Du bist kein Dummkopf, Dejan. Ich würde sogar so weit gehen, dich für einen recht klugen Mann zu halten, gemessen an dem Standart unserer Zeit und unserer Gesellschaft.« Geziert hob er seine Teetasse an. »Ich habe einiges gegen dich in der Hand, das wirst du doch begreifen. Eine Benachrichtigung über unseren skandalösen nächtlichen Zeitvertreib, und Waldhausen wird Himmel und Hölle in Bewegung bringen, um dich in Schande entlassen, oder wenigstens erschossen zu sehen.«

»Wenn du mich verrätst, verrätst du auch dich«, gab ich ihm zu bedenken.

Diabolisch grinste er mir über den Tassenrand hinweg zu. »Freilich. Aber wer kann mir schon etwas anhaben? Ich weiß zu viel über etliche Persönlichkeiten von Rang und Namen; und bin ebenso einer nicht geringen Zahl von ihnen bereits zu Diensten gewesen. Niemand wird es wagen, sich meiner aufgrund einer Lappalie zu entledigen. Doch du, Dejan, du bist nichts weiter als ein kleiner Hauptmann. Und deshalb kann ich dir vertrauen.«

Vielleicht war es die Einsamkeit des Wissenden, vielleicht die reine Freude am Spiel, die Felix dazu veranlasste, mir sein großes Geheimnis preiszugeben. In jedem Fall ließ die Aussicht, dass meine Neugier endlich befriedigt werden sollte, mich eilends dem Abenteuer zuzustimmen.

So kam es, dass Felix mich hinaus aus dem schlafenden Dorf in eine nächtliche Einöde führte, die ein romantischer Schriftsteller nicht düsterer, nicht einsamer hätte ersinnen können: Hügel und Weideland, Baumgruppen, die sich als schwarze Silhouetten in dem mondbeschienenen Panorama abhoben, der Geruch von Herbst in der klaren, feuchten Luft.

Schweigend folgte ich Felix und seiner kleinen Öllampe über Feldwege und Wiesen, lauschte den Geräuschen der Nacht.

Das hohe Gras rauschte im Wind, es raschelte das Herbstlaub, trockene Äste knackten unter unseren Stiefeln, als wir einen winzigen Hain durchquerten. Ein Vogelschrei in unmittelbarer Nähe ließ mich zusammenfahren. Meine Nerven waren bis zum Zerreißen gespannt, was sich wohl nicht zuletzt auf den Umstand zurückführen ließ, dass Felix mir jeden weiteren Hinweis auf das, was er mir zu zeigen gedachte, verwehrt hatte.

Nach gut einer Stunde zügigen Fußmarsches kam hinter einer Hügelkuppe ein einsames Gehöft in Sichtweite. Die Ruine eines Gutshauses, einem Feuer zum Opfer gefallen, wie Felix mich unterrichtete; drei Scheunen, sowie eine etwas baufällige Hütte, die in jenen fernen Tagen, als der Gutshof noch in seiner Blüte gestanden hatte, als Pförtnerhaus gedient haben mochte.

Im Schutz einer wuchernden Hecke hielten wir inne. Felix löschte seine Lampe und legte eine Hand auf meinen Unterarm.

»Was immer auch geschieht«, flüsterte er eindringlich, »lass dich auf keinen Kampf ein. Werden wir entdeckt, wirst du zu fliehen versuchen. Sollte mir etwas zustoßen, wirst du mir unter keinen Umständen zu Hilfe kommen, und du wirst alles, was du über Anstand und Ehre weißt, bis zum Ende dieser Nacht vergessen.«

Ich wünschte, ich hätte die Klugheit besessen, nach diesen Worten ein wenig Furcht zu verspüren, doch um der Wahrheit Genüge zu tun: Diese Bedingungen, die jeder einzelnen meiner persönlichen Vorstellungen der Handlungsweisen eines Offiziers zuwiderliefen, riefen nicht mehr als leisen Ärger in mir hervor.

»Hast du das verstanden?«, zischte Felix mit gesenkter Stimme.

Ich willigte mit einem ruckartigen Nicken ein. Wenn er so großen Wert darauf legte, im Stich gelassen zu werden, nun, diesen Gefallen würde ich ihm tun können.

Geduckt schlichen wir uns an die größte der drei Scheunen heran. Einmal war mir, als hätte ich in einiger Entfernung Stimmen vernommen; Augenblicke später störte ein hoher Pfiff die nächtliche Stille, worauf Felix hinter den Überresten eines Fuhrwerks Deckung suchte. Pflichtschuldig tat ich es ihm gleich – unentschieden, ob die Vorsicht meines für gewöhnlich so großspurigen Freundes Belustigung oder Unruhe in mir hervorrufen sollte.

»Es ist nur der Wind, der Geräusche von der Bahnlinie zu uns trägt«, flüsterte ich, als ein neuerlicher Pfiff, schriller, lauter noch als der erste, erklang.

Felix schüttelte den Kopf. Mit einer Handbewegung bedeutete er mir zu schweigen. »Sie sind wach«, murmelte er nach langen Minuten des Wartens. Meine gepressten Erkundigungen trugen mir prompt die wenig erhellende Erklärung ein, dass *jenen,* die Felix so offenkundig fürchtete, die Dunkelheit nicht behagte und sie für gewöhnlich nächtliche Unternehmungen vermieden.

Vernunft gebot mir, ihm nahezulegen, dass wir unter den gegebenen Umständen besser umkehren und zu einem günstigeren Zeitpunkt wiederkommen sollten, aber Felix schüttelte nur den Kopf. »Dazu ist keine Zeit. Ich fürchte, sie bereiten ihren Aufbruch vor. Wir müssen uns beeilen.«

Ich folgte ihm aus unserem Versteck, stahl mich an seiner Seite die Scheunenwand entlang. Vor dem Tor blieb Felix stehen, zog einen Beutel mit allerlei metallenen Gerätschaften, die an das Handwerkszeug eines routinierten Einbrechers erinnerten, aus seinem Jackett. Mit ruhiger, geübter Hand machte er sich sodann an dem Schloss zu schaffen. Augenblicke nur nahm es in Anspruch, ehe er die Eisenketten gelöst hatte und das mächtige Tor einen Spalt öffnete.

Wie hätte ich mir in jenem Moment – in grauer Vorzeit scheint er jetzt zu liegen, doch sind nur Stunden verstrichen! – auch nur erträumen können, welche Mysterien sich mir eröffnen würden. Die vornehmste Pflicht eines jeden in unserer modernen Zeit sollte es sein, nach Wissen, nach Erkenntnissen zu streben, unablässig Fragen zu stellen, niemals innezuhalten. Und doch vermag ich ohne Scham zu schreiben: Ich wünschte, ich hätte sie nicht gesehen. Ich wünschte, ich hätte erkannt, dass nicht jedes Rätsel von mir zu erkunden ist. Ich wünschte, ich wäre umgekehrt.

Stattdessen schlich ich auf Zehenspitzen hinter Felix in die finstere Scheune. Ein höchst ungewohnter Duft schlug mir entgegen, der Geruch von Staub und Gewürzen und wildem Tier.

Leise begann Felix zu reden, in einer Sprache, die ich noch niemals zuvor vernommen hatte: einem melodischen, fremdartigen Idiom. Sogleich ertönte ein unartikuliertes Schnaufen aus der Dunkelheit, woraufhin Felix die kleine Öllampe erneut entzündete. Langsam bewegte er sich in die Mitte der Scheune.

Was ich dort sah, verschlug mir den Atem. Und verschlägt ihn mir auch noch jetzt, Stunden später: Im schwachen Licht der Öllampe standen zwei Käfige, in denen jeweils eine … Kreatur … saß.

Das eine Wesen hatte in etwa die Größe eines Jagdhundes, auch wenn es etwas länger war, das andere mochte ein kräftiges Kaltblutpferd um ein paar Spann überragen. Doch in ihrer Statur glichen sie weder Pferd noch Hund. Genau genommen glichen sie überhaupt keinem Tier, das ich jemals in meinem Leben gesehen hatte. Am ehesten ließ sich noch eine gewisse äußerliche Ähnlichkeit mit exotischen Reptilien, die es in der kaiserlichen Menagerie zu bewundern gibt, feststellen. So hatten sie schuppige, schwarze Haut, lange, schmale Hälse wie die von Seeschlangen, kräftige, ebenso lange Schwänze und vergleichsweise kurze, gedrungene Beine, die in imposanten Klauen endeten.

Und sie hatten Flügel. Dünne, pergamentartige Flügel, die sie eng an den Körper angelegt trugen.

»Was ist das?«, wollte ich, um Fassung ringend, von Felix wissen, der immer noch mit leiser, beruhigender Stimme auf die beiden Tiere einredete.

»Drachen«, erklärte er, während er zu dem größeren der beiden Tiere trat und sanft dessen Nüstern streichelte.

»Es gibt keine Drachen außerhalb von Sagen und Märchen«, klammerte ich mich fest an dem letzten bisschen Wirklichkeitssinn, der mir noch blieb, und tat dabei ein paar zögerliche Schritte auf den Käfig zu.

Statt einer Antwort ergriff Felix meine Hand; mit einer Mischung aus Faszination und Grauen ließ ich zu, dass er sie auf der Schnauze des Tieres – des *Drachen* – platzierte. Ich fühlte warme, ledrige Haut unter meinen Fingerspitzen, hörte die tiefen Atemzüge der Kreatur, sah in ihre hellen, ungemein verständigen Augen – und beschloss, die groteske Wahrheit zu akzeptieren.

»Woher?«, stammelte ich, »und wie?«

Gerade setzte mein Gefährte zu einer Antwort an, als erneut eine Reihe hoher, dünner Pfiffe von draußen erklang. Der kleinere der beiden Drachen hob den Kopf. Einen Moment hielt er lauschend inne, dann erwiderte er den Laut. Der Ton war durchdringend.

»Verflucht! Sie wissen, dass wir hier sind.« Kurz blitzte Furcht in Felix' Augen auf, dann löste er mit fliegenden Fingern die Riegel des größeren Käfigs. Der Drache stieß mit dem Kopf die Tür auf, zwei Sprünge und er war frei. Elegant reckte er seinen Lindwurmhals und breitete seine Schwingen aus. Mir blieb keine Zeit, das Wunder zu bestaunen, das sich mir da bot. Von draußen ertönten Stimmen, Schritte, die klangen, als schleiften Krallen auf trockener Erde. Hastig öffnete Felix auch den zweiten Käfig, drückte die Flamme aus.

Sekunden später trat ein Wesen mit einer Fackel durch das Tor.

Ich schreibe *Wesen*. Doch vielleicht sollte ich es eher Ungeheuer nennen? Denn im flackernden Licht stand eine Gestalt, wie einem wahnwitzigen Alptraum entsprungen. Sie mochte alles sein, nur kein Mensch. Obgleich mannsgroß, war das Wesen doch wenig mehr als ein Skelett mit glänzender, blassblauer Haut, die unter dem einfachen weißen Gewand hindurchschimmerte. Arme, Hände und Krallenfinger schienen im Verhältnis zum restlichen Körper viel zu lang. Das Beunruhigendste an der Gestalt war jedoch ihr Gesicht: Eine böse Fratze mit riesigen, weißen Augen, die in der Dunkelheit glänzten. Klauenbewehrte Füße scharrten im Sand.

Ich war wie gelähmt. Kalter Schweiß strömte mir über den Rücken. In Todesangst starrte ich dem Ungetüm entgegen, geradewegs in glänzende Augen, in denen sich alle Boshaftigkeit der Welt spiegelte.

Und dann schrie es. Es war ein Laut, den zu beschreiben mir die Worte fehlen, selbst wenn ich ihn bis an das Ende meiner Tage nicht vergessen werde.

Die Drachen schnaubten, verharrten jedoch.

Die Kreatur stieß erneut einen gellenden Schrei aus und schnellte vorwärts, ihre Fackel von sich schleudernd.

»Lauf!«, hörte ich Felix rufen. »Warte nicht auf mich.«

Ich wollte, ich könnte sagen, ich hätte gezögert. Doch ich stürzte an der Kreatur vorbei aus der Scheune und rannte, ohne mich umzusehen und stehen zu bleiben, bis ich das Dorf erreicht hatte.

Nun graut der Morgen. Felix ist nicht wieder zurückgekehrt.

~

22. September (später)

Blutig und verdreckt taumelte Felix in den Salon. Das Frühstücksgeschirr war gerade abgeräumt worden, ich war allein zurückgeblieben und hatte fieberhaft überlegt, ob ich Yosch einen Suchtrupp zusammenstellen lassen oder selbst die Lokalitäten unserer wahnsinnigen nächtlichen Episode aufsuchen sollte. Mit der knappen Ankündigung, er habe mit mir zu reden, bedeutete mir Felix, ihm in seine Räumlichkeiten zu folgen.

Tausend Fragen brannten mir auf der Zunge, doch ich hielt an mich, er sollte zunächst wieder einigermaßen er selbst werden können. Und so sah ich ihm schweigend zu, während er sich seiner zerfetzten Kleidung entledigte. Etliche Kratz- und

Bisswunden entstellten seinen drahtigen Oberkörper. Nicht alle davon waren oberflächlich, doch mein Anraten, den Regimentsarzt hinzuzuziehen, quittierte er mit einer müden Handbewegung.

Die Augen des Dieners, der wenig später erschien, um uns ein Tablett mit Kaffee und Backwerk zu bringen, weiteten sich merklich, als er einen Blick auf die Verletzungen erhaschte, die Felix' nachlässig gebundener Morgenmantel nur unzureichend verbarg, aber er war klug genug, zu schweigen.

Endlich, als wir uns auf dem Diwan niedergelassen hatten, wagte ich zu fragen: »Die Gestalt von gestern … die Drachen … sie existieren wahrhaftig?«

Nachdenklich bürstete Felix Zigarettenasche von seinem Hausmantel. »So wahrhaftig, wie du dir nur vorstellen kannst«, sagte er langsam. »Drachen und ihre Reiter. Wesen aus dem *Alten Volk*. Elfen werden sie in den Legenden genannt. Niemand weiß, woher sie kommen, oder wie viele es von ihnen gibt. Sie sind scheu, und sie ziehen es vor, unter sich zu bleiben.«

Die Selbstverständlichkeit, mit der Felix seine Erläuterungen vortrug, ließ mich schaudern.

»Das alte Volk«, wiederholte ich, halb fragend, halb zweifelnd. »Und du arbeitest gegen sie?«

Draußen, auf dem Gang, war das Poltern schwerer Stiefel auf den Steinfließen zu hören. Felix legte einen Zeigefinger an die Lippen, wies mit einer Kopfbewegung zur Tür. Wir warteten schweigend ab, bis die Schritte verklungen waren.

»Nein, ich schütze das Kaiserreich, so wie du. Ich arbeite gegen all jene, die Gefahr für den Staat bedeuten.« Nach einem tiefen Atemzug fügte Felix hinzu: »Gegen all jene … *Anderen*.«

»Die Anderen«, murmelte ich entsetzt und kämpfte gegen einen absurden Drang zu lachen.

»Die Anderen«, bekräftigte Felix. »All die Wesen, die wir mit klarem Verstand und beschämender Ignoranz aus unserem Weltbild gebannt haben. Die Kreaturen der Sagen und Legenden. Der Spuk, die Geistergeschichten, die alten Märchen. Die Schatten, die du manchmal aus den Augenwinkeln zu sehen meinst.« Er seufzte. »Dem Herrscherhaus untersteht seit Jahrhunderten eine Organisation, die sich darum kümmert, die Beziehungen zwischen der« – Felix suchte nach Worten – »nennen wir es, *okkulten Welt*, und dem, was dir als Wirklichkeit bekannt ist, zu regeln und im Bedarfsfall einzugreifen. Die meisten Staaten verfügen über derartige Institutionen.«

Ich starrte ihn an. Allmählich begann ich die Bedeutung seiner Worte zu begreifen. Kalter Schweiß lief mir über den Rücken, und ich dachte, so muss es sich also anfühlen, den Verstand zu verlieren.

Felix war aufgestanden; jetzt beugte er sich über mich, ergriff meine Schultern. »Dejan, Dejan! Schau mich an.«

Ich gehorchte; einen Moment lag echte Sorge in seinem Blick.

»Es war schon immer so«, flüsterte er. »Es ändert nichts.«

Ich biss mir auf die Lippen. Wie konnte er nach diesen Worten behaupten, nichts hätte sich geändert?

»Dejan?« Seine Finger gruben sich in meine Oberarme.

»Du wolltest mir von dem Alten Volk erzählen«, presste ich hervor.

Er sah mich an. Ich schwieg.

»Wie gesagt, die Wesen aus dem Alten Volk sind scheu und bleiben zumeist unter sich. Doch dann und wann verlassen sie ihre Gemeinschaften, um in der Welt der Menschen ihr Glück zu versuchen. Bieten einem König ihre Dienste an, als Söldner. Natürlich geht es selten gut. Nein, das Alte Volk ist zu unberechenbar, zu wenig menschlich, um uns einfachen Sterblichen von Nutzen zu sein.«

Ich sah mich immer noch zu keiner Reaktion imstande, und so erzählte Felix mir die Geschichte, wie er an die Drachen in der Scheune geraten war: Wenige Tage, bevor unser Regiment so überstürzt nach Mostar aufgebrochen war, war ein Bericht in dem *Bureau*, dem Felix unterstand, eingegangen. Jene beiden Nachtmahrgestalten hatten sich einem fahrenden Sinto-Clan angeschlossen – was als höchst ungewöhnlich angesehen werden musste. Zudem hatten sie gegenüber ihren Gastgebern mehrfach den Wunsch geäußert, die Grenzen des Kaiserreichs zu überschreiten, um sich einem würdigeren Herrscher als Diener anzubieten. Naturgemäß hatte das *Bureau* derartig gefährliches und unkontrollierbares Ansinnen nicht gutheißen können. Und so war Felix damit beauftragt worden, die beiden Elfen auszuschalten, ohne jedoch die Drachen gegen sich aufzubringen. Man hatte gehofft, dass die verständigen Tiere ohne ihre Herren leichter zu kontrollieren und nutzbringend einzusetzen wären.

Felix hatte den Sinto-Clan getroffen, und mittels Versprechungen und Täuschungen erreicht, zu dem einsamen Gehöft geführt zu werden, wo er seither jede Nacht die Drachen – die mittlerweile ein paar Brocken des Dialekts der Sintofamilie gelernt hatten – besucht hatte, um ein freundschaftliches Verhältnis zu ihnen aufzubauen.

»Freundschaftliches Verhältnis?« An jenem Punkt musste ich ihn unterbrechen.

»Nun, du wirst gestern gewiss bemerkt haben, dass sie weit mehr sind als nur Tiere. Sie sind klug und neugierig, verfügen über ausgeprägte Persönlichkeiten. Ja, sie besitzen selbst eine eigene Sprache, die allerdings aus Lauten besteht, die für menschliche Stimmen nicht nachahmbar sind«, setzte er mir auseinander. »Und diese beiden Exemplare – Vater und Tochter, soweit ich herausbekommen konnte –, waren alles andere als zufrieden mit ihren Reitern, doch offensichtlich sind sie durch eine Art Schwur und Ehrenkodex an jene gebunden.«

Ich lehnte mich in den Polstern zurück. Mit einem Mal schwindelte mir. »Woher weißt du das?«

Felix grinste breit und gut gelaunt. »Dass es Menschen unmöglich ist, eine Sprache zu *sprechen,* bedeutet nicht, dass wir sie nicht *verstehen* können, nicht wahr?«

Ich stöhnte. »Du willst mir allen Ernstes weismachen, du verstündest drachisch?«

Anstelle einer Antwort neigte sich Felix mir zu.

Später fanden wir uns auf dem Bett wieder, erschöpft und träge in der warmen Vormittagssonne, die das Zimmer flutete. Mit ungekannter Hingebung leckte ich das Blut aus einem langen Kratzer an Felix' Halsansatz, der wieder aufgebrochen war.

»Wie bist du entkommen?«, erkundigte ich mich, verschränkte die Arme hinter meinem Kopf.

»Die Drachen haben mir geholfen«, antwortete Felix einsilbig.

»Und die Reiter?«

»Verbrannt.« Er zuckte die Achseln.

Heute, bei Einbruch der Dunkelheit, werde ich ihm helfen, die Drachen zu holen. Gott mag wissen, wie wir sie nach Wien schaffen sollen.

22. September 1896 (später Nachmittag)

Yosch weiß mehr, als er wissen sollte.

»Der Herr Hauptmann verstehen sich ja gut mit dem Trubic«, mit diesen Worten hatte er sich soeben an mich herangepirscht, als ich im Salon meine Korrespondenz erledigen wollte. »Dem Grafen Trubic«, verbesserte er sich sogleich spöttisch.

Mir fror das Blut in den Adern, doch ich glaube, ich war erfolgreich darin, mir meinen Schrecken nicht anmerken zu lassen.

»Sie wünschen, Yosch?«, fragte ich kühl, was er als Aufforderung sah, sich mir gegenüber niederzulassen.

»Gar nichts wünsche ich«, sagte er höchst impertinent. Mit einem Taschentuch betupfte er sich die breite, schweißglänzende Stirn. »Aber vielleicht wünschen *Sie* ja was, Herr Hauptmann?«

Ich war klug genug, schweigend abzuwarten, bis Yosch weitersprach.

»Stellen Sie sich einmal Folgendes vor: Da wäre ein Offizier in einem Regiment, und der hätte so seine Neigungen … Nicht ganz koscher, aber keiner hätte es gemerkt, weil der Offizier weiß, wie er geheim hält, was geheim gehalten werden soll. Nur macht er dann den Fehler, sich mit einem Kerl, über den das halbe Regiment tratscht, einzulassen, mitten am Vormittag. Und vielleicht hört einer, der hinzuhören weiß, ein bisschen mehr, als gut für den Herrn Hauptmann wäre.«

Er verstummte und sah mich erwartungsvoll an.

»Scheren Sie sich zum Teufel, Yosch«, sagte ich. Was ein Fehler war, denn nun weiß ich weder was ich ihm hätte anbieten sollen, um mir sein Schweigen zu erkaufen noch, ob er vorhat, den Vorfall Waldhausen zu melden.

23. September 1896

Waldhausen weiß von allem. Felix ist Hals über Kopf mit den Drachen verschwunden. Mir droht das Militärgericht. Ich habe Yosch erschossen.

Ich bin ruiniert.

Aus den Aufzeichnungen Baron Sircos, Prag, 19. Juni 1909

»Bravo, Schlauberger«, tadelte mich Esther, kaum hatte ich fassungslos Brief und Tagebuchauszüge weggelegt.

»Was hebt der Herr auch so eine Geschichte in einer Hutschachtel auf? Bei allem, was der Mirko hat durchmachen müssen in seinem jungen Leben. Na, da tät es mich nicht wundern, wenn ein Stückerl Misstrauen bleibt. So einer wie der Mirko denkt doch gar nicht dran, dass noch irgendeiner freundlich sein könnt' um der Freundlichkeit willen.«

Aufgeregt bewegte sie ihren Fächer aus japanischer Seide – ein Geschenk des ebenso wohlhabenden wie freigiebigen Marchese, auf den wir seit einer guten halben Stunde in einem Gartenlokal auf dem Petřín-Hügel warteten.

Feinselig starrte ich einmal mehr auf die Tagebuchseiten hinab. Nur allzu gut erinnerte ich mich an die fieberhafte Hast, in der ich die wenigen Zeilen des letzten Eintrages verfasst hatte. Der laue Abendwind trug Erinnerungen herbei aus dem Dunkel der Vergangenheit, verwehte all die Illusionen, mit denen wir uns zu umgeben pflegen, wenn die Wahrheit unerträglich scheint. Der Gestank von Blut und Schande würde mir stets anhaften, wie viele Jahre auch verstreichen mochten.

»Mit dem Trubic also, so war das.« Nachdenklich kaute Esther an ihrer Unterlippe. »Warum hast du mir denn nichts davon erzählt, in der ganzen Zeit? Wär' ja nicht so gewesen, dass mich der Schlag getroffen hätt', bei all dem, was ich von dir weiß.«

Über unseren Köpfen rauschten frühsommergrüne Lindenblätter im Wind, ein Serviermädchen mühte sich, Papierlampions an wogenden Ästen zu befestigen. Ich nickte langsam, blieb mir doch nichts hinzuzufügen.

»Der Trubic. Hätt' ich mir nicht so recht gedacht«, nahm Esther den Faden wieder auf. »Nicht, dass ich dich nicht verstehen könnt' – so ein eleganter Herr und ein richtiger Held obendrein. Das heißt, wenn die Geschichte mit den Drachen stimmt. Nicht, dass ich dran zweifeln würde. Wer mit Vampiren bekannt ist, kann auch auf Drachen treffen, das seh' ich schon ein. Und warum sollt' jemand eine Geschichte, die nicht stimmt, in sein Tagebuch schreiben; das wär' ja ein Blödsinn, nicht einmal dir alten Halunken traue ich das zu.«

Sie strich sich eine Haarsträhne aus der Stirn, zupfte ihr buntes Haarband zurecht. »Aber eines frag' ich mich doch: Warum hast du denn den Yosch erschießen müssen? Ich sehe es ja ein, ein Depp war er – aber auch einen Deppen bringt man dann doch nicht so ohne weiteres um, denk' ich mir.«

Ich schwieg. Selbst wenn ich ihr hätte antworten wollen, es wäre mir doch unmöglich gewesen. Was immer ich auch tun, wohin ich auch immer gehen sollte, der Tote, der mich aus gebrochenen Augen vorwurfsvoll anstarrte, würde mich doch für alle Zeiten verfolgen. Kein Leben, das ich rettete, kein Gott und kein Opfer, würden mich jemals von meinen Sünden freisprechen.

»Schon gut. Ist ja lange her, die ganze blöde Geschichte. Weißt du, ich mag dich um nichts weniger gern, ich versprech's dir.« Esther sah mich mit einem zaghaften Lächeln an. »Und was den Mirko angeht, was wirst du in der Angelegenheit unternehmen?«

»Ich befinde mich kaum in der Position, in der es mir möglich ist, ihn zu einer Rückkehr zu bewegen«, sagte ich steif. Verstohlen warf ich einen Blick auf meine Taschenuhr: Es schien nicht, als ob der Marchese noch erscheinen würde.

»Außerdem bin ich mir nicht sicher, ob ich ihm vergeben kann, dass er in meinen Sachen gestöbert und in meinem Tagebuch gelesen hat«, fügte ich hinzu.

»So einen ausgemachten Unsinn hab' ich ja schon lange nicht mehr gehört!«, ereiferte sich Esther. »Da erzieht der feine Herr sich den Buben zum Spitzel und wundert sich dann, wenn er auch spioniert.« Sie spielte mit ihrem Weinglas. »Nein, weißt du, ich sag' dir, was du tun wirst: Fährst eben nach Wien, wenn er nicht mehr nach Prag zurück will und erklärst ihm, dass du ihn nicht umbringen und nicht verführen wirst. Und dass es passieren kann, Wahrheiten zu finden, die man nicht finden will, wenn man seine Nase in Hutschachteln steckt, die einen nichts angehen. Dann gibst du ihm zwei Ohrfeigen für die impertinente Frechheit, dass er das Tagebuch gelesen hat – und fertig seid ihr miteinander.«

In Esthers Welt war dies tatsächlich die perfekte Vorgehensweise, doch sosehr ich sie auch schätzte, so wenig hatten wir miteinander gemein.

»Nein«, entschied ich. »Tatsächlich ist es das Beste, wenn er geht.«

Sie zog eine sorgfältig gezupfte, nachgemalte Augenbraue hoch. »Ja, aber der Bub ist doch noch ... ein Bub. Ein Kind. Du kannst ihn doch nicht in die Welt hinausschicken.«

»Er ist siebzehn«, widersprach ich ruhig. »Alt genug, um Eigenverantwortung zu übernehmen.«

»Eigenverantwortung und ein Kind vor die Tür setzen, das sind zwei ganz verschiedene Sachen.« Energisch schüttelte sie den Kopf, Locken wippten im Wind. »Wo war denn der junge Baron Sirco mit siebzehn?«

Ich zündete mir einen Zigarillo an. »Als Kadett in Olomouc

stationiert.« Dass ich darüber hinaus auch von meiner eigenen Familie verstoßen worden war und um Ruf und Namen hatte bangen müssen, verschwieg ich ihr.

»Und du? Was hast du getan, als du siebzehn warst, Esther?«, erkundigte ich mich stattdessen scharf.

»Wie ich siebzehn war, nun ja, lass mich überlegen ... Na, die schönste Hure von ganz Brno war ich da«, erwiderte sie nicht ohne Stolz, ehe sich ihre Miene einmal mehr verdüsterte. »Aber das heißt jetzt nicht, dass ich Mirko dieses Gewerbe empfehlen würde.«

Dass in jenem Augenblick eine hochgewachsene, schreiend bunt gekleidete Gestalt, die ich ohne Umschweife als Esthers Marchese identifizierte, an unseren Tisch trat, enthob mich glücklicherweise einer Antwort.

»Welche Ehre, Sie kennenzulernen, Baron Sirco«, rief er gutgelaunt in fehlerfreiem, unmerklich akzentuiertem Deutsch, kaum dass er Esther überschwänglich begrüßt hatte.

»Das Rennen am Circuit d'Auvergne haben Sie gewonnen vor drei Jahren, nicht wahr, Baron? Ich war damals einer Ihrer Kontrahenten, erinnern werden Sie sich ganz sicher nicht.« Er ließ sich neben mir in einen Sessel fallen, rümpfte die Nase. »Mein Gott im Himmel, wie habe ich Sie damals gehasst.«

»Das tut mir leid«, lächelte ich. Der Marchese verfügte über eine vorteilhafte Kombination von burschikosem Charme und lebhaftem Temperament, die mich sogleich für ihn einnahm.

Unter gehobenen, buschigen Augenbrauen examinierte er meinen schwarzen Handschuh. »Ein Souvenir, woher?«, wollte er unverblümt wissen.

»Dieppe. Grand Prix von Frankreich, vergangenes Jahr.«

Er nickte. »Aber ja, ja. Wer hat sie nicht, seine kleinen Souvenirs von den Rennpisten der Welt?« Während er ungeduldig den Ober herbeiwinkte, bedachte er mich mit einem breiten Raubtiergrinsen. »Und ein jedes dieser Souvenirs sagt uns, dass wir noch einmal Glück gehabt haben. Wir werden Souvenirs sammeln, bis wir aufhören, Glück zu haben.« Er schwieg kurz. »Ich war dabei, als Marcel Renault aufhörte, Glück zu haben. Kein sehr schöner Anblick.«

»Lassen Sie die Toten ruhen, mein Herr Marchese«, schaltete sich Esther sanft ein.

Der Marchese hob seinen Cognacschwenker, trank uns zu. »Auf die Überlebenden«, sagte er entschlossen und fand damit Worte, die ich an jenem Frühsommerabend nur allzu bitter nötig hatte.

5

Wien und Prag

20. bis 23. Juni 1909

Wien, am 20. Juni 1909

Dejan,
nach intensiver Suche gibt es nun endlich einen Teilerfolg in Sachen Lili Trubic zu vermelden – gelang es uns doch, bewusste junge Dame heute Abend ausfindig zu machen! Allerdings zeigt sie bisher keinerlei Ambitionen, mit uns nach Prag zurückzukommen. Und das aus gutem Grund, auf den ich später zu sprechen kommen werde.
Vorerst lass Dir berichten, was sich in den letzten beiden Tagen hier zutrug: Mehrheitlich verbrachten Mirko und ich sie damit, mit viel Intuition und wenig System all jene Herbergen und Hotels abzusuchen, in denen ein alleinreisendes, junges Mädchen mit begrenztem Budget Quartier finden konnte. Ich hätte die Unternehmung mehrmals beinahe zum Fehlschlag erklärt und abgeblasen, wäre Mirko nicht von einer wunderlichen Besessenheit befallen gewesen, die Gesuchte ausfindig zu machen. Er scheute weder Mühen noch Anstrengungen und trieb mich stetig weiter.
Kurz, heute Nachmittag fanden wir in einer nicht völlig repräsentablen Pension heraus, dass sich tatsächlich eine Elisabeth Trubic am Morgen des 17. Juni ein Zimmer gemietet hatte. Gott segne das unschuldige Geschöpf, dass es gar nicht erst auf die Idee gekommen war, sich einer falschen Identität zu bedienen!
Die Pensionswirtin Frau Roth, eine recht patente und umgängliche Person (vor allem, nachdem Mirko sie auf ein paar schnelle Achterln in der Weinstube um die Ecke eingeladen und sie in beinahe schon lächerlichem Maße mit Komplimenten überschüttet hatte), schien nichts dagegen zu haben, ihren neuen, jungen Kavalier mit jeglicher Information, die sie über das Fräulein Trubic hatte sammeln können, zu versorgen.
Alsbald erfuhren wir (ich einmal mehr in der Rolle des exotischen, schweigsamen Haustiers, das wie eine Aktentasche unter den Arm geklemmt wurde und zu Pfauchen hatte, wann immer Frau Roth sich anmaßte, mir den Kopf zu kraulen), dass die kleine Trubic sich

bisher kaum in ihrem Zimmer, welches sie für zwei Wochen im Voraus bezahlt hatte, aufgehalten hatte. Ferner, dass sie angeblich Verwandte in Wien besuchte, woran unsere Informantin, kluge Frau, die sie war, natürlich nicht glauben konnte; dass sie keinerlei Konversation mit der Wirtin oder anderen Pensionsgästen suchte, ja, dass ihre einzige Interaktion mit der guten Frau Roth bisher aus der heute Mittag gestellten Frage, wie sie auf dem schnellsten Wege mit der Straßenbahn zum Breitenseer Lichtspieltheater gelangen konnte, bestanden hatte.

Nachdem Mirko wenig Neigung zeigte, tatenlos auf die Rückkehr unserer Lili zu warten, erklärte ich besagtes Lichtspieltheater zur naheliegendsten Örtlichkeit, um herauszufinden, was die junge Dame denn so überstürzt nach Wien getrieben hatte.

Wir kamen gerade rechtzeitig zur Abendvorstellung. Obgleich ich dem Fräulein im Zuge meiner Observationen des Palais Trubic nur flüchtig begegnet war, fiel es mir doch nicht weiter schwer, sie im Publikum auszumachen. Sehr alleine, beinahe etwas verloren, saß sie in einer der vordersten Reihen des gut gefüllten Theaters. Die Hände im Schoß verschränkt, den Kopf hoch erhoben, wollte sie sich wohl den Anschein geben, die neugierigen Blicke der Umsitzenden kümmerten sie ebenso wenig wie die Pfiffe und die vorhersehbaren derben Scherze, die zwei halbwüchsige Burschen ihr zuteilwerden ließen. Wobei um der Gerechtigkeit willen angemerkt sei, dass sie in ihrem hellen Reisekleid, mit hochgeschlossenem Jäckchen und mit ihrem Hut und Schleier einen etwas sonderbaren Kontrast zu der übrigen Klientel des engen, verrauchten Lichtspielhauses bot. Eine einsame Klosterschülerin an einer Jahrmarktsbude hätte nicht deplazierter wirken können!

Unglücklicherweise hob sich gerade, als ich Mirko dazu auffordern wollte, das Mädchen anzusprechen, der schäbige Vorhang. Der Klavierspieler begann zu klimpern und uns blieb keine andere Wahl, als schier endlose Stunden bewegter Bilder über uns ergehen zu lassen, ehe wir mit Lili Trubic in Kontakt treten konnten.

Soweit es für mich von meinem Platz, zwei Reihen schräg hinter ihr, erkennbar war, zeigte Fräulein Trubic nicht das geringste Interesse an der niveaulosen Vorstellung. Hingegen schien der junge Mann am Piano, der mit scheußlichen Gassenhauern die ebenso scheußlichen Schwänke begleitete, ihre gesamte Aufmerksamkeit in Bann gezogen zu haben.

Du ahnst es schon, Dejan, und auch ich wusste in jenem Moment, was Lilis Handlungen motiviert hatte. Mirko merkte es nicht, er war viel zu beschäftigt, seine feiste, nach Küche riechende Sitznachbarin auf Distanz zu halten und gleichzeitig die kleine Trubic anzustarren. (Dass er bis jetzt nicht mein Diktat unterbrochen hat, um sich über meine tendenziösen Schilderungen zu ereifern, mag Dir als Schuldeingeständnis genügen.)

Du kannst Dir meinen Schrecken vorstellen, als Lili, kaum dass das Spektakel sein Ende gefunden hatte, geradewegs auf uns zusteuerte.

»Ich kenne Sie«, schleuderte sie mir entgegen. »Sie sind der Lord, der zu einem Otter wurde. Mein Vater hat mir von Ihnen und Baron Sirco genug erzählt, dass ich Ihnen auf der Stelle sagen kann: Was immer Sie von mir wollen – und so schwer ist es nicht zu erraten –, tun werde ich es nicht!«

Glücklicherweise war ich geistesgegenwärtig genug, keine scharfen Worte zu erwidern; das hätte bei den Umstehenden doch für eine gewisse Verwunderung gesorgt. Stattdessen nutzte Mirko die Gelegenheit, sich vorzustellen, was wiederum dem Pianisten, der sich uns mittlerweile wortlos angeschlossen hatte, missfiel. So fühlte er sich bemüßigt, die kleine Trubic mit erhobener Stimme zu fragen, ob dieser Fremde sie belästigt hätte … Kurz und gut, die Situation eskalierte ein bisschen, wie derartige Situationen nun einmal zuweilen zu eskalieren pflegen, wenn drei hitzköpfige junge Leute daran beteiligt sind.

Ungeachtet der Unhöflichkeiten, die Lili Trubic uns an den Kopf geworfen hatte, ließen Mirko und ich es uns doch nicht nehmen, sie

nach Beendigung der Diskussion zurück in ihre Pension zu begleiten. Ihr Verehrer hatte sich zur nächsten Vorstellung wieder an sein Klavier begeben müssen; zuvor war es Lili gelungen, ihn zu überzeugen, dass wir – das heißt Mirko, natürlich war ich noch zu der Rolle des schweigenden Beobachters verdammt – zwar abscheulich, doch keineswegs gefährlich waren.
»Ihr Vater möchte, dass Sie wieder nach Hause kommen«, log ich, kaum dass die Tür zu ihrem Zimmer ins Schloss gefallen war, worauf Lili mit einer Phrase, die schon in Goethes Theaterstück nicht zu Papier gebracht werden hätte sollen und die in den Mund zu nehmen ich mich beständig weigere, antwortete. Sogleich schaltete sich Mirko ein, um ihr zu versichern, wie sehr der Herr Graf um sie bange, und so weiter und so fort, bis sie ganz hellrot anlief.
Ein Schuft sei ihr verehrter Herr Vater, rief sie aus. Uns beide auf ihre Spuren zu hetzen! Dass er sie endlich in Frieden lassen solle! Ob er nicht wüsste, was sie alles durchgemacht habe!
Letztere Aussage hielt ich für ein geeignetes Stichwort, nachzuhaken, was denn eigentlich so Furchtbares geschehen sei.
So, und jetzt stell' die Teetasse weg, Dejan, alter Freund, so viel gutes Geschirr haben wir nicht mehr, dass Du nach Lust und Laune damit herumwerfen kannst. Ich habe eine außerordentliche Neuigkeit für Dich, die unser verlogener Graf Trubic uns vorenthalten hat: Lili Trubic, die arme Kleine, war von ihrem Vater auserkoren, den Oberst von Waldhausen – das Schwein, wie Esther ihn so blumig bezeichnete – zu ehelichen. Für ihn hatte sie die Liebe ihres jungen Lebens, besagten Pianisten aufzugeben (den sie übrigens in Brno, wo beide bis vor ein paar Wochen lebten, kennengelernt hatte).
Auf meine arglose Erkundigung, wie sich denn nun die Drohungen unseres bluttrinkenden Freundes in das Rätsel fügen, reagierte das liebreizende Geschöpf zu meiner größten Verwunderung abermals unangemessen unflätig, und erklärte jegliche Unterredung zwischen uns beiden für beendet.

Wirklich, Dejan, reise so rasch wie möglich nach Wien, nicht erst zu der gottverdammten Grand-Prix-Fahrt. Ich habe das unangenehme Gefühl, dass wir Dich bald brauchen werden. Mit deinen großartigen blonden Locken machst Du sicherlich einen wohlgefälligeren Eindruck auf junge Damen denn Mirko und ich zusammen.

Lysander

Aus den Aufzeichnungen Baron Sircos, Prag 23. Juni 1909

Felix stand am Fenster, die Hände hinter dem Rücken verschränkt. Der entrückende Anblick unserer goldenen Stadt, die da in der Abendsonne glänzte, schien seine gesamte Aufmerksamkeit zu fesseln.

Ich wartete, geduldig, schweigend. Mit Felix Trubic zu spielen, das hieß, seinen Regeln zu folgen: Diese Lektion hatten mich die Jahre gelehrt.

»Warum? Du wagst mich zu fragen, warum?«

Ich hatte die Hoffnung, er würde sich doch noch zu einer Reaktion herablassen, schon beinahe aufgegeben, als er sich mir schließlich zuwandte.

Die Sonne war untergegangen, Zwielicht hielt Einzug in die Bibliothek des Palais Trubic.

»Warum, warum – was für eine Rolle spielt das noch?«, wiederholte Felix, dessen Augen wie fiebrig in seinem schmalen Gesicht glänzten. »Waldhausen ist tot. Lili ist fort. All das hat nichts mit deinem eigentlichen Auftrag zu tun!«

Ich neigte mich nach vorne, die Ellbogen auf meine Oberschenkel gestützt. »Ich wünschte, ich könnte mir dessen so sicher sein«, bekannte ich.

Felix sah mich gedankenverloren an. »Es ermüdet mich, dass du an jedem meiner Worte zweifelst.«

»Wie kann ich dir vertrauen, wenn du mich immer mit Ausflüchten abzuspeisen suchst?«, sagte ich. »Ich habe dich nach der Wahrheit gefragt: Wie kam es, dass du deine Tochter mit Waldhausen – ausgerechnet Waldhausen – verheiraten wolltest? Doch statt einer Antwort suchst du mir nur zu entwischen.«

Felix gab ein seltsames Geräusch von sich, halb Seufzen, halb Zorneslaut. »Wirklich, Dejan – das ist alles, was dich interessiert? Wäre es nicht zweckmäßiger, sich beispielsweise auf die Frage zu konzentrieren, was der verdammte Vampir von meiner Tochter wollte? Und ob sein Besuch in irgendeiner Beziehung zu meinem Drohbriefchen steht – wovon ich durchaus ausgehe?«

»Ich kann nicht für dich arbeiten, wenn du mir ständig Details verschweigst, die vielleicht wichtig für den Fortgang meiner Ermittlungen sein könnten«, fuhr ich unbeirrt fort. »Wie soll ich dir helfen, den Fluch zu brechen, wenn ich die Zusammenhänge nicht kenne? Jede Nichtigkeit kann mitunter von Bedeutung sein – und das weißt du auch. Wenn du möchtest, dass ich den Fall löse, dann tätest du besser daran, mir ein wenig von deiner plötzlich aufgetauchten Tochter zu erzählen.«

Langsam durchquerte Felix die Bibliothek und ließ sich auf den Diwan neben mir fallen. Selbst im Halbdunkel konnte ich ihn deutlich lächeln sehen, ein dünnes, hartes Verziehen der Lippen, das seine Augen nicht erreichte.

»Also schön, eine besonders interessante Erzählung wird es allerdings nicht«, fügte er warnend hinzu, als er mein Glas ein weiteres Mal füllte.

Wenigstens in dieser Hinsicht sollte Felix Recht behalten: Ebenso banal wie altbekannt war sie, die Trubic'sche Familiengeschichte.

In Tausenden Variationen haben wir sie bereits gehört, die

Fürstin von So-oder-Anders hat sie uns erzählt, gerade wie das Hausmädchen, das unsere Zimmer fegt.

Es ist die Geschichte des lebensfrohen Studenten in der fremden Stadt, und der hübschen Schwester seines Kommilitonen; die Geschichte der zärtlichen kleinen Briefchen und Stelldicheins bei Mondschein, der Spiele und Liebesschwüre, der Unaufrichtigkeiten und der etwas überstürzten, nicht gänzlich standesgemäßen Heirat; die Geschichte von Kindern, die nach entschieden zu wenigen Monaten der Ehe das Licht der Welt erblicken; von Müttern, die jung sind und unerfahren und voller Angst; von Vätern, die von Freiheit und Abenteuer schwärmen; von Anverwandten, die missbilligen. Es ist eine Geschichte der Kälte und der Einsamkeit. Der Leere, die *er* sich mit allerlei Rücksichtslosigkeiten, mit Spiel, Wein und den Schönen der Nacht möbliert, während *sie* sehr still, blass und verloren wird.

Und es ist auch die Geschichte eines frühen Todes.

»Annette starb, als Lili gerade zwei war. Sehr zur Erleichterung meiner Mutter, so wollte es der Tratsch. Am Tag nach dem Begräbnis fasste ich eine Entscheidung.«

Wie gleichmütig Felix' Stimme klang, als er diese furchtbaren Sätze sprach; kein Lidschlag, kein Zucken der Mundwinkel verriet eine Gefühlsregung.

»Eine bittere Entscheidung«, präzisierte er.

Ein freundlicher Cousin der Verstorbenen, dessen Frau sich bereiterklärte, Lili großzuziehen, fand sich schnell. Ein kleines Vermögen wechselte den Besitzer, und dann legte der junge Graf Trubic seine Tochter in die Arme einer Fremden, und ging seiner Wege.

Nachdenklich strich Felix mit dem Zeigefinger die Narbe an seinem Hals entlang. »Er war oberflächlich, unser jugendlicher Graf. Egoistisch, lebensgierig und nicht bereit, zu verzichten. Aber eines war er ganz gewiss nicht: ein böser Mensch.«

Ich blinzelte. Fast hätte ich den *faux-pas* begangen, zu ihm zu treten und eine Hand auf seine Schulter zu legen, doch ich besann mich gerade noch rechtzeitig. Nach der jüngst vergangenen Nacht lagen Berührungen, wie unschuldig sie auch immer sein mochten, außerhalb des Möglichen.

»Daran habe ich niemals gezweifelt«, sagte ich stattdessen; ein bescheidener Abklatsch einer freundlichen Geste, die Felix dennoch dankbar entgegennahm.

Mit der Zeit, führte er seine Erzählung fort, stellte sich das schlechte Gewissen ein. Später noch die Scham, und zuletzt die Neugier. Was für ein Mensch mochte da heranwachsen? War sie ein fröhliches Kind, oder ein ruhiges? Erinnerte sie sich an ihre ersten Lebensjahre? Mochte sie es, wenn Schneeflocken fielen, Musik spielte, der Sommer kam? Fürchtete sie die Dunkelheit? Hatte sie eine kleine Lieblingsfreundin, ein Lieblingsspielzeug, ein Geheimnis? Über all diese brennenden Fragen konnten die blassen Briefe und Photographien kaum Aufschluss geben. Und so trat Felix zu Lilis siebtem Geburtstag das erste Mal seit fünf Jahren die Reise nach Brno an.

»Sie war sehr scheu, aber als ich mich verabschiedete, musste ich ihr schon versprechen, bald wiederzukommen. Und das tat ich auch. In manchen Jahren nur ein- oder zweimal, dann wieder alle paar Wochen. Als sie vierzehn war, führte mich ein Auftrag für anderthalb Monate nach Brno. Ich konnte kaum glauben, dass aus dem zurückhaltenden Kind so ein liebes Mädchen geworden war.«

Irrte ich, oder zitterte die Zigarette in Felix' Hand?

Er führte sein Glas zum Mund, ohne zu trinken. »Ich nahm sie zu jeder Gesellschaft mit.« Ein unterdrücktes Husten. »Ich habe ihr beigebracht, Walzer zu tanzen … Sie war sehr ungeschickt.«

All die Emotionen, die sich in jenem Moment auf seinem

sonst so beherrschten Antlitz widerspiegelten – ein Hauch von Traurigkeit traf auf Resignation, auf Wehmut, ja, auch Zärtlichkeit; eine kuriose Mischung, die ich kaum ertragen konnte. Ich senkte meinen Blick, fixierte die Narbe an seiner Kehle, die sich bei jedem Atemzug bewegte. So ruhig, so vorhersehbar.

Zum ersten Mal in all den Jahren unserer Bekanntschaft regte sich ein erstaunlicher Gedanke in mir: Vielleicht hatte ich meinen Freund und Gefährten stets ein wenig überschätzt. Hier, vor mir, saß kein strahlender Held, nur ein Glücksritter, vom Leben gezeichnet an Leib und Seele.

»Waldhausen?«, fragte ich unvermittelt. Damit war die bittere Klarheit dieses einen Augenblicks gebrochen.

Felix neigte mir den Kopf zu. »Du erinnerst dich an die Umstände meiner Abreise aus Mostar.«

Es war ein Befehl, keine Frage, und ich nickte stumm; wie hätte ich sie auch je vergessen mögen, diese Stunden der Tollheit und Furcht? Den Moment etwa, als Waldhausen mich in meinem Quartier aufgesucht, mir die Pistole mit der einen Kugel gereicht hatte. Freitod oder Kerkerhaft? Stillschweigen oder Skandal? »Die Wahl obliegt Ihnen, Sirco«, wie seine Stimme in meinen Ohren gedröhnt hatte! Yosch, der Verräter; er hatte es gewagt, mir ins Gesicht zu lachen, und erst als ich ihn gefordert hatte, war er sehr blass geworden. Und dann der Augenblick, als Felix an mir vorbeigestürzt war – nein, er würde mir nicht als Sekundant zur Seite stehen, er hätte keine Zeit, sich in den Komplikationen einer ehrengerichtlichen Affäre zu verlieren, er müsse die Drachen auf der Stelle fortschaffen, ehe Waldhausen ihn behelligen, ihn festhalten könnte. Adieu, mein Freund, gehab' dich wohl. Am Ende sind wir alle allein.

»Es war ein Fehler«, hörte ich Felix jetzt sagen, sehr ruhig und entschieden.

Ich schrak auf. Peinlich berührt stellte ich fest, dass ich die Abschiedsworte, die Felix an jenem Herbsttag an mich gerichtet hatte, laut ausgesprochen haben musste.

»Sei unbesorgt«, sprach er nun weiter, »ich werde nach all den Jahren nicht die Geschmacklosigkeit begehen, um Verzeihung zu bitten, dass ich dich im Stich lassen musste.«

»Die Interessen des Kaiserreichs stehen über dem Leben eines Freundes. Ich weiß«, wiederholte ich jene Worte, mit denen Felix sich damals, nach unserem Wiedersehen in Prag, zu rechtfertigen gesucht hatte.

»Einerlei. Als ich mit den Drachen Hals über Kopf die Flucht angetreten habe, da war ich gezwungen gewesen, alles zurückzulassen – auch Dokumente, Akten die niemals in die Hände … Uneingeweihter … hätten geraten dürfen. Wäre ich noch einmal umgekehrt, ich hätte die Entdeckung der beiden Drachen, und damit schlimme Konsequenzen riskiert. Ein entschieden zu hoher Preis.«

Er verschränkte die Hände, wie zum Gebet. »Eine Schlamperei, zweifelsohne. Aber damals hatte ich tatsächlich gehofft, dass es dir gelingen würde, sie an dich zu nehmen.«

Mir, der in Gewahrsam gestellt war? Dessen Offiziersdegen man zerbrochen hatte? Mir, dem Geschmähten, dem Ehrlosen? Auf seine Weise war Felix stets ein Träumer gewesen. Ich nippte am Cognac und tätigte die naheliegende Schlussfolgerung.

»Diese Schriftstücke gerieten in Waldhausens Hände, und daraufhin erpresste er dich?«

Felix lächelte. »Wie man es eben in vergleichbaren Situationen zu tun pflegt. Allerdings erst, als viele Jahre vergangen waren. Vor knapp zwei Jahren nahm er zum ersten Mal Kontakt zu mir auf. Er drohte abwechselnd, sie in den ihm bekannten Tagesblättern veröffentlichen zu lassen, oder sie an sämtliche Befehlshaber von Armee und Marine weiterzuleiten.

Damit wäre das gesamte *Bureau* in akuten Erklärungsnotstand geraten. Und, schlimmer noch, die Bevölkerung wäre zweifelsohne in Panik gestürzt, hätte sie erst von nüchternen staatlichen Bestandaufnahmen erfahren, die es von Gestaltenwandlern, Vampiren, den Auseinandersetzungen mit dem Alten Volk und noch weit absonderlicheren Angelegenheiten – über die ich selbst dir gegenüber Stillschweigen bewahren will – gibt. All das hatte er angedroht«, eine winzige Pause entstand, »wenn ich ihn nicht *bezahlte*.«

Er war aufgestanden und wieder ans Fenster getreten. Halb abgewandt sprach er mehr zu der Stadt, die sich im Dämmerlicht unter uns erstreckte, als zu mir.

»Das Bureau in Kenntnis zu setzen oder meine Kollegen um Hilfe zu bitten, stand natürlich außer Frage.«

Natürlich. Eher hätte Felix alles, was ihm lieb und teuer war, geopfert, und sich obendrein die Kehle durchschneiden lassen, als sich zu solch einer gedankenlosen Dummheit zu bekennen. Schon damals, als wir noch Freunde waren, hatte er eine hohe Stellung als Agent in Okkulten Belangen bekleidet; schon damals hatte er großen Wert auf seinen Ruf, sein Prestige, gelegt. Nie sollte man ihn, Felix Graf Trubic, eines Fehlers oder eines Versagens bezichtigen können.

Geistesabwesend fuhr ich mir mit einer Hand durch mein Haar. »Dir ist hoffentlich bewusst, dass du dich in dem Mordfall Waldhausen soeben selbst schwer belastet hast?«

Er wandte sich zu mir um, zuckte die Achseln. »Du verdächtigst mich, ich verdächtige dich. Und was kümmert mich das noch?«

Er riss ein Streichholz an, um sich eine weitere Zigarette anzuzünden. »Ich bitte dich, höre dir nur meine Geschichte bis zum bitteren Ende an, und richte erst dann über mich«, murmelte er, seine Stimme so indifferent wie das abendliche Zwielicht.

Hatte Felix Trubic soeben das Wort »bitte« verwendet? Schweigend nickte ich, und lauschte.

»Die Dokumente – du darfst nicht vergessen, als Waldhausen sie endlich dechiffriert hatte, waren sie bereits mehr als zehn Jahre alt. Alte Handlungsanweisungen, alte Rapports, und dennoch, für die unwissende Bevölkerung wären sie von ungekannter Brisanz gewesen. Unglücklicherweise hatten wir damals lediglich mit einer Mischung aus Zahlen- und Schiebecode gearbeitet, wenigstens was Schriftstücke von minderer Bedeutung betraf. Und diese Verschlüsselung war zwar nicht unbedingt leicht, aber mit ausreichend Hartnäckigkeit und Zeitaufwand dennoch zu knacken. Die Zahl der Jahre, die Waldhausen dafür benötigte, spricht offenkundig nicht für seine Geisteskräfte.«

»Weshalb hast du in all der Zeit niemals versucht, die Schriftstücke von Waldhausen zurückzuerlangen?«, unterbrach ich ihn neugierig.

»Um bei der Wahrheit zu bleiben – wie du es von mir verlangt hast –, ob nun aufgrund des wechselhaften Ablaufs meines Lebens, all der phantastischen Aufträge, mit denen ich mich befasst habe oder all der Wunderlichkeiten, die ich sah, es war mir gelungen, ihre Existenz binnen kürzester Zeit gänzlich zu vergessen.«

»Oh«, machte ich nicht eben geistvoll, einmal mehr erschüttert von Felix' Leichtfertigkeit.

»Wie ich schon erwähnte, er wollte Geld«, nahm Felix seine Erzählung wieder auf. »Eine unvorstellbare Summe, mehr als ich selbst in meinen besten Tagen, mit tätiger Hilfestellung all meiner Freunde und Bekannten hätte aufbringen können. Und doch musste ich um jeden Preis eine Weitergabe der Schriftstücke verhindern: So versprach ich dem kürzlich verwitweten Waldhausen die Hand meiner Tochter. An ihrem achtzehnten Geburtstag, dem 1. Juli dieses Jahres, hätte die

Hochzeit stattgefunden, am selben Tage wären die Schriftstücke an mich übergeben worden, und nach meinem Tode wären sämtliche Güter der Familie Trubic an ihn gefallen. So einfach war der Plan.«

Mit einem leisen Klirren zerbarst mein Cognacschwenker auf dem Parkett. »Du hast deine Tochter verkauft – für ein paar *Dokumente*?«

Plötzlich war Felix neben mir; er ließ sich auf der Lehne meines Sessels nieder und legte eine Hand auf die meine.

»Du hast Lili an Waldhausen verkauft«, wiederholte ich fassungslos. »Um den Preis von ein paar Geheimnissen, an die die Öffentlichkeit ohnehin nicht geglaubt hätte. Oh, versuch es doch!«, ereiferte ich mich. »Erzähle den Leuten von deinen Spionagediensten in okkulten Angelegenheiten, erzähle ihnen vom Krieg des Alten Volkes und von deinen gottverdammten Drachen! Weißt du, was sie tun werden? Sie werden dich auslachen und einen Narren heißen. Und um diese Menschen zu schützen, willst du deine Geheimnisse verkauft haben?«

Felix' kalte Finger bewegten sich über meinen Handrücken. Ich ignorierte sie mit aller Macht. Mein Lachen überraschte mich selbst: Es war ein sonderbarer Laut, hart und böse. »Ging es dem Graf Trubic nicht vielleicht eher darum, seine *Karriere* zu schützen?«

Glas knirschte unter meinen Stiefeln, als ich die Sitzposition veränderte.

Felix schwieg und bewegte sich nicht; nur sein schmaler Brustkorb hob und senkte sich im Takt jedes schweren Atemzuges.

Mit erzwungener Ruhe sprach ich weiter. »Du hast etwas übersehen: Du warst fast zehn Jahre jünger als Waldhausen. Die Wahrscheinlichkeit, dass du vor ihm sterben würdest, stand vernichtend gering, selbst ohne mörderische Intervention. Weshalb also war er dumm genug, sich auf einen derartigen Handel einzulassen?«

Mit müder Eleganz erhob sich Felix, ziellos schlenderte er durch den Raum. Vor dem Heldenportrait eines seiner Ahnen blieb er schließlich stehen. »Schau mich doch an, Dejan«, sagte er, und in seiner Stimme lag beinahe ein Lächeln. »Was siehst du da noch?«

Mittlerweile war es sehr dunkel geworden in der Bibliothek, doch keiner von uns konnte sich entschließen, die Lichter einzuschalten. Und ich brauchte kein Licht, um zu verstehen: Unzählige Abenteuer und Verwundungen hatten mit den Jahren ihren Tribut gefordert. Wie er jetzt vor mir stand, war er kaum mehr als ein müdes Gespenst des Mannes, den ich einst kennengelernt hatte, im Herbst, in Mostar.

»Ich glaube nicht, dass Waldhausen so dumm war«, sagte Felix. »Außerdem war es das beste Angebot, das ich ihm machen konnte. Er wäre ein Tor gewesen, nicht darauf einzugehen.«

Ich schüttelte den Kopf; zwang mich, endlich, Erinnerungen und Gefühle hinter mir zu lassen, und meine Gedanken wieder auf den Fall, der vor mir lag, zu fokussieren. »Was geschah mit den Dokumenten?«

Für einen Moment nur stahl sich sein altes, unbekümmertes Grinsen zurück in seine Züge. »Verbrannt. Nachdem Waldhausen sie zwei Jahre so gut versteckt hielt, dass es selbst mir nicht gelungen war, sie durch allerlei Schurkereien in meinen Besitz zu bringen, war er nun ungeschickt genug, sie in einem Tresorfach am Hauptbahnhof zu verwahren, dessen Schlüssel er an einer Kette am Leib trug.«

Gedankenverloren strich er mit zwei Fingern seinen Kragen entlang, tastete nach der Silberkette, von der *er* sich nicht trennen konnte, an der ein kleiner, unscheinbarer Ring mit dem Fuchs hing, den er wie ein magisches Kleinod hütete …

Schon drohten die Erinnerungen mich einmal mehr zu überwältigen. Rasch erhob ich mich, vermied es dabei, Felix ins Gesicht zu sehen. Aus den Augenwinkeln konnte ich sehen, wie er eine Hand hob, als wolle er mich zurückhalten; dann, ein gemurmeltes Adieu, und die Tür fiel hinter mir ins Schloss.

Mit pochendem Herzen verharrte ich auf dem dunklen Gang, während in der Bibliothek ein weiteres Glas zerbrach.

k & k Monarchie
Österreich - Ungarn

RUSSLAND
REICH
Breslau
Oder
Oppeln
Sandomir
San
Glatz
Neisse
Königgrätz
Schlesien
Ratibor
Krakau
Galizien
Przemysl
Troppau
NeuSandec
Olmütz
Mähren
Brünn
Austerlitz
Znaim
Neusohl
Kaschau
Munkacs
Kremnitz
Schemnitz
Ungarn
Krems
Aspern
Pressburg
WIEN
Neuhäusel
Komorn
Erlau
Theiss
Waitzen
Neustadt
Ödenburg
Raab
Gran
Budapest
Debreczin
Steinam-anger
Kecskemel
Körös
Grosswarden
Plattensee
Donau
Marburg
Drau
Szegedin
Arad
Warasdin
Fünfkirchen
Maria-Theresienst.
Maros
Temesvar
Agram
Slavonien
Mohács
Sissek
Esseg
Neusatz
Bazias
Banjatuka
Sau
Belgrad
Bosnien
SERBIEN
Travnik
Dalmatien
Serajewo
Herzegowina
Nisch
Novibazar
Lissa
Curzola
Prischtina
Montenegro

6

Wien und Prag

24. bis 26. Juni 1909

Wien, am 24. Juni 1909

Dejan, alter Freund,
Dein Telegramm wurde sowohl in Empfang als zur Kenntnis genommen, wenn auch nicht restlos verstanden. Was jedoch kaum meinem potenziellen Mangel an Intellekt, als vielmehr Deinem Unwillen, Sachverhalte in präzise Worte zu fassen zuzuschreiben ist. Den Wortlaut – wenn ich zitieren darf – »Trubic Komplikationen. Waldhausen hatte Dokumente. Komme bald nach Wien«, kann ich bestenfalls als nicht sonderlich erhellend bezeichnen. Zumal mir dünkt, dass die gesamte Existenz Deines unglücklicherweise so hochverehrten Graf Trubic schon immer eine einzige Komplikation war – so sehr, dass ich als geneigter Beobachter beinahe Mutwillen dahinter verorte.
Doch ich schweife ab: Im Grunde genommen wollte ich an dieser Stelle lediglich zu Papier bringen, dass ich ausgesprochen froh sein werde, Dich zu sehen. Und das hat in diesem Fall sogar einen Grund, der über freundschaftliche Empfindungen hinausreicht.

Wie Du bereits an der Schrift bemerkt haben wirst, steht mir heute nicht Mirko zum Briefdiktat zur Verfügung. Lili, das selbstlose Geschöpf, hat sich an seiner statt erbarmt und leistet mir nun Skribentendienste, während Mirko mutmaßlich durch Wien streift, auf der Suche nach einem Kaffeehauszirkel, der ihm den jungen Bohemien abnimmt. Sein Verhalten in den vergangenen Tagen als erratisch zu bezeichnen, wäre eine ebenso schamlose Untertreibung, wie Schönerer »etwas unangenehm« zu finden; ja, um offen zu sprechen, ich mache mir ernstlich Sorgen um Mirko.
Zufällig weiß ich, dass etwas vorgefallen ist: Während der Fahrt nach Wien las er unentwegt in etwas, das er wenig auffällig hinter seiner Zeitung zu verstecken suchte. Darüber hinaus bestand seine erste Tat in Wien darin, einen Brief aufzugeben und höchst ungehalten zu reagieren, als ich ihn auf seine dringliche Korrespondenz

ansprach. Seither gibt er sich äußerst schweigsam und abwesend, errötet (oder erbleicht) ein jedes Mal, wenn Dein Name fällt, und lebt ganz allgemein seine unvorteilhaftesten Charakterzüge aus. Dass ich ihn überhaupt dazu gebracht habe, den letzten Brief an Dich niederzuschreiben, hatte all meiner nicht unbeträchtlichen Überredungskünste bedurft.

Dejan, wenn Du diese Zeilen liest, so sei Dir bewusst, dass lange Grübeleien und eine schlussendlich als hoffnungslos aufgegebene Suche nach den richtigen Worten ihnen voranging: Aber, um den populären Gemeinplatz zu strapazieren, es gibt Sachverhalte, die zu schildern sich niemals die rechten Worte finden lassen.

Du und ich haben, obwohl wir einander so gut kennen, in all den Jahren unserer Freundschaft so manches Thema tunlichst vermieden: Du hast mich niemals gefragt, wie es kam, dass ich als Mister Crowleys Spielzeug endete. Ich habe mich nie danach erkundigt, worum es in dem Duell mit Trubic wirklich ging.

Dennoch haben wir beide unsere Vermutungen und Thesen aufgestellt, und manche unliebsamen Wahrheiten sind nun einmal offenkundiger als andere, auch wenn man es selbst nicht wahrhaben möchte.

Mirko liebt Dich wie einen Vater, Dejan. Er verehrt Dich als Held, er bewundert Dich und müht sich, Dich zu imitieren. Er ist jung und formbar – und er hat seinen Platz in dieser Welt noch nicht gefunden. Ich bitte Dich inständig, vergiss das nicht.

Um diesen Brief auf eine erfreulichere Weise zu schließen: Lili (der es äußerst missfällt, hier über sich selbst schreiben zu müssen) hat sich bereiterklärt, zu Mirko und mir ins Continental zu ziehen. Außerdem schwört sie, wenigstens so lange in Wien zu bleiben, bis Du angekommen bist. Sie zeigt sich einer vernünftigen Unterredung mit dem Baron Sirco nicht mehr völlig abgeneigt. (Auch wenn ich hinzufügen möchte, dass auch Sie, Baron, mich nicht umstimmen werden können! L. T.)

Dass ich keine Lust haben werde, Dich vom Bahnhof abzuholen, soll keineswegs bedeuten, dass ich unser Wiedersehen weniger wertschätze.

Lysander

Aus den Aufzeichnungen Baron Sircos, Wien, 26. Juni 1909

Der Benz und ich reisten mit der Bahn nach Wien. Obwohl es früh am Morgen war, hatte die Verladung meines Automobils am kürzlich vollendeten Franz-Josephs-Bahnhof eine kleine Zuseherschar angezogen. Während das Bahnhofspersonal und eine Gouvernante samt Zöglingen vor allem die Zerstreuung dankend entgegennahmen, stand einem Handlungsreisenden der Traum von der großen Welt überdeutlich ins Gesicht geschrieben.

Ich selbst hielt mich ein wenig abseits und zwang mich, eine Gelassenheit zur Schau zu tragen, die ich nur selten empfand, wenn Unbefugte mit meinem Wagen hantierten. Wie leicht konnte man unter den schmählichen Verdacht geraten, um materielle Werte zu bangen, wenngleich die Dinge doch vielfach komplizierter standen!

Nur wenige Wochen nach meinem Unfall in Dieppe – zu einem Zeitpunkt, da ich mich kaum den Anforderungen des Alltags ohne fremde Hilfe stellen, geschweige denn daran denken konnte, in näherer Zukunft an einem Automobilrennen teilzunehmen – hatte ich einer Laune folgend einen Mercedes Rennwagen erworben. Binnen kürzester Zeit waren solch erhebliche Modifikationen an ihm vollzogen worden, dass er seinen Markennamen »der Benz« nur noch als Ehrentitel trug. So durfte ich mich mittlerweile mit Fug und Recht im Besitz eines der ungewöhnlichsten Fahrzeuge wähnen, das man in den Straßen Prags bestaunen konnte. (Sah man von dem dampfbetriebenen Fuhrwerk des Herrn Geiger ab, einer wahren Monstrosität, die unter höchstmöglicher Lärmentfaltung an jeder sich bietenden Straßenecke liegen zu bleiben pflegte.)

Den Marchese freilich hatte mein Umgang mit dem Benz beinahe an den Rand des Wahnsinns getrieben; in den wenigen Tagen, seit er den Benz und mich wenigstens temporär zu seinem Rennstall zählen durfte, hatte ich bereits Dutzende Telegramme erhalten, die sich nach dem Befinden von Fahrer und Wagen erkundigten. Die Tatsache, dass ich mein Automobil nicht ausschließlich für die Rennen schonte, sondern mir den Luxus gönnte, es auch als Verkehrsmittel zu nutzen, hatte ihn die Hände über seinem Kopf zusammenschlagen und in schnellem Italienisch fluchen lassen. (Später hatte er sich allerdings höchst interessiert erkundigt, wen ich in welchem Rahmen hatte bestechen müssen, um eine Straßenverkehrszulassung für einen Rennwagen zu erhalten.)

In meinem Coupé angelangt – das ich mit zwei jüngeren Männern, Gehaben und Pose nach leicht als Studenten zu erkennen, sowie einem peinvoll bourgeoisen Ehepaar zu teilen hatte –, lehnte ich mich erschöpft in meinem Sitz zurück. Mein übernächtiges Gesicht verbarg ich vor den Blicken der Reisegefährten hinter meiner Zeitung, obschon ich mich nicht in der Lektürestimmung für schwierige außenpolitische Themen befand. Noch weniger stand mir jedoch der Sinn danach, von meinen Mitreisenden in eine Plauderei verwickelt zu werden. Am Fenster zog schon bald die Vorstadt vorbei, eine triste Parade von Fabriken, Lagerhallen und zusehends schäbigeren Wohnhäusern – ein armseliges Verabschiedungskomitee, das sich hier an die Stadt drängte. Es hatte eine Zeit gegeben, da hatten Trostlosigkeit und Armut mich melancholisch gestimmt; heute atmete ich den Geruch billigen Zeitungspapiers ein und ließ meine Gedanken schweifen.

Ich sorgte mich um Felix.

Das war die Wahrheit, simpel und lächerlich. In den langen Stunden der vergangenen Nacht, in der es mir misslungen war, nicht weiter an unsere bittere Unterredung zu denken, hatte ich es erkennen müssen: Ich sorgte mich um Felix, und ich trauerte um ihn. Trauerte um das, was Zeit, Schicksal und all die Schlachten, die er einsam in Dunkel und Schweigen hatte führen müssen, aus ihm gemacht hatten. Nein, ich konnte sie nicht mehr leugnen, diese vage Zuneigung, die ich noch immer für ihn empfand, und die ich wohl – so meine triste Einschätzung an diesem trüben Sommertag – bis ans Ende meiner Tage für ihn empfinden würde. Was auch immer zwischen uns geschehen war, geblieben war ein wenig Freundschaft und ein wenig mehr Verständnis.

Hätte er davon gewusst, er hätte mich ausgelacht, und ich hätte miteingestimmt in dieses Gelächter, diesen Maskentanz falscher Fröhlichkeit, der durch meinen Kopf hallte. Benommen starrte ich auf eine Schlagzeile, die von Kriegsängsten und Aufrüstung sprach; nur langsam kehrte ich in die Wirklichkeit meines Bahnabteils zurück, in der die beiden Studenten sich offensichtlich übungshalber in bizarrem Französisch unterhielten, während der gut gekleidete Herr an der Schulter seiner Gemahlin eingeschlafen war.

Ein weiteres Mal nahm ich Lysanders letzten Brief zur Hand, der mich erst an jenem Morgen, unmittelbar vor meinem Aufbruch erreicht hatte. Die vorsichtigen Andeutungen, die unhaltbaren Anschuldigungen meines alten Gefährten, mit dem ich so viele Abenteuer und Missgeschicke durchlebt hatte, verletzten mich tief.

Ich schrak aus einem leichten Schlaf hoch, als der Zug mit quietschenden Bremsen in der Haltestelle einer kleinen Stadt mitten in der tiefsten böhmischen Provinz einfuhr; vor dem Bahnhofsgebäude verabschiedeten sich bäurische Reisende im Sonntagsstaat von ihren Familien. Zwei Offiziere, ihren Uniformen nach Dragonerleutnants, hatten den Zug verlassen, und ich sah den kleineren der beiden gottergeben mit den Achseln zucken, als ihn eine Gruppe zerlumpter Kinder neugierig umrundete und ein aufgeregtes Huhn über den Bahnsteig lief.

Bei dem Anblick der beiden Offiziere kehrte der Gedanke zurück, dass allein Lysanders Ottergestalt und damit einhergehender Mangel an Satisfaktionsfähigkeit ihn und mich vor dem betrüblichen Ende einer Freundschaft bewahrte; jeden anderen Herrn von Stand hätte ich für diesen Brief zum Duell fordern müssen. Und bei Gott, es hatten schon genug Ehrenfragen mein Leben in Scherben zurückgelassen.

Wie die Dinge gegenwärtig standen, blieb mir nur zu hoffen, dass Lili naiv und harmlos genug war, die volle Bedeutung von Lysanders Worten nicht zu erfassen.

An diesem Tag begann ich einen Brief an Felix Trubic. Ich habe ihn niemals abgeschickt.

Felix,
so viel Vergangenheit, die zwischen uns liegt; nun bittest Du mich einmal mehr, zurückzublicken in die Geschichte und den Fluch Deiner Familie zu lösen. Ich werde tun, was immer in meiner Macht steht. Ich glaube Dir, wenn Du mir Vertrauen schwörst, Dein Leben in meine Hand legst.
Dich zu fragen, ob Du Dich noch dieses einen Herbstmorgens erinnerst, als Zorn und Enttäuschung so heiß kochten, dass sie

nach einem Blutopfer verlangten, hieße, Deine Intelligenz zu beleidigen. Aber entsinnst Du Dich auch noch des verschlungenen Pfades aus Leichtfertigkeit, Trug und Kränkung, der uns zu jenem morgendlichen Rendezvous führte?
So viele Worte, so viele Taten und gab es einen Schuldigen, ein Opfer?
Ich habe vergessen, was ich vergessen musste. Alles, was bleibt, ist die bittere Sinnlosigkeit eines Septembertages.
Heute verstehe ich Dich ebenso wenig, wie ich Dich damals verstanden habe: Du wirst mir auf immer ein Rätsel bleiben, Felix Trubic, Herr der tausend Gesichter, der Du so gekonnt tanzt auf dem Maskenball des Teufels.
Ich glaube, was ich damit sagen möchte, ist, dass ich Dir vergebe. Selbst, wenn es nicht Deine Schuld war.

»… wie aber ein Dromedar bändigen, das, während es das Mobiliar des Salons demolierte, immer stärker in Rage geriet?«, drang der Höhepunkt einer nur allzu vertrauten Geschichte an mein Ohr, als mir die Tür zu unserer Suite geöffnet wurde und der Hotelpage, die Taschen voller Münzen, sich dankend davonmachte.

Ich seufzte. Wenn Lysander Zuflucht in die Fülle bizarrer Anekdoten nahm, die ihm sein Jahr mit Mr. Crowley beschert hatte, standen die Dinge für gewöhnlich nicht zum Besten.

»Baron Sirco?« Ein adretter junger Mann mit flachsblondem Haar und abgetragenem Anzug trat mir entgegen.

Lili Trubics Pianist, zog ich die naheliegende Schlussfolgerung, während ich linkische Verbeugungen und ebenso linkisches Entschuldigungsgestammel über mich ergehen ließ. Der Redeschwall hielt erst inne, als er sich bückte, um meine Reisetasche aus dem schmalen Vorzimmer zu befördern – eine Geste devoter Ehrerbietung, die ich zu ignorieren vorzog.

»Dejan!« Lysander hatte seine Erzählung unterbrochen und hoppelte mir entgegen.

Ich bedachte ihn mit einem kühlen Blick, der, wie ich hoffte, von »wir unterhalten uns später« bis »der Tag, an dem du ein Muff wirst, ist endlich gekommen« alles heißen konnte, und schritt an ihm vorbei in den Salon. Dort waren bereits Nuancen des Durcheinanders, das meine beiden Kameraden gleichermaßen wie einen Rattenschwanz hinter sich herzuziehen pflegten, eingekehrt: Lysanders extensive Reiseliteratur fand sich neben Tageszeitung, Illustrierten und einem Tarotspiel auf dem Boden verstreut; ein ausgebreiteter Straßenplan der Wiener Innenstadt okkupierte den Couchtisch (was jedoch niemand daran gehindert hatte, ein Teeservice darauf abzustellen); Rauchwaren und Schreibzubehör waren mit Bedacht auf einem Lehnstuhl zu einem Stillleben arrangiert worden, und aus gänzlich unerfindlichen Gründen saß ein Zylinder auf dem Fensterbrett. Ich nahm an, dass Mirko sich zu einem Opernbesuch entschlossen und sich dementsprechend ausgestattet hatte. Mirko, der im Übrigen nicht zu sehen war. Was mir, um der Wahrheit Genüge zu tun, nicht ungelegen kam; hätte ich doch in jenem Augenblick wahrlich nicht gewusst, was mit ihm zu tun war – außer vielleicht, ihn zu ohrfeigen, wie Esther mir empfohlen hatte.

Die kleine Trubic hatte sich hingegen wie hingegossen auf dem Diwan drapiert.

»Fräulein Trubic, Sie ahnen nicht, wie hocherfreut ich bin, dass wir uns endlich von Angesicht zu Angesicht begegnen«, grüßte ich mit leiser Ironie.

Das Mädchen setzte sich auf und neigte den Kopf. Im Gegensatz zu dem, was Lysander mir berichtet hatte, schien sie mir keine rechte Schönheit – etwas zu rundlich, etwas zu klein geraten, das Gesicht kindlich und stupsnasig. Im besten Fall ließ sich eine gewisse Ähnlichkeit zu einer, vom künstlerischen

Standpunkt nicht gänzlich gelungenen Porzellanpuppe herstellen; ein unerfreulicher Effekt, der durch ihr hochgeschlossenes Sommerkleidchen, dessen Schneider in Rüschen, Bändern und Schleifen nur so geschwelgt hatte, verstärkt wurde.

Den Eindruck mädchenhafter Sanftmut indes wusste sie zu widerlegen, kaum dass sie den Mund öffnete. »Ich denke, ich müsste lügen, wenn ich sagte, das Vergnügen sei ganz auf meiner Seite«, antwortete sie schnippisch. »Aber nachdem meine Erziehung tadellos war, bleibt mir wohl nichts anderes übrig.«

Beinahe hätte ich gelacht. Das Kind hielt sich für eine Kämpferin! Schon aus diesem Grund beschloss ich, etwas Nachsicht walten zu lassen. Vorerst.

»Um ein Missverständnis auszuräumen: Es ist keineswegs mein Anliegen, Sie nach Prag zurückzubringen.« Ich wies auf Lysander, in dessen schwarzen Knopfaugen Verwirrung schimmerte. »Das war die Mission, die sich mein ehrenwerter Freund hier selbst zugeteilt hat. Mir persönlich geht es nur darum, meinen Fall zu lösen.«

Und das Rennen zu gewinnen, setzte ich in Gedanken hinzu. Wie gut uns Trubic auch immer entlohnen mochte (falls ich überhaupt gewillt war, Bezahlung von ihm zu fordern; in dieser Hinsicht hatte ich mich noch nicht entschieden), der Sieg bei einem großen Automobilrennen war doch um einiges lukrativer.

»Dann bin ich nicht Ihr Fall, Baron?«, vergewisserte sich Lili.

Ich heuchelte Erstaunen. »Aber gewiss nicht, Fräulein Trubic. Wie kommen Sie nur auf den Gedanken, wir würden uns mit jungen Damen, die mit ihren Galanen dem Elternhaus entfliehen, befassen?« Zufrieden registrierte ich, wie sich ihre Wangen röteten. »Selbst der Vorfall mit dem Vampir ist *per se* nicht ausreichend, um mein kriminalistisches Interesse zu wecken. Ein verrückter Bluttrinker benimmt sich so, wie man es von ihm nun einmal erwartet – er äußert düstere Drohungen und Rätsel. Womit sonst kann sich seinesgleichen die Zeit vertreiben? Aber im Zusammenhang mit meinem eigentlichen Fall gewinnt all dies natürlich an Relevanz. Schließlich scheint Ihre Familie, Fräulein Trubic, in jüngster Vergangenheit eine geradezu magische Anziehungskraft für tragische Absonderlichkeiten entwickelt zu haben.«

Erschöpft hielt ich in meiner Rede inne, musterte Lili Trubic.

»Ich …«, sie stockte; scheinbar frohgemut wechselte sie das Thema. »Baron Sirco, es tut mir wirklich leid, dass mein lieber Freund hier ein derart unbeholfenes Wesen an den Tag legt. Ich glaube tatsächlich, er hat sich wortreich für seine Anwesenheit in diesem Hotel, ja für seine bloße Existenz auf Erden entschuldigt, ohne dabei auch nur seinen Namen zu nennen.« Sie lachte schelmisch, gekünstelt.

Ihr ungeschickter Klavierspieler schien Lili das harsche Urteil über seine Persönlichkeit nicht übelzunehmen. Im Gegenteil, er bedachte sie mit einem kleinen Lächeln, ehe er ein weiteres Mal vor mir den Kopf neigte und sich als »František Čapek« vorstellte.

Eine peinvolle Viertelstunde später, die wir mit dem Austausch von Nichtigkeiten, welcher allgemein als »Konversation« zusammengefasst wird, zugebracht hatten, überwand ich mich endlich und erkundigte mich beiläufig über Mirkos Verbleib.

Lysander ließ den Keks, an dem er geknabbert hatte, zielsicher in seine Teetasse fallen. Seine Ohren zuckten nervös. »Er meinte, er wolle spazieren gehen. Das war allerdings schon vor ein paar Stunden. Vermutlich versucht er erneut, im Café Herrenhof einen Tisch im prestigeträchtigen hinteren Salon zu bekommen.«

»Vermutlich.«

Ich ließ Lysander, der verlegen mit dem Teegeschirr klapperte, nicht aus den Augen; erst, als sein Schweigen ein gequältes Timbre annahm, wandte ich mich ab.

»Und nun muss ich mich entschuldigen«, ließ ich unsere sonderbare Teegesellschaft wissen. »Ich gehe davon aus, dass die Mannschaft des Marchesen bald eintreffen wird, um sich meines Wagens anzunehmen.«

Lili Trubic löste sich aus der apathischen Trance, in die gesittete Unterhaltung auch sie offenkundig versetzte. »Sie werden wirklich an der Grand-Prix-Fahrt teilnehmen?«, fragte sie mit einem Mal interessiert.

»Diese Intention hat mich nach Wien geführt, jawohl.«

Das Mädchen spielte mit ihrem Fächer. »Mein Onkel Karel hat einen Wagen. Bei dessen Familie ich aufwuchs«, fügte sie rasch an mich gewandt hinzu. »Er hat mir alles beigebracht, was er über Automobile weiß. Manchmal lässt er mich sogar ans Steuer.«

Ich war erstaunt. Ein derart fortschrittlicher Ziehvater erklärte wohl einiges von Lilis *außergewöhnlichem* Verhalten. Eine gewisse Tendenz, sich selbst mutwillig außerhalb der Gesellschaft zu stellen, mochte der gesamten Familie Trubic angeboren sein.

»Nun, ich verspreche Ihnen, dass ich Sie *nicht* an das Steuer meines Automobils lassen werde. Zumindest nicht vor dem Rennen. Aber vielleicht möchten Sie ihn sich ansehen?«

Lili hob den Kopf, und verstand. Mit einem Achselzucken folgte sie mir.

In Ermangelung einer zum Hotel gehörigen Remise hatte ich den Wagen vorübergehend in der Laube des weitläufigen Innenhofs abgestellt, wo er nun, zwischen Efeuranken und leicht verwittertem Gartenmobiliar, einen höchst ungewöhnlichen

Anblick bot. Der Hoteldirektion allerdings hatte ich versprechen müssen, bis zum späten Nachmittag, wenn der Gastgarten geöffnet wurde, die Laube wieder freizugeben und einen geeigneteren Standplatz für den Benz zu finden.

Energischen Schrittes eilte Lili an meiner Seite durch den Hof, dessen pittoresker Charme – die weißen Kletterrosen, die auf der Fassade nach oben strebten, die altmodisch verschnörkelten Laternen, der Zierbrunnen, in dem einige Sperlinge badeten – sie mit keinem Blick würdigte.

Selbst als wir bei meinem Wagen ankamen, der sich ihr in blankpolierter pechschwarzer Pracht präsentierte, zeigte sie keinerlei Interesse. »Wie ich Sir Lysander bereits gesagt habe, ich kenne den Vampir nicht!« Die Hände undamenhaft in die Hüften gestemmt, funkelte sie mich wütend an.

Müde lehnte ich mich an einen efeuüberwucherten Pfeiler; eine Biene suchte brummend das Weite. »Sie könnten uns beiden ein langes, erschöpfendes Katz-und-Maus-Spiel ersparen, wenn Sie mir einfach sagen, was der Vampir von Ihnen wollte.«

Lili schlug ihren Fächer auseinander, schwenkte ihn ohne erkennbare Grazie in der Luft. »Mich bedrohen, das wollte er!«, rief sie aus.

Sie war keine sonderlich gute Schauspielerin. Ihre Stimme zitterte ebenso wie ihre Hände, die jetzt unruhig am Spitzenbesatz des Fächers zupften. »Er hat mir Angst gemacht. Und ich verstehe wirklich nicht, weshalb Sie diesem Besuch so viel Aufmerksamkeit beimessen.«

Ihr Ton wurde schrill. Ich betete stumm, dass mir nicht bevorstand, Zeuge einer hysterischen Szene zu werden.

»Woher weiß ich, dass nicht doch mein Vater Sie auf mich angesetzt hat? Weshalb sollten Sie nicht lügen? Warum …« Sie brach ab.

Ein Page in opulenter Uniform durchquerte den Hof, gefolgt von einem Herrn im Tennisanzug und einem Hündchen, das seine winzige Statur durch Lautstärke und Frechheit zu kompensieren suchte, und mit sichtbarem Vergnügen nach den Fersen des Pagen schnappte.

Lili lächelte; dann trafen sich unsere Blicke.

Für gewöhnlich erkenne ich Schuldbewusstsein, selbst wenn es mir nicht wie in jenem Moment auf dem Silberteller präsentiert wird.

»Weshalb«, fragte ich sanft, »sollte es für Ihren Vater von Interesse sein, ob Sie mit dem Vampir bekannt waren?«

Lili Trubic zog sich ein paar Schritt in die Laube zurück.

»Sie verstehen nicht!«, rief sie so laut aus, dass sich Herr, Hund und Page gleichermaßen nach uns umsahen. Es schien sie nicht zu kümmern. »Sie verstehen überhaupt nichts, Baron!«

Mein »Dann erklären Sie es mir« verklang ungehört – den Fächer wie einen Schild umklammert, war sie davongestürmt.

Dass Mirko entschwunden blieb, erfüllte mich nach dem Brief, den Esther mir gezeigt hatte, weit weniger mit Sorge als der Umstand, dass Lili Trubic sich für den Rest des Tages in ihrem Zimmer einschloss. Sie weigerte sich, mit Lysander, mir, ja selbst ihrem Kavalier zu sprechen.

Letzterer verstand die Welt nicht mehr.

»Sie war doch gerade noch so froh, dass wir beide endlich in Wien zusammen sind. ›František‹, hatte sie heute früh noch angekündigt, ›ich gehe nicht mehr zurück nach Prag, das verspreche ich dir‹. Es war ihr ganz gleich gewesen, was der Graf dazu gesagt hätte; wir hatten heiraten wollen«, setzte er mir über dem einen oder anderen Cognac in dem unserem Hotel gegenüberliegenden Kaffeehaus, auseinander.

»Ich sag' noch zu ihr: Lili, ich bin nur ein Klavierspieler, kein Künstler. Ich bring es im Leben zu nichts. Da meinte sie drauf, ich wäre ihr lieber als jeder Graf und jeder Oberst – und dass es ihr nichts ausmachen wird, arm zu sein; wenn wir nur gemeinsam hierbleiben könnten.«

Bekümmert sah er mich an, gerade so, als erwartete er von mir eine Erklärung für das unberechenbare Verhalten seiner Geliebten.

»Und jetzt auf einmal soll ich mich zum Teufel scheren!«, rief er aus.

Mit Mühe unterdrückte ich ein Schaudern und schob den Teller mit der eben bestellten Mehlspeise zurück. Der unbeholfene Redeschwall meines Begleiters bereitete mir beinahe physisches Unbehagen. Dennoch musste ich Čapek zum Weitersprechen ermutigen; vielleicht konnte er einen Schlüssel zu dem Rätsel liefern, das Lili Trubic für den Fall darstellte.

»Sie haben einander in Brno kennengelernt?«, fragte ich über das laute Geplauder zweier alter Damen am Nebentisch hinweg.

Wie erwartet genügte diese harmlose Erkundigung, um den jungen Herrn Čapek abermals zum Reden zu bringen. »Vor zwei Jahren schon, im Haus von ihrem Herrn Vater. Ziehvater wollte ich sagen. Dort war der meine anstellig, und im Sommer hab' ich manchmal aushelfen dürfen, im Garten. Das ist eine Kunst, auf die verstehe ich mich ganz gut. Die Lili war auch immer ganz freundlich zu mir, und …«

Er fuchtelte mit den Armen, als wolle er nach den Worten fischen, die seiner Rede fehlten. »In allen Ehren, Herr Baron, in allen Ehren natürlich!«, erwehrte sich Čapek eines Vorwurfes, den ich ihm nicht gemacht hatte.

»Und dann ist sie eines Tages fortgegangen?«, hakte ich nach.

Čapek schüttelte den Kopf. »Nein, das war erst später. Zuerst krieg' ich einen Brief von einem alten Freund von meinem Vater, aus Wien. Er schreibt mir, er hätte Arbeit als Klavierspieler für mich gefunden. Dem hat das nämlich immer so gut gefallen, wenn er auf Besuch war und ich ihm vorgespielt habe. Um die große Kunst würde es zwar nicht gehen, hat er weiter geschrieben, aber die Bezahlung wäre ganz anständig.«

Sehnsüchtig blickte er auf den Boden seines leeren Cognacschwenkers. Ich stellte eine rasche Berechnung an und beschloss, ihm bis auf weiteres einen Nachschlag zu verweigern, um die Verständlichkeit einer ohnehin schon mit wenig Geschick vorgetragenen Geschichte nicht weiter zu gefährden.

»Zuerst habe ich noch gezögert, obwohl ich immer schon einmal nach Wien wollte, aber dann hat die Lili mich ermutigt. ›Geh' nur‹, hat sie gesagt, ›ich komme schon nach, so schnell es geht.‹ Und dann, da war ich schon ein paar Wochen in Wien, kommt auf einmal dieser Brief von ihr: Es wäre etwas Furchtbares im Begriff zu geschehen, sie könnte mir nur leider nicht sagen, was. Und ihr Vater, der Graf, hätte irgendetwas damit zu tun. Dass sie hätte verheiratet werden sollen, das hat sie mir erst neulich dann erzählt.«

Ich nickte stumm; die anstehende Verlobung mit Oberst Waldhausen hatte sich ein »furchtbar« wahrhaftig verdient. Flüchtiges Mitleid mit dem Mädchen stieg in mir auf, ehe ich mir ins Bewusstsein rief, dass Lili auch von sich aus einen bedenklichen Geschmack in Bezug auf die Männerwelt an den Tag legte: Welche Vorzüge Čapek auch haben mochte, er verstand sie gekonnt zu verbergen.

»Gab es noch weitere Korrespondenz?«, fragte ich vorsichtig nach.

»Nein, keinen einzigen Brief mehr. Bis auf das letzte Telegramm, dass sie nun in Prag sei und jetzt sofort nach Wien kommt. Und dass es ihr leidtäte.« Er zuckte die Schultern. »Ich habe sie gar nicht gefragt, was«, fügte er hinzu, als fiele es ihm erst jetzt auf.

Im Hotel erwartete mich ein Telegramm des Marchesen, der mittlerweile ebenfalls mit seiner Mannschaft in Wien eingetroffen war, und sich aufs Dringlichste nach meiner Gesundheit sowie dem Zustand meines Wagens erkundigte.

Mit einem Schnauben zerknüllte ich das Papier. Lysander, der mitten auf dem Fußboden gedöst hatte, hob den Kopf.

»Komplikationen?«, fragte er schläfrig.

»Nichts von Interesse«, entgegnete ich reserviert.

Noch fühlte ich mich außerstande, freundschaftliche Konversation zu führen. Dass Lysander an meinen Methoden und mitunter auch an meinen Geisteskräften zweifelte, daran hatte ich mich mit der Zeit gewöhnt; jedoch meine Ehre in Frage zu stellen, das konnte ich nicht so leicht vergeben, ganz gleich, wie oft er noch für seinen »ungeschickt formulierten« Brief um Verzeihung bitten mochte.

»Er wird zurückkommen, wenigstens um seine Sachen zu holen«, wechselte Lysander das Thema. »Kein Gentleman verschwindet nur mit ein paar Kronen im Portemonnaie und ohne Wäsche zum Wechseln. Und wenn wir Mirko irgendetwas beigebracht haben im Leben, dann wohl das, sich wie ein Gentleman zu verhalten.«

7

Wien und Prag

27. bis 28. Juni 1909

Aus den Aufzeichnungen Baron Sircos, Wien, 27. Juni 1909

Am nächsten Vormittag, wir hatten kaum unser Frühstück beendet, beehrte uns der Marchese ohne Voranmeldung oder Warnung mit seinem Besuch.

Es sei Ehrensache, teilte er mir mit, während er seine lächerliche Kappe zurechtbog, dass er mich begleiten würde, wenn ich die Strecke besichtigte. Wenig begeistert fügte ich mich in mein Schicksal, obschon ich Zweifel hatte, wie es mir in der Gesellschaft des Marchesen gelingen sollte, die Einzelheiten der Rennpisten zu memorieren.

Der Marchese war in bester Stimmung – er rechnete sich reelle Chancen aus, dass einer seiner vier Fahrer das Rennen gewinnen konnte. Unablässig plauderte er; noch bevor wir die Hotelhalle durchquert hatten, wusste ich bis ins kleinste Detail Bescheid über die Modifizierungen, die seine Techniker gestern noch an meinem Wagen vorgenommen hatten, nachdem sie ihn zu der Lagerhalle in unmittelbarer Nähe des Praters überführt hatten, wo der Marchese sein »Stabsquartier«, wie er es hochtrabend nannte, eingerichtete hatte. Er sprach über seine Befürchtungen (ich beschloss, nicht mehr hinzuhören, wenn er meinen Benz als »veraltetes Modell« titulierte) sowie über sein grenzenloses Vertrauen in meine rennfahrerischen Fähigkeiten.

»Mit Ihrem Können, Baron, haben Sie auch mit unterlegenem Material eine Chance«, schloss er im Brustton der Überzeugung.

Ich dankte ihm, was den Marchesen wiederum zu verärgern schien.

»Fiat!«, brüllte er ohne ersichtlichen Grund. »Das ist die Zukunft! Sie sitzen in der Vergangenheit!«

Aufgrund der Lautstärke, in der er sein sportliches Credo vorgetragen hatte, fiel uns so mancher verstohlene Blick zu; hier ein Flüstern, dort ein Fächerschlag, eine Dame mit Zigarettenspitz plusterte eifrig ihr Gefieder – zufrieden sonnte sich der Marchese in der Aufmerksamkeit.

Vor dem Hotel erwartete uns bereits sein Wagen: ein überraschend altmodisches Fahrzeug. Es trug noch Elemente der Kutschenoptik, von der sich der Automobilbau erfreulicherweise seit einem Jahrzehnt zu lösen begann.

Der Marchese sah meinen skeptischen Blick. »Spezialanfertigung aus dem Jahre 1901. Der Motor ist neu«, erläuterte er stolz. »Wurde mir erst vor ein paar Tagen aus Triest überstellt.«

Noch bevor ich entscheiden konnte, ob meine Fehleinschätzung einer Entschuldigung bedurfte, war der Chauffeur in Livree zu uns getreten, öffnete den Schlag und scheuchte mit einer ungeduldigen Handbewegung eine kleine, zerzauste Krähe davon, die Anstalten machte, auf den dunklen Ledersitzen zu landen.

»Herr Baron«, grüßte er fast ein wenig ehrfurchtsvoll, dabei neigte er den Kopf weiter, als notwendig gewesen wäre.

Beinahe hatte ich in meiner langen Abwesenheit von den Rennstrecken der Welt vergessen, dass ich – eine Zeit lang, in gewissen Kreisen – so etwas Ähnliches wie ein Held gewesen war. Nicht, dass die Bilanz meiner bisherigen sportlichen Karriere eine sonderlich bemerkenswerte gewesen wäre: Drei Siege bei Dutzenden Rennteilnahmen, ein schwerer Unfall und einige Turbulenzen: Mein Sieg auf dem englischen Brooklands-Kurs hatte mir vor zwei Jahren eine kurze, aber heftige Liaison eingetragen, ein lächerlicher Unfall bei einem Rennen von Paris nach Rouen, als mein Wagen unerklärlicherweise ein Rad verloren hatte, eine Duellforderung.

Mit den Jahren hatte ich aufgehört, die Begräbnisfeierlichkeiten von Mitstreitern zu besuchen, wenngleich sich die Todesnachrichten in den Schubläden meines Schreibtisches stapelten. Souvenirs, hätte sie der Marchese vielleicht genannt.

Um der Wahrheit Genüge zu tun, ich konnte Wien nicht leiden. Auch konnte ich mich von jeher nicht des Gefühls erwehren, dass die Kaiserstadt genau dasselbe für mich empfand. Ein paar Wochen hatte ich hier gelebt, nach meiner ehrlosen Entlassung aus der Armee, ehe Felix mich ausfindig gemacht hatte und mich einlud, nach Prag zu kommen. Ein paar Wochen, die ich vornehmlich in meinem Mansardenzimmer zugebracht hatte, geächtet und alleine wie nie zuvor.

Eine gewisse Abneigung gegen die Stadt war mir seither geblieben, da half auch der Glanz eines Sommervormittages nichts: Die Prunkbauten der Ringstraße, die wir jetzt entlangfuhren, ärgerten mich in ihrer anbiedernden Großspurigkeit. Der Reiz des gesellschaftlichen Treibens auf dieser selbsternannten Prachtstraße erschloss sich mir nicht, ja, selbst die Damentoiletten erregten mein Missfallen – man trug zu viel Pastellfarben und führte hässliche kleine Hunde mit sich.

Indes erzählte der Marchese in einer einseitigen Unterhaltung, der nur der Chauffeur zu lauschen schien, von spektakulären Rennsiegen, Niederlagen und Unfällen. Ich warf gelegentlich Floskeln ein und äußerte Laute des Erstaunens.

Damit blieb mir ausreichend Raum, meinen eigenen Gedanken nachzuhängen, welche hauptsächlich um meine Gefährten in diesem Abenteuer kreisten: Lili Trubic, die sich nach wie vor weigerte, ihr Zimmer zu verlassen. Lysander, dem ich kaum in die Augen sehen konnte. Und Mirko, der sich Gottweißwo aufhalten mochte.

»… St. Petersburg?«, durchbrach die Stimme des Marchese meine Gedanken.

Ich schrak hoch, murmelte die angebrachten Entschuldigungen.

Der Marchese wedelte mit einer Hand, der große Rubinring an seinem Mittelfinger funkelte aufsehenerregend im Sonnenlicht. »Ich fragte, ob Sie schon Pläne für das Rennen in St. Petersburg haben, im August?«, wiederholte er.

»August«, sagte ich reichlich geistlos.

Wie standen die Chancen, dass Felix im August noch am Leben war? Felix, der einer Todesdrohung entgegensah, während ich hier, bei meinem selbst gewählten Abenteuer kostbare Zeit verschwendete? Noch vor ein paar Stunden hatte ich meinen Unwillen, von der Grand-Prix-Fahrt zurückzutreten, als Beweis vor mir selbst angeführt, dass Felix keine Macht mehr über mich hatte.

Jetzt schämte ich mich.

Der Vogel war uns bereits eine Weile gefolgt, ehe er mich zu irritieren begann. War ich zunächst geneigt gewesen, eine Krähe im sommerlichen Wien als armes, verirrtes Kuriosum abzutun, regte sich nun mein in langen Berufsjahren anerzogenes Misstrauen: Wann immer ich den Kopf hob, sah ich über uns den Vogel flattern.

An der Schwedenbrücke, die uns über den Donaukanal an unser Ziel führen sollte, bat ich den Chauffeur schließlich anzuhalten. Einer Aufforderung, der er prompt Folge leistete, ungeachtet der Tatsache, dass der parkende Wagen auf dem Kai ein nicht unbeträchtliches Verkehrshindernis darstellte.

»Baron?« Der Marchese klang ungeduldig. »Was ist denn?«

Ich blieb ihm eine Antwort schuldig, beobachtete gebannt die Krähe, die sich auf dem Brückengeländer niedergelassen hatte, und – wartete.

Ein Fuhrwerkskutscher, der uns auszuweichen gezwungen war, fluchte laut.

»Was ist?«, wiederholte der Marchese.

Ich winkte ab, denn ich hatte genug gesehen: Worum auch immer es sich hier handeln mochte, einen Zufall schloss ich nun aus.

»Fahren Sie zu«, befahl ich dem Chauffeur. Als wir die Brücke überquert hatten und in die Praterstraße einbogen, verriet mir ein heiseres Krächzen, dass die Krähe ihre Verfolgung wieder aufgenommen hatte.

Felix Trubic, der Wien stets als seine zweite Heimat betrachtet hatte, hatte mir den Charakter des Pratergeländes einmal mit »ein Bisserl von allem« beschrieben: ein bisschen Wald, in dem einst der Adel zur Jagd ging; ein bisschen Garten, in dem heute die gehobene Gesellschaft ebenso lustwandelte wie die kleinen Bürger; ein bisschen selbstgefällige Architektur, die es darauf anlegte, zu beeindrucken, für die Weltausstellung errichtet; ein bisschen Jahrmarkt, wenn man sich in die bunte Welt der Schaubuden verirrte; ein paar billige Wunder, ein bisschen Staunen und ein bisschen Stimmung.

Bei meinem letzten Besuch in Wien, im Frühling vor zwei Jahren, hatte eine ehemalige Klientin mich zum Blumenkorso in der Praterallee geladen. Damals waren die Automobile und Kutschen gemächlich und über und über mit Blumen geschmückt durch das Gelände paradiert, und verletzt wurde nur so manche Eitelkeit. Jetzt heulten probeweise die Motoren, ein Wagen wurde fortgeschoben, das Handwerksvolk nahm die letzten Arbeiten an den provisorischen Tribünen vor, und eine verdammte Krähe hatte sich in sicherer Entfernung auf einem Pfosten unter einem mächtigen Kastanienbaum niedergelassen und musterte mich aus spöttischen schwarzen Augen.

»Wenn Sie mich bitte für einen Augenblick entschuldigen«, unterbrach ich den Marchese, der mit dem Stimmvolumen eines geübten Marktschreiers die Mechaniker, die im Schritttempo meinen Wagen heranschoben, zur Eile mahnte.

Vorsichtig näherte ich mich der Krähe.

Um ein besonders ansehnliches Tier handelte es sich wahrlich nicht; ihr Gefieder war matt und staubig, einzelne Federn standen ab.

»Husch«, machte ich.

Die Krähe rührte sich nicht. Nur ihre klugen, dunklen Augen schienen jeder meiner Bewegungen zu folgen. Wissende Augen, die mich ein wenig an Lysander erinnerten, mehr als jene eines intelligenten Tieres.

Ungeachtet des bedauerlichen Umstandes, dass sowohl der Marchese als auch eine Gruppe Handwerker mich beobachteten, fragte ich die Krähe mit gesenkter Stimme: »Kann ich Ihnen behilflich sein?«

Der Vogel hüpfte auf seinem Pfosten auf und ab, flatterte mit seinen überraschend langen Schwingen. Und dann stieß er einen Schrei aus: Ein Krächzen war es, ebenso sehr wie ein Lachen, voll Häme und Tücke. Wie der Schrei der Drachenreiter in einer fernen Herbstnacht. Es war immer die Erinnerung an meinen ersten Ausflug in okkulte Welten, die wiederkehrte, egal, wie vielen absonderlichen Wesen ich in meinem Leben inzwischen entgegengetreten war.

Mir schwindelte und mit einem Mal klebte mir das Hemd schweißfeucht am Rücken. Ich kämpfte, um meine Hände ruhig zu halten. Die Krähe fixierte mich weiterhin.

Der Marchese war an meine Seite getreten. »Ein Todesvogel

vor dem Rennen. Kein gutes Omen«, sagte er mit tiefbesorgter Miene.

Die Krähe schrie noch einmal, ehe sie sich in die Lüfte schwang.

Ich nickte stumm.

Prag, am 26. Juni 1909

Meine Herren,
ich hoff', Ihr habt es schön und gemütlich in Wien und seid ganz und gar mit Eurem Automobilrennen beschäftigt, während hier zu Hause Dinge vor sich gehen, die würdet Ihr nicht für möglich halten, selbst wenn Ihr dabei gewesen wärt; und ich weiß doch, was Ihr schon alles gesehen habt, so im Laufe Eurer Abenteuer: Aber das ist eine Geschichte, ich sag' Euch, die hat es in sich.
Na, angefangen hat's schon einmal gut: Gestern Abend kommt die Rosa (Dejan, Du erinnerst Dich sicher an sie, meine Empfangsdame, die immer versucht hat, den hochwohlgeborenen Herrn Baron mit in ihr Zimmer zu nehmen, weil er so schöne Haare hat wie Löwenherz' Blondel?) hinaufgestürzt in mein Boudoir, ganz aufgelöst. Sagt, der Graf Trubic wollt' mich sprechen, es ging um Leben und Tod!
Und wie der Tod hat er selber ausgeschaut, wie er dann hinaufkommt zu mir, ganz kalkweiß im Gesicht und Schweiß auf der Stirn. Ich sag' ihm, dass Du, Dejan, halt nimmer in Prag bist, weil du rennfahren musst in Wien, aber das hat ihn überhaupt nicht interessiert, den Trubic.
»Waldhausen«, hat er gesagt. Und dann hat er sich auf mein Bett gesetzt, als ob er vorgehabt hätte, dass wir das ein bisserl verwenden, später, und er sich schon einmal taktisch in Position bringen wollte. Nur natürlich hab' ich mich erinnert, was die Mariana mir vom Trubic erzählt hat; und es war ohnehin einerlei, weil der Graf Trubic wollt' nur reden.
Genau genommen wollt' er, dass ich rede und er Fragen stellt: Ob ich mich erinnern könnte, ob mir im Zimmer, das der Waldhausen mit der Louise benutzt hat, irgendwas aufgefallen wäre? Ob die Louise mir oder den anderen Mädchen irgendwas erzählt hätte, oder ob sie vielleicht eine Andeutung gemacht hätte?
Sag ich ihm, dass er mich das alles schon einmal gefragt hat. Er

meinte drauf, vielleicht hätt' ich damals der ganzen Geschichte noch nicht die richtige Größenordnung zugemessen und wär' deshalb nachlässig gewesen?
Kurz, ein impertinenter Hund ist er, der Graf, und interessant noch obendrein.
Nun ja, während wir zwei noch so hin und her diskutieren, und zu nichts kommen, weil der Trubic partout keine Ruh' geben wollt', und ich bei allem guten Willen nichts hatte, was ich ihm noch erzählen konnte, da klopft es ganz aufgeregt. Steht schon wieder die Rosa vor der Tür: Es sei gerade eben noch ein anderer Herr gekommen, der wollt' schon wieder mich sprechen, aber einen Namen hat er der Rosa unter keinen Umständen nennen wollen. Und wie ich sie noch frag', wie der Herr denn ausschaut – weil, ein bisserl gewundert hat's mich dann schon, dass einer so geheimnisvoll daherkommt und trotzdem nicht gescheit genug ist, sich einen falschen Namen auszudenken –, da grinst der Trubic ganz verschlagen und sagt zur Rosa: »Dann würde ich vorschlagen, Sie schicken ihn herauf.« Ganz so, als wär' das sein Etablissement, nicht das meine! Und zu mir sagt er noch: »Vergeben Sie mir meine kleine Finte, Madame.«
Ich schwör's Euch, in dem Augenblick hätt' ich ihm links und rechts eine Ohrfeige geben können, wenn ich nicht viel zu gut erzogen wäre für so was.

Wie dann die Rosa mit dem Herrn hereinkommt, dacht' ich ehrlich, mich trifft der Schlag: Namenlos war der nicht, und Herr schon gar keiner – und der Trubic grinst immer breiter, wie ein Kater, der kopfüber in die Rahmschüssel gefallen ist und sagt: »Also gut, ich sehe schon, Esther, wenn unser werter, gemeinsamer Bekannter ausnahmsweise der Wahrheit entsprechend gehandelt hat, dann setzt sich unser Mosaik endlich zusammen.«
Aber mir war das ganz gleich in dem Augenblick, weil, steht da ein ganz komischer Bursche, komplett mit Federkappe und Samtmantel. »Alvin Buckingham«, stellt er sich vor, und da hab' ich gewusst, dass

ich jetzt auch noch den Geisteskranken von einem Vampir im Haus hab'. Eine Verbeugung hat er vor mir gemacht, aber keine höfliche, eher so eine, an der man erkennt, dass der Verbeuger sich lustig macht!

Gleich drauf wirft er dem Trubic einen Blick zu, so mörderisch, dass ich mir denk', sauber, jetzt geht der Lord Buckingham dem Graf Trubic an die Gurgel und ich hab' zum Schluss wieder die Schweinerei und die Scherereien. Aber dann hat er's doch bleiben lassen, Gott sei gedankt, und hat ihm nur ein »Bastard« an den Kopf geworfen, in seinem ulkigen Tschechisch.

Ihr könnt Euch vorstellen, wie schwer es mir gefallen ist, mich zu beherrschen, aber gelungen ist es mir, jawohl.

Ganz ruhig hab' ich gesagt »Jetzt verschwinden'S aber schnell, Meister Bluttrinker«, und wie der Buckingham mich nur anstarrt und der Trubic weitergrinst, denk' ich mir, ich muss ein bisserl präziser werden: »Na, scheren'S sich zum Teufel!«

Und da schaut mich der Buckingham ganz ernst an – oder so ernst, wie halt einer schauen kann, der einen roten Federhut aufhat – und antwortet: »Da bin ich schon, Madame.«

Der Trubic schenkt uns allen Cognac ein, was ein bisserl ungeschickt war, weil der Vampir trinkt ja doch nichts als Blut und ich den Eindruck hatte, für einen Augenblick hätte er den Buckingham auf blöde Ideen gebracht. Um ihn abzulenken, frag' ich den Lord Buckingham schnell, was er damit meint, er wär' beim Teufel, und drauf wird er noch viel ernster und trauriger und schweigt vor sich hin – kein Wort war mehr aus ihm herauszubringen.

Also hat der Trubic wieder angefangen, ganz furchtbar ausführlich zu erzählen, was ich Euch jetzt in Kurzfassung wiedergeben werde: Begonnen hatte es damit, dass ein paar Stunden früher der Buckingham beim Trubic aufgetaucht war, hauptsächlich um dem Grafen ein bisserl mystischen Hokuspokus zu erzählen, von Blut und Schuld und ewigem Leben, bis der Trubic nicht mehr so recht verstanden hatte, was der Vampir jetzt eigentlich von ihm wollte. Doch dann, als er Buckingham eben hinauskomplimentieren wollte, hatte der ihn angesehen und gesagt, er könne den Tod riechen und sein Tod sei nicht mehr fern – also der Tod vom Trubic, nicht der von unserem Master Buckingham. Und in dem Zusammenhang war Letzterer dann auch mit seiner brillanten Idee, wie er dem Trubic dieses traurige Schicksal ersparen könnt', in concreto herausgerückt: Wenn er das Blut vom Trubic trinkt, dann könnt' er ihn zum Vampir machen, auf dass der Graf den Tod besiegt und der Buckingham endlich nicht mehr gar so einsam wäre.

Na, Ihr könnt Euch vorstellen, wie der Trubic dreingeschaut hatte bei dem Vorschlag, und nicht einmal wie er's erzählt hat, war ihm wohl in der Haut – aber geistesgegenwärtig ist er, das muss man ihm lassen. Hatte er den Buckingham gefragt, was ihm denn so sehr an seiner Gesellschaft läge.

Darauf hat sich seine Lordschaft auch wieder in die Unterhaltung eingeschaltet. »Sie muss nicht alles wissen«, hat er gezischt und mich angeknurrt wie ein grantiger Dackel, dem man den Wurstzipfel vor der Nase weggenommen hat.

Der Trubic hat nur gelächelt und abgewinkt und gesagt: »O doch, das muss sie. Wenn mein alter Freund, Baron Sirco, ihr sein Vertrauen schenkt, dann steht mir nicht zu, an seiner Urteilsfähigkeit zu zweifeln.« (Genau so hat er das gesagt, das schwör' ich Dir, Dejan.) Daraufhin hat der Vampir ein paar nicht gar so schöne Sachen über Dich hinzugefügt; da geh' ich jetzt nicht so sehr ins Detail, hat ja doch keinen Sinn.

Dann fährt der Trubic mit seiner Geschichte fort. Gott im Himmel sei gedankt für den ganzen guten Portwein, ohne den hätten wir den Abend nicht heil überstanden! Weil – es stellt sich heraus, der Lord Buckingham war mit der Lili gut bekannt gewesen. Seit sie ein ganz ein junges Mäderl war, in Brno, war er immer in der Nacht, wenn's ihm möglich war, zu ihr gekommen. Aber nicht, um ihr Blut zu trinken! Ihren Schutzengel hatte er gespielt und versprochen hatte er ihr, er würd' auf sie aufpassen, was immer passiert. Und wenn

sie einmal nicht mehr ein noch aus weiß, dann sollte sie nur nach ihm rufen, er würd' es schon merken und ihr zur Hilfe kommen.
Dem Trubic war in dem Augenblick, wie der Buckingham ihm das zum ersten Mal berichtet hatte, alles klargeworden – blöd ist der wirklich nicht, der Herr Graf. Hatte er also zum Buckingham gesagt, ob er vielleicht Lust auf ein Spiel hätte: Wenn der Trubic erraten könnt', wo der letzte Mensch, den seine Lordschaft auf dem Gewissen hat, gestorben ist, dann müsste der Buckingham ihm eine Frage ehrlich beantworten.
Wenn ihm das nicht gelänge, dann dürfte der Lord Buckingham das Blut vom Trubic trinken und ihn zum Vampir machen, oder auch nicht, ganz wie es ihm beliebe.
Da hatte der Buckingham nur gelacht – weil, der ist nicht nur recht wahnsinnig, sondern leider auch nicht gar so schlau – und gemeint, der Trubic würde das nie erraten können!
Trubic war noch einmal durchgegangen, was er über die Trinkgewohnheiten von Lord Buckingham gewusst hatte (nämlich, dass der nur in Ausnahmefällen Menschen auch wirklich tötet), und weil er sich an keine Berichte von anderen unerklärlichen Todesfällen erinnert hatte, hatte er mit dem Buckingham verabredet, dass sie sich in einer Stunde an dem Ort treffen würden, wo dieser fragliche letzte Mord stattgefunden hatte.

Und deshalb sind's dann beide letztlich bei mir auf der Schwelle gestanden, und der Buckingham hat den Trubic angeschaut, als wär' er seine eigene Ahnfrau – komplett mit Spitzenhaube und Mistgabel, oder was Ahnfrauen eben so mit sich führen, wenn sie aus dem Grab erstanden wären.
Als der Trubic dann mit seiner Geschichte fertig war, da war die Portweinflasche dann auch schon recht leer und der hochwohlgeborene Herr Graf ist immer leichtsinniger geworden: »Sie haben den Bräutigam meiner Tochter ermordet!« Die Mühe, seine Anschuldigungen mit leiserer Stimme vorzutragen, hat er sich auch nicht

gemacht! Mir ist schon ganz angst und bang' geworden, dass da irgendeiner hört, was wir reden, weil, ich hätte mir schon denken können, wie die Sache ausgegangen wär', wenn plötzlich die Wachleute bei mir im Boudoir gestanden wären: Der Buckingham hätte sich davon gemacht und mir wär's nie möglich gewesen, zu beweisen, dass da noch wer anderer anwesend war und der Trubic nicht mit mir geredet hat. (Und, wenn wir schon dabei sind, Dejan, Lysander. Ihr hättet mir ja durchaus erzählen dürfen, dass die Trubic-Tochter ausgerechnet den Waldhausen hätte heiraten sollen. Wär' ja vielleicht nicht ganz bedeutungslos gewesen für mich, wenn schon alle Spuren in meinen Salon führen.)

Na, jedenfalls ist »der Herr Vampir« auf den Vorwurf hin dann grantig geworden – das heißt, noch grantiger als er eh schon war. Hat sich die Hutfeder zerrauft und sich zu seiner vollen Größe aufgerichtet, bevor er dann sehr würdevoll zum Trubic gesagt hat – und das, ich schwöre Euch, meine Herren, ist jetzt schon wieder kein übler Scherz – also, er hat gesagt: »Ich habe den Bräutigam Ihrer Tochter ermordet, wohl wahr. Weil sie mich darum gebeten hat.«

Jetzt war natürlich der Trubic an der Reihe, dreinzuschauen, als wär' ihm die oben erwähnte Ahnfrau erschienen. Dir, Dejan, wär' sicher wieder das Glas aus der Hand gefallen, aber der Trubic hat sich, das muss man ihm lassen, doch ein bisserl besser unter Kontrolle. Und der Buckingham, was hat der nicht gelacht, so ein hohes, schrilles Kichern – unheimlich mit anzuhören war das. Der Trubic ist nur dagestanden wie die erstarrte Salzsäule. Dann, endlich, beruhigt sich der Buckingham wieder und spottet: »Herr Graf, ich denke, jetzt ist wohl der Augenblick gekommen, in dem Sie mir versichern sollten, dass Sie durchaus nicht gewillt sind, mir auch nur ein Wort zu glauben«.

Darauf lässt sich der Trubic wieder auf das Bett sinken und fangt an, ganz gottserbärmlich zu husten; wie ich ihn frage, ob ihm nicht wohl ist (na, ich gebe ja zu, das war keine so gescheite Frage, weil wenn sich einer beim Husten krümmt vor Schmerzen und Blut spuckt, dann sollt' man meinen, dass es ihm nicht so gutgeht), da flüstert mir der Lord Buckingham zu: »Er stirbt, Madame. So wie es seinem Wunsch entspricht.« Und voller Gram hat er hinzugefügt. »Er stirbt, weil er ein Narr ist.«

»Keiner stirbt in meinem Boudoir«, hab' ich gesagt, und darauf haben's dann beide ein bisserl gegrinst, der Buckingham und sogar der Trubic.

»Au contraire. Ich glaube Ihnen«, hat sich der Graf dann wieder recht erholt an den Buckingham gewandt. »Aber weshalb nur haben Sie in all den Jahren für Lili den Freund und Beschützer gespielt, Mylord?«

Antwort hat ihm der Buckingham keine mehr gegeben, weil mit einem Mal hat ihn wieder einer von seinen Anfällen gepackt. Gefaucht hat er, als sei er von Sinnen, und uns angefunkelt aus seinen unheimlichen Augen, und zum Schluss ist er Hals über Kopf aus dem Zimmer gerannt, die Stiegen runter. Die Mäderln, die ihn gesehen haben, haben gequietscht vor Vergnügen.

Springt der Trubic auf und will ihm hinterherlaufen! Ich schrei ihm noch nach, »Na, bleiben'S doch da, Herr Graf«, weil er war wirklich nicht in der Konstitution, einem Vampir quer durch Prag nachzurennen. Aber er hörte mir natürlich nicht mehr zu, wie hätte es auch anders sein können. Denk' ich mir, hol euch doch der Teufel, alle beide, und hab' mich dann wieder um meine eigenen Angelegenheiten gekümmert, weil das Geschäft führt sich ja nicht von allein, auch wenn ich bis über beide Ohren in unglaublichen Geschichten stecke.

Ja, und wie's ausgegangen ist, das Ganze, das würdet ihr jetzt genauso gern wissen wie ich selber, aber Näheres hab' ich dann nicht mehr erfahren können. Sicher ist, dass der Trubic noch am Leben sein dürft, weil heute in aller Früh, gerade wie ich dasitze und diesen nämlichen Brief schreib', da kommt ein Bote mit einem Ungetüm von Rosenstrauß, so groß dass ich mir denk', na Servus, da hat

der Marchese aber ein schlechtes Gewissen – warum auch immer. Nur dass die Rosen nicht vom Marchese waren, sondern vom Trubic. Ein artiges kleines Karterl hat er mir auch geschrieben, wie leid ihm der Abend täte, und dass er mich um Vergebung bittet. Ein richtiger Mann von Welt eben.
So stehen die Dinge im goldenen Prag, da möchte ich wetten, dass Wien nicht so recht mithalten kann an Spannung und Intrige. Ich wünsch' Euch trotzdem alles Gute, und Dejan, schau, dass Du in einem Stück wiederkommst.

In Liebe
Esther

PS: Um den Mirko macht Euch keine Sorgen. Wer so hochdramatische Abschiedsbriefe schreibt, der taucht bald wieder auf.

Aus den Aufzeichnungen Baron Sircos, Wien, 27. und 28. Juni 1909

»Herr im Himmel, erbarme dich unser«, murmelte Lysander in einem Ton unverkennbarer Ironie, kaum dass ich den Briefbogen hatte sinken lassen. »Man möchte tatsächlich meinen, unser rätselhafter Fall könnte sich irgendwann in ferner Zukunft noch als *kompliziert* herausstellen.«

Auch wenn mir nach Esthers Eröffnungen weniger denn je der Sinn danach stand, mich auf ein weiteres Wortgeplänkel, wie Lysander sie so sehr liebte, einzulassen, musste ich ihm doch insgeheim Recht geben – jede neue Wendung der Ereignisse brachte weitere Fragen mit sich: Wie konnte Buckingham von dem Todesfluch, der auf Felix lag, wissen? Welche Bande bestanden zwischen dem Vampir und der Familie Trubic? Was konnte einen unsterblichen Nachtdämon veranlassen, Anteil an dem Geschick eines unbedeutenden Adelshauses zu nehmen?

Ich hielt schaudernd inne. Der Vampir, der sich so sehr mit Lili und mit Felix Trubic zu beschäftigen schien … Wie einfach, wie logisch präsentierte sich plötzlich des Rätsels Lösung: Blutverlust. Waldhausen war an den Folgen hohen Blutverlusts gestorben. Keine Gewalteinwirkung, kein Gift, nur irgendwo, mit Sicherheit kundig versteckt, zwei kleine Bissspuren, die so leicht übersehen werden konnte. Und schon war Lili Trubic ihres zukünftigen Gemahls entledigt – um in der Schuld eines gefährlichen und unberechenbaren Vampirs zu stehen.

»Sollen wir Lili den Brief zu lesen geben? Vielleicht könnten wir sie damit aus Zimmer und Reserve locken?«, erkundigte sich Lysander, während er wenig zeremoniell vom Sofa auf den niedrigen Couchtisch kletterte, um sich zum wiederholten Male an der zugegebenermaßen vortrefflichen Teebäckerei zu bedienen.

Ich starrte ihn an. »Hältst du es wirklich für angebracht, sie in so grauenhaftem Prosastil darüber in Kenntnis zu setzen, dass sie nunmehr unter Mordverdacht steht?«

Lysander legte die Ohren an.

»Anstiftung zum Mord«, präzisierte ich.

Als ich erwachte, saß die Krähe auf dem Fenstersims.

Ich hatte von Waldhausen geträumt, der mir eine entsicherte Duellpistole entgegenhielt. »Bringen Sie zu Ende, Hauptmann, was ich begonnen habe«, hatte er gesagt. »Ruinieren *Sie* doch das Leben der kleinen Trubic. Lassen Sie die Welt wissen, dass sie eine Mörderin ist. Oder …« Im Traum hatte Waldhausen gelächelt, wie er damals lächelte, als wir einander in einer engen Schreibstube in einem Haus nahe Mostar gegenübersaßen und seine Worte in meinen Ohren widerhallten: »Prozess« und »Militärgericht« und »Skandal«.

»Oder«, Waldhausen krümmte den rechten Zeigefinger in der Luft. »Bumm«, machte er leise.

Ewigkeiten schienen zu verstreichen, ehe ich mich aus Traumgespinsten und zerwühlten Laken an die Oberfläche der Realität zurückgekämpft hatte. Gerade schickte die Sonne sich an, über Wien aufzugehen. Ein rotgoldener Ball am Horizont, der neue Schicksalsschläge und Abenteuer versprach, von Triumph und Niederlage erzählte.

Ja, Niederlage.

Die Krähe am Fenster beobachtete mich mit stoischer Ruhe. Ihr Gefieder plusterte sich im Sommerwind.

Totenvogel, Totenvogel.

Wenn es einen Rennfahrer gibt, der nicht wenigstens ein bisschen abergläubisch ist, so bin ich ihm noch nicht begegnet. Der eine trägt ein geweihtes Medaillon um den Hals, der andere eine Affenpfote in der Tasche, der dritte steigt erst in sein Automobil, nachdem er es fünfmal gegen den Uhrzeigersinn umrundet hat ... Wir haben alle unsere Rituale. Gestern etwa, im Laufe eines ebenso langwierigen wie langweiligen Abendessens mit Fahrern und Mannschaft des Marchese, hatte ein gewisser Mr. Stapelton uns seine etwas verschrobene Überzeugung auseinandergesetzt, nur deshalb Dutzende Rennen überlebt zu haben, weil er bei allen dieselbe grellbunte Krawatte getragen hatte.

Erschöpft ließ ich mich zurück in die Kissen fallen, strich mir eine schweißverklebte Haarsträhne aus der Stirn.

Noch war Zeit, die Omen gegeneinander abzuwiegen. Dem Fall Trubic den Vorzug zu geben. Auf ein kleines Vermögen Preisgeld zu verzichten und auf das erhebende Gefühl, auf dem schmalen Seil zwischen Sein und Tod zu tanzen, während man für ein paar Stunden, Runden, ein Gott unter Göttern wurde und nicht mehr nur den eigenen Schicksalsfaden in der Hand hielt. Es war der Glaube an die Kalkulierbarkeit des Risikos, der mich reizte: Hier zogen die Gladiatoren der neuen Zeit in die Arena, einer wie der andere erfüllt von der Überzeugung zu leben, zu siegen, weil er keinen Fehler machen würde, weil seine Maschine stärker war – weil er die gelb gemusterte Krawatte trug.

Der Tod kam immer überraschend. Selbst wenn eine zerzauste Krähe auf dem Fensterbrett Wache hielt.

Einem sonderbaren Impuls nachgebend, stand ich auf, streifte meinen Morgenrock über und öffnete die Fensterflügel.

Die Krähe regte sich nicht.

»Bitte, kommen Sie doch herein«, wandte ich mich an sie.

»Ich hoffe, Sie verzeihen mir meinen wenig repräsentablen Aufzug.«

Der Vogel legte den Kopf schief und sah mich an.

»Ich verspreche, dass ich Ihnen nichts tun werde.«

Diesmal war der Schrei, den die Krähe ausstieß, fraglos ein Lachen.

Langsam, vorsichtig, streckte ich meine linke Hand nach ihr aus, bemerkte gleichzeitig – beinahe peinlich berührt –, dass ich versäumt hatte, den Handschuh anzuziehen und nun die scheußlichen Brandnarben zur Schau stellte.

»Verstehen Sie mich?«

Dass die Krähe bei diesen Worten auf meinen Arm flatterte, war mir Antwort genug. Ihre zerzausten schwarzgrauen Schwanzfedern streiften meine Hand, ihre Krallen gruben sich durch Stoffschichten und Narbengewebe in meinen Unterarm, doch der Schmerz war mir willkommen. Immerhin war er … bekannt, herkömmlich, bedeutungslos. Was man von meiner Unterhaltung mit der Krähe am Morgen eines Automobilrennens nicht behaupten konnte.

»Können Sie sprechen?«

Die Krähe verlagerte ihr Gewicht, balancierte auf einem Bein.

»Nein?«

Sie krächzte. Ich hatte den Verdacht, dass es ihr Spaß machte, mit mir zu spielen.

»Gibt es einen Grund, weshalb Sie mir folgen?«

Die Krähe wanderte auf meinen Arm auf und ab; für ein Wesen von ihrer geringen Größe wog sie unerwartet schwer. Ihre dunklen Augen sprühten vor Spott, als sie mich plötzlich und heftig in den Handrücken pickte.

»Hören Sie auf, sich wie ein unverständiges Tier zu benehmen, ich weiß, dass Sie keines sind!«, entfuhr es mir.

»Dejan?«

Es kratzte an meiner Schlafzimmertür. Lysander war erwacht und hatte mich, wie konnte es auch anderes sein, sprechen gehört.

»Es geht dir doch … gut?« Unsäglicherweise sprach er weiter. »Du hast immer noch Zeit, abzureisen. Du bist auch dann kein größerer Held, wenn du bei dem gottverdammten Rennen krepierst.«

Mit den Jahren hatte ich mich gelehrt, mein Temperament zu zügeln: Man hatte in der Gesellschaft einen prekären Stand, wenn man bei jeder sich bietenden Gelegenheit die Beherrschung verlor. Einigen wenigen, von Schicksal und Geburt begünstigten, mochte es nachgesehen werden; in selteneren Fällen äußerten sich Jähzorn und Unberechenbarkeit auf so bizarre Weise, dass die Person einen gewissen Unterhaltungsfaktor darstellte – wenigstens auf Zeit. Nachdem ich weder Erzherzog noch mit sonderlich komischen Talenten gesegnet war, blieb mir nichts anderes übrig, als meine natürliche Disposition dem Diktat der Etikette zu unterwerfen und stumm bis dreißig zu zählen, ehe ich mich zu untragbaren Wortspenden hinreißen ließ.

Manchmal gelang es mir jedoch nicht, so auch an jenem Morgen: Binnen weniger Augenblicke hatte ich Lysander und die Krähe darüber in Kenntnis gesetzt, dass sämtliche Gestaltwandler und Wahnsinnige in Tiergestalt meine Erlaubnis hätten, sich von Hausdächern ihrer Wahl zu stürzen – vorausgesetzt der Fall war hoch genug.

Die Krähe sah mir während des gesamten Wutausbruchs geradewegs in die Augen; einen flüchtigen Moment lang glaubte ich, Mitleid in dem Vogelgesicht zu erkennen, dann stieß sie sich ab und flog hinaus in den Morgenhimmel.

»Komplikationen eingetreten. Erwarte Dich schnellstmöglich in Prag. Gruß Felix.«

So las sich das Telegramm, welches ich wenig später in der Eingangshalle des Continental in Empfang nahm. Wie bei ihm Sitte, hatte sich Felix nicht die Mühe gemacht, eine nähere Beschreibung der Schwierigkeiten zu geben. Mechanisch faltete ich das Papier in der Hälfte, schob es in die Innentasche meines Rocks. Wollte mich Felix endlich, anderthalb Tage nach den Vorfällen in Esthers Etablissement, über die Tatsache, dass seine Tochter zur Mörderin geworden war, informieren? Nein, eine derartige Neuigkeit würde er mir höchstens *en passant*, über Aperitif und Zigarren und in bestem Plauderton übermitteln.

Was aber bedeutete, dass eine neuerliche Wendung in dem Fall eingetreten sein musste. Vermutlich eine, die mir ebenso wenig gefallen würde, wie die letzten.

Wenn ich auf die Grand-Prix-Fahrt verzichtete, würde es mir ein Leichtes sein, den Mittagszug nach Prag zu erreichen. Verzichten?, meldete sich eine leise, unangenehme Stimme in meinem Hinterkopf zu Wort. Eine exquisitere Gelegenheit, vor deinen Ängsten zu fliehen, wird sich nicht mehr bieten. Vorausgesetzt, du fürchtest die Nachrichten, die Trubic für dich hat, nicht noch mehr.

In diesem Moment zog Lysander an der Leine. Er hatte ungeachtet meiner Einwände darauf bestanden, mich zur Rennstrecke im Prater zu begleiten. Unmerklich schüttelte ich den Kopf. Ja, ich fürchtete mich; fürchtete mich vor dem Augenblick, wenn die Motoren angeworfen wurden, wenn man allein blieb, mit Maschine und Fähigkeit und Zufall. Aber hatte ich mich nicht auch gefürchtet, als der Zug aus Sarajevo ratterte und mich einer unbekannten Zukunft entgegentrug? Als ich zum ersten Mal sah, dass Krieg mehr bedeutete als Heldenpathos und Heldenehre? Als …

Es spielte keine Rolle. So viele Momente, in denen ich glaubte, das Blut müsse mir in den Adern stocken, hatte ich durchlebt; es waren die wenigen Gelegenheiten, bei denen ich mich zur Flucht gewandt hatte, die noch heute durch meine Träume jagten.

»Baron Sirco!«

Lili Trubics Stimme war es schließlich, die mich endgültig zurück in die Wirklichkeit rief. Mit großen Schritten eilte sie durch die Halle, einen spitzenbesetzten Sonnenschirm schwingend, den Hut etwas schief auf dem Kopf. »Sie haben doch nichts dagegen, dass ich Sie begleite?«, erkundigte sie sich, als wären wir liebe Freunde und sie hätte sich bisher keineswegs der Zusammenarbeit verweigert.

»Ganz wie Sie wünschen«, antwortete ich steif.

Lili übersah meinen dargebotenen Arm und bückte sich, um Lysander hochzuheben, was eine robuste junge Dame, die eben an uns vorbeiging, mit einem entzückten Quietschen und der Frage, wo ich denn so ein reizendes *Wiesel* für meine Gemahlin erstanden hätte, kommentierte.

Lysander rümpfte die Nase. Zum einen missfiel es ihm sehr, von Fremden getragen zu werden, zum anderen legte er größten Wert darauf, als Otter erkannt zu werden.

»Ich weiß, dass sie mich für entsetzlich impertinent halten«, flüsterte Lili, als sie den keckernden Lysander an mich weiterreichte. »Aber ich konnte mir die Chance, ein Automobilrennen anzusehen, nicht entgehen lassen.«

Sie lächelte wie ein Kind, das genau wusste, dass es im Begriff war, eine Missetat zu begehen. »Ich hoffe, Sie nehmen es mir nicht übel.«

»Nein«, log ich.

Lili Trubics Gesicht erhellte sich. »Oh! Das freut mich. Und ich hatte schon Bedenken!«

Eine winzige Pause entstand, als ich versäumte, eine passende Artigkeit zu erwidern, dann plauderte Lili munter weiter: »Wären Sie so gut, mir eine Frage zu beantworten? Sind Sie jemals Marcel Renault begegnet? Onkel Karel war voll der Bewunderung für ihn ...«

Ich hörte nicht mehr hin.

Draußen, vor dem Hoteleingang, saß die Krähe gut verborgen in einem Blumenstock.

Kein Marchese war heute da, um uns wie Ehrengäste zur Rennstrecke zu geleiten, und so mussten wir mit einem Mietwagen vorliebnehmen. Lili Trubic, deren Mitteilungsbedürfnis sich erschöpft zu haben schien, saß schweigend da, Lysander hatte sich an ihrer Seite eingerollt und ich – nun, ich blickte mit höchster Konzentration um mich, doch keine Krähe kam in Sichtweite.

An der Strecke angekommen war es nicht leicht, den Marchese, seine Mannschaft und vor allem meinen Benz ausfindig zu machen: Zwischen den behelfsmäßigen Zäunen und Tribünen, den windschiefen Festzelten und Transportkisten, hatte sich eine große Menschenmenge gebildet. Motoren knatterten, Mechaniker hasteten durch die Menschenmenge, der Geruch von Benzin und Schweiß hing in der Luft, Verkäufer mit Bauchladen boten schreiend ihre Waren feil, Flaggen, Alleebäume und Blumenschmuck der Tribünen wiegten sich gleichermaßen im Wind. Im Hintergrund spielte eine Kapelle bekannte Tanzlieder.

»Baron! Baron!« Signor Brunetti, eine beleibte Gestalt in formlosem Anzug, seines Zeichens leitender Mechaniker des Marchese, eilte auf mich zu; ein junger Bursche, der ein Reserverad vor sich her trug, folgte ihm.

»Da drüben!« Brunetti deutete eine Verbeugung vor Lili Trubic an und geleitete uns durch den Trubel an den Pistenrand, wo ich endlich meinen Wagen entdeckte, der von zwei weiteren Mechanikern streng bewacht wurde. An seiner Seite parkte ein schweres Fabrikat mit unkonventionell abgeschrägtem Kühler.

»Wenn ich so überlege, schaut Ihr Automobil neben diesem Wagen wie eine kampflustige Zigarre aus«, sagte Lili Trubic.

»Sehr treffend formuliert!«, vernahm ich eine bekannte Stimme mit starkem französischem Akzent: Hervé Montand, Lebemann und ausgesprochen talentierter Rennfahrer mit einer Begabung, sich mit zielsicherer Hand und großer Begeisterung für die minderwertigsten Rennwagen zu entscheiden. »Wie schön, Sie wiederzusehen, Baron! Man munkelte schon, Sie hätten den Weg der Vernunft gewählt und sich aus dem Sport zurückgezogen.«

Er übersah meine dargebotene Hand und machte stattdessen Anstalten, mich zum umarmen!

Er ließ es sich nicht nehmen, mir seinen Wagen zu zeigen, eine eher sonderliche Konstruktion, die vorwiegend aus Achsen, Kotflügeln und übermäßig breiten Rädern zu bestehen schien. »Eine Eigenkreation«, erklärte Montand stolz; was sämtliche Fragen zur Renntauglichkeit des Konstrukts restlos beantwortete.

Von Neugier getrieben, trat ich wenig später einen schnellen Rundgang zwischen den auf der Startgeraden aufgereihten Fahrzeugen an. Die Unterschiede hätten kaum größer sein können: Automobile, die ursprünglich für den Straßenverkehr gebaut und anschließend modifiziert worden waren, standen neben den eigens für die Rennpiste konzipierten Fahrzeugen der großen Teams. Daneben fanden sich die grotesken Konstruktionen der unterschiedlichen Träumer wie Montand – alles Tüftler und Bastler, von denen ein jeder überzeugt war, genau mit seinem kuriosen Fahrzeug den Rennsport neu zu erfinden.

Ich liebte diesen wunderlichen Jahrmarkt der sportlichen Eitelkeiten, in dem gelangweilte Herren von Stand sich unter dahergelaufene Abenteurer und wunderliche Existenzen mischten, die sich selbst voll Stolz als »professionelle« Rennfahrer bezeichneten (was im Grunde, wie Lysander einmal bissig angemerkt hatte, nur bedeutete, dass sie Wagen fuhren, die ihnen nicht mehr selbst gehörten). Amateure verachteten die bezahlten Werksfahrer für ihre Söldnermentalität, Letztere blickten auf das sich selten auf dem letzten technischen Stand befindliche Material der vornehmen Privatiers herab.

Als ich zu meinem Benz zurückkehrte, eilte der Marchese zu mir und grüßte mich mit etwas übertriebener Herzlichkeit; gleich darauf entdeckte er unter den Ehrengästen einen seiner Freunde, einen Triester Finanzmagnaten, den er umgehend mit Mr. Stapleton und mir bekanntmachte. Uns beiden oblag es nun, ihn zu unterhalten, während sich der Marchese auf der Suche nach interessanterer Beute durch das Gewühl schlängelte.

Doch die technischen Spezifikationen, über die Stapleton, ein fröhlicher junger Waliser in seinem unkonventionellen Deutsch plauderte, schienen den Bekannten unseres Gönners weit weniger zu interessieren als meine Vergangenheit.

»Ich habe von Ihrem Missgeschick letztes Jahr in Frankreich gehört«, verkündete er wenig taktvoll, musterte mich dabei durch seine Lorgnette. »Eine mutige Entscheidung, Sie nach so einem Zwischenfall noch zu unterstützen.«

Dass Lili und Lysander in jenem Moment an meiner Seite auftauchten, hinderte mich daran, ihn darauf hinweisen, dass das Risiko für den Marchese darin bestand, mir Betreuung durch seine Mechaniker und Zugang zu dem einen oder anderen erforderlichen Ersatzteil zu gewähren – wofür ihm, so das Wunder geschehe, im Fall eines Sieges die Hälfte des keineswegs unbeträchtlichen Preisgeldes sowie eine Menge Aufmerksamkeit durch die Presse zuteilwerden sollte.

»Es ist alles so aufregend hier!«, teilte mir Lili begeistert mit.

Lysander, der wieder mit gottergebener Miene auf ihrem Arm saß, schnaubte.

Ich beobachtete, wie meine Startnummer auf dem Benz angebracht wurde: Unter allen verfügbaren Zahlen musste ausgerechnet die verdammte Sechzehn für mich ausgelost werden! Offensichtlich war mir mein Missfallen anzusehen, denn nun fasste mich Stapleton am Arm, schüttelte mich sogar ein wenig. »Was ist denn, Baron? Ist Ihnen nicht wohl?«

Ich machte mich los. »Eine kurze Unpässlichkeit«, log ich. Ich fühlte, wie Lysanders Blick auf mir ruhte; natürlich erinnerte er sich, dass es jene Nummer gewesen war, mit der ich in Dieppe an einer Mauer geendet war. Nun, wenigstens wurde der Kurs durch die Prateralleen nicht von Mauern begrenzt – doch die Möglichkeiten zu verunglücken blieben vielfältig.

»Sehen Sie nur!« Stapleton klang bestürzt. Ich wandte den Kopf: Da saß sie, die kleine Krähe, auf dem Lenkrad meines Benz'.

Totenvogel, Totenvogel.

Krächzend schwang sich die Krähe in den strahlend blauen Himmel empor.

Stapelton musterte mich lange. »Viel Glück, Baron«, sagte er zuletzt.

In den letzten Minuten vor dem Beginn des Rennens tropfte die Zeit dahin wie zäher Honig. Die Wagen wurden in Stellung gebracht, die Kapelle spielte immer schnellere, aufpeitschendere Weisen, Augenblicke dehnten sich in Stunden.

Der Hitze zum Trotz hatte ich meinen schweren Ledermantel angezogen, er würde mir wenigstens etwas Schutz gegen mögliches Feuer bieten. Ich legte Kappe und Schutzbrille an und zog meine Handschuhe zurecht.

Ein Stadtoffizieller sprach Begrüßungsworte, ich hörte ihm

nicht zu: Alle Aufmerksamkeit war auf die Piste, die Fahrzeuge um mich gerichtet, auf diesen einen, entscheidenden Augenblick, wenn sich die Startflagge hob.

Motoren wurden angeworfen, die Betreuungsmannschaften zogen sich hinter die Streckenbegrenzungen zurück; jetzt, gleich, Sekunden noch, ich wusste, was ich zu tun hatte, aber für Wissen war hier kein Platz mehr, nur für Instinkt und Intuition.

Ich sah, wie die Flagge hochgerissen wurde, Gas, Motoren heulten auf, es begann.

Vom fahrerischen Anspruch war die Strecke simpel, um nicht zu sagen, trivial: Die geradlinige Eintönigkeit der Allee, zwei halbwegs interessante Kurven, eine schier endlose Krümmung, eine weitere Gerade, ein paar kleinere Kurven, Rückkehr in die Allee – eine Runde überstanden.

Der Benz und ich, wir hielten uns gut. Gleich zu Beginn war es mir gelungen, einige Kontrahenten zu überholen, ich musste nun auf dem vierten, vielleicht fünften Rang liegen.

Die lange Gerade, das blau lackierte Heck eines Peugeots vor mir; beschleunigen, beschleunigen, der Benz hatte einen starken Motor, die Allee war sehr breit, weshalb nicht versuchen, doch dann …

Ich habe niemals versucht, mich daran zu erinnern, wie der Unfall in Dieppe wirklich zustande kam. War es mein eigenes Verschulden? Wollte ich einem anderen Wagen ausweichen? War es technisches Versagen gewesen? Man hätte schon Augur sein müssen, um aus den Trümmern meines damaligen Benz einen Tathergang herauszulesen wie aus den Eingeweiden des geopferten Rindes.

Diesmal sah ich genau, wie es geschah. Und nicht nur ich – selbst über den Lärm der Motoren hinweg hörte ich Zuschauer schreien, als sich, einer Kanonenkugel gleich, ein kleines, dunkles Tier vom Himmel stürzte – direkt auf mich.

Reflexartig verriss ich das Steuer, schlingerte; die Strecke war breit, aber nicht breit genug. Die Bäume kamen näher, der Benz schlitterte neben der Piste, dann der Zaun, ein Aufprall. Ein unendlich langer Moment, in dem eine Krähe heftig flatternd und krächzend wieder gen Himmel stieg – ein Moment, in dem mir Zeit blieb für einen letzten Gedanken: »Verdammt.«

Ich schwamm in einem See aus Dunkelheit. Das war gut so, denn dunkel bedeutete die Abwesenheit von Feuer. Damals, in Frankreich hatte es gebrannt.

Und heute? Durch die Federdecke nachtschwarzer Betäubung drangen Stimmen zu mir. Etliche aufgeregt, einige sehr ruhig.

Ich hörte »Vorsicht« und »Kopfverletzungen« und »ruhig halten«, zuletzt »O mein Gott, das ist Blut«. Ich fühlte Hände um meinen Brustkorb und spürte, wie ich halb aus dem Wagen gehoben, halb gezerrt wurde. Jemand sagte: »Lassen Sie mich doch durch, ich bin Arzt«; eine junge ungeduldige Stimme.

Unter großen Anstrengungen öffnete ich die Augen einen Spalt. Ein fremdes Gesicht schwebte über mir, jemand fühlte meinen Puls.

»Die Krähe?«, murmelte ich; man blieb mir eine Antwort schuldig. Stattdessen wurde ich ein paar Schritte getragen und niedergelegt. Gras kitzelte in meinem Nacken; ungeachtet der Hitze bereitete einer der Helfer eine Decke über mich. Jemand rief nach einer Bahre.

Ich schloss die Augen und wartete auf den Schmerz; diesen großen, übermächtigen Bastard von Schmerz, der eine klare Sprache spricht: »Du hast verloren.«

Zeit verging. Ich fühlte, wie ich ruhiger wurde, wie Panik und

Erregung einer tiefen Müdigkeit wichen … Dann kam der Schmerz, der Kopf tat mir weh und schon wieder der linke Arm! Jeder Atemzug stach in meiner Brust, aber im Vergleich zu dem, was ich erwartet hatte, waren dies nicht mehr als kleine Unpässlichkeiten.

Mühsam hob ich den Kopf, kämpfte gegen Schwindelgefühl und Übelkeit, rappelte mich in eine sitzende Position auf. Sogleich stützten mich helfende Hände, eine sonderbar körperlose Stimme riet mir, mich wieder hinzulegen.

»Es geht mir gut«, sagte ich zitternd.

»Das wage ich zu bezweifeln«, stellte der junge Mann, der sich Minuten früher als Arzt zu erkennen gegeben hatte, sardonisch fest.

Vorsichtig bewegte ich Arme und Beine, die sich als weitgehend unverletzt herausstellten.

»Helfen Sie mir auf«, wandte ich mich an den Arzt, der mir mit skeptischer Miene die Hand reichte.

Schwankend kam ich auf die Beine; ein paar tiefe Atemzüge, dann registrierte ich die Menge der Helfer und Schaulustigen, die sich um mich gebildet hatte – und um das Wrack meines Benz. Wenigstens war er noch einwandfrei als Automobil zu erkennen, auch wenn seine eingedrückte Schnauze und die gebrochenen Radachsen einen traurigen Anblick boten.

»Mutter Gottes! Sie hatten wirklich Glück, dass Sie die Bäume verfehlt haben, Baron!«, verkündete eine Gestalt zu meiner Linken, die mein träge arbeitendes Hirn erst auf den zweiten Blick als Marchese identifizierte.

»Ja, Glück.« Eine überwältigende Müdigkeit hatte mich plötzlich erfasst. Wohin war die verdammte Krähe verschwunden?

In einem Taumel vollkommener Erschöpfungen stolperte ich durch die nächste Stunde: Wundversorgung (es war nur eine Beule an der Stirn, eine geprellte Schulter und eine Rippe angebrochen, dazu oberflächliche Schnittwunden am linken Arm) und dann waren Lili und Lysander bei mir. Nein, es war nicht notwendig, mich in ein Krankenhaus zu bringen; ja, es ging mir gut, nur etwas benommen. Nein, ich wollte nur noch zurück in mein Hotelzimmer und mich zu Bett begeben. Ja, der Marchese würde sich um den Wagen kümmern. Nein …

Telegramme,
Wien, 28. Juni 1909

Telegramm erhalten. Jesus-Maria-Mutter-Gottes Herr im Himmel! Glück im Unglück zum Teufel! Das hast du wieder von der Rennfahrerei. Esther

Gut gemacht Dejan. Gut gemacht. Gruß Felix

Aus den Aufzeichnungen Baron Sircos, Wien, 28. Juni 1909 (abends)

Die frühen Abendstunden, als ich erschlagen aus ziemlich wirren Träumen erwachte, fanden mich in Gesellschaft jener beiden Telegramme und eines jungen Mannes mit opulentem Schnurrbart, der mit angewidertem Blick in einem Roman blätterte. Der Arzt von der Rennstrecke. Dass er in meinem Hotelzimmer neben mir Wache gehalten hatte, wertete ich als unerfreuliches Zeichen.

»Wer …«, begann ich. Mein Mund war sehr trocken

»Es tut mir leid, dass die gegebenen Umstände mir bisher die Möglichkeit verwehrt haben, mich vorzustellen, Baron.« Irgendetwas an seiner Art – war es nun die leise Ironie seiner Worte oder seine unsichere Miene – nahm mich sogleich für ihn ein.

»Doktor Rosenstein, zu Ihren Diensten.«

»Ich glaube, das waren Sie bereits.«

Er füllte ein Wasserglas, reichte es an mich weiter.

»Ihre …« Er brach abrupt ab. »Fräulein Trubic war sehr darauf erpicht, dass ich mit Ihnen komme. Eine erstaunliche Person. Ansonsten …«

Er nahm das Buch wieder zur Hand. Es handelte sich um einen ziemlich populären, unglaublich schlechten Unterhaltungsroman, den er sich zweifelsohne von Lysander geliehen haben musste. Geistesabwesend begann er, eine Seite der Länge nach zu falten, wieder und wieder.

Ich wartete. Ungeachtet meiner angeschlagenen Verfassung konnte ich erkennen, dass ihm irgendetwas auf der Seele lag, das nur sehr wenig mit meinem Gesundheitszustand zu tun hatte.

»Gleich nach dem Unfall …« Rosenstein holte tief Luft und stieß dann hervor. »Sie haben sich nach der Krähe erkundigt. Dürfte ich Sie fragen, woher Sie wussten, dass es sich um eine Krähe handelte?«

Ich setzte mich gerade so weit auf, wie Schwindel und Mattigkeit mir erlaubten, um mir einen besseren Blick auf den jungen Arzt zu erlauben: Wie ein schlecht erzogenes Kind wippte er auf den Fußspitzen auf und ab, zupfte an seinen Manschettenknöpfen, zwirbelte seinen Schnurrbart, vermied es, mir in die Augen zu sehen, und musste – so ich in der Einschätzung seines Metiers Recht behalten sollte – ganz allgemein noch sehr viel lernen.

»Die Krähe und ich, wir sind einander bereits ein paarmal begegnet«, erklärte ich. »Sie schien ziemlich gegen mich eingenommen.«

Rosenstein hustete. »Sie wissen, dass diese Krähe eine … besondere Krähe war?«, fragte er vorsichtig weiter. »Gerade wie Ihr Otter ein sehr ungewöhnliches Exemplar seiner Gattung ist.«

Seine Worte machten mich hellhörig: Wie es schien, hatte nicht allein ärztliches Pflichtbewusstsein ihn an meiner Seite verharren lassen.

Ich nickte und bereute es sofort. »Sir Lysander Sutcliffe, die treulose Seele«, murmelte ich, als der Schmerz allmählich abklang. »Von dem ich eigentlich erwartet hätte, er würde an meinem Krankenbett wachen.«

Wie auf Kommando erschien ein runder, pelziger Kopf in der halbgeöffneten Tür. »Hier ist eine treulose Seele, die doch anmerken möchte, dass sie bis vor kurzem ebendieses tat. Genauer gesagt, bis ein kleines Briefchen eintraf, welches auf höchst beeindruckende Weise meine Sorgen um einen gewissen ehemaligen Adlatus namens Mirko geschürt hat.«

»Mirko?«, wiederholte ich geistlos.

»Ist am Leben und schreibt bizarre Briefe. Aber willst du unseren guten Doktor nicht lieber ausreden lassen?«

Rosenstein räusperte sich; umständlich zog er aus den Taschen seines abgetragenen Jacketts eine ebenfalls nicht vollkommen vorzeigbare Visitenkarte.

»Dr. Aaron Rosenstein«, las ich. Und darunter: »k&k Departement für Okkulte Angelegenheiten. Centrale Wien.«

»Ich werde mir Mühe geben, Ihnen alles zu erklären. Aber zuerst sollten Sie vielleicht die Korrespondenz Ihres ehemaligen Schützlings lesen – wenn ich mir einen Vorschlag erlauben darf, Baron?«

Wien, am 28. Juni 1909

Lieber Lysander,
ich weiß nicht, wie ich diesen Brief beginnen soll. Das ist eine Sache, die ihr versäumt habt, mir beizubringen: Wie man einen Brief beginnt, den man sich zu schreiben kaum überwinden kann.
Ich gehe davon aus, dass Du mittlerweile von dem Tagebuch erfahren hast, und von meinem Beschluss. Darüber will ich nicht reden. Offen gesagt, ist es mir ganz gleich, wie Du dazu stehst. Ich habe meine Entscheidung getroffen und deshalb bin ich auch vor zwei Tagen so überstürzt fortgegangen. Das Diskutieren und Erklären und das ganze Theater habe ich uns beiden damit erspart.
Ich gestehe, einen richtigen Plan hatte ich nicht, als ich aus dem Hotel hinausspaziert bin. Ich habe nur gewusst, dass ich den Herrn Baron nicht sehen wollte, und dass ich genug Geld für eine Fahrkarte nach Prag (und vielleicht ein paar weitere kleine Auslagen) in der Tasche hatte. Und das war ja das Naheliegendste: zurück nach Hause fahren, meine Sachen packen, dem Pavel Lebwohl sagen und verschwinden. Zur Fremdenlegion, habe ich mir überlegt. Das würde mir gefallen.
Nur ist dann etwas kolossal Komisches passiert. Ich warte an der Haltestelle an der Kärntnerstraße auf die Elektrische, da steuert eine Dame auf mich zu. Und was für eine Dame! Eine bildhübsche Person, aber ein bisschen unheimlich. Schwarzes Haar bis zur Taille (und nicht erkennbar frisiert), ein weißes Kleid am Leibe, das ausgeschaut hat wie von einer Debütantin am Hofball, und so viel Gold um den Hals wie nicht einmal Esther trägt, wenn einer ihrer »lieben Freunde« sie wieder reich beschenkt hat. Und an der rechten Hand fehlt ihr noch dazu der Ringfinger!
»Herr von Zdar, Herr von Zdar!«, ruft sie, und meint damit mich. Eine arme Irrsinnige, denke ich bei mir, na fein. Ich bin aber sehr höflich und zuvorkommend; sie kann ja nichts dafür. »Bedaure, gnädige Frau, Sie verwechseln mich«, sage ich zu ihr, und will in die

Straßenbahn einsteigen, die eben mit quietschenden Bremsen vorfährt. Da hält sie mich mit beiden Händen am Ärmel fest.
»Nein, Herr von Zdar, gehen Sie nicht gleich wieder fort, wo der Zufall uns endlich zusammengeführt hat!«
Wie lange ich letztlich mit ihr herumgerechtet habe, kann ich gar nicht mehr sagen. Die Straßenbahn ist mir davongefahren, und die nächste auch. Langsam habe ich mir Sorgen gemacht, dass ich den Mittagszug verpassen könnte. Die Fremde hat nicht aufgehört, mich anzuflehen, dass ich mit ihr kommen sollte.
»Der Fuchs, der Fuchs«, hat sie gesagt. »Der Fuchs will Sie unbedingt sehen«, und lauter solchen Unsinn mehr.
Und dann, auf einmal, ist sie verschwunden. Ich kann es nicht besser beschreiben: Sie lässt ihren Fächer fallen, ich bück' mich, um ihn aufzuheben, und wie ich ihn ihr geben will, ist sie fort. Einfach so. Wie ein Gespenst, oder eine Phantasterei.
Doch das war erst der Auftakt zu weiteren Absonderlichkeiten: Ich hatte mich damit abgefunden, dass die Dame eben wieder weg war, und wollte endlich in die Straßenbahn steigen, da stürzt ein abgehetzter Herr auf mich zu. »Wo ist sie hin?«, schnauzt er mich an. »Schnell, reden Sie doch, Mann.«
Während ich mich noch vergewissere, dass er die Dame mit dem weißen Kleid meinte, fährt mir die Bahn schon wieder davon. Da ich ihm den Verbleib der sonderbaren Dame nicht verraten konnte, sollte ich ihm wenigstens detailliert unsere Unterhaltung schildern. Dazu hat er mich sogar ins Hotel Sacher zum Essen eingeladen. Was an sich schon ein Erlebnis war, weil wir ganz selbstverständlich von dem Oberkellner zu einem der vier Tische geführt wurden, die normalerweise immer freigehalten werden und niemand genau weiß, weshalb.
Dort hat er mir die seltsamsten Fragen gestellt. Besonders mein Name hat ihn interessiert, und meine Familie. Ich habe ihm ein bisschen vom Waisenhaus erzählt, und wie die Schwestern sich Namen einfallen ließen für die Kinder, und dass ich nach dem

verstorbenen Lieblingsonkel der Oberschwester getauft worden war.

Der fremde Herr ist immer aufgeregter geworden. »Ein Waisenhaus! Wie kurios!«, hat er gerufen, und ich wollte ihm die Freude nicht nehmen und ihn aufklären, dass meine Kindheit eigentlich ganz gewöhnlich war.

Und plötzlich, wir wollten gerade gehen, sagt der Herr noch zu mir: »Es tut mir außerordentlich leid, Ihnen Umstände bereiten zu müssen, aber Sie kommen jetzt besser mit mir.«

Obwohl ich schon recht neugierig war, wie es jetzt weitergehen sollte, habe ich nicht gleich zugestimmt. Woraufhin der fremde Herr in aller Seelenruhe, mitten auf der Straße vor dem Hotel Sacher, eine kleine Pistole aus der Rocktasche zieht und sagt: »Es wäre mir lieber, wenn Sie es freiwillig täten.«

Dann sind wir in eine Kutsche gestiegen, und jetzt … Na ja, jetzt kommt der Haken an der ganzen Geschichte! Ich darf nicht mehr erzählen, wo ich bin und was weiter geschehen ist. Aber es geht mir gut, und es ist alles kolossal spannend, und niemand kennt sich so richtig aus.

Mirko

PS: Wenn Du dem gnädigen Herrn Baron den Brief nicht zeigen würdest, wäre ich Dir sehr dankbar.

Ich ließ den Brief sinken, gestand mir eine Minute vollkommener Verwirrung zu, die ich damit verbrachte, zwischen Dr. Rosenstein, Lysander und dem Papier in meinen Händen hin und her zu starren.

»Wenn ich recht verstehe, haben Sie meinen … ehemaligen Assistenten … entführt?«

Lysander gähnte, was die Schlussfolgerung nahelegte, dass er während ich noch schlief mit Rosenstein bereits nämliches Gespräch geführt hatte.

Rosenstein rutschte an die Kante seines Sessels. »Nicht direkt ich persönlich, aber ja.«

Diesmal war es sein zerknautschter Hut, den er unruhig bearbeitete. Wenn er nicht lernte, seine Nervosität zu verbergen, so war diesem Burschen keine lange Karriere beschieden.

»Wie lange arbeiten Sie denn schon in Okkulten Angelegenheiten?«, stellte ich die erste Frage, die mir in den Sinn kam.

»Seit knapp einem Jahr.«

»Dann täten Sie gut daran, endlich Ihre Hände ruhig zu halten.«

Schuldbewusst legte er den Hut weg. Lysander grinste hämisch.

»Ich gehe davon aus, dass sie demnach nicht ganz zufällig bei dem Rennen anwesend waren?«, erkundigte ich mich, was mich auf einen weiteren Gedanken brachte. »Das Spektakel sollte bereits lange zu Ende sein. Der Marchese hat nicht vielleicht ein Telegramm geschickt, wer gewonnen hat?«

Lysander schüttelte den Kopf. »Bisher nicht. Aber das kleine Fräulein Trubic wird uns ausführlichst davon berichten, sobald sie zurückkommt – der Herr möge uns schützen!«

Müdigkeit und Missbehagen ließen mich diese Neuigkeit gleichgültiger entgegennehmen, als angebracht gewesen wäre. Lili Trubic, Mörderin ihres zukünftigen Gemahls und Schuldnerin eines kaum zurechnungsfähigen Vampirs, trieb sich alleine irgendwo da draußen in des Kaiserreichs mächtiger Hauptstadt herum und vergnügte sich bei Automobilrennen – es sollte mir recht sein. Was auch immer Lysander für seine Pflicht halten mochte, unter meinem persönlichen Schutz stand das Mädchen gewiss nicht.

Rosenstein hüstelte. »Was meine Anwesenheit bei dem Rennen betrifft, glauben Sie denn an Zufälle, Baron?«

Ich winkte ungeduldig ab. Mich interessierten Fakten.

»*Ich* glaube an die Macht des Zufalls«, mischte sich Lysander ein, dem es offenkundig Spaß machte, seinen Wissensvorsprung mir gegenüber auszukosten. »Immerhin hat die Weltgeschichte uns schon die absonderlichsten Zufälle beschert: Denken wir nur etwa an Thomas Jeffersons Todestag, den vierten Juli. Spannenderweise starb an just jenem Tag auch …«

»Vielen herzlichen Dank für den Ausflug in die Amerikanische Revolution«, unterbrach ich ihn mit zusammengebissenen Zähnen. »Könnten Sie mir bitte einfach erzählen, was für ein Spiel Ihre Centrale hier treibt«, wandte ich mich wieder an Rosenstein. »Möglichst bevor meinem werten Freund eine Anekdote zu George Washington einfällt?«

Doch dieser starrte ungerührt zur Decke und murmelte: »Die Angelegenheit ist leider etwas kompliziert.«

Meine Geduld war erschöpft. Mit einem Unfall, einer böswilligen Krähe und dem Auftritt des kaiserlich-königlichen Nachrichtendienstes auf der Bühne meines Lebens war mein Bedarf für unerfreuliche Ereignisse gedeckt.

»Doktor!«, herrschte ich ihn an. »Lassen Sie die Phrasendrescherei sein und beschränken Sie sich auf die relevanten Aspekte! Was hat meine Krähe mit Mirkos wunderlicher Damenbekanntschaft zu tun?«

Rosenstein öffnete den Mund – doch Lysander schnitt ihm das Wort ab. »Dejan, Dejan, wenn nicht diese hübschen Verbandsstreifen um deine Stirn von deinen vormittäglichen Eskapaden Zeugnis trügen, würde es mir großes Vergnügen bereiten, dich ob deiner Dummheit zu schmähen.« Er setzte sich auf die Hinterbeine, blickte zu mir hoch. »Unter herrschenden Umständen jedoch siehst du mich tatsächlich in Sorge um dich.«

Und endlich erinnerte ich mich an die Nacht, in der Felix Trubic mit einer Schwanenfeder im Knopfloch zu mir kam.

Für Kaiser und Vaterland hatte er damals ein Leben genommen, unten am Moldauufer, wo die Schwäne badeten; aber davon wusste ich noch nichts, in jener fernen Nacht, als Felix zitternd und triefend nass an meiner Schwelle stand und einen Gott, an den er nicht einmal glauben wollte, für seine Sünden um Verzeihung bat.

Ich ließ ihn ein und hielt ihn fest; ich zog die Glassplitter aus den Wunden, als der Cognacschwenker in seinen Händen zerbrach, ich wischte das Blut von seinen Fingern; und ich antwortete ihm schließlich, als er mich berührte, in einer Sprache nach mir rief, die keiner Worte mehr bedurfte.

»Weißt du, wie viel meine Ehre kostet?«, fragte Felix zuletzt, als der Morgen schon graute.

Beklommen schüttelte ich den Kopf.

»Eine Empfehlung bei Seiner Kaiserlichen Majestät.«

Ein sonderbarer Laut, einem Schluchzen gleich, entrang sich seiner Kehle. Und ich – ich wusste doch nur zu schweigen. Wer gerade Ehre und Seele verschachert hat, möchte nicht hören, dass die Zeit alle Wunden heilt; dass es seine Verpflichtung als Kavalier war, zu lächeln und den Kopf aufrecht zu tragen, was immer auch geschah.

»Was hast du getan?«, fragte ich.

Und er antwortete mir: Vor einigen Monaten schon war ein Mittelsmann mit einer mehr als außergewöhnlichen Forderung an das *Bureau* herangetreten. Die Centrale hatte einen besonders fähigen Agenten zu einer Sonderaufgabe abzukommandieren, denn einen Herr, einen sehr mächtigen, sehr feinen Herrn, verlangte es nach einer Vilja.

An dieser Stelle unterbrach ich Felix' Erzählung. »Eine Vilja?«

»Was weißt du von ihnen?«, fragte er mich.

Einmal, ich war nicht viel mehr als ein Knabe gewesen, hatte ein Kamerad mir die Sage von den Viljen erzählt: Sünderinnen wären es, in Rache und Eifersucht ermordet, die keinen Frieden in ihren Gräbern fänden. Dann und wann streiften diese ruhelosen Seelen nachts umher und suchten und lockten und reizten die Männer. Doch wer sie mitnahm in sein Bett, den erwartete ein Schicksal schlimmer als der Tod. Sie könnten sich in Vogelwesen verwandeln, und …

»…wer eine ihrer Federn besitzt, der ist ihr Herr und Meister«, beendete Felix meinen Satz. »Jawohl. So will es der Mythos. Wie üblich ist die Wirklichkeit unendlich vielschichtiger – aber jetzt ist nicht der Zeitpunkt, um Schwesternschaften, Todesrituale und Gestaltwandlung zu erläutern. Einigen wir uns darauf, dass diese Geistermädchen noch nicht zur Gänze abgeschlossen haben mit ihrer früheren Welt.«

Schon hatte ich die Sünde meines Freundes erahnt und die Kälte in seinem Blick ließ mich frösteln. Felix Trubic, Geheimagent und Vertrauter des Kaiserhauses, war also aufgebrochen, eine Vilja zu finden. Hier, im heimatlichen Prag, war seine Suche nach Spuren und Indizien von Erfolg gekrönt: Ein einsamer Schwan am Moldaustrand, eine prachtvolle, weiße Feder, und schon wurde eine stolze Frau, die nicht fluchte, die nicht bat, in die Sklaverei geführt.

Was mit ihr geschehen sollte, hatte Felix niemals erfahren.

Man stellte keine Fragen, was Mitglieder der kaiserlichen Familie mit ihren Befehlen bezweckten. So wollten es die Regeln des Spiels.

Langsam tauchte ich aus meinen Erinnerungen.

»Eine Vilja«, murmelte ich.

Rosenstein nickte. »Wir beobachten sie schon seit einigen Tagen. Bisher hat sie an niemandem Interesse gezeigt – außer an Ihnen, Baron, und Ihrem jungen Schützling. Wir vermuten …«

Ich hörte nicht mehr zu. Allmählich wurde mein Kopf klarer, elementare Denkfähigkeiten kehrten zurück.

»Den Brief«, verlangte ich. »Rasch.«

Rosenstein händigte mir das Schriftstück aus und ich blätterte mit fiebriger Hast in den Seiten.

»Der Fuchs, der Fuchs«, las ich, und »Herr von Zdar«. Der Ringfinger fehlte ihr. Sie hatte mich töten oder wenigstens außer Gefecht setzen wollen, obgleich sich unsere Wege noch niemals zuvor gekreuzt hatten. Das war eine dünne Hinweiskette, doch ich konnte es mir nicht leisten, sie zu ignorieren.

»Dr. Rosenstein? Glauben Sie denn an Zufälle?«

Er dachte eine Weile nach. »Ich bin noch keinem begegnet, der intensiverer Begutachtung standgehalten hätte«, antwortete er mir schließlich.

»Vortrefflich.« Mit fest zusammengebissenen Zähnen quälte ich mich aus dem Bett, entschlossen, meinem protestierenden Körper keine Aufmerksamkeit zu schenken.

»Doktor, Ihnen wird soeben die zweifelhafte Ehre zuteil, einen jener exquisiten Augenblicke, in denen Baron Sirco der Geistesblitz trifft, mitzuerleben«, spottete Lysander frohgemut. »In weiterer Folge werden wir nun etliche Taten begehen, die irgendwo zwischen Absurdität und schlechtem Geschmack zu verorten sind, und die uns zumeist an den Rand des Abgrundes und weit seltener zum Erfolg führen werden.«

Rosenstein zuckte die Schultern. »Als Arzt fühle ich mich verpflichtet, Sie darauf hinzuweisen, dass Sie wenigstens ein paar Tage strikte Bettruhe halten sollten, Baron.« Mit einem

Mal lächelte er breit. »Aber in meiner Funktion als Agent der Centrale bin ich außerordentlich neugierig, was Sie zu tun gedenken.«

Verstohlen stützte ich mich an dem Bettpfosten ab, einmal mehr im Kampf um Gleichgewicht und Würde. »Wären Sie wohl so freundlich, uns einen Wagen zu rufen, Dr. Rosenstein? Ich würde Ihrer Centrale zu gerne einen kleinen Besuch abstatten.«

8

Wien

28. bis 29. Juni 1909

Aus den Aufzeichnungen Baron Sircos, Wien, 28. Juni 1909

Dr. Rosenstein bestand darauf, dass wir unsere Kutsche am Graben zurückließen; eine übertriebene Vorsichtsmaßnahme, die ich nur wenig billigen konnte, zumal Lysander nicht davon abzubringen war, ungeachtet des warmen Sommerwetters und meiner angeschlagenen Konstitution einmal mehr als Pelzkragen um meine Schultern zu liegen.

Kaum vermochte ich Schritt zu halten mit Rosenstein, der uns tiefer und tiefer in das Gassengewirr führte, fort von den Prunkstraßen und Prachtbauten, mit denen Wien sich so reichlich schmückte. Mit jeder Ecke, um die wir bogen, wurden die Häuser schmäler, Stuckaturen und Verzierungen am Mauerwerk seltener, die Torbögen so eng, dass ein Fuhrwerk kaum noch passieren konnte; und dennoch war darin nicht jene Schlichtheit, welche die Armut mit sich brachte zu erkennen, sondern jene der Zeit.

Längst schon hatte ich den Versuch aufgegeben, die Orientierung zu behalten. Stattdessen stolperte ich hinter Rosenstein weiter über ausgetretene Pflastersteine, vorbei an spärlich beleuchteten Wohnungen und von alten Zunftschildern gezierten Geschäftslokalen. Obgleich meine Reisen mich schon etliche Male in die Hauptstadt des Kaiserreichs geführt hatten, war mir dieser Ort, das alte Herz Wiens, gänzlich fremd – und dennoch ein wenig vertraut: In seiner verwinkelten Enge erinnerte mich das Viertel ein wenig an jene mittelalterlichen Flecken Prags, denen weder Fortschritt noch der Lauf der Zeit etwas anhaben konnten.

Eine Katze, die fauchend über die Gasse in einen dunklen Hinterhof huschte, ließ uns alle zusammenzucken. Bisher waren wir außer zwei Betrunkenen, die aus einer dunklen Schenke torkelten, und singend und pfeifend in der Nacht verschwunden waren, niemandem begegnet.

Das Haus, vor dem Dr. Rosenstein schließlich stehen blieb, unterschied sich kaum von seinen Nachbarn: Die bräunlichgraue Fassade war schlicht, die Fenster niedrig und schmal und das Dach, so schien mir, etwas schief. Allein das schwere, eisenbeschlagene Tor lieferte einen kleinen Hinweis auf die Geheimnisse und Mysterien, die sich dahinter verbargen.

»Die Centrale«, sagte Rosenstein feierlich und betätigte den Türklopfer.

Sofort wurde das Tor einen Spaltbreit geöffnet. Ein dünnes, rattengleiches Gesicht lugte hervor und musterte uns argwöhnisch. Rosenstein bellte ihm ein paar mir vollkommen fremdartige Worte entgegen, die wenigstens in Klang und Melodie der deutschen Sprache zu entstammen schienen. Der Wachposten blinzelte, gähnte und ließ uns eintreten.

»Sie schwören bei Leben und Ehre, dass Sie sich keinen Scherz mit uns erlauben?«, erkundigte sich Lysander interessiert, als wir den weitläufigen Innenhof durchquerten, in dem ein reizender Ziergarten angelegt worden war, in dessen Mitte ein Springbrunnen sprudelte.

Rosenstein bedachte die steinerne Najade am Brunnenrand mit einem grimmigen Blick. »Bedaure, ich mache mir nichts aus Pennälerhumor«, erklärte er knapp.

Aus einem hell erleuchteten Fenster drang wunderliches Geigengefiedel zu uns herab, fünf Takte eines alten Gassenhauers in unablässiger Wiederholung. Jemand fluchte lautstark – gegen die musikalische Untermalung? Eine Tür wurde zugeschlagen, für einen Moment herrschte Ruhe, dann begann der Geiger wieder sein Instrument zu kratzen.

Am gegenüberliegenden Ende des länglichen Hofs entsperrte Rosenstein eine weitere Tür. Schweigend führte er uns durch Gänge und Stiegenhäuser. Schon im Mezzanin sah ich mich gezwungen, Lysander abzusetzen.

»Ist Ihnen nicht wohl, Baron?«

Rosenstein beobachtete mich, wie ich mit einem Taschentuch meine schweißfeuchten Wangen betupfte. Das schmerzhafte Pochen hinter meiner Stirn schien sich mit jedem Schritt zu steigern, beim Atmen tat mir der Brustkorb weh, mein linker Arm in der Schlinge wog so schwer wie Eisen; kurz, ich fühlte mich miserabel und begann allmählich, an der Weisheit unseres abendlichen Ausfluges zu zweifeln.

Selbst wenn es uns mit Hilfe der Centrale gelingen sollte, bewusste Vilja ausfindig zu machen – so sie Wien noch nicht verlassen hatte –, standen die Chancen, dass sie sich kooperativ zeigte, vernichtend gering.

Vor einer weiß bemalten Tür am Ende eines langen Ganges blieb Rosenstein stehen. »Hier residiert die Direktion des Wiener Bureaus«, sagte er mit gedämpfter Stimme, »der ich nun zu erklären habe, weshalb ich ohne Anweisung zwei Außenstehende mitgebracht habe. Wenn wir Glück haben und nicht gerade Major Bachmann Dienst tut, dann sollte ich mit einer Verwarnung davonkommen – und Sie, meine Herren, werden mehr über den Verbleib Ihrer Vilja erfahren.«

»Ich höre Sie, Aaron, ich höre Sie!«, ertönte in diesem Moment eine tiefe, wenn auch unverkennbar weibliche Stimme. »Bringen Sie unsere Gäste nur herein.«

Lysander und ich tauschten Blicke.

Die Person war so zierlich, dass ich den Bruchteil einer peinlichen Sekunde Schwierigkeiten hatte, sie in dem hoffnungslos überladenen, schlecht beleuchteten Bureau überhaupt auszumachen. Doch da thronte sie an ihrem Sekretär, unter einem riesigen Wandteppich, der Szenen einer nicht zuordenbaren Schlacht zeigte.

»Ah, Sir Lysander und Baron Sirco.«

Die winzige, ältliche Dame nickte uns zu. »Wie schön, dass ich Sie endlich kennenlerne. Graf Trubic wusste ein paar außergewöhnliche Geschichten von Ihnen zu erzählen.«

Mit einem ausnehmend gewinnenden Lächeln gestikulierte sie in Richtung eines recht fragilen Sofas, das im Unterschied zu dem Rest des Mobiliars nicht zur Gänze von Zeitungen, Briefen, Telegrammen und Büchern bedeckt war. »Aber bitte nehmen Sie doch Platz.«

Wir taten wie geheißen. Lysander schob mit der Schnauze ein Opernglas zur Seite, ehe er sich einrollte. Rosenstein bezog hinter dem Sofa Stellung.

Die Direktorin der Abteilung Wien tätschelte beruhigend ihre schwarz-weiß gefleckte Zwergbulldogge, die leise in Lysanders Richtung knurrte; eine Reaktion, die für uns über keinen Neuigkeitswert mehr verfügte. Tiere legten meinem alten Freund gegenüber grundsätzlich tiefes Misstrauen an den Tag.

»Mein Name ist Judith Blum«, stellte sie sich vor, als sie den Hund endlich zum Schweigen gebracht hatte.

Ich neigte den Kopf. Lysander musterte sie mit kaum verhohlener Missbilligung.

»Ich ahne, was Sie denken, Sir Lysander«, bemerkte Direktorin Blum trocken. »Offen gesagt, nicht die Art von vorurteilsbehaftetem Denken, die ich mir von einem Edelmann in Ottergestalt erwartet hätte, aber gut.«

Lysander legte die Ohren an. »Ich bitte um Verzeihung, gnädige Frau. Es lag nicht in meiner Absicht, Sie zu beleidigen.«

»Ich bitte Sie, keine Ursache. Ich habe mir eben immer gesagt, wenn die Sacher ihr Hotel führen kann, dann kann ich schon lange die Geschicke der Stadt mitlenken. Zigarette?«

Ich lehnte dankend ab.

»Schön«, sagte sie, indem sie den Deckel ihres silbernen Zigarettenetuis zuschnappen ließ. »Sie kommen vermutlich, um Einzelheiten über die Vilja zu erfahren, oder Ihren Assistenten mitzunehmen. Oder, wie Graf Trubic sie geschildert hat, wahrscheinlich sogar beides.«

Ich nahm mir vor, mich bei günstiger Gelegenheit zu erkundigen, ob Felix noch immer für die Centrale arbeitete.

Judith Blum missdeutete mein Schweigen. »Ich fürchte, so simpel wird es nicht, Baron«, sagte sie langsam. »Ihren jungen Adlatus, beispielsweise, kann ich nicht einfach gehen lassen. Er wird uns noch die eine oder andere Frage zu seiner Begegnung mit der Vilja beantworten müssen. Dass es sich nicht um eine harmlose Verrückte handelt, hat die Dame mit ihrer Einmischung in das Renngeschehen bereits bewiesen.«

Nachdenklich blies sie Zigarettenrauch an die Decke. »Ich kann Ihnen gar nicht sagen, wie froh ich bin, zu sehen, dass Ihr Unfall glimpflich ausgegangen ist, Baron. Wie leicht hätte doch aus unserer Blamage Ihre Katastrophe werden können, nicht wahr?«

Ich zog es vor, darauf keine Antwort zu geben; Dr. Rosenstein räusperte sich.

»Was die Vilja betrifft …« Direktorin Blum erhob sich von ihrem Schreibtisch. Mit zielsicherer Hand zog sie ein Telegramm unter einem Bücherstapel hervor und reichte es mir.

»Das kam vor einer knappen Stunde durch den Fernschreiber.«

Neugierig schob Lysander seinen Kopf unter meinem Arm hindurch.

»Vilja in Turm Ruprechtskirche. Erwarte Anweisungen.«

Aufregung erfasste mich, ebenso wie Lysander, der laut keckerte.

»Und wo ist sie jetzt?«, stellte Dr. Rosenstein die dringendste Frage.

Judith Blum strich sich ihre dunkelgrauen Locken zurecht. »Im Turm von St. Ruprecht – sofern sich unser Spitzel nicht zu dumm angestellt hat.«

»Noch immer?«, mit Mühe unterdrückte ich meinen Unmut. »Wie das?«

Sie seufzte und faltete ihre Hände wie zum Gebet. »Sie stellen sich das sehr leicht vor. Wie soll ein einzelner Mann eine Krähe einfangen, die partout nicht gefangen werden will?«

»Weshalb schicken Sie denn keine Verstärkung?«, fuhr ich sie schärfer, als ich vorgehabt hatte, an.

Lysander fauchte missbilligend, und unter dem Sekretär begann die Zwergbulldogge wieder zu knurren.

»Ihre Selbstüberschätzung in Ehren, Baron, aber glauben Sie denn wirklich, meine Agenten hätten nichts anderes zu tun?«, gab Judith Blum zurück. »Bei allem Respekt, aber so wichtig sind Sie und Ihr kleiner Schützling nicht, dass ich ein halbes Regiment anrücken und eine Krähe vom Kirchturm schießen lasse.«

»Sie irren sich!«, rief ich. »Es geht um weit mehr, als Sie ahnen! Kompliment.« Ich wusste, dass meine Worte nicht weise gewesen waren, dennoch sprang ich auf und hastete zur Tür; Lysander hoppelte neben mir her.

Die Ruprechtskirche zu übersehen, war leicht: Klein, gedrungen und bemerkenswert nur für jene Schöngeister mit einer ausgeprägten Passion für romanische Architektur, kauerte sie im Schatten weitaus neuerer Wohnhäuser, die selbst ihren höchsten Punkt, das Türmchen, überragten; Efeu und wilder

Wein erkletterten das baufällige Gemäuer und die Statue des namengebenden Heiligen. Doch bei aller Schäbigkeit atmete das Bauwerk den Charme des alten, halbvergessenen Wiens, das nur zögerlich an manchen Ecken noch hervorlugte.

»Alle paar Jahre wird überlegt, ob man die Kirche schleifen lassen sollte.« Dr. Rosenstein, der es sich nicht hatte nehmen lassen, uns nach dem überstürzten Abgang zu folgen und seine Hilfe anzubieten, beschrieb uns den Aufenthaltsort der Vilja, während wir ihm durch die Gassen folgten. »Woraufhin die Centrale ein jedes Mal interveniert, und eine Entscheidung über das Schicksal der Kapelle wieder aufgeschoben wird. Sie müssen wissen, für die Wesen der Nacht ist die Ruprechtskirche, was für die gehobene Gesellschaft das Sirk-Eck ist.«

Er lachte leise. »Früher oder später begegnet man hier *toute* Wien der Anderen Art. Sehr praktisch für die Centrale, wo die Kirche noch dazu so in der Nähe liegt. Oder hat sich die Centrale in der Nähe der Kirche eingerichtet?«

Noch immer laufend, zog er jetzt einen Gegenstand aus der Innentasche seines Mantels – welcher sich bei näherer Betrachtung, die uns prompt gewährt wurde, als dieser mit einem metallischen Klirren auf dem Kopfsteinpflaster aufschlug, als überaus handliche Pistole herausstellte.

»Oh!« Rasch hob Rosenstein seine Waffe wieder auf. Die übergroße Vorsicht, mit der er den Griff hielt, ließ darauf schließen, dass seine Erfahrungen mit Schusswaffen höchst limitiert waren.

Lysander, nicht eben für seinen Takt bekannt, wies ihn sofort darauf hin. »Können Sie damit überhaupt umgehen, Doktor?«

»Man hat es mich gelehrt«, erklärte Rosenstein mit großer Würde, dann stahl sich ein Grinsen in seine Züge. »Nein«, bekannte er. »Aber manchmal reicht es, mit einer Pistole herumzufuchteln, um die Leute davon zu überzeugen, dass man im Zweifelsfall nicht davor zurückscheuen wird, sie zu benutzen.«

Ich unterdrückte ein Seufzen. Ich war ein Knabe gewesen, als den Anordnungen meines Vaters gemäß, diverse Meister ihrer Kunst mich im Umgang mit Degen, Gewehr und Pistole zu unterrichten begannen. Eine Waffe bei sich zu tragen, die man nicht selbst aus tiefstem Schlaf geweckt zielsicher und tödlich zu führen wusste, bedeutete nur, das eigene Risiko zu erhöhen; so hatte meine erste Lektion gelautet.

In jenem Moment löste sich eine Gestalt aus einem Hauseingang und trat zu uns. Das enthob mich vorerst der moralischen Verpflichtung, die Weisheit von Dr. Rosensteins *modus operandi* in Zweifel zu ziehen.

»Habe die Ehre, Herr Doktor!«, grüßte der Neuankömmling, ein korpulenter Schatten in der mondhellen Nacht. »Jetzt bekomme ich doch noch Gesellschaft. Und ich habe mir schon überlegt, ob ich nicht noch auf einen Sprung zum Nachtpostamt drüben renne und noch ein Telegramm schicke, wie fad die ganze Geschichte hier langsam wird!«

»Wie trist ist die Lage denn?«, erkundigte sich Rosenstein, ohne uns einander vorzustellen.

In Anbetracht seiner Aufregung und Unerfahrenheit beschloss ich, ihm diesen *faux-pas* nachzusehen. Der Dicke musterte mich hingegen von Kopfverband bis zu den staubigen Schuhspitzen, und dass ich ihm nicht sonderlich gut gefiel, verriet mir die Art, wie er gottergeben die Hände hob und wieder sinken ließ. Lysanders Anwesenheit schien er nicht zur Kenntnis zu nehmen.

»Die meiste Zeit hockt sie als Krähe oben auf der Brüstung vom Glockenturm. Vor einer halben Stunde, vielleicht ein bisserl mehr, ist irgendwer vorbeigekommen, ich glaube, eher zufällig. Gesehen habe ich nichts, nur einmal habe ich sie danach leise reden hören, also muss sie sich verwandelt haben.« Er hob seinen Feldstecher. »Und jetzt ist sie wieder als Krähe da, wie ich sehe.«

Auch ich spähte nach oben. Der Turm war nicht hoch; dicht unter seinem Dach meinte ich tatsächlich den kleinen, dunklen Körper der Krähe erkennen zu können.

»Runter kriegen wir die natürlich nie«, fuhr unser neuer Bekannter flüsternd fort. »Erstens ist die Tür verriegelt, zweitens sind die Fenster zu klein, um hineinzuklettern und drittens kann sie jederzeit davonfliegen.«

Ich presste eine Hand gegen meine schmerzende Stirn. Er hatte Recht. Es glich schon einem Wunder, dass die Vilja uns noch nicht entdeckt, und das Weite gesucht hatte. Aber vielleicht glaubte sie sich uns auch so hoffnungslos überlegen, dass sie sich über jedwede Vorsichtsmaßnahme erhaben sah.

»Eigentlich«, gab Lysander zu bedenken. »Ist alles, was wir brauchen eine Feder.«

Rosenstein zwirbelte seinen Schnurrbart. »Nicht zu klein für einen Otter«, ließ er uns unvermittelt wissen und fügte hinzu: »Die Fenster.«

Kostbare Augenblicke verstrichen, indem wir einer zum anderen starrten.

Lysander keckerte aufgeregt.

»Sie wird es trotzdem hören«, gab unser fülliger Bekannter schließlich zu Bedenken.

»Ich habe eine Idee«, verkündete Lysander.

Jahrelange Erfahrung hatte mich gelehrt, Lysanders Ideen mit höchstem Skeptizismus zu begegnen, pflegten derartige Eröffnungen uns doch mit ermüdender Regelmäßigkeit weit über die Grenzen vertretbaren menschlichen Betragens und akzeptablem Geschmacks zu führen. Nicht, dass wir in diesem Fall eine Wahl gehabt hätten. Jeden Moment drohte die Vilja uns zu entwischen, da blieb keine Zeit, um lange Schlachtpläne zu entwerfen.

So kam es, dass sich in bewusster Juninacht dem arglosen Passanten ein gar wunderliches Schauspiel bot: Dicht unter dem Glockenturm der Kirche zu St. Ruprecht stand ein wohlgekleideter, wenn auch sichtbar angeschlagener Herr, der, mit einer Pistole gestikulierend, lautstark eine Krähe beschwor, ihm *verdammt noch einmal* endlich zu erzählen, was hier vor sich ginge und wer ihre Hintermänner wären.

Gleichzeitig schmetterte ein paar Schritte abseits sein massiger Kumpan aus voller Kehle Weisen von Tod und Untergang, die er gelegentlich mit Zwischenrufen, wie »So wird's dir auch gehen, Mistvieh, wenn du nicht sofort da runterkommst!«, würzte.

Hätte der Passant, statt feixend dem Spektakel beizuwohnen oder eilends den Rückzug anzutreten, sich in den Kopf gesetzt, die Kirche zu umrunden, so hätte er – für ein paar Sekunden wenigstens – einen jüngeren Mann gesehen, der, auf Fußspitzen balancierend, einem Otter durch ein zerbrochenes Fenster ins Innere der Kirche half.

Der Plan ging auf. Schon nach kürzester Zeit wurden in den anliegenden Wohnhäusern Fenster aufgeschlagen, Schmähungen, Fluchworte und Drohungen drangen gleichermaßen an mein Ohr; verschlafene, verwirrte Gestalten erschienen in Haustüren, jemand verlangte lautstark zu erfahren, was vor sich ging und ein anderer schrie nach der Polizei. Aus der ebenfalls am Kirchplatz befindlichen Schenke, mit dem passenden Namen Zu den Drei Raben, gesellten sich ein paar neugierige Zecher zu unserer kleinen Darbietung.

Noch gestand man uns einen gewissen Unterhaltungswert zu, auch wenn unser verzweifeltes Ablenkungsmanöver bereits zur Untat von Trunkenbolden degradiert worden war. Wir mussten vorsichtig sein, des Volkes Stimmung konnte rasch umschlagen; und der Ausbruch von Handgreiflichkeiten würde unserer Sache mit Sicherheit nicht dienen.

Die Vilja auf ihrem Turm krächzte. Vielleicht fand wenigstens sie großen Spaß an unserer Darbietung.

Ohne auch nur einen Takt seines Liedchens auszusetzen, hob mein Gefährte den Feldstecher vor die Augen und reichte ihn sodann an mich weiter.

Ich spähte ebenfalls durch das Fernglas: Für den Bruchteil einer Sekunde hob sich ein schemenhafter, runder Kopf über die Brüstung, und verschwand wieder. Lysander!

Ein Krächzen, das wie ein Lachen klang, dann breitete die Krähe ihre Flügel aus, bereit, in die Sommernacht zu entschwinden.

Entsetzt hob ich die Waffe, die Dr. Rosenstein mir übergeben hatte. Ich wusste um die miserable Zielgenauigkeit von Pistolen, ich wusste, dass ich schon lange aus der Übung war, und ich wusste auch, dass mir keine andere Wahl blieb. Einen Moment lang flatterte die Vilja scheinbar unschlüssig vor der Turmspitze, ehe sie, unvermittelt und blitzschnell, in den Sturzflug ging.

Ich feuerte.

Ein Krächzen wandelte sich in einen Schrei.

Ein Lied brach ab.

Ein Körper prallte auf dem Pflaster auf.

Sodann überschlugen sich die Ereignisse: Jemand warf sich auf mich. Ich stolperte, verlor das Gleichgewicht und stürzte rücklings zu Boden; hart schlug ich mit dem Kopf auf. Einen bangen Atemzug kämpfte ich gegen Ohnmacht und grellweiße Schmerzblitze vor meinen Augen. Wortfetzen, deren Bedeutung ich kaum verstand, drangen an mein Ohr: »Mörder! Mörder!« Jemand trat mir die Pistole aus der Hand, aus den Augenwinkeln konnte ich sehen, wie sie über die Pflastersteine schlitterte. Dann zerrten plötzlich unzählige Hände an meiner

Kleidung, meinem Haar, ein Fausthieb traf mich seitlich. Gewiss schuldete ich meiner Selbstachtung wenigstens einen Versuch, mich zu wehren – aber wie benommen, wie *hilflos* ich mich in diesem Moment nur fühlte!

»Aufhören, sofort aufhören!«, hörte ich Dr. Rosenstein unerwartet energisch rufen. »Ich sagte aufhören! Das ist ein polizeilicher Befehl!«

Das Wort Polizei war es wohl, das sie innehalten ließ, selbst wenn diese Rolle Rosenstein mit seinem sanften Gesicht und modischen Anzug kaum auf den Leib geschrieben stand.

Mühsam rappelte ich mich auf. Die vier Raufbolde, die sich auf mich gestürzt hatten, hatten sich nur ein paar Schritte zurückgezogen. Unschlüssig verharrten sie: Sollten sie Rosenstein als Polizisten anerkennen oder ihre selbst auferlegte Pflicht als Rächer der Ermordeten zu Ende führen?

Rosenstein gab ihnen keine Zeit, eine Entscheidung zu fällen. Die Hände in die Hüften gestützt, das Gesicht bleich vor Zorn, trat er zwischen uns. »Sie!«, bellte er. »Sie kommen mit mir! Sie sind verhaftet! Leisten Sie keinen Widerstand gegen polizeiliche Gewalt, sonst …« Nachdrücklich schwenkte er dabei die Pistole, die er wieder an sich genommen hatte; gut möglich, dass es letzteres Argument war, welches die vier zum eiligen Rückzug veranlasste.

Die Hauptperson unserer kleinen Aufführung, die scheinbar ermordete Tote lag indes reglos auf dem Pflaster: Ein zierlicher Körper im weißen Kleid, Goldschmuck an Hals und Händen. Der Agent der Centrale kniete bei ihr, umgeben von Wohlmeinenden und Neugierigen, die lautstark und ratlos ihre Mutmaßungen zu den Geschehnissen zum Besten gaben:

»Ganz genau hab ich's gesehen, wie's runtergesprungen ist!«

»Na, wird's halt eine Selbstmörderin gewesen sein. Alletag kommt so was vor, alletag, ich sag's Ihnen.«

»Aber gehen'S, wo er's doch erschossen hat!«

»Kein Blut. Kein Tropfen Blut! Mit rechten Dingen geht's da nicht zu!«

»Baron!« Rosenstein berührte sacht meinen Arm. »Es ist Zeit, zu gehen!«

Verständnislos starrte ich ihn an und überlegte, wie oft ein Herr von Welt an einem Tag das Bewusstsein verlieren dürfte, ohne sich überspannter Manieren schuldig zu machen.

Im Schein der Laterne sah ich Rosenstein die Augen verdrehen. »Es sei denn, Sie wollen es sich nicht nehmen lassen, diesen braven Bürgern hier zu erklären, dass Sie eine Tote erschossen haben!«

Ein gewisses Gespür für Dramatik war der Vilja nicht abzusprechen: Genau dieses Stichwort erwählte sie sich, um in einer fließenden Bewegung aufzuspringen. Der massige Agent, dem ich allerlei, nur keine guten Reflexe zugetraut hatte, schnellte nach vorne, bekam sie an beiden Handgelenken zu fassen.

Jemand schrie auf; eine alte Dame in Nachthemd und Schultertuch schlug das Kreuzzeichen. »Maria-Mutter-Gottes-im Himmel«, murmelte ein anderer, fast alle Umstehenden wichen vor Schreck zurück.

Die Vilja warf den Kopf zurück. »Glauben Sie nicht, dass Sie gewonnen haben! Wir werden nicht aufgeben! Wir werden niemals aufgeben!«, gellte sie, während sie sich dem Griff des Agenten zu entwinden versuchte.

Dr. Rosenstein hastete vor, um seinem Kollegen zu Hilfe zu kommen. Er packte den Oberarm der Vilja, die sich nach Kräften wehrte und uns mit allerlei wüsten Beschimpfungen in tschechischer Sprache bedachte.

Die Vilja trat um sich; allmählich regten sich die verbliebenen Passanten: Wenn zwei anrüchige Gestalten im Begriff waren, ein bildhübsches Mädchen ganz offenkundig gegen dessen Willen davonzuschleppen, verspürte der eine oder andere den Drang zum Eingreifen – selbst wenn es sich nun um eine auferstandene Tote handelte.

Einmal mehr erhob Dr. Rosenstein die Stimme. »Bleiben Sie zurück! Das ist eine polizeiliche Aktion! Zurücktreten, sagte ich!«

Oben, auf dem Glockenturm, meinte ich Lysander fluchen zu hören. Einen flüchtigen Gedanken verwendete ich darauf, ob Freundschaftspflicht mich zwang, zunächst Lysander zu befreien, ehe ich mich dem Mysterium unserer Gefangenen zuwenden durfte. Doch mein alter Gefährte hatte weiß Gott schon Nächte in übleren Lokalitäten als einer baufälligen Kirche zugebracht.

»Zeit zum Aufbruch, Baron«, zischte mir Rosenstein überflüssigerweise zu.

Und dann rannten wir.

»Stunden.« Aus dem Blick, mit dem Direktorin Blum uns bedachte, sprach reine Verachtung. »Es wird Stunden in Anspruch nehmen, bis ich die unterschiedlichsten offiziellen Stellen beruhigt habe.«

Ihre Hände gruben sich in das Fell der Bulldogge, die sich zufrieden schnarchend auf ihrem Schoß eingerollt hatte. »Ganz abgesehen davon, dass Sie mit Sicherheit in die lokale Fama eingehen werden: eine Schießerei, ein Mädchen entführt, dazu etwas wunderliches Beiwerk.«

Sie schüttelte den Kopf. »Stümperei«, schleuderte sie dem unglücklichen Dr. Rosenstein und mir entgegen.

»Und was haben Sie mit dem ganzen Theater erreicht?«

Rosenstein und ich tauschten müde Blicke. Die letzten beiden Stunden hatten wir mit der Befragung der Vilja zugebracht, doch bisher war es uns nicht einmal gelungen, ihren Namen zu erfahren.

»Vielleicht könnte man Mirko zu ihr bringen«, überlegte ich laut. Ihm gegenüber hatte sie sich zwar nicht sonderlich verständlich, aber doch schon einmal gesprächsbereit gezeigt.

Judith Blum nickte. »Das werden wir auch, gleich am Morgen. Bis dahin …«

Ich nahm Entlassung und vorläufige Niederlage schweigend hin; ein Blick auf meine Taschenuhr offenbarte mir, dass diese Morgenstunden nicht mehr in allzu weiter Ferne lagen.

Rosenstein, der mir nach draußen gefolgt war, rieb sich die Augen. »Würden Sie mir noch ein wenig Gesellschaft leisten? Sofern Richter, der alte Säufer, nicht wieder seinen diebischen Neigungen nachgegeben hat, finden sich zwei Flaschen exzellenten schottischen Whiskeys in meinem Schreibtisch.«

Als ich eine Weile später (nachdem Rosenstein die kleine Wunde an meinem Hinterkopf gesäubert und mir heiter versichert hatte, ich dürfe einen Schädel wie ein Granitplateau mein Eigen nennen) mit einem Glas Whiskey in der Hand ausgestreckt auf dem Sofa in seinem Arbeitszimmer lag, regten sich meine Lebensgeister allmählich wieder.

»Ich hoffe, ich habe Sie nicht in allzu große Schwierigkeiten gebracht«, entschuldigte ich mich.

Rosenstein grinste. Zum ersten Mal in unserer kurzen Bekanntschaft sah er beinahe gelöst aus. »Und selbst wenn. In der Centrale hält mich ein jeder, inklusive des Portiers, für einen …«, sein Lächeln wurde breiter, »… Menschen mit überschaubaren Begabungen.« Nachdenklich tippte er mit einer Schreibfeder gegen sein prominentes Kinn; ein schwarzer Fleck blieb zurück. »Ein Jammer.«

Inzwischen interessierte mich der junge Arzt so sehr, dass ich erfahren wollte, wie er zu der Centrale gekommen war.

»Wie solche Wendungen passieren: Man lernt die falschen

Leute kennen. Das war gegen Ende meines Studiums, und so recht interessiert hat mich eine medizinische Karriere nie.« Er umrundete den Schreibtisch, füllte mein Glas erneut.

»Und wie war es bei Ihnen, Baron, wenn ich fragen darf? Wie wird man Detektiv in Okkulten Angelegenheiten?«

Ich erwiderte sein Lächeln. »Man trifft Leute«, antwortete ich träge. »Ich nehme an, Sie kennen Graf Trubic?«

Rosenstein lehnte sich gegen seinen wuchtigen, penibel aufgeräumten Schreibtisch. »Einmal hatte ich das Vergnügen. Sie müssen wissen, mir war die zweifelhafte Ehre zuteil, gerade an jenem Tag in den Dienst einzutreten, an dem Graf Trubic seinen Abschied nahm.«

Die Eröffnung, dass Felix schon so lange nicht mehr für des Kaisers Okkulten Spionagedienst arbeitete, ließ mich aufhorchen.

Rosenstein nagte an seiner Unterlippe. »Ich bin ihm damals im Bureau des Generals begegnet. Er war sehr freundlich zu mir, aber zum Schluss sagte er etwas, das ich mein Lebtag nicht vergessen werde: ›Ich gehöre nicht zu den Menschen, die ungefragt Ratschläge erteilen‹, meinte er, ›aber wenn ich mich doch zu jenen penetranten Existenzen zählen müsste, würde ich Ihnen raten, laufen Sie, so schnell Sie können und kommen Sie nie wieder zurück!‹ Nicht unbedingt das, was man an seinem ersten Arbeitstag von einem Mann wie Graf Trubic hören möchte.«

Langsam nickte ich, widerstand aber der Versuchung, Rosenstein nach den Umständen von Felix' Rückzug aus dem Dienst für Kaiser und Heimatland zu fragen. Obgleich angesichts des Alkoholkonsums des Doktors die Chancen gut gestanden hätten, wenigstens die gängigen Gerüchte zu erfahren. Ich schloss die Augen. Ich hatte Felix' Narben gesehen. Ich hatte gehört, wie er Lysander und mich um Hilfe bat. Ich hatte miterlebt, wie er mit Routine und schauspielerischem

Geschick über Schwäche und Erschöpfung hinwegzutäuschen versuchte, und entschied, dass es Mysterien gab, die ich nicht ergründen wollte.

Mühsam erhob ich mich von dem Diwan, tat ein paar Schritte durch die kleine Bureaustube, um meine schmerzenden Muskeln zu lockern. Dass Dr. Rosenstein daraufhin zu seinem Schreibtisch stürzte und einen Stapel Papiere an sich nahm, erheiterte mich trotz meiner Erschöpfung. »Sie verzeihen. Es lag nicht in meiner Absicht, Geheimdokumenten zu nahe zu kommen.«

Dr. Rosenstein errötete wie ein Schuljunge bei pikanter Lektüre. »Keine Geheimdokumente, nein«, sagte er, etwas zu rasch. »Nur Übersetzungen, mit denen ich gegenwärtig beschäftigt bin.« Mit dem Zeigefinger strich er seinen Schnurrbart entlang. »Übersetzungsversuche«, präzisierte er.

Kindische Freude am bösen Spiel veranlasste mich, ihm meine Hilfe anzutragen.

»Oh, sehr freundlich, Baron. Sehr freundlich.« Er hatte die Papiere in der voluminösen Truhe, die neben Diwan und Schreibtisch das einzige weitere Möbelstück im Zimmer darstellte, verstaut, und schabte nun ohne ersichtlichen Grund mit einem Papiermesser an deren Kante herum. »Aber es handelt sich um eine diffizile Angelegenheit, sehr heikel. Eine sehr eigenartige Sprache, verdient die Bezeichnung kaum …« Er verstummte.

»Ah, *drachisch* meinen Sie vermutlich «, riet ich, ohne genau zu wissen, weshalb mir plötzlich daran lag, Eindruck bei dem jungen Mann zu hinterlassen.

Einen Sekundenbruchteil starrte Dr. Rosenstein mich mit blankem Entsetzen an, dann hatte er sich wieder gefangen.

»Ich nehme an, Graf Trubic hat Ihnen davon erzählt?« Er schien mein Schweigen als Zustimmung zu nehmen und entspannte sich. »Ja, die Centrale arbeitet mit zwei Drachen –

schon seit vielen Jahren.« Er räusperte sich. »Versucht zu arbeiten, vielmehr. Leider gibt es immer noch größere Schwierigkeiten, nicht nur in der Verständigung. Besonders, so hat man mir erzählt, seit Graf Trubic fort ist. Zu ihm hatten sie wohl etwas Vertrauen.«

Vertrauen … Die Nacht, die Ungeheuer, ein geflüsterter Befehl. Es hatte eine Zeit gegeben, da hatte auch ich mich zu den unglücklichen Kreaturen gezählt, die Felix Trubic vertrauten.

Irgendwo schlug eine Uhr sechs.

»Allmählich sollte die Kirche zur Morgenmesse geöffnet werden«, wechselte Dr. Rosenstein dankenswerterweise das Thema.

Still und düster, nur erhellt von einigen wenigen Opferkerzen, war es im Inneren der Kirche zu St. Ruprecht. Obgleich die Morgenandacht erst in einer halben Stunde beginnen sollte, hatten sich schon einige Gläubige eingefunden: In den wenigen Bankreihen knieten drei Damen in den unterschiedlichen Stadien der Vergreisung, sowie ein Mädchen mit hochmütigem Profil. Immer wieder fühlte ich, wie neugierige, missbilligende Blicke mich streiften. Ich konnte es Ihnen nicht verdenken. Ein ziemlich übernächtigtes Subjekt in zerknittertem dunklen Anzug und Verbandszeug durfte nicht hoffen, irgendwo Vertrauen zu erwecken.

Langsam und leise durchschritt ich das kleine Kirchenschiff. Vorne, in unmittelbarer Nähe zum Altar, lagen noch einzelne Scherben des zerbrochenen Fensters, ich fand jedoch keinen Hinweis auf Lysanders Anwesenheit und so setzte ich mich wieder in die vorletzte Bankreihe. Allmählich begann sich die Kirche zu füllen, ein Messdiener eilte geschäftig umher. Ich schielte verstohlen zum Aufgang des Glockenturmes: Wenn mein alter Freund beschlossen hatte, sich dort oben zu verbergen, würde ich wenigstens das Ende der Messe abwarten müssen, ehe ich nach ihm suchen konnte. Oder hatten wir einander verfehlt, und er war schon unterwegs zur Centrale?

Etwas zog an meinem Hosenbein, dann hörte ich ein wohlvertrautes Keckern: Gut verborgen kauerte Lysander unter der Bank vor mir. Unter seinen Pfoten blitzte etwas, das wie ein Briefumschlag aussah.

»Was ist das?«, entfuhr es mir anstelle einer Begrüßung.

Glücklicherweise ließ sich Lysander nicht zu einer Antwort hinreißen. Kommentarlos zwängte er sich unter der Bank hervor. Ich bückte mich, um den Brief und meinen Kameraden aufzulesen.

»Igitt, er hat eine Ratte!«, stellte eine Frau kreischend ihr Unwissen unter Beweis; mehrere Köpfe wandten sich zu uns um, und ich suchte mein Heil in einer raschen Flucht, ehe ich des Gotteshauses verwiesen werden konnte.

»Und?«, flüsterte Lysander, den ich mir ziemlich ungeschickt unter meinen heilen, rechten Arm geklemmt hatte, kaum dass wir in eine etwas abgelegenere Gasse gebogen waren.

»Nichts Wesentliches«, fasste ich die restlichen Ereignisse der Nacht zusammen.

Lysander blinzelte. »Es tut mir leid, dass ich zu langsam war. Ich glaube, sie hat mich schon gehört, während ich noch versuchte, mich unter der Tür zum Glockenturm durchzuschieben – was gar nicht so einfach war, auch der Rückweg nicht: Um bei der Wahrheit zu bleiben, ich war ein paar Minuten lang von echter Sorge erfüllt, was mit mir geschehen würde, sollte der Mesner am Morgen einen Otter vorfinden, der unter der Tür feststeckte.«

Wir warteten stumm ab, bis ein Passant aus unserer Hörweite entschwunden war.

»Was hat es mit dem Brief auf sich?« fragte ich knapp.

»Wusste ich doch, dass du meinen dramatischen Abenteuern nichts abgewinnen kannst. Nur der Brief interessiert dich.«

Er gähnte ausgiebig. »Du verzeihst, ich habe kaum geschlafen. Du kannst dir nicht vorstellen, wie unbequem so eine Kirchenbank längerfristig ist. Und dann musste ich natürlich auch vorsichtig sein, durfte nicht allzu fest einschlafen; bei jedem Geräusch bin ich aufgeschreckt ...«

»Ich leide mit dir«, unterbrach ich ihn. »Der Brief?«

»Gefunden im obersten Stockwerk des Glockenturms. An eine Dame namens Milena adressiert, bei welcher es sich mit an Gewissheit grenzender Wahrscheinlichkeit um unsere Vilja handelt, der aufgrund ihres überhasteten Aufbruches keine Zeit blieb, ihre Korrespondenz an sich zu nehmen. Verfasst in dem schwülstigsten Tschechisch, das die Menschheit jemals las.« Er zwinkerte mir zu. »Und den Rest wirst du bestimmt lieber selbst herausfinden.«

24. Juni anno 1909, Prag

Milena, meine Liebe, meine Teure, meine Angebetete,
ich bitte Dich – bitte Dich innigst – nein, ich flehe Dich an, mir zu glauben: Es ist mir bewusst, was ich von Dir verlange. Wer, wenn nicht ich, wüsste, was es bedeutet, den Unschuldigen zu töten. Und doch bleibt mir, bleibt uns kein anderer Weg. Früher oder später wird sich ihnen die Spur offenbaren, nach der sie so dringend suchen. Weshalb so lange warten? Nein, was geschehen muss, muss gleich geschehen, meine geliebte Milena! Unser aller Schicksal lege ich in Deine Hände, mit der Bitte, dass nicht Furcht, nicht falsche Moral Deine Handlungen leiten mögen.
Folge ihm weiterhin. Lasse es wie einen Unfall aussehen. Und komme dann zurück zu mir.
Auf ewig Dein, Dir treu ergeben, in liebender Verbundenheit

L.

9

Wien

29. Juni 1909

Aus den Aufzeichnungen Baron Sircos, Wien, 29. Juni 1909

»Das Beste an diesen hübschen Brieflein«, begann Lysander, kaum dass ich die wenigen Zeilen verlesen hatte, »ist natürlich nicht die Manie mancher Menschen, ihre schändlichen Pläne säuberlich zu Papier zu bringen – obwohl ich nicht bestreiten will, dass es uns in diesem Fall entgegenkommt –, sondern die Schlussformel.« Er prustete in seine Teetasse.

Dr. Rosenstein, in dessen Bureau wir uns einmal mehr eingefunden hatten, während wir auf die Erlaubnis warteten, unsere Befragung der Vilja weiterzuführen, tauchte aus den Untiefen seiner enormen Kleidertruhe auf, in der er augenscheinlich ein absonderliches Sortiment an Gegenständen lagerte (bisher hatte er daraus einen französischen Unterhaltungsroman, Munition für seine Pistole sowie eine Zigarrenkiste zutage befördert). »Als Student kannte ich ein Mädchen, die bestand auf solche Verabschiedungen. Wenn ich es einmal vergaß, zog sie sogleich meine Liebe zu ihr in Zweifel.« Zufrieden reichte er mir die Zigarren und wühlte weiter nach Streichhölzern.

»Und, wie hat es geendet?«, erkundigte sich Lysander interessiert, Teetropfen in den Barthaaren.

»Sie fand einen, der hübschere Briefe schreiben konnte.« Rosenstein ließ den Deckel der Truhe zuschnappen. »Ein liebendes Paar will also Ihren Tod, Baron. Wäre das Ganze ein Roman, dann müssten Sie eigentlich der Schurke sein.« Er nahm auf der Truhe Platz, zwinkerte mir zu. »Oder wenigstens in den

Diensten des Schurken stehen. Zwei romantisch Liebende sind jedenfalls stets die Helden.«

»Vielleicht, Doktor. Vielleicht.« Irgendwann im Laufe der vergangenen Nacht hatte ich kurz mit dem Gedanken gespielt, ihm zu erzählen, dass ich im Auftrag Felix Trubics arbeitete, der für den jungen Mann durchaus in der Sphäre der Halbgötter und Heroen wandelte. Doch zuletzt hatte der Berufsethos gesiegt, denn gleich, was geschah und wie man zu ihnen auch stehen mochte, die Identitäten und Geheimnisse von Klienten mussten immer geschützt und bewahrt werden.

Ein Klopfen an der Tür.

»Doktor Rosenstein!«, rief eine nur allzu bekannte, jugendliche Stimme. »Mir wurde gesagt, ich solle mich wegen der Dame von vorgestern an Sie wenden?«

Energisch stellte Rosenstein seine Tasse ab. »Aber ja doch! Kommen Sie nur herein«, und dann stand Mirko im Türrahmen.

Ich müsste lügen, wollte ich behaupten, mich hätte damals irgendeine erkennbare Motivation getrieben, als ich dem Gassenjungen aus der Vorstadt von Brno anbot, ihn aufzunehmen und zum professionellen Detektiv und Spitzel auszubilden – ich war schlichtweg einer Laune gefolgt. Seine flinken Finger, sein wacher Geist waren ausschlaggebend gewesen: Wenn Prometheus sich schon die Mühe machen wollte, seinen Menschen zu formen, dann durfte er sich wohl zugestehen, mit dem bestmöglichen Rohmaterial zu arbeiten. Alsbald schätzte ich ihn als Schüler, als tapferen kleinen Gefährten im Abenteuer, aber niemals im Leben wäre ich auf den geschmacklosen Gedanken gekommen, ihn auf den Pfad der Laster meiner Jugend zu führen, wie er und Lysander mir gleichermaßen unterstellten.

Dass Mirko nicht mit meiner Anwesenheit gerechnet hatte, lag auf der Hand: Er wurde blass, doch hatten wir ihn gut erzogen; er fing sich rasch, wünschte einen guten Morgen, mied meinen Blick. Ich registrierte, dass er einen Anzug trug, den ich nicht kannte.

»Du hast meinen Brief bekommen?«, platzte Mirko heraus.

»Allerdings«, erwiderte Lysander. Unruhig klopfte er mit dem Schwanz auf die Sofapolsterung

Rosenstein, dem die Spannung nicht entgangen war, blickte mich fragend an. Ich würde keinen detailgetreuen Abriss der jüngsten Ereignisse geben; handelte es sich doch um keinen geeigneten Zeitpunkt, um herauszufinden, ob mir die Rolle des skandalösen alternden Dandys zu Gesichte stand. Stattdessen erhob ich mich. »Nun gut. Finden wir heraus, ob Milena sich von dem jungen *Herrn von Zdar* zu einem Geständnis bewegen lässt.«

Rosenstein geleitete uns durch schmale, verwinkelte Korridore, über enge Wendeltreppen, vorbei an Arbeitsräumen, Archiven und einer ganz besonderen Tür – durch die man, weil der dazugehörige Balkon niemals errichtet wurde, aus dem dritten Stock geradewegs in den Hof gelangte – abwärts. Ich war mir sicher, dass hier mehrere Architekten auf einmal ihre künstlerischen Alpträume verarbeitet hatten. Noch niemals zuvor hatte ich ein derart hässliches staatliches Gebäude betreten: Dieses aus mehreren Wohnhäusern zusammengewürfelte Monstrum legte bald die bürokratische Biederkeit einer provinziellen Verwaltungsbehörde, bald den bizarren Charme eines verlassenen Irrgartens an den Tag.

Endlich gelangten wir durch eine mit mehreren Schlössern und Riegeln gesicherte Tür in den Keller der Centrale des K&K Departements für Okkulte Angelegenheiten, wo wir alsbald vor einer absonderlichen Kerkerzelle standen und darauf warteten, dass sich die Flüche der Vilja endlich erschöpften. Wobei sie über einen unbestreitbaren Erfindungsreichtum bei der

Kreation neuer Schmähworte verfügte und diese von solcher Vulgarität waren, dass sich über Dr. Rosensteins Wangenknochen hektische rote Flecken bildeten. Während ich einen Anflug von Langeweile nicht unterdrücken konnte, grinste Mirko über Lysanders missbilligend gerümpfte Nase.

»Halt«, warf Mirko nach einer Weile ein. »Sie wiederholen sich. Sie haben uns schon einmal als …«

»Danke«, unterbrach ich rasch, als die Vilja tatsächlich in ihrer Tirade innehielt.

Mit verschränkten Armen thronte sie auf der abgewetzten Recamière, die neben Waschtisch und einem in grellen Rottönen gehaltenen Teppich das einzige Mobiliar der Zelle darstellte. Die Wände waren aus unerfindlichen Gründen über und über mit unterschiedlichen Flugblättern tapeziert; enge Querverstrebungen an den Gitterstäben der Tür würden der Gefangenen selbst in Krähengestalt ein Entkommen unmöglich machen.

»Guten Morgen, Milena«, ich grüßte sie höflich und deutete eine Verbeugung an. »Das ist doch Ihr Name?«

Mit ihrer verstümmelten rechten Hand strich sie sich eine nachtschwarze Haarsträhne aus der Stirn und lachte ihr leises, kehliges Lachen. »Namen«, antwortete sie voll Verachtung. »Namen haben keine Macht. Sie, Baron, haben keine Macht über mich. Sie können mich bis in alle Ewigkeit einsperren, und werden dennoch nichts von mir erfahren.«

Ich nickte, als würde ich ihre Äußerung akzeptierten. Wie oft hatte ich derartige Beteuerungen schon vernommen? Wie viele zwielichtige Gestalten, waren es nun Menschen oder Kreaturen der Schattenwelt, hatten mich wissen lassen, dass ich keinen Weg finden würde, ihnen ihre Geheimnisse zu entlocken, so sicher waren sie ihrer Unbezwingbarkeit. »Und ich dachte, Sie wollten sich vielleicht noch ein wenig mit dem Herrn von Zdar unterhalten?« Ich sah sie freundlich an.

Milena hob den Kopf. Mirko wich einen Schritt zurück.

»Damals wusste ich noch nicht, dass er zu Ihnen gehört«, erklärte sie.

»Sie irren sich«, fiel Mirko ihr hitzig ins Wort. »Wenn ich zu jemandem *nicht* gehöre, dann ist es Baron Sirco.«

»Einerlei.« Milena streckte sich auf ihrer Recamière aus, strich ihr mittlerweile arg zerknittertes Debütantinnenkleid an ihren Hüften glatt. »Sie stehen auf der falschen Seite dieses Gitters, mein Freund.«

»Herr von Zdar ist ein hübscher Deckname«, fuhr ich fort.

Sie hob eine perfekt geschwungene Braue. »So?«

»O ja, eine unaufdringliche, geradezu elegante Art, den Heilsbringer zu benennen.«

Hinter mir hörte ich Mirko flüstern. »Zdar heißt auf tschechisch so etwas wie Heil«, erläuterte er Dr. Rosenstein. »Oder Erfolg, oder Glück – je nachdem. Über den Namen habe ich mich auch schon gewundert.«

»Namen haben keine Bedeutung«, wiederholte Milena langsam. »Und Sie langweilen mich sehr.«

»Habe ich Sie auch gelangweilt, als Sie mich zu töten versuchten?«

Das Lächeln, das sie mir schenkte, was so überwältigend, und so falsch, dass es mir beinahe den Atem verschlug.

»Nein. Ich wollte Sie eigentlich überhaupt nicht töten. Ich töte nicht gerne«, fügte sie hinzu, »aber er bat mich so innig darum, dass ich ihm den Gefallen nicht ausschlagen konnte.« Gedankenverloren blickte sie auf ihre zarten, langgliedrigen Finger hinab. »Doch das sollten Sie eigentlich schon wissen, nachdem ich ungeschickt genug war, den Brief oben am Glockenturm liegen zu lassen.«

»Er?«, hakte ich nach. »Ist es der Fuchs, von dem Sie sprachen?«

Milena schwieg.

Ein gutes Zeichen und so fasste ich meine Schlussfolgerungen in Worte: »Er, das ist der Fuchs, dessen Ring der Mann, den er töten will, um den Hals trägt?«

Sie hob beide Hände. »Ich bin sehr müde. Es macht mir kein Vergnügen, wach zu sein, wenn die Sonne scheint. Aber wenn Sie heute Abend ohne ihr kleines Gefolge wiederkommen, dann werde ich mich vielleicht weiter mit Ihnen unterhalten. Ich werde Ihnen nicht meine Geheimnisse verraten! Aber vielleicht revidiere ich mein Urteil über Sie. Ich weiß Männer zu schätzen, die einen Anschlag auf ihr Leben nicht persönlich nehmen.«

Zurück im Hotel teilte man mir mit, dass seit gestern Abend an der Rezeption ein Kuvert für mich hinterlegt war; ein Blick auf die ordentliche Handschrift genügte, um zu wissen, dass es sich bei der Absenderin um Fräulein von Trubic handelte. Obschon ich mir keine Vorwürfe machte, dass ich mich seit gestern Nachmittag ihrer nicht weiter angenommen hatte, so war mir doch etwas unwohl, als ich den Brief an mich nahm. Was mochte ihr im Lauf einer Nacht widerfahren sein, das eine schriftliche Benachrichtigung notwendig machte?

Meiner Erschöpfung zum Trotz riss ich das Kuvert auf, kaum dass Lysander und ich – Mirko war in der Centrale verblieben – unsere Suite erreicht hatten.

»Lies vor«, verlangte Lysander, der sich der Länge nach auf dem Diwan ausgestreckt hatte. »Wobei, sei so gut und lass mir vorher ein Frühstück kommen.«

Mein Gesichtsausdruck musste Bände gesprochen haben, denn Lysander fügte anklagend hinzu: »Ein bisschen Komfort wird mir doch vergönnt sein, nach dem Missvergnügen, eine Nacht in einer kalten, dunklen Kirche verbringen zu müssen …«

Baron,

Sie waren fort, als ich kam, um mit Ihnen zu sprechen; ich kann nicht länger warten, also muss dieser Brief genügen, um Sie um Verzeihung zu bitten. Selbst wenn es vielleicht schon zu spät ist.

Ich habe Sie belogen, als ich sagte, ich kenne Alvin Buckingham nicht. Aber das wussten Sie bereits, nicht wahr? Zu meiner Entschuldigung kann ich nur hervorbringen, dass ich überzeugt war, Sie hätten mich ebenfalls belogen. Ich war mir sicher gewesen, dass mein Vater Sie beauftragt hatte, meine Beziehung zu dem Vampir vom Vyšehrad offenzulegen. Ich habe gedacht, dass nur wir beide – Sie und ich – diese Partie austragen würden. Dass jedoch immer auch ein Leben auf dem Spiel gestanden hat, wie hätte ich das wissen können?

Ich schwöre, jetzt will ich ehrlich mit Ihnen sein, Baron. Doch wo beginnen?

Vielleicht an jenem Tag, an dem Alvin Buckingham mich zum ersten Mal besucht hatte: Das war vor vielen Jahren gewesen, als ich noch ein Kind gewesen bin. Wie Sie vielleicht schon wissen, bin ich bei der Familie eines Onkels aufgewachsen. Dort, in einer Frühlingsnacht war mir zum ersten Mal der ungeladene Gast erschienen: Er war so schön, so blass und so traurig gewesen, dass ich ihn für einen Engel gehalten hatte. Meinen Engel. Ein Vampir. Er hatte sanft zu mir gesprochen, und am Ende hatte er mich um Verzeihung gebeten. Jede Nacht war er in diesem Frühling zu Besuch gekommen. Mit der Zeit hatte ich auf ihn zu warten begonnen, hatte ich die Geräusche zu erkennen gelernt, wenn er, flink wie eine Katze, über die Laube zu meinem Fenster geklettert war. Wir waren Freunde geworden.

Nein, Baron, ich kann es Ihnen nicht erklären, weshalb Alvin Buckingham sich eines kleinen Mädchens angenommen hatte – aber er hatte es getan. Er hatte mir viele Geschichten erzählt, von vergangenen Zeiten und fernen Ländern. Und er hatte von sich gesprochen; dass er ein großer Magier gewesen wäre, der größte, den es

jemals gegeben hätte, und der einzige, dem es je gelungen wäre, sich die Gesetzlichkeiten von Sein und Vergehen untertan zu machen. Ein lange Zeit hätte er im Verborgenen, in den Kellergewölben der Burg zu Prag gehaust, sich von Ratten, Mäusen und anderem Ungeziefer genährt, um Buße zu tun für die Sünden seines sterblichen Lebens, als er noch unwissend gewesen war.
Ich hatte nächtelang gelauscht, gebannt. Ich hatte ihm geglaubt. Dann war der Herbst gekommen, und er war fortgegangen. Aber der Schnee war noch nicht geschmolzen, da hatte er mich schon wieder besucht. Manchmal war er Wochen in Brno geblieben und hatte jede Nacht mit mir gesprochen. Er hatte auch Anteil an meinen kleinen Sorgen und Freuden genommen, dann wieder waren Monate zwischen seinen Besuchen gelegen. Aber niemals hatte er mich vergessen, niemals hatte ich seine Freundschaft, seine aufrichtige Zuneigung zu mir in Zweifel gezogen – und niemals hatte ich mein, unser Geheimnis verraten.
Auch nicht František, obschon er das Messer war, mit dem ich unwissentlich meine Bande zu Alvin Buckingham getrennt hatte.
Ich will Sie nicht mit den Einzelheiten langweilen, Baron. Das hat František gewiss schon getan. (Er hat mir gestanden, dass er Ihnen sein Seelenleid geklagt hat, und so nahe er mir steht, weiß ich doch, dass es ihm zuweilen Schwierigkeiten bereitet, zwischen Konversation und Indiskretion zu unterscheiden.) Eines Tages war er in mein Leben getreten, eines Tages war er plötzlich mehr als der fremde junge Mann gewesen, der gelegentlich auf Onkel Karels Besitzungen ausgeholfen hat; er war nicht klug gewesen, wie die Studentenfreunde meines Ziehbruders, nicht elegant wie der blonde Leutnant, der auf dem Frühlingsball zweimal mit mir getanzt hatte. Ich hatte es mir damals nicht erklären können, und doch hatte mein Herz so rätselhaft gepocht, wann immer ich ihn gesehen hatte.
Es war mir nur natürlich erschienen, diese verwirrenden Gefühle mit meinem besten Freund, dem lebensweisen Vampir zu teilen, als dieser mich wieder besucht hatte. Ich habe vergessen, was ich ihm

genau erzählt habe, doch an seine Augen erinnere ich mich sehr genau: Es war gewesen, als hätten sie mit einem Mal alle Menschlichkeit abgelegt, als wäre da ein Raubtier vor mir gesessen.
»Genügt es dir?«, hatte er mich gefragte. »Genügt es dir, einen sterblichen Simpel zu lieben, bis dir die Stunde schlägt? Und sie wird nur allzu früh schlagen, das verspreche ich dir.« Ich war starr vor Angst gewesen, doch den Sinn seiner Worte hatte ich nicht begriffen. »Ich könnte dich beschützen«, hatte er gelockt. »Ich könnte dir die Ewigkeit schenken, wenn du mit mir gehst.«
Es war nicht die Ewigkeit gewesen, die ich haben wollte, sondern František, den Klavierspieler mit seinen sanften Augen – und mein Engel hatte mich verlassen, in Stille und Traurigkeit, wie er gekommen war.
Es wird Sie nicht überraschen, dass ich ihn noch einmal wiedersah. Lysander hat mir heute Nachmittag erzählt, dass Sie mein dunkelstes Geheimnis erfahren haben. Es war ein Missverständnis – und doch bereue ich es nicht!
Als ich erfahren hatte, welches Schicksal mein Vater für mich vorgesehen hatte, hatte ich tage- und nächtelang um Rettung gebetet; eines Nachts hatte ich ein vertrautes Kratzen an der Fensterscheibe vernommen. »Ich habe dir versprochen, ich würde dich beschützen«, hatte mich Alvin Buckingham begrüßt. Ich hatte ihm mein Leid geklagt, und der Handel war geschlossen worden, wie im Märchen, wie im Traum: »Was gibst du mir, wenn ich dich vor den Fesseln Deiner Zukunft errette?«
»Alles, alles will ich geben.«
Was darauf gefolgt war, wissen Sie bereits. Alvin hatte getan, was er glaubte, tun zu müssen: Sosehr ich Rechtfertigungen und Spitzfindigkeiten auch verabscheue, so will ich dennoch anmerken, dass ich ihn nicht gebeten hatte, den Oberst zu ermorden. Ich hatte ihn gebeten, mir zu helfen, mich des Obersts zu entledigen. Er hatte gesagt, er würde einen Weg kennen, und ich war ängstlich und erleichtert genug gewesen, keine weiteren Fragen zu stellen.

Nun kennen Sie die Geschichte, die ich Ihnen vor Tagen schon hätte erzählen sollen.

Es ist Zeit, von jenen Wahrheiten zu sprechen, die Sie mir nicht hätten verschweigen dürfen, Baron: Ich kenne meinen Vater kaum, sicherlich sind viele andere mit seinem Charakter und seinem Leben weit mehr vertraut als ich, dennoch hätten Sie mich über die Todesdrohungen gegen ihn – und darüber, dass Sie in jenem Zusammenhang für ihn arbeiten – in Kenntnis setzen müssen!
Denken Sie denn nicht, zu wissen, dass das Leben meines Vaters auf dem Spiel steht, hätte mich weitaus eher als Ihre Überredungskünste dazu veranlasst, meine Geheimnisse aufzugeben? Hatte ich Ihrer Meinung nach kein Recht darauf, davon zu erfahren?

Aus den Aufzeichnungen Baron Sircos, Wien, 29. Juni 1909

»Lysander?« Ungläubig ließ ich die eng beschriebenen Briefbögen sinken, sah zu meinem alten Freund und Kameraden, der sein extravagantes Fischgericht verschlang. »Woher wusste Lili von unserem Auftrag?«

Lysander blickte in seinen Teller. »Vielleicht hat Trubic ihr davon erzählt?«, schlug er leise vor.

Ich murmelte einen Fluch, den ich zuletzt als Leutnant im Dienste Seiner Majestät gebraucht hatte.

Lysander stieß einen Pfiff aus. »Baron Sirco, ich muss schon bitten! Also schön, ich habe Lili davon erzählt; irgendwann in dem Durcheinander nach deinem Unfall, als wir uns in einen ruhigen Winkel hinter den Tribünen zurückgezogen hatten, weil wir die Temperamentsausbrüche des Marchese nicht mehr ertragen konnten.«

Ich runzelte die Stirn und zwang mich, ihn schweigend anzuhören.

»Lili sprach mich auf die Krähe an ... ob es in meinen Augen ebenfalls nach einem gezielten Angriffsflug ausgesehen hätte«, fuhr er fort, den Blick weiterhin auf die Reste seiner Mahlzeit gerichtet. »Und schon ergab sich eine harmlose Konversation über okkulte Kreaturen, und ...« Nervös klopfte er mit dem Schwanz auf den Boden. »Mein Gott, Dejan! Ich war außer mir vor Sorge, wer konnte denn ahnen, dass du mit ein paar Schrammen und angeschlagener Selbstachtung davonkommst?

In solchen Situationen pflegen selbst die größten Geister Fehler zu machen. Und eine Frage zuviel zu beantworten.«

»Es gibt eine Grundregel in unserem Metier«, erinnerte ich ihn müde.

»Nenne niemals Namen«, vervollständigte Lysander meinen Satz und sah mich endlich an. »Ich weiß, Dejan, ich weiß. Auch ich kenne die Geschichten, die Trubic so amüsant erzählen konnte und in denen ungeschickte Spitzel, die nicht verstanden, wann sie zu schweigen hatten, unter mysteriösen Umständen mit zerschnittenen Kehlen in der Gosse gefunden wurden. Könntest du jetzt bitte weiterlesen?«

Ich überlegte, wie und ob ich Lysander begreiflich machen sollte, wie schwer ein Vertrauensbruch gegenüber Felix für mich noch immer wog – ungeachtet der Tatsache, dass er mich Tausende, Abertausende Male belogen hatte, und wieder belügen würde. Die Lüge gehörte zu Felix wie seine französischen Zigaretten oder sein dünnes, ironisches Lächeln.

Ich hörte Lysander ungeduldig schnaufen und nahm die Blätter wieder zur Hand. »Sie hat nicht mehr viel zu sagen«, sagte ich, indem ich die letzten Zeilen überflog. »Nur noch eine Anmerkung, dass sie natürlich wisse, dass es die Aufgabe ihres Vaters und nicht die meine gewesen wäre, sie über Intrigen gegen das Haus Trubic in Kenntnis zu setzen. Dann schreibt sie noch, sie hätte sich das Rennen nicht weiter angesehen, sondern hätte lediglich darauf gewartet, ob die Krähe zurückkehrte – ein angenehmer Vorwand, um dennoch auf der Rennstrecke zu verweilen und sie in ein etwas weniger herzloses Licht zu rücken, wenn ich anmerken darf. Die Verabschiedung fällt ziemlich kühl aus, Elisabeth von Trubic, *fin*.«

Lysander legte den Kopf schief. »Du kannst die bezauberndsten Briefe in widerlich prosaisches Licht rücken«, spottete er.

Ich legte den Brief auf dem niedrigen Teetisch ab. »Zur nochmaligen Lektüre, weil ich dein Misstrauen zur Genüge kenne, und die Möglichkeit, dass ich die wahrhaftig faszinierenden Stellen zensiert habe, natürlich stets besteht.«

Lysander stieß ein kurioses Röcheln aus – die otterische Version eines dramatischen Seufzers, so hatte ich vor vielen Jahren gelernt. »Wir sollten uns über Mirko unterhalten«, ließ er mich unvermittelt wissen.

Mit einer herrischen Geste schnitt ich ihm das Wort ab.

»Ich kenne deine Vermutungen«, sagte ich. Selbst in meinen eigenen Ohren klang meine Stimme verletzt und nicht überheblich, wie ich beabsichtigt hatte. »Ich wäre dir sehr dankbar, wenn wir sie nicht noch einmal wiederholen müssten.«

Lysanders Augen verengten sich zu Schlitzen, was dem runden Ottergesicht einen eher komischen als verärgerten Ausdruck verlieh. »Was durchaus auch in meinem Interesse liegt, zumal ich mich bereits in aller Ausführlichkeit bei dir entschuldigt habe. Und ich habe mir geschworen, keine Fragen mehr zu stellen. Nein, ich dachte an die Vilja, die in ihm einen Herrn von Zdar zu erkennen meint.«

Gedankenverloren kratzte er sich mit seiner Hinterpfote das linke Ohr. »Waisenjungen, die sich als rechtmäßige Erben einer wie auch immer gearteten, großen Tradition herausstellen, gibt es zuhauf. Im Märchen wenigstens.«

»Mirko ist allerhöchstens der illegitime Sohn irgendeines Erzherzogs, und das ist nun wirklich keine Auszeichnung«, informierte ich ihn. Verstohlen gähnte ich und fügte mit einem Blick auf meine Taschenuhr hinzu: »Die Mittagsstunde naht, und ich werde mich zu Bett begeben, wie die Welt es von dem ambitionierten Bohemien verlangt.«

Obgleich eine durchwachte Nacht und ein unangenehmer Unfall hinter mir lagen, fiel es mir schwer, Schlaf zu finden – die Scherben, die Fetzen des Mysteriums, das es zu entschlüsseln galt, wenn ich Felix' Leben retten wollte, wirbelten durch meinen unruhigen Geist: die Vilja, die von dem Fuchs geliebt wurde, der Vampir, der für Lili Trubic tötete, der Ring, der Fluch, der Bluttag – der siebte Juli? Wie schnell die Zeit verrann …

Ein Kratzen an der Tür – leise, doch beständig – riss mich aus meinen Träumen.

»Was ist geschehen?« Im Halbdunkel suchte ich nach meinem Morgenmantel, stellte fest, dass ich mich im Schlaf des Verbandes um meine Stirn entledigt hatte. Die in einer Vielzahl von Blau- und Purpurtönen glänzende Beule verlieh mir, gepaart mit dem unkonventionellen Haarschnitt, den Rosenstein mir verpasst hatte, um die kleine Wunde an meinem Hinterkopf zu versorgen, das Erscheinungsbild eines derangierten Vorstadtgauners.

»Zwei faszinierende Telegramme sowie eines vom Marchese sind eingetroffen, außerdem ruft unseren armen Herrn Čapek die musikalische Pflicht«, lautete Lysanders munter vorgebrachte Antwort.

Unter all den Menschen, die ich augenblicklich nicht empfangen wollte, nahm Lilis kleiner Verehrer ob seiner Geschwätzigkeit eine Sonderposition ein.

»Zwei faszinierende Telegramme von wem?«, erkundigte ich mich, während ich mich der Aufgabe stellte, meine Kleidung zu vervollständigen, ohne meine linke Schulter allzu sehr zu belasten.

»Rosenstein will uns so bald wie möglich sehen, und Trubic hat geantwortet.«

Fragend zog ich eine Augenbraue hoch – sinnlos; und so sprach Lysander weiter: »Herr Čapek ist schon eine Weile hier, den ganzen Nachmittag, um genau zu sein. Unter anderem war er so freundlich, ein Telegramm für mich aufzugeben.«

Ich öffnete die Tür.

Lysander blinzelte mir ein wenig schuldbewusst entgegen, als František Čapek vom Sofa aufsprang und sich in lächerlicher Manier verbeugte.

»Ich bitte Sie um Entschuldigung, Baron, aber ich habe nicht gewusst, an wen ich mich wenden soll, und dann dachte ich bei mir, vielleicht könnten Sie mir ja sagen, wohin die Lili, das Fräulein von Trubic wollte ich sagen, verschwunden ist? Und dann war der Herr Sutcliffe« – ein Nicken in Lysanders Richtung – »so freundlich, mir anzubieten, ich könnte hierbleiben, vielleicht käme sie ja wieder …«

Ich hörte ihm nicht weiter zu, lenkte meine Aufmerksamkeit auf die Telegramme.

»*Entdeckung gemacht. Kommen Sie schnell*«, schrieb Dr. Rosenstein.

Der Marchese erkundigte sich – gemessen am üblichen Telegrammstil, in überaus wortreicher Form – nach meinem Befinden, und wollte dringend wissen, was mit meinem verunglückten Benz, welcher sich nach wie vor in der Obhut seiner Mechaniker befand, zu geschehen hatte.

Felix' Nachricht wiederum fiel rätselhaft aus: »*Vielleicht. Halbvergessene Schatten nach all der Zeit.*«

»Ich nehme an, Fräulein von Trubic ist wieder nach Prag zurückgekehrt«, sagte ich schließlich, hauptsächlich um Čapek zum Schweigen zu bringen. Was mir gründlich misslang.

»Nach Prag?« Er riss die Augen auf. »Aber um Gottes willen, was macht sie denn dort? Da ist doch der Vampir, der ihr Böses will und ihr Vater und …«

Ich hob gebieterisch meine Rechte. »Ich gehe davon aus, dass es gerade der Graf ist, den sie sehen möchte«, erklärte ich ihm mit aller Geduld, die ich aufzubringen vermochte. »Lysander? Was genau hast du Felix geschrieben?«

Mein alter Kamerad sah sehr selbstzufrieden drein, als er antwortete: »Ob er sich an unerklärliche nächtliche Zwischenfälle in seiner Kindheit erinnern könne.« Er leckte sich die Schnauze. »Es wäre doch interessant, herauszufinden, ob Buckingham einst auch den jungen Felix Trubic besucht hatte – selbst wenn wir davon ausgehen können, dass keine so innige Bindung wie jene zwischen der kleinen Comtesse und dem Vampir bestanden haben dürfte.«

Ich stimmte Lysander zu. Was hatte Buckingham Felix in jener Nacht, als Lili so überstürzt nach Wien aufbrach, nur mitgeteilt? Dass er *noch immer* eine Wahl hätte? Wir mussten so rasch wie möglich nach Prag zurückkehren, das lag auf der Hand. Allerdings galt es vorher das Geheimnis der streitbaren Vilja zu ergründen.

Mit zusammengebissenen Zähnen quälte ich mich aus dem Hausmantel und in mein Jackett.

»Wenn Sie nach Prag zurückfahren, dann komme ich mit Ihnen«, stellte Čapek mit einiger Verspätung klar. »Ich kann die Lili nicht allein und schutzlos in einer Stadt sein lassen, wo ein Vampir sie vielleicht töten will, oder Schlimmeres!«

Meine Neugier auf Dr. Rosensteins Entdeckung war zu groß, als dass ich mich auf eine langwierige Diskussion einlassen wollte, inwieweit František Čapek qualifiziert war, die Dame seines Herzens vor übersinnlichen Mächten zu schützen.

»Wir werden Sie verständigen«, log ich. »Lysander? Bist du fertig? Wir wollen den Doktor nicht unnötig warten lassen.«

Dr. Rosenstein empfing uns in seinem Bureau, wo er, eine wohlriechende Zigarre in der Hand, über einem Stapel Bücher brütete. Seine bleiche Gesichtsfarbe sowie die Ringe unter den Augen legten nahe, dass ihm eine Ruhepause bisher verwehrt geblieben war.

»Endlich! Ich dachte schon, Sie wären abgereist, oder anderweitig beschäftigt.« Sein Grinsen war breit, erstmals seit unserer Bekanntschaft spiegelten sich Ansätze von Selbstbewusstsein in seinem schmalen Gesicht.

»Die Vilja hat doch nicht etwa mit Ihnen gesprochen, Doktor?«, erkundigte ich mich, während Lysander nonchalant auf den Diwan sprang und sich zwischen zwei ledergebundenen, kostbar anmutenden Büchern ausstreckte.

»Gesprochen, nun ja. Es käme darauf an, was Sie darunter verstehen. Hauptsächlich hat sie mich auf recht unangenehme Weise beschimpft.« Rosenstein schnitt eine Grimasse. »Aber darum geht es nicht. Während ich ihrem auf Dauer ziemlich eintönigen Monolog lauschte, ist mir etwas aufgefallen: Der Anhänger an ihrem Halsband hat die Gestalt eines Fuchses.«

Lysander und ich tauschten Blicke. Füchse überall: Jener, der nach Angaben der Vilja unbedingt Mirko sehen wollte; jener auf dem Ring, den Felix seit vielen Jahren als Mahnung und zum Gedenken unablässig trug; und nun jener, der sich an den Hals unserer spröden Gegnerin schmiegte. Zu viele Füchse, als dass es sich noch um einen Zufall handeln konnte.

Dr. Rosenstein war zu einer ähnlichen Erkenntnis gelangt.

»Also begann ich nach Füchsen zu suchen.« Er wies auf die Bücher und Papiere, die nahezu jeden freien Zentimeter seines bescheidenen Arbeitszimmers bedeckten. »Füchse in der Geschichte Böhmens. Füchse in der Mythologie. Füchse in der Historie. Füchse in der Symbolik. Füchse in Legende, Märchen und Anekdoten.« Er gähnte. »Ich würde sagen, das Glück war mir hold. Zufälligerweise ließ es mich auf die Schlacht am Weißen Berg stoßen.«

Ich hielt die Luft an – nein, der 21. Juni, also der Tag der Hinrichtungen am Altstädter Ring, lag schon lange hinter uns! Und die Schlacht selbst hatte im November stattgefunden. Aber weshalb führte unsere Spur dann wieder zu diesem so markanten Ereignis der böhmischen Geschichte? Was hatten wir übersehen?

Rosenstein wühlte in seinen Notizen. Mit triumphaler Miene reichte er mir endlich ein Büchlein, das sich als eine in lateinischer Sprache verfasste und auf den Beginn des 18. Jahrhunderts datierte Chronik der böhmischen Lande herausstellte. »Ein erstaunliches Werk. Ein Fürst Lobkovic hat es in Auftrag gegeben und es heißt, dass nur drei Exemplare jemals gedruckt worden sind. Glücklicherweise darf sich die Centrale der an Raritäten und Kuriosa reichsten Bibliothek in der ganzen Monarchie rühmen.«

Ich blätterte zu der mit einer Krawattennadel markierten Stelle.

»*Ich habe im Namen des Fuchses gekämpft. Ich werde im Namen des Fuchses sterben*«, übersetzte Lysander, dessen Lateinkenntnisse, weit weniger eingerostet waren als die meinen. »So sprach ein junger Adeliger, der als hussitischer Verräter nach der Schlacht am Weißen Berg hingerichtet wurde.« Lysander rümpfte die Nase. »Ein junger Adeliger? Sein Name findet unglücklicherweise keine Erwähnung.«

»Dafür kann die Chronik nichts«, verteidigte Rosenstein das Werk. »Auch wenn ich zugeben muss, dass sie an manchen Stellen höchst kurios ist. Aber in diesem Fall zitiert sie nur, was die Gazettenschreiber damals festhielten, als das ungerechte Urteil an diesem jungen Herrn vollstreckt wurde. Die Originalquellen scheinen verlorengegangen zu sein – oder befinden sich nicht in unserem Archiv.«

»Das wahrlich Interessante«, unterbrach ihn Lysander ungeduldig, »ist der Umstand, dass unser Fuchs nirgendwo sonst Erwähnung findet.«

Womit er Recht hatte: Wenn besagter Edelmann bereit war, im Namen des Fuchses zu sterben, so sollte man meinen, es würde sich nicht um eine vollkommen geheime Gestalt handeln, sondern um eine Persönlichkeit mit einem gewissen Symbolcharakter. Es sei denn, wir erkannten ihn nur nicht *als*

Fuchs; zählten nicht zu den Eingeweihten, die Bescheid um seine Fuchsnatur wussten.

»Hambjörn«, murmelte ich.

Dr. Rosenstein runzelte die Brauen. »Wie meinen, Baron?«

»Mann-Bär«, übersetzte Lysander. »In Skandinavien häufig, aber unbeliebt. Unglückliche, die sich in manchen Nächten in Bären verwandeln, mit sehr unterschiedlichen Resultaten.«

»Ich habe von derartigen Wölfen gehört ...«, antwortete Rosenstein zögerlich.

»Und Katzen, Ratten, Schlangen und vielen anderen«, ergänzte ich. Tatsächlich war ich vor etlichen Jahren in Belgrad einer Varietékünstlerin begegnet, die sich in Momenten großer nervlicher Erregung in eine Fledermaus verwandelt hatte.

»Ein Wer-Fuchs. Warum nicht?«, schlug Lysander vor.

Dr. Rosenstein war weniger überzeugt. »Oder die offizielle Geschichtsschreibung verschweigt mit voller Absicht nicht nur die Fuchsnatur unseres Gesuchten, sondern vielmehr seine Existenz, und damit auch seine Taten.«

Lysander nickte. »Was wiederum darauf hindeutet, dass es sich um Ereignisse handelt, deren Offenlegung von einiger Tragweite gewesen wären.« Seine Augen funkelten; kaum etwas fesselte seine Aufmerksamkeit so sehr, wie ein historisches Rätselspiel. In einer besseren, weniger den Konventionen von Norm und Äußerlichkeit verhafteten Welt, wäre ihm vermutlich eine große Karriere als Professor der Geschichtswissenschaften offen gestanden.

»Oder vielleicht eine Kombination?«, spann Rosenstein den Gedanken weiter. »Stellen Sie sich nur vor, ein hochrangiger Staatsmann etwa, der zuweilen als Fuchs herumspazierte. Vielleicht nahm man dies zum Anlass, ihn an den Rand der offiziellen Geschichtsschreibung zu drängen? Das erscheint mir recht nachvollziehbar ...« Rosenstein beendete den Satz nicht; schon begriff er, welchen Fehler er begangen hatte. Mit Blick auf Lysander nahm er in einem reichlich gekünstelten Hustenanfall Zuflucht.

»Ja. Das wäre wohl … verständlich«, entgegnete dieser kalt.

Ein Wachposten in einer Uniformierung, die halb an einen französischen Gendarmen und halb an ein phantasieloses Karnevalskostüm erinnerte, musterte Rosenstein unter buschigen Brauen. »Ich wüsst' aber nicht, was Sie mit der Gefangenen zu schaffen hätten, Doktor. Und ich wüsst' schon gar nicht, wie Sie dazu kommen, den Herrn Baron …«, er schien meinen eben von Dr. Rosenstein genannten Namen schon wieder vergessen zu haben, »allein mit der Gefangenen sprechen zu lassen.« Und gewichtig schloss er: »Das geht nämlich nicht. Da bräuchte ich schon eine Bestätigung vom Herrn Major Bachmann. Sonst passiert irgendwas, und ich bin dann schuld, weil ich Sie hereingelassen habe.«

Wie um die Endgültigkeit dieser Mitteilung zu unterstreichen, steckte er sich seine Pfeife in den Mundwinkel und wandte sich wieder dem volkstümlichen Wochenmagazin zu, das er vor sich ausgebreitet hatte.

Rosenstein dachte nicht daran, zu gehen. »Herr Hoff«, begann er so nachsichtig, dass sich eine gewisse Routine in derartigen Unterhaltungen ahnen ließ. »Angenommen, ich hätte nichts zu tun. Angenommen, mir wäre langweilig.«

Hoff kaute an seiner Pfeife. »Dann würden'S in Ihrem Schreibzimmer sitzen und komische Sachen lesen, Herr Doktor«, gab er zu bedenken.

Rosenstein verschränkte die Arme vor der Brust. »Ja, schon gut. Aber nehmen wir an, mir stünde der Sinn nach Gesellschaft und ich hätte das Bedürfnis, gerade Sie auf ein Glas Wein in das Kaffeehaus um die Ecke einzuladen.«

Hoff glotzte misstrauisch.

»Dann dürften Sie mir, dem Ranghöheren, diese Einladung natürlich nicht ausschlagen.« Rosenstein zwinkerte mir zu; gemeinsam sahen wir Hoff beim Denken zu – ein langwieriger Prozess.

»Ja«, entschied er schließlich.

»Ausgezeichnet.« Rosenstein grinste. »Dann kommen Sie nur mit. Und Ihnen, Baron, darf ich raten, sich zu beeilen. Sie möchten wirklich nichts mit Major Bachmann zu tun haben, das verspreche ich Ihnen!«

Die Vilja lag bäuchlings auf ihrer Recamière; das Kinn auf ihre verschränkten Arme gestützt, blickte sie auf die Flugblätter und Zeitungsseiten an der Wand. Eine Weile beobachtete ich sie, wie sie abwesend mit ihrem dichten, schwarzen Haar spielte, eine Strähne um ihren Zeigefinger wickelte, wieder löste, sich mit gespreizten Fingern die Locken aus der Stirn strich. Ein jedes Mal, wenn sie die Arme bewegte, klimperten die zahlreichen Goldreifen an ihren Handgelenken.

»Ein Geschenk Ihres Fuchses?«, durchbrach ich die Stille.

Milena hob den Kopf. »Ich habe nachgedacht«, verkündete sie in ihrem tadellosen, wenn auch stark akzentbehafteten Deutsch. »Wenn ich Ihnen erzähle, was ich weiß, werden Sie mich dann gehen lassen?«

Ich widerstand meinem ersten Impuls, ihr zu sagen, dass ich selbst nur Gast in der Centrale war und ihr Schicksal demnach nicht in meinen Händen lag. »Würden Sie mir denn erzählen, was Sie wissen, wenn ich Sie freiließe?«

Milena setzte sich auf. Wie ein wohlerzogenes Schulmädchen legte sie die Hände in ihren Schoß und senkte den Blick. »Nein. Aber ich hätte mir größere Mühe mit meinen Lügen gegeben.« Trotz der Leichtigkeit dieser leise gesprochenen Worte war der Klang ihrer Stimme bitter.

Ich vergaß all die subtilen, kleinen Fragen zum Fuchs, zum Herrn von Zdar, zu ihrem Schmuck und ihrem Auftrag, die ich mir auf dem Weg zu ihr zurechtgelegt hatte; keine von ihnen schien nach dieser Eröffnung mehr angemessen. Also musste ich meine Gegenspielerin überraschen: »Sie sollten mich töten, weil ich nach Einschätzung Ihres Sie ewig liebenden *Auftraggebers* zu große Erfolge in meinen Ermittlungen um Felix Trubic erzielt hatte?«

Sie lachte. »Erfolge?«, wiederholte sie, den Kopf in den Nacken geworfen. Strahlend lächelte sie mir zu. »Jetzt will ich Ihnen doch etwas erzählen, Baron: Nur weil Sie so herzlich erfolglos waren, wollte ich Sie nicht ermorden.« Sie leckte sich selbstzufrieden die Lippen. »Ich habe mich lange bitten lassen, und Sie hätten auch besser daran getan, allen Bitten zum Trotz den Fall nicht anzunehmen.«

Ich wartete, schwieg. Ein vergilbter Zeitungsausschnitt an der Wand stach mir ins Auge. Es war ein Leitartikel zu der Ermordung des Kronprinzen; im Licht der flackernden Gaslampe misslang es mir, viel mehr als die Überschrift zu entziffern.

»Langweile ich Sie denn, Baron?«, erkundigte sich Milena freundlich.

»Wenn Sie mir schon nichts erzählen wollen, so lassen Sie mich wenigstens Ihren Ring sehen«, bat ich. »Den, mit dem Fuchs.« Und planvoll setzte ich hinzu: »Es sei denn, er ist von so großer Bedeutung für Sie, dass Sie ihn selbst für einen Augenblick nicht abnehmen möchten.«

»Und diese Bedeutung wüssten Sie gerne, Baron.« Versonnen strich Milena mit dem Zeigefinger der linken Hand über den kleinen Ring. »Ein Geheimnis, Baron, Sie vertun nur Ihre Zeit.«

Sie war aufgestanden und dicht an das Gitter getreten. Ihre altmodischen Schnürstiefel hatte sie ausgezogen; zum ersten Mal fiel mir auf, wie klein sie war, wie aufrecht sie sich hielt.

»Aber soll ich Ihnen ein anderes Geheimnis verraten?«, flüsterte sie.

Unwillkürlich tat auch ich einen Schritt an die Zellentür.

Sie stellte sich auf die Zehenspitzen, hielt sich an den Gitterstäben fest. »Ich würde Sie wesentlich lieber mögen, wenn Sie nicht die Dreistigkeit besessen hätten, auf mich zu schießen.«

Eine seltsame Vorhaltung aus dem Mund eines unsterblichen Geschöpfes, das erst am Vortag versucht hatte, meinen Tod zu erwirken. Und dennoch wollte ich mich entschuldigen. »Ich hatte nicht damit gerechnet, Sie verletzen zu können.«

Ihre tiefen, dunklen Augen fixierten mich. »Was wissen Sie schon, Baron«, sagte sie sanft. »Ich trage immer weiß«, fuhr sie zusammenhangslos fort. »Weiß, wie das Totenhemd, das mir einst zugestanden wäre.« Sie streckte ihre verstümmelte Hand aus, sacht streiften ihre eiskalten Finger in gespenstischer Liebkosung die meinen; ich bedurfte meiner gesamten Selbstbeherrschung, um nicht unwillkürlich zurückzuweichen.

»Sie haben mich daran erinnert, wie es war zu sterben«, flüsterte sie.

Ich musste mich zu ihr beugen, um sie verstehen zu können, so leise war ihre Stimme geworden.

»Nur dauerte es damals so viel länger. Er hat mir seinen Dolch in den Bauch gestoßen. Dann ließ er mich verbluten.« Ihre Maske fiel und ein bloßes, verletzbares Gesicht mit Augen erfüllt von namenlosem Entsetzen schimmerte für einen Moment durch Vergangenheit und Pose – und verschwand.

»Wer?«

Sie schüttelte den Kopf. »Ich könnte Ihnen meine Narben zeigen, wenn Sie möchten.«

Es klang nicht kokett, nicht nach einem Verführungsversuch, um sich Freiheit zu erkaufen. Dennoch fühlte ich, wie das Blut in meinen Adern raste. Bilder und Illusionen von diesem schönen, diesem toten Leib stiegen in mir auf; was mochte es bedeuten, ihre zarte, leblose Haut tatsächlich zu berühren? Grauen überkam mich, und ich würgte bittere Galle hinunter.

»Du lieber Himmel, nein, Baron.« Milena schien meine Gedanken gelesen zu haben, sie lächelte wissend. »Es verwundert, ja, es kränkt mich, dass Sie mich für diese Art von Frau halten.«

Schritte ertönten auf dem Gang, und leise Stimmen. Milena ließ meine Hand in dem Moment los, als Hoff die Tür aufstieß und polternd den Gefängnistrakt betrat.

»Ich hoffe, Sie wussten Ihre Zeit zu nutzen«, grüßte mich Rosenstein.

Obgleich ich kaum eine halbe Stunde allein mit der Vilja verbracht hatte, tauchte ich wie aus einer Ewigkeit auf.

»Leben Sie wohl«, sagte Milena sanft. »Sie werden mich nicht dazu bringen, zur Verräterin zu werden. Und dennoch wird man mich eines Tages gehen lassen. Denn die Zeit steht auf meiner Seite, mein Freund.«

Neben einem missvergnügten Lysander, den der temporäre Ausschluss von den Ermittlungen verärgert hatte, erwartete uns in Dr. Rosensteins Bureau eine weitere, triste Gestalt: Mirko. Zwischen Büchern und Papieren kauerte er auf dem Sofa, den Blick starr auf seine Schuhspitzen gerichtet. Er sah müde aus, und sehr jung – jünger noch als der Knabe damals in Brno, der so geschickt Passanten um ihre Portemonnaies zu erleichtern wusste.

Lysander rannte auf mich zu und kam kurz vor meinen Stiefelspitzen schlitternd zum Stehen. »Jetzt!«, fauchte er, an Mirko gewandt. »Jetzt kannst du zwischen deinen beiden Möglichkeiten wählen: Entweder du gehst zur Fremdenlegion und trittst mir fortan nie wieder unter die Augen, oder du entschuldigst dich.«

Dr. Rosenstein, der an meiner Seite in der Tür stand, räusperte sich. »Vielleicht sollte ich … wenn Sie Persönliches zu besprechen haben …« Er wusste nicht weiter.

Lysander setzte sich auf, seine Schnurrhaare standen senkrecht in alle Richtungen. »Bitte, Doktor, bleiben Sie.«

Er kannte Mirko und mich gut; er wusste, dass wir beide nicht zu beschämenden Szenen in Anwesenheit Unbeteiligter neigten.

»Es tut mir leid«, murmelte Mirko steif. Sein Gesicht blieb regungslos – wir hatten ihn wahrlich gut dressiert.

Ich nahm seine Entschuldigung an. Die Zeit würde offenbaren, ob ich ihm oder mir verzeihen konnte; ob es mir irgendwann gelang, Vorwurf und Scham in seinen Augen zu übersehen.

»Heißt das, Sie halten ihn nicht länger hier fest?«, wollte ich von Rosenstein wissen.

»Sie haben mir alle möglichen Fragen gestellt. Aber jetzt, da die Vilja nicht mehr mit mir reden will, brauchen sie mich nicht mehr«, antwortete Mirko für ihn.

»Gut«, ich gab mir den Anschein von Zielstrebigkeit. »Wir fahren mit dem Frühzug nach Prag.«

Aus Mirkos Schweigen schloss ich, dass er Lysander und mich zu begleiten gedachte. »Doktor, Sie werden so freundlich sein, uns über die weiteren Entwicklungen um die Vilja zu informieren?«

Rosenstein lächelte. Unser Händedruck fiel herzlich aus. »Waidmanns Heil bei der Fuchsjagd, Baron.«

10

Prag

30. Juni bis 1. Juli 1909

Aus den Aufzeichnungen Baron Siros, Prag, 30. Juni 1909

Die Glocken schlugen zur Mittagsstunde, als unsere Droschke nach langwieriger und anstrengender Bahnfahrt vor dem Haus zu stehen kam.

Zu Hause, dachte ich, und fühlte doch kein rechtes Wohlbehagen. Wie beschämend die Flucht ins leichtsinnige Abenteuer für mich doch geendet hatte: wie viel es hier zu tun gab, wie wenig wir wussten!

»Meine Herren! Na, das ist ja zur Abwechslung ein schöner Zufall«, erklang unerwartet Esthers Stimme an meiner Seite.

Vorsichtig wandte ich meinen schmerzenden Kopf; Esther trug ein geradezu biederes, hellgrünes Reisekleid, einen kleinen, weißen Strohhut und ein strahlendes Lächeln. »Bevor ich wegfahre, wollte ich noch geschwind vorbeischauen, ob ihr schon zurückgekommen seid.«

Lysander keckerte. Mirko, der mit unseren Gepäckstücken hantierte, deutete eine sonderbare Verneigung an und verschwand mit blutroten Wangen im Hauseingang.

»Jesusmaria, der Bub ist so … ein Bub; der kleine, blöde Hund!«

Ich konnte Esthers Meinung zu diesem sonderbaren Betragen insgeheim nur beipflichten.

»Jetzt wird bei euch oben natürlich der Teufel los sein, wenn der Pavel erst den ganzen Krempel auspackt«, wechselte sie abrupt das Thema. »Komm, geh'n wir ein Stückerl spazieren.«

Sie spannte ihren Sonnenschirm wieder auf, musterte mich versonnen. »Das heißt, wenn's dir nicht zu schlecht geht. Aber eins muss ich sagen, nach den Telegrammen hätt' ich mir Schlimmeres erwartet. Du schaust eigentlich gar nicht so tragisch verunfallt aus.«

Lysander tat fauchend seine abweichende Meinung kund, ehe er über den Gehsteig ins Haus hoppelte. Ich bot Esther meinen unverletzten Arm und fügte mich in mein Schicksal, auch wenn mir der Sinn gegenwärtig kaum nach einem Stadtspaziergang stand. Allein, es bedurfte keiner besonderen Intuition, um zu begreifen, dass Esther mit mir sprechen wollte.

»Mit dem Marchese fahr' ich weg, aufs Land, irgendwo in die Nähe von Melnik«, erzählte sie, als wir das Theater passierten; vor uns ragte der Pulverturm auf, düsteres Sinnbild unserer Stadt. Wann würde der Funke fliegen?

»Ein bisserl muss ich ihn beruhigen, weißt du? Seit er dich kennt, ist er recht eifersüchtig geworden.«

Ich lauschte und versuchte mich an eine Landpartie zu erinnern, vor vielen Jahren. Mit schwerem Melniker Rotwein hatten wir damals auf dumme Lieben und immerwährende Freundschaften getrunken – und Esther hatte meine Sentimentalität verlacht.

»Letztens fragt mich der Marchese doch wirklich, von wem die Alena sei!«, empörte sich Esther jetzt. »Sag' ich ihm, dass man so eine Frage einer Dame nicht stellt! Meint er gleich darauf, er wüsst' eh schon längst, dass der Baron Sirco der Vater ist! Darauf hab ich erst nachrechnen müssen, ob die Alena überhaupt noch in unsere Zeit gefallen ist; ein Jammer, dass ich keine Tagebücher schreib', da müsst ich mir nicht alles merken.«

Ich biss mir auf die Lippen; niemals hatte ich sonderlich väterliche Gefühle für Alena verspürt. Ich machte mir nichts aus Kindern, und Kinder pflegten mich nicht zu mögen. Selbst

Lysander, den Alena unbeirrbar ihren »Onkel« nannte, stand ihr näher als ich.

Im Torbogen des Pulverturms verabschiedeten wir uns.

»Pass gut auf dich auf«, bat ich, erfüllt von plötzlicher Zärtlichkeit.

Ganz vorsichtig, mit den Fingerspitzen, berührte Esther die Wunde an meiner Stirn. »Aber ja«, flüsterte sie, »was wird mir schon passieren.«

Oben im Salon erwartete mich eine häusliche Idylle: Lysander, auf dem Sofa ausgestreckt, in den Leitartikel des gestrigen Tagblatts vertieft; dann Pavel, der geschäftig durch die Wohnung eilte, mit Gepäckstücken hantierte und Fragen beantwortete, die ihm zu stellen ich noch nicht die Zeit gefunden hatte (»Nein, Herr Baron, vom Graf Trubic ist kein Brief gekommen, auch kein Telegramm, gar nichts«). Und schließlich Mirko, der darauf bestanden hatte, seinen Koffer selbst auszupacken, und nun, die Tür zu seinem Schlafzimmer halb geöffnet, auf seinem Bett saß und in das trostlose Durcheinander aus Kleidung und Kleinigkeiten starrte, das sich vor ihm ausbreitete. Probeweise hatten wir während der Bahnfahrt versucht, eine gesittete Konversation zu führen, die aus mehr bestand als aus unzusammenhängenden Sätzen, Achselzucken und kühlen Blicken: Und es war uns gelungen, solange wir über das weitere Schicksal meines demolierten Benz gesprochen hatten. Aber kaum hatte ich das Thema auf die Vilja und unseren Fall gebracht, kaum war der Name Felix Trubic gefallen, da war Mirko erbleicht und – die obligatorische Entschuldigung von der kurzen Nacht murmelnd –, hatte vorgegeben, in tiefen Schlaf zu sinken. So war er der Unterhaltung mit einem verderbten Subjekt wie mir entkommen. Lysander hatte auf jeglichen Kommentar verzichtet und war ebenfalls in uncharakteristisches

Schweigen verfallen, was mich allein, mit einer Flut unerfreulicher Gedanken zu meiner Existenz im Allgemeinen und unserem gegenwärtigen Fall im Besonderen zurückgelassen hatte.

»Ich gehe aus«, verkündete ich unvermittelt.

Lysander hob den Kopf. »Trubic?«, erkundigte er sich schläfrig, während er umständlich mit Pfoten und Schnauze, und ohne Zuhilfenahme der Zähne, die Seiten der Zeitung umzublättern suchte.

»Trubic«, bestätigte ich. Es gab keinen Grund für eine weitere Verzögerung. Ich musste erfahren, von welchen »weiteren Komplikationen« Felix in seinem Telegramm gesprochen hatte.

»Möchtest du, dass ich dich begleite?«, fragte Lysander.

Ich schüttelte den Kopf. Es war mir mit einem Mal wichtig, Felix vorerst alleine zu begegnen. Ich wartete, bis Pavel geräuschvoll und gewichtig, Mirkos Koffer unter dem Arm, an uns vorbeigehastet war, ehe ich mich zu meinem alten Gefährten Lysander hinabbeugte. »Ich wäre dir sehr verbunden, wenn du Mirko Gesellschaft leisten könntest«, murmelte ich zum Abschied.

Mit einem leisen Schnaufen stimmte er zu.

»Du siehst gut aus, Dejan. Verwegen.« Felix Trubic umrundete mich mit kritisch erhobener Augenbraue, als nähme er ein Pferd oder einen neuen Dienstboten in Augenschein. »Ich war immer schon der Meinung, dass kleinere Verletzungen einem Gesicht erst Charakter verleihen.«

Felix selbst sah – wenn möglich – noch müder, noch abgekämpfter aus, als bei unserem letzten Treffen vor wenigen Tagen. Ziellos schlenderte er auf und ab, nahm bald diesen, bald jenen Zierrat zur Hand. Statt mich in der Bibliothek zu empfangen, hatte er mich in eines der düsteren Paradezimmer im ersten Stock geführt, wo zwischen schwermütigen Landschaftsgemälden und polierten Zierwaffen, die Porträts halbvergessener Ahnen auf uns herabblickten; ein Abglanz jenes fordernden Hochmuts, der mir an Felix so wohlbekannt war, schien sich auch in ihren Gesichtern zu spiegeln.

»Wie schade, dass Sir Lysander dich heute nicht begleitet«, sprach Felix weiter. »Es wäre mir ein dringendes Anliegen, die Hintergründe seines hochinteressanten Telegramms zu diskutieren.« Er ließ sich an dem Piano in der Ecke nieder und schlug eine Taste an.

»Du hast geschrieben, neue Schwierigkeiten seien aufgetreten«, erinnerte ich ihn ruhig. »Möchtest du mir nicht davon erzählen?«

Abrupt ließ Felix den Deckel über der Tastatur zufallen.

»Nein«, erklärte er einen Augenblick später mit seinem strahlendsten Lächeln. »Nicht jetzt. Dr. Weyr mit Gemahlin und Töchterschar kommt zum Tee.« Er konsultierte seine Taschenuhr. »Wenn man die fast unhöfliche Pünktlichkeit des alten Weyrs in Betracht zieht, sollten sie eigentlich schon eingetroffen sein.« Er sah mich an. »Du wirst doch bleiben, Dejan? Den Fräulein Weyr würdest du bestimmt große Freude bereiten. Ich erteile dir hiermit meine ausdrückliche Erlaubnis, die Sippschaft Weyr mit Geschichten aus der dramatischen Welt der Automobilrennen zu Tode zu langweilen, auf dass sie sich bald wieder entfernen und wir uns wieder relevanteren Themen zuwenden können.«

Es hatte Tage gegeben, da hätte ich seine komplizenhafte Äußerung mit einem Scherzwort beantwortet, doch heute wies ich seine Absicht, mit kleinen Gesten die einstige Vertrautheit heraufzubeschwören, ab. »Wir haben eine Vilja festgenommen«, entgegnete ich eisig. »Eine Vilja, die Fuchsschmuck trägt, und mich töten wollte, weil ich deinen Fluch zu ergründen suche. Dr. Rosenstein meint, eine Verbindung zwischen der Fuchssymbolik und der Schlacht am Weißen Berg gefunden zu haben.«

Sorgsam faltete Felix sein Taschentuch, ehe er mich mit einem seltsam nachsichtigen Blick bedachte. »Wie überaus interessant«, sagte er geistesabwesend.

Mit zwei Schritten war ich bei ihm; ich wollte ihn schütteln, bis er wieder zur Besinnung kam. Doch die Beweglichkeit meiner linken Schulter war noch immer so sehr eingeschränkt, dass ich mich damit begnügen musste, sein Handgelenk festzuhalten. »Was für ein absurdes Spiel treibst du hier? Die Bourgeoisie zum Tee und wir beide üben uns in Salongeplänkel?« Meine Finger schlossen sich fester um sein Gelenk; ich wollte ihn zu einer Reaktion, irgendeiner Reaktion treiben. »Du siehst mich erstaunt. Wahrhaftig erstaunt!«

Felix unternahm keinen Versuch, sich aus meinem Griff zu befreien. »Du liebe Güte, Dejan«, sagte er leichthin, »aus dem bedauerlichen Umstand, dass ich sterben werde, lässt sich noch lange kein Freibrief für schlechte Umgangsformen ableiten.«

Ich schlug ihm ins Gesicht. Es war keine Handlung im Affekt, auch kein Reflex, sondern eine bewusste Entscheidung, getrieben vom Zorn auf Pose und Ohnmacht. Seine Pose. Meine Ohnmacht.

Sekunden verstrichen in ungläubigem Schweigen.

Nur die Wanduhr tickte laut und unbeirrt. Dann hob Felix eine Hand, befühlte seine Wange. »Pistolen im Morgengrauen?«, fragte er, seine Stimme sanft, undeutbar. »Und ich dachte, es hätte auch dir beim ersten Mal schon kein rechtes Vergnügen bereitet.«

Ich trat zurück; für einen Augenblick trafen sich unsere Blicke. Du wirst nicht sterben, wollte ich ihm sagen. Wir werden diesen Fall lösen und du wirst dein Leben zu Ende leben, irgendwie, denn ich kann es nicht ertragen, dich vom Sterben reden zu hören, als hättest du dich in dein Schicksal gefügt. Doch was ich sagte, war nur: »Wenn es deinem Wunsch entspricht.«

Felix lachte; dann hustete er. Blindlings ließ er sich in einen der unbequemen Polstersessel fallen, würgte und hustete weiter – genau so, wie Esther es in ihrem Brief beschrieben hatte.

»Felix?« Plötzlich schuldbewusst ging ich neben seinem Sessel in die Hocke. »Soll ich nach einem Diener läuten?«

»Nein«, brachte er mühsam hervor. Er presste ein Taschentuch an seine Lippen. »Nein, meinem Wunsch entspricht es nicht. Aber ich meine, die Etikette verlangt von mir, dass ich dich fordere, oder?« Sein schmales Antlitz blieb unergründlich, doch stahl sich vages Amüsement in seine Stimme.

»Du könntest mir auch vergeben«, warf ich ein.

Felix erhob sich langsam. »Lass es gut sein.« Er bot mir eine Zigarette an und nahm sich auch selbst eine – noch immer dieselbe französische Marke mit dem vergoldeten Mundstück. Eine Weile rauchten wir schweigend, und Felix nahm seine Wanderung durch den Raum wieder auf.

»Es tut mir leid«, sagte ich und einem Impuls folgend fügte ich hinzu: »Ich kann, will und werde nicht akzeptieren, dass du aufgegeben hast.«

Felix hielt inne. Den Kopf gesenkt, wartete ich auf Hohn und Spott für meine offenen Worte.

»Ich mache dir keinen Vorwurf, Dejan. Ich verzeihe dir sogar, wenn du möchtest.« Unruhig strich er durch seine Locken, die selten zu Felix' tadellosem Auftreten passten.

An eine altmodische Kommode gelehnt, verharrte ich still und kämpfte gegen das Verlangen, mich wieder und wieder für eine Entgleisung zu entschuldigen, die Felix' mir doch nicht übelnahm: Vielleicht erinnerte er sich ebenso wie ich an eine Zeit, da wir es verstanden hatten, in den absonderlichsten Gesten und Taten den verbotenen Satz der drei Worte zu lesen.

Ein Diener trat durch die Tür, um die Ankunft der Familie Weyr zu verkünden. Felix straffte sich, ein feines Lächeln stahl sich in seine Augen, als er bemerkte: »Ein jeder sollte tun, was er am besten kann. Und in meinem Fall heißt es nun einmal, Komödie zu spielen.«

Felix hatte sich geirrt: Auf einen vielsagenden Blick ihrer gestrengen Mutter hin, entschied nur das jüngste Fräulein Weyr, Interesse an Glanz und Abgrund des Rennsports zu zeigen, während ihr behäbiger Papa, Doktor der Jurisprudenz, den Rest der kleinen Gesellschaft mit einer langen, umständlichen Anekdote aus dem Gerichtssaal langweilte. Lili Trubic, die zwischen Felix und dem älteren Fräulein Weyr saß, gab nicht einmal vor, den vorhersehbaren Wendungen der Geschichte zu lauschen; mit abwesender Miene knabberte sie kleine Schokoladenbäckereien. Gelegentlich wanderte ihr Blick zur Tür, als erwarte sie einen weiteren Gast. Jetzt versuchte eines der Mädchen, sie in eine Unterhaltung zu verwickeln: »Ich hoffe, Sie werden nicht allzu bald nach Brünn zurückkehren, Fräulein von Trubic?« Die mittlere der Weyr-Schwestern, ein apartes Geschöpf im himmelblauen Besuchskleid, schwang unternehmungslustig ihren Fächer. »Obschon Prag Sie vielleicht enttäuschen wird. Kaum kommt der Sommer, bricht hier die große *ennui* aus.«

Lili stellte ihre Tasse ab. »Wo nicht«, murmelte sie; eine Äußerung, die Felix mit einem raschen, warnenden Seitenblick quittierte. Nicht zum ersten Mal im Laufe der vergangenen Stunde fragte ich mich, in welchem Ausmaß Vater und Tochter einander an ihren jeweiligen Geheimnissen hatten teilhaben lassen. Lilis offenherzigem Brief zum Trotz hatte es mich verwundert, sie im Palais Trubic in der Rolle der zerstreuten kleinen Comtesse, die ihrem Vater nichts als Liebe und Ehrerbietung entgegenzubringen schien, vorzufinden. So viel war in den wenigen Tagen geschehen, seit Felix sie von ihren Zieheltern fort- und nach Prag geholt hatte. Lysanders detailreiche Schilderung ihrer Begrüßung war mir lebhaft im Gedächtnis geblieben; hatte sie damals – damals! – den lächerlich geringen Preis gekannt, um den ihr Vater, der sie so liebevoll in seine Arme schloss, sie verschachert hatte? Kannte sie ihn heute?

Ich musterte Felix, der Madame Weyrs umständlich vorgebrachten Gründen, weshalb Sommerfrische in Marienbad inakzeptabel sei, folgte. Ein müdes Nicken, ein Scherzwort, ein Einwand, feingliedrige Finger, die in etwas manierierten Gesten seine Worte unterstrichen – und diese hellen, durchdringenden Augen, die so fiebrig glänzten.

Scharf sog ich die Luft ein. Ich war weiß Gott kein großer Mediziner, doch man konnte nicht fast zehn Jahre in der Armee dienen, ohne ein wenigstens oberflächliches Wissen über etliche Krankheiten und deren Symptome zu erwerben. Mir war, als fielen mir Schuppen von den Augen, mit einem Mal sah, mit einem Mal erkannte ich …

»Baron?« An der besorgten Miene meiner jungen Gesprächspartnerin las ich ab, dass mir mein Schock ins Gesicht geschrieben stand. Ich murmelte von einer kurzen Unpässlichkeit und stellte mich dem Rattenschwanz an Erkundigungen nach meinen Genesungsfortschritten, während höchst unerfreuliche Vermutungen durch mein Bewusstsein wirbelten. Glücklicherweise drängte Dr. Weyr die Seinen bald zum Aufbruch, nicht ohne sich von Felix einen baldigen Gegenbesuch versprechen zu lassen.

»Sie haben meinen Brief erhalten, Baron?«, fragte Lili, als Felix seine Gäste durch die Halle geleitete und uns beide im Salon zurückließ.

»Ich danke Ihnen für Ihre Offenheit, Fräulein von Trubic.«

Mit einem Mal schien Lili großes Interesse für das Muster ihrer Untertasse aufzubringen. »Und ich danke Sir Lysander für die seine. Auch wenn sich Vater alles andere als erfreut über die Umstände und Ursachen meiner Rückkehr zeigte.«

Schritte hallten auf dem Gang. Lili blickte unruhig um sich, kurz erinnerte sie mich an ein in die Enge getriebenes Wildtier.

»Sie haben gut daran getan, zurückzukehren«, sagte ich.

Lili Trubic sah mich erstaunt an: Vielleicht überraschte sie die Sanftmut meiner Stimme ebenso sehr wie mich selbst.

»Master Buckingham ist ein Vampir. Glauben Sie tatsächlich, es wäre so einfach, ihm zu entkommen? Eine neue Stadt, ein neuer Name – meinen Sie, das genügt? Wenn er will, wird er Sie finden, vielleicht früher, vielleicht später. Nirgendwo werden Sie jemals vor ihm sicher sein.«

Furcht spiegelte sich in ihren Augen, doch dann bemerkte sie mit einem Ausdruck von Entschlossenheit (oder war es der Mut der Verzweifelten?): »Mein Onkel Karel sagt immer, überleben hieße zu lernen, zwischen den Situationen zu unterscheiden, in denen man davonlaufen kann und jenen, in denen man sich seinen Dämonen stellen muss.«

»Lili, bitte!« Ungehört war Felix in den Salon getreten. »Es ist noch ein wenig zu früh am Tag, um die Menschheit mit Onkel-Karel-Weisheiten zu behelligen.« Rittlings schwang er sich auf einen Sessel, verschränkte die Arme über der Lehne. »Du musst wissen, Dejan, dass Karel es sich zur Aufgabe gemacht hat, meinem Töchterchen alle möglichen Sinnsprüche und Lebensweisheiten mit auf den Weg zu geben. Bedauerlicherweise sind die meisten davon von so überwältigender Dummheit und Banalität, dass ich sie erst zu späterer Stunde, zusammen mit einem steifen Cognac, ertrage.«

Auf Lilis Wangen bildeten sich rote Flecken.

»Und jetzt«, fuhr Felix ungerührt fort, »sollten wir uns endlich den wahren Dingen des Lebens zuwenden. Dejan, wenn du so freundlich wärst, mir zu folgen …«

Ich wartete, bis Felix mich ein Stockwerk höher in ein dunkel getäfeltes Zimmer geführt hatte, das ich noch nie zuvor betreten hatte; dann konnte ich nicht länger an mich halten: »Wie lange weißt du es schon?«

Ruckartig zog Felix die Tür hinter uns zu.

»Ich verstehe nicht?«, erkundigte er sich arglos – eine Miene, die mir wohlbekannt war. Wie kaum ein anderer verstand es Felix, ungläubiges Staunen und Unverständnis zu spielen.

»Deine Symptome«, sagte ich mühsam beherrscht, »drängen mir einen gewissen Verdacht auf: Wie wollen wir es nennen, die *Wiener Krankheit*?«

»Es amüsiert mich immer wieder, was für poetische Bezeichnungen einer so banalen Todesart verliehen werden: Schwindsucht, Weißer Tod – und jetzt nennst du es Wiener Krankheit«, antwortete er gelassen.

Hinter meinem Rücken ballte ich die Hände zu Fäusten. »Nenn es, wie du willst. Aber wenn es zutrifft, solltest du in einer Lungenheilstätte irgendwo auf dem Land sein, und nicht hier. Und nicht nur deinetwegen! Denk nur an die Ansteckungsgefahr.« Wie konnte er mit so rücksichtslosem Leichtsinn durch sein Leben schreiten!

Felix reagierte nicht. Stattdessen zeichnete er mit der Fingerspitze Muster in den Staub eines schweren Schreibtisches, welcher den Hauptteil des Mobiliars ausmachte. »Sieh dir den Tisch genau an und sage mir, was du davon hältst.«

Ich ging vor dem Möbelstück in die Hocke; selbst wenn ich die vorhergegangene Unterredung keineswegs für abgeschlossen hielt, kannte ich Felix gut genug, um zu wissen, wann er sich jeglicher vernünftiger Argumentation widersetzen würde. Und so wandte ich meine Aufmerksamkeit gänzlich dem Schreibtisch zu. Er war aus altem, dunklem Holz, besaß drei Schubladen mit kunstvoll gearbeiteten Schlössern. Eine davon war einen Spaltbreit geöffnet und leer, der Schlüssel fehlte.

Felix riss ein Streichholz an und entzündete eine kleine Gaslampe. Nur ausgesuchte Teile des Palais verfügten bisher über den Luxus von elektrischem Licht. Es dauerte eine Weile, bis ich in dem flackernden Licht die beiden winzigen Kratzer am Rand des Schlüssellochs der offenen Schublade bemerkte. Gleich darauf registrierte ich zwei weitere Irregularitäten: die kleine Einkerbung am Schloss und den bräunlichen Fleck am Holz.

»Ein Schloss, das kleine Pfeile auf ungeschickte Eindringlinge schießt?« Ich rümpfte die Nase. »Wie trivial, Felix. Man sollte meinen, dass du über solch vulgären Kunstgriffen stehst.«

Er lachte leise. »Nicht meine Erfindung, möchte ich betonen. Mein Vater hatte eine gewisse Schwäche für derartige Fallen und Kniffe. Und um das ehemalige Arbeitszimmer meines Vaters handelt es sich hierbei.« Ein Schatten huschte über sein Gesicht. »Die Fensterscheibe fand ich im Übrigen zerbrochen vor. Heute Vormittag erst hat der Glaser diesen Schaden behoben.«

Ich erhob mich und ließ, während ich mich umsah, das überwältigende Dunkel des Raums auf mich wirken: Obschon das Zimmer weitläufig und außer dem Schreibtisch und einem Bücherregal vollkommen leer war, herrschte eine Atmosphäre erdrückender Enge.

Ich trat ans Fenster an der Stirnseite des Raumes und starrte nach unten auf den belebten Kleinseitner Ring. »Wenn er vom Schlösserbrechen auch nicht viel versteht, so muss dein Einbrecher zumindest ein exzellenter Fassadenkletterer gewesen sein.«

»Oder er konnte fliegen.«

»Sie«, korrigierte ich Felix, und begann die Schilderung unserer Wiener Eskapaden rund um Milena.

Es dunkelte bereits, als ich an jenem warmen Sommerabend durch das Gassengewirr der Altstadt nach Hause schlenderte. Ich war noch immer in die Einzelheiten des Einbruchs im Hause Trubic versunken. Dass der Täter, oder wahrscheinlicher, die Täterin, gewusst hatte, was sie suchte, und wo sie es finden konnte, lag auf der Hand.

Alles andere blieb im Dunkeln: Sowohl, wie die Vilja mit ihrem Diebsgut hätte wegfliegen können, als auch der mögliche Tatzeitpunkt. Das zuständige Dienstmädchen, das auch den Fensterbruch gemeldet hatte, hatte in einer eingehenden Befragung erklärt, dass in dem ehemaligen Arbeitszimmer nur selten, »vielleicht alle paar Tage«, gelüftet (und offensichtlich noch seltener abgestaubt) wurde. Felix selbst hatte den Raum seit Jahren nicht mehr betreten. »Heiliger Abend, 1901. Ein, wie ich zu meiner Schande gestehen muss, einigermaßen betrunkener Versuch, mit den Geistern der Vergangenheit Frieden zu schließen«, war er meiner Frage zuvorgekommen.

Was den Inhalt der Schublade betraf ... Wenige Wochen nach dem Freitod seines Vaters war es dem jungen Felix gelungen, sich Zugang zu den im Schreibtisch verwahrten Papieren zu verschaffen. (»In jener Zeit war ich geradezu besessen von der Idee, eine Erklärung für den rätselhaften Selbstmord meines Vaters zu finden. Nichts war mir dabei heilig, nicht einmal die Geheimnisse eines Toten«, so hatte er nonchalant seine Vorgehensweise kommentiert.) Zu seiner Enttäuschung hatte er in bewusster Lade nur die Korrespondenz und die Tagebücher seines Vaters vorgefunden. Nach einer eingehenden Lektüre hatte er zwar bestens um das Intimleben, die politische Gesinnung und die finanziellen Schwierigkeiten seines Vaters Bescheid gewusst, jedoch keinen Anhaltspunkt zu dem todbringenden Drohbrief gefunden.

Enttäuscht und erleichtert gleichermaßen hatte er die Dokumente wieder eingeschlossen. In all den Jahren war ihm nie in den Sinn gekommen, wie leicht ein aufgewühlter, verwirrter Knabe ein relevantes Detail hätte übersehen können – und übersehen hatte.

Gerade als ich den Altstädter Ring passiert hatte und in die Zeltnergasse bog, nahm ich einen Schatten wahr – ein Vogel kreiste über mir. Rasch ließ ich die Klinge aus ihrer Spazierstockhülle schnappen! Eine Demi-Mondäne am Arm ihres Elegants tat einen spitzen Schrei, als hätte ich ihr den Degen an die Kehle gelegt. Unterdessen landete der Vogel auf dem Bürgersteig und begann emsig zwischen den Pflastersteinen zu picken: Es war eine ordinäre, rauchgraue Taube; etwas fetter vielleicht als ihre Artgenossen, aber zweifelsohne ein unverständiges, herkömmliches Tier.

Ich schloss die Augen und zwang mich, tief und ruhig zu atmen. Der Zeitpunkt schien mir wenig geeignet, um der Berufskrankheit jener, die sich zu lange und zu intensiv mit dem Okkulten beschäftigt hatten, zum Opfer zu fallen. Ich wollte nicht zu einer der bedauernswerten Seelen verkommen, die sich immerfort von lauernden Dämonen und Gefahren umgeben glaubten. Denn zumeist endete ihr Leben frühzeitig, nicht selten durch die eigene Hand.

Die Taube flatterte gurrend davon; ich sah ihr nach und bangte um meinen Verstand.

»Herr Baron! Herr Baron!« Pavels aufgeregte Stimme riss mich am späten Vormittag des folgenden Tages aus schlaftrunkenen Versuchen, alle gelehrten Anspielungen im Feuilleton des Prager Tagblatts aufzudecken. »Der Graf Trubic ist gerade gekommen! Und ein Telegramm! Und der junge Herr Mirko ist fort!«

Unzeremoniell händigte er mir das Telegramm aus, mit der anderen Hand fuchtelte er mit einem länglichen Gegenstand, welchen ich erst auf den zweiten Blick als Degen, den mein

Vater mir einst zu meinem fünfzehnten Geburtstag geschenkt hatte, identifizieren konnte.

»Das hier habe ich im Zimmer vom jungen Herrn auf dem Bett gefunden, wie ich ihn wecken wollt'!« Pavel schwenkte noch einmal den Degen, ehe er ihn auf dem halbabgeräumten Frühstückstisch ablegte, wo die alte Waffe zwischen Kaffeekanne und benutztem Geschirr ein wahrhaft jämmerliches Bild bot.

»Ich sehe, ich komme ungelegen.« Felix, im hellgrauen Sommeranzug und mit einem Ungetüm von Panamahut unter dem Arm, lehnte im Türrahmen. »Entschuldige. Im Grunde wollte ich nur mit Sir Lysander sprechen.«

Ich scheuchte den aufgebrachten Pavel davon, mit dem Auftrag, frischen Kaffee zu kochen, Lysander zu holen, und – vor allem – mich nicht weiter mit Mirkos An- und Abwesenheiten zu behelligen. Ich hielt es für wenig wahrscheinlich, dass er abermals Hals über Kopf die Flucht angetreten hatte, nachdem er mit uns aus Wien zurückgekehrt war.

»Aber der gnädige Herr Sutcliffe badet«, warf Pavel ein, hatte er doch in bitteren Lektionen gelernt, wie leicht es war, Lysanders Groll auf sich zu ziehen, wenn man wagte, sein ausgedehntes morgendliches Bad zu stören. »Und der junge Herr Mirko könnte sich weiß Gott was angetan haben – wozu er wohl den Degen gebraucht haben mag?« Kopfschüttelnd verließ er den Salon.

Ich schenkte ihm keine Beachtung mehr; stattdessen wandte ich mich an Felix. »Unsere gestrige Unterhaltung …«

»Wenn du auf die Zurschaustellung deiner medizinischen Halbbildung anspielst«, unterbrach er mich gelangweilt. »So würde ich dich bitten, mich in Frieden zu lassen.« Nachdem er sich gründlich umgesehen hatte, trat er an den Tisch. »Du bist ein trauriger Fall, Dejan. In, was – bald neun Jahren! –, hast du nicht einen Versuch unternommen, dein Wohnzimmer umzudekorieren? Sogar den alten Säbel hast du behalten. Es wundert mich, dass du ihn damals aus Sarajevo überhaupt mitgenommen hast.« Prüfend wog er den Degen in seiner Rechten, deutete einen Ausfall an. »Halt!« Mit der Säbelspitze wies er auf ein nichtssagendes, aber gefälliges Aquarell, das ich vor Jahren in Wien erworben hatte. »Wenigstens dies Bildchen hier wurde seit meinem letzten Besuch dem Haushalt hinzugefügt.«

Vorsichtig platzierte er die Waffe wieder auf dem Tisch.

»Und natürlich, der *junge Herr Mirko*«, fuhr er nach einer Pause fort. »Lili wusste mir schon ein wenig von ihm zu erzählen. Mein armes Mädchen war doch tatsächlich der Ansicht, er wäre ein bisschen in sie verschossen.« Ein winziges, böses Grinsen huschte über seine Lippen. »Könnte das denn die Möglichkeit sein?«

Ich krallte meine Hände ineinander, und tat auch so alles, nur um nicht in die Verlegenheit zu geraten, eigenhändig das Lebenslicht von Felix, Graf Trubic, zu löschen. Die Mordwaffe lag schon bereit.

Lysander, der tropfnass, doch frohgemut in den Salon hoppelte, enthob mich der Notwendigkeit einer Antwort. Ein Grußwort auf den Lippen, sprang er auf seinen angestammten Sessel, stützte sich mit den Vorderpfoten an der Tischkante ab. »Wie erfreulich für uns alle, dass Sie so bald etwas Zeit für uns erübrigen konnten«, verkündete er. »Was für eine überaus interessante Tischdekoration sich Pavel heute hat einfallen lassen. Wir feiern doch nicht etwa den Jahrestag einer bedeutsamen Schlacht, derer ich mich nicht mehr entsinne?«

Wie auf Kommando erschien Pavel, deckte sauberes Kaffeegeschirr auf, bedachte mich mit einem griesgrämigen Blick und verschwand wieder.

Felix setzte sich zu Lysander an den Tisch und lehnte sich in seinem Sessel zurück. »Es ist kurios«, teilte er uns im Plauderton mit. »Kurios vor allem, weil ich den Vorfall so viele Jahre vergessen hatte. Erst ihr Telegramm rief ihn mir wieder ins Gedächtnis.«

Die Art, wie er über seinen Hut strich, erinnerte mich an Dr. Rosenstein – und damit an das ungeöffnete Telegramm. Hatte mir der Doktor nicht versprochen, mich über Fortschritte und Veränderungen im Fall Milena zu informieren?

Während Felix über mögliche Kinderträume und Kinderängste sprach, öffnete ich das Telegramm und überflog die kurze, nicht sonderlich erhellende Nachricht: *»Keine neuen Erkenntnisse. Blum will sie überstellen lassen. Rosenstein.«*

Überstellen – wohin? Gab es ein Zuchthaus für übernatürliche Kreaturen? Nacktes Grauen befiel mich bei dem Gedanken an ein Wesen, welches die Ewigkeit vor sich wusste; diese Ewigkeit gebunden und gefesselt in einer Zelle, aus der es kein Entrinnen gab, sinnend nach Vergeltung bis zum Jüngsten Gericht.

Lysander reckte neugierig den Hals, enthielt sich jedoch eines Kommentars zu meinem tadelnswerten Betragen, während Felix sich sardonisch erkundigte: »Keine schlechten Neuigkeiten, hoffe ich?«

»Nein, nein. Alles in bester Ordnung«, wehrte ich ab, indem ich das Telegramm nachlässig zerknüllte. »Bitte, möchtest du nicht fortfahren, uns deine Nicht-Erinnerungen darzulegen?«

»Nein, möchte er nicht«, sagte Lysander, ohne unseren Besucher weiter zu Wort kommen zu lassen. Felix blinzelte.

»Sehen Sie, nachdem ich etwas Zeit fand, die Sachlage zu überdenken, kam ich zu dem Schluss, dass das, woran Sie sich erinnern werden, mit höchster Wahrscheinlichkeit wertlos für uns sein wird. Uns sollte allein interessieren, was Sie vergessen haben!« Lysanders Schnurrbarthaare zuckten unternehmungslustig. »Oder vielmehr verdrängt. Ich darf beispielsweise an die zahlreichen von Doktor Freud dokumentierten Fälle hinweisen, in denen psychische wie physische Leiden sich auf traumatische – verdrängte – Ereignisse in Kindheit und Jugend zurückführen lassen …«

Ehe sich Lysander zu einem detailreichen Vortrag über die Prinzipien der Psychoanalyse aufschwingen konnte, unterbrach ihn Felix. »Sir Lysander. Ich denke, alle Anwesenden haben wenigstens oberflächliche Kenntnis von Freuds Lehren. Würde es Ihnen etwas ausmachen, zum Punkt zu kommen?« Sein Tonfall legte nahe, dass er – ebenso wie ich – bereits ahnte, worauf Lysander hinauswollte. Und dass es ihm nicht gefiel.

Doch erst als Lysander den Frühstücksschinken, den Pavel ihm aufgetragen hatte, einer ausgiebiger Beschnupperung unterzogen hatte, sagte er: »Wir sollten, figurativ gesprochen, ein wenig in Ihrem Unterbewusstsein stöbern, Graf. Wenn wir auch nur einen einzigen Hinweis finden könnten, dass zwischen Ihnen und Buckingham zu irgendeinem Zeitpunkt eine Bindung bestanden hatte, so wäre dies schon ein wichtiger Schritt.«

»Sie lassen es so einfach klingen«, bemerkte Felix. »Aber zum einen unterschätzen Sie den zeitlichen Aufwand, den solche Sitzungen zweifellos bedeuten. Und zum anderen gehen Sie von einer erfolgreichen Behandlung aus.«

Lysander keckerte amüsiert. »Aber nicht doch, Graf. Meinen Sie denn wirklich, ich würde Ihnen vorschlagen, sich zu einem herkömmlichen Psychoanalytiker zu begeben? O nein. Die Dame, die zu besuchen ich Sie dringend bitten möchte, ist von weit außergewöhnlicherem Schlag. Es ist eine alte Bekannte von mir aus London – dank einer glücklichen Fügung weilt sie seit einigen Jahren in Prag.«

Die wenigen Gelegenheiten, da mir die Ehre zuteilgeworden war, Mrs. Agatha Everett zu begegnen, hatten jeweils bleibenden Eindruck hinterlassen. So hatte sie mich, als ich ihr im Rahmen eines Balls im englischen Konsulat vorgestellt worden war, ohne Umschweife darüber in Kenntnis gesetzt, dass mir kein langes Leben beschieden sein würde, zumal die Schatten des Todes bereits heute meine Aura verdunkelten.

Von Lysander hatte ich dann erfahren, dass sie sich mehrere kleine Affen als Haustiere hielt, erwiesenermaßen fließend in neun Sprachen parlierte, sie eine Delegation von Archäologen nach Ägypten begleitet hatte (mit der Absicht, die Rätsel der großen Pyramide zu ergründen) und einige Monate alleine in der halbverfallenen Ruine eines Schlosses in Irland gelebt hatte. Ferner behauptete Mr. Everett selbst, dass sie gelegentlich mit dem Geist des Fürsten de Ligne Zwiesprache führte. Kurzum: Sie war, selbst an dem Umgang gemessen, den ich für gewöhnlich pflegte, eine etwas exzentrische Persönlichkeit.

Wo immer sie auftauchte, war sie mit einer Entourage sonderbarer Gestalten, Mystikern, Gelehrten und Taugenichtsen umgeben. Wäre den Gerüchten, die sich um die ehrenwerte Mrs. Everett rankten, zu trauen gewesen, so hätte diese erlesene Schar ihre Tage damit verbracht, den skandalösesten verbotenen Genüssen zu frönen und heidnische Festtage mit Blutopfern zu begehen. Müßig festzustellen, dass die Realität sich deutlich züchtiger, wenn auch für den Eingeweihten nicht weniger spektakulär gestaltete.

Mr. James Everett indessen, englischer Generalkonsul in Prag und ein eitler, gebildeter Herr, nahm die Gerüchte und Grillen seiner Gemahlin mit charakteristischer britischer Gelassenheit hin.

»Mrs. Everett, so?« Felix hatte meinen Säbel wieder an sich genommen und prüfte mit dem Daumen die Schärfe der Klinge. »Bei einer der unsäglichen Hajek'schen Abendeinladungen hatte ich die zweifelhafte Ehre, neben ihr zu sitzen, woraufhin ich fünf Gänge hindurch ihren Interpretationen des Isis-Kultes zu lauschen hatte.« Angewidert verzog er die Lippen. »Es war schauderhaft.«

Lysander nickte unbekümmert. »Ja, zuweilen macht es Agatha Spaß, sich seicht zu geben. Was nichts an der Tatsache ändert, dass sie sich mit Fug und Recht als die talentierteste Hexe, die gegenwärtig in Prag residiert, bezeichnen könnte.«

»Schön, wenn Sie meinen, Ihre kuriose Freundin könnte uns von Nutzen sein, dann will ich Ihnen glauben.«

Wir rüsteten uns eben zum Aufbruch, als Mirko in wahrhaft wunderlicher Verkleidung hereinplatzte: Er trug einen geradezu bemerkenswert schäbigen Anzug, der ihm mindestens eine Nummer zu klein war, auf dem Kopf saß ein zerzauster Strohhut und er hatte ein buntes Halstuch um den Nacken gebunden. Dazu hielt er unter dem linken Arm eine abgenützte Dokumentenmappe geklemmt, die mir vage bekannt erschien und in der Rechten meinen Schwertstock. Aus der Innentasche seines Jacketts ragte, deutlich sichtbar, eine billige Schreibfeder.

»Ihr werdet nicht glauben, wie ich meinen Vormittag verbracht habe!«, rief er. Sein alter Elan und Ungestüm schien wiedergekehrt, da erblickte er Felix. Der Junge erbleichte, stotterte unzusammenhängende Grußworte und flüchtete sich sodann in eine steife Verbeugung.

Felix nickte ihm zu, seine Mundwinkel kräuselten sich höhnisch.

»Nun?«, erkundigten Lysander und ich uns gleichzeitig.

»Mit welcher Befugnis hast du dir den Stock angeeignet?«, fügte ich hinzu. »Und was willst du in dem alten Anzug?«

Mirko ließ sich neben mich auf das Sofa fallen, streckte die

Beine. »In dem Café drüben, bei der Universität bin ich herumgesessen«, ließ er uns wissen. Als er unsere ratlosen Mienen sah, zog er eine Grimasse. »Ich hab' mir gedacht, wenn wir schon auf der Suche nach dem Retter Böhmens sind, dann beginnen wir am besten in den Kreisen der nationalistischen Studenten.« Er drückte dem herbeigeeilten Pavel Stock, Hut und Feder in die Hand und lockerte sein Halstuch. »Also habe ich mich ein bisschen unters Volk gemischt – so getan, als hätte ich begonnen, in Wien zu studieren und wollte nach dem Sommer hier nach Prag wechseln. Ein paar waren recht freundlich, mit ein paar anderen habe ich politisiert.«

»Und?«, unterbrach ich ungeduldig seine Schilderungen.

»Morgen gehe ich wieder hin, und übermorgen wieder. Aufbau einer Tarnidentität, hast du …« Er brach ab, biss sich auf die Unterlippe. »… haben Sie das genannt, Herr Baron.«

Lysander stieß seinen kuriosen, röchelnden Seufzer aus, öffnete den Mund. *Nicht*, signalisierte ich ihm mit Blicken und Gesten – ich legte keinerlei Wert darauf, Felix in unseren häuslichen Schwank mit einzubinden –, woraufhin Lysander sich darauf beschränkte, mit einem leisen »Schmierenkomödianten« von seinem Sessel zu springen.

»Den Stock hab' ich zur Verteidigung mitgenommen«, ging Mirko ungerührt auf den zweiten Teil meiner Frage ein, ohne ihn tatsächlich zu beantworten. »Nur für den Fall, dass ich an ein paar rauflustigere Gestalten gerate, denen meine Ansichten nicht gefallen. Zuerst wollte ich ja den alten Degen mitnehmen, aber dann hab' ich mir gedacht, das wäre doch überzogen.«

»Faszinierend«, schnarrte Lysander. Seine Krallen wetzten auf dem Parkett. »Können wir uns vielleicht – endlich – auf den Weg machen?«

Lysander eilte geschäftig voraus, als wir von der Karlsbrücke die Stufen hinab zur Halbinsel Kampa stiegen, wo Konsul Everett und seine Gemahlin eine weitläufige Belle-Etage-Wohnung in einem der neueren Häuser am Platz ihr Eigen nannten. Nachdenklich starrte ich in das Dunkel des Teufelswassers, jenes schmalen Seitenarms der Moldau, der die Kampa von der Kleinseite trennte: Venedig in Prag nannte man nicht ohne Stolz jenen Teil der Insel, in dem sich die ältesten Häuser fanden. Sie alle trugen absonderliche Hauszeichen und Namen, wie das Haus zu den Drei Karpfen, das Haus zu den Webern, ja selbst das Haus zum Weißen Hemd, zu dem unzählige grausige Gespenstergeschichten kursierten. Hier waren Schilder mit einer Mondsichel über einer Haustür angebracht, dort hielt ein Hahn mit imposant gemaltem Federschweif über dem Portal Wache, da drüben ächzte ein Holzschild mit drei schlichten, grünen Kreuzen im Sommerwind ... Es hatte eine Zeit gegeben, da hatte ich hier, zwischen den obskuren Überresten lange vergessener Geschichten Stunden verbringen können.

»Eine malerische Gegend, aber ob das eine Adresse für Diplomaten ist, ich weiß nicht«, mokierte sich Felix, der meine Liebe zur Insel Kampa teilte, über den dünkelhaften Mr. Everett, den mutmaßlich auch ein Trakt der Prager Burg nicht zufriedengestellt hätte. Hoffnungsloser Fall von *nouveau-riche* lautete Felix' Urteil. Obgleich er vorgab, dem Standesbewusstsein des alten Adels kritisch gegenüberzustehen, fand kaum ein Emporkömmling jemals vor seinen gestrengen Augen Gnade.

Ich schwieg, eine seltsame Ruhe lag seit jeher über der kleinen Moldauinsel und nur das Rauschen der Mühlräder war zu hören, als wir die Promenade entlangschlenderten – dieselbe Promenade, wo einst mein Freund Felix Trubic einen Schwan gefangen und seine Seele verkauft hatte.

Das Hausmädchen mit adrettem weißen Häubchen führte uns in den von einer enormen Volière dominierten Salon. Während wir auf die Hausherrin warteten, trat ich an den Vogelkäfig. Zu meiner Befremdung saß dort lediglich ein einzelner, noch dazu ausgesprochen unansehnlicher Graupapagei, der uns aufmerksam beobachtete. Halblaut tat ich meine neu entdeckte Abneigung gegenüber allem, was Gefieder und Flügel trug, kund. Was Felix zum Anlass nahm, Freundschaft mit dem elenden Vogel zu schließen, indem er dem Papagei ein Konfektstück aus der Schale am Couchtisch anbot. Das Tier zögerte einen Moment, krächzte und schlug seinen Schnabel in seinen Daumen.

»Marzipan kann er nicht leiden«, erklang eine Stimme von der Tür. Dort stand Mrs. Everett, die Arme verschränkt, den kleinen Kopf schiefgelegt. »Sie sollten es mit Nussbäckerei versuchen.«

Felix lächelte gequält, während wir die Begrüßungsformalitäten abwickelten. Erst als sie sich Lysander zuwandte, wich Mrs. Everetts indifferente Höflichkeit einer großen Herzlichkeit. Die nun folgende, rasche Konversation in Englisch – einer Sprache, die fließend zu erlernen ich niemals für notwendig erachtet hatte, zumal Lysander exzellent deutsch beherrschte, und sich seit er mit mir nach Prag gekommen war, nach Kräften bemühte, sich Böhmisch anzueignen – bot mir Gelegenheit, Mrs. Everett eingehender zu mustern.

In ihrer Jugend, hieß es, sei sie eine aufregende Schönheit gewesen, der manch hochwohlgeborener Jüngling bis zur Raserei verfallen war. Vom Glanz jener fernen Tage war nicht viel mehr geblieben als ein auffallend blasser, feiner Teint und beinahe bernsteinfarbene Augen – die sie jedoch mit zu viel Schminke zur Geltung brachte. Das bequeme Leben nach ihrer späten Eheschließung mit dem ehrenwerten Konsul Everett (der großen und einzigen Liebe ihres Lebens, hatte mir Lysander versichert) hatte seinen Tribut gefordert, so dass ihre Figur mittlerweile frappant einem Bierfass ähnelte. Auch war sie nicht eben vorteilhaft in ein Hauskleid mit entschieden zu vielen Rüschen gekleidet, über dem sie nach Bäuerinnenart ein grobes Schultertuch trug.

»Ich bitte Sie um Verzeihung, meine Herren«, wechselte sie schließlich wieder in nahezu fehlerloses Deutsch. »Aber es ist so selten, dass alte Freunde aus der Heimat mich hier besuchen.«

»Und nun sind wir auch nur erschienen, weil wir deiner Hilfe bedürfen«, neckte sie Lysander, ohne auf ihren gekränkten Ton einzugehen.

»Ich wusste es! Ich wusste es!« Mrs. Everett klatschte in die fleischigen Hände, was den Papagei dazu veranlasste, aufgeschreckt in seinem Käfig herumzuflattern. Unmelodisch, doch vergnügt krächzte er ein paar Takte eines englischen Volksliedes und ließ sich schließlich wieder auf seiner Stange nieder.

»Wir hatten über Weihnachten einen von James' Cousins zu Gast. Nach dem Genuss einer Karaffe Brandy setzte er sich in den Kopf, den Vogel traditionelles Liedgut zu lehren. Sie hätten die beiden *Amazing Grace* im Duett singen hören müssen! Es war außergewöhnlich.« Agatha Everett lachte; Felix, ein Taschentuch um seinen blutenden Daumen gewickelt, zwinkerte mir in vielsagender Manier zu.

»Doch nun kommen Sie.« Mrs. Everett winkte mit einem Zipfel ihres Schultertuchs. »Wir wollen in die Bibliothek gehen, dort können wir uns in Ruhe unterhalten.«

Ich weiß nicht, was ich mir von der Everett'schen Bibliothek erwartet hatte – freilaufende Affen, eine Sammlung schwarzmagischer Literatur, den Duft von Räucherwerk? Jedenfalls muss ich gestehen, dass die banale Normalität des Raumes mich geradezu enttäuschte. Vorsichtig nahm ich auf einem der zierlichen Biedermeiersessel Platz. Mit großer Selbstverständlichkeit hob Mrs. Everett Lysander auf den Diwan. Das Dienstmädchen erschien und servierte Tee, Cognac sowie einen unförmigen, aber köstlich duftenden Kuchen.

Agatha Everett wartete ab, bis die Tür verschlossen und die Schritte am Gang verhallt waren, ehe sie unverblümt fragte: »Und was genau hat Sie nun zu mir geführt, meine Herren?«

Eine umständliche Viertelstunde folgte, in der Felix in kunstvoll verschlungener Weise (gelegentlich unterbrochen von Lysander) unser Ansinnen darlegte. Ich, unruhig in der Rolle des schweigenden Zuschauers, beobachtete die beredte Mimik von Mrs. Everett: Man konnte förmlich sehen, wie es hinter ihrer Stirn arbeitete.

»Aha«, schnaufte sie zuletzt. »Gut, gut. Wie überaus faszinierend.« Sie bereicherte ihren Tee um einen großzügigen Schluck Cognac. »Ich denke wohl, dass ich Ihnen behilflich sein kann, doch zunächst gilt es eine Grundvoraussetzung zu klären: Vertrauen Sie mir, Graf?«

»Ich habe keinen Grund, es nicht zu tun«, antwortete er nach einem Moment der Stille.

»Schön. Das muss mir genügen.« Ernst fuhr sie fort. »Vertrauen Sie auch dem Baron? Dessen Assistenz werde ich nämlich benötigen.«

Lassen Sie mich aus dem Spiel, wollte ich dazwischenfahren, doch wenn wir diesen Fall lösen wollten, so war es an der Zeit, über persönliche Empfindungen hinwegzusehen.

Felix lachte heiser. »Aber ja. Der Baron ist ein Ehrenmann. Mein Leben liegt in seinen Händen.«

Schweigend warteten wir, bis Mrs. Everett Lysander zurück in den Salon begleitet und ihre Requisiten eingesammelt hatte.

Nun versperrte sie die Tür und wies mich an, die Vorhänge zu schließen. Sodann legte sie einen Wandspiegel mittlerer Größe auf einen runden Tisch und arrangierte um diesen ein paar getrocknete weiße Rosen und Kerzen.

Skeptisch betrachtete ich das Stillleben.

»Der Wert der Symbolik in der Magie ist kaum zu unterschätzen«, erklärte sie geheimnisvoll und hielt Felix ein Tarotdeck entgegen. »Wenn Sie eine Karte ziehen würden, Graf Trubic.«

Er tat wie geheißen. »Der König der Schwerter«, verlas er.

Mrs. Everett runzelte die Stirn. »So? Ich hätte Sie eher als Ritter der Stäbe gesehen. Wie dem auch sei. Bitte tun sie nun das Folgende: Sie bleiben hier ruhig sitzen, schließen die Augen und konzentrieren sich auf das, woran sie sich zu erinnern meinen.« Sie reichte ihm eine dünne Silberkette. »Halten Sie sich daran fest. Sie, Baron, nehmen das andere Ende. Und die Karte. Konzentrieren Sie sich auf die Karte.«

Ich sah sie fragend an.

»Symbolik«, erklärte Agatha Everett. »Sie fungieren als sein Anker. Von entscheidender Bedeutung, falls Sie, Graf Trubic, zu jenen Personen gehören, die sich leicht außerhalb ihrer selbst versetzen können.«

»Ich *denke* nicht«, warf Felix trocken ein.

»Bitte.« Mrs. Everett hob eine Hand. »Sind Sie bereit? Können wir beginnen?«

Ich nickte stumm.

»Ja«, rief Felix eine Spur zu laut aus.

Während Felix zu meditieren schien und ich den Anker am Silberkettchen spielte, hatte Mrs. Everett begonnen, auf dem Boden die Tarotkarten aufzulegen. Dabei murmelte sie in einer klangvollen, mir jedoch unbekannten Sprache. (Wenigstens vermutete ich, dass es sich um eine herkömmliche Sprache und keine Kreation ihrer offenkundig überreichen Phantasie handelte.) Eine Weile musterte sie die Kartenformation auf dem blankpolierten Parkett, ehe sie sich schwerfällig erhob und hinter Felix trat. Er regte sich nicht, als sie beide Handflächen erst gegen seine Wangen, dann gegen seine Schläfen presste und dabei einen wunderlichen Gesang, wieder in der fremdartigen Sprache, anstimmte.

Die Kerzen flackerten; einen endlosen, irrwitzigen Augenblick erwartete ich beinahe Buckingham – oder eine noch weit unerfreulichere Kreatur – durch den Spiegel treten zu sehen.

Agatha Everett sang weiter.

Nichts geschah.

Ich senkte den Blick zum ersten Mal seit dem Beginn unseres lachhaften Rituals auf die Karte in meiner Hand. Mein Wissen um das Tarot war bestenfalls als oberflächlich zu bezeichnen, und beschränkte sich zudem auf die Karten von Marseille: So war es nicht verwunderlich, dass mir dieser König der Schwerter fremd war. Anders als die bunten, stilisierten Figuren des Marseiller Tarots war diese Zeichnung mit Sorgfalt und Liebe zum Detail gefertigt worden: Der König, ein schmaler, blasser Mann, die Lippen zu einem ironischen Lächeln verzogen, saß nachlässig auf seinem steinernen Thron, einen schweren Zweihänder auf den Knien. Im Hintergrund zeichneten sich vor dunklem Gewitterhimmel die Schemen einer Festung ab, die – wie ich nach näherer Betrachtung feststellte – der Burg zu Prag nachempfunden sein musste. Kühn ragten die Türme von St. Veit, des Ewigen und Unvollendeten, über gedrungene Mauern; und dort, am Fuße des Hügels, glänzte die Moldau in der Abendsonne, glänzte in Rot und Gold, ein wenig heller nur als das wilde Haar des Königs.

Ich schrak zurück. Beinahe hätte ich die Karte fallen gelassen – ich hätte schwören können, dass der König der Schwerter bis vor einem Lidschlag noch einen Helm getragen hatte und sein Haar verdeckt war. Auch war er mit Rüstung und Umhang angetan gewesen. Jetzt trug er einen hellgrauen Anzug nach der letzten Mode, sein Schwert war einer kleinen Pistole gewichen.

Ich unterdrückte ein Keuchen, bezwang den Impuls, aufzuspringen und zu flüchten. Ich schalt mich einen Narren: Denn nur einen wahren Toren versetzte es in Erstaunen, wenn Zauberei sich durch unerklärliche Phänomene ankündigte.

Mrs. Everetts Gesang war lauter und lauter geworden, ihre sonore Stimme dröhnte in meinen Ohren. Sie wiederholte eine einzelne Formel immer wieder, eine Lautfolge, die schmeichelte und bat …

Etwas regte sich im Spiegel, der auf dem Tisch vor uns lag. Nur ein Schatten? Die Kette fest umklammert, neigte ich mich nach vorne.

»Jetzt, Baron«, hörte ich Agatha Everett sagen. »Sehen Sie! Verstehen Sie!«

Gebannt blickte ich in den Spiegel – und durch den Spiegel: Ein Rosengarten. Ein junges, etwas rundliches Mädchen, das starke Ähnlichkeit mit Lili aufwies, wartete auf einer Bank. Sie war in die Betrachtung einer Blütenknospe versunken. Plötzlich hob sie den Kopf und ein verschmitztes Lächeln stahl sich in ihre Züge. Mit einem Mal war sie nicht mehr unscheinbar, nicht mehr gewöhnlich, sondern beinahe hübsch zu nennen. Die Szene wandelte sich: Ein enger Gang, altes Gemäuer, eine Gruft vielleicht – unmöglich, die Umgebung im Schein der kleinen Öllampe auszumachen. Dann, ein Bureau, ein Marmorschreibtisch, vor dem ein junger Mann stand, seine Hände zitterten. Immer schneller wirbelten die Bilder jetzt durch den Spiegel, ein Ballsaal, eine Waffe blitzte, Dunkelheit, eine Fremde mit kalten Augen, das Moldauufer an einem klaren Wintertag, ein Haus brannte.

Allmählich begannen mich die Erinnerungsfetzen zu verwirren, die Felix' unordentlicher Geist uns sandte. »Felix? Kannst du mich hören?«, fragte ich, ohne die Folgen meines Eingreifens zu überdenken.

Er rührte sich nicht. Nur der Spiegel antwortete, zeigte mir die Schemen eines Hauses, einer Veranda, im Sommerregen.

»Der Vampir, Felix«, sagte ich leise, beschwörend. »Buckingham.«

Im Spiegel fiel ein Tropfen Blut.

Mrs. Everett, die Hände noch immer an Felix' Schläfen gepresst, musterte mich mit undeutbarer Miene.

Ich musste deutlicher werden: »Eine Nacht. Du warst nicht mehr als ein Knabe, damals. Du hast Schatten gesehen, Schatten, die dich ängstigten. Schatten, die du vergessen wolltest.«

Der Spiegel verdunkelte sich. Ich hielt den Atem an. Ein mondhelles Zimmer zeigte sich mir. Eine schlanke Gestalt lehnte am Fenster, helle, animalische Augen funkelten mir entgegen. Buckingham warf den Kopf in den Nacken und lachte lautlos. Im Mondlicht sah ich Blut aus einer Wunde an seinem Hals strömen. Blut auf weißer Haut, Blut, das an schmalen, nervigen Knabenhänden klebte, eine blutige Klinge, ein blutiges Kissen.

Langsam zog Agatha Everett ihre Hände zurück. Felix sackte mit einem Stöhnen zusammen.

11

Prag

1. bis 2. Juli 1909

Aus den Aufzeichnungen Baron Sircos, Prag, 1. bis 2. Juli 1909

»Den Vampir attackiert?«, zweifelnd maß mich Felix. »Ich war wohl ein furchtloses Kind, aber …«

»Ich weiß, was ich gesehen habe«, unterbrach ich ihn ruhig.

»Der Spiegel zeigt keine Traumgespinste, keine Lügen«, ergänzte Mrs. Everett, die gemächlich ihre Tarotkarten sortierte. »Nur die Vergangenheit.« Mit einer ungeduldigen Geste bedeutete sie dem Dienstmädchen, das die Vorhänge zurückgezogen hatte und nun ungeschickt mit dem Spiegel hantierte, sich zu beeilen.

Lysander, der aus dem Salon wieder zu uns in die Bibliothek gestoßen war, schnupperte an den getrockneten Rosen. »Ein Kind, dem es gelingt, einen Vampir zu verletzen.« Er nieste. »Das klingt doch sehr unwahrscheinlich.«

»Ja«, musste ich gestehen. Und doch hatte ich die Wunde gesehen, all das Blut.

Felix, den Mrs. Everett und ich nach seiner Ohnmacht mit vereinten Kräften auf den Diwan gebettet hatten, wo er sich nun bei einem stärkenden Whiskey erholte, ließ den Kopf auf die bestickten persischen Kissen sinken. »Vielleicht hat der Vampir sich den Schnitt selbst beigebracht?« Müde presste er sich eine Hand gegen die Stirn. »Allmächtiger! Madame, gestehen Sie: Haben Sie versucht, mittels Knüppelschlägen die Trance zu brechen?«

»So sehr ich es auch bedaure, Sie enttäuschen zu müssen,

aber Sie sind freiwillig in Ohnmacht gefallen, Graf«, konterte Mrs. Everett.

»Sie verstehen es wohl, Salz in meine Wunden zu streuen, Madame!«, trotz des scherzhaften Tons, meinte ich, mehr als verletzten Stolz in seinen Augen zu sehen.

Sie haben noch immer eine Wahl, tönte Buckinghams Stimme durch meine Erinnerung. *Noch immer.*

»Schön, doch kommen wir auf den eigentlichen Grund unseres Besuchs zurück: Wenn wir also davon ausgehen, dass Buckingham mit voller Absicht sein eigenes Blut vergossen hat« – plötzlich lief mir der sprichwörtliche kalte Schauer über den Rücken, denn während ich die Worte sprach, wurde mir einmal mehr das Ausmaß ihrer Bedeutung bewusst –, »dann kann dies nur eines bedeuten.«

Lysander stieß einen Pfiff aus, während Felix erbleichte. Mrs. Everett war die Einzige, die es wagte, die verhängnisvollen Worte auszusprechen: »Will ein Vampir sich einen Gefährten schaffen, so lässt der Unsterbliche sein Opfer von seinem Blut kosten.«

Selbst in den seltenen, klaren Augenblicken, da er in mir nicht eine Beute oder ein Spielzeug gesehen hatte, hatte Alvin Buckingham sich geweigert, meine wiederkehrenden Fragen nach der Erschaffung neuer Vampire zu beantworten. Nur das in zahlreichen Legenden beschriebene Ritual des Bluttausches zwischen Nosferatu und dem sterbenden Opfer hatte er mir bestätigt – gleichzeitig aber angedeutet, dass es sich lediglich um ein Detail der höchst komplizierten Transformation handelte: Einer Transformation, die ich nicht würde begreifen können, solange ich noch mit den Fesseln meiner sterblichen Existenz gebunden war. Ja, gar nicht erst begreifen wollte, wie ich Buckingham glaubhaft versichern konnte, als ich das dunkle Angebot eines Nachts in seinem Antlitz las.

»Welch überaus unerfreulicher Gedanke.« Mit der Routine

des geübten Lügners überspielte Felix seinen Schrecken. Die Blässe seiner Wangen sowie die Schweißtropfen auf seiner Stirn sprachen jedoch ihre eigene Sprache.

»Spekulationen, Spekulationen«, verkündete Lysander nun. »Sicherlich ein unterhaltsamer und vielleicht sogar aufschlussreicher Zeitvertreib, doch ich denke, wir haben deine Zeit bereits über Gebühr in Anspruch genommen, meine teure Agatha.«

Anstatt die Behauptung vehement zu widerlegen, wie es für eine Dame der Gesellschaft angemessen gewesen wäre, warf Mrs. Everett einen Blick auf die Wanduhr. »Allerdings! Ich erwarte tatsächlich heute Nachmittag zwei Mitglieder eines der besseren spiritistischen Zirkel.«

Felix schwankte noch, als wir auf die Straße traten, doch schlug er mein Angebot, ihn zu begleiten, aus.

»Eine Lappalie«, erklärte er. »Vom Standplatz an der Brücke nehme ich mir ohnehin einen Wagen.«

Verstohlen sah ich ihm nach, wie er sich unsicheren Schrittes entfernte.

»Da zieht er von dannen, unser angeschlagener Held«, flüsterte mir Lysander, der auf meiner heilen Schulter saß, ins Ohr. »Und wir werden uns wohl bis zum Abend gedulden müssen, ehe wir uns des unübersichtlichen Rätsels Lösung einen Schritt nähern können.«

Nemec' Buchhandlung, die wir an jenem Nachmittag zum Zwecke tiefer gehender Recherche – und, wie ich einräumen muss, auch um uns die Wartezeit zu verkürzen – aufsuchten, durfte sich mit Fug und Recht als Prager Institution bezeichnen: Zum einen war es Nemec gelungen, im Lauf der Jahre eine Sammlung faszinierender literarischer Raritäten und Kuriosa zusammenzutragen; zum anderen hatte sein nahezu unerschöpfliches Wissen um die Geschichte Prags schon so manchem wissbegierigem Scholaren unschätzbare Dienste geleistet.

Auch Lysander und mir war er schon des Öfteren bei Ermittlungen zur Seite gestanden, wobei Nemec im Umgang mit okkulten Geschöpfen bemerkenswerten Pragmatismus walten ließ, und selbst so ungewöhnliche Geschehnisse wie die Manifestation eines Geistes in seiner Buchhandlung nur mit trockenen Worten kommentierte. (Tatsächlich soll er auf besagten Vorfall gefragt haben: »Entschuldigen Sie, wenn ich blöd frag, aber sind Sie mir grad *hereingestorben*?«)

Jetzt, ich hatte soeben unser Anliegen vorgetragen, runzelte Nemec die Stirn. »Der Fuchs?«, wiederholte er, trommelte mit den Fingerspitzen auf ein staubiges Regalbrett. »Das ist ein seltsamer Zufall, dass Sie nach dem Fuchs in der Stadtgeschichte fragen, Baron. Weil, gerade gestern ist einer dahergekommen mit nämlicher Frage, ein ganz ein junger Bursch' war das.«

Während er meine weiteren Erkundigungen zu dem Fragesteller überdachte, kratzte er sich versonnen den dünnen Bart. »So ein Kleiner, Blonder; gesehen habe ich den noch nie. Student war er wohl keiner, dafür war er zu jung. Sechzehn, siebzehn Jahre vielleicht, mehr nicht. Und ein ganz ein schlauer noch dazu. Hat so getan, als wolle er eine Hausarbeit über den Fuchs als Symbol in unserer böhmischen Tradition schreiben. Wie ich ihm auseinandergesetzt habe, dass es so was nicht gibt und dass das alles Unfug ist, ist er sehr rasch verschwunden.«

Mehr war Nemec in dieser Sache nicht zu entlocken. Und obgleich wir uns anschließend ungeduldig durch allerlei historische Werke blätterten, wurden wir auch dort nicht fündig. Kamen Kunden, was zweimal geschah, entzückte Lysander sie in seiner Rolle als Schoßtier mit seinen Possen. In düsterer

Stimmung traten wir zuletzt den Heimweg an. Zwar hatte mir Nemec versprochen, dem Jungen zu folgen, sollten sich ihre Wege noch einmal kreuzen, doch schien mir ein derartiger Zufall höchst unwahrscheinlich. Blieb mir nur noch, in sämtlichen Buchhandlungen und Bibliotheken Prags Erkundigungen einzuziehen – so es mir nicht gelang, diese stupide Tätigkeit an Mirko zu delegieren.

Die selbst ernannten Botenjungen (in Wahrheit nicht viel mehr als halbverwilderte Kinder, die sich durch die eilige Weiterbeförderung von Korrespondenz ein paar Kreuzer zu verdienen hofften), die für gewöhnlich vor dem Café Arco warteten, zumal das dort ansässige Dichtervolk gerne und oft Nachrichten an seinesgleichen in anderen Kaffeehäusern übermittelte, hatten an diesem Abend eine aufregende Zerstreuung gefunden: Mein Benz war heimgekehrt!

Schon als wir in die Hybernská bogen, sah ich das arg verbeulte Automobil vor unserem Haus – schräg *vis à vis* vom Arco. Daneben wartete eine gedrungene Gestalt. Es war Brunetti, einer der Mechaniker aus dem Rennstall des Marchesen, der mit grimmiger Miene meinen Wagen gegen die scheuen Vorstöße der Kinder, die ihn ansehen, berühren, oder gar hinter das Lenkrad zu klettern versuchten, verteidigte.

In seinem brüchigen Deutsch teilte er mir mit, dass der Marchese mich – warum auch immer – um Verzeihung bat, und mich dieser Tage besuchen würde. Als Freundschaftsgeste hätte er mir zudem den Wagen nach Prag überstellen lassen.

Zum ersten Mal seit meinem Unfall konnte ich den Benz einer genaueren Musterung unterziehen: Wenn auch beschädigt, schien er doch fahrtüchtig zu sein – die gebrochene Radachse war fachmännisch repariert, der linke Kotflügel ausgetauscht worden.

Ein Jahr, zwei Unfälle. Wenigstens hatten diesmal Wagen und Fahrer nur geringen Schaden genommen. Dennoch graute mir vor dem Gedanken, in absehbarer Zukunft wieder am Steuer zu sitzen, erneut mein Leben auf Sieg zu setzen.

»Ich weiß, du legst keinen Wert auf meinen Rat, aber in diesem Fall erteile ich ihn ungebeten«, murmelte Lysander, hellsichtig wie stets in mein Ohr. »Such dir einen Käufer für das verdammte Ding, und vergiss die Rennfahrerei! Ich prognostiziere dir, in ein paar Jahren wird für Amateure ohnehin kein Platz mehr sein im Automobilrennsport.« Er schnaubte. »Nicht, dass dich das kümmern müsste. So, wie du an die Angelegenheit herangehst, ist es schon ein Wunder, dass du die letzten sechs Jahre überlebt hast.«

»Sieben«, korrigierte ich ihn mechanisch. Hamburg 1902, mein erstes Rennen am Steuer eines modifizierten Panhard, war milde gesprochen als Katastrophe zu bezeichnen gewesen. Ungeachtet dessen war es der Anfang einer obsessiven Leidenschaft, einer wahnwitzigen Liaison mit Maschine, Fortschritt und Gefahr, die mich hatte bluten lassen – gerade so wie all die anderen großen Liebschaften in meinem Leben.

Aber jetzt war ich ihrer überdrüssig, erkannte ich, als ich den Benz begutachtete. Beinahe schämte ich mich für die Zufriedenheit, die dieses Eingeständnis mit sich brachte.

Mirko sei abermals ausgegangen, verkündete Pavel. Hingegen wartete zu meiner großen Verwunderung Esther im Salon auf unsere Rückkehr.

»Die gnädige Frau ist in recht desolatem Zustand«, teilte Pavel uns im Bühnenflüsterton mit. »Sie ist noch keine Stunde da und hat schon eine ganze Flasche Madeira getrunken. Grad' hat sie mich um eine neue geschickt.«

»Wenn ich Sie nicht hören dürft', müssten'S schon leiser

schimpfen, Herr Pavel!«, rief Esther in Richtung Eingangshalle.

Ich stieß die Tür zum Salon auf, wo sie es sich auf dem Sofa bequem gemacht hatte. Ein leeres Glas stand ihr zu Füßen auf dem Boden, daneben die zerknitterte Morgenzeitung.

»Dass ihr endlich kommt!« Esther war blass und reichlich unfrisiert, die Schminke in ihren Augenwinkeln verwischt. »Da brauch' ich freundschaftlichen Beistand in meinem Leid, und ihr seid den ganzen Nachmittag unterwegs.«

Ich zog die naheliegende Schlussfolgerung. »Der Marchese?« Sie nickte heftig. »Wie der Dichter so schön sagt – aus ist die Komödie. Na, zumindest hat er noch den Anstand gehabt, dir deinen Wagen zu bringen.«

»Um zum Grund deines Besuchs zurückzukommen: Möchtest du uns erzählen, weshalb dein kleiner Ausflug mit dem Marchese ein so rasches Ende fand, oder erwartest du, dass wir dir Fragen stellen?«, erkundigte sich Lysander wenig taktvoll.

»Es wär' ja bei Gott nicht so schlimm, dass ich den Marchese los bin.« Pavel erschien mit einer neuen Flasche und Gläsern, die Esther ihm blitzschnell abnahm. »Ein bisserl fad war er mir eh schon. Und die ganze Streiterei … na, was anderes hätte ich auch gar nicht erwartet. Leute wie er, die müssen immer streiten.« Sie füllte ihr Glas, leerte es und schien sich zu sammeln. »Was mich aber trifft, das ist der Grund.«

Eine dumpfe Vorahnung befiel nicht nur mich. Lysander hob den Kopf, seine Barthaare zuckten. »Jetzt fällt mir doch gerade wieder ein, was ich noch mit unserem Freund Trubic zu besprechen gehabt hätte«, rief er, während er zur Tür hoppelte. »Wollt ihr mich wohl entschuldigen?«

Ich nickte. Auch Esther schien ihm die Flucht nicht übelzunehmen. Ich schloss die Tür hinter ihm.

»Ja, zum Teufel noch einmal«, sagte sie schwach amüsiert.

»Ich habe ja nie behauptet, dass Feingefühl meine große Stärke wär', aber dass ich mich gar so patschert anstellen kann, das hätt' ich auch wieder nicht gedacht.«

Ich ließ mich neben ihr auf dem Sofa nieder.

»Jetzt schau' nicht so blöd, Dejan«, fuhr sie mich an. »Weißt du, was er gesagt hat, der Marchese? Dass er nicht auf immer und ewig hinter meinem Herrn Baron zurückstecken wollt'. Sag' ich ihm, dass er mir ein schön impertinenter Hund ist, weil die Geschichte mit dir und mir doch schon Jahre her ist, und er immer noch mit seiner Marchesa verheiratet ist. Drauf schaut er ganz waidwund und sagt, ›Aber *ich* liebe sie nicht mehr‹.«

Eine Pause entstand; Esther spielte mit ihrem Glas, das Schweigen wurde laut. Schon aus Gründen der Höflichkeit galt es, auf eine derartige Eröffnung mit mehr als einem erstaunten »oh« zu reagieren, sagte ich mir, als ich Esthers weiche Lippen küsste und all die Überlegungen, weshalb es sich dabei um eine ausgesprochen schlechte Idee handelte, zur Seite schob.

Lysander kam mir entgegengeeilt, kaum dass ich die Wohnungstür geöffnet hatte. »Wo, wo nur warst du so lange, Unseliger!«, grüßte er mich halb spöttisch, halb verstimmt.

Ich schwieg, wusste ich doch, dass die wahrheitsgemäße Antwort, ich hätte Esther zu ihrem Etablissement begleitet, unweigerlich einen Rattenschwanz an Erkundigungen und Unterstellungen mit sich gezogen hätte. »Ist denn etwas geschehen?«, fragte ich stattdessen.

Lysander verzog die Lippen zu dem hämischsten Ottergrinsen, das er zuwege brachte. »Aber nein«, sagte er gedehnt. »Bei uns pflegt doch nichts zu passieren. Und im Hause Trubic schon gar nicht.«

»Felix?« Der angstvolle Beiklang meiner Frage ärgerte mich.

»Liegt hochelegant auf dem Sofa in seiner Bibliothek und gibt die Kameliendame.«

Ich zuckte bei dieser Wendung zusammen, doch Lysander fuhr ungerührt fort: »Sein entzückendes Töchterlein hingegen ist in unserem Salon und sorgt sich sehr, seit sie erfahren hat, dass Master Buckingham noch engere Verbindungen zu ihrer Familie unterhält als angenommen.«

Ich folgte Lysander in den Salon: Lili saß auf der Kante eines Fauteuils, damit beschäftigt, ihre Spitzenhandschuhe zu falten und wieder glatt zu streichen.

»Comtesse Trubic«, begrüßte ich sie.

»Baron.« Sie war aufgestanden, aus traurigen Augen sah sie zu mir auf. »Sir Lysander erzählte mir, Sie wollten heute Nacht den Vampir zur Rede stellen.«

»Nun ja«, entgegnete ich. Um abzulenken, bot ich ihr eine Zigarette an und war durchaus erstaunt, als sie diese annahm.

Lysander, der rücklings auf dem Kanapee in der Ecke lag, stieß einen kurzen, bellenden Laut aus. »Dejan, du kannst dir ein ›nein‹ oder ›vielleicht‹ sparen, ich habe Fräulein von Trubic bereits mein Versprechen gegeben, dass sie uns begleiten wird.«

Bevor ich meine Zweifel anmelden konnte, warf Lili Trubic hochmütig ein: »Es ist meine Familie, Baron.« Was ihr, in ihren Augen ganz offensichtlich das Recht verlieh, zu deren Wohl unbedacht ihr eigenes Leben zu riskieren.

»Weiß Felix von Ihrem Vorhaben?«

Geziert blies sie Zigarettenrauch in meine Richtung. »Meine Güte, Baron! Meinen Sie etwa, es wäre ein guter Zeitpunkt, zu beginnen, meinen Vater über jeden meiner Schritte in Kenntnis zu setzen?«

Dieses Mädchen! Mochte sie auch die Kühne, die Entschlossene spielen – in jeder Geste, jedem Wort war ihre Furcht zu lesen. Verständlicherweise, denn welcher Narr müsste man sein, um übermütigen Herzens dem eigenen Häscher entgegenzutreten?

»Bevor wir aufbrechen, willst du mich da nicht fragen, was mich – neben meinem tadellosen Taktgefühl – ins Palais Trubic geführt hat?«, erkundigte sich Lysander.

Die Höflichkeit befahl, dass ich ebendieses tat.

»Eine Überlegung!«, informierte er mich triumphierend. Er streckte sich. »Wenn die Familie Trubic am Bluttag, also dem 7. Juli, ihr grausames Schicksal zu ereilen pflegt – es sei denn, sie legen selbst Hand an – und Felix, Graf von Trubic, und sein ehrenwerter Herr Vater beide ihren Drohbrief an einem 13. Juni erhielten, da fragt sich doch der interessierte Geist, *wie alt* denn der selige Herr Graf war, als sein Schicksal ihn ereilte?«

»Vierzig«, zog ich den einfachen Schluss; ebenso alt wie Felix, der seinen Geburtstag, so mich meine Erinnerung nicht trog, im August begehen würde.

»Ganz recht. So auch der Großvater. Was dessen Vater anbelangt, lässt sich die These nicht überprüfen, da er die Frivolität besaß, sich in allzu jungen Jahren bei einem Pferdewettrennen mit Freunden das Genick zu brechen.«

Anerkennend nickte ich Lysander zu. Ein banaler, doch erfreulich leicht zu überprüfender Ansatzpunkt: Wenn seine Hypothese stimmte, so mussten wir nur den Stammbaum der Familie weit genug zurückverfolgen, um zu erfahren, wann diese grauenvolle Serie ihren Anfang genommen hatte. Dass dies um das Jahr 1620 geschehen war – ich wäre bereit gewesen, die spärlichen Reste meines Vermögens darauf zu verwetten.

Eine dunkle Nacht, kaum blitzte die Mondsichel zwischen den Wolken hervor. Vorgewitterschwüle lag drückend über der

Stadt, bot mir eine willkommene Ausrede für meinen nervösen Gemütszustand. Lili Trubic, die sich fest an meinen Arm klammerte, war immer stiller geworden, je länger wir durch die finsteren Gärten am Vyšehrad geschritten waren.

»Was werden die Leute nur denken, wenn sie uns so sehen, Baron«, versuchte sie zu scherzen, dabei schweiften ihre Blicke unruhig hin und her – ein hoffnungsloses Unterfangen, zumal wir versäumt hatten, eine Lampe mitzubringen. Eine Nachlässigkeit, für die ich mich selbst verfluchte: Auf der weitläufigen Kuppe des alten Burgbergs war es nur allzu leicht, den Vampir zu verfehlen … Oder sich von ihm in einen Hinterhalt locken zu lassen. An seinem angestammten Platz, bei den Myslbek'schen Sagengestalten hatten wir ihn jedenfalls ebenso wenig angetroffen, wie im Säulengang des Ehrenfriedhofs oder im Torbogen der Kirche zu St. Peter und Paul. Nun gingen wir wieder auf jener Straße, die uns zum Leopoldstor hinabführte, wo wir unseren Wagen zurückgelassen hatten.

»Dort!« Lysander, dessen Nachtsicht geringfügig besser war als die meine, wies mit dem Kopf in Richtung der Rotunde, die wir fast erreicht hatten.

Nun sah auch ich die Gestalt, die lässig an dem Mauerwerk lehnte. Dass der Vampir sich in dieser Nacht ausgerechnet die alte Begräbniskapelle auserkoren hatte, jagte mir einen Schauer über den Rücken.

»Master Buckingham!«, rief ich dennoch mit fester Stimme. Die Gestalt wirbelte herum. Als der Vampir zu uns trat, schlossen sich Lili Trubics Finger noch enger um mein Handgelenk.

»Sie, Baron!«, schleuderte er mir entgegen. »Wer sonst könnte es sein, der mich stets aufs Neue zur Unzeit belästigt!« Wild funkelten seine gelblichen Augen unter dem altmodischen Dreispitz hervor, den er sich tief in die Stirn gezogen hatte.

»Ich bitte um Verzeihung«, sagte ich in verbindlichstem Ton, was mir ein wütendes Fauchen des Vampirs eintrug.

»Bitten Sie nur, Baron, bitten Sie nur.« Mit einer blassen Hand deutete er in Richtung der Festungsmauer. »Dort drüben auf einer Bank sitzt eine hübsche junge Person und trauert ihrem Halunken von Kavalier nach. Die will ich trösten, anstatt mich mit Ihren wunderlichen Fragen und Behauptungen abzugeben …« Jäh brach er ab, als sein Blick auf Lili fiel, die zitternd, doch hocherhobenen Hauptes an meiner Seite stand.

»Du?«, flüsterte er. »Du bist zu mir gekommen?«

Welche Gier, welche Verzückung sich in jenem Moment in seinen Raubtieraugen spiegelte. Angst packte mich; wie leichtfertig hatte ich Lili auf unserer Fahrt den Moldaukai entlang versprochen, sie zu beschützen – selbst mit meinem Leben, wenn es sein musste! Aber was mochte solch ein Opfer schon ausrichten gegen die Kräfte dieser unheiligen Kreatur, die uns in diesem Moment gegenüberstand.

Es war Lili, die das Schweigen beendete.

»Ja«, sagte sie leise, beinahe verträumt. »Ja, ich bin hier. Und ich will dir einen Handel anbieten.«

Buckingham lachte, laut und schrill. Wie der Schrei eines todwunden Tieres hallte sein Gelächter durch die Nacht. Irgendwo, nicht allzu weit von hier, schrak in jener Sekunde ein junges Mädchen aus ihrem Kummer hoch und trat – verfügte sie nur über einen Funken Verstand – eilends die Flucht an, fort von diesem gespenstischen Ort.

»Einen Handel?«, wiederholte er ungläubig. »Dir bleibt nichts mehr, womit du handeln kannst, meine kleine Lili. Dein Leben? Es gehört doch schon lange mir!«

Zu meinen Füßen zischte Lysander; ein Laut, der mich zum Handeln aufforderte. »Wir sind hier, um Ihre Hilfe zu erbitten, Master Buckingham«, sagte ich schnell, verfluchte Lili für ihre unbedachten Worte. Was musste das dumme Kind ihn ausgerechnet jetzt an ihre Lebensschuld erinnern?

Zu meinem grenzenlosen Erstaunen war es Lili, die mir widersprach. »Sie irren, Baron. Wir wissen doch beide, dass ich dich nicht mehr zu bitten brauche. Nicht wahr, Alvin?«

Der Vampir verschränkte die Arme vor der Brust. Ein Windstoß ließ sein weites Cape, welches an ein fernes, verlorenes Jahrhundert erinnerte, flattern. »So?«

Nie zuvor war einem einzelnen Wort eine derart offene Drohung inne gewesen.

»Das letzte Mal, als ich dich um Hilfe bat, hast du etwas Furchtbares getan, mein Freund.« Ganz behutsam sprach Lili. »Ich bin gekommen, um dir Gelegenheit zu bieten, deinen Fehler wiedergutzumachen.«

Lysander japste und auch ich konnte nur mit Mühe meine Verblüffung unterdrücken. Ließ sich Lili Trubic treiben oder schickte sie sich an, einen längst beschlossenen Plan in die Tat umzusetzen? Was es auch sein mochte, ihre Tollkühnheit imponierte auch Buckingham: Schweigend lauschte er ihren Worten.

»Erzähl' mir, was es mit deiner Verbindung zu meiner Familie auf sich hat. Sage mir die Wahrheit, und ich will mein Versprechen erneuern.« Abrupt löste sich Lili von mir und trat dem Vampir einen Schritt entgehen. »Und versuche nicht, mich zu hintergehen! Ich werde es merken, und ich werde dir die Ewigkeit zur Hölle machen, das schwöre ich dir!«

Ich weiß nicht, mit welcher Reaktion des Nosferatu ich gerechnet hatte: Einer Attacke, oder vielleicht einem neuerlichen Ausbruch seines schauderhaften Gelächters? Er jedoch sah sie nur unverwandt an und hüllte sich in seinen Umhang. »Gib mir eine Nacht Bedenkzeit, Lili«, flüsterte er zuletzt, als die Spannung kaum mehr zu ertragen war. »Übermorgen. Komm übermorgen wieder hierher, und ich will dich meine Entscheidung wissen lassen.« Bevor Lili antworten konnte, wandte er sich brüsk ab und verschwand im Dunkel der Nacht.

Hastigen Schrittes entfernten auch wir uns. Erst als die Lichter des wartenden Wagens in Sichtweite kamen, wagte Lysander zu sprechen.

»Ich habe der haltlosen Leichtsinnigkeiten schon viele gesehen – unweigerlich tut das ein jeder, der längere Zeit mit dem Baron Sirco verbringt –, aber niemals, niemals in einem Leben ist mir solch eine Dummheit untergekommen wie die Ihre, Comtesse! Begreifen Sie überhaupt, was Sie getan haben?«

Lili senkte den Blick. »Es macht doch keinen Unterschied«, sagte sie gefasst. »Glauben Sie denn, ich hätte ihn jemals überzeugen können, mich gehen zu lassen?«

Der Chauffeur eilte uns entgegen, riss den Schlag auf und half Lili in den Wagen. Dort endlich, im Schutz des Fonds, ließ sie es zu, dass ich einen Arm um ihre Schultern legte – ein verängstigtes Kind, das es zu trösten galt.

»Es wäre sehr dumm zu glauben, Sie könnten mich wahrhaftig vor ihm beschützen, nicht wahr?«, flüsterte sie.

Ich nickte stumm. Ihre kleine, klamme Hand kam in der meinen zu liegen. »Aber glauben Sie mir, wir werden alles tun, was in unserer Macht steht«, ich nahm in hilflosen Phrasen Zuflucht, woraufhin Lysander, der zum Schweigen verurteilt neben mir auf der Bank lag, ärgerlich schnaufte.

Gemächlich rumpelte der Wagen den verwaisten Kai entlang; erst als wir die Sofieninsel passierten, wandte sich Lili wieder an mich.

»Sie verstehen mich, Baron«, sagte sie einfach.

Überrascht sah ich auf sie nieder. Verstehen? Nein, verstanden hatte ich sie niemals, jene kuriosen Ausprägungen der Tapferkeit, die an Selbstaufgabe grenzten; wohl aber erkannte ich sie wieder. Ganz plötzlich sah ich Felix vor mir, in einer Nacht, im Umland von Mostar; Felix, der mir befahl zu fliehen, er selbst bereit, sich alleine den dämonischen Kreaturen entgegenzustellen, berauscht von der Ausweglosigkeit seiner Lage.

»Sie sind Ihrem Vater sehr ähnlich«, sagte ich unvermittelt, worauf Lysander mir den unverschämtesten aller möglichen Seitenblicke zukommen ließ.

Lili schrak hoch und rief so jäh und laut »Vater!«, dass selbst unser Chauffeur merklich zusammenzuckte. Ich fragte mich, welche Schlüsse ein Uneingeweihter wohl aus dem Verlauf unserer Unterredung ziehen konnte, und entschied, dass er sich in jedem Fall ein lächerlich überhöhtes Trinkgeld verdient hatte.

»Was soll ich ihm nur sagen? Und František!«, überlegte Lili laut weiter.

Wie wenig Felix von der neuerlichen Intervention seiner Tochter halten würde, lag auf der Hand. »Wenn Sie einen Eklat vermeiden möchten«, riet ich ihr mit gesenkter Stimme, »wäre es am besten, weiterhin Stillschweigen zu bewahren. Bis wir einen Ausweg gefunden haben.«

Und Lili lächelte und schwieg, bis wir vor dem Palais hielten. Sie verschwand grußlos.

Schon neigte die Nacht sich ihrem Ende zu – während ich Notizen niederschrieb, um meine Gedanken zu ordnen, war Lysander selig über einem weiteren Kapitel des reichlich sentimentalen Romanfragments, an dem Pavel seit Jahr und Tag arbeitete, entschlummert –, da schlenderte Mirko in den Salon. Er trug Rotweinflecken auf der Weste und ein trunkenes Grinsen auf den Lippen, als gehöre ihm die Welt.

»Einen schönen guten Abend, gnädiger Herr Baron«, spottete er, sobald er mich sah.

Unter anderen Umständen hätte ich wohl die Größe besessen, seine kindischen Aufsässigkeiten als das abzutun, was sie nun einmal waren. Unglücklicherweise aber traf er mich in höchst schlechter Stimmung an, hatte ich die letzten beiden

Stunden doch damit verbracht, über unseren Fall nachzusinnen: Üblicherweise pflegten nur jene Mysterien hoffnungslos zu sein, bei denen es an Hinweisen und Anhaltspunkten mangelte. Uns hingegen hatte sich eine Fülle unterschiedlichster Indizien aufgetan, eines absonderlicher denn das andere – und dennoch war es mir unmöglich, die Mosaiksteinchen zu einem wohlgefälligen, oder wenigstens ansatzweise plausiblen Bild zusammenzusetzen.

»Wenn du mich nicht mit deinen lächerlichen Possen verschonen willst, so geh' mir zumindest aus den Augen«, wies ich ihn, ohne aufzusehen an. Was Mirko, seiner üblichen Neigung zum Widerspruch folgend, als Aufforderung auffasste, sich zu mir an den Tisch zu setzen.

Ich übte mich in Geduld. »Du weißt, dass du weder Lysander noch mir in irgendeiner Weise verpflichtet bist? Niemand hält dich hier fest.« Mechanisch ordnete ich meine Notizblätter. »Nur wäre ich dir höchst verbunden, wenn du dich diesmal wie ein gesitteter Mensch verabschieden würdest und anstelle meiner Tagebücher deine Besitztümer mitnehmen könntest.«

Er antwortete mir nicht; stattdessen zog er ein zerknittertes Stückchen Papier aus der Tasche seines unerfreulichen Jacketts, das sich bei näherer Betrachtung als Flugblatt einer studentischen Vereinigung mit dem wenig einfallsreichen Namen »Bohemia« herausstellte. Diese lud »jeden Donnerstag ab neun zur Diskussion aktueller Ereignisse« in ein mir unbekanntes Kaffeehaus. Auf den oberen Rand des Flugblattes hatte jemand mit Bleistift und ohne erkennbares Talent ein Tier gezeichnet, welches nur sein buschiger Schwanz als Fuchs auswies.

»Woher?«, fragte ich knapp.

»Selbst gemacht«, zerschlug er meine Hoffnungen. »Den ganzen Abend bin ich von Studentenlokal zu Studentenlokal gewandert und hab' überall Füchse hinterlassen. Füchse, die ich am Nachmittag gezeichnet habe: Füchse auf Flugblättern,

Füchse auf Rechnungen, Füchse auf Zeitschriften, Füchse auf Besetzungslisten.« Er wirkte sehr zufrieden mit sich selbst. »Vielleicht taucht irgendein Eingeweihter auf, der das Zeichen erkennt und zu mir in Kontakt tritt.«

Entgeistert starrte ich ihn an; ich hoffte, dass er zu scherzen beliebte. Seiner beleidigten Miene nach war dem nicht so. Hatte er erwartet, ich würde seiner Findigkeit Beifall zollen?

»Mirko«, sagte ich so ruhig ich konnte, »haben wir dir in drei Jahren denn gar nichts beigebracht?«

Er kräuselte die Lippen.

»Drei Jahre!«, wiederholte ich. Lysander regte sich, eine Pfote zuckte, dann schlief er weiter. »Drei Jahre Erfahrung in Detektivarbeit, und du denkst noch immer, dass Verschwörer, die vermutlich seit Jahrhunderten unentdeckt geblieben sind, auf solch einen plumpen Kunstgriff hereinfallen und sich dir zu erkennen geben?« Ich wurde lauter. »Das Einzige, was du getan hast, ist, ein paar Ahnungslose neugierig zu machen! Bisher konnten wir davon ausgehen, dass jene, die sich nach dem Fuchs erkundigten oder den Fuchs erwähnten, uns vielleicht zu des Rätsels Lösung führen könnten! Jetzt müssen wir davon ausgehen, dass es sich ebenso gut um ein paar wissbegierige Müßiggänger, denen zu viel Zeit zur Verfügung steht, handeln könnte!« Ich schlug mit der flachen Hand auf die Tischplatte. »Und, schlimmer noch, vielleicht hast du die Verschwörer sogar gewarnt!«

Mirko war wie ein zurechtgewiesener Schuljunge errötet. Er wollte mir widersprechen, doch Engstirnigkeit gehörte nicht zu seinen Charakterfehlern und er begriff, dass er eine Dummheit begangen hatte. »Ich habe unbedacht gehandelt. Bitte verzeihen Sie, Herr Baron!«

»Zum Teufel! Wenn du mich einmal noch mit ›Herr Baron‹ anredest, dann drehe ich dir eigenhändig den Kragen um!« Um meinen Worten Nachdruck zu verleihen, griff ich nach dem erstbesten Gegenstand in meiner Reichweite – einem versilberten Federhalter – und schleuderte ihn schwungvoll gegen die Wand.

Lysander schrak hoch. »Dejan, bitte«, murmelte er schlaftrunken. »Wenn du schon schreien musst wie ein betrunkener Droschkenkutscher, kannst du dann nicht wenigstens in dein Zimmer gehen und die Tür hinter dir zumachen?«

Ja, ich war trunken: vor Ohnmacht, vor Zorn. Wortlos sprang ich auf, stürzte an Mirko vorbei aus dem Salon, die Stufen hinunter und hinaus auf die Straße.

Es regnete. Minutenlang stand ich auf dem Bürgersteig, atmete die frische Nachtluft und lauschte dem fernen Donnergrollen. Ich vermochte nicht zu sagen, was mich eigentlich genau aus der Wohnung hinaus in die nächtlichen Straßen getrieben hatte, doch allmählich, während ich ziellos einherwanderte, beruhigten sich meine Nerven, und ich nahm zweierlei Tatsachen wahr: Zum einen spazierte ich in Hemdsärmeln durch den Gewitterregen; zum anderen hatte ich meine Route weniger willkürlich gewählt, als ich dachte – denn wie könnte ich mir sonst erklären, dass ich nun an der Schwelle von Esthers Salon stand?

Rosa, die Empfangsdame, begrüßte mich mit ihrem strahlendsten Lächeln. »Madame ist oben«, kam sie meiner Frage zuvor und bedachte mich mit einem hinreißenden Augenaufschlag. »Aber vielleicht hat der Herr Baron ja ein ganz ein anderes Anliegen?«

Höflich, aber entschieden lehnte ich ab – wie stets. Der Dialog war uns längst zum Ritual geworden, auf das weder sie noch ich den geringsten Gedanken verschwendeten. Darin ähnelte unsere beschränkte Interaktion dem Hofzeremoniell.

Esther empfing mich in ihrem Boudoir, wo sie vor dem großen Spiegel am Frisiertisch saß und eifrig in ein Büchlein schrieb.

»Sag nicht, du hast den Marchese zum Anlass genommen, doch noch ein Tagebuch zu führen«, sagte ich, als ich lächelnd auf sie zutrat.

Sie hob den Kopf, legte den Bleistift zur Seite. »Jesusmaria, wie schaust denn du aus! Wie ein Ratz, der grad' aus der Moldau kommt!«

Ich nahm die wenig schmeichelhafte Schilderung meines Erscheinungsbildes mit einem Achselzucken hin. Esther klappte ihr Buch zu. »Aber, um dich zu beruhigen, nein. Ein Gedicht ist mir nur grad' wieder einmal eingefallen. Na, schau nicht so verschreckt, ich les' dir's eh nicht vor. Geh, sei lieb und hol' den Portwein aus dem Schlafzimmer, der steht hinten am Nachtkastl.«

Ich kehrte mit der Karaffe wieder. Esther entnahm einer Schublade ihres Schminktisches zwei Gläser, was mich unwillkürlich an Dr. Rosensteins truhenorientierte Haushaltsführung erinnerte. Ich würde ihm noch einmal telegraphieren, nein, besser, ich würde ihn anrufen – so es mir gelang, an die Nummer der Centrale zu kommen –, und ihn bitten, seine Bemühungen um Milenas Kooperation zu verstärken.

»Dejan?« Energisch nahm mir Esther die Karaffe aus der Hand. »Ein drittes Mal frag' ich dich nicht, ob ich deinen Besuch einem bestimmten Grund verdanke.«

Ich trank ihr zu: Ich war gekommen, um sie lächeln zu sehen, und weil hier, an ihrer Seite, in diesem engen Boudoir mit den hellblauen Vorhängen und der kleinen Erosfigur selbst die Vergangenheit bezwingbar schien ... Aber das wären die törichten Worte eines sentimentalen Träumers – sie würde mich nur auslachen, und das mit Recht.

»Ich glaube nicht«, entschied ich zuletzt.

Esthers Miene erhellte sich sogleich. »Na, dem Herrn des

Himmels sei gedankt. Dir wäre auch zuzutrauen, dass du dich hättest für heute … gestern … Nachmittag entschuldigen wollen.«

»Das eigentlich auch«, gestand ich amüsiert, was mir einen Schlag mit ihrem Fächer eintrug.

»Dabei müsst' ich dich eigentlich um Verzeihung bitten«, verkündete sie. »Eine Dame sollt' halt vor einem Herrn nicht so sehr ihr Herz ausschütten.« Sie leckte ihre rot bemalte Oberlippe. »Andererseits könnte man meinen, dass ein wirklicher Herr es besser weiß, als so eine tragische Ausnahmesituation auszunützen. Nicht auszudenken, was er sich da für Scherereien einhandeln könnt', wenn er einmal an eine Tugendhafte gerät!«

Ein paar dumme Augenblicke verbrachten wir damit, einander zuzulächeln; dann begann Esther, ihr Haar zu lösen. »Weißt du, dass wir trotzdem noch Freunde bleiben, das haben wir ja einmal schon zusammengebracht«, sagte sie sanft.

Vielleicht hätte ein Dichter sie als Heimkehr beschrieben, diese trägen Augenblicke, als wir, später, sehr viel später, beisammenlagen, während die Strahlen der Morgensonne allmählich das Zimmer fluteten.

Behutsam bettete Esther ihren Kopf auf meine Schulter.

»Ein bisserl schaust du schon aus wie einer, der aus dem Krieg kommt«, stellte sie gedankenverloren fest, zupfte den Verband um meinen Brustkorb zurecht und begann sodann ihre altbekannte Schmährede gegen den motorisierten Fortschritt im Allgemeinen und sportliche Wettkämpfe im Besonderen. Einem freundlichen, vertrauten Bach gleich plätscherten die Worte an mir vorbei. Ausgerechnet jetzt, ausgerechnet hier, kam mir Felix Trubic in den Sinn, der voll Bitterkeit von einem Krieg sprach, von dem die Journaille niemals berichten, kein Normalsterblicher je erfahren würde.

Was mich zu einem meiner drängendsten Probleme führte: Nur zwei Tage blieben mir, einen Weg zu finden, um Lili Trubic vor Willkür, Blutdurst und Einsamkeit des Vampirs zu retten. Erst als Esther müde fragte: »Ganz nüchtern betrachtet, aber wie könnt' man sich denn eines Vampirs langfristig entledigen?«, bemerkte ich, dass ich meine Überlegungen laut ausgesprochen hatte.

Ja, wie tötete man einen wandelnden Toten? Große Geister und große Phantasten hatten sich gleichermaßen mit der Frage auseinandergesetzt. Und alsbald hatten sie einige farbenfrohe Methoden ersonnen: Den Pflock durch das Herz, das Silberkreuz, Flamme und geweihtes Wasser. Grausame Imaginationen, fürwahr, und doch leichter zu verwinden als die Wahrheit.

»Feuer? Sonnenlicht?«, schlug Esther interessiert vor.

»Nein.« Umständlich befreite ich mich aus dem Wirrwarr der Laken, blieb an der Bettkante sitzen. »Du kannst sie zu Staub und Asche verbrennen, aber nicht *töten*«, sagte ich still.

Esther fragte nicht weiter, und ich war dankbar dafür. Vielleicht hätte ich ihr sonst geschildert, wie es war, ein Häuflein Asche, ein paar geschwärzte, verschmorte Knochenstücke, Schädelreste zurückzulassen; in dem Wissen, dass hier eine Existenz doch nicht zur Gänze ausgelöscht worden war. Manchmal verfolgte mich der Anblick noch bis in meine Träume.

»Und ein Vampir, der sterben will, was macht der?«, erkundigte sich Esther nach einer Weile.

Ich schloss den letzten Knopf meines noch immer ein wenig feuchten Hemdes. »Um Buckinghams Antwort zu strapazieren: ›Sie schlafen und geben sich Mühe, nicht wieder aufzuwachen.‹«

Rosa war gegangen. An ihrer Stelle wachte ein schlaksiger Jüngling, der sich mir unaufgefordert sogleich als Hausdiener zu erkennen gab, über den Salon. Keines der Mädchen war mehr zugegen, nur an einem Tisch in der Ecke lehnte eine martialische, wenn auch leicht verfettete Gestalt, die mir vage bekannt schien, neben einer halbvollen Weinflasche. »Die Mäderln sind alle fort«, teilte mir der betrübte Zecher mit. »Und den Wein werden wir bald ausg'soffen hab'n, und dann werd' ich immer noch dahocken und blöd schauen.«

Schon wollte ich mich schweigend entfernen, da glotzte er mich aus blutunterlaufenen Augen an und rief: »Na, ist das denn die Möglichkeit?«

Noch ehe ich entscheiden konnte, woher dieser Mensch mich zu kennen meinte (und ob ich auch mit ihm bekannt sein wollte), da hatte er sich schon von seinem Sessel erhoben. Zielsicher, wenn auch schwankend, steuerte er auf mich zu, und klopfte mir mit einem unverschämten »Servus, Hauptmann« auf die Schulter – die verletzte Schulter, selbstredend.

Ich zuckte zusammen und musterte ihn ratlos. Ein Bekannter aus der Armee, das stand fest. Gleichrangig, bestenfalls eine Stufe über mir in der militärischen Hierarchie stehend. Darüber hinaus jemand, bei dem ich ausreichend Eindruck hinterlassen hatte, dass er sich auch Jahre nach meinem überstürzten Abschied von Regiment und Offizierswürden noch an mich erinnerte – gleichzeitig aber vergesslich, unwissend oder bösartig genug war, um meinen ehemaligen Rang zu strapazieren.

Jetzt beäugte er mich misstrauisch. »Sie sind doch Hauptmann von Sirco?«

»Nicht mehr«, korrigierte ich steif. »Und mit wem habe ich das Vergnügen?«

Der Trunkenbold schlug sich mit einer Hand gegen die Stirn, torkelte einen Schritt zur Seite. »Jössas na, ich bitt' vielmals um

Entschuldigung!« Seine Äuglein glänzten, als er mir voll Häme versicherte, die ganze blöde Geschichte vergessen zu haben. Sodann nahm er Haltung an und gab sich mir als Ferdinand Werner, Rittmeister, zu erkennen: Einer der Ausbildner in jenen Tagen, als ich Kadett in Olomouc war.

Sofort stellte sich mir die Frage, was ihn genau hierher, nach Prag, in Esthers Salon geführt hatte. Durfte ich auf einen nicht weiter bemerkenswerten Zufall spekulieren? Oder hatte man sich in Wien doch noch dazu aufgerafft, genauere Ermittlungen zum Tod Oberst Waldhausens einzuleiten? Wie würde der brave Rittmeister reagieren, wenn er von dem Vampir und Lili Trubics tödlicher Kabale erführe – doch das durfte nie geschehen.

Rittmeister Werner indes schien nicht geneigt, mich so bald wieder freizugeben. »Wollen'S nicht mit mir frühstücken gehen?«, schlug er vor, meinen höchst unangemessenen Aufzug ignorierend. Wie freundlich er nun wieder tat! Bis zu meiner unehrenhaften Entlassung aus den Streitkräften hatten wir in losem Briefwechsel gestanden: Wie so viele meiner Bekannten und Freunde hatte aber auch er nach dem Skandal jeglichen Kontakt zu mir abgebrochen.

»Im Urban, da sollt' jetzt der Steiner, mein alter Freund, herumsitzen, der hat mich nach Prag eingeladen …«

Kurz lauschte ich dem verworrenen Bericht des Rittmeisters über seine bisherigen Prager Unternehmungen. Welch Ironie, dass er mir damals in Olomouc unter all den ausbildenden Offizieren der liebste gewesen war: Ruppiges und ungeschliffenes Individuum, das er nun einmal war, hatte er mich – den arroganten unglücklichen Jungen mit dem unmöglichen Akzent – fast mit väterlicher Freundlichkeit behandelt. Und wie hatte ich es ihm damals gedankt? Eines Nachts, ich wusste aus sicherer Quelle, dass er ausgegangen war, hatte ich mir mit zwei Kameraden Zutritt zu seinen Zimmern in der Kaserne verschafft. Wir hatten seine Vorräte an französischem Wein (von denen ich durch selbige zuverlässige Quelle erfahren hatte) plündern wollen. Das Bubenstück hatte eine moralisch deutlich verwerflichere Wendung angenommen, als ich das Tagebuch auf seinem Schreibtisch erblickte, und – Anstand war mir damals fremd gewesen – darin zu lesen begonnen hatte. Er hatte nichts Aufregenderes zu verzeichnen gehabt, die üblichen pikanten Histörchen, die das Offiziersleben mit sich brachte; nichts, wovon Kameraden in geringfügigen Abwandlungen nicht schon unzählige Male berichtet hatten; nichts, was ich nicht trotz meiner jungen Jahre schon selbst erlebt hatte – und dennoch hatte ich bis heute nicht des Rittmeisters Liaison mit der holländischen Balletttänzerin vergessen …

Und dann, plötzlich, traf mich die Erkenntnis wie ein Blitzschlag: Felix hatte mir geantwortet, es gäbe nichts mehr, woran er sich *in concreto* erinnern könnte, als ich ihn nach Episoden aus den Tagebüchern seines Vaters fragte. War es möglich, dass ihm tatsächlich kein Detail aus den als Junge unrechtmäßig gelesenen Tagebüchern im Gedächtnis geblieben war?

Ich unterbrach Rittmeister Werners Redeschwall mit einem raschen Grußwort und hastete ins Freie. Erst als ich mir einen Wagen nehmen wollte, bemerkte ich, dass ich mein Portemonnaie nicht bei mir trug, doch ich eilte weiter. Verschwitzt und außer Atem kam ich beim Palais Trubic an, meine angeschlagene Konstitution verfluchend.

Der Graf Trubic sei nicht zu sprechen, informierte mich ein Diener, der endlich, nach mehrmaliger Betätigung der Klingelschnur aufgetaucht war. Er betrachtete mich aus müden Augen, und es war ihm anzusehen, dass ihm mein unkonventionelles Erscheinungsbild missfiel, auch wenn ich vermutete, dass ein Angestellter im Hause Trubic an sonderbarere Auftritte gewöhnt war.

Ich sah auf die Uhr (noch nicht einmal acht) und gab jeglichen Anspruch auf Manieren auf. »Melden Sie mich an«, befahl ich. »Es ist mir gleich, was er tut, es ist mir gleich, ob Sie ihn wecken. Ich muss den Herrn Grafen unverzüglich sprechen.«

Kaum eine Viertelstunde später empfing mich Felix in der Bibliothek, wo er im Hausmantel, rauchend – wie konnte es anders sein – auf dem Sofa lag, die Morgenausgaben sämtlicher in Prag verfügbarer Zeitungen um sich verstreut.

»Dejan, dir ist Furchtbares widerfahren, ich sehe es dir an!«, grüßte er mich munter. Offensichtlich hatte er sich von den Nachwirkungen seines gestrigen Ausfluges ins Reich der Zauberei gut erholt.

»Ich muss mit dir über die Tagebücher deines Vaters sprechen«, teilte ich ihm kühl mit, während ich mich in einem der Polstersessel niederließ. »Du sagtest, du könntest dich an keine einzelne Begebenheit mehr erinnern. Wirklich nicht? Gibt es denn nichts, wovon du mir *en detail* erzählen könntest?«

»Eine Begebenheit *en detail*«, wiederholte er langsam. »Schon gut, Dejan. Kein Grund, mich zum Narren zu halten.« Felix legte seine Zigarette ab und verschränkte die Arme hinter seinem Kopf. »Du weißt, dass Freundespflicht gebietet, mir zu verraten, wie du es herausgefunden hast. Nur damit ich mich wappnen kann«, sagte er leichthin und gab mir damit zu verstehen, dass ich einen Treffer gelandet hatte, dass eine weitere von Felix' Lügen zerbrochen war. Würde einst der Tag kommen, an dem er demaskiert und bloß vor mir stand? Würde ich ihn dann noch wiedererkennen?

Müßige Gedanken. Ich schob sie beiseite: »Nenn' es Intuition.«

»Intuition, ich bitte dich. So etwas erfährt man nicht durch Intuition, sondern durch bösen Klatsch.« Er klang bitter. »Wer wagt es, den guten Namen meiner Familie, ganz zu Recht in den Schmutz zu ziehen?«

»Ich weiß es nicht«, gestand ich.

»Du weißt nicht, wer dir davon erzählt hat?« Felix blieb argwöhnisch.

Ich hob die Hände. »Ich weiß nicht, wovon wir reden! Ich weiß nur, dass du aus irgendeinem Grund *partout* nicht auf den Inhalt der Tagebücher eingehen wolltest. Und das gab mir zu denken.«

Es hatte eine Zeit gegeben, da hätte es mich amüsiert, Felix Trubic sprachlos, erschrocken, zu erleben. Heute war es mir ein bitterer Triumph.

Bis der Diener, der in jenem Moment die Bibliothek betrat, das Kaffeegeschirr aufgedeckt und sich wieder entfernt hatte, war es Felix gelungen, seine Haltung zurückzugewinnen. »Träume ich, oder habe ich gerade den trivialsten aller möglichen Anfängerfehler begangen?«, fragte er mich leise.

»Du träumst nur«, antwortete ich, ebenfalls mit gesenkter Stimme.

»Exzellent. Dann werde ich bedenkenlos meine Beichte ablegen. Träume schließlich sind frei von Konsequenzen.«

Ich verstand. Ein Zwinkern, ein Lächeln – der Pakt war geschlossen.

»Schau sie dir an. Schau sie dir gut an«, sagte Felix. Wir standen im Paradezimmer im ersten Stock vor der Wand mit den Porträts lange verschiedener Vorfahren des gegenwärtigen Grafen Trubic.

»Die Hochmut im Blick, das muss eine Familieneigenschaft sein«, teilte ich ihm erneut meine Beobachtung von vorgestern mit. »Und jene Dame dort, gleich bei der Tür, lächelt gerade so wie du.«

Felix strich die Schöße seines Hausmantels glatt. »Du erinnerst dich an die Geschichte von der Harpyie in der Wiener Oper?«, wollte er reichlich zusammenhangslos wissen, als er mich wieder nach oben, in die Bibliothek geleitete.

Ich seufzte. In den Tagen unsere eigentümlichen Freundschaft war ich mindestens ein Dutzend Mal in den Genuss dieser seine Lieblingsanekdoten gekommen.

Ungefähr ein Jahr, bevor das Schicksal uns beide in Mostar zusammengeführt hatte, hatte sich Felix mit besagter Harpyie zu befassen. Jene hatte im Dachgeschoss der Wiener Oper ein friedliches Eremitendasein geführt – bis zu jenem Tag, als sich die Operndirektion entschieden hatte »Tristan und Isolde« aufzuführen, und die damals blutjunge Helena Bavorova als Isolde zu engagieren. Unglücklicherweise hatte an der Seite der unnachahmlichen Bavorova ein mehr als mittelmäßiger Tristan gespielt. Die Harpyie, eine kunstsinnige Person, deren größtes und einziges Vergnügen es gewesen war, den Proben und Vorstellungen zu lauschen, hatte es als Frevel angesehen, einen so unerfreulichen Sänger neben der Bavorova agieren zu lassen. Und so hatte sie beschlossen, einzuschreiten. Während einer Probe hatte sie sich auf den Tristan gestürzt, wohl in der Absicht, ihn von der Bühne zu jagen. Unzählige Menschen, auf der Bühne, in den Kulissen, auch im Zuschauerraum, waren zugegen gewesen, als der Angriff erfolgt war. Bis die Centrale davon in Kenntnis gesetzt worden war, und Felix eingetroffen war, war die Harpyie kreischend durch die Oper geflattert; und auch dann hatte es noch einige Zeit in Anspruch genommen, sie einzufangen. Jede einzelne Person, die sich zu jenem Zeitpunkt im Opernhaus aufhielt, musste die Harpyie zu sehen bekommen haben – und dennoch war etwas Erstaunliches geschehen: Ungeachtet der Tatsache, dass etliche der Anwesenden die menschlichen Gesichtszüge der Harpyie erblickt hatten, ihre Schmähungen gehört haben mussten, hatte man sich später erzählt, es hätte sich um einen entkommenen Raubvogel, einen Falken vielleicht, oder einen Adler gehandelt. Denn ein Adler in der Oper mochte zwar ungewöhnlich gewesen sein, aber noch lange kein Grund, die eigene geistige Gesundheit zu überdenken, oder gar die Grenzen der Realität neu abzustecken. Man hatte nur gesehen, was man sich zu sehen erlaubt hatte. So war es bequemer gewesen.

Ich blieb verständnislos in der Tür zur Bibliothek stehen. »Ist die Geschichte denn von Relevanz?«, fragte ich.

Felix' Antwort war dünn und kühl. »O ja. Weil du einen Adler gesehen hast, als du meintest, ich würde der Trubic'schen Ahnengalerie ähneln.«

Dann hielt ich die Photographie des verstorbenen Grafen Jindřich von Trubic in den Händen: Ein gut aussehender junger Mann, schlank, mit hellem Haar und lächelnden Augen. Ungezwungen lag er in einem Fauteuil, die zerknüllten Handschuhe auf dem Knie. Inzwischen hatte ich begriffen, worauf Felix hinauswollte, und dennoch glaubte ich Ähnlichkeiten zwischen ihm und seinem angeblichen Vater zu finden.

»Jindřich war achtzehn gewesen, als er meine Mutter geheiratet hatte. Klug, zuvorkommend, von altem Adel, war er ein guter Fang für eine kleine Baronesse gewesen. Zu Beginn wenigstens war es eine glückliche Verbindung gewesen, die nur ein kleiner Schönheitsfehler getrübt hatte: Auch nach Jahren der Ehe hatte sich kein Kindersegen eingestellt.«

Unvermittelt nahm mir Felix die Porträtphotographie weg, platzierte sie sorgsam auf dem Couchtisch vor uns. »Jindřich hatte das als äußerst peinliche körperliche Unzulänglichkeit seinerseits gesehen. Er hatte mehrere Ärzte aufgesucht und meine Mutter gedrängt, es ihm gleichzutun. Die Ärzte hatten beiden attestiert, dass sie vollkommen gesund wären. Dennoch, viele Jahre sind mittlerweile verstrichen gewesen. Tratsch und böses Blut waren aufgetaucht. Jindřich, ein liebenswerter, doch labiler Charakter, hatte sich dem Druck nicht länger gewachsen gefühlt: Das Haus Trubic hatte einen Erben benötigt, und der Zweck hatte ihm die Mittel geheiligt.«

Felix fixierte mich jetzt. Ich hielt seinem Blick stand.

»Jindřich hat meine Mutter gebeten, doch einen ihrer zahlreichen Verehrer zu erhören.«

Er seufzte schwer, strich mit dem Zeigefinger über den Rahmen der Photographie. »Den Tagebüchern zu entnehmen hatte es furchtbaren Streit gegeben. Mutter hatte es menschenverachtend gefunden, was ihr geliebter Gemahl da von ihr verlangt hatte. Dennoch hatte sie sich schließlich seinem Ansinnen gefügt – unter der Bedingung, dass er selbst sich ihr niemals wieder in intimer Weise nähern würde. Beide hatten sie die Familienehre – oder besser, was sie dafür gehalten hatten – über jeglichen guten Geschmack gestellt. Die Wahl meiner Mutter war pikanterweise auf einen guten Freund meines Vaters gefallen. Jindřich hatte seinen Namen nicht genannt, ihn aber als ›charmant, elegant, weltgewandt‹ und viel zu alt für meine Mutter bezeichnet. Du wirst verstehen, weshalb ich nicht sonderlich darauf erpicht bin, dass diese Geschichte publik wird.«

Ich gestand mir einen Augenblick voller Erstaunen zu, ehe ich sagte: »Das bedeutet, der Fluch ist nicht an die Blutlinie gebunden. Es sei denn, deinem Mörder ist diese kleine Episode nicht bekannt.«

»Unwahrscheinlich«, warf Felix träge ein und rieb sich die dunkel geränderten Augen. »Davon abgesehen: Blutlinie, ich bitte dich! Jindřich war wohl ebenso wenig blutsverwandt mit Milan, dem ersten Graf von Trubic, wie ich selbst. Du darfst nicht vergessen, mit den Jahrhunderten wurde der Titel zwischen allen denkbaren Linien und Nebenlinien des Hauses weitergegeben. Vermutlich aus den üblichen Gründen: Skandale, Enterbungen, keine männlichen Nachfahren – und doch frage ich mich, ob die lange Reihe der Trubic'schen Ahnen nicht dann und wann einen klugen Kopf hervorgebracht hat, der die Zeichen zu deuten wusste, und den Titel rundheraus ablehnte? Wir werden es niemals erfahren.«

Somit konnte der Fluch an den Titel selbst gebunden sein. Aber hatte Jindřich davon gewusst? Oder hatte er die Pistole in dem Glauben gegen sich gerichtet, seinem Sohn das grauenvolle Schicksal der Ahnen erspart zu haben?

»Es wäre ihm zu wünschen gewesen, dass er sich nicht allzu sehr mit unserer Familiengeschichte auseinandergesetzt hatte und seine Illusionen noch mit ins Grab genommen hat«, sagte Felix, und offenbarte mir damit, dass ich meine Überlegung wieder einmal in Worte gekleidet hatte.

»Wir sollten dennoch noch einmal einen Blick auf deine Ahnenreihe« – absichtlich benutzte ich die Wendung; ich fühlte, wie Felix' Lächeln mich streifte – »werfen. Vielleicht existiert noch irgendein Hinweis, den du ... den wir ... bisher übersehen haben.«

Felix streckte sich zur Klingelschnur und läutete nach dem Diener. »Ich hoffe es, Dejan. Ich hoffe es sehr.«

Wenig später saßen wir über Kopien der höchst verzweigten Ahnentafeln des Hauses Trubic, die Felix schon vor vielen Jahren hatte anfertigen lassen. Die Originale lagen seinen Angaben zufolge im Tresorraum eines bekannten Wiener Bankhauses. Eine leidgeprüfte innere Stimme legte mir die Möglichkeit nahe, dass Felix mir aus unerfindlichen Gründen soeben die *Fälschung* seines Familienstammbaums zeigte.

»Dejan? Deine zerknitterte Miene verrät mir, dass Unerfreulichkeiten dein Gemüt beschweren«, spottete Felix. »Möchtest du mich nicht daran teilhaben lassen?«

Mit ein paar Notizbögen fächerte ich mir Luft zu, überlegte: Welchen Sinn hätte es, ihm die alten Vorhaltungen zu machen, dass er mit seinen so eifersüchtig gehüteten Geheimnissen, seinen Täuschungen und Lügen das Fortkommen unserer ohnehin schwerfälligen Ermittlungen behinderte? Lächeln würde er, und mich darauf hinweisen, dass weder seine illegitime Geburt noch Lilis arrangierte Heirat mit Waldhausen ursprünglich in irgendeinem Zusammenhang zu dem jahrhundertealten Fluch seiner Familie gestanden wären. Wie hätte er denn ahnen können, dass nicht nur Lili, sondern er selbst in weit engerer Beziehung zu dem Vampir stand, als er es sich jemals hatte träumen lassen? Und was die Tagebuchaufzeichnungen Jindřichs betraf, spielte es denn wirklich eine Rolle, aus welchen Gründen sie entwendet worden waren? Nein, würde er mir versichern, und selbst daran glauben: Er hatte mir nur Einzelheiten unterschlagen, die nicht im Zusammenhang mit meinem Fall, sondern als Geheimnisse für sich existiert hatten.

Ich blieb ihm eine Antwort schuldig und wandte meine Aufmerksamkeit wieder der verwirrenden Erbfolge im Hause Trubic zu. Wenn ich den Aufzeichnungen trauen durfte, so hatte kein Graf von Trubic jemals seinen 41. Geburtstag erlebt (die meisten waren sogar noch deutlich früher aus dem Leben gegangen). Bis zu Milan, Baron Trubic, der in der letzten Dekade des 16. Jahrhunderts nach Böhmen gekommen war, und kurz vor seinem Tod für Dienste am Kaiserreich (wenn wir der Chronik Glauben schenken durften) in den Stand eines Grafen erhoben worden war, reichte die makabere Tradition zurück.

Milan Trubic. Nachdenklich tippte ich mit meinem behandschuhten Zeigefinger gegen den Namen auf dem Papier. Geboren 1562, bei Belgrad. Gestorben 1603 in Prag, fast zwanzig Jahre vor der Schlacht am Weißen Berg. »Milan Trubic«, sagte ich leise. »Was ist dein Geheimnis?«

12

Prag

2. Juli 1909

Aus den Aufzeichnungen Baron Sircos, Prag, 2. Juli 1909

Tausenderlei Gedanken beschäftigten mich, als ich zur Mittagsstunde unsere Wohnung betrat, wo ich Lysander und Mirko in der Küche bei Pavel vorfand, der sie mit gewichtiger Miene ein Brettspiel zu lehren versuchte, dessen Regeln sich meinen beiden Kameraden offenkundig noch nicht zur Gänze erschlossen hatten.

»Wir werden Nemec noch einen Besuch abstatten«, verkündete ich statt eines Grußes. Die mannigfaltigen Fragen und Vermutungen in ihren Gesichtern ignorierte ich. Lysander stieß mit der Schnauze eine Spielfigur zwei Felder weiter, was Mirko zu einem verärgerten Grunzen veranlasste, und sah mich sodann aufmerksam schnuppernd an.

Rasch wandte ich mich ab; ich wusste selbst, dass ich nach Esthers Parfüm und Felix' Zigaretten roch, doch ich sah keinen Grund, diese Information auch mit Pavel und Mirko zu teilen.

Letzterer rutschte von seinem Schemel, murmelte Unverständliches gen Küchenboden.

»Heute Morgen, bei seinem Rundgang durch die Kaffeehäuser, hat er eine Antwort auf seine Fuchszeichnungen erhalten«, übersetzte mir Lysander, woraufhin Mirko bis zum Haaransatz errötete.

»Im Goldenen Stern, gleich hinter der Universitätsbibliothek hat jemand das hier an die Wand gehängt.« Umständlich zog Mirko ein mehrfach gefaltetes Blatt Papier aus seinem Jackett.

»Jener perfide Gauner, der sich am Abend des 22. Juni 1909 sämtlicher Asse aus unseren Karten bemächtigt hat, möge diese postwendend retournieren, will er nicht unseren furchtbaren Zorn auf sich ziehen. Hochachtungsvoll, der Achtertisch«, stand mit Bleistift auf den billigen Briefbogen gekritzelt. Aus der linken Ecke glotzte mir einer von Mirkos scheußlichen Füchsen entgegen. Darunter wiederum hatte jemand in geschwungener Schönschrift zwei Worte geschrieben: *»Armer Trottel«*.

Anstand gebot, mir ein Grinsen zu verbeißen, als ich Mirko den Zettel zurückgab. »Selbstverständlich hat niemand gesehen, wer dir dieses wenig schmeichelhafte Charakterurteil übermitteln wollte, nicht wahr?«, erkundigte ich mich.

Mirko nickte beklommen.

Armer Trottel, in der Tat. Wer immer sich auch im Namen des Fuchses verschworen haben mochte, sie kannten mich, sie kannten Lysander – und nun auch Mirko. Wollten wir jemals noch mit ihnen in Berührung kommen, so würden wir nun der Hilfe eines Außenstehenden bedürfen.

Rasch schrieb ich eine kurze Note, in der ich Dr. Rosenstein um eine Telephonchiffre bat, unter der ich ihn erreichen konnte; damit schickte ich Pavel zur Post, ehe ich mich, am Rand der völligen Erschöpfung, in mein Schlafzimmer zurückzog.

Lysander gestand mir nur ein paar Stunden Ruhe zu, dann weckte er mich voller Tatendrang. Während ich mich ankleidete, nutzte ich die Zeit, um ihm die nötigsten Details meiner morgendlichen Unterredung mit Felix darzulegen – selbstredend ohne auf die jüngere Trubic'sche Familiengeschichte einzugehen.

»Und wir ziehen los, um Milan Trubics Dienste am Kaiserreich zu ergründen?«, vergewisserte er sich nun. »Dann wage ich die kühne Vermutung, dass Nemec seine Freude mit uns haben wird! Manchmal glaube ich, der gute Junge schätzt den gepflegten historischen Plausch sogar noch mehr als ich.«

»Füchse hab' ich heute noch keine gesehen, Herr Baron!« Nemec, einen Stapel ältlicher Bücher in unterschiedlichen Stadien des Zerfalls vor sich hertragend, trat aus dem winzigen Hinterzimmer, das er gerne als »das Lager« zu benennen pflegte. Mit einer raschen Geste gebot ich ihm, seine Lautstärke zu mäßigen, zumal die Tür wegen der Sommerhitze einen Spalt geöffnet blieb, und sich draußen eine farblose Gestalt die Bücher im Schaufenster besah.

»Heute muss ich Sie tatsächlich mit einer weiteren Frage behelligen«, eröffnete ich das Gespräch. Ich setzte Lysander auf dem Verkaufspult ab, was den Buchhändler dazu veranlasste, hastig eine ausgesprochen unansehnliche Miniatur aus dem Verkehr zu ziehen.

»Zu Diensten, Baron«, murmelte er dabei.

»Was können Sie mir über Milan, den ersten Graf Trubic erzählen?«, erkundigte ich mich schließlich.

Nachdenklich strich sich Nemec den Backenbart. »Den Ahnen von unserem Graf Trubic, meinen'S wohl? Warten'S, lassen Sie mich nachdenken. Ein Marschall vom Kaiser Rudolf war er, an sich ein verarmter Baron. Wegen militärischen Verdiensten dürft' der Kaiser ihn zum Grafen gemacht haben …«

An dieser Stelle stieß Lysander ein schrilles Pfeifen aus.

Nemec runzelte hoch konzentriert die Stirn. »Wobei Ihr Otter da schon Recht hat mit seinem Einwand, Herr Baron. Große militärische Triumphe, wo aus einem Baron ein Held werden konnte, hatte es damals für Böhmen nicht so viele gegeben. Na, gestorben jedenfalls müsst' er …«

»Danke«, unterbrach ich ihn. »Das weiß ich bereits. Und sonst?«

Des Buchhändlers faltige Gesichtszüge zerknitterten sich weiter. »Gar nichts sonst«, stellte er kummervoll fest, augenscheinlich betrübt, dem Herrn Baron nicht weiter behilflich sein zu können. »Gestorben ist er eben, und nicht einmal dazu gibt es eine Geschichte. Ja, sogar in der Vergangenheit haben manche Leut' ein ganz ein banales Leben geführt – selbst wenn sie Grafen geworden sind dafür. Da denk' ich mir schon ...«

Wir sollten niemals erfahren, was Antiquar Nemec sich dachte, denn in diesem Moment hatte Fortuna in ihrer unergründlichen Launenhaftigkeit entschieden, sich uns in Milde zuzuwenden. Ein neuer Kunde betrat die Buchhandlung, ein schmächtiger, blonder Jüngling. Er murmelte einen artigen Gruß, woraufhin Nemec wie versteinert hinter seinem Pult stehen blieb und sich so umständlich räusperte, dass ich erriet, dass es sich um bewussten Neugierigen handeln musste, der vorgestern mit Fragen zu dem Fuchs vorgesprochen hatte.

»Geh' schau'S, junger Herr, ich hab' Ihnen doch schon gesagt, dass Sie mit der Fuchssymbolik in der Stadtgeschichte keine rechte Freude haben werden«, teilte Nemec dem Neuankömmling mit. Dabei warf er mir einen bedeutungsschweren Seitenblick zu: Fluch des Adelsnamens! Kaum ein bürgerlicher Intellektueller war von der Meinung abzubringen, dass ein Mitglied der Aristokratie nicht zwingend mit Schwachsinn geschlagen sein musste.

»Sie haben mir aber nicht die Wahrheit gesagt, Pan Nemec«, antwortete der Junge nun. Seine rechte Faust hielt er um einen eng gefalteten Papierstreifen geballt.

»Wieso kommen'S denn dann gleich wieder her, wenn ich Sie doch nur anlüg'?«, knurrte Nemec. »Außerdem könnten'S eigentlich sehen, dass ich grad den Herrn Baron bedien!«

Wenn der Junge mich erkannt hatte, so durfte er sich rühmen, der vollendetste Schauspieler zu sein, den ich jemals zu

Gesicht bekommen hatte. Rasch zog er den Hut und ließ eine kleine Verbeugung folgen.

»Ich bitte um Verzeihung, Baron«, sagte er in hartem, überkorrektem Deutsch.

Ich winkte ab, blätterte in dem kunstgeschichtlichen Werk, das ich bei Eintreten des Jungen hastig zur Hand genommen hatte. »Aber fahren Sie ruhig fort, ich habe keine Eile.«

Auf dem Verkaufstisch bleckte Lysander die Zähne zu einem hämischen Grinsen, was den Jungen einen raschen Schritt rückwärts tätigen ließ, ehe er sich daranmachte, das zerknüllte Blatt zu entfalten und sorgfältig zu glätten.

Über den Rand meines Buches hinweg erspähte ich eine von Mirkos dilettantischen Fuchszeichnungen auf dem Papier, welches nunmehr an Antiquar Nemec weitergereicht wurde.

»Füchse«, erklärte der Knabe; streitlustig stemmte er die Hände in die Hüften und reckte das Kinn nach vorne, und wirkte dabei doch nur armselig. »Gehen Sie nur durch die Kaffeehäuser, Pan Nemec. Schauen Sie sich nur um. Füchse werden Sie finden. Überall.«

Kopfschüttelnd legte Nemec den Zettel beiseite und gab murmelnd seine Meinung zu »feinen Hausarbeiten, bei denen der junge Herr sich in Kaffeehäusern herumtreibt« zum Besten. Der so Getadelte errötete; offensichtlich hatte er sich gerade wieder seiner ursprünglichen Lüge erinnert. Soweit die beengte Verkaufsstube es erlaubte, begann er umherzuwandern, über ächzende Holzdielen, von der Tür bis zu den Regalen an der gegenüberliegenden Wand, bis er schließlich zu einer gewagten Schlussfolgerung kam. »Jetzt verstehe ich.« Er war augenscheinlich stolz über seine Weltläufigkeit. »Wie dürfte ich mich denn für Ihre Hilfe revanchieren?« Und mit diesen Worten zerrte er sein Portemonnaie aus der Tasche seines Jacketts!

Lysander stieß einen Laut aus, der verdächtig an menschliches Lachen gemahnte; auch ich konnte mir bei dem Anblick von Nemecs entsetzter Miene ein Schmunzeln nicht verkneifen. Der geeignete Augenblick war gekommen, um einzuschreiten und den Bub vor seinem peinlichen Fehler zu bewahren – woraufhin er, daran zweifelte ich nicht, mit Sicherheit sein Heil in einer raschen Flucht gesucht hätte. Mit ostentativem Desinteresse legte ich das Buch auf der Verkaufstheke ab, maß den Jungen vom ordentlich gezogenen Scheitel bis zu den staubigen Schuhspitzen.

»Ist denn das Problem so dringlich, dass es derart abstoßende Manieren rechtfertigt?«, wollte ich zuletzt wissen.

Der Junge biss sich auf die Lippen, senkte beschämt den Kopf. Einmal noch in dem Alter sein, wo man sich den Luxus leisten konnte, sich Fehler und Beleidigungen zu Herzen zu nehmen!

»Schauen Sie«, setzte ich sanfter hinzu, da ich nunmehr befürchtete, ihn mit meinem schroffen Gehaben vollends eingeschüchtert zu haben. »Warum sekkieren Sie denn den armen Mann, wenn er doch keine Ahnung hat? Sie werden doch Professoren, Kameraden oder ein Elternhaus haben, die sie mit historischen Feinheiten bestürmen können, nicht wahr?«

Mein umgänglicher Ton schien den Jungen endlich zu ermutigen, ein wenig mehr von seiner sonderbaren Queste preiszugeben. »Es gibt ein geflügeltes Wort unter meinen Schulkameraden: Alles, was sonst keiner weiß, erführe man vom Antiquar Nemec«, erklärte er mir, während er verstohlen sein Portemonnaie in der Tasche verstaute.

»Ach«, sagte ich. »Und mit der Fuchssymbolik verhält es sich ebenso? Wie sonderbar.«

»Sie wissen um ihre Bedeutung?«, fragte er, halb skeptisch, halb hoffnungsvoll.

»Nun, gewissermaßen«, antwortete ich, darauf bedacht, mir meine Erregung über diese Wendung der Dinge nicht anmerken zu lassen. Wenn es mir nur gelang, diesen wunderlichen

Knaben zum Sprechen zu bringen, wenn er mir erzählte, weshalb er so verbissen hinter dem Fuchs herjagte ...

Noch schwieg er, nagte zögerlich an seiner Unterlippe. Ich beschloss, einen weiteren Schritt auf ihn zuzugehen.

»Wenn Sie möchten, könnten wir uns irgendwo ungestört über Ihren Fuchs unterhalten?«

Alle Farbe wich mit einem Mal aus seinem Gesicht.

»Unter vier Augen«, fuhr ich fort.

»Nein!« Der heisere, angstvolle Ausruf kam überraschend. Ich sah, wie Nemec, der bisher der Szene neugierig gelauscht hatte, zusammenzuckte, sah wie Lysander sich aufrichtete.

»Nein!«, wiederholte der Knabe. Echte Furcht spiegelte sich in seinem Gesicht. »Sie sind einer von ihnen, ich weiß es genau! Was haben Sie mit Leo gemacht? Was haben Sie meinem Bruder angetan?« Seine Stimme überschlug sich.

Unwillkürlich streckte ich die Hand nach ihm aus. Ich wollte ihn beruhigen, ihn schütteln, bis er wieder zur Besinnung käme. Doch das schien ein schwerer Fehler gewesen zu sein.

»Nein!«, gellte er erneut. »Lassen Sie mich! Lassen Sie mich in Frieden!« Er wirbelte auf dem Absatz herum und stürzte hinaus ins Freie, dabei stieß er beinahe mit einer mageren Gestalt zusammen, die eben im Begriff war, Nemecs Laden zu betreten. Noch bevor ich mich dazu entschließen konnte, die Verfolgung aufzunehmen – ein Vorhaben, dem ich in Anbetracht meiner geschwächten Konstitution nur geringe Erfolgschancen einräumte –, war Lysander auch schon von dem Verkaufstisch gesprungen. Kurz sah er zu mir auf, stieß einen sonderbaren Quietschlaut aus, und stürzte durch die offene Tür davon.

Als ich, Momente später und in deutlich gesetzterem Tempo die Buchhandlung verließ, waren beide schon aus der Gasse entschwunden.

Flüchtig erwog ich, den kurzen Weg hinauf zum Kleinseitner Ring anzutreten, um Felix von dieser rätselhaften Episode in

Kenntnis zu setzen, doch ich besann mich rasch eines Besseren: Was sich ereignet hatte, ließ sich auch in einem kurzen Telegramm festhalten. Und war es nicht klüger, weitere Erkundigungen über unseren Fragesteller und seinen Bruder einzuziehen, ehe ich Felix' Hoffnungen schürte? So konnte ich nur hoffen, dass Lysander bald, und mit nutzbringenden Informationen versehen, zurückkehren würde.

Vorerst wurde meine Geduld auf eine harte Probe gestellt: Wie nicht anders zu erwarten, fand ich Mirko allein in der Wohnung vor, wo er sich am Klavier in seltsamen Variationen, die selten nach Chopin und zumeist nach Jahrmarkt klangen, versuchte. Sobald ich den Salon betreten hatte, hielt er in seinem Spiel inne und sprang auf, als hätte ich ihn bei einem höchst anrüchigen Zeitvertreib ertappt. Da ich den Jungen nicht zu weiteren eigenmächtigen Operationen ermutigen wollte, erzählte ich ihm nicht, dass mir gerade eine seiner Kritzeleien eine höchst informative Bekanntschaft eingebracht hatte.

Später, ich hatte mich ungeachtet der frühen Abendstunde zu Bett begeben, klopfte es an meiner Zimmertür. Es nahm eine kleine Weile in Anspruch, ehe ich aus meinem Dämmerschlaf zurück in die Gegenwart fand und ein nicht eben freundliches »Ja, bitte!« knurrte.

Mirko trat ein. »Ich wollte ...«, begann er und sah sich dabei in dem altvertrauten Raum um, als hätte er ihn zum ersten Mal betreten; als sei er noch der kleine Taschendieb, der mit Staunen die Wohnung erkundete: Die dunkelgrünen Ziervorhänge in meinem Schlafzimmer sowie die blassgemusterte Seidentapete waren ihm damals als Höhepunkt der Eleganz erschienen.

»Störe ich dich?«, erkundigte er sich jetzt, und die Vorsicht in seiner Stimme, seinen Gesten erfüllte mich mit Zorn. Mit

Mühe hielt ich eine scharfe Antwort zurück, um die fragile Basis, die noch zwischen uns bestand, nicht zu gefährden.

»Ich störe«, missverstand Mirko mein Schweigen. »Aber es gibt etwas, das ich dich trotzdem fragen muss.«

Ich hob den Kopf.

»Kann ich wieder am Fall Trubic mitarbeiten?«, stieß er sehr schnell hervor. »Ich meine, so wie … früher?«

Wie früher! Was würde schon wie früher sein, wenn es uns einst gelingen sollte, dieses Labyrinth der Masken, der Täuschungen, des Hasses und der Rache zu verlassen?

Mirko stützte sich schwer auf die geschmacklose Biedermeierkommode, die ich vor Jahren in einem Anfall von Selbsthass erworben hatte. »Ich bin mit euch nach Prag gekommen, weil ich diesen Fall mit dir und Lysander zu Ende bringen will.« Hastig redete er weiter, als erwartete und fürchtete er Widerspruch. »Und weil ich dachte, dass ich … dass wir …« Er blickte mich jetzt mit wilden, verletzten Kinderaugen an: »Ich dachte, hier könnte immer noch mein Zuhause sein!«

Ich setzte mich ruckartig auf; eine schnelle, ungeschickte Bewegung, die mir meine lädierte Rippe nicht verzieh. Eine Hand gegen meinen Brustkorb gepresst, wartete ich ab, bis der Schmerz allmählich verebbte. »Wenn du möchtest, ist es das immer noch. Dein Zuhause.«

Mirko war ein paar Schritte näher gekommen, beäugte mich stirnrunzelnd. »Lysander meint, dass es schlimmer war, als du zugeben willst.«

Mit »es« konnte nur der Unfall gemeint sein. »Lysander wünscht zu übertreiben, und heldenhaftes Betragen zu verorten, wo keines ist«, sagte ich mit einem vorsichtigen Achselzucken.

Behutsam schob Mirko einige Bücher und etwas Briefpapier zur Seite, ehe er sich auf dem Sessel neben meinem Bett niederließ.

»Ich verstehe es nicht«, bekannte er.

»Ich bitte um eine Präzisierung der Aussage«, murmelte ich, obschon mir der Sinn nicht nach grundsätzlichen Erörterungen stand und mir noch immer jeder tiefere Atemzug eine Qual war.

»Nichts.« Mirko fuchtelte nun mit beiden Armen in der Luft. »Die Automobilrennen nicht, und die Heldenpose, und die ... die Geschichte aus dem Tagebuch, und ...« Er senkte den Blick.

»Warum hast du mir damals geholfen?«, stammelte er hilflos.

Es wäre ein Leichtes gewesen, zu lügen und ihm die Antworten zu geben, auf die er wartete. Doch ich wusste seit der Bahnfahrt nach Wien, als ich seinen verletzten Brief an Esther gelesen hatte, dass er die Wahrheit verdiente: »Ich weiß es nicht.«

Mirko scharrte mit den Schuhspitzen auf dem Teppich. »Aber mit Trubic bist du ... hast du?«, murmelte er reichlich unzusammenhängend, doch verständlich.

»Ja«, sagte ich ruhig. Das genügte als umfassende Erklärung. Zu meiner grenzenlosen Erleichterung tat Mirko uns beiden den Gefallen, ausnahmsweise nicht Schrecken und moralische Entrüstung zu markieren.

»Aber es hat nur mit Trubic zu tun?«, fragte er stattdessen leise.

Ich biss mir auf die Lippen. Wenn ich den verschlungenen Pfad meines Lebens zurückblickte, was hatte seit unserer Begegnung in Mostar *nicht* – um von Mirkos Formulierung Gebrauch zu machen – mit Trubic zu tun gehabt? All die anderen Sünden und Versuchungen, was kümmerten sie mich?

Und dann kehrte eine Erkenntnis wieder, die mir vor vielen Jahren ein nicht gänzlich ungetrübtes Wiedersehen hier in Prag beschert hatte; wie ein Keulenschlag traf es mich, damals wie heute, das bittersüße Eingeständnis einer – Liebe.

Dass Lysander, der durch die Klappe in unserer Eingangstür

ungehört die Wohnung betreten hatte, in jenem Moment in das Zimmer hoppelte, rettete mich vor der Beantwortung dieser Frage.

»Nun?«, bestürmte ich ihn.

Lysander, alter Komödiant, der er war, verstand es, die Spannung aufs Äußerste zu steigern: Mit tiefem Seufzen nahm er auf dem Teppich Platz, rieb sich mit den Pfoten die Nase, blinzelte verschwörerisch: »Er wohnt auf dem Wenzelsplatz, gleich beim neuen Grand Hotel«, verkündete er zuletzt.

Mirko starrte ihn verständnislos an. »Wer?«

»Der kleine Vlcek.« Lysander verzog die Lefzen zu einem ausgesprochen selbstzufriedenen Grinsen. »So wurde unser jugendlicher Bekannter jedenfalls von den beiden Herrschaften, denen er am Haustor begegnete, und die er durchaus nicht grüßte, bezeichnet, als sie sich nachher über seine miserablen Manieren echauffierten. Und um dieser spärlichen Informationen willen bin ich dem armen Jungen quer durch die halbe Stadt nachgelaufen.«

»Worum geht es eigentlich?«, platzte Mirko heraus. Und während Lysander sich anschickte, die Ereignisse des Nachmittags in knappen Worten darzulegen, ließ ich meine Gedanken schweifen. In den Kreisen der gehobeneren Gesellschaft verkehrte ein gewisser Leopold Vlcek, ein Seidenfabrikant aus der Provinz, der vor einigen Jahren nach Prag gezogen war; ich hatte ihn niemals kennengelernt, nur Geschichten von seinem legendären Glück am Spieltisch gehört, und von seiner Frau, die mittels verschiedenster Wohltätigkeitskomitees die Welt zu retten gedachte. Was hatte der Knabe in der Buchhandlung gerufen? »Wo ist Leo, wo ist mein Bruder?« Nun, gewiss war Vlcek ein Dutzendname …

»Dejan?«

Lysander stand auf den Hinterbeinen, mit den Pfoten auf die Bettkante gestützt und schüttelte missbilligend den Kopf.

»Was du vorhast, will ich wissen.«

Ich tastete nach der Tabatiere auf meinem Nachttisch, fand sie jedoch leer vor.

»Nun«, sagte ich, und konnte mich einer vagen Vorfreude auf das bevorstehende Rätselspiel nicht erwehren. »Zunächst werden wir ein paar Erkundigungen über die Familie Vlcek einziehen.«

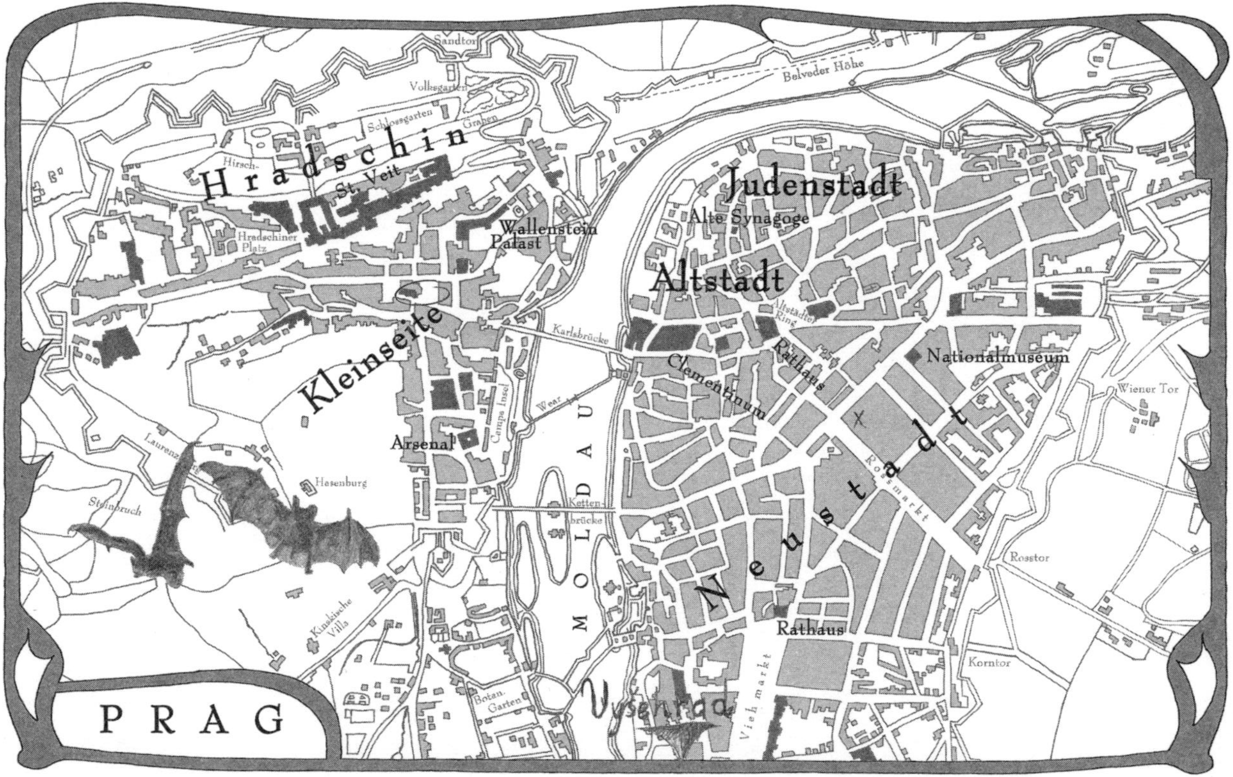

PRAG
Hradschin
St. Veit
Hradschiner Platz
Hirsch-
Schlossgarten
Graben
Volksgarten
Sandtor
Wallenstein Palast
Kleinseite
Arsenal
Campa Insel
Hasenburg
Steinbruch
Kinskische Villa
Botan. Garten
Karlsbrücke
Wear
Ketten-brücke
MOLDAU
Belveder Höhe
Judenstadt
Alte Synagoge
Altstadt
Altstädter Ring
Rathaus
Clementinum
Nationalmuseum
Neustadt
Rossmarkt
Rathaus
Viehmarkt
Wiener Tor
Rosstor
Korntor

13

Prag

3. Juli 1909

Aus den Aufzeichnungen Baron Sircos, Prag, 3. Juli 1909

Professor Novak, Freund und Mentor seit den Anfangstagen meiner detektivischen Karriere, und erfreulicherweise einer der wenigen hochrangigen Beamten in der Prager Polizei, die in vollem Umfang über die Okkulten Belange informiert waren, wiegte bedächtig sein schweres Haupt. »Schauen Sie, das geht nicht«, erklärte er mir geduldig zum wiederholten Male an jenem Morgen. »Ich kann doch die Listen mit den vermissten Personen nicht an Fremde weitergeben.«

»Fremde«, wiederholte Mirko, der am Fenster der kleinen Bureaustube stand und großes Interesse an den Geschehnissen in der Gasse unter uns heuchelte. Ganz war es ihm noch nicht gelungen, seine Scheu vor jeglichen polizeilichen Organen abzulegen, obwohl ihm Vilem Novak immer mit zerstreuter Freundlichkeit begegnet war.

»Ja, ja, schon gut.« Professor Novak hatte sich erhoben und watschelte jetzt schwerfällig – irgendwann in den letzten beiden Jahren hatte er die Grenze zwischen Beleibtheit und Fettsucht endgültig überschritten – auf mich zu.

»Es würde genügen, wenn sich ermitteln ließe, ob ein Leo Vlcek als vermisst gemeldet ist«, sagte ich. »Und seit wann. Wir müssten selbst gar nicht in die Listen Einsicht nehmen.«

Novak ließ eine Hand auf meine Schulter sinken; ich selbst darf mich mit Fug und Recht als »hochgewachsen« bezeichnen, doch er überragte mich beinahe um Haupteslänge. Er lächelte, und ich wusste, dass ich gewonnen hatte – wie nicht anders zu erwarten. Im Laufe unserer Bekanntschaft hatten wir diese kleine Szene mindestens schon ein Dutzend Male aufgeführt.

»Baron, Baron«, murmelte Novak und zog an der Klingelschnur. »Hat Ihr Vampir etwa schon wieder zugeschlagen?«

Die Ankunft eines jugendlichen Polizeidieners, dem Novak seine Befehle entgegenbellte, ersparte mir die beschämende Antwort, dass wir noch nicht so recht wussten, wonach wir eigentlich suchten.

Eine halbe Stunde später verließen Mirko – der sich sichtlich erleichtert zeigte, kaum dass wir ins Freie getreten waren – und ich das Polizeipräsidium in dem Wissen, dass der junge Vlcek, der doch so eifrige Fuchsrecherchen betrieb, noch nicht den Einfall gehabt hatte, die Abgängigkeit seines Bruders zu melden.

»Und jetzt?«, fragte Mirko, als wir am Fünfkirchenplatz nach einer Mietdroschke Ausschau hielten. Seit unserer eigentümlichen Unterredung am vergangenen Abend hatten wir kaum ein Wort gewechselt, auch wenn sich Mirko mir wie selbstverständlich angeschlossen hatte, als ich zum Polizeipräsidium aufgebrochen war.

Ein offener Einspänner holperte heran.

»Zum Wenzelsplatz«, gab ich dem Kutscher und Mirko gleichermaßen zu verstehen. Nur Letzterer äußerte Missvergnügen ob diesem Zielort.

»Du kannst sie doch nicht einfach besuchen! Was willst du ihnen denn sagen? Und der Bruder, wenn du dem gestern schon verdächtig warst, was glaubst du, was der für ein Theater machen wird, wenn wir vor der Tür stehen?«, ereiferte er sich.

Ich nahm den Hut ab und rieb mir die schmerzende Stirn.

Ein neuerliches Zusammentreffen mit dem Knaben würde sicherlich für weitere Komplikationen und Verzögerungen sorgen; andererseits sah ich keinen Weg, vor mir selbst zu rechtfertigen, wie ich einer Spur – der einzigen Spur! –, die uns vielleicht zu dem geheimnisvollen Fuchs führte, nicht nachgehen konnte.

So wie Lysander gesagt hatte, war es auch: Familie Vlcek nannte eine Wohnung in dem Haus gleich neben dem stadtbekannten Hotel Erzherzog Stephan ihr Eigen, vor dem uns der Kutscher aussteigen ließ. Vor einigen Jahren hatte es einiges Aufsehen gegeben, als die freundliche Schäbigkeit des alten Hotels der goldverzierten Leichtigkeit der modernen Architektur weichen musste. Noch immer trauerten die Prager der Zeit nach, wo niemand zu viele Fragen gestellt hatte und der fröhliche Lärm der Bierstube im Keller bis in die oberen Geschosse vorgedrungen war. Auch ich hatte das Hotel seit dem Umbau nicht mehr besucht. Nun gingen Mirko und ich die wenigen Schritte zu dem herrschaftlichen Haus der Vlceks.

Mein Assistent durfte sich rühmen, einer der wenigen Menschen zu sein, die mich immer wieder aufs Neue erstaunten. So auch in dem Augenblick, als wir die Stufen zur Vlcek'schen Wohnung erklommen hatten: Da schlug Mirko tatsächlich ein Kreuz über seiner Brust und flüsterte »wenn das nur keine Blamage wird«. Seit dem Zwischenfall mit dem Tagebuch schien er jegliches Vertrauen nicht nur in mich, sondern auch in meine Fähigkeiten verloren zu haben.

Ein mageres Dienstmädchen öffnete uns. »Der gnädige Herr ist nicht zugegen, der kommt gewöhnlich erst am Abend wieder«, teilte sie uns mit, nachdem ich mich vorsichtig nach Herrn Vlcek erkundigt hatte. »Und die gnädige Frau auch.«

Sie spähte aus kleinen, forschenden Augen zu mir auf. »Wer…«

»Und die jungen Herrn?«, unterbrach ich sie schnell.

»Der junge Herr Moritz ist seit der Früh fort, der sollte gegen Mittag wiederkommen, und der Herr Leo ist …« Sie stockte. Unruhig nestelte sie an ihrer Schürze.

»… auch fort?«, führte ich den Satz zu Ende. »Zu dumm, wirklich zu dumm. Sehen Sie, es geht um den Abgabetermin.« Das schien mir in einem Haushalt, in dem höchstwahrscheinlich beide Burschen ihre Ausbildungen noch nicht abgeschlossen hatten, eine gut verwendbare Lüge.

»Sommerferien«, zischte Mirko mir zu; glücklicherweise überhörte das Dienstmädchen diesen Einwand.

»Ich verstehe nicht recht«, sagte sie, ohne auch nur einen Schritt zur Seite zu treten oder uns etwa hereinzubitten. »Kommen die gnädigen Herren vielleicht von der Universität?«

Universität? Ja, warum nicht.

»Dr. Novak«, stellte ich mich prompt vor und wies auf Mirko. »Mein Assistent.«

»Ja, bitte, dann kommen'S besser herein«, entschied die Dienstbotin. Durch einen hohen Gang geleitete sie uns in den Salon, dessen Einrichtung sich hauptsächlich aus einer biederen Couchgarnitur, einem achteckigen lackierten Tischchen, etlichen Bücherregalen und einem immensen Kamin zusammensetzte. Die Wände zierten verschiedene Photographien; ein Familienbild neueren Datums (ich erkannte Moritz sogleich wieder) zog meine Aufmerksamkeit in Bann: Neben seinen Eltern und dem jüngeren Bruder, dem er stark ähnelte, präsentierte sich Leo als farbloser, schmaler Bursche um die zwanzig, mit einem dünnen Schnurrbart und überkorrekter Körperhaltung.

Auf meine neuerliche Frage, wann mit dem Erscheinen des jungen Herrn Leo Vlcek zu rechnen sei, antwortete sie mit einem Schnaufen. »Da sollten'S mit dem Herrn Moritz reden, wenn der zurückkommt. Lang kann's ja nicht mehr dauern.«

Ich warf einen demonstrativen Blick auf meine Taschenuhr. Es grenzte an ein Wunder, dass das Dienstmädchen mir trotz des teuren Sommeranzuges nach der letzten Mode, meiner ungewöhnlichen Haartracht und der Wunde an meiner Stirn den Universitätsdozenten abgenommen hatte; weiter mein Glück auf die Probe zu stellen gedachte ich nicht. »So lange können wir leider nicht warten«, preschte ich nach vorne. »Das Buch muss heute Nachmittag noch in Druck gehen.«

Sie starrte mich an.

»Nur der Beitrag des Herrn Vlcek fehlt noch immer«, fuhr ich ärgerlich fort. »Deshalb bin ich nun hier, um ihn persönlich einzufordern.«

So dünn und unwahrscheinlich die Lüge auch war, das Dienstmädchen schien mir zu glauben. Sie erblasste merklich, und bewies mir damit, dass man im Hause Vlcek durchaus wusste, dass irgendetwas nicht mit rechten Dingen zuging. Ich beschloss, die Gunst des Augenblicks zu nutzen.

»Hören Sie«, sagte ich streng. »Ich muss wissen, wie ich zu Herrn Vlcek in Kontakt treten kann.«

Da war es mit der Beherrschung der Dienstbotin vorüber. Mit den Worten »Fort ist er! Fort!«, ließ sie sich auf den Diwan fallen, barg das zerknitterte Gesicht in den Händen. »Mit einer Frau!« Ihre Stimme zitterte.

Mirko, der erkannt hatte, welche Rolle ihm hier zukam, trat eilig zu ihr, berührte ihre Schulter. »Was für eine Frau?«, erkundigte er sich voller Anteilnahme.

Sie hob den Kopf. »Was weiß denn ich! Der gnädigen Frau hat er ein Brieferl hinterlassen, dass eine große Liebe ihn zwingt, mit der Familie zu brechen!«

Und da hieß es immer, Dienstboten wären am besten über sämtliche Geschehnisse in einem Haushalt informiert! »Das tut mir leid«, sagte ich betont kalt. »Aber das hilft uns nicht weiter. Wir brauchen den Artikel. Vielleicht möchten Sie ihn uns bringen?«

Wie ich mir erhofft hatte, protestierte sie sogleich: »Aber ich weiß doch nicht, wie der Artikel ausschaut, gnädiger Herr.«

»Dann erlauben Sie, dass ich ihn holen werde. Ich bin mir sicher, ich werde ihn erkennen.«

Sie fügte sich meinen Anordnungen. Und während sie noch die Tür zum Nebenzimmer öffnete – aufgrund unkonventioneller Raumaufteilung schien Leo Vlceks Zimmer nur durch den Salon zu betreten sein –, blinzelte ich Mirko zu und deutete mit einer schnellen Geste auf das Familienbild.

Mirko nickte.

Das Zimmer war klein und penibel aufgeräumt. Ein schmales Fenster wies auf den Wenzelsplatz hinaus, darunter stand ein wuchtiger Schreibtisch, der die Bewegungsfreiheit in dem engen Raum entschieden verringerte. Kein Blatt Papier, kein Federkiel lag auf der Tischplatte. Ich seufzte und öffnete auf das Geratewohl eine Schublade. Dass ich unter Vorspiegelung falscher Tatsachen in den Privatgegenständen eines verschwunden Jungen wühlen musste, erfüllte mich mit unterschiedlichsten Emotionen, die sich insgesamt wohl mit »Scham« zusammenfassen ließen. An einige Aspekte meines selbst gewählten Berufes würde ich mich wohl nie gewöhnen können; zu sehr standen sie im Widerspruch zu jenem Anstands- und Ehrempfinden, welches meine Jahre bei der Armee mich gelehrt hatten.

Studienunterlagen in der ersten Schublade, dazwischen ein Kuvert mit neckisch-unanständigen französischen Photographien; in der zweiten diverse Schreibgerätschaften, Briefpapier, und ein Billet der Seilbahn zum Petřín, ausgestellt am 29. Juni, das ich – in der Gewissheit, dass wir es uns nicht leisten durften, selbst den unbedeutendsten Hinweis zu vernachlässigen – einsteckte. In der untersten Lade schließlich eine Mappe mit weiteren Vorlesungsmitschriften, Ansichtskarten und ein paar Zeichnungen, die ich rasch durchblätterte.

Mir war nicht entgangen, dass das Dienstmädchen mit Argusaugen jeder meiner Bewegungen folgte.

»Aber, Herr Doktor«, begann sie jetzt in vorwurfsvollem Ton.

Ich ignorierte sie, wurde meine Aufmerksamkeit doch gänzlich gefesselt von einer der Skizzen, die ich bei dem künstlerisch veranlagten Bewohner der Stube gefunden hatte. Obschon einige der Landschaften, Stillleben, Bewegungsstudien vielleicht detailreicher und inspirierter gefertigt waren, faszinierte mich dieses Kohleporträt doch besonders: Es handelte sich um das Halbprofil eines hageren jungen Mannes mit prominenter Nase und kurzen Locken. Ein eigentümliches Lächeln umspielte seine Lippen, ein Lächeln, das mich an Bahnhofsabschiede oder wehmütige Erinnerungen einer längst vergangenen Sommernacht denken ließ.

»Lišek«, stand in Blockbuchstaben unter dem Porträt.

Lišek, der Fuchs.

»Sagen Sie, was machen Sie da eigentlich, Herr Doktor?«, riss mich eine empörte Stimme aus der Betrachtung der Skizze. »Wenn Sie überhaupt ein Doktor sind!«

Blitzschnell stopfte ich die Zeichnung in meine Tasche, wollte schon aufspringen, da sah ich am Boden der Schublade liegen, wonach ich gesucht hatte: ein ledergebundenes Büchlein, mit einem kleinen Schloss gesichert. Leo Vlceks Tagebuch, so hoffte ich.

»Was tun Sie denn da? Legen Sie das zurück. Ich ruf die Gendarmen!«, gellte das Dienstmädchen, die endlich meine Täuschung durchschaut hatte.

Ich stieß sie zur Seite, und lief durch den Salon hinaus auf den Gang, wo mich Mirko, die gerahmte Photographie unter den Arm geklemmt, bereits erwartete. Er riss die Eingangstür auf, dann hasteten wir auch schon die Stiegen hinunter.

»Hilfe! Hilfe! Diebe!«, ertönte es hinter uns.

Etwas Gutes hatte der rege Verkehr auf dem Wenzelsplatz: Es war nicht weiter schwer, sich in dem Durcheinander aus unzähligen Passanten, Kutschen, einzelnen Reitern und schwer beladenen Fuhrwerken zu verlieren. Nur wer rannte, machte sich verdächtig – und dennoch gelang es mir an jenem Vormittag nicht, mich zu beherrschen. Im Laufschritt überquerte ich den Platz, bog eilends in eine Seitengasse, hier um die nächste Ecke, dort durch den Hinterhof; erst als der stechende Schmerz in meiner Brust mich zu überwältigen drohte, hielt ich in einer stillen Straße inne und stützte mich schwer auf eine Straßenlaterne.

»Dejan? Geht es dir gut?« Mirko klang besorgt; mich hingegen ärgerte die absurde Frage fast ebenso sehr wie die Tatsache, dass er kaum außer Atem war, während ich gegen die Schwärze vor meinen Augen kämpfte.

Mit schier übermenschlicher Kraftanstrengung hob ich den Kopf. »Wenn das alles vorbei ist, suche ich mir eine harmlosere Beschäftigung«, stieß ich mühsam hervor.

Mirko musterte mich aufmerksam, dann grinste er heiter und verschlagen wie ein Gassenjunge, dem es eben gelungen war, mein Portemonnaie zu stibitzen: »Das sagen Sie allerdings seit Jahren, mein Herr!«

Auf Umwegen kehrten wir zur Wohnung zurück; Mirko bestand darauf, alle nur erdenklichen Haken zu schlagen, um etwaige Spuren zu verwischen; des brüchigen Friedens willen gab ich klein bei. Selbst als er vorschlug, ein Stück mit der Elektrischen Straßenbahn zu fahren, willigte ich ein, und zwang mich, es nicht als Bruch mit der Standesehre zu sehen. Niemand war uns gefolgt, und so atmeten wir auf, als wir die Wohnung endlich betraten.

»Nun?«, Lysander, der neben uns in den Salon hoppelte, konnte seine Neugierde kaum zügeln. Mit einer großspurigen Geste zog ich das ledergebundene Büchlein aus meinem Jackett, händigte es Mirko aus.

»Lies vor«, sagte ich, während ich mich rücklings auf den Diwan fallen ließ. »Aber wenn möglich, nur die relevanten Stellen.«

4. März 1909

Heute Abend beim Konvent: Dr. Horák hielt einen seiner Vorträge, kam aber wie gewohnt über Lippenbekenntnisse zur patriotischen Sache nicht hinaus.

Größeres Aufsehen erregte die Anwesenheit eines Fremden unter den Zuhörern, den Peters – neuerdings Zweitchargierter – als seinen Bekannten, vulgo »Ctirad«, einführte. Dieser blieb anschließend noch lange, um zu diskutieren und sprach sich dabei eloquenter und treffender für die böhmischen Belange aus, als der geschwätzige Dr. Horák es jemals zustande gebracht hätte.

6. März 1909

Traf im Collegium auf Peters, den ich sogleich nach seinem geheimnisvollen Bekannten aushorchte. Sie waren sich auf der Galerie des Landtags begegnet, wo »Ctirad« ihm bei einem Disput mit einem Zwischenrufer monarchistischer Gesinnung beigestanden hatte.

13. März 1909

Ich muss gestehen, ich freute mich aufrichtig, als ich den »Ctirad« gestern im Kneipsaal sah. In der Hoffnung, das Gespräch von unserem letzten Zusammentreffen weiterführen zu können, suchte ich seine Nähe; kein leichtes Unterfangen, zumal die Hälfte der Bundesbrüder dasselbe Ansinnen hatte. Wieder sprach er sich offen für die Unabhängigkeit der böhmischen Kronländer aus! Aber wie anders klang es aus seinem Mund: Welcher Staat, so fragte er in die Runde, hätte je mit Diplomatie und Geschwätz die Freiheit erlangt? Wie lange noch wollten wir uns – wollte Böhmen sich – noch mit Brotkrumen von des Kaisers Tisch abspeisen lassen?

Weniger offenherzig antwortete der »Ctirad« auf persönliche Fragen, obschon er freiweg erzählte, dass er kein verbummelter Fink, kein Philister war; ja niemals selbst studiert hatte. »Die Verhältnisse waren nicht so, zu meinen Zeiten«, sagte er, und legte so große Betonung auf diese letzten Worte, als spräche er von vergangenen Jahrhunderten! Dabei ist er noch gar nicht so alt: Allerhöchstens kann er in den Vierzigern sein!

Auch über seine Beschäftigung können wir nur Mutmaßungen anstellen. Seinem Auftreten nach, handelt es sich in jedem Fall um einen Herrn der gehobenen Gesellschaft; schon wird gemunkelt, er wäre in hohen Ämtern tätig. Einiges würde gewiss dafür sprechen, nicht zuletzt sein Unwille, seinen wahren Namen preiszugeben. Aber was mag er von uns wollen?

16. März 1909

Ctirad ist mir begegnet. Ich sah ihn heute Vormittag die Bibliothek verlassen, tief ins Gespräch vertieft mit drei mir unbekannten Studenten. Einem jähen Impuls nachgebend, beschloss ich, Collegium Collegium sein zu lassen, und mich an seine Fersen zu heften. Vielleicht ließe sich dadurch ein wenig mehr über diese faszinierende Figur in Erfahrung bringen. Bis zum Goldenen Stern, wo die vier

Herrschaften einkehrten, folgte ich ihnen, brachte eine lange Viertelstunde vor dem Kaffeehaus zu, ehe ich Ctirad, diesmal alleine, ins Freie treten sah. Rasch wollte ich mich um die nächste Ecke flüchten, doch zu spät! Er hatte mich gesehen.

»So kommen Sie schon herein«, sagte er mit freundlichem Spott. »Es scheint mir noch empfindlich kühl, um allzu lange auf der Straße herumzustehen.«

Ich spürte, wie sich meine Wangen in Scham und Verlegenheit röteten und stammelte eine Entschuldigung.

Mit den Worten »Nichts geschehen! Verständlicherweise sind Sie neugierig, mein Freund«, fasste er mich am Arm und führte mich an den Ecktisch des verrauchten kleinen Kaffeehauses, wo ich seinen Begleitern vorgestellt und wie selbstverständlich in die Diskussion mit einbezogen wurde. Auch diesmal drehte die Unterhaltung sich um die Zukunft Böhmens, und Ungeschicklichkeit und Unvermögen des nationalen Lagers. Ich äußerte meine Überzeugung, dass das schwach gewordene Kaiserreich immer deutlicher auf seinen Niedergang zusteuerte. Bald schon würde das alte Österreich einer Revolution in den böhmischen Landen nichts mehr entgegenzusetzen haben.

Die drei anderen Studenten pflichteten mir lautstark bei, und Ctirad lächelte ganz eigentümlich, als hätte ich eine große Weisheit ausgesprochen. »Ich habe den Eindruck, Sie ähneln Ihren Bundesbrüdern nicht sonderlich«, sagte er mir, als wir uns am frühen Nachmittag verabschiedeten. »Jenen genügt es, zu theoretisieren und sich in Posen zu ergehen, sie aber wollen handeln.«

Ich schwieg, fürchtete mich, ihm zuzustimmen.

»Wenn Sie mehr für Böhmens Freiheit tun möchten, als schöne Reden zu führen, kommen Sie übermorgen um acht Uhr abends in das Gasthaus bei der Rozhledna, am Petřín.«

So ging er davon. Ich spürte ihm nicht weiter nach.

18. März 1909

Was soll ich tun? Drei Stunden noch, und ich bin unentschlossener, als jemals zuvor in den letzten beiden Tagen. Darf ich ihm trauen? Darf ich daran glauben, dass auf wunderbare Weise ein Mann der Tat, ein Mann von Verstand beschlossen hat, sich der böhmischen Anliegen anzunehmen? Die Vernunft gebietet mir, auf der Hut zu sein; ebenso gut könnte er für die Statthalterei, für das Polizeipräsidium arbeiten, danach trachten, potenzielle Unruhestifter hinter Schloss und Riegel zu bringen, und doch … Ich habe das Leuchten in seinen Augen gesehen, als er von der Freiheit sprach.

Gott helfe mir, ich muss es wissen.

19. März 1909

Ein Scherz! Einen unwürdigen, bösartigen Scherz hat er sich mit uns erlaubt! Fast wünschte ich, er hätte uns – die Aufrührer von morgen – mit einem Gendameriekorps an seiner Seite in Empfang genommen; von Verrätern wenigstens weiß man sich ernst genommen. Er aber, er hat uns lächerlich gemacht!

Eine überraschend große Runde hatte sich im Extrazimmer des Gasthofs eingefunden; sah man von zwei Ausnahmen ab – einem Herrn, der sich als vormaliger Journalist der »Narodni Politika« zu erkennen gab, und einem weißbärtigen Dichter – setzte die Gesellschaft sich ausschließlich aus jungen Herren zusammen. Kein Mitglied meiner Korporation war anwesend, wohl aber die drei Studenten der Jurisprudenz, mit denen ich im Goldenen Stern debattiert hatte. In angespannter Erwartung vertrieb man sich die Zeit mit Vorstellungen und Anekdoten, bis endlich Ctirad erschien. Nachdrücklich zog er die Tür hinter sich zu.

»Meine Herren«, begann er, ohne sich mit einem Grußwort aufzuhalten. »In den vergangenen Wochen und Monaten habe ich mich viel umgetan in dieser Stadt: Träumer, Idealisten, Männer voll Tatendrang und Mut, Krieger und Denker lassen sich zuhauf finden

in Prag. Aber wie wenige vermögen diese Charakteristika in einer Person zu vereinen.« Langsam schlenderte er um den Tisch herum und zum ersten Mal fiel mir auf, wie klein, wie schmächtig er eigentlich war. »Sie, meine Herren, Sie alle träumen von einem souveränen Böhmen. Aber Ihr Vertrauen in die Herrschaften der Politik, der Staatskunst, die sich der Frage anzunehmen vorgeben, hat sich lange schon erschöpft.«

Beifälliges Murmeln begleitete seine Worte, jemand ging sogar so weit, mit dem Bierhumpen auf die Tischplatte zu schlagen, und »jawohl, ja!« zu rufen.

Ctirad lächelte. »Sie wollen Ihr Schicksal selbst in die Hand nehmen, meine Herren. Sie wollen den Grundstock des Staates Böhmen selbst errichten. Wie gut ich Sie verstehe!«

Diesmal fielen die Zustimmungsbekundigungen noch lauter aus; auch ich gestattete mir für einen Augenblick, einen einzigen, wunderbaren Moment, meine Zweifel beiseitezuschieben: Ja, in dieser Sekunde sah ich mich fechten, sah ich mich streiten, für dieses Böhmen, das die Fesseln der Vergangenheit abstreifte, um in eine neue Zeit aufzubrechen.

»Aber wie soll es geschehen?«, fragte der alte Dichter.

Ctirad war wieder beim Kopfende der Tafel angekommen. »Ich will Ihnen eine Geschichte erzählen«, sagte er.

Eine Geschichte! Eine Lüge war es, eine absurde Lüge! Von einem jahrhundertealten Schwur, und einer Bruderschaft, und dem Segen der Fürstin Libuše war da die Rede! Er verhöhnte uns, spottete unserer Gutgläubigkeit, unserer Begeisterung! Gestalten aus Sagen und Legenden würden zurückkehren, wenn wir, er und die Seinen, die seit Jahrhunderten im Dunkel harrten, nach der Macht griffen! Goldene Zeiten würden anbrechen! Und die Narren, die da mit mir um den Tisch saßen, sie starrten, sie staunten, sie glaubten!

Schweigend hörte auch ich mir seine Rede an. Ihn ob seiner Mär-

chen zu verspotten, ihn der Lüge zu bezichtigen, verbot mir der gute Geschmack. So begnügte ich mich damit, umgehend das Gasthaus zu verlassen, sobald er geendet hatte.

Nur eine Frage beschäftigt mich noch: Darf ich mit dem falschen Freund abschließen, oder muss ich ihn der Beleidigung wegen fordern?

21. März 1909

Heute Nacht träumte mir, Fürstin Libuše spräche zu mir. Stolz und wunderbar stand sie vor mir, schalt mich einen Kleingläubigen und einen Zweifler. Ich gebe nicht viel auf Träume – und doch: Sind es nicht die Kleingläubigen, die herumlavieren und sich in Detailfragen verlieren und die lieber abwarten, bis sie alt und grau und müde geworden sind, die unser Land lähmen? Vielleicht wollte Ctirad uns nicht verhöhnen; vielleicht wollte er die Furchtsamen, die Schwachen kraft mythischen Beistandes stärken. Heißt für die Freiheit Böhmens streiten, nicht wahrlich in Libušes Namen fechten?

Antworten auf diese Fragen werde ich freilich keine mehr erhalten, Narr der ich bin, verfluchter Narr.«

Ungeduldig blätterte Mirko in dem kleinen Buch. »Jetzt kommen ein paar Seiten über das militärgeschichtliche Collegium, das Leo Vlcek besucht hat«, teilte er uns mit, während er angestrengt die Seiten überflog. »Anscheinend hatte er große Sorgen, dass er nicht bestehen würde. Und ein Mädchen tritt auf, eine Christa, die Cousine eines Verbindungskollegen. Leo überlegt, ob er ihr den Hof machen soll … Nein, doch nicht, er ist – ich darf zitieren: ›zu schwermütig, um sich über süße Nichtigkeiten den Kopf zu zerbrechen‹. So was aber auch.« Mirko gluckste.

Ich bedachte ihn mit einem strengen Blick, doch Mirko zog

es vor, den Tadel zu übergehen. »Noch ein paar Gedanken zu dem traurigen Zustand des nationalen Lagers«, nahm er die Zusammenfassung der Lektüre wieder auf. »An dieser Stelle äußert er sogar Hochachtung vor den Mitgliedern einer anarchistischen Gruppe, deren Sprengstoffattentat auf den Kaiser vereitelt wurde: ›Zumindest haben sie erkannt, dass es an der Zeit ist, zu handeln‹.«

Lysander stieß einen hohen Pfiff aus, rollte sich auf dem Teppich in Rückenlage. »Ein blutrünstiger kleiner Fanatiker. Eine unangenehme Gattung ...«

»Weiter«, befahl ich, konnte ich doch meine Ungeduld nicht verbergen: Geschichten über revolutionäre Gruppierungen, die sich befähigt glaubten, einen böhmischen Freiheitskampf zu beginnen, konnte man alle paar Wochen in der Zeitung lesen. Dass die Agitatoren sich auf Helden der mythischen Vergangenheit bezogen, schien beinahe zum guten Ton zu gehören. Nicht umsonst kursierte ein geflügeltes Wort, dass Libušes Erben in den Gefängnissen ebenso häufig vertreten waren, wie Napoleons Wiedergänger in den Irrenanstalten.

Und doch – mochte sich hinter dem geheimnisvollen Ctirad unser vielgesuchter Fuchs verbergen? Und welche Rolle würde er noch im Leben von stud. phil Leo Vlcek spielen?

12. April 1909

Begegnete einem der Studenten, die bei dem Treffen am Petřín zugegen waren, auf dem Weg zum Hörsaal. Obschon er mich von oben herab behandelte, ließ er mich wissen, dass Ctirad sich nach mir erkundigt hatte. Morgen würde man sich wieder oben auf dem Petřín treffen, und mit Sicherheit wäre ich noch willkommen. Gleichzeitig ließ er anklingen, dass große Dinge im Begriff waren zu geschehen, große Wendungen ...

13. April 1909

Sie nennen ihn Lišek, den Fuchs.

Alle Zweifel sind von mir gefallen, als ich ihn sprechen hörte. Wir werden kämpfen, und wir werden siegen – in Deinem Namen, Gnädige Dame Libuša, für Dich, für Dich allein, mein goldenes Böhmen!

16. April 1909

Wie gerne würde ich zu Papier bringen, was mein übervolles Herz bewegt! Aber ich habe Stillschweigen und Vorsicht geschworen. Keine Achtlosigkeit wird uns zu Fall bringen, kein unbedachtes Wort.

1. Juni 1909

Traf mit Peters am Kai zusammen; er zeigte sich sehr indiskret, wollte unbedingt von mir erfahren, weshalb ich meine Kameraden in den vergangenen Wochen so sehr vernachlässigt hätte, weshalb ich kaum noch Kollegien besuchen würde. Es versteht sich von selbst, dass ich ihn nicht ins Vertrauen zog. Man ging grußlos auseinander.

25. Juni 1909

Eine Probe unserer Treue ist es, was man von uns verlangt. Bald schon, bald, sei die Zeit gekommen, unsere Pläne in die Tat umzusetzen und diesem kranken, zersplitternden Reich zu zeigen, dass es keine Macht mehr über uns hat. Die Gelegenheit ist günstig wie noch nie zuvor.

Doch bevor wir in den Kampf ziehen würden, müssten wir, die wir auserwählt seien, um in den engsten Kreis der Bruderschaft aufgenommen zu werden, unsere bedingungslose Treue unter Beweis stellen. Ein Blutopfer im Namen des Fuchses, das war es, was man von uns verlangt.

Ich gestehe, mir war ein wenig bang bei diesen Worten. Ich stellte

Fragen, wollte nicht schwören, ehe ich nicht wüsste, was es zu tun galt. Ein Kamerad hieß mich einen Feigling, ich schlug ihm ins Gesicht, ein Handgemenge folgte. Ctirad missbilligte; zuletzt gab ich klein bei.

27. Juni 1909

Die Familie scheint sich Gedanken zu machen. Schon öfter habe ich sie darüber sprechen hören, dass ich mich verändert hätte. Einmal hatte Mutter mich gefragt, ob ich mich in eine unglückliche Liebschaft verstrickt hätte!

Sogar Moritz, der harmlose kleine Moritz, pirschte sich heute Nachmittag heran, und wollte wissen, ob ich denn Kummer hätte. Ich scheuchte ihn mit ein paar groben Worten davon, aber als er dann wie ein geprügelter Hund hinausschlich, da tat es mir schon wieder leid.

Er gab sich recht kühl, als ich an seine Zimmertür klopfte. Meine Entschuldigung nahm er ruhig entgegen; auch meine Versicherungen, ich hätte keine unangemessene Geliebte, und keine Spielschulden, sei in keine Ehrenaffäre verstrickt, kurz, es gebe keinen Grund, um mich zu bangen. (Ich wünschte, dem wäre so. Ich weiß, dass es richtig ist, was wir tun, aber dennoch … Nein, ich habe kein Recht mehr, zu zweifeln. Es ist gut und es ist rechtens, was wir tun. Es wird gelingen, und wir werden siegen.)

Als Moritz mich jedoch immer weiter mit Fragen bedrängte, verlor ich die Geduld. »Wenn der Fuchs sein Versprechen aus alten Tagen erst eingelöst und Böhmen groß gemacht hat, dann wirst du schon begreifen!« Ja, das habe ich ihm gesagt, eine dumme Unvorsichtigkeit. Aber wenigstens habe ich ihn zum Schweigen gebracht. Und er wird das Rätsel nicht lösen können! Jahrhunderte ist es der Bruderschaft des Fuchses gelungen, unentdeckt im Dunkel zu wirken, da wird der dumme, kleine Moritz sie schon nicht zu Fall bringen!

29. Juni 1909

Ich habe Angst. Maria, Mutter Gottes hilf mir, ich habe Angst. Ich will nicht, ich kann nicht, ich werde nicht tun, was man von mir als Beweis meiner Treue zum Fuchs verlangt. Aber ich habe bei meinem Leben und meiner Ehre geschworen! Ich kann nicht mehr zurück, nie mehr …

Mirko ließ das Tagebuch sinken. »Das ist der letzte Eintrag«, sagte er beinahe entschuldigend.

»Verdammt!« Ich war aufgesprungen; ungehalten nahm ich ihm das Büchlein weg, widerstand der Versuchung, es aus dem Fenster zu werfen.

Lysander legte den Kopf schief. »Unschöner Prosastil, und nicht sehr ergiebig obendrein«, fasste er zusammen.

Nicht sehr ergiebig, hah! Nichts wussten wir, nichts, das uns in irgendeiner Weise weiterhelfen konnte. Nicht einmal die sonderbare Figur, die sich Ctirad nannte und offensichtlich für den Fuchs rekrutierte, hatte der unselige Leo Vlcek uns beschrieben! Mit einem Sammelsurium von Nichtigkeiten hatten wir einen weiteren Nachmittag vergeudet; schon brach die Dämmerung herein, schon hatte sich eine weitere Spur verloren …

Plötzlich hatte ich eine Idee: Leo Vlcek war schließlich nicht der Einzige, der angesichts der anstehenden Bluttat – bei der es sich nur um den Mord an Felix Trubic handeln konnte – mit seinem Umfeld hatte brechen müssen. Ich benötigte dringend einen Blick auf Professor Novaks Listen der abgängigen Personen!

Die Türglocke schellte; Augenblicke später steckte Pavel den Kopf zur Tür herein: »Bittschön, die Herren, ein gnädiges Fräulein tät' Sie gern sprechen.«

Lili Trubic lief im Salon auf und ab, wie eine der Raubkatzen in ihrem Käfig in der Menagerie. »Heute, knapp vor Morgengrauen, wurde ein Brief für mich abgegeben«, teilte Lili unumwunden mit. »Es sind Neuigkeiten, die Sie interessieren werden.« Entschuldigend fügte sie hinzu: »Ich hätte mich sofort an Sie wenden müssen, Baron, aber ich bedurfte einiger Zeit für mich selbst, um eine Entscheidung zu treffen.«

Lysander blinzelte mir schnell zu. Es war wohl allein seinem Zuspruch zu verdanken, dass die Comtesse Trubic überhaupt gekommen war. »Dürfte ich fragen, worum es sich handelt?«, erkundigte ich mich vorsichtig.

Sie zog ein Kuvert aus ihrer Handtasche. »Lesen Sie selbst.«

Lili,

lass Dir versichert sein, es erstaunt mich ebenso sehr wie Dich, dass ich mich tatsächlich dazu habe bewegen lassen, diesen Brief zu verfassen. Weiß Gott, wie oft Du mir noch die Sterne vom Himmel versprechen magst, ehe ich Deine Aufrichtigkeit in Zweifel ziehe. Doch einerlei. Die Nacht ist kurz, und die Geschichte, die ich Dir zu erzählen habe, lang – nahm sie doch vor Hunderten von Jahren ihren Anfang, als ein junger Mann, der den Namen Thomas Carlton trug, ins stolze Prag, an den Hof Kaiser Rudolfs kam:

Damals hatten manche den Kaiser einen Narren genannt, andere einen Träumer, wieder andere einen Sehenden. Vielleicht war er tatsächlich ein wenig von allem. Vom Staatsgeschäft hatte er nicht viel verstanden, und vom Kriege noch viel weniger, doch die Künste hatte er verehrt, Schönheit und Trug, Wissenschaft und Gaukelei in gleichem Maße. So versammelte er neben Malern, Dichtern und Philosophen auch die absonderlichsten Gestalten, wie Sterndeuter, Betrüger, Scharlatane um sich.

Zu Letzteren zählte auch ich, der ich mich in jenen Tagen hochtrabend als Alchemist bezeichnete. In dieser Rolle eilte mir ein gewisser Ruf voraus, den ich mir durch Taschenspielerkniffe, Erfindungsreichtum und flinke Finger mühevoll ergaunert hatte, während ich der wahren Transformation von Materie keinen Schritt nähergekommen war als meine weniger angesehenen Kollegen. Ich war sehr jung damals, und ich liebte das Spiel. Und als bis in mein heimatliches London die Kunde drang, dass der Kaiser im fernen Böhmen seine Faszination an der Alchemie entdeckt hatte, da ritt mich wahrhaftig der Teufel. Ich verkaufte all mein Hab und Gut (abzüglich meines Instrumentariums) und trat die beschwerliche Reise an, um den Kaiser mit meinen Gaukeleien für mich einzunehmen.

Weit schwieriger als die langen Monate des Rittes quer durch Europa war es jedoch, mir eine Einladung bei Hofe zu erwirken.

Dabei geizte ich bei Gott nicht mit glänzenden Golddukaten, die in die Tasche so manchen Höflings wanderten, der mir im Gegenzug versprach, mich im Kreise der gehobenen Gesellschaft als weitgereisten Meister der Alchemie zu preisen. Endlich, eines prachtvollen Frühlingsabends stand ich im Thronsaal vor dem Kaiser; und ich konnte ungeachtet meiner erregten Gemütslage eine überzeugende Probe meiner Künste geben, und so verständig über die Wissenschaft der Alchemie phantasieren, dass Kaiser Rudolf sich tatsächlich unterhielt.
Ich wurde in die Dienste des Kaisers genommen.
Neben Wissbegierde und Aberglauben war freilich Wankelmut einer der herausragendsten Charakterzüge Rudolfs: So rasch er sich für Menschen, Ideen begeistern vermochte, so schnell wurde er ihrer auch wieder überdrüssig. Kaum zwei Monate hatte ich am kaiserlichen Hofe verbracht, da langweilte ihn die Alchemie bereits wieder, und seine gesamte Aufmerksamkeit galt nun einem jungen Bildhauer, den der Kaiser persönlich, so sagte man, bei Tisch bediente, um seiner Ehrerbietung Ausdruck zu erweisen. Ob dies der Wahrheit entsprochen hat, vermag ich nicht zu sagen, denn ich wurde nun nicht mehr an die kaiserliche Tafel geladen. Dienstboten brachten mir die Mahlzeiten in meine Gemächer, die mir gleichzeitig als Laboratorien dienten; manchmal erfuhr ich von einem etwas von dem Klatsch bei Hofe. Sonst besuchte mich keine Menschenseele mehr.
Der Missachtung und Gleichgültigkeit müde, welche mir bei Hofe entgegenschlug, stahl ich mich eines Tages davon, um meine Verbitterung in Branntwein zu ertränken. In einer Schenke mit dem Namen Der Schwarze Adler (sie existiert bis heute und verfügt noch immer über einen gewissen Ruf in unlauteren Kreisen) sprach ich dem gepanschten Wein derart heftig zu, dass ich zuletzt meinem Unmut Worte verlieh.
Während ich lautstark des Kaisers Launen verfluchte, trat ein junger Mann mit rotblondem Haar an meinen Tisch. »Ihr kommt

vom Hradschin?«, fragte er mich. Und er lächelte, als ich bejahte. »Nennt mich Lišek«, sagte er und nahm an meinem Tisch Platz. In jener Nacht fand ich meinen ersten Freund in Prag. Nachdem sich meine Tiraden gegen Kaiser und Hofgesellschaft erschöpft hatten, warnte Lišek mich sanft. »Ihr wandelt auf gefährlichen Pfaden, mein Herr. Was, wenn ich nun ein Höfling wäre, der nichts anderes im Sinn hätte, als dem Kanzler Lobkovic von Euren Schmähreden zu berichten?«

Doch ich antwortet: »Wenn ich hängen sollte, was kümmert es mich! Wer will schon in einer Welt leben, in der wir den Narren nicht beim Namen nennen dürfen.« Daraufhin raunte mir Lišek zu, dass ich am nächsten Abend wiederkommen sollte und er mir seine Freunde vorstellen würde.

Mit gemischten Gefühlen betrat ich anderntags den Schwarzen Adler. Mein Groll fußte schließlich allein in verletztem Ehrempfinden. Keineswegs stand mir der Sinn danach, in umstürzlerischen Kreisen zu verkehren. Dennoch ließ ich es zu, dass Lišek sich freundschaftlich bei mir einhakte, und mich durch verschiedenste Gassen und Hinterhöfe in einen Keller führte, in dem sich in spärlichem Kerzenschein bereits einige Herren versammelt hatten.

»Seht, des Kaisers vergessener Alchemist«, begrüßt mich einer, den ich als den jüngsten Herrn zu Šternberg erkannte. Beklommen verneigte ich mich tief. Ein gutes Dutzend feiner Herren hatte sich um die Tafel eingefunden. Kaum einer von ihnen war mir unbekannt: Die meisten sah ich täglich bei Hofe.

»Keine Scheu, uns alle verbindet ein gemeinsamer Feind«, raunte mir Lišek zu. Ein stämmiger Herr in farbenfrohen Beinkleidern hob seinen Becher: »Brüder!«, rief er, und das Treffen begann.

Lišek und die Seinen planten die Revolution; so viel hatte ich begriffen, als ich Stunden später erschöpft zur Burg zurückkehrte. Von Aufbegehren und Unfreiheit hatten sie gesprochen, von einem

Böhmen, das nicht länger Land der Knechte, Land der Schwachen genannt werden sollte. Und schöne Worte waren es gewesen! Selbst ich, der ich doch nur Fremder war, hatte voll Inbrunst das Lied der Freiheit mit meinen neuen Brüdern gesungen.
Woran es diesen revolutionären Geistern jedoch ganz offensichtlich mangelte, war die Gabe, Ideen in Taten zu wandeln! Wochen, Monate zogen ins Land. Bei jedem Treffen – zu denen ich mittlerweile regelmäßig geladen wurde – besprachen wir die neuesten Eskapaden des kaiserlichen Hofes, wo maßlos geprasst und verschwendet wurde. Immer wieder riefen wir uns die Notwendigkeit eines böhmischen Herrschers über Böhmen in Erinnerung. Doch darüber hinaus taten wir nicht sonderlich viel.
Eines Tages lud Šternberg uns alle zu einem Fest in sein Palais. Zahlreiche Herren von Adel und die schönsten, vornehmsten Damen Prags würden zugegen sein, versicherte er mir nicht ohne Stolz. Ich nahm die Gelegenheit, in die Prager Gesellschaft eingeführt zu werden, mit der ich in den vergangenen Wochen und Monaten so schändlich wenig in Berührung gekommen war, dankend wahr.
Im Laufe jenes Abends beobachtete ich Lišek sehr genau, bewunderte ich aufs Neue seine Gewandtheit und Eleganz: Obwohl er weder gut aussehend war – allzu schlank war er, mit nahezu hagerem Gesicht, in dem hellgraue, wache Augen blitzten –, noch einen großen Namen trug, schienen ihm doch die meisten Damen und auch einige der jüngeren Herren geradezu verfallen zu sein. Er selbst tat, als ob er es nicht bemerkte.
Nun war er Mittelpunkt einer erhitzten Unterhaltung geworden. Ich näherte mich vorsichtig, um zu erfahren, was vorgefallen war: Lišek hatte sich darüber mokiert, dass sich alle Personen von Stand in schlechtem Französisch unterhalten würden und der böhmischen Sprache kaum mehr mächtig wären. Ein serbischer Baron, ein gewisser Herr von Trubic hatte sich daraufhin über das »bäurische Böhmisch« lustig gemacht; was genügt hatte, um unseren

patriotischen Gefährten zu verstimmen. »Wie wollen wir frei sein, wenn wir uns nicht zu unserer Sprache, unseren Traditionen bekennen!«, ereiferte er sich gerade.
»Ihr wagt von Unfreiheit zu sprechen?«, fragte Trubic nach.
»Freilich.« Lišeks Augen glänzten wütend. Ganz offensichtlich war er zudem betrunken.
»Still«, mahnte ihn das Mädchen, mit dem er zuletzt getanzt hatte. »Ihr führt gefährliche Reden, mein Herr. Hütet Eure Zunge.«
»Lasst ihn reden«, widersprach ihr Baron Trubic. »Gewiss sind wir alle sehr neugierig, was unser ›böhmischer‹ Held zu sagen hat.« Die letzten Worte klangen wie eine Beleidigung.
Mir entging nicht, wie Lišeks Rechte zum Griff seines Degens wanderte. Schnell trat ich hinzu; unter dem Vorwand, seinen Rat in einer dringenden Angelegenheit zu bedürfen, zog ich ihn ins Freie, in den Hof. »Habt Ihr den Verstand verloren?«, fuhr ich ihn an. »Macht so weiter und in wenigen Tagen habt Ihr Euch um Kopf und Kragen geredet!«
»Ihr versteht nicht, Thomas«, sagte Lišek und ließ sich langsam auf dem Rand des Zierbrunnens nieder. »Versteht nicht, wie sehr ich sie verachte. Seht doch nur die Geschichte unseres Landes: Prag war schon eine mächtige Stadt, da hatten unsere Beherrscher noch nicht einmal die Nasenspitze aus ihrer Provinz gesteckt.«
Seine komische Verzweiflung brachte mich zum Lachen – und auch wenn er mir mit erhobener Faust drohte, so nahm er mir meine Erheiterung doch nicht übel.
Am nächsten Tag besuchte mich Milan Trubic in meinem Laboratorium. Müßig schlenderte er zwischen den Gerätschaften hin und her, erfragte die Wirkung jenes Pulvers, den Inhalt dieser Phiole. (Inzwischen hatte mich die Langeweile dazu gebracht, mein Blendwerk zugunsten ernsthafter alchemistischer Versuche aufzugeben.) Ich war auf der Hut. Höflinge Seiner Kaiserlichen Majestät pflegten mich nicht zu besuchen, um gelehrte Plaudereien zu führen, doch ich wusste nicht, wie ich sein eigentliches Ansinnen

herausfinden könnte. So blieb mir nichts anderes übrig, als mich seiner Führung zu fügen, und zu hoffen, dass Trubic bald des Spiels überdrüssig wurde.

»Seid Ihr nicht einsam, allein mit Eurer Kunst in einem fremden Land?«, fragte er zuletzt. »Gestern sah ich Euch zum ersten Mal in Gesellschaft, Meister Carlton.«

Mit großer Sorgfalt legte ich ihm dar, dass meine Profession mir zumeist Lebensinhalt und Beschäftigung genug wäre. Nur manchmal quäle mich ein Sehnen nach Zerstreuung oder nach freundschaftlichem Disput.

»Freunde werdet Ihr bei Hofe nicht finden«, sagte Trubic sanft. »Glaubt mir. Ich weiß, was es bedeutet, Fremder zu sein in diesem wunderlichen Land.«

Ich beobachtete ihn scharf, wie er da in meinem Gemach auf- und abschritt, die Hände hinter dem Rücken verschränkt. Eine imposante Erscheinung war er, hochgewachsen und schlank, doch mit den breiten Schultern des Soldaten. Sein langes, weißlich-blondes Haar trug er in ungewöhnlicher Manier zusammengebunden, der Schnitt seiner Kleider machte keinerlei Konzessionen an das Diktat der Mode. Dennoch strahlte er die Haltung und Würde eines erfahrenen Kriegers aus.

»Ein wunderliches Land der Träumer und Phantasten«, wiederholte er nachdenklich. »Seht Euch vor, Meister Carlton. Manch einer hegt ein Traumgespinst, mit dem Ihr nichts zu tun haben wollt.«

Er blieb noch eine Weile, an diesem Nachmittag, doch sprachen wir von nichts Bedeutsamem mehr.

Tage, Wochen vergingen, mit dem Herbst hielten Kälte und Nebel Einzug in die Stadt. Ich lebte gelassen dahin, streifte durch die Gassen dieser alten, großen Stadt. Viele Stunden verbrachte ich auch mit Lišek, der mir die Geschichten seiner Heimatstadt nahebrachte. All die unzähligen kleinen Legenden und Erzählungen, die heute alle in Vergessenheit geraten sind, und es lohnt sich ge-

wiss nicht, sie zu wiederholen; doch an jenen kühlen Herbsttagen webte mein Lišek ein prächtiges, verführerisches Netz aus all den Geschichten und Liedern, bis ich – einer Fliege im Spinnennetz gleich – mich hoffnungslos in Prag verfangen hatte. An manchen Tagen, wenn der Wind durch die Bäume strich, war mir, als sprächen zarte Stimmen zu mir, die mich zum Verweilen aufforderten – für immer und einen Tag.

Auch Baron Trubic war inzwischen zu einem regelmäßigen Gast in meinem Laboratorium geworden, auch wenn ich ihn nicht wirklich als Freund ansah: Einen Funken Misstrauen hatte ich mir doch bewahrt, obgleich er mir stets mit vollendeter Liebenswürdigkeit begegnete. Gelegentlich lud er mich zu Ausritten ein, und selbst in seinem Stadthaus, am Hang des Hradschins, war ich Gast. Ich begegnete seiner Gemahlin und seinen Söhnen (beide schon im Mannesalter), und ich bestaunte den prachtvollen Wandteppich, auf dem der erste Baron Trubic blutüberströmt und von Feinden umzingelt, tapfer sein Schwert schwang.

»So wurde eine Familie von Freibauern in den Adelsstand erhoben«, sagte Milan Trubic voll Hohn. »Durch Blutopfer und Schwert.«

Lišek hingegen war mehr und mehr von seiner Aufgabe in Beschlag genommen. Der Kaiser sei ein Verrückter, so sagte er mir eines Abends, als wir gemeinsam zu der Versammlung unserer Bruderschaft gingen. Irgendetwas müsse geschehen, eine Tat gesetzt werden. »Der Kaiser sammelt oben auf dem Hradschin seinen dekadenten Hofstaat um sich und quält die Bevölkerung mit hohen Steuern, um seine exzentrischen Bedürfnisse zu befriedigen. Er versteht nichts von seinen Regierungsgeschäften, ja, überlässt sie vollständig seinen Höflingen, diesen Speichelleckern. Die Kaiserstadt Prag – ha! Prag würde sich glücklich schätzen ohne Kaiser!«

»Leise«, mahnte ich ihn, als wir in der Nähe unseres Kellergewölbes ankamen. Er war mir mittlerweile zu lieb geworden, als dass

ich ihn gegen all jene kämpfen sehen wollte, die der Besatzung ihres Heimatlandes gute Seiten abgewinnen konnten. Doch Lišek hatte bereits zu lange gewartet. Nichts und niemand konnte ihn mehr bremsen. Drinnen, an den schweren Holztisch gelehnt, setzte er den Mitbrüdern sogleich seinen Plan auseinander: Noch wären wir wenige, aber das würde sich ändern, hätten wir erst ein Zeichen gesetzt. Das böhmische Volk sei nicht feige oder träge, es warte nur ab, warte nur auf den richtigen Moment, um zu den Waffen zu greifen.

»Welches Zeichen?«, fragte ich rasch. Ich hatte eine dunkle Vorahnung.

»Den Kaiser töten«, sagte Lišek so leise, dass manch einer die Worte kaum verstand.

»Wie wollt Ihr das anstellen?«, erkundigte sich Grégr so unbeeindruckt, als ginge es nur um eine besonders waghalsige ritterliche Mutprobe. Niemand sonst reagierte.

»Nun«, sprach Lišek, »ich weiß, der Kaiser wagt sich aus Furcht vor Attentätern kaum aus seiner Burg – der Feigling! Dennoch gibt es einen Weg, zu ihm zu gelangen, und dieser steht mitten unter uns.«

Mit einem Mal richteten sich alle Augen auf mich. »Ich verstehe nicht«, log ich erschrocken.

Lišek lächelte sein Fuchslächeln. »Des Kaisers Alchemist. Auch wenn er Euch vergessen hat, so verkehrt Ihr noch immer bei Hofe. Und Ihr unterhaltet, wie Ihr mir selbst erzählt habt, ausgezeichnete Beziehungen zu der Dienerschaft. Gift im Becher des Kaisers, geriebenes Glas vielleicht …«

Er schwieg. In seinen Augen glänzte ein Traum.

»Wenn man ihn entdeckt«, entgegnete Šternberg, »wird Meister Carlton sein Leben lassen.«

Lišek zuckte die Achseln. »Thomas wird verstehen, dass es der einzige Weg ist.«

Allmählich lösten sich auch die anderen aus ihrer Erstarrung, alle

schrien durcheinander, gestikulierten gleichzeitig Zustimmung oder Ablehnung.
»Ich kann diesen Wahnsinn nicht länger mitanhören!«, rief ich zuletzt. »Ihr müsst toll sein!«
Schnell trat Lišek an meine Seite. »Fordert Ihr mich?«, fragte er beinahe erleichtert.
Ich schüttelte nur sacht den Kopf. »Nein, gegen Euresgleichen ziehe ich nicht den Degen.«
Betroffenes Schweigen legte sich über die Gefährten. »Ihr seid zu weit gegangen, Lišek. Wir sind keine Meuchelmörder.« Und Grégr stimmte Šternberg zu: »Wenn wir Rudolf töten, fällt Böhmen an Mattias von Österreich.«
»Nein.« Lišeks Augen funkelten. »Ihr irrt. Wir werden kämpfen.«
»Und unterliegen.«
»Feiglinge!«, rief Lišek aus. »Was seid Ihr nur für elende Feiglinge! Kleingeister, willenlose Puppen! Knechte fremder Herren!« Mit diesen Worten stürmte er davon; wir, die Geschmähten, blieben noch ein wenig länger. Doch schon bald senkten wir schweigend die Blicke – wagten wir es doch nicht, die eigene Furcht in den Gesichtern der anderen zu erkennen.

Als ich an jenem Abend die Brücke überquerte, wurde ich auf einen blassen Herrn in langem Umhang aufmerksam, der von zwei Laternenträgern flankiert, scheinbar absichtslos einherschlenderte.
»Meister Carlton«, grüßte er mich freundlich, ja, er neigte sogar den Kopf ein wenig vor mir.
»Baron Trubic«, antwortete ich bestürzt und verbeugte mich tief aus der Hüfte.
»Ich sehe, Euer wagemutiger kleiner Gefährte hat Euch heute im Stich gelassen. Warum begleitet Ihr mich nicht ein Stück?«
Selbst ich, wenig bekannt mit den gesellschaftlichen Umgangsformen, erkannte den Befehl, obwohl dieser im höflichsten Plauder-

ton vorgetragen wurde. Mit rasendem Herzschlag schritt ich neben Milan Trubic her, die Fackelträger fielen ein wenig zurück. Lange wartete ich, dass er seine verhängnisvollen Fragen stellen würde. Als der Baron jedoch nur schwieg, platzte es aus mir heraus: »Habt Ihr auf mich gewartet, Herr?«

Milan Trubic musterte mich staunend. »Selbstredend! Immerhin folge ich Euch seit Wochen auf Euren nächtlichen Unternehmungen.«

Ich blieb stehen. Mit allem hatte ich gerechnet, nur nicht mit diesem freimütigen Bekenntnis.

»Was haben sie nur vor, Eure hochwohlgeborenen Freunde? Verrat an Kaiser und Krone? Ein Mordkomplott? Bei Hofe machen Gerüchte über einen anstehenden Anschlag auf des Kaisers Leben die Runde«, Trubic sprach ungerührt weiter. »Wäre es nicht außerordentlich unerfreulich, wenn ein nutzloser Alchemist als Drahtzieher der Verschwörung enttarnt und gehängt werden müsste?«

Ich schwieg.

»Ihr widersprecht mir nicht? Gut, gut. Ich hatte befürchtet, ich würde Euch überreden müssen. Nun denn … alles, was ich wissen muss, ist ein Name.«

Und so kam es, dass ich in der Nacht des dritten Dezembers anno 1602 meinen ersten Pakt mit dem Teufel schloss.

Was dann geschehen ist, war ebenso blutrünstig wie banal. Am folgenden Tag wurde Lišek ergriffen, und in den Kerker der Burg geworfen. »Tod dem Kaiser« und »Freiheit für Böhmen!«, so hallten seine Schreie durch das Verließ, als man ihn den kundigen Händen der Folterschergen überließ.

Die Furcht vor des Volkes Meinung und Gewalt bewog die Hohen Ratsherren dazu, Lišek keinen öffentlichen Prozess zu machen; ja, selbst sein Komplott, das er so willig gestanden hatte, zu verschweigen. Damit war auch dem ehrenwerten Baron Trubic der Plan durchkreuzt – denn wo kein Verräter, da war auch kein Platz für Helden.

Der Rest der Geschichte, Lili? Komm morgen Nacht zu mir, in der letzten Stunde vor Sonnenaufgang. Ich will Dich bei der Rotunde treffen und Deine Neugier befriedigen. Bringe den Baron und Sir Lysander nur mit, wenn Dir der Sinn danach steht. Sie werden uns nicht stören.

A. B.

14

Prag

3. bis 4. Juli 1909

Aus den Aufzeichnungen Baron Sircos, 3. Juli 1909 (abends)

Die Stunden krochen dahin. Stille lastete auf der Nacht; eine jener Nächte, in denen der Südwind Erinnerungen und Dämonen vor sich hertrieb und selbst die Rosen süßlich nach Verwesung dufteten.

Ich stand am Fenster und in meiner Phantasie ließ ich ein Prag ferner Jahrhunderte erstehen, das Buckingham uns so eindringlich heraufbeschworen hatte. Stolze, goldene Kaiserstadt, wo ein junger Mann bitter für seine Träume hatte bezahlen müssen.

Die Straße unter mir war ruhig und sehr verlassen: Meine liebste Tageszeit, jene wunderliche Stunde, da die Anhänger bourgeoiser Abendvergnüglichkeiten bereits den Heimweg angetreten hatten, während die Unersättlichen, die Freien und die Einsamen noch lange nicht an Rückkehr in die Schranken ihrer Wohnstätten denken wollten.

Damals, als ich auf Anraten Felix Trubic' nach Prag gekommen war, hatte ich diese Spanne zwischen den letzten Versprechungen der Nacht und dem ersten Blinzeln des Morgengrauens gerne dazu verwendet, mich durch die Stadt treiben zu lassen. In dem nächtlichen Reich zwischen Prachtbauten und verwinkelten Gassen suchte ich unermüdlich nach dem einen Augenblick, in dem die Stadt mich willkommen hieß. Solange wurde ich nicht fündig, bis es mich nicht länger kümmerte. In dieser Stadt der unterschiedlichen Nationalitäten, Vergangenheiten, Konfessionen und Gesinnungen tat es nicht weh, Fremder zu sein.

»Es wird spät. Wir sollten an Aufbruch denken«, drang Lysanders müde Stimme in meine Gedanken.

Ich wandte mich der kleinen Gesellschaft in meinem Salon zu: Meine beiden Gefährten, die unablässig allerlei Wege, einen Vampir außer Gefecht zu setzen, ersonnen und wieder verworfen hatten.

Und Lili Trubic, die allein vor einem Schachspiel saß, die gläsernen Figuren betrachtete und zwischen ihren Fingern drehte. Hatte sie uns anfänglich noch mit Fragen zum Inhalt des Briefs bestürmt, auf die wir doch keine Antwort wussten, war sie mit der Zeit in tiefes Schweigen versunken.

Ich trat zu ihr, berührte leicht ihre Schulter. »Kommen Sie, Comtesse. Wir wollen gehen.«

Sie hob den Kopf. »Meinen Sie, er wird mich heute Nacht töten?«, fragte sie in ruhigem, vernünftigem Tonfall. Alle Angst schien von ihr gewichen. Vielleicht hatte sie tatsächlich ihren Frieden gemacht mit der Aussicht, auf so drastische Art zu tun, was viele Eltern von ihren Töchtern und Söhnen verlangten: Das eigene Leben dem Nutzen der Familie unterzuordnen, ein Opfer zu tätigen, um den Fluch vom Hause Trubic zu nehmen.

»Unwahrscheinlich«, mischte sich Lysander ein, ehe ich antworten konnte. »Wenn Master Buckinghams Angaben zu trauen ist, so nimmt eine Transformation viel Zeit in Anspruch. Ich glaube nicht, dass der Vampir das Risiko eingehen würde, seinen neuen Schützling und sich selbst dem Sonnenlicht auszusetzen. Nein, viel eher wird er versuchen, Sie durch ein Blutopfer an sich zu binden.«

Weil ich Pavel nicht wecken wollte, schickte ich Mirko los, um uns einen Wagen zu beschaffen.

»Bedeutet das, ich kann mitkommen?«, fragte er mit leuchtenden Augen. »Helfen, den Vampir unschädlich zu machen?«

Plötzlich meinte ich, Alvin Buckingham am Scheiterhaufen zu sehen: brennend, schreiend, und dennoch unsterblich, verdammt zum ewigen Leben in seiner grauenvollsten Ausprägung.

Wie viel Leid und Schmerz war es wert, dieses junge Leben der Comtesse Trubic, die ich zu beschützen hatte?

»Du wirst tun, was Lysander und ich dir sagen, selbst wenn es dir lächerlich erscheint?«, vergewisserte ich mich.

Mirko dachte einen Moment lang nach, ehe er im Brustton der Überzeugung entschied: »Aber nur heute Nacht!«

Im Eingang des Nachbarhauses hatte sich ein magerer, zerzauster Gassenjunge neben einem ebenso mageren, sogar noch unansehnlicheren Köter zur Ruhe gelegt. Verschlafen hob er den Kopf, als wir – Lili an meinem Arm, Lysander auf meiner Schulter reitend – vorbeigingen; einer Laune folgend warf ich ihm eine größere Münze zu, die er geschickt fing. Der kleine Hund knurrte leise.

»Verdammte Promenadenmischung«, zischte Lysander, ehe das Eintreffen des Wagens ihn von weiteren Schmähungen abhielt.

»Hinauf auf den Vyšehrad? Ja, was wollen Sie denn da, um die Uhrzeit?«, wunderte sich der Chauffeur, als wir im Fond des Wagens Platz genommen hatten und ich ihm unser Ziel kundgetan hatte. Augenblicklich erkannte ich, dass es ein Fehler gewesen war, Mirko zu der Unternehmung zuzulassen: Einem Pärchen sah das neugierige Dienstpersonal in der Regel weitaus größere Exzentrizitäten unkommentiert nach, als jeglichen anderen Beziehungskonstellationen. So entschloss ich mich, wenn auch in leicht modifizierter Form, zur Wahrheit. »Wir werden den Spuk am Vyšehrad besichtigen«, erklärte ich, meinen Akzent strapazierend, um dem Bild des sensationsversessenen Reisenden gerecht zu werden.

Im Schritttempo holperten wir an einer Gruppe Nachtschwärmer vorbei, die sich vor dem Hybernia-Theater eingefunden hatte und lautstark beratschlagte, wie mit der angebrochenen Nacht weiter verfahren werden sollte. Erst nachdem wir den Pulverturm passiert hatten und den Graben entlangfuhren, verklangen ihre Stimmen allmählich.

»Den Spuk?«, nahm unser Chauffeur den Faden wieder auf. »Mit Verlaub, so einem gnädigen jungen Fräulein wollen die Herren den Spuk zumuten?«

Lilis bitteres Lächeln streifte mich. Was weiß der schon, schien sie mir mitzuteilen. Ja, was wusste er?

Seit ich mich zu den eingeweihten Kreisen in Okkulten Belangen zählen durfte, war mein Interesse am lokalen Aberglauben und all jenen Mythen und Gespenstergeschichten, die ich früher als Unsinn abgetan hatte, deutlich gestiegen, zumal sich des Öfteren mehr als nur ein Körnchen Wahrheit darin verbarg. »So furchtbar wird der Spuk schon nicht sein«, gab ich den leutseligen Toren.

»Oho!« Der Chauffeur reckte den Kopf. »Da hab' ich aber etwas ganz anderes gehört. Ein Ungetüm treibt sich des Nachts da oben herum, eine Bestie!«

Bei diesen Worten schob sich Lili Trubics Hand zaghaft in die meine.

»Vor ein paar Jahren hat man dort den Körper eines jungen Burschen gefunden: mausetot, kein Tropfen Blut im Leib und die Haut in Fetzen gerissen!« Der Chauffeur nahm die rechte Hand vom Lenkrad, um sich hastig zu bekreuzigen. »Und erst letzte Woche wieder: Da ist um Mitternacht am Friedhof ein Dämon erschienen. Gelbe Augen soll er gehabt haben, gelbleuchtende Augen, wie Satan persönlich und gelacht soll er haben, gelacht!«

Wir passierten das Nationaltheater, bogen nach links auf den Moldaukai ab. Von der Sophieninsel wehten die Klänge eines sentimentalen Operettenliedchens zu uns; Gaslampen flackerten, und bunte Girlanden flatterten im Wind, wo getanzt und getändelt wurde in dieser Sommernacht.

»Die Leute, die oben am Vyšehrad wohnen«, setzte der Chauffeur unverdrossen seine Erzählung fort, »die tun natürlich alle so, als würden sie im Leben nicht dran glauben, dass es da nicht mit rechten Dingen zugeht. Aber fragen sie einen, ob er um Mitternacht zum Friedhof geht? Kein Gedanke! Das machen nur die feinen jungen Herren, die ihren Mäderln imponieren wollen!«

Ich hörte nicht mehr zu, denn ich war mir nun sicher, dass uns mit einigem Abstand ein anderer Wagen folgte. »Bleiben Sie stehen«, befahl ich barsch, als wir den Hügel fast erreicht hatten.

Obwohl der Fahrer mich überrascht ansah, tat er wie geheißen. Zu meiner großen Beruhigung passierte uns daraufhin das Automobil und rumpelte mit ungeminderter Geschwindigkeit den Moldaukai entlang.

Ich wies den Chauffeur an, unter allen Umständen auf uns zu warten, ganz gleich, wie lange wir auch bräuchten und was in der Zwischenzeit geschehen mochte – eine Anweisung, die ich mit einem großzügigen Trinkgeld untermauerte. Dann bot ich Lili, die bleich und gefasst auf der Sitzbank kauerte, meinen Arm.

»Sie haben immer noch die Wahl, zu gehen«, rief ich ihr in Erinnerung, während wir die gewundene Straße vom Leopoldstor hügelaufwärts schritten. »Vielleicht wird er Sie eine Weile nicht aufspüren können, wenn Sie das Land verlassen und sich dabei gewitzt anstellen.« Im dem Moment, in dem ich die Worte ausgesprochen hatte, wurde mir ihre Unsinnigkeit bewusst – und dennoch schien mir alles erträglicher als die drückende Stille der Nacht, in der ein Dämon auf uns lauerte.

Lili Trubic schüttelte langsam den Kopf. Eine Haarsträhne löste sich aus ihrer Frisur und fiel ihr ins Gesicht. »Egal, wohin ich fliehen würde, er würde mich nach einer Weile aufspüren. Ich würde immer in Angst leben. Nein, ebenso gut kann ich versuchen, Alvin umzustimmen.«

Woraufhin Lysander, der neben uns im Gras hoppelte, sich bissig nach ihren genaueren Plänen, wie sie dieses Wunder zu wirken gedachte, erkundigte. Stille war die Antwort.

Wie verabredet erwartete der Vampir uns an der Rotunde. Im flackernden Licht der Gaslaterne, die Mirko klugerweise mitgenommen hatte, sah ich, dass Buckingham auf seine übliche Kostümierung verzichtet hatte und stattdessen einen eleganten Abendanzug trug, der sogar weitgehend den modischen Konventionen der Gegenwart entsprach. Er grüßte uns mit einem Zähnefletschen und einem ironischen Salut. »Es rückt die gesamte Kompanie an!«, spottete er. »Wie hübsch. Da lerne ich nun endlich den tapferen, kleinen Adlatus der Herren kennen.«

Mirko tat einen raschen Schritt zurück, als der Vampir sich ihm näherte. Ich konnte es ihm nicht verdenken; man musste schon mit bemerkenswerter Dummheit geschlagen sein, um bei der Begegnung mit einem Vampir nicht Vorsicht walten zu lassen.

Buckingham lachte kehlig. »Hat Ihnen meine Geschichte gefallen?«, erkundigte er sich sodann bei Lili.

»So gut, dass ich unverzüglich den Rest zu hören verlange«, erwiderte sie tapfer.

Das Knattern eines Automobilmotors erklang, worauf Mirko einen wüsten Fluch ausstieß. Buckingham grinste teuflisch.

»Hat Sie etwa Ihr Chauffeur im Stich gelassen? Ich darf Sie beruhigen. Wenn ich Sie nicht gehen lassen möchte, dann werden Sie es auch nicht tun.« Seine Fangzähne blitzten im Mondlicht.

»Das gilt auch für Sie, Sir Lysander«, rief er meinem alten Freund nach, der sich flink in Richtung Leopoldstor entfernte – vielleicht gedachte er tatsächlich, den Wagen aufzuhalten. Doch was immer er auch vorhatte, kümmerte mich nicht mehr, da der Vampir in jenem Moment ein Briefkuvert aus seinem Jackett zog und es Lili Trubic entgegenhielt. »Du weißt, was das Ende der Geschichte dich kostet?«, flüsterte er.

Lili nickte. Mechanisch schob sie den Brief in ihr Jäckchen. Wie betäubt sah ich zu, wie sich ihre kleine Hand in die ausgestreckte Rechte des Vampirs legte, wie er sie behutsam an sich zog. Ein wunderlicher Ausdruck lag in seinem Antlitz, als er ihre vor Furcht bebenden Schultern umklammerte, den Kopf senkte, bereit, seine Zähne in ihren Hals zu schlagen.

»Lassen Sie sie gehen«, brach es aus mir heraus. »Sie wollen es doch gar nicht tun. Ich sehe es an Ihren Augen.«

»Sie irren, Baron«, widersprach mir der Vampir, ohne den Blick von Lili zu wenden. Dann hob er den Kopf, lauschte angespannt. Nun vernahm auch ich das Geräusch: Sand und Kies knirschten unter Stiefelabsätzen und scharrenden Pfoten.

Bis heute kann ich die Frage, warum ich es tat, nicht restlos beantworten. Hatte vorübergehender Wahnsinn von mir Besitz ergriffen? Hatte ich vergessen, wie lachhaft und zum Scheitern verurteilt ein derartiger physischer Angriff auf den Vampir unweigerlich war?

Buckingham besaß den Anstand, überrascht zu sein, als ich mich auf ihn stürzte. Er stieß Lili zur Seite, taumelte. Einen Moment ließ er mir die Illusion, es handle sich tatsächlich um einen Kampf und nicht um den Auftakt eines ungewöhnlichen Selbstmordversuches – dann fand ich mich rücklings auf dem Boden wieder. Vergeblich versuchte ich mich aus seinem eisernen Griff zu winden; dann schlugen sich seine Fangzähne in meinen Hals und ich lernte, was der Biss des Vampirs *wirklich* bedeuten konnte.

Bisher war er mit sanfter Nachsicht mit mir verfahren, wann immer er von meinem Blut getrunken hatte, war mehr Verführer denn Peiniger gewesen. Jetzt wollte er mir Schmerzen bereiten. Und, bei Gott, das gelang ihm! Ein Raubtiergebiss zerrte rücksichtslos an Haut und Fleisch und Muskel; dazu gesellten sich unbeschreibliche Qualen – es war, als risse er meine Seele in Fetzen!

Schreie und Worte, deren Bedeutung ich doch nicht erkennen konnte, drangen durch einen blutroten Nebel der Schmerzen zu mir; ließen mich beten, dass Lili und Mirko nicht auf die Torheit verfallen waren, mir zu Hilfe zu eilen, und stattdessen den kostbar erkauften Augenblick zur Flucht nutzten.

Ein Lichtschein, eine Flamme flackerte in der Dunkelheit auf. Buckingham ließ von mir ab.

»Ich halte einen Kanister, gefüllt mit einer sehr wirkungsvollen Mischung aus Öl und Benzin in meiner rechten Hand«, sagte eine gelassene, vertraute Stimme. »Und eine brennende Pechfackel in meiner Linken. Vielleicht möchten Sie Ihren nächsten Schritt noch einmal überdenken, Master Buckingham?«

Mag sein, dass Alvin Buckingham über etliche Qualitäten verfügte – Vernunft gehörte gewiss nicht dazu. Fassungslos musste ich mit ansehen, wie er nach vorne schnellte, wie Felix den Kanister schwang, ihm die Fackel entgegenschleuderte.

Eine Stichflamme; niemals in meinem Leben werde ich das panische Kreischen des Vampirs vergessen. Lili Trubic löste sich aus ihrer Erstarrung, unternahm einen Versuch, ihrem

Vater die Fackel zu entwinden. Immer schriller, unmenschlicher wurden die Schreie, während Buckingham vergeblich an seiner brennenden Kleidung riss, sein Haar Feuer fing. Lysander tauchte unerwartet an meiner Seite auf, seine feuchte Schnauze berührte meine Schläfe, als wolle er sich vergewissern, dass ich noch am Leben war.

Schritte und eine neue Stimme, die ungehalten fluchte; aus den Augenwinkeln sah ich, dass unser braver Chauffeur gekommen war, um herauszufinden, was hier vor sich ging. Ich sah Mirko eine Pistole ziehen, eine lächerliche Sekunde beschäftigte mich tatsächlich die Frage, wie er zu der Waffe gekommen war. Mit professioneller Kaltblütigkeit, die ich ihm niemals zugetraut hätte, richtete er sie auf den ungebetenen Zeugen, der wie versteinert in der Bewegung innehielt.

Felix hatte die Fackel fallen gelassen und hielt Lili, die sich heftig wehrte, an den Handgelenken umklammert.

Die Flammen loderten.

Kreischend wälzte sich Buckingham im Gras, doch in meinem Kopf hallte seine Stimme mit erschreckender Klarheit.

Helfen Sie mir! Helfen Sie mir!

Die Urangst vor dem Feuer; seit dem Unfall in Dieppe war sie noch tiefer in mir verankert. Und doch zwang ich mich auf die Beine. Ich riss mir das Jackett vom Leib, ging damit auf die Flammen los. So wie damals schlug mir schier unerträgliche Hitze ins Gesicht. Feuerzünglein leckten an meiner Haut, jemand schrie – vielleicht der Vampir, vielleicht ich selbst? Die Hitze, die Furcht, die Unentrinnbarkeit des grässlichen Schicksals. Der Tod im Feuer. Eingeschlossen, in glühendem Blech, in der Monstrosität des eigenen, unsterblichen Leibes. Ich schlug immer weiter auf die Flammen ein.

Und irgendwann war es vorbei.

Niemand rührte sich; vor uns lag reglos die verbrannte Gestalt Alvin Buckinghams, des Vampirs vom Vyšehrad im Gras. Ich starrte auf die Masse an geschwollenem, geschmolzenem Fleisch, die einst ein menschliches Antlitz gewesen war. Das zu einem jungen, gut aussehenden Abenteurer gehört hatte, der vor Jahrhunderten nach Prag zog, um sein Glück zu machen. »Es tut mir leid, Master Carlton«, sagte ich leise. »Es tut mir sehr leid.« Ich glaube nicht, dass er mich hörte. Und vielleicht war es besser so.

Lysander fand als Erster wieder zu sich. »Es dämmert bald. Wir müssen ihn fortschaffen. Lili, wären Sie wohl so freundlich, nachzusehen, ob die Tür zur Rotunde verschlossen ist?«, übernahm er wie selbstverständlich das Kommando. »Exzellent«, fuhr er fort, als Lili die Tür aufstieß. »Mirko, du bringst den Herren zu seinem Wagen und sorgst dafür, dass er auch dort bleibt.«

Marionettengleich stolperten der Chauffeur und Mirko davon.

»Dejan, was hast du nur getan?«, fragte Felix kopfschüttelnd, während er die letzten Flammen austrat.

Zahllose Fragen, Anschuldigungen und Flüche lagen mir auf der Zunge und doch schüttelte ich nur stumm den Kopf. Eine große Müdigkeit erfasste mich mit einem Mal.

»Meine Herren«, ungeduldig scharrte Lysander im Staub. »Lässt es sich bewerkstelligen, ihn noch vor Sonnenaufgang in die Kapelle zu schaffen?«

Nur einmal stöhnte der Vampir leise auf, als wir ihn in die Rotunde trugen. Seit der Gründung der Stadt hatte dieses Bauwerk bereits als Begräbniskapelle gedient, so hieß es wenigstens. Wie Schändung dieses Heiligtums schien es mir, als wir Buckingham hinter den Altar betteten, wo die unbarmherzigen Sonnenstrahlen ihn nicht erreichen konnten. Der Gestank verbrannten Fleisches haftete an mir, als ich ins Freie taumelte. Ich sank auf die Knie und übergab mich mit beschämender Heftigkeit.

»Wir können einen schwer verletzten Vampir nicht einfach hier zurücklassen«, stellte Lysander fest. »Die Gefahr, dass er bis Einbruch der Nacht entdeckt wird, ist zu groß.« Nervös zuckten seine Ohren. »Ich will sehen, ob sich eine Transportmöglichkeit finden lässt.«

»Ein Sarg, idealerweise«, pflichtete ihm Felix bei, der an die Schwelle der kleinen Kirche getreten war. Der besorgte Seitenblick, mit dem er Lili bedachte, entging mir nicht: Wie ein Kind kauerte sie, die Arme um ihre angezogenen Knie geschlungen, im Gras.

Sie weinte.

»Ich werde bleiben und Wache halten«, sagte ich.

Lysander betrachtete mich angewidert; widersprach jedoch nicht, wohl, um meine nur noch spärlich bemessenen Kräfte zu schonen.

»Gut. Lili, Sie kommen mit mir. Meinen Sie, Sie könnten Mirko und mir helfen, unseren Zeugen sicher zu verwahren, und einen Sarg aufzutreiben?«, schickte er sich an, das Mädchen aus ihrer Apathie zu reißen.

»Ich …«, begann Felix.

»Bemühe dich nicht, Papa.« Ungeschickt, mit zitternden Fingern zog Lili das Kuvert aus ihrem Jäckchen und reichte es mir. »Lesen Sie das Ende seiner Geschichte, Baron.« Mit dem Handrücken wischte sie sich Tränen aus den Augen. »Mich interessiert es nicht mehr.«

Felix folgte mir ins Innere der Rotunde.

»Warum?«, fragte ich ihn, als wir die Tür verriegelt hatten und wie fromme Sünder auf der Bank an der Seite saßen.

Er zuckte die Achseln. »Ich habe mir geschworen, ihn … nun, nicht zu *töten*, aber aufzuhalten, sollte er sich Lili noch einmal … nähern. Schon als sie sich letzte Nacht davongestohlen hatte, ahnte ich, dass es mit dem Vampir zu tun hatte.«

»Woraufhin du ihr gefolgt bist und unsere Wohnung überwachen lassen hast«, fasste ich, den Blick starr auf den Altartisch gerichtet, zusammen.

»Es ist erstaunlich, wie hilfsbereit sich verwahrloste Kinder gegen ein kleines Entgelt zeigen. Ich habe im Wagen um die Ecke gewartet, ausgerüstet mit den wenigen Hilfsmitteln, derer es bedarf, einen Vampir unschädlich zu machen. Dass ihr mich unten am Kai habt passieren lassen, war sehr entgegenkommend. Wusste ich doch längst um euer Ziel Bescheid.«

Er wagte tatsächlich, zu lächeln. Schaudernd rückte ich von ihm ab.

»Wenn du mir vorwerfen möchtest, dass nicht der Vampir, sondern ich das Ungeheuer sei, nur zu«, höhnte er daraufhin.

Ich erwiderte nichts. Zu gut kannte ich Felix und seine Skrupellosigkeit, seinen Selbstschutz.

»Wir werden einen Agenten aus der Centrale anfordern müssen, damit er Buckingham in Gewahrsam nimmt«, überlegte er plötzlich laut.

»Wir?«, wiederholte ich. »Was haben *wir* in den letzten Tagen schon erreicht, das du nicht allein hättest zuwege bringen können?«

Felix ignorierte meinen larmoyanten Einwand. Umständlich umrundete er die Bankreihe, ging neben mir in die Hocke. Vorsichtig ergriff er meine rechte Hand und besah sich die Brandblasen und Wunden, die ich bisher kaum zur Kenntnis genommen hatte. »In deiner Eitelkeit wirst du von nun an zwei Handschuhe tragen müssen«, spottete er, wurde jedoch sogleich wieder ernst. »Wer mag schon sagen, wo ich ohne deine Hilfe wäre. Vielleicht hätte ich nicht einmal versucht, mein

Leben zu retten – und mich meinem Schicksal gefügt, wie so viele meiner Familie vor mir.«

Ich machte mich los. »Du würdest niemals aufgeben«, murmelte ich mit einiger Bestimmtheit.

»Wer weiß ... Was ich eigentlich sagen wollte, war Danke.«

Peinlich berührt blickte ich auf ihn herab: Felix, Graf Trubic, hatte nicht sentimental zu werden. Dass er selbst ähnlich empfand, schloss ich aus seinem abrupten Themenwechsel: »Möchtest du nicht deinen Brief lesen, Dejan?«

»Da es sich um deine Familie handelt, ist es wohl eher dein Brief.«

Umständlich richtete sich Felix auf, klopfte seinen Anzug ab. »Das ist das Gegenstück zu jener seltsamen Korrespondenz, die gestern früh für Lili abgegeben wurde? Meine Diener wissen, dass ich gerne gut informiert bin«, fügte er erklärend hinzu. »Und nun lies vor!«

Ich öffnete den Umschlag, getrieben von Neugier auf die Geheimnisse, die sich uns offenbaren würden.

Lili,
wenn Du diese Zeilen liest, weißt Du bereits, dass ich unsere Abmachung brechen werde. Nicht Thomas Carlton, nicht Alvin Buckingham waren je geschaffen, zu verzichten. Und doch will ich es um Deinetwillen versuchen.
Vielleicht verlässt mich auch nur der Mut in der Stunde der Wahrheit. So lange habe ich mein einsames Dasein gefristet, so lange habe ich mir einen Gefährten – Dich, meine Gefährtin! – herbeigesehnt, dass ich nicht wage, den Traum zugunsten der Wirklichkeit einzutauschen. Denn in meinen Träumen, da sind wir einander in Demut und … ja, Liebe verbunden, nicht in Notwendigkeit und Furcht.
Ein Kuss, ein Abschied, eine Warnung: Geh fort, Lili, weit fort von mir, und komme nicht wieder! Ich kann Dir nicht versprechen, dass meine Großmut den Sommer überdauern wird, wenn Du bleibst; wenn mich jede Nacht aufs Neue der Geschmack Deines Blutes an Dein Versprechen erinnert.
Ich selbst – wie Du alsbald erfahren sollst – muss immer wieder nach Prag zurückkehren. Derselbe Fluch, der Deine Familie seit Jahrhunderten quält, hat auch mich an diese Stadt gebunden. Ich bin ihr auf Gedeih und Verderb ausgeliefert – seit damals, seit jener einen Nacht.

Ich vermag nicht mehr zu sagen, was mich nach Tagen schließlich bewogen hatte, hinab in das Verließ zu steigen; der eine oder andere Gulden hatte mir Desinteresse und Schweigen der Wachen erkauft.
Noch heute schäme ich mich der Tränen, die heiß in meinen Augen brannten, als ich vor Lišeks Kerkerzelle stand: Eine zerschlagene, groteske Gestalt in Fesseln lag da auf dem harten Stein – eine Gestalt, die nichts mehr gemein hatte mit meinem alten Freund.
Dann hob er den blutbesudelten Kopf. Ich schwöre, aus geblende-

ten Augen blickte er mir bis in den Grund meiner Seele. Ich flehte um Vergebung.
»Ich will nicht sterben«, keuchte Lišek, und ich floh in mein Gemach, wo ich heulend und schreiend mit Gott um mein Seelenheil und Lišeks Leben focht. Als ich mein Leben für das seine anbot, da löste sich plötzlich eine Kreatur aus den Schatten: »Ich bin hier, Deine Gebete zu erhören.«
Die Kreatur sprach flüsternd zu mir und ich lauschte, starr vor Entsetzen. Sie bringe den Tod und das ewige Leben, sagte sie, und manche andere Blasphemie, bis ich sie Satan hieß und das Kreuz schlug.
Daraufhin verhöhnte sie mich: In Angst und Selbstsucht würde ich meine unreine Seele noch immer dem Allmächtigen Herrn anvertrauen, obwohl mein einziger Gott doch schon die Finsternis in meinem Herzen sei. Aus dem Zwielicht trat sie in den flackernden Schein der Kerzen und ich erkannte ihre Schönheit, an der jedoch nichts Menschliches war: Eine bleiche, heidnische Göttin stand vor mir, und ich wich vor ihrer Herrlichkeit zurück. »Du hast mich gerufen«, sagte sie. »Hast mich geweckt aus dem Schlaf der Jahrhunderte. Ich will dir helfen.«
So weihte ich meine Seele der Dunkelheit. Sie trank mein Blut, mein Leben. Und als ich in ihren Armen lag, da führte sie mich weit fort, hinaus über Himmel und Erde, an jenen Ort außerhalb der Zeit, den nur wahre Träumer und wahre Liebende je zu finden vermögen. An ihrer Seite tanzte ich durch Vergangenheiten und kostete vom Baum der Erkenntnis. Die große Göttin war sie, und ich leckte ihr Blut von ihren Lippen.
Ich starb.
Ich wurde wiedergeboren.
In des Kaisers Burg raunten die Dienstboten, ich sei verschleppt, ermordet worden. Währenddessen schlief ich in der Umarmung meiner Göttin.
»Steh auf«, sagte sie eines Nachts. Das Werk hatte seine Vollen-

dung gefunden. Thomas Carlton war tot – ein Fremder blickte um sich und zum ersten Mal erkannte er, was die Dunkelheit wirklich bedeutete.

Er nannte sich Alvin Buckingham. Dazu hatte er keinen anderen Grund, als dass ihm der Name gefiel.

Sechs Tage nach seinem letzten Besuch bei Lišek kehrte er, der Unsterbliche, von seiner Göttin geleitet, abermals ins Verlies zurück. Sie sah mir lachend zu, als ich das Blut der Wachen trank und nur Kadaver zurückließ, und es war recht und billig erschienen. Nicht nur die Freiheit war nun mein, auch die Macht, zu tun, wonach der Sinn mir auch stehen mochte.

Lišek erschrak nicht. Seinen blinden Augen blieb die Verwandlung seines Freundes und Verräters verwehrt.

»Du bist der Fuchs, der Böhmens Träume träumt«, grüßte sie ihn.

»Ja«, antwortete er schwach.

»Du weißt, dass Böhmen einst mir gehörte, in den Jugendtagen unserer Stadt? Als Königin habe ich geherrscht, war eins mit diesem Land.«

Da nickte er. »Seid Ihr zurückgekehrt, um wieder an Euch zu nehmen, was Euch zusteht?«

Ihre blassen, kalten Finger streichelten durch die Gitterstäbe seine Wangen. »Nein, des Kämpfens, des Träumens bin ich so müde geworden. Aber Du wirst mir dienen. Und wenn einst der Tag kommt, an dem du gesiegt hast, so werde ich aus meinem Schlaf erwachen.«

Den Menschen Thomas Carlton hätten diese Worten gewiss erstaunt. Alvin Buckingham nahm sie hin. Er ging davon, den Schlüsselbund vom Gürtel einer der Wachen zu lösen.

Als ich zurückkehrte, war die Königin und Göttin verschwunden. Auf Schleichwegen führte ich den geschwächten Lišek aus der Burg in eine Herberge, deren Wirt keine Fragen stellte; dann

suchte ich mir ein Versteck gegen das unbarmherzige Sonnenlicht und verschlief den Tag.
Am nächsten Abend fieberte Lišek hoch. Unruhig wälzte er sich in den Laken. Bald phantasierte er von seinen alten Gefährten und einer anstehenden Schlacht, bald stöhnte er vor Schmerzen. Immer wieder verfluchte er abwechselnd mit lauter Stimme den Baron Trubic und rief nach seiner Königin. So vergingen die Stunden.
Gegen Ende der Nacht kehrte sie endlich wieder. »Du hast mir dein Leben gegeben, um ihn sterben zu lassen?«, fragte sie mich. Ich verstand nicht. »Du wolltest ein Alchemist sein?«, neckte sie mich. »Nun, ich werde dir das Geheimnis der Verwandlung toter in lebendige Materie verraten.«

Lili, opfern wir, die Untoten, nur einen Tropfen unseres kostbaren Blutes an einen Sterblichen, so erlangt er Jugend und Gesundheit wieder. Er kann sein Leben von neuem beginnen. Doch keine Gabe bleibt ohne Preis: Wage ich das Blutopfer, so fessele ich damit meine Seele an den Erwählten, so dass er mir fortan Herr und ich sein Knecht wäre. Was er spricht, was er wünscht, wäre mein Gesetz.

Ich blickte hinab in sein schmales, zerstörtes Antlitz, und griff nach dem Messer an meinem Gürtel. Ein Schatten fiel über die zerschundene Gestalt; dann lag mein eleganter Freund vergangener Tage auf dem Strohkissen und blickte mir aus verwunderten grauen Augen entgegen.
»Thomas? Das kann nicht sein …«, begann er, dann erhellte sich seine Miene. »Ich muss sehr betrunken gewesen sein. Denk nur, was ich geträumt habe! Ich wäre verhaftet und geblendet worden; und die sagenhafte Königin aus den grauen Vorzeiten unsere Landes hätte mich befreit und zu ihrem Ritter gemacht!«
Da brach ich auf die Knie und gestand ihm alles. Ich wiederholte

meine Geschichte, flehte einmal mehr, mir zu verzeihen. Alles, alles würde ich für ihn tun, selbst Baron Trubic töten.
Lišek lauschte meiner Beichte regungslos. »Nein«, sagte er zuletzt. »Ich verbiete dir für alle Zeiten, Milan Trubic, oder irgendjemanden, der den Namen seines Hauses trägt, zu töten.«
Er überlegte und das Fuchslächeln kehrte in sein Gesicht zurück: »Und ich verbiete dir auch, dich von mir im Kampf um Böhmen verwenden zu lassen. Die Freiheit dieses Landes war niemals dein Anliegen, mein Freund, und so soll es bleiben.«
Er nannte mich Freund. Zum Abschied küsste er meine Wangen – meine Sünden waren mir vergeben.

Bei aller Hitzköpfigkeit war Lišek nicht dumm. Er beschloss, seine Umsturzbemühungen eine Zeit lang ruhen zu lassen. Da er wusste, welchem Risiko er seine Gefährten aussetzte, wenn er sie von seiner Freiheit verständigen würde, zog er sich heimlich mit seiner Geliebten Milena, einer blutjungen Dienstmagd, aufs Land zurück.
Ich besuchte sie: Milena war ein hübsches Mädchen, mit pechschwarzen Haar und von zarter Statur – nur ihr Bauch wölbte sich merklich. Auch nach der Geburt des Kindes sollte Milena vorerst auf dem Land verbleiben, wo sie sicher war, erzählte mir Lišek. Seine Augen glitzerten. Er wirkte beinahe glücklich.

In Prag unterdessen setzte der kürzlich in den Grafenstand erhobene Milan Trubic seine Anstrengungen fort, des entflohenen Verräters und seiner Mitverschwörer habhaft zu werden. Ich gestehe, dass es mich in jener Zeit nicht sonderlich kümmerte: Zögerlich, peinvoll musste ich mich an die Gegebenheiten meiner neuen Existenz gewöhnen. Damit waren meine Nächte ausgefüllt; jede Stunde meines Daseins sehnte ich meine Königin herbei.
Zudem wähnte ich Lišek in Sicherheit.

Milan Trubic war jedoch klug und hartnäckig. Es gelang ihm letztlich, die Kreise der Verschwörer, die auch nach Lišeks Verschwinden an ihren Plänen festgehalten hatten, zu infiltrieren. Eines Nachts erfuhr ich in einer Schenke (die von jener Art von Schurken besucht wurde, an der ich mich besonders gerne labte) von Gerüchten, dass etliche junge Herren von Stand verschwunden wären. In der Taverne sorgte dies für große Heiterkeit.

Ich reiste sofort zu Lišek. Er nahm die Neuigkeiten mit Entsetzen auf.

Um das Schicksal seiner Freunde zu erforschen, kehrte er gemeinsam mit mir nach Prag zurück. Und dann ließ Graf Trubic die Falle zuschnappen: Mit einer ganzen Kompanie, so erzählte man sich später, sei er in dem kleinen Dorf eingeritten. Als er an Lišeks Stelle nur Milena und das Kind vorfand, hätte er der jungen Frau im Zorn seinen Dolch in den Leib gestoßen. (Niemand fand jemals heraus, was mit dem Säugling geschah. Lišek versuchte sich mit der Hoffnung zu trösten, mitfühlende Fremde hätten ihn aufgenommen.)

Am selben Tag, da Lišek durch seinen Knecht von der Untat erfuhr, hörten wir auch, dass Milan Trubic zur Belohnung für die Dienste, die er für Kaiser und selbst gewählte Heimat erbracht hatte, in den Grafenstand erhoben worden war.

Lišek blieb ruhig; unnatürlich ruhig. »Ich werde ihn töten«, versicherte er mir. »Aber ich werde Größe zeigen. Obschon es ihm gebührte, wie ein Straßenköter erschlagen zu werden, werde ich ihn zum Duell fordern.«

Was, wenn der neue Graf mit einer Kompanie anstelle eines Sekundanten am Ort des Geschehens erscheinen würde? Lišek tat meine Bedenken mit der müden Geste eines Mannes ab, der im Leben nichts mehr zu verlieren hatte.

Wenn Milan Trubic erstaunt war, eine Duellforderung von dem Flüchtigen zu erhalten, oder Schuldgefühle ob des schändlichen Mordes an dessen Frau empfand, so ließ er es sich nicht anmerken.

In der Note, mit der Lišeks getreuer Diener zu uns zurückkehrte, schlug er lediglich ein Wäldchen am Stadtrand als Austragungsort des Kampfes vor.

Eines Abends suchte mich Lišek dann in meinem Versteck, einem seit langem ungenutzten Kellergewölbe, in dem ich ungestört die Tage verschlafen konnte, auf. Schweiß stand auf seiner Stirn, und seine Augen leuchteten wie die eines Wahnsinnigen. »Kommt, eilt Euch. Ich will Euch etwas zeigen«, forderte er mich auf. Er hatte zwei Pferde mitgebracht, auf denen wir durch die Stadt trabten und weiter, bis zu einem kleinen Waldstück, wo er mich absteigen hieß. Mit meinen scharfen Sinnen, die mir so vorzüglich das Dunkel erschlossen, bereitete es mir keine Mühe, die Blutspuren im Gras auszumachen.

»Hier habe ich ihn getötet – den Verräter!«, rief er hitzig. »Und dennoch fühle ich keine Erleichterung, keine Linderung meiner Schmerzen! Er hat mir Weib und Kind und Gefährten genommen. Alles, was ich liebte auf dieser Welt. Verflucht soll er sein! Verflucht in alle Ewigkeit!«

Die Blätter raschelten im Sommerwind. Ein Herzschlag nur verstrich, dann stand sie vor uns. »Ist das dein Wille?«

»Ja!«, antwortete er ihr. »Und nicht nur Milan Trubic allein – keiner, der je den Titel trägt, der in Blut und Schande erkauft worden ist, soll älter werden, als der verräterische Ahn. Nein! Ich will sie erschlagen, einen um den anderen! Erst wenn einer aus dem Hause Trubic hilft, Böhmen in die Freiheit zu führen und dabei sein Leben lässt, soll der Fluch erlöschen!«

Sie lächelte traurig. »Schwörst du, zu leben und zu rächen, bis jener Tag gekommen ist? Bedenke wohl, bevor du antwortest.«

»Ich schwöre.«

Sie trat zu ihm. Lange küsste sie seine Lippen.

»Es ist nicht recht, Blut mit Blut zu vergelten«, sagte sie zuletzt. »Und doch muss ich deine Entscheidung respektieren. Lebe wohl,

mein Fuchs, mein Streiter. Eines fernen Tages sollen wir einander wiedersehen.«
Und so erfüllte sich das Schicksal.

Eine Weile blieb ich noch bei Lišek. Dann kehrte seine Frau zurück (eine gänzlich andere, doch nicht minder erzählenswerte Geschichte), und das Band unserer Freundschaft begann sich zu lösen. Durch die Jahrhunderte versuchte Lišek den Kampf um Freiheit und Selbstbestimmung weiterzuführen. Er sammelte Anhänger und Gefährten um sich, gewöhnliche Sterbliche ebenso wie … andere; dass seine Bemühungen nicht erfolgreich waren, lehrt uns die Geschichte.
Er verbot mir bald, jemals seinen Aufenthaltsort oder seinen wahren Namen (Du wirst bereits vermutet haben, dass es sich bei »Lišek von Zdar« um ein Pseudonym handelt, Lili) zu nennen. Und bis zu seinem Tod bleibe ich an sein Wort gebunden. Zuletzt rief er mich nur noch zu sich, wenn seine Jugend schwand, wenn Krankheit oder Verwundungen ihn plagten. Dann trank er einen weiteren Tropfen meines kostbaren Blutes, um weiterzuleben, wie sein Schwur ihm befahl.

Meine Lili, in Deinen Ohren mag es seltsam klingen, was ich nun schreibe, aber Lišek war niemals ein böser Mensch. Hass und Zorn verflogen mit der Zeit. Alsbald schon graute ihm vor dem Fluch, den er so unbedacht gesprochen hatte. Unter Aufbringung all seiner Kraft stemmte er sich gegen den Drang zu morden, nach mir zu rufen, um sein Leben ein weiteres Mal zu verlängern. Du magst seinen Versicherungen glauben, oder ihn für den verachtenswertesten aller Heuchler halten, Lili. Ich selbst habe schon seit langem erkannt, dass es Mächte gibt, die stärker sind als der freie Wille.
Meinem freien Willen hingegen entsprach es, mich Deiner Familie zuzuwenden. Ich hoffte, etwas von meiner Mitschuld zu beglei-

chen, indem ich jenen, die meine Freundschaft annahmen, zur Seite stand (Dein Vater gehörte im Übrigen nicht zu ihnen). Dass ich Dich, ein Mädchen, an dem der Fluch vorübergehen wird, kennenlernte, ist nur meiner Neugier zuzuschreiben. Oder vielleicht dem Schicksal, an das ich doch nicht glaube?
Einerlei – ich bete zu allen Göttern, die mich noch anhören, dass unsere Pfade sich nicht wieder kreuzen.

Adieu, Lili.
A. B.

Aus den Aufzeichnungen Baron Sircos, 4. Juli 1909

»Ach du lieber Himmel«, brach Felix, lange nachdem ich den Vortrag beendet hatte, unser betroffenes Schweigen. »Wenn diese abenteuerliche Geschichte der Wahrheit entspricht – wovon ich ausgehe; sie ist zu bizarr, um dem Reich der Phantasie zu entstammen –, dann bleibt mir keine andere Wahl, als mich in gebührender Eile für die böhmische Sache einzusetzen. Und das, wo mir vor Politik doch so sehr graut!«

15

Prag

4. Juli 1909

Aus den Aufzeichnungen Baron Sircos, 4. Juli 1909

»Wir haben einen ohnmächtigen Chauffeur in der Küche und einen Sarg mit einem halbverbrannten Vampir im Salon. Tiefer kann man wirklich nicht sinken«, resümierte Lysander, der sich träge auf der Fensterbank räkelte, unsere Lage. »Ferner hat es besagter Bluttrinker zuwege gebracht, die verlogenste Lebensbeichte seit Napoleon abzulegen, und uns dennoch über Namen, Aufenthaltsort und genauere Pläne unseres Gegenspielers im Dunkeln zu lassen.« Eine Pause entstand, in der er ein Stück Konfekt lutschte und angestrengt nachdachte. »Ach, und unser reizender Auftraggeber hat sich endgültig als Geistesgestörter herausgestellt. Nicht, dass es mich weiter erstaunte.«

Pavel, der ohne nennenswertes Zartgefühl Salbe auf meine Brandwunden strich, stieß einen Grunzlaut aus.

»Du glaubst also nicht an Buckinghams Geschichte?«, fragte ich, die Spitze gegen Felix ignorierend.

»Glauben?«, wiederholte Lysander gedehnt. »Fürstin Libuša oder ihresgleichen schläft als uralte Vampirin irgendwo in den Katakomben des Hradschins, und hat einen heldenhaften Verrückten mit der Aufgabe betraut, Böhmen in die Unabhängigkeit zu führen? Selbstverständlich glaube ich nicht daran!«

Aus dem Mund eines englischen Landadeligen, der viele Jahrzehnte als Gespenst zugebracht hatte, ehe ein magischer Zwischenfall ihm die Gestalt eines Otters gab, klang diese an sich vernünftige Einschätzung ausgenommen frivol.

»Ich geh' dann los, zum Hauptkommissariat.« Mirko, der sich in ein Bilderbuchexempel an Seriosität verwandelt hatte, steckte das akkurat gescheitelte Haupt zur Tür herein.

»Du weißt, was du tust?«, erkundigte sich Lysander etwas schulmeisterlich.

Mirko verdrehte die Augen. »Ich lasse mich zu Professor Novak führen, erkundige mich nach Vermisstenmeldungen der letzten Wochen und zudem des Sommers 1883 und 1864, und gehe ganz allgemein nicht fort, bevor er mir nicht die Listen gezeigt hat«, leierte er seinen Auftrag herunter. »Übrigens, der Herr Rysoka« – der Name unseres Entführungsopfers – »fängt an, sich zu rühren.«

Pavel zog die Verbandsstreifen an meiner rechten Hand fest. »Die Fesseln dürften halten«, erklärte er stolz. »Ich weiß doch noch, wie man Seemannsknoten bindet.« Als sehr junger Bursche, bevor er in meine Dienste gekommen war, hatte er als Leichtmatrose eines Handelsschiffes ein ereignisreiches Jahr auf hoher See verbracht. Wie es so üblich war, hatte der Lauf der Zeit seine Erinnerungen verklärt, so dass er mittlerweile davon überzeugt war, dass er sein wahres Glück nur bei der Marine hätte finden können. Mit großer Regelmäßigkeit fluchte er nun auf seine Bequemlichkeit und Feigheit, die ausschlaggebend gewesen waren, dass er diesen Karriereweg nicht weiter verfolgt hatte.

»Gut.« Ich rieb mir den Nasenrücken. »Wir sollten ihn auch knebeln. Es wäre zu dumm, würde er aufwachen und ein Riesengeschrei machen.« Selbst die Toleranz unserer Nachbarn, die wir mühevoll an die seltsamsten Besucher und zeitweilige Lärmentfaltungen zu unchristlicher Stunde gewöhnt hatten, kannte ihre Grenzen.

»Soll ich …«, bot Mirko an.

»Nein danke, du hast wirklich schon genug getan.«

Hochzufrieden mit sich selbst hatte Mirko mir nach unserer

Rückkehr in die Wohnung erzählt, wie er mit dem Zeugen der Nacht verfahren war: Er hatte, in gerade noch vertretbarer Dosierung, Schlafpulver in Wein aufgelöst, dem Unglücklichen die Pistole – meine Pistole! – an die Schläfe gehalten, und ihm mitgeteilt, dass sein letztes Stündchen geschlagen hätte, wenn er nicht augenblicklich das Glas leeren würde. Zur allgemeinen Erleichterung hatte der Chauffeur sich gefügt und seither neben der Kredenz in der Küche gedöst.

Nach kurzer Überlegung reichte ich jetzt Pavel die Waffe. »Also, Herr Baron, ich muss schon sagen, ich weiß nicht recht«, begann er, nahm die Pistole jedoch mit spitzen Fingern entgegen.

»Zum Zwecke der Abschreckung, und für alle Fälle«, sagte ich.

Pavel protestierte. »Aber, Herr Baron, was ist mit Ihnen?«

Ich hielt den Spazierstock in die Höhe; im Verteidigungsfall würde ich mich auf meine Kenntnisse als Degenfechter verlassen. »Sir Lysander und ich gehen aus.«

»Wohin?«, fragte er wenig begeistert.

»Zur Spurensuche auf den Petřín.«

»Und Pavel hier mit unseren Hausgästen alleine lassen?« Lysander tarnte seine Faulheit mit Menschenfreundlichkeit. »Und meinst du nicht, dass einer von uns zu Hause sein sollte, wenn Seine gräfliche Unerfreulichkeit oder Fräulein Lili vorbeikommen?«

Diesem Einwand musste ich jedoch zustimmen: Lili war in entsetzlicher Verfassung gewesen, als wir den schwer verletzten Vampir – der glücklicherweise tagsüber in einen ohnmachtsähnlichen Schlaf fiel – abtransportiert hatten. Auch wenn sie Buckingham gefürchtet hatte, so war er ihr ein Freund in der schwierigen Zeit des Heranreifens gewesen. Vielleicht hatte sie damals sogar ein wenig für ihren geheimnisvollen Besucher geschwärmt …

Und so ging ich allein zum Postamt. Heute Morgen hatte mich ein Telegramm von Dr. Rosenstein erreicht, in dem er sich für die Verzögerung entschuldigte, und mir eine Chiffre zukommen ließ, unter der ich ihn in der Centrale würde erreichen können.

Während ich in der muffigen Kabine auf mein Ferngespräch wartete, beschloss ich, mir in absehbarer Zeit einen Telephonanschluss zu leisten: Mittlerweile war es in gehobenen Kreisen ein Zeichen enormer Rückschrittlichkeit, telephonfrei zu leben. In meinem Beruf würde es mir einige lästige Komplikationen ersparen. Vielleicht, wenn ich den Benz verkaufte …? Unwillig biss ich mir auf die Lippen: So leicht würde ich mich meinen Ängsten nicht geschlagen geben. Wenn es die Situation verlangte, konnte ich meine Angst beiseiteschieben – das hatte mir die vergangene Nacht bewiesen! Ich verkehrte auf regulärer Basis mit Wesen, die den meisten ehrenwerten Bürgern den Schlaf rauben würden, wüssten sie nur um deren Existenz; da würde ich gewiss nicht vor einem weiteren verdammten Automobilrennen zurückscheuen. Aber warum beschäftigte mich der Gedanke dann so sehr?

»Zum Teufel«, sagte ich, und endlich wurde meine Leitung frei.

»Es ist doch nichts vorgefallen, Baron?«, erkundigte sich Dr. Rosenstein, kaum dass wir die nötigsten Grußworte getauscht hatten. Ehrliche Besorgnis schwang in seiner Stimme mit.

»Ich fürchte, ich benötige Ihre Hilfe, Doktor«, entgegnete ich und hoffte, ebenso aufrichtig schuldbewusst zu klingen.

Die Leitung knisterte und knackte.

»Inwiefern?«, wollte er vorsichtig wissen. Ich stellte mir vor, wie er dabei aufgeregt seinen Schnurrbart zwirbelte.

»Zunächst, um einen verwundeten Vampir an einen Ort zu schaffen, wo er keinen Schaden anrichten kann …«

»Simpel.«

»… und dann müssten Sie Milena nach Prag bringen, damit sie mir bei der Entschlüsselung eines Rätsels hilft. Sie ist doch noch in der Centrale?«, vergewisserte ich mich, als es in der Leitung still blieb.

Rosenstein räusperte sich. »Ja, ja. Aber, weiß Gott, mit der unfreundlichen Person würde ich lieber keine ausgedehnte Bahnreise unternehmen, wenn ich es mir aussuchen könnte.« Und dann fügte er hinzu: »Nicht, dass ich eine Wahl zu haben scheine.«

Ich blieb ungerührt. »Und zuletzt müssten Sie einen Kreis nationalistischer Agitatoren infiltrieren.« Eine grobe Vereinfachung der Gegebenheiten, aber wie sollte ich ihm telephonisch je all die Nuancen unseres Abenteuers erläutern.

»Baron«, sagte Rosenstein sehr sanft. »Glauben Sie wirklich, dass ich der geeignete Mann für dieses Vorhaben bin? Sie und ich, wir wissen doch beide, wie wenig qualifiziert ich als Spion …«

»Aber, Doktor, bedenken Sie eines«, unterbrach ich ihn. »Ich weiß, dass ich Ihnen vertrauen kann.«

»So«, machte Rosenstein. »Dann wissen Sie mehr als ich.«

»Bitte«, sagte ich.

Ein paar Sekunden schwieg er noch beharrlich und nur das Rauschen der Leitung erklang. Dann hörte ich seine Stimme, in der ein Lächeln lag: »Was diskutiere ich überhaupt noch mit Ihnen, Baron, wenn es doch schon von Anfang an hoffnungslos war. Milena und ich nehmen den Mittagszug. Werden Sie uns vom Bahnhof abholen?«

»Nein. Es ist besser, wenn wir nicht miteinander gesehen werden. Ich erwarte Sie im Etablissement einer lieben und vollkommen vertrauenswürdigen Freundin. Die Adresse ist …«

Esther, die selbst nachdem sie sich aus dem aktiven Gewerbe zurückgezogen hatte (sah man von ein paar privilegierten Freiern ab, die aus unterschiedlichen Gründen hoch in ihrer Gunst standen) nach wie vor einen äußerst nächtlichen Lebenswandel pflegte, empfing mich im Negligé und mit denkbar schlechter Laune.

»Weißt du denn, wie spät es ist? Gerade erst neun vorbei!« Indigniert scheuchte sich mich von der Chaiselongue auf, zwischen deren Kissen sie ihr favorisiertes Haarband vermutete. »Nicht nur, dass du mir Geheimagenten nebst feindseliger Begleitung einlädst – ungefragt, möcht' ich betonen –, dann weckst du mich noch auf, dass ich mit dir auf den Petřín fahr!«

Zielsicher schleuderte sie meinen Spazierstock, den ich gegen ihren Frisiertisch gelehnt hatte, auf das Bett und begann, mit allerlei Cremes, Puderquasten und Stiften ihr Gesicht zu bearbeiten. Plötzlich beschämt angesichts der häuslichen Intimität dieser Tätigkeiten wandte ich meine Aufmerksamkeit einem der illustrierten Journale, die wahllos auf dem Boden verstreut lagen, zu.

Esther beobachtete mich im Spiegel ihres Frisiertisches.

»Was schaust du denn schon wieder drein, als würd' übermorgen die Welt untergehen?«

Ich trat zu ihr, legte ihr die verbundene Handfläche in den Nacken und strich mit den Fingerspitzen über weiche Haut und feine Härchen. Esther lehnte sich zurück. Im Spiegel sah ich das Lächeln in ihren blitzenden Augen. Langsam drehte sie sich um. »Ist schon gut, du musst nicht von der Unterhaltung ablenken. Ich versteh' auch so, dass du nicht drüber reden willst.«

Bei jeder anderen Frau, die ich näher gekannt hatte, hätten diese Worte beleidigt oder gar verletzt geklungen. Esther jedoch machte eine schlichte Feststellung. Ich sah sie unverwandt an: Wie vertraut, wie lieb waren mir die Einzelheiten dieses Gesichts geworden: die breiten Wangenknochen, das Muttermal neben dem linken Nasenflügel, die Fältchen in den Augenwinkeln. Wie mochte sie aussehen, wenn ihre Schönheit verblüht war? Wenn sie nicht mehr begehrenswert war, wenn die Spuren all der vergangenen Nächte, all der verlorenen Versprechen sich in ihre Züge gegraben hatten? Mit einem Mal war mir, als sähe ich nicht nur Esther, meine teure Freundin, vor mir, sondern auch das süße Mädchen, das sie gewesen und die Greisin, die sie einst sein würde. Vielleicht hatte es größere Lieben in meinem Leben gegeben – Leidenschaften, die sich an wilden Emotionen speisten, und rasch vergingen. Doch keiner war eine schmerzlose Vergangenheit inne gewesen; geschweige denn eine Zukunft.

Nur so war es zu erklären, dass ich an jenem Vormittag, in einem Augenblick einmaliger Klarheit, jene Frage stellte, der für gewöhnlich heiße Liebesschwüre oder kühle Kalkulationen vorangingen: »Möchtest du mich heiraten?«

Esther ließ einen Cremetiegel fallen. »Herrgott im Himmel«, stieß sie aus, erschüttert. »Was ist dir jetzt nur wieder eingefallen.«

Nicht eben die Reaktion, mit der ich gerechnet hatte.

»Esther?«, fragte ich vorsichtig.

Sie schüttelte den Kopf. »Pscht. Lass mich nachdenken. Ich such' gerade nach einem Nein, das dich nicht allzu sehr in deinem Stolz verletzt.«

Ich ging zurück zum Diwan, setzte mich und fühlte mich weniger gekränkt als grundlegend verwirrt.

»Hör zu«, befahl Esther. »Ich freu' mich schon, dass du mich fragst. Eine feine Schmeichelei ist das, und wenn ich heiraten täte, dann ganz sicher niemand anderen als dich. Aber«, sie hob das Kinn. »Leut' wie ich, die sollten nicht heiraten – und schon gar nicht Leut' wie dich! Ein schönes Durcheinander käme da heraus, das verspreche ich dir. Und glaub' jetzt nur nicht, dass ich heldenhaft entsage. Ich halt's nur für eine recht blöde Idee, die Heiraterei!«

Gegen meinen Willen musste ich lachen. »Sie nehmen mir meine impertinente Frage nicht allzu übel, Madame?«, ich spielte den gebrochenen Kavalier; worauf Esther sich auf meinen Schoß setzte und die Arme um meinen Hals schlang.

»Jetzt mach du mir bloß nicht noch ein schlechtes Gewissen.«

Ich murmelte in ihr weiches Haar: »Lass' uns vergessen, dass ich jemals gefragt habe. Ich bitte dich.«

Energisch schüttelte sie den Kopf. »Im Leben nicht! So ein hübsches Kompliment und ich soll's vergessen. Das würde dir so passen.« Flink stand sie wieder auf. »So, und eigentlich bist du ja nur hergekommen, weil ich dich auf der Fuchsjagd begleiten soll, oder? Na, warum nicht. Schlafen kann ich nach so einer Szene sowieso nicht mehr.«

Mit einem großzügigen Trinkgeld hatte ich den Billeteur der Talstation der Petřín-Seilbahn aus seinem Kassenhäuschen gelockt. Jetzt musterte er angestrengt die Photographie, die Mirko von der Wand der Vlcek'schen Wohnung entwendet hatte.

»Sein könnte es schon, dass ich den gesehen habe. Nur erinnern tu ich mich nicht mehr«, sagte er mit einer Endgültigkeit, die alle weiteren Fragen überflüssig machte, während quietschend und schaukelnd eine leere Gondel die Plattform erreichte.

Als wir in gemächlichem Tempo in unserer Seilbahnkabine den Hügel hinaufruckelten, fluchte ich innerlich auf das Dutzendgesicht des abgängigen Herrn Leo Vlcek.

Spätestens seit im Rahmen der Weltausstellung allerlei Kuriositäten und Attraktionen auf dem Petřín errichtet worden waren, durfte der Hügel sich größter Beliebtheit bei sämtlichen Schichten der Prager Bevölkerung erfreuen: Junge und ältere Pärchen, Gouvernanten mit ihren anvertrauten Schützlingen, der eine oder andere körperbewusste Bourgeois, der den täglichen Spaziergang für eine ernste Pflicht hielt, Gruppen junger Mädchen und junger Herren, manche verstrickt in das Spiel der bedeutungsvollen Blicke und Gesten, tummelten sich an jenem strahlend blauen Sommertag in den Gärten.

»Und jetzt?« Unternehmungslustig stemmte Esther die Hände in die Hüften, nachdem wir eilig die Seilbahn verlassen hatten und nun auf dem sonnenbeschienenen Vorplatz standen. Ihr riesiger Hut mit entschieden zu viel Blumenschmuck, saß ihr nach einem Windstoß reichlich schief am Kopf. »Glaubst du wirklich, dass sich gerade hier ein paar Verschwörer zusammensetzen, um ihre Geheimnisse zu wälzen?«

»So man sich den Anschein von Harmlosigkeit verleihen will, ist eine Gegend wie diese eine gerne genutzte Taktik«, dozierte ich. »Außerdem hat Leo in seinem Tagebuch davon geschrieben.«

»Schon gut«, antwortete Esther. »Ich hätte unsere illustre Gesellschaft nur anders eingeschätzt. Eher so, als würde sie gern ein bisserl mit dem Mysterium kokettieren.«

Nachdenklich nickte ich. Auch ich fand, dass wir es mit zwei Bildern zu tun hatten, die sich nur schwer vereinen ließen, die sich sogar widersprachen: Da waren all die Rituale, die Fuchsringe und die Symboliken und die Drohungen. Und auf der anderen Seite ein Lišek (so musste ich ihn wohl nennen, bis wir seinen wahren Namen erfahren würden), der laut Buckinghams Schilderungen seiner Blutschuld und seinem Schwur längst überdrüssig geworden war.

Hatte der Fuchs Nachahmer gefunden, die inzwischen ohne seine Befehle in seinem Namen agierten?

Esther gähnte demonstrativ in ein rosa besticktes Taschentuch und gab mir so zum Ausdruck, dass meine schweigsamen Grübeleien sie langweilten.

In dem kleinen Gartencafé in einem Pavillon nahe der Bludište, einem scheußlichen pseudogotischen Burgimitat, waren wir endlich erfolgreich: Das rundliche Serviermädchen, dem ich die Photographie entgegenhielt, stellte ihr Tablett so schwungvoll auf der Theke ab, dass verschiedene Getränke ausschwappten. »Jesusmaria, na freilich kenn ich den Herrn! Das ist einer von denen, die seit neulich alle paar Tage hier vorbeikommen! Drinnen, im Extrazimmer sind sie immer gesessen.« Sie wischte sich die Hände an ihrer Schürze ab und musterte mich feindselig von Kopf bis Fuß, so als sei jeder, der mit Leo Vlcek bekannt war, automatisch ihr Feind. »Eine feine Gesellschaft, hah!«

Professionelle Routine erlaubte mir, meine Aufregung zu verbergen, als ich mich in freundlichstem Tonfall an die junge Frau wandte: »Können Sie mir denn ein paar Fragen zu besagtem Herrn beantworten?«

»Wie von der Polizei schaun'S aber nicht aus, Herr …«

»Savic«, warf ich rasch mein gebräuchlichstes Pseudonym ein – eine späte Rache an jenem Mann, der Schuld daran trug, dass ich vor so vielen Jahren Familie und Ehre verlor. Ich entschied, weitgehend bei der Wahrheit zu bleiben. »Ich bin ein alter Freund der Familie Vlcek«, fuhr ich beruhigend fort. »Der Junge ist seit ein paar Tagen verschwunden, und wir gehen jeder Spur nach, um herauszufinden, ob ihm etwas zugestoßen ist.«

Sie verzog das Gesicht. »Vlcek? So heißt der Herr aber nicht.«

»Leo Vlcek«, wiederholte ich und zeigte ihr erneut die Photographie.

»Mir hat er aber gesagt, er wäre der Herr Leopold Lenkov«, nervös spielte sie mit den Bändern ihrer Schürze.

Esther an meiner Seite lachte leise. Vermutlich kam es ihr

ebenso sonderbar vor wie mir, dass unser junger Gesuchter dem Serviermädchen einen Namen verraten hatte. Doch meine Begleiterin verfolgte einen ganz anderen Gedanken: »So war das also, einen sauberen Herrn Kavalier haben'S sich da ausgesucht, der Ihnen nicht einmal seinen richtigen Namen nennt.« In uralter, komplizenhafter Geste legte sie der jüngeren Frau eine Hand auf den Arm. »Aber Leopold heißt er in Wahrheit auch«, fügte sie beschwichtigend hinzu.

Wenige Minuten später hatten wir uns mit dem Serviermädchen, das Mimi hieß, an einem wackligen Tischchen niedergelassen.

»Aber ich habe nur eine Viertelstunde Pause«, erklärte sie fast etwas trotzig. Schon von Natur aus kleingewachsen kauerte sie nun so gebückt auf ihrem Sessel, als mache sie ernstlich Anstalten, sich hinter ihrem Weinglas zu verstecken. »Und trinken dürft' ich während der Arbeit eigentlich auch nicht«, sagte sie und nahm einen großen Schluck.

Esther, der es wesentlich besser als mir gelang, das Vertrauen dieses schüchternen Geschöpfes zu gewinnen, beugte sich über den Tisch. »Also, Fräulein Mimi, was können'S denn über unseren Entschwundenen erzählen? Und über seine Freunde?«

»Seine Freunde?«, wiederholte sie verwirrt.

»Die Herren, mit denen er hier war«, sprang ich ein. »Die feine Gesellschaft, auf die Sie so schlecht zu sprechen sind. Wir glauben, dass sie eine tragende Rolle im Zusammenhang mit seinem Verschwinden spielen.«

»Ach so! Na das waren seine Kollegen von der Universität, hat er gesagt.« Offensichtlich wurden in der Vorstellungswelt des kleinen Fräuleins Mimi keine Freundschaften zwischen Kommilitonen geschlossen.

Abermals berührte Esther ihre Hand. »Impertinente Hunde dürften das gewesen sein, die Herren von der Universität«, gab sie ein Stichwort.

»O ja. Wie sie zum ersten Mal hergekommen sind, das war vor ein paar Wochen, am Nachmittag – immer am Nachmittag sind sie aufgetaucht, aber nur wenn's schön war, also immer dann, wenn das Geschäft am besten gegangen ist, und ich wirklich alles mögliche andere zu tun gehabt hätt', als mich um ihre Sonderwünsche zu kümmern …« Sie schnaubte, und glich dabei einem aufgeregten Fohlen. »Aber was ich sagen wollt': Wie sie zum ersten Mal alle dahergekommen sind, da waren sie noch ganz höflich, Fräulein hier und Fräulein da. Aber kaum haben sie sich heimisch gefühlt, schon gab's die grauslichsten Witze und Anzüglichkeiten. Ich hab' ihnen immer gesagt, so eine bin ich nicht, aber das wollten sie mir gar nicht recht glauben, die Schweine!«

Glücklicherweise gelang es Esther, den Ausbruch Mimis zu beenden, indem sie interessiert einwarf: »Und der Leopold, der hat Sie verteidigt?«

»Ja, der Leo, der war lieb – am Anfang. Ein paarmal hab ich ihm erlaubt, dass er mich nach Hause begleitet. Da sind wir dann zu Fuß den Hügel hinuntergegangen …« Mimis Stimme wurde träumerisch.

»Und jetzt?«, hakte Esther nach.

»Jetzt ist er böse auf mich.«

Vor ein paar Tagen, setzte uns Mimi auseinander, das letzte Mal, als diese fragwürdige Gesellschaft sich in dem Lokal aufgehalten hatte, hätte es groben Verdruss gegeben: Leo war mit einem seiner Gefährten in Streit geraten, der erst verbal, später sehr zum Schrecken der übrigen Gäste auf dem Fußboden des Pavillons ausgetragen wurde. Selbstredend konnte unser unseliges Geschöpf von Informantin uns nicht mitteilen, worum es in dem Streit gegangen war. Ein Unvermögen, das doppelt schwer wog, da zu jenem Zeitpunkt außer ihr niemand vom

Personal anwesend gewesen ist. Erst auf den Lärm hin kam der Oberkellner hinzugestürzt und tat das seine, um die beiden Raufbolde zu trennen.

Mimi nippte an ihrem Weinglas. »Der Leopold hat geblutet, und ich wollte einen Arzt holen. Aber da sind der Leo und die anderen über mich hergefallen; ich sollt' mich nicht in alles einmischen! Sie sind dann recht bald gegangen.« Und trotzig setzte sie hinzu: »Ich wollt' doch nur mit ihm reden!«

»Sie sind ihm gefolgt?«, fragte ich sanft.

Esther verdrehte die Augen zum Himmel. Die ungeschickte Arglosigkeit dieses Mädchens machte ihr sichtbar zu schaffen.

»Mit ein paar von seinen Freunden ist er zum Strahov hinüber, ein ganz anderer Weg als wir sonst gegangen sind. Ich wollte ihnen nicht zu lange nachlaufen und weil ich im Kaffeehaus nur gesagt hab', dass ich nur ein bisserl weg bin, hab' ich ihn gerufen.« Mimi schniefte und ihre Unterlippe zitterte. Esther zog ein weiteres Taschentuch – diesmal ohne rosa Stickereien – aus den Tiefen ihrer Handtasche und reichte es ihr.

»Er war furchtbar böse auf mich, weil ich ihm gefolgt bin«, fuhr Fräulein Mimi fort, nachdem sie sich ausgenommen undamenhaft geschnäuzt hatte. »Und seine Kumpane erst! Ich hab' geglaubt, die drehen mir mitten am helllichten Tag den Hals um, so wütend waren die.«

Die Befragung des restlichen Kaffeehauspersonals erwies sich als gänzlich unergiebig. Niemand hatte sich die Mühe gemacht, den Unterhaltungen der Runde zu lauschen (»Bedaure, der Herr, aber das war nicht möglich, sie sind ja immer gerade dann gekommen, wenn am meisten los war.«); die Personenbeschreibungen waren unbrauchbar (»Jüngere Herrschaften eben, aber auch nicht gar zu jung.«); selbst die genaue Anzahl der Mitglieder ließ sich nicht festlegen (»Zwölf werden sie gewesen sein, vielleicht auch fünfzehn.«) – das grenzte schon an grobe Fahrlässigkeit!

Um unseren erfolglosen Ausflug zu einem annehmbaren Ende zu bringen, lud ich Esther zum Mittagessen ein. Was sie prompt ausschlug: »Ich hab' das Kind bei der Rosa«, erklärte sie. »Wir sehen uns dann heute Abend, wenn dein Wiener Bekannter angekommen ist.«

Unten an der Seilbahnstation blickte ich Esther nach, die, eine Hand an die Hutkrempe gelegt, im offenen Wagen davonfuhr. Ich überlegte gerade, ob ich meinem zerrütteten Nervenkostüm einen Spaziergang zugestehen oder auf schnellstem Wege nach Hause zurückkehren sollte, da löste sich ein altmodischer, kastenartiger Zweispänner aus der Reihe der wartenden Fuhrwerke und kam dicht neben mir zum Stehen. Dessen Passagier, ein vornehm gekleideter Mann in mittleren Jahren, riss den Verschlag auf und grüßte mich mit einem freundlichen Lächeln. »Baron Sirco!«

Nachdem ich mit ziemlicher Gewissheit sagen konnte, dass ich diesem Mann noch niemals zuvor begegnet war, und potenzielle Klienten mich nicht auf der Straße anzusprechen pflegten, ging ich davon aus, dass die ostentative Nennung meines Namens nur eines bedeutete: weitere Schwierigkeiten.

Meine Erwartungen wurden nicht enttäuscht.

»Sie kennen mich nicht«, fuhr der Mann höflich fort. »Aber ich würde Sie trotzdem bitten, sich einen Augenblick zu mir zu gesellen.«

Da allein meine Neugier von mir verlangte, dass ich seiner Bitte nachkam, konnte ich seinen drohenden Zusatz – »im Übrigen ist die Pistole in meiner Hand geladen« – nur belächeln.

»Sie werden nicht sehr weit kommen, wenn Sie mich auf offener Straße erschießen«, gab ich zu bedenken, als ich mich ihm gegenüber auf der Bank niederließ und die Tür hinter mir schloss.

»Möglich. Sie bräuchte es in jenem Fall natürlich nicht mehr zu kümmern.« Das breite, wölfische Grinsen machte sich seltsam aus in seinem ebenmäßigen Gesicht. Mit dem Knauf seines Spazierstocks klopfte er zweimal gegen die Wand, worauf sich die Kutsche ruckartig in Bewegung setzte. »Aber ich sehe schon, Baron, Sie sind ein Mensch, mit dem sich vernünftig reden lässt.« Mit diesen Worten schob er die Pistole in die linke Tasche seines Jacketts.

»Sehen Sie, ich habe nicht allzu viel Zeit«, wandte ich mich an meinen Entführer. »Vielleicht könnten Sie sich sofort in *media res* stürzen?«

Sein Grinsen erlosch. »Sagen Sie mir, Baron«, erkundigte er sich deutlich kühler. »Ihr Freund Felix Trubic – halten Sie ihn für einen wertvollen Menschen?«

Mein Gegenspieler vermochte mein Schweigen kundig zu deuten. »Haben Sie je daran gezweifelt, auf der richtigen Seite zu stehen?«, bohrte er weiter.

»Sie meinen, ob ich es gutheiße, dass aufgrund einer jahrhundertealten Schuld Menschenleben um Menschenleben ausgelöscht wird?«, konterte ich nun scharf.

»Versuchen Sie nur, die Welt in Ihre Schablonen von Recht und Unrecht zu zwängen. Wenn ich Ihnen sagte, auch ich bedauerte das Schicksal der Familie Trubic, würde Sie das denn besänftigen?« Herausfordernd sah er mich an.

»Im Gegenteil. Ich würde Sie fragen, weshalb Sie sich noch für eine Sache verwenden, die solcherlei Abscheulichkeiten mit sich bringt«, entgegnete ich verächtlich.

»Wissen Sie, weshalb Sie hier sind, Baron?« Er wartete meine Antwort nicht ab. »Weil es unserem Lišek widerstrebt, noch einen Versuch zu unternehmen, Sie töten zu lassen. Trotz alledem tötet er nicht gerne, das müssen Sie begreifen.«

Mein Entführer strich sich mit gespreizten Fingern durch sein militärisch kurzes, dunkles Haar. »Wir werden Sie natürlich gehen lassen, sobald alles vorbei ist.«

Ich schwieg. Sollte er ruhig den Eindruck gewinnen, er habe mich eingeschüchtert. Ich hatte ihn jedoch beobachtet: Dass er die Pistole so achtlos weggesteckt hatte, ließ darauf schließen, dass er über keine Routine im Waffengebrauch verfügte. Sonst wäre ihm die einschüchternde Wirkung, die eine gezückte Pistole in der Hand eines Feindes innehatte, bewusst gewesen. Oder er glaubte sich mir hoffnungslos überlegen. Beides konnte zu meinem Vorteil sein, wenn ich meine Karten richtig ausspielte.

Nicht nur, um zu siegen – auch, um zu überleben musste ein Rennfahrer über exzellente Reflexe verfügen. Die Finte, die ich vortäuschte, war so simpel wie effektiv: Ich täuschte den Fluchtversuch, den mein Begleiter schon erwartet haben musste, vor und schnellte zur Tür, als wolle ich sie aufreißen und abspringen. Wie geplant kam er mir zuvor und warf sich in der Absicht, meinen Verbleib in der Kutsche zu garantieren, auf mich. Ein Ringkampf folgte, der ein abruptes Ende fand, als es mir gelang, die Pistole aus seiner Rocktasche zu reißen. Im selben Moment, als die Kutsche zum Stehen kam, schlug ich ihm mit voller Wucht den eisernen Lauf der Waffe ins Gesicht. Er keuchte vor Schmerz und ließ endlich mein rechtes Handgelenk los, das er bisher fest umklammert hatte. Mein nächster Hieb traf mit glücklicher Präzision seine linke Schläfe. Der Entführer sackte zusammen, und der Kutscher öffnete den Verschlag.

Ich hob die Pistole und zielte. »Wohin sollten Sie mich bringen?«, fragte ich, um Atem ringend.

Hilfesuchend starrte der Kutscher auf die reglose Gestalt seines ursprünglichen Passagiers, der blutend am Boden der

Droschke lag. Ich machte eine kleine, ungeduldige Bewegung mit der Pistole, sah ich doch durch die geöffnete Tür, dass wir mitten auf einer verkehrsreichen Straße gehalten hatten. Ich gab uns nur noch Sekunden, ehe wir Aufsehen erregen würden.

Er nannte eine mir unbekannte Adresse. »Draußen, in der Vorstadt«, fügte er wie entschuldigend hinzu. Seine Hände zitterten: »Werden Sie mich jetzt erschießen?«

Ein Geräusch, ähnlich einem Lachen entrang sich meiner staubtrockenen Kehle. »Nicht, wenn Sie genau das tun, was ich Ihnen befehle.«

»Nein. Das geht nicht.« Felix, schwer auf das Geländer gestützt, beobachtete von der Treppe aus, wie zwei seiner Diener meinen ohnmächtigen, gescheiterten Entführer durch die Halle trugen. »Das Haus Trubic macht keine Gefangenen.«

Der Kutscher stand, noch immer wie Espenlaub zitternd, daneben. Wie er mir auf der kurzen Fahrt zum Palais – ich war mit der Waffe in der Hand neben ihm auf dem Kutschbock gesessen – dargelegt hatte, kannte er den Herrn mit dem kurzen Haar nur wenige Minuten länger als ich: Mehr als die Zieladresse in der Vorstadt hatte sein Passagier ihm nicht verraten.

»Leider verfügt meine Wohnung nicht über ausreichend Kapazitäten, um mehr als zwei Gefangene zu halten«, gab ich gereizt zurück.

Felix hob eine Hand. »Schon gut.« Er klang matt. »Simon, wenn Sie so freundlich wären, den Herrn zu fesseln, zu verbinden und in den Weinkeller zu bringen? In dieser Reihenfolge.«

Die Gelassenheit, mit welcher der Diener diese Anweisung entgegennahm, erzählte mir mehr vom Trubic'schen Haushalt, als ich jemals hatte wissen wollen.

»Und den hier?« Felix wandte sich an den Kutscher. »Was sollen wir mit Ihnen machen, mein Freund?«

»Ich schwöre, ich werde kein Wort sagen, wenn Sie mich gehen lassen«, murmelte der unglücklich.

Gemessenen Schrittes durchquerte Felix die Halle. Etwas an seinen Bewegungen alarmierte mich, erinnerte mich an einen todwunden Krieger, der seine Verletzungen vor Feinden oder Kameraden verbergen wollte. Aus strahlend hellen Augen musterte er den Dienstmann, der offenkundig nicht wusste, wie ihm geschah. »Und wenn schon. Glauben Sie, irgendjemand interessiert sich für Ihre Klagen, wenn Sie sich gegen den Grafen Trubic wenden?« Er hustete in ein Taschentuch. »Verschwinden Sie«, fügte er leise hinzu. »Tun Sie, was auch immer Sie für richtig halten mögen.«

Der so Entlassene hastete auf den Ausgang zu. Ich nahm kaum noch Notiz von ihm: All meine Aufmerksamkeit war auf Felix gerichtet, der sich nur noch unter Anstrengung auf den Beinen zu halten schien.

»Wir sollten versuchen, unseren Gast zu wecken. Vielleicht möchte er mir ja verraten, was ich zu tun habe, um diesem lächerlichen Fluch ein Ende zu setzen«, verkündete er in seiner altgewohnten Leichtfertigkeit. Ein Schritt, ein Stolpern. Ich fing ihn auf, als er zusammenbrach.

Das abgedunkelte Zimmer, das Krankenbett, die bestürzte Tochter, der verlegene Arzt, ein alter Dienstbote mit traurigen Augen: Alle Requisiten und alle Statisten waren versammelt, die häusliche Tragödie konnte beginnen. Ich selbst blieb der stumme, deplatzierte Beobachter am Rand. Lili hatte mir diese Rolle mit ungewohnter Vehemenz zugewiesen: »Sie bleiben, Baron!«, und ich hatte mich gefügt.

Mit sorgenschwerer Miene stellte der Arzt die einzig mögliche Diagnose. Aufgrund der Ansteckungsgefahr sollte der Patient, sobald der Fieberschub abgeklungen war, in eine Lungenheilstätte. Ein kritisches Stadium, bescheinigte er zuletzt. Lilis Unterlippe bebte.

Dann war alles gesagt und getan. Der Diener zog sich zurück, ebenso wie Lili, die flehentlich auf den Arzt einredete – verlangte sie ein Wunder von ihm?

Ich blieb. Vorsichtig ließ ich mich auf der Bettkante nieder. So viel gab es zu tun, so viele Knoten zu lösen im Netz der Geheimnisse, und die Zeit lief gegen uns. Doch was kümmerten mich Mysterien, wenn Felix, Graf Trubic, zu Grabe getragen wurde? Nicht Rachsucht und Blutschwur drohten ihn auszulöschen, sondern die Schwäche seines eigenen Körpers.

Er hielt die Augen geschlossen. Vielleicht schlief er, vielleicht stellte er sich schlafend. Vielleicht war er der Erklärungen, der Lügen und Wahrheiten müde geworden. Mit Wehmut dachte ich daran, dass ich es mir einst erlaubt hätte, ihm die wirren, feuchten Haarsträhnen aus der Stirn zu streichen und ihm den Trost der Berührung zu schenken, wo Worte versagten.

»Dejan.« Felix regte sich, seine Lider flatterten. »Was für eine lächerliche Art zu sterben.«

Es kostete mich schier übermenschliche Selbstbeherrschung, als ich heiter zurückgab: »Wie die Heldin eines melodramatischen Romans! Du solltest besser gesund werden, sonst verlierst du für alle Zeiten das Gesicht.«

Ich schickte einen Diener nach Lysander, ehe ich hinabstieg in die Kellergewölbe des Palais Trubic. Ich wollte den Gefangenen verhören. Sorgfältig gefesselt und geknebelt, mit einem ordentlichen Verband um die Stirn, lehnte er an einer leeren Stellage, an der ihn der findige Simon mit Hundehalsband und -kette festgebunden hatte.

Er spuckte aus, als ich ihm den Knebel abnahm. »Ich habe Sie unterschätzt, Baron. Man sagte mir, Sie hätten bei dem Rennunfall erheblichere Verletzungen davongetragen, als es der Fall sein dürfte.« Er ließ seine Kette rasseln.

»Wer sind Sie?«, fragte ich.

Seine Antwort gestaltete sich eine Nuance kryptischer, als ich erwartet hatte: »Bin ich denn?«

Jahrelange Routine im Umgang mit den unterschiedlichsten Geschöpfen, deren Existenz die Weltbevölkerung weitgehend negierte, hatte mich sensibilisiert hinsichtlich der Abstufungen des Seins und Nichtseins. Weh dem, der einen Vampir fragte, wie er seine Nächte *verlebte*! Schande über dich, der du die Mirakel des *Daseins* eines Geisterwesens ergründen willst!

In Ermangelung einer bequemeren Sitzgelegenheit nahm ich auf einer umgedrehten Holzkiste Platz und versuchte das Pochen meiner, während der Handgreiflichkeiten abermals in Mitleidenschaft gezogenen, lädierten Rippen zu ignorieren. »Sie könnten uns beiden sehr viel Zeit ersparen, wenn Sie mir einfach nur sagten, wo ich den Fuchs finde, damit ich ihn aufhalten kann.« Ich wollte die Möglichkeit, dass ein Appell an die Vernunft bei meinem Gefangenen Früchte tragen könnte, nicht von vornherein kategorisch ausschließen.

Doch dieser schnaubte verächtlich. »Aufhalten? Ja, wie wollen Sie das denn anstellen?«

Niemals hatte ich mich rühmen können, ein guter Kartenspieler zu sein: Mochte ich auch noch so sehr danach streben, meine Mimik zu beherrschen, ein Zucken der Mundwinkel verriet jeden Bluff.

Mein Gesprächspartner war ein guter Beobachter. »Ah«, sagte er leise. »Kann es denn sein, dass Sie darüber gar nicht nachgedacht haben, Baron?«

Ich lehnte mich nach vorne, stützte die Ellbogen auf die Oberschenkel und sah ihm geradewegs ins Gesicht.

»Mit Verlaub, dies sollten Sie meine Sache sein lassen.« Irgendeinen Weg fand ich immer. »Sie bluten«, wechselte ich das Thema.

»So? Und das soll weshalb von Belang sein?« Seine gelangweilte, gedehnte Sprechweise erinnerte mich beinahe ein wenig an Felix.

»Nun, es spricht dafür, dass Sie vielleicht doch sind«, antwortete ich mit einem breiten Lächeln.

»Auch Vampire bluten«, warf er ein.

»Auch Vampire *sind*«, erwiderte ich und überlegte: Wie hatte Leo Vlcek in seinen Tagebüchern den geheimnisvollen Fremden, der die neuen Mitglieder der Bruderschaft rekrutierte, genannt?

»Ctirad«, sagte ich versuchsweise.

Er zog eine Augenbraue hoch, dann murmelte er: »Wie lange bin ich schon hier?«

»Knappe zwei Stunden«, informierte ich ihn nach einem Blick auf meine Taschenuhr.

Er seufzte. »Zwei Stunden in diesem dunklen Loch. Könnten Sie Ihrem gräflichen Freund bitte nahelegen, mich an einer etwas zivilisierteren Lokalität zu verwahren?«

»Sie wissen, dass ich Sie auf der Stelle freiließe, wenn Sie meine Fragen beantworteten?«, log ich schamlos.

»Nein. Das würden Sie nicht tun. Weil sie nämlich wider Erwarten kein Idiot sind.«

Felix' Wortwahl, Felix' Tonfall; nur seine Stimme war etwas höher, etwas rauer als der melodische Bass meines Freundes. Dennoch meinte ich für einen irrwitzigen Augenblick, Felix vor mir zu sehen, die Hände gefesselt, den Kopf hoch erhoben, während die Hundekette an der Narbe an seiner Kehle rieb. Ich schüttelte die Illusion ab. Eine schlanke, nicht eben hochgewachsene Gestalt mit dunklem Haar, feinen Zügen und einer Nase, die sich das Attribut »klassisch« redlich verdient hatte, blieb zurück.

»Vampire bluten«, nahm ich den Faden wieder auf. »Und verbrennen im Sonnenlicht zu Staub. Womit zweifelsfrei bewiesen ist, dass Sie kein Vampir sind.«

Vielleicht war es die Art, wie er den Kopf senkte; vielleicht lag es an dem tiefen Atemzug, vielleicht huschte gar ein Schatten über sein Gesicht? In jedem Fall hatte ich verstanden: »Nur ein Tropfen Vampirblut, und die treulose Göttin Jugend kehrt – auf Zeit – wieder.«

»Sehr poetisch formuliert, Baron. Sehr poetisch, und dennoch klug erkannt. Oder war es geraten?« Mein Gefangener leckte sich die aufgesprungenen Lippen. »Das ewige Leben, von Gnaden eines Nachtdämons. Und mit Leben meine ich *Leben*, nicht etwa die traurige Schattenexistenz, die diese wandelnden Toten führen. Aber wissen Sie auch, was dem Unglücklichen geschieht, dem der Wunsch nach einem zweiten Blutstropfen gewährt wird?« Ohne meine Antwort abzuwarten, fuhr er fort. »Er tritt nicht zurück in das ferne Land der Kindheit! Das glauben sie alle und manch einer sehnt sich sogar danach.«

Seine weit geöffneten, dunkelbraunen Augen glänzten, als er sagte. »Er stirbt schreiend unter Qualen. Ich habe Gefährten dieses Schicksal erleiden sehen und weiß doch nicht, weshalb das so ist. Nicht einmal der Vampir selbst weiß es.«

Ich staunte. Wenn diese blutmagische Praxis derart verbreitet war, wie es die Schilderungen dieses Initiierten nahelegten, dann musste es Lišeks freiheitskämpfendem Zirkel gelungen sein, sich eine kleine Armee von Vampiren untertan zu machen. Doch das war unmöglich: Vampire waren selten; in ganz Europa existierte kundigen Schätzungen zufolge nicht mehr denn ein gutes Dutzend.

Ein Kratzen an der Tür holte mich aus meinen Überlegungen

zurück in den feuchtkalten Keller. Ich ließ Lysander ein, der sogleich zu unserem Gefangenen hoppelte, um ihn sich beim Schein des Gaslichts zu besehen.

»Sir Lysander, nehme ich an«, stellte dieser von oben herab fest.

Lysander legte den Kopf schief. »Und das ist ...?«

»Ein Lügner«, vervollständigte ich die Vorstellung.

»Ich bitte?«, murmelte dieser darauf indigniert.

Einmal mehr nahm ich auf meiner Kiste Platz, verschränkte die Arme vor der Brust. »Wie viele Vampire gibt es in Prag?«, fragte ich scharf.

Umständlich, unter Kettengeklirr, veränderte er seine Sitzposition. »Einen, nehme ich an. Sie und ich, wir kennen ihn: Master Alvin Buckingham.«

»Und wie kann es sein, dass sich ein Vampir mit Leib und Seele an mehr als eine Person bindet?«

Nur der Umstand, dass seine feinen Gesichtszüge nicht für derart vulgäre Ausdrucksformen gemacht waren, bewahrte den Gefangenen vor dem Schicksal, mir reichlich geistlos entgegenzuglotzen. »Ich fürchte, ich kann Ihnen nicht folgen, Baron«, bekannte er schließlich.

Obwohl ich meine Ungeduld und meinen Zorn über die stockenden Ermittlungen kaum mehr unterdrücken konnte, begnügte ich mich mit der Bitte, er möge mich nicht weiter zum Narren halten.

»Aber«, begann er.

Mit einem Schnauben schnitt ihm Lysander das Wort ab. »Dejan? Hast du schon in Betracht gezogen, dass er dich wirklich nicht versteht?« Seine Schnurrbarthaare bebten vor Aufregung. »Lass uns einen Moment nachdenken – in welchem Zusammenhang haben wir bewusste Information erfahren, dass ein Vampir zum willenlosen Sklaven desjenigen wird, den er von seinem Blut kosten lässt?«

»Zu entnehmen aus Buckinghams Brief«, gab ich unwillig zur Antwort. »Und das weißt du ebenso gut wie ich.«

Lysander fiepte leise, rieb sich mit den Vorderpfoten über die Nase. »Buckinghams Brief an Lili«, präzisierte er.

Ich wartete.

»Dejan, entweder du gibst dir gerade alle erdenkliche Mühe, dich blöd anzustellen, oder du warst noch nie unglücklich verliebt!«

Ich zog eine Augenbraue hoch.

»Aus gänzlich obskuren, mir nicht vollkommen nachvollziehbaren Gründen liebt Master Buckingham heftigst unsere kleine Lili.« Lysander bleckte die Zähne. »Dies bitte nicht missverstehen. Ich finde Lili ganz reizend, aber zu meiner Zeit wenigstens verfiel man etwas spektakuläreren Damen.«

Im flackernden Licht der Gaslampe sah ich unseren Gefangenen grinsen. Ob auch er Lysanders Zeit entstammte?

»Einerlei.« Mein alter Kamerad wanderte in dem Weinkeller auf und ab; er wappnete sich zu einem seiner Vorträge. »Wie jeder Liebende will er die teure Angebetete für sich gewinnen. Nun steckt unser armer Buckingham jedoch in einem argen Dilemma: Seine Comtesse bittet ihn um eine wahrheitsgemäße Schilderung vergangener Ereignisse, in denen er eine wenig erfreuliche Rolle spielte, und er – der Schwachkopf – verspricht es ihr. Vor die Wahl gestellt, die Unwahrheit zu Papier zu bringen oder sich dem Fräulein Trubic in denkbar schlechtem Licht zu präsentieren, entscheidet er sich wie schon Millionen Liebende vor ihm, für den goldenen Mittelweg: Er lügt *ein bisschen*.«

Endlich begriff ich. Er hatte die eigene Rolle in der Tragödie ein wenig heruntergespielt und sich selbst zum Opfer stilisiert, in der Hoffnung, eine willenlose Marionette sei leichter zu lieben als ein Übeltäter aus freien Stücken.

»Wie scharfsinnig«, ätzte unser Gefangener, nur um fortan zu schweigen.

Eine mühevolle halbe Stunde später gaben wir unsere Versuche, ihm weitere Hinweise zu Lišek, der Vilja oder dem Vampir zu entlocken, als gescheitert auf.

In der Halle begegnete uns Lili. Sie war bleich, aber gefasst. Mit zweifelhaftem Resultat hatte sie etwas Puder aufgelegt, um Tränenspuren auf geröteten Wangen zu kaschieren. Eine Welle innigen Mitleids durchflutete mich – oder war es meine eigene Trauer? Lange standen wir einander stumm gegenüber; dann brach ich das Schweigen mit der denkbar ungeschicktesten Frage, die mir in den Sinn kommen konnte: »Haben Sie schon Zeit gefunden, Alvin Buckinghams Brief zu lesen?«

Ihre Augen weiteten sich, und Lysander schnarrte verärgert.

»Sie sollten ihn wirklich lesen«, fügte ich rasch hinzu. »Vielleicht wird er Sie traurig machen, vielleicht wütend, und nicht alle Einzelheiten der Geschichte scheinen der Wahrheit zu entsprechen, aber …«, ich brach ab.

»Sie werden ihn verstehen«, kam mir Lysander unerwartet zu Hilfe.

Trotzig reckte Lili das Kinn. »Verstehen?«, stieß sie hervor. »Sie verlangen viel von mir, meine Herren.«

Wir schwiegen; kamen dann auf die andere Person in ihrem Leben zu sprechen, die so schwer zu verstehen, der so schwer zu vergeben war: Ihrem Vater, dem es wieder etwas besser ging.

»Ich will mich verabschieden, ehe wir aufbrechen«, sagte ich, und meinte *alleine*.

Gestützt von einem Polsterstapel, saß Felix halb aufrecht im Bett und blätterte in einem Journal. »Nun? Hat das Verhör zu bahnbrechenden Erkenntnissen geführt?«, erkundigte er sich mit unverhohlener Neugier.

»Buckingham lügt«, sagte ich, in Ermangelung einer besseren Antwort.

»Wie schade! Dabei war es so ein hübscher Brief.« Felix klopfte mit der flachen Hand auf das Bett, als wollte er einen Hund anlocken. »Komm, setz dich zu mir. Es sei denn, du fürchtest mittlerweile die Gefahr der Ansteckung.«

»Du weißt doch, ich bin unsterblich«, kam ich seiner Aufforderung nach und wiederholte ein Scherzwort aus vergangenen Tagen, als wir unverschämt jung waren und die Welt nicht mehr kostete, als ein Lächeln.

Er sah mich an. Seine Augen hatten nichts von ihrem fiebrigen Glanz verloren. »Unsterblich, ja. Ebenso wie meine Ahnen«, sagte er, und setzte zu einer Erläuterung an, als er meine Verwirrung bemerkte: »Es muss meinen werten Vorfahren doch zuweilen aufgefallen sein, dass dem jeweiligen Grafen kein allzu langes Leben beschieden war? Dennoch fanden sich in jeder Generation Mutige, Träumer und Narren, die bereit waren, das Erbe mit all seinen tödlichen Gefahren anzutreten. Daraus folgere ich, dass nur derjenige Graf wurde, der an die eigene Unsterblichkeit glaubte.«

Durch die geöffneten Fenster flutete Nachmittagssonne den Raum. Ein warmer Wind trug den Duft von Sommer bis zu uns herüber. Felix ließ sich in die Kissen zurücksinken. »Habe ich dir jemals erzählt, dass Jindřich mich in seinem Testament ausdrücklich zu seinem alleinigen Erben ernannte?«, fragte er.

»Vielleicht glaubte er, dass mit der Blutlinie auch der Fluch gebrochen sei?«, schlug ich vorsichtig vor, ich wollte mit meinen Worten weder werten noch verletzen.

»Vielleicht.« Geistesabwesend faltete Felix die Zeitschrift. Sammelte er seine spärlichen Kräfte für eine neue Wahrheit?

»Ich sorge mich um Lili«, sagte er zuletzt. »So vieles habe ich ihr angetan, so vieles wollte ich ihr zumuten. Und doch verzeiht sie mir.« Er griff nach dem Zigarettenetui auf dem Nachttisch. Ich räusperte mich, und er ließ die Hand wieder sinken.

»Dejan, Dejan! Manchmal wünschte ich mir wahrhaftig, du wärst nicht ebenso ein Narr wie ich. Dann könnte ich dich bitten, dich um Lili zu kümmern, wenn ich erst – aus diesem oder jenem Anlass – verschieden bin.«

»So, wie die Dinge stehen, wäre es wohl eine grobe Fahrlässigkeit,« pflichtete ich ihm bei. Ihm zudem mitzuteilen, dass Lili Trubic eine Bevormundung durch meine Person nie kampflos hinnehmen würde, verbot mein Taktgefühl. »Ich glaube, sie ist härter und schlauer, als du ihr zugestehst.« Und skrupelloser, fügte ich in Gedanken hinzu.

Felix verschränkte die Arme hinter seinem Kopf. »Du irrst. Du verwechselst Panikreaktionen mit Härte. Bisher hat sie nichts anderes als Verzweiflungstaten begangen. Mit, wie du mir zweifelsohne Recht geben wirst, keineswegs befriedigenden Resultaten.«

Seine Stimme war so leise geworden, dass ich Mühe hatte, ihn zu verstehen. Das Unbehagen, das ich dabei empfand, Zeuge seiner Krankheit, seiner Schwäche zu werden, war beinahe körperlich. »Du solltest dich ausruhen«, äußerte ich den erstbesten Allgemeinplatz und floh.

16

Prag

4. Juli 1909

Tagebuch Dejan Sircos,
Baron und Hauptmann a. D.

13. September 1900

Es ist zu Ende, was immer es auch war, das zwischen Felix und mir bestanden hatte. Vier Jahre hatte es gewährt. Zuweilen sind vier Jahre eine sehr lange Zeit.

Heute Abend kam Felix überraschend zu Besuch; unter dem Vorwand, mit Sir Lysander plaudern zu wollen, verbrachte er eine unruhige halbe Stunde in unserem Salon, ehe er mich bat, ihn nach Hause zu begleiten. Ungeachtet der vorgerückten Abendstunde, des feuchtkalten Wetters, willigte ich ein, hatte ich doch erkannt, dass irgendetwas ihm schwer auf der Seele lastete.

»Du solltest heiraten«, teilte mir Felix mit, kaum dass wir auf die Straße getreten waren. Der Spazierstock entglitt meinen Fingern; als ich mich bückte, ihn aufzuheben, trieb mir ein Windstoß den Hut vom Kopf. Ein räudiger kleiner Hund nahm die Verfolgung auf. Und während ich all diese nutzlosen Details so überdeutlich wahrnahm, verwehrte sich mir doch die Bedeutung von Felix' Worten.

»Wie?«, machte ich, reichlich geistlos.

Felix schnaubte. »Ich würde den traditionellen Weg wählen. Such dir ein nettes Mädchen aus guter Familie, mache ihr den Hof, und lass dich, um Himmels willen, mit ihr sehen!«

Ein Botenjunge, der vor dem Café Arco herumlungerte, brachte mir meinen beschmutzten Hut; ich warf ihm eine Münze zu und verscheuchte ihn mit einer ungeduldigen Geste.

»Es kursiert gegenwärtig etwas unerfreulicher Tratsch«, setzte Felix erklärend hinzu.

Regentropfen klatschten auf das Kopfsteinpflaster, aus weiter Ferne war Donnergrollen zu vernehmen. Damals hatte es auch geregnet …

»Mostar«, sagte ich, plötzlich fröstelnd.

»Nicht, wenn wir vernünftig sind.« Felix lächelte schwach. »Es muss keinen Skandal geben. Nicht, wenn sich unsere Wege eine Zeit lang trennen, wenn du dir etwas Mühe gibst, die Gerüchte zu zerstreuen.«

Ich sah ihn an. Sah die altvertrauten Züge, die blitzenden Augen, die Narbe über seiner linken Braue, die Sommersprossen auf seiner Nase, die er wie eine eitle Dame zu überpudern pflegte, und erkannte ihn doch kaum wieder.

»Und in ein paar Monaten, wenn etwas Gras über die Angelegenheit gewachsen ist …«

Ich hörte nicht mehr hin. Er hatte natürlich Recht, und hätte nur ein wenig Bedauern in seiner Stimme gelegen, hätte er die Hand nach mir ausgestreckt, einen Hauch von Traurigkeit gezeigt, so wäre ich vielleicht bereit gewesen, seine ehrlosen Regeln in diesem Trugspiel zu befolgen.

Aber Felix tat nichts. Und ich sagte, »Adieu«.

18. September 1900

Auf der Kommode in meinem Schlafzimmer liegt ein Billet, das enthält nur zwei Worte. Major Vranek, der Felix vertreten wird, hat es heute Vormittag vorbeigebracht. »Ich akzeptiere«, ist darin zu lesen.

Ich akzeptiere.

Morgen, in aller früh, wird man sich treffen, draußen vor der Stadt. Ich habe meine Sekundanten verständigt, meine Angelegenheiten in Ordnung gebracht. Jetzt wird mir die Nacht lang. Ich könnte Briefe schreiben, an meine Mutter, oder meine Brüder. Aber was gäbe es schon zu sagen? Verzeiht mir? Lächerlich.

Und doch: Verzeiht mir, nicht ich trage die Schuld. Prag, dieser Irrgarten aus Blut und Pulver, den ich meine Heimat nenne, ist die Schuldige. Denn Prag ist eine kleine Stadt. Irgendwann begegnet man sich auch in großen Städten wieder; hier geschieht es etwas früher.

Gestern, in einem Nachtlokal am Wenzelsplatz, wohin mich meine Suche nach Zerstreuung trieb, traf ich zwischen grünem Samt und Walzerklängen auf Felix, der wie gewöhnlich im Mittelpunkt einer ebenso munteren wie weinseligen Runde stand. Ich wollte auf dem Absatz kehrtmachen; in jenem Moment wandte Felix den Kopf, sah mich und – grinste in unverschämter Manier. Nun war an Flucht nicht mehr zu denken. Ich musste ihm beweisen, dass seine Macht über mich ein Ende gefunden hat.

Ich blieb, bestellte Champagner und begann eine reichlich zerstreute Unterhaltung mit einem jungen Kavallerieleutnant, mit dem ich vor Wochen am Kartentisch in Lehmaiers Salon spektakulär eine Bridgepartie verloren hatte. Und irgendwann trat Felix an meine Seite. Ich hatte ihn nicht kommen sehen – war es mir tatsächlich gelungen, meine Aufmerksamkeit so sehr auf meinen Gesprächspartner zu richten?

Leise rief er meinen Namen. Seine Stimme war belegt, er schwankte merklich. Ich begriff, dass er betrunken war, gefährlich betrunken.

»Ein kleiner Leutnant also.« Rittlings schwang er sich auf einen samtgepolsterten Sessel. Seine Hände zitterten, als er ein Streichholz anriss, vergeblich versuchte, sich eine Zigarette anzuzünden. »Ich muss gestehen, wenn ich von einer Verlobten sprach, habe ich gewiss nicht an einen hübschen Offizier gedacht.«

Ich sah den Leutnant erbleichen, hörte die neugierigen Lauscher flüstern und fühlte … nichts. Keinen Zorn, keine Furcht, keinen Hass. Ich erinnere mich nur, dass ich dachte, nun ist es dir also gelungen, uns um Kopf und Kragen zu spotten, mein falscher Freund. »Ich bitte dich, sei nicht geschmacklos«, sagte ich mit tödlicher Ruhe, die mich selbst überraschte.

»Geschmacklos?« Flink wie eine Katze war Felix aufgesprungen. So dicht stand er jetzt bei mir, dass ich seinen Atem an meinem Hals spürte. »Und dabei habe ich geglaubt, du wolltest dich noch einmal von mir verabschieden.«

Zwei Dutzend erstaunte, sensationshungrige Blicke lasteten schwer auf uns.

»Wagst du es …«, begann ich.

Felix lächelte. »Ich kann wagen, was ich nur will«, sagte er sanft. »Vergiss eines nicht, Dejan Sirco. Ich bin es, der all deine Geheimnisse kennt.«

2. Oktober 1900

Das Fieber ist abgeklungen, der Arzt ist mit den Fortschritten meiner Genesung sehr zufrieden. Nichts als eine Narbe wird bleiben, und die Fremdheit dieses Gesichts, das mir aus dem Spiegel entgegenstarrt.

Aus den Aufzeichnungen Baron Sircos, Prag, 4. Juli 1909

Die Adresse, die der Kutscher mir genannt hatte, entpuppte sich als eine höchst schäbige Lagerhalle. Da ich es inzwischen besser wusste, schickte ich den Chauffeur mit seinem Wagen fort. (Unser Hausgast im Übrigen war, so hatte mir Lysander während der Fahrt mitgeteilt, zu der Erkenntnis gelangt, dass er den Verstand verloren hätte – immerhin hatte ein zuvorkommender Otter ihm versichert, er habe keineswegs um sein Leben zu bangen. Daraufhin hatte er beinahe Erleichterung gezeigt, als Mirko zurückkehrte und ihm erneut einen effektiven Schlaftrunk bereitet hatte.)

Vorsichtig umschlichen wir das Gebäude: ebenerdig, Backstein, schmutzige Fensterluken dicht unter dem flachen Dach, das Tor mit einer schweren Kette gesichert. Die Nachbarschaft setzte sich aus jener tristen Mischung aus Warenlagern, ältlichen Manufakturwerken und wenig respektablen Wohnhäusern zusammen, die anständige Menschen zu sozialpolitischen Überlegungen und dekadente Geister in Selbstmordgedanken trieb.

»Wenn du mich hochhebst, dann könnte ich vielleicht durch ein Fenster sehen, was da drinnen vor sich geht«, schlug Lysander vor.

Ich zögerte. Obwohl die Straße fast ausgestorben war, stand an der Ecke ein einsames Fuhrwerk, dessen Kutscher, den Hut ins Gesicht gezogen, offensichtlich seinen Nachmittagsschlaf hielt. Oder gab er nur den Unbeteiligten, während er in Wahrheit streng über die Lagerhalle wachte? Nun, ich würde es herausfinden. Vorsichtig näherte ich mich ihm, die geborgte Pistole in meiner Tasche fest umklammert. Laut wünschte ich ihm einen Guten Tag.

»Jesusmaria!« Der Kutscher schrak jäh hoch und schob seinen Hut zurück. »Was …«

»Wissen Sie«, unterbrach ich ihn kühl, »wem das Lagerhaus dort drüben« – mit meiner verbundenen Rechten wies ich auf die Backsteinhalle – »gehört?«

Ausgiebig rieb er sich mit dem Handrücken die rot geränderten Augen. »Na«, entschied er zuletzt, und gähnte herzhaft. Bei allem Misstrauen konnte ich daran nichts Außergewöhnliches erkennen. Grußlos wandte ich mich ab und ging zur Halle zurück.

An einer Seite lag ein tristes Gässchen. Lysander quiekte, als ich ihn ohne Vorwarnung aufhob und dort vor einem zerborstenen Fenster in die Höhe hielt.

»Kannst du etwas erkennen?«, flüsterte ich.

Lysander reckte sich. »Etwas höher bitte, ja, genau. Sieht eher leer aus da drinnen, oder – oh!«, er brach ab und strampelte in der Luft. »Wir müssen zu Professor Novak!«, rief er laut aus, alle Vorsichtsmaßnahmen vergessend.

Ich setzte ihn auf dem Boden ab. »Wieso?«

»Weil«, verkündete Lysander mit nahezu triumphaler Miene, »ich mich schon sehr täuschen müsste, wenn da drinnen nicht ein Toter läge!«

»Baron, wirklich, das geht nicht. Ich bin Ihnen weiß Gott schon genug entgegengekommen, als ich heute Vormittag Ihren Adlatus in unser Archiv gelassen habe.« Polizeirat Novak faltete die Hände über seinem feisten Bauch und sah recht bekümmert auf mich herab. »Aber das ist eine polizeiliche Untersuchung, da haben Sie nichts mehr verloren.«

Vergebens versuchte ich, meiner Ungeduld Herr zu werden, denn wir hatten schon so viel Zeit vertan: Eine kostbare Stunde beinahe hatte es in Anspruch genommen, bis Novak seinen Trupp zusammengerufen und in Bewegung gesetzt hatte, nachdem wir ihm von dem grausigen Fund berichtet hatten; nun, standen wir erneut vor der Lagerhalle und warteten darauf, dass es dem Polizeisergeanten endlich gelänge, das Schloss aufzubrechen.

»Geben Sie mir wenigstens ein paar Minuten«, beschwor ich ihn. »Wenn Sie mir doch glauben würden – es geht um Leben und Tod!«

Professor Novak wiegte bedächtig den Kopf und spähte zu seinen Untergebenen hinüber, die endlich das Schloss bezwungen und das Tor einen Spaltbreit geöffnet hatten. Mit gezückten Waffen wagten sich zwei von ihnen in die Halle vor. Ein paar Schaulustige, die sich mittlerweile eingefunden hatten, beäugten aus sicherer Entfernung die Geschehnisse.

Dann trat einer der Polizeibeamten heran, um Novak Mitteilung zu erstatten: Die Halle sei menschenleer, sah man von der Leiche eines jungen Mannes ab.

Unruhig scharrte Lysander mit den Krallen auf dem Pflaster. Wie mich drängte es auch ihn danach, einen Blick auf den geheimnisvollen Toten zu werfen. Novak seufzte, strich sich die Rockschöße glatt. »Also schön, Baron. Wem mache ich noch was vor? Gehen Sie hinein, ich gebe Ihnen eine Viertelstunde.«

Der Körper lag nahe bei dem Fenster, durch das Lysander vor gut zwei Stunden gespäht hatte, auf dem staubigen Boden. Ich näherte mich vorsichtig und ging neben ihm in die Hocke.

Obgleich meine Augen sich noch nicht an das fahle Zwielicht, das da in der Halle herrschte, gewöhnt hatten, erkannte ich dennoch die Gesichtszüge wieder: der kleine blonde Schnurrbart unter einer zu lang geratenen Nase; die weichen, beinahe kindlichen Wangen; das akkurat gestutzte Haar; blutverschmiert und entstellt … eine Kugel schien ihm die Kehle zerrissen und den Kiefer zertrümmert zu haben. Ich wandte den Blick, kämpfte einen jähen Würgereiz nieder.

»Leo Vlcek?«, flüsterte Lysander, und ich nickte. Leo Vlcek, ein sonderbarer Träumer, ein fehlgeleiteter Idealist, ein selbst ernannter Revolutionär – und am Ende doch nur ein Junge, den wir nicht hatten retten können. Einerlei.

Mir war, als stünde ich neben mir und blickte herab auf einen kaltblütigen Fremden, als ich mit präzisen Bewegungen das blutbesudelte Jackett des Jungen aufzuknöpfen begann. Das war nicht ich, das musste ein anderer sein, der jede Tasche durchsuchte, ein Briefkuvert fand und an sich nahm, sich umständlich wieder aufrichtete, den Staub von seinen Knien klopfte!

»Gehen wir«, sagte der Fremde zu Lysander, und wir folgten ihm.

Moritz,
ich habe einen Fehler begangen, einen furchtbaren Fehler. Dass ich dafür büßen werde, daran zweifle ich nicht. Vielleicht werde ich tot sein, wenn Du diese Zeilen liest: Einen tapferen Mann, einen Kameraden hat er heute erschlagen, weil dieser sich weigerte, die grausige Bluttat zu begehen. Er, das ist jener, der sich Ctirad nennt, der die Bruderschaft des Fuchses führt. Ein böser Dämon ist er, kein Mensch, und er wird mich töten, so wie alle, die sich seinen Befehlen nicht beugen. Ich wünschte, ich könnte Dir erklären, wie sich eines ins andere fügt, wie es kam, dass ich um der Zukunft unseres Landes willen, Teil dieser grässlichen Bruderschaft wurde. Aber die Zeit wird nicht ausreichen, und ich zweifle, dass wir einander jemals wiedersehen werden.
Unter all den Menschen bist Du es, mein kleiner Bruder, dem ich am meisten auf der Welt vertraue. Deshalb: Nimm diesen Brief und gehe unverzüglich zum Polizeipräsidium. Lass sie wissen, dass ein gewisser Graf von Trubic sich in tödlicher Gefahr befindet. Übermorgen Nacht schon soll die Untat geschehen.
Warne ihn. Bring sie zur Strecke. Räche mich.

Leo

Aus den Aufzeichnungen Baron Sircos, Prag, 4. Juli 1909

Wieder und wieder las ich auf der Fahrt zum Polizeipräsidium die wenigen Zeilen, die ein verzweifelter Leo Vlcek an seinen Bruder gerichtet hatte. Sollte ich den Wünschen des Toten entsprechen, und selbst den Brief an Professor Novak weitergeben? Je mehr Personen in dem Fall ermittelten, desto größeres Aufsehen würde es geben. Durfte ich das Risiko eingehen, den Brief zu unterschlagen, um nicht die Bruderschaft, die Mörder, die Verschwörer weiter zu alarmieren? Sollte ich die Centrale umfassender in Kenntnis setzen? Immerhin hatte der private Fluch der Familie Trubic sich de facto als Staatsangelegenheit herausgestellt. Oder sollte ich erst Felix zu Rate ziehen? Felix, der mich verlachen würde, wenn ich ihm riet, sich unter polizeilichen Schutz zu stellen?

»Sie wissen, dass ich Sie wegen Mordverdacht in Gewahrsam nehmen könnte?«, unterbrach Novak meine Überlegungen.

Ich hob den Kopf. »Wie bitte?«, fragte ich entgeistert, woraufhin der gute Professor mir freundschaftlich auf die verletzte Schulter klopfte.

»Betrachten Sie es einmal so, Baron: Sie finden eine Leiche, können den armen Jungen identifizieren und unterschlagen Beweismaterial.« Er deutete auf den Brief in meinen Händen. »Zudem scheinen Sie über etliche Hintergrundinformation zu verfügen, die Sie durchaus nicht mit mir teilen wollen. Was soll ich mit Ihnen machen?«

Ich rieb mir die schmerzende Schulter und gab ihm innerlich Recht: Außenstehenden musste mein Betragen mehr als verdächtig erscheinen – und doch hatte ich keine Zeit, mich gegenwärtig mit dem polizeilichen Protokoll herumzuschlagen.

»Ich verspreche Ihnen ...«

Novak winkte ab. »Unfug. Wie lang kennen wir uns jetzt schon, Baron? Sie werden schon wissen, was Sie tun. Und wenn Sie damit fertig sind, in ein paar Tagen, dann kommen Sie zum Verhör zu mir und erzählen mir, was es mit der Geschichte wirklich auf sich hatte.«

In ein paar Tagen? Was mochte in ein paar Tagen alles geschehen sein? Wie töricht war ich gewesen, nach Wien zu fahren und kostbare Zeit zu verschwenden – was hatte ich mir dabei nur gedacht?

Es dauerte eine Weile, bis wir Mirko in den weitläufigen Archiven des Polizeipräsidiums ausfindig gemacht hatten, wo er, von einem ältlichen Wachmann streng beobachtet, über den unterschiedlichsten Papieren gebrütet hatte.

»Dejan!« Er fuhr zusammen, als ich eine Hand auf seinen Arm legte. Sein Gesicht war bleich, seine Augen müde. »Gut, dass ihr kommt! Gerade bin ich auf etwas Interessantes gestoßen!«

Obgleich sich abgesehen von uns, nur unzählige Regale mit gebundenen Dossiers, Dokumenten und Folianten in dem Raum befanden, rügte der Wachmann Mirkos lauten Ausruf.

Wenig später verließen wir das Polizeipräsidium. Draußen brach schon der Abend herein; rot und rosa färbte die Dämmerung den Himmel. Wie wollte es der alte Aberglaube? Abendrot bringt Kummer und Tod? Erbärmlich.

»Es war kolossal«, nahm Mirko den Faden wieder auf, während wir auf den Droschkenstand nahe des Fünfkirchenplatzes zuhielten. »Stunden hab' ich in den verschiedenen Listen gewühlt! Ihr glaubt ja nicht, wie viele Leute in Prag verlorengehen. Die meisten tauchen natürlich wieder auf, weil gar nichts dran war an ihrem Verschwinden. Einer der Beamten hat mir eine Geschichte von einer Frau erzählt, die ihren Mann jedes Mal abgängig meldete, wenn er eine Nacht lang nicht nach Hause kam. Mit der Zeit wussten sie schon, in welchem Bordell sie ihn suchen mussten! Und einmal hat angeblich ein Herr sich selbst für vermisst erklärt …«

Lysander, der eilig neben uns herhoppelte, stieß einen ungeduldigen Pfiff aus. Mirko räusperte sich. »Was euch wahrscheinlich mehr interessieren wird«, fuhr er ein wenig verlegen fort, während ich einen passierenden Einspänner heranwinkte. »1864, in der ersten Juliwoche, gab es einen interessanten Fall: Da wurde ein Herr vermisst gemeldet, der kurz davor aus einer mehrmonatigen Haftstrafe entlassen worden war.«

Auf's Geratewohl fischte ich ein paar Münzen aus meinem Portemonnaie und drückte sie dem Kutscher in die Hand.

Seine Reaktion – »Gnädiger Herr wollen zur Hybernská, jawohl, gnädiger Herr, bitte nur einzusteigen«, legte nahe, dass die Entlohnung recht üppig ausgefallen war.

»Haftstrafe, weshalb?«, fragte ich Mirko, sobald wir losgefahren waren.

»Politischer Agitation«, erwiderte Mirko sehr stolz. »Das Beste an der Geschichte ist natürlich, dass bewusster Herr wieder aufgetaucht ist. Und dass er einen Namen hat: Vaclav Heller. Und eine Adresse, ganz in der Nähe der Pinkassynagoge. Und das Allerbeste daran ist …«

»… dass er seit 45 Jahren nicht die Wohnung gewechselt hat?«, riet ich.

Mirko gab sich größte Mühe, meine Gratulationen zu seiner

guten Arbeit nicht mit einem allzu triumphalen Lächeln entgegenzunehmen.

»Kutscher!«, rief ich aus. »Zur Pinkassynagoge!«

Noch war das Haus, in dem Vaclav Heller eine Wohnung sein Eigen nannte, als pittoresk zu bezeichnen. Allerdings trennten es nur noch ein gutes Jahrzehnt und ein, zwei weitere ungeglückte Umbaumaßnahmen von dem vernichtenden Attribut »schäbig«. Langsam, wie der müde Greis, der ich nie zu werden gedachte, quälte ich mich das enge Stiegenhaus in den dritten Stock empor. Auf mir meinte ich Mirkos abfällige Blicke zu spüren. Lysander wiederum hatte sich mit der Begründung verabschiedet, dass jemand, der wusste, was er tat, bei Anbruch der Nacht, wenn der Vampir erwachte, zugegen sein müsste.

Ich strich meine Kleidung glatt und zwang mich, aufrecht zu stehen, ehe ich die bestickte Klingelschnur zog.

»Spar dir die Mühen«, murmelte Mirko boshaft an meiner Seite. »So wie du ausschaust, ist es völlig ausgeschlossen, dass er dich nicht für einen Schurken hält.«

Eine Frau mit freundlichem Mopsgesicht öffnete uns. Sie war mit einem recht freizügigen Hauskleid angetan, das alle Fragen über ihre Figur restlos beantwortete.

»Dr. Heller«, korrigierte sie mich scharf, als ich mich wortreich entschuldigte und nach dem Wohnungsinhaber erkundigte. Sie war unentschlossen, wie sie mit uns verfahren sollte.

»Fräulein Helene?«

Ein Herr – hochgewachsen, schlaksig, sehr grau und deutlich jünger, als ich erwartet hatte – trat uns entgegen. Er konnte nicht viel mehr als ein Knabe gewesen sein, als Lišek ihn rekrutiert hatte. Und in diesem zarten Alter sollte er schon eine Zuchthausstrafe abgedient haben?

»Dr. Vaclav Heller?«, wiederholte ich zweifelnd.

»Ja, gewiss.« Er schien nicht im mindesten erstaunt oder gestört durch unseren späten Besuch.

»Wir müssten Sie dringend bitten, in einer«, vergeblich suchte ich nach einem harmlosen Adjektiv, »delikaten Angelegenheit mit uns zu sprechen.«

Aufmerksam unterzog er meine gesamte desolate Gestalt einer Musterung. Dann bat er uns, einzutreten.

Wir folgten ihm in einen hellgrünen Salon, den ein immenser Gummibaum dominierte.

»Bitte, nehmen Sie Platz.« Er wies auf ein fragiles Kanapee und die dazugehörige Garnitur Sesselchen. »Darf ich Ihnen etwas anbieten? Zigarren vielleicht, oder einen Slibowitz?« Er sah zwischen Mirko und mir hin und her. »Ja, Sie sollten wirklich ein Glas Slibowitz trinken«, stellte er zuletzt fest und schickte Fräulein Helene fort, das Gewünschte zu holen.

Vertraulich legte er sodann eine Hand auf Mirkos Schulter. »Keine Angst, Herr ...«

»Savic«, bediente sich Mirko meines alten Pseudonyms.

»Keine Angst«, wiederholte Dr. Heller ungerührt. »Ich werde tun, was ich kann, um Ihnen zu helfen; das verspreche ich Ihnen.«

Letztere Bemerkung machte mich hellhörig. Er wusste Bescheid! Hatte Professor Novak uns verraten oder standen wir hier einem hochbegabten Telepathen gegenüber? So unwahrscheinlich mir beide Möglichkeiten erschienen, eine dritte fiel mir beim besten Willen nicht ein.

»Dr. Heller, ich danke Ihnen«, begann ich.

Er hob warnend die Hand, war doch in jenem Moment das Dienstmädchen mit einer Flasche und Gläsern in den Salon getreten.

»Bedanken Sie sich nicht«, sagte Dr. Heller, als sie sich wieder zurückgezogen hatte. »Glauben Sie mir, ich verstehe, wie akut manche Fälle sind.«

Ich rang mir ein erschöpftes Lächeln ab. »O ja. Sehr akut. Sie wissen vermutlich so gut wie ich, dass wenigstens ein Leben auf dem Spiel steht.«

Er ließ sich mir gegenüber auf einem der zierlichen Sessel nieder, drückte mir ein übervolles Schnapsglas in die Hand. »Ich bitte Sie, Baron, beruhigen Sie sich.« Dann schlug er die Beine übereinander.

Um ein Haar hätte ich mein Glas wieder fallen gelassen. »Verzeihen Sie. Mir war nicht bewusst, dass wir miteinander bekannt sind.«

Der nachsichtige Blick, mit dem Dr. Heller mich bedachte, machte jegliche Hoffnung zunichte, dass er meinen Schrecken übersehen hätte können.

»Wir wurden einander nie vorgestellt.«

Falls diese Antwort meine Bedenken zerstreuen sollte, scheiterte sie grundlegend. »Ich interessiere mich ein wenig für den Automobilrennsport und da hat mich ein Bekannter vor einiger Zeit beim Grabenkorso auf Sie aufmerksam gemacht.«

Eine sichere Lüge, oder nicht? Selbst wachen Geistern fiel es beim Prager Korso mitunter schwer, sämtliche flüchtige Bekannte und fremde Gesichter in Erinnerung zu behalten.

»Darf ich Ihnen noch eine Frage stellen, bevor wir beginnen?«, erkundigte sich Dr. Heller zuvorkommend. »Wer hat Sie denn an mich verwiesen, meine Herren?«

»Professor Novak«, antwortete Mirko, ehe ich eine plausible Antwort erfinden konnte.

»Novak?«, wiederholte Heller etwas ratlos. »Einerlei. Vielleicht möchte einer der Herren mir die Sachlage nun in ihren Facetten schildern?«

Ich war auf der Hut. »Erlauben Sie mir nun eine Frage: Sie scheinen sehr gut im Bilde zu sein. Woher ...« Weiter kam ich nicht.

»Hören Sie«, unterbrach er mich gravitätisch. »Es ist wirklich nicht das erste Mal, dass mich Herrschaften aufsuchen, die sich in irregulären Beziehungssituationen befinden.«

Ich sah das Grauen, das sich in Mirkos Gesicht spiegelte, und würgte ein gänzlich unangebrachtes Lachen hinunter. »Halt, halt, Dr. Heller!«, warf ich schnell ein. »Wovon reden wir?«

Er nahm sich das Brillengestell von der Nase und drehte es zwischen langen, nervigen Fingern. »Nun, ich ging davon aus, dass Sie zu mir gekommen sind, weil Sie dringenden psychiatrischen Rates bedürften.«

»Bitte – was?«, stieß Mirko entsetzt hervor.

Dr. Heller runzelte die Brauen. »Wie ich schon sagte, es geschieht recht häufig, dass Leute zu sonderbaren Uhrzeiten von den Problemen der Seele übermannt werden und meinen, nicht mehr bis zu den Ordinationsstunden warten zu können. Mir sind ein paar ruinierte Abende wesentlich lieber als ein paar Selbstmorde. Und glauben Sie nicht, dass ich mir schmeichle, wenn ich Ihnen sage, dass ich schon so manches Leben habe retten können!«

Ich nahm mir eine Zigarette aus der Dose, die am Teetisch stand. »Ein Leben retten. Ja.« Ich blies das Streichholz aus. »Erinnern Sie sich noch an den Sommer 1864?«

Dr. Heller erbleichte.

»Sie erinnern sich«, schlussfolgerte ich, nicht ohne Befriedigung.

Umständlich erhob er sich und begann, ziellos durch den Salon zu schlendern. »Es war jener Sommer, in dem mein Vater«, er holte tief Luft, »den Verstand verlor.«

Ich schloss die Augen, schalt mich einen Narren und Schlimmeres. Natürlich, sein Vater! Was auch die Frage nach seinem überraschend jungen Aussehen klärte.

»Bitte, erzählen Sie«, forderte ich ihn auf.

Er schien ein wenig irritiert, die etablierten Rollen mit einem Mal vertauscht zu sehen. Dennoch kam er meiner Bitte nach.

»Ich erinnere mich nicht sehr deutlich. Damals war ich ein Knabe von kaum zehn Jahren, und mein Verhältnis zu meinem Vater war einigermaßen getrübt.« Er seufzte schwer. »Im Winter hatte er mehrere Monate in Haft verbracht, wegen aufrührerischen Betragens. Meine Mutter hatte dennoch zu ihm gestanden. Auch, als er in jenem Sommer ein paar Tage verschwunden und gänzlich verändert wiedergekehrt war.« Er hielt in seiner Wanderung inne. »Seines unberechenbaren Verhaltens zum Trotz hatte sie sich geweigert, ihn dauerhafter medizinischer Pflege zu überantworten. Am Totenbett noch hatte ich ihr versprechen müssen, mich um Vater zu kümmern.«

»Deshalb sind Sie zu ihm in diese Wohnung gezogen. Natürlich.« Ich starrte auf die brennende Zigarette in meiner Hand. »Hielten Sie es für vertretbar, mir eine kurze Unterredung mit Herrn Heller zuzugestehen?«

»Ich muss offen zugeben, ich verstehe nicht, Baron.«

»Bitte. Leben und Tod, Sie erinnern sich?«

Es hatte einiger Anstrengungen seitens Dr. Hellers bedurft, bevor der alte Herrn geweckt und zu uns in den Salon gebracht werden konnte. Jetzt thronte der Greis in Nachtgewand und Hausmantel auf dem Kanapee, und sah abwechselnd Mirko und mich misstrauisch an.

»Was sind das für Leute, Bub?«, wandte er sich an seinen ergrauten Sohn.

Rasch wurden wir vorgestellt.

Vaclav Heller, der Ältere, schnaufte verächtlich. »Baron? Ein Baron wollen Sie sein? Ein ganz gewöhnlicher Nichtsnutz ist er«, herrschte er mich an. In vollkommen vernünftigem Tonfall setzte er hinzu: »Er muss wissen, ich kann bis auf den Grund seiner Seele schauen.«

Mirko grinste. Der Gedanke, dass ich im Grund meiner Seele

ein Schurke war, schien ihn zu erheitern. Dr. Heller raunte eine Entschuldigung.

»Ich bin gekommen, um mit Ihnen über den Fuchs zu sprechen«, sagte ich unverdrossen.

»Und vom Balkan kommt er obendrein!«, rief der alte Herr – Fluch des Akzents.

»Der Fuchs«, wiederholte ich. »Lišek von Zdar.«

Vaclav Heller wurde sehr blass. »Nein!«, gellte er mit hoher, aufgebrachter Greisenstimme. Sogleich trat sein Sohn zu ihm, legte ihm eine Hand auf die Schulter. Doch Heller stieß ihn zur Seite. »Nein! Nein! Geh! Scher' dich zum Teufel, Ausgeburt der Hölle!« Mit zittrigen, fahrigen Bewegungen schlug er das Kreuz vor seiner Brust.

Heißes Mitleid für diese zerrüttete Seele überkam mich. Meinen detektivischen Geboten folgend, fragte ich dennoch kühl: »Was hat Lišek von Zdar Ihnen angetan?«

Wieder schrie er auf, noch lauter. »Nein! Ich bin kein Mörder!« Panik flackerte er in seinen Augen. »Nicht! Fort von mir! Nein!« Er wand sich wie unter Schmerzen. Schweiß stand ihm auf der Stirn. »Bitte, nicht, ich werde schweigen! Ich schwöre es!«

Jetzt schluchzte er. »Nicht meinen Sohn. Alles werde ich tun, Ctirad, ich schwöre! Ah!«

Dr. Heller hielt die Handgelenke seines Vaters fest. »Das genügt.« Er klingelte, und sogleich trat Fräulein Helene in den Salon. Beruhigungen murmelnd, führte sie den zitternden Greis in sein Schlafzimmer.

»Diese und ähnliche Szenen wiederholen sich seit Jahrzehnten«, erläuterte uns Dr. Heller, als wir uns verabschiedeten. »Helfen konnte auch ich ihm nicht.« Aus ihm sprach die Resignation eines Menschen, der sich damit abgefunden hatte, in verlorener Sache zu kämpfen, und dennoch wusste, dass er niemals aufgeben würde.

Es hatte zu regnen begonnen. Schwer klatschten die Tropfen auf die Straße, ein Blitz zuckte am Horizont. Mirko bebte; hinter seiner oberflächlichen Fassade verbarg sich zuweilen ein überaus zartfühlender junger Mann. »Meinst du, der Fuchs hat ihn … gefoltert, um ihn zum Schweigen zu bringen?«

Ich nickte. Schon früher hatte ich Menschen gesehen, die Angst und Schmerz um den Verstand gebracht hatten. Die Folgen glichen sich oftmals. Schweigend gingen wir nebeneinander durch die Straßen. In der Nähe des Mariannenplatz sprach uns ein kleingewachsener Herr an, der mit seinem eifrig schnüffelnden Dackel den Bürgersteig entlangschlurfte. »Alle Augenblicke regnet es«, beschwerte er sich. Hauspantoffel lugten unter seinem Mantel hervor. »Was für ein Sommer!«

»Ja, was für ein Sommer«, bestätigte ich ihm. Eine Welle unerklärlicher Heiterkeit, beinahe Euphorie, durchflutete mich, die wohl mehrheitlich der unseligen Mischung von Schmerzen, zu wenig Schlaf und zu viel Slibowitz zuzuschreiben war. In der Ferne grollte leise der Donner.

Wir hörten die Schreie, kaum dass ich die Wohnungstür aufgeschlossen hatte. Einer dumpfen Ahnung folgend, eilte ich in den Salon.

Mit Freuden erzählte Pavel jedem, der ihn nicht schnell genug zum Schweigen bringen konnte, wie er während seines Jahres auf See eine Amputation durchgeführt hatte, nachdem es ausgerechnet der Schiffsarzt gewesen war, der sich infolge eines Unfalls den Arm derart zertrümmert hatte, dass er abgenommen werden musste. Pavel, der als Sohn eines Viehdoktors wenigstens über medizinische Grundkenntnisse, und von sich aus über einen starken Magen und gute Nerven verfügte, war mit Beil und Säge ans Werk gegangen, um das Leben eines Mannes zu retten, der bis zur Ankunft im nächsten Hafen eines jämmerlichen Todes erlegen wäre. (Im Übrigen gelang die Operation, und der Schiffsarzt sendet Pavel bis heute Weihnachtsgrüße.)

»Er ist vor ein paar Minuten aufgewacht«, grüßte mich Lysander, der mir mit gesträubtem Nackenhaar entgegenkam. »Pavel meinte, er könne ihm helfen.«

Dem Anblick, der sich Mirko und mir bot, mangelte es wahrhaftig nicht an Morbidität. Mitten im Salon stand ein geöffneter Sarg, über den sich Pavel mit Pinzette und Salbentiegel beugte; wohl um eingebrannte Kleidungsfetzen aus den Wunden zu entfernen. Ahnte er nicht, dass es den verletzten Vampir stärker denn je zuvor nach Blut gelüstete? Dass er trinken musste, um heilen zu können?

»Pavel. Gehen Sie. Sofort!«, befahl ich.

Er gehorchte unwillig, aber ohne Widerspruch.

Dann trat ich zum Sarg und zwang mich, hinabzusehen auf die armselige, geschundene Gestalt. Buckingham regte sich schwach; seine geöffneten Augen waren glasig und von Schmerz verschleiert.

Es gab nur ein Heilmittel.

Jemand musste es tun.

»Bring mir ein scharfes Messer«, wies ich Mirko an.

Lysander schnappte nach Luft. Ich ignorierte ihn. Langsam ging ich neben dem Sarg in die Knie.

»Master Buckingham? Verstehen Sie mich?«

Der Vampir starrte. »Ja«, keuchte er nach einer Weile.

»Ich weiß, dass es schwierig sein wird«, sagte ich. »Aber können Sie mir versprechen, dass Sie mich nicht töten werden?«

Eine lange Pause. »Ich will es versuchen«, stieß er schließlich hervor.

Neben mir lachte Lysander schrill. »Versuchen? Er will es versuchen?«, wiederholte er entsetzt. »Hast du denn den Verstand verloren, Dejan?«

Eine berechtigte Frage. Ich biss die Zähne zusammen, nahm das Brotmesser zur Hand, welches Mirko mir entgegenhielt. Ein Schnitt, dann presste ich mein blutendes Handgelenk gegen Buckinghams Lippen.

»Ich vertraue Ihnen«, schärfte ich ihm ein.

Er leckte, kostete; dann biss er zu.

Sie war ebenso schön wie entsetzlich. Ein grausamer Engel, der alle Bande menschlichen Empfindens abgelegt hatte, der nicht mehr fühlte, nur noch begehrte.

»Ein Blutopfer«, flüsterte sie. »Bist du bereit, mir zu dienen?«

Ich wich zurück. Da, der Abgrund! Ich taumelte, ich stürzte. Stürzte.

»Dejan? Mein Gott, wieso musst du immer den Helden spielen?«

Ich stöhnte, blinzelte und stellte sogleich fest, dass ich mich gegenwärtig absurderweise auf Augenhöhe mit Lysander befand. Antworten konnte ich nicht – war ich doch vollauf damit beschäftigt, gegen Schwindel, Übelkeit und schier unermessliche Müdigkeit anzukämpfen.

Buckingham hingegen hatte von meiner Gabe profitiert. Obschon er noch weit davon entfernt war, »wiederhergestellt zu sein«, wie die Ärzte so gerne zu sagen pflegten, so schienen doch die ärgsten Qualen ein wenig gelindert. Er saß aufrecht in seinem Sarg und musterte mich.

»Hol' ihm einen Morgenmantel oder irgendetwas anderes zum Anziehen«, wies Lysander, dem ein ausgeprägter Sinn fürs Praktische zu Eigen war, Mirko an.

Endlich gelang es mir, mich aufzurichten. »Buckingham? Hören Sie mich?«, wandte ich mich eindringlich an den Vampir. Er hatte getrunken, aber nicht genug. Ich sah die Gier und die Blutlust in seinen Augen brennen. Das Raubtier war hungrig. Das Raubtier wollte jagen.

Lysander setzte sich auf die Hinterbeine.

»Wir sind Ihre Freunde, Buckingham«, erinnerte er ihn. Leiser fügte er hinzu: »Sozusagen.«

Vielleicht wäre es uns irgendwie gelungen, die Situation unter Kontrolle zu bringen, hätte Fortuna es nur ein bisschen besser mit uns gemeint! Hätte nicht just in jenem Moment ein später Gast die Klingelschnur an der Tür gezogen; hätte sich Mirko nicht bemüßigt gefühlt, den Besucher einzulassen; hätte der Marchese nicht über ein so forsches Temperament verfügt und wäre er nicht ohne zu zögern in den Salon gewandert.

»Baron!«, rief er. »Wir müssen uns unterhalten ...«

Ich sah sein Lächeln erstarren, sah ihn fallen, als Buckingham sich mit wütender Gier auf ihn stürzte.

Pavel, erneut in medizinischen Belangen hinzugezogen, kniete neben dem reglosen Körper des Marchese. Bedächtig wiegte er sein Haupt, ehe er eine Beurteilung der Lage gab: »Also, tot dürft' er nicht sein.« Er kratzte sich den Nasenrücken. »Aber gut geht es ihm auch nicht.«

Die Reaktionen auf diese Frohbotschaft fielen bei den im Salon Versammelten höchst unterschiedlich aus: Lysander, der Stoiker, rieb sich seufzend mit den Vorderpfoten über die Schnauze; Mirko tat einen Jubelschrei; und Buckingham – inzwischen angetan mit einem ältlichen, dunkelroten Morgenmantel – stieß ein irres Kreischen aus.

Ich für meinen Teil war vollauf in Beschlag genommen, erstens bei Bewusstsein und zweitens auf den Beinen zu bleiben.

Doch selbst in diesem Zustand wusste ich noch Gott und allen Heiligen zu danken, dass wir es mit einem geschwächten Vampir zu tun hatten. Denn nur der Anblick einer offenen Flamme und eines Ölkännchens hatte diesen motiviert, von seinem Opfer abzulassen.

Jetzt kauerte er sprungbereit wie eine in die Enge getriebene Raubkatze auf dem Fensterbrett, sein Gesicht eine Maske aus Wahnsinn, Angst und Schmerz.

»Sie sollten wirklich etwas vorsichtiger mit Ihren Opfern umgehen«, Lysander brach als Erster das Schweigen. Man musste sehr vertraut mit ihm sein, um seiner Stimme den Hauch eines Vorwurfs zu entnehmen. »Sie hätten ihm beinahe das Genick gebrochen.«

Wenn diese Worte tatsächlich zu Buckingham vorgedrungen waren, so schienen sie ihm nicht der Mühe einer Antwort wert. Geronnenes Blut klebte in seinen Mundwinkeln.

»Buckingham?«, insistierte Lysander.

Der Nosferatu reagierte nicht. Vielleicht war uns das Glück hold, und er hatte sich satt getrunken und war nun in eine vampirische Mittagsschlaftrance verfallen, überlegte ich reichlich albern, ehe ich meine Gedanken dem ohnmächtigen Marchese im Salon zuwandte.

»Pavel, Mirko«, kommandierte ich. »Bitte den Marchese in mein Schlafzimmer zu tragen. Mirko, du läufst anschließend in den zweiten Stock und holst Dr. Hrdlicka. Er soll sich um unseren Verwundeten kümmern.«

Das Risiko, dass ein Uneingeweihter angesichts der Bisswunden am Nacken des Marchesen einen Vampirangriff vermutete, schätzte ich geringer ein als die Alternative, bald einem wahrhaftigen Toten Quartier zu bieten. Und so sah ich Mirko und Pavel grimmig zu, wie sie den Marchese schwankend und schnaufend hinaus auf den Gang trugen.

»Buckingham!«, wieder und wieder rief Lysander den Namen des Vampirs. »Es ist nur schwerlich der richtige Zeitpunkt, sich tot zu stellen.« Er keckerte verlegen, als er seine missglückte Wortwahl bemerkte.

Langsam hob der Vampir den Kopf; ein wildes Feuer brannte in seinen Bernsteinaugen. Möglicherweise war sein Durst gestillt. Möglicherweise hatte er dennoch Lust, zu töten.

»Master Buckingham?«

Er fauchte; ich tat einen raschen Schritt rückwärts, hasste mich für die Geste, das Eingeständnis meiner Furcht. Doch es gab nur wenig, das ähnliche Komplikationen verhieß wie ein Vampir, der – und war es auch nur temporär – alle menschlichen Aspekte seiner Natur beiseiteschob.

»Thomas Carlton!«, ich rief den Vampir bei seinem alten Namen. Glaubte ich tatsächlich daran, es wäre so einfach, ihm den Menschen, der er einst gewesen war, in Erinnerung rufen zu können? »Meister Carlton.«

Ein Schatten legte sich über das zerstörte Gesicht des Vampirs. »Thomas Carlton«, sagte er langsam. »Thomas Carlton ist tot. Er war ein Dummkopf und ein Feigling.«

»Worin ich noch keinen großen Unterschied zu Alvin Buckingham sehe«, merkte Lysander an. Die Vorderpfoten gegen die Wand gestützt, richtete er sich auf und blickte zu Buckingham hoch. »Wissen Sie, was armselig ist?«

Buckingham starrte stur aus dem Fenster, hinab auf die Stadt.

»Wenn eine mächtige, unsterbliche, nahezu unbesiegbare Kreatur wie Sie Zuflucht in den lächerlichsten aller möglichen Lügen nimmt, um ein unwichtiges kleines Backfischchen zu … beruhigen? Zu verführen?«

Buckingham bleckte die Zähne. »Sie hatten kein Recht, meine Briefe zu lesen«, zischte er.

»Ich lese gerne phantastische Erzählungen.«

Blitzschnell schoss eine Krallenhand des Vampirs nach unten. Im nächsten Moment hielt er Lysander am Nackenfell gepackt, schwenkte ihn triumphierend. Lysander quiekte empört.

»Lassen Sie ihn hinunter. Sofort!«, befahl ich und hoffte, dass die Wirkung meines besten Kommando-Tons nicht durch den bedauerlichen Umstand, dass ich mich gegenwärtig an der Tischplatte festklammerte, um mich aufrecht zu halten, außer Kraft gesetzt wurde.

Gleichzeitig sagte Lysander: »Bitte, keine falsche Zurückhaltung. Drehen Sie mir nur den Hals um. Wenn ich es mir recht überlege, bin ich dieses Otterkörpers wirklich schon ein wenig überdrüssig.«

Buckingham, dem es wohl davor graute, meinem alten Freund einen Gefallen zu tun, ließ ihn fallen wie den sprichwörtlichen heißen Erdapfel.

Draußen auf dem Gang wurden Schritte und Dr. Hrdlickas charakteristisches Murmeln laut. Lysander rappelte sich auf; seine Miene sprach gleichermaßen von Besorgnis und verletztem Stolz. Ich wiederum beschloss, den Moment zorniger Klarheit des Vampirs zu nutzen.

»Wir wissen, dass Sie sich freiwillig mit Lišek verbunden haben«, sagte ich langsam. »Und ich glaube nicht, dass alles, was Sie in Ihren Briefen erzählt haben, erlogen ist.«

Buckingham wache, helle Augen glitzerten mir aus entstellten Zügen entgegen. Ich zwang mich, seinem Blick standzuhalten, in sein grausam zugerichtetes Antlitz zu sehen. Hier und da ließen sich noch die Schatten einstiger Schönheit erahnen. Würde er sie wiedererlangen, wenn er heilte, oder sollten die furchtbaren Narben ihm für den Rest seiner ewigen Existenz erhalten bleiben?

»Was wollen Sie von mir?«, murmelte er.

»Nur die eine oder andere Wahrheit«, begann ich.

»Wahrheiten, hah!«, stieß der Vampir gequält hervor. »Ich will Ihnen eine Wahrheit verraten, Baron. Ich habe Lili erzählt, was sie begreifen kann – womit sie leben kann.« Er zitterte und es war, als legte sich der Schmerz wie ein Schleier über sein Gesicht. Der Rausch des Blutes ließ nach, die Pein kehrte zurück.

»Wir sollten die Versorgung Ihrer Wunden zu Ende bringen«, riet ich ihm, nicht wenig überrascht von meinen eigenen Worten.

Buckingham antwortete mir mit einem Schrei, der sich als Lachen tarnte. »Bemühen Sie sich nicht, Baron.«

Lysander hatte sich dem Vampir erneut genähert. »Wir haben nun erfahren, dass Sie aus freien Stücken an Lišeks Seite kämpfen. Aber weshalb? Weil Sie Ihr Versprechen gaben? Weil Sie ihm ein besserer Freund sein wollen als zu Lebzeiten?«

Wie simpel, wie billig die naheliegenden Gründen doch klangen. Aber waren nicht schon größere Entscheidungen aus noch banaleren Anlässen gefochten worden? Die Treue, in Heldenliedern besungen, in Krieg und Leben pompös verklärt, war mir stets als gefährlichste aller Tugenden erschienen.

Buckingham schwieg.

»Bedeutet Ihnen die Freiheit Böhmens denn so viel?«, hakte ich nach.

Der Vampir starrte mich an.

»Böhmen?«, murmelte er. »Böhmen?«

»Ich dachte, das ist der Kern der ganzen wahnwitzigen Geschichte«, kam Lysander meinem Einwand zuvor. »Lišeks Unabhängigkeitskampf, in dem das Haus Trubic sich beteiligen soll.«

Alvin Buckingham stand auf. Beinahe würdevoll raffte er den Morgenmantel um seine geschundene Gestalt. »Ach du lieber Himmel. Da haben Sie wohl einen der *literarischeren* Teile meines Briefes zu wörtlich genommen«, sagte er, mit einem Mal sehr vernünftig. »Entspräche die Situation Ihren Schilderungen, Sir Lysander, wäre es doch überaus dumm, Drohungen zu versenden, statt die bewussten Herrschaften in deutlichen Worten aufzufordern, sich der böhmischen Sache zu widmen.«

»Wenn es nicht Böhmen ist, um das Lišek kämpft«, setzte ich zu dem Versuch an, meine Verwirrung in Worte zu kleiden.

Buckingham unterbrach mich mit einer unwilligen Handbewegung. »*Sein* Böhmen ist es, um das er kämpft«, sagte er.

»Sein Böhmen?«, wiederholte ich geistlos.

»Ein Böhmen, das unter seiner Herrschaft steht«, präzisierte er sich. Schwankend, doch zielstrebig, durchmaß er den Salon.

»Ich werde gehen. Sie wissen, wo Sie mich finden können.«

»Meister Buckingham!«, rief ich schnell, die Gunst des Augenblicks nutzend. »Wo ist er – der Fuchs?«

»Ich weiß es nicht. Ich weiß es wirklich nicht«, antwortete er mit Bedauern und verschwand, ehe Lysander oder ich ihn darauf aufmerksam machen konnten, dass ein mit nichts als einem Hausmantel bekleideter Schwerverletzter auf den frühabendlichen Straßen für einiges Aufsehen sorgen würde.

Sie hatten den Marchese seines Jacketts und des in allen denkbaren Gelbtönen gemusterten Seidenschals entledigt. Ich beugte mich über ihn: Auch wenn seine Gesichtsfarbe jedem Untoten zu Ehren gereicht hätte, noch atmete er leise und vernehmlich.

Dr. Hrdlicka polierte nachdenklich seine Brillengläser.

»Ein Schwächeanfall«, erklärte er zerstreut, ohne meinen Gruß zu erwidern. »Es wird ihm bald besser gehen.«

»Das freut uns, zu hören.«

»Einfach so ist er umgefallen, einfach so«, nickte Mirko bekräftigend.

»Ah«, sagte Dr. Hrdlicka im Tonfall eines Mannes, der eine Lüge erkannte und ihr nicht weiter auf den Grund zu gehen wünschte. Er schob sich die Brille auf die Nase, unterzog mich einer zerstreuten Musterung. »Sie schauen natürlich auch aus wie der Tod, Baron. Wenn ich mir die Bemerkung erlauben darf.«

Ich beschloss, den Kommentar als akkurate Beobachtung und nicht als Beleidigung aufzufassen. »Sehen Sie, ich neige zu Übertreibungen«, versuchte ich zu scherzen. »Dabei sollte ich von Rechts wegen nur wie jemand aussehen, der sich nicht erinnern kann, wann er das letzte Mal geschlafen hat.«

»Heute in der Früh, zwei Stunden am Esstisch«, ließ uns Mirko prompt wissen.

Der alte Arzt bedachte meinen jungen Adlatus mit einem mitleidigen Lächeln, murmelte »viel zu tun« und »schwierige Zeiten«, und empfahl sich.

»Schwierige Zeiten.« Mirko zog eine Grimasse. »Wenn der nur eine Ahnung hätte.«

Ich zuckte die Achseln, hegte ich doch schon lange den Verdacht, dass einige unserer Nachbarn bereits viel zu viel Ahnung hatten – um von Mirkos plumpen Worten Gebrauch zu machen –, und lediglich preferierten, unsere kleinen Scharaden mitzuspielen.

Mirko hob einen Bleistift vom Nachtkästchen und begann eine undefinierbare Gestalt in sein Notizbuch zu kritzeln.

»Du hältst bei unserem Gast Wache«, teilte ich ihm mit. »Und damit wir uns richtig verstehen, du flößt ihm kein Schlafmittel ein, wenn er erwacht!«

Ich schickte Pavel zu Esthers Etablissement, um in Erfahrung zu bringen, ob Dr. Rosenstein inzwischen mit unserer schönen Vilja eingetroffen war. Sodann begab ich mich in die Küche, um nach dem Verbleib der letzten Flasche des preisgekrönten Champagners zu fahnden, den ich bei meinem letzten, denkwürdigen Frankreichaufenthalt erworben hatte. Gab es ein effizienteres Mittel, Erschöpfung und trüber Stimmung Herr zu werden, als exzellenten Champagner?

Ein scharfer, höchst unangenehmer Geruch und ein Lallen, machte mich auf unseren zweiten unfreiwilligen Gast aufmerksam. Es war mir irgendwie gelungen, diesen in einen finsteren Winkel meines Bewusstseins zu verdrängen: Gefesselt und geknebelt kniete er in einer Pfütze seines Urins und starrte mir mit mörderischem Zorn entgegen.

»Oh«, entfuhr es mir. »Ich vergaß, dass Sie noch hier sind.«

Seine Antwort bestand aus einem wütenden Gurgeln.

Wie schwierig es sein konnte, sich mit einem Stofffetzen im Mund verständlich zu machen, hatte ich im Zuge einer glanzlosen beruflichen Episode am eigenen Leib feststellen müssen. Und so trat ich zu ihm und nahm ihm die Knebel ab.

»Was fällt Ihnen ein?«, schrie er. »Was haben Sie vor?«

»Ich verspreche Ihnen, wir werden Sie bald gehen lassen.«

Wenn wir Zeit und Muße haben, uns den Konsequenzen zu stellen und uns mit allerlei Polizeiorganen herumzuschlagen, fügte ich in Gedanken hinzu. Obwohl wir in der Vergangenheit schon des Öfteren von Nutzen gewesen waren, wenn ein Fall die Grenzen der vertrauten Realität überschritten hatte, pflegten Stunden (in einem besonders unerfreulichen Fall sogar Tage!) zu verstreichen, ehe die präsidiale Intervention nach einer Ergreifung meiner Person erfolgte.

Ich wusste, dass ich zuerst Klarheit in das Dunkel der bizarren Umstände von Leo Vlceks Tod bringen müsste, bevor Professor Novak an höchster Stelle ein gutes Wort für uns einlegen würde und wir nicht mit einem üblen amtlichen Nachspiel zu rechnen hätten.

»Das hat Ihr Otter auch gesagt«, murmelte er. »Ihr Otter. Ich verliere den Verstand«, stellte er fest. Seine Stimme wurde schrill. »Ich verliere den Verstand!«

Dass ich ihm daraufhin wieder den Knebel in den Mund stopfte, war gewiss kein schöner Zug, aber ich musste mit meinen Kräften haushalten: Ich hatte weder Zeit noch Energie, einem lautstarken Zusammenbruch beizuwohnen.

»Dejan?« Mirko steckte den Kopf durch die halboffene Küchentür, rümpfte die Nase. »Der Marchese ist aufgewacht.«

Der Marchese war so bleich und verwirrt, wie man es von dem Opfer einer Vampirattacke erwarten konnte. Er saß an der Bettkante und massierte mit den Fingerspitzen seine Schläfe. Meinen Gruß beantwortete er mit einem apathischen Nicken.

»Was …«, murmelte er.

»Erinnern Sie sich, was Ihnen widerfahren ist?«

Ich registrierte höchst befriedigt, dass er die Frage sorgfältig überdachte, ehe er mir zur Antwort gab: »Ich kam zu Ihnen zu Besuch. Ich wollte etwas mit Ihnen besprechen.« Er sah an sich herab: Seine unvollständige Kleidung schien ihn in gleichem Maße zu irritieren wie die Einrichtung meines Schlafzimmers. »Ich hatte einen absonderlichen Traum«, fügte er hinzu.

»Neigen Sie für gewöhnlich zu Ohnmachtsanfällen?«, erkundigte ich mich, ohne den Hauch eines schlechten Gewissens zu verspüren.

Der Marchese runzelte ärgerlich die Stirn. Die nächste Minute widmete er sich vollauf dem Versuch, sein Halstuch zu binden. Meine Frage musste seinen Stolz verletzt haben.

»Worüber wollten Sie mit mir reden?«, fragte ich, um ihn auf andere Gedanken zu bringen, obgleich mir der Sinn nicht danach stand, mir wegen des Unfalls Vorhaltungen machen zu lassen. Oder ging es ihm gar um Esther?

Mühsam erhob sich der Marchese, tat zwei, drei taumelnde Schritte, ehe ich ihm zu Hilfe kam.

»Ich kann nicht behaupten, dass ich Sie als Mensch sonderlich schätze, Baron«, erklärte er mir freimütig. An meinen schützenden Arm gelehnt, schwankte er zum Fenster. »Aber der Teufel soll mich holen, wenn Sie nicht ein verdammt guter Rennfahrer sind.« Ein jungenhaft-charmantes Lächeln huschte über seine Lippen.

Ich lehnte mich an die Fensterbank. »Wie ich in Wien unter Beweis gestellt habe«, bemerkte ich trocken. Und davor, in Frankreich …

»Pech«, entschied der Marchese. »Pech und seltsame Zwischenfälle und zweitklassiges Material. Stellen Sie sich vor, Sie würden in einem Siegerwagen sitzen – in einem meiner Fiats, etwa.«

Ich sah ihn unverwandt an; suchte nach einem Zeichen, einem Zucken der Mundwinkel etwa, das mir verriet, dass er sich einen geschmacklosen Scherz mit mir erlaubte.

»Vorerst gilt mein Angebot nur für das Rennen in St. Petersburg im August«, fügte er hinzu und verschränkte die Arme vor der Brust. »Nun? Was sagen Sie?«

August; was konnte bis dahin nicht alles geschehen sein. Ebenso gut hätte er von der Jahrtausendwende sprechen können.

»Es wäre mir ein Vergnügen, Baron«, setzte der Marchese hinzu.

Ich schloss die Augen und dachte an den Benz, der seit Tagen unberührt im Hinterhof stand. Dachte an das Spiel mit dem Risiko, die Furcht und die Freiheit, Wagnisse einzugehen, allein weil mir der Sinn danach stand, nicht weil man es von mir verlangte.

»Und mir«, sagte ich rasch, ehe ich es mir anders überlegen konnte, »wäre es eine Ehre.«

Jäh wurde die Tür aufgestoßen, Pavel stürzte herein, nahm Haltung an. »Bitte schön, Herr Baron, melde gehorsamst, ein Herr Dr. Rosenstein samt Damenbegleitung ist grad' vor einer Viertelstunde bei Madame eingetroffen!« Verstohlen wischte er sich den Schweiß von der breiten Stirn und hielt mir ein Kuvert entgegen. »Und ein Herr von der Polizei hat mich auf der Stiege abgepasst und mir das hier gegeben!«

Rasch nahm ich den Brief an mich, riss den Umschlag auf. Das Schreiben erwies sich als denkbar kurz:

Baron,
diese Notiz haben meine Männer bei der Untersuchung des Leichnams in seiner Hosentasche gefunden. Vielleicht können Sie mehr damit anfangen als ich.
Viel Glück und Erfolg wünsche ich bei Ihrer Unternehmung, vergessen Sie nur nicht, dass Sie mir ein paar Antworten schuldig sind.
Novak

Mit zitternden Händen faltete ich den beigelegten Papierfetzen auseinander: »*Am 5. Juli, zur Mitternacht. Dort, wo sich Lišek und die Seinen trafen, bevor alles begann.*«

Ich konnte meinen Jubelschrei kaum unterdrücken. Zu diesem Rätsel hatte uns Buckingham unwissentlich in seinen Briefen den Schlüssel geliefert, hatte er doch selbst von den Zusammenkünften geschrieben, damals, im …

»Im Schwarzen Adler!«, rief ich aus. »Sie treffen sich im Schwarzen Adler!«

Doch damit waren unsere Probleme noch lange nicht aus

der Welt geschafft. Ich musste davon ausgehen, dass die Verschwörer mich, und auch Mirko und Lysander kannten. Wenn wir uns ihnen auch nur näherten, würden sie sich vermutlich zum Angriff – oder zur Flucht – wenden, und uns würde sich keine Gelegenheit bieten, an den Fuchs heranzutreten. Hier bedurfte es eines unauffälligen Fremden mit scharfem Verstand; der die Gesellschaft beobachten und dem Fuchs folgen konnte, ohne Aufsehen zu erregen.

Ich gestattete mir ein Lächeln. Wie mir schien, erwartete uns der Gesuchte bereits in Esthers Salon.

Nur mit Pavels und Mirkos Hilfe und unter beträchtlichen Anstrengungen gelang es dem Marchese, die Stiegen hinabzusteigen. Nachdem wir ihn in den sicheren Händen eines Chauffeurs wussten, der seinen Zielort – und im Zweifelsfall auch die Adresse des Krankenhauses – kannte, begab ich mich in den Hof. Konnte es sein, dass meine Hände bebten, meine Finger feucht waren, als ich die Tür des Schuppens, in dem ich den Benz abgestellt hatte, aufschloss?

Lysander stieß mich mit der Schnauze an. »Eine vortreffliche Idee, ausgerechnet heute deinen persönlichen Dämonen den Kampf anzusagen«, murmelte er süffisant.

Mirko hingegen strahlte. »Ich finde, es ist eine prachtvolle Idee, solange es nicht wieder in der Rennfahrerei ausartet.«

Ich ignoriert ihn.

Da stand mein Benz: ramponiert, zerschunden, aber noch einsatztüchtig. In dieser Hinsicht ähnelten wir uns sehr. Ich warf den Motor an. Vorsichtig ließ ich den Wagen aus dem Schuppen rollen. Mirko nahm neben mir auf der Sitzbank Platz, während Lysander mit großer Selbstverständlichkeit auf Mirkos Schoß kletterte.

Ein Jahr, zwei Unfälle. Die Flammen, die Angst. Meine freie

Entscheidung. Wir würden sehen. »Also schön. Wappnen wir uns für eine ereignisreiche Nacht«, sagte ich, und versuchte erst gar nicht, den Triumph aus meiner Stimme zu bannen.

»Baron! Baron! Warten Sie!« Keine zwanzig Meter mochten wir zurückgelegt haben, als eine helle, aufgebrachte Stimme mich zum Halten veranlasste. Lili Trubic, atemlos, das Kleid gerafft und ihr Handtäschchen wie eine Schleuder schwingend, rannte auf uns zu.

»Wo ist er?«, bestürmte sie uns. »So reden Sie doch!« Das Haar fiel ihr in unordentlichen Locken herab, ihr Hut saß schief. »Ich habe den Brief gelesen, und ich muss ihn sehen!«

»Er ist fort«, sagte ich.

Lili klammerte sich an der Karosserie des Wagens fest. »Fort?«, wiederholte sie verständnislos. »Aber das kann nicht sein. Er ist verletzt. Vielleicht kann ich ihm helfen?«

Lysander seufzte schwer. »Wenn Sie ihm helfen wollen, dann tun Sie, was er Ihnen anempfiehlt. Gehen Sie!«

Sie ließ den Verschluss ihrer Handtasche auf- und wieder zuschnappen. Dann lächelte sie: Es war das sanfte, bittersüße Lächeln eines Mädchen, das die wilden Versprechungen der Kindheit, all die geheimen Träume und Lüste, mit einem Mal hinter sich lässt, um sich der Alltäglichkeit zu stellen – an der Seite eines kleinen Klavierspielers, in einer fremden Stadt. »Wenn Alvin von meinem Blut tränke …«

»Ja«, sagte ich. »Es würde ihm helfen, zu heilen.«

17

Prag

4. bis 6. Juli 1909

Aus den Aufzeichnungen Baron Sircos, Prag, 4. Juli 1909

Die Nacht war heiter und farbenfroh, in Esthers Salon wenigstens: Lichter, Perlen und Uniformen glänzten um die Wette. Ein Mädchen in hauchzartem Kleid und Zylinder, saß am Pianino und klimperte einen bekannten Gassenhauer; ein pockennarbiger Husarenrittmeister, in jedem Arm eine Dirne, gab lautstark Zoten zum Besten und ein Champagnerkorken prallte gegen einen Spiegel.

Mariana, die alleine mit einer Flasche Minzliquör an ihrem Tischchen saß, winkte uns freundlich zu und rief über das Stimmengewirr quer durch den Raum: »Madame erwartet Sie schon, Herr Baron.«

Ich eilte, gefolgt von meinen Kameraden, die Treppe empor.

»Na endlich, meine Herren, dass ihr euch auch noch blicken lasst!« Esther, in ihrem Kimono aus Seide, kam uns mit ausgebreiteten Armen entgegengeeilt. »Nicht, dass wir uns nicht recht gut unterhalten hätten, der Doktor, die Milena und ich – aber jünger wird der Tag auch nicht mehr!« Sie warf einen Blick auf die opulent verzierte Wanduhr. »Was war denn los?«

Ich hob eine Hand in Abwehrgeste. »Dein Marchese hat uns aufgehalten«, sagte ich. Was im Grunde genommen keine richtige Lüge darstellte.

Esther stemmte die Hände in die Hüften. »*Mein* Marchese?«, wiederholte sie, und endlich erkannte ich den Schaden, den ich mit einem unbedachten Wort angerichtet hatte.

»*Mein* Marchese«, wandte sie sich mit komischer Verzweiflung an Lysander. »Hat der feine Herr Baron die Chuzpe, mich heute Vormittag noch heiraten zu wollen, und jetzt ist es schon wieder mein Marchese!«

Mirko japste. Lysanders Ohren zuckten.

»Wehe, ihr brecht in Gratulationen aus!« Stolz reckte Esther das Kinn. »Angenommen hab' ich nämlich nicht.«

Ich schritt an ihr vorbei in das Zimmer, um mir die eingehenderen Erläuterungen meiner Niederlage zu ersparen.

Dr. Rosenstein und Milena teilten sich den Diwan gegenüber der Tür; eine gewisse Vertrautheit jener exklusiven Sorte, wie sie bei älteren Ehepaaren und langjährigen Kontrahenten vorzukommen pflegt, schien sie aneinanderzubinden – weit mehr noch als die Eisenkette, die sich um ihrer beider Handgelenke schlang.

»Baron!« Der Doktor war aufgesprungen, doch um mir entgegenzueilen, reichte der Radius seiner Kette nicht aus.

Ich deutete eine Verneigung vor Milena an, grüßte Rosenstein mit ausgesuchter Herzlichkeit und dankte ihm für sein Kommen.

»Ich hoffe nur, dass ich Ihren Erwartungen gerecht werde, Baron«, antwortete er und verzog die Lippen. Er hatte sich den Schnurrbart abrasiert; dieser imposanten Gesichtsbehaarung beraubt, wies er mehr denn je Ähnlichkeit mit einer hübschen, ausnehmend intelligenten Spitzmaus auf.

Auch Milena hatte ihr Erscheinungsbild etwas umgestaltet: In dem blütenweißen, hochgeschlossenen Sommerkleid, das Haar mit Schleifen gebändigt, wies sie große Ähnlichkeit mit einer Pensionatsschülerin in frühem Backfischalter auf. Aber sie mochte wohl auch nicht viel älter gewesen sein, als sie ihr grausames Schicksal ereilt hatte.

»Sie sind mit meiner Maskerade nicht einverstanden, Baron?«, sagte sie freundlich. »Versuchen Sie nicht, es abzustreiten. Ich sehe es Ihnen an.«

Mir stand der Sinn nicht nach scherzhaftem Geplänkel. »Sie wissen, wonach ich Sie fragen werde?«, fragte ich stattdessen.

»Die Antwort ist Nein.« Sie verschränkte die Hände. »Nein, ich werde Ihnen nicht verraten, wo Sie den Fuchs finden.«

Ich ließ mich auf dem Schemel vor Esthers Frisiertisch nieder, starrte auf Fläschchen und Tiegel. »Milena.«

Die Vilja hob eine Augenbraue.

»Alles, was ich will, ist, den anstehenden Mord an Felix Trubic verhindern.« Kaum hatte ich sie ausgesprochen, hätte ich viel dafür gegeben, diese Wahrheit zurückzunehmen. Milena lachte leise, kehlig. Was wusste sie, was ahnte sie? »Und den Fluch seines Hauses zu lösen«, fügte ich hastig hinzu, als Esther samt Entourage das Zimmer betrat.

»Ich staune, Baron«, sagte Milena leise, mit ihren Ringen spielend. »Das Schicksal Böhmens interessiert Sie nicht?«

Oh, wie ich ihr widersprechen wollte! Natürlich lag auch mir die Zukunft jenes Landes, in dem ich seit so vielen Jahren lebte, am Herzen. Nur stand ich Lišeks Plänen skeptisch gegenüber: Eine Fürstin aus mythischer Vergangenheit an der Spitze eines böhmischen Staates, den unsterbliche Kreaturen in goldene Zeiten führen sollten?

»In Anbetracht der Tatsache, dass Ihr Lišek es seit dreihundert Jahren nicht zuwege gebracht hat, Böhmen in die vielgepriesene Freiheit zu geleiten, halte ich es für wenig wahrscheinlich, dass es noch zu meinen Lebzeiten gelingen wird.«

Milena legte den Kopf schief. »O bitte«, flüsterte sie. »Ist solch ein Gedankengang Ihrer wirklich würdig? Dreihundert Jahre, Baron. Dreihundert Jahre sind eine lange Zeit, um zu warten, zu planen und die brillantesten Geister um sich zu sammeln.« Sie leckte sich die Lippen. »Abzuwarten, bis endlich – endlich! – der Augenblick kommt.«

Lysander, der die Unterhaltung bisher stumm mitverfolgt hatte, mischte sich nun ein: »Belügen Sie uns nicht. Wenigstens ein junger Mann wollte im Namen Ihres Fuchses sterben. Wir wissen, dass Sie umstürzlerische Versuche unternommen haben!«

Die Vilja zog an ihrer Handfessel. »O ja, anfangs sogar sehr viele. Die Wirren nach der Schlacht am Weißen Berg etwa, die hatten wir zu nützen gesucht, und waren bitter gescheitert. Und es war gut so. Wir waren gierig, ungeschickt und viel zu wenige. Erst mit dem Lauf der Jahre lernten wir, unsere Gefährten mit Bedacht und Verstand zu wählen. Und zu begreifen, dass die Zeit unsere treueste Verbündete ist.«

Esther sah sie gedankenverloren an. »Also bitt schön, nicht, dass mir das nicht gefallen täte, ein freies, großes Böhmen – wenn ich es mir überleg', sogar so gut, dass ich dafür die vergangene Fürstin in Kauf nehme, die würd' mir sonst nicht zu meinem Glück fehlen, aber die Frage ist doch, was die ganzen Leut' dazu sagen. Vielleicht gefällt denen das alles nicht so sehr und was dann?« Sie fischte eine Praline aus der Schüssel auf ihrem Frisiertisch. »Dann haben wir den schönsten Bürgerkrieg beisammen, den wir uns vorstellen können, und das wär' wirklich eine saublöde Geschichte.«

Milena schien diesen Einwand erwartet zu haben. »Wissen Sie, wie viele Wesen wie ich und der Fuchs im Kaiserreich existieren?« Ein rasches Lächeln. »Und damit meine ich nicht Revolutionäre.«

Esther wiegte stumm den Kopf.

»Wir könnten uns bei der Centrale erkundigen«, machte sich

Dr. Rosenstein erbötig. »Dort würden wir zumindest die Zahl der registrierten außernatürlichen Wesenheiten erfahren.«

Milena rümpfte die Stupsnase. »›Außernatürliche Wesenheiten‹? So lautet unsere offizielle Bezeichnung? Ach du lieber Himmel.«

Dr. Rosenstein murmelte eine Entschuldigung.

»Nun, ich jedenfalls weiß es nicht. Aber ich kann mir vorstellen, dass viele von ihnen ihre versteckten, verstohlenen Existenzen aufgeben, und zu uns kommen werden, wenn sie erst erfahren, dass in unserem neuen Böhmen keine Maskerade mehr nötig sein wird! Nicht alle von uns ähneln dem Alten Volk, das um jeden Preis unter sich bleiben will«, schloss Milena temperamentvoll.

Esther räusperte sich. »Na fein. Nur eine Antwort ist das keine. Zumindest nicht auf meine Frage: Was die Leut' in Böhmen, die ganz normalen Leut', die keine Ahnung von dem ganzen Theater haben, dazu sagen werden? Ich könnt' mir schon vorstellen, dass mich der Schlag treffen täte, wenn ich irgendwann in der Früh aufstehe und in der Zeitung lese, wir sind unabhängig – nur leider ist der neue Premierminister oder Fürst, oder Präsident, oder was Sie auch haben wollen, irgendein Kerl, der vor dreihundert Jahren an seinem Idealismus krepiert ist.«

»Die Leute.« Milena blinzelte. »Ich glaube nicht, dass *die Leute* den Aufstand gegen Unseresgleichen wagen würden!«

Dr. Rosenstein erblasste, und Lysander schnarrte verächtlich.

»Bravo«, sagte Esther. »Dann hat Ihr brillanter Fuchs Böhmen natürlich ganz besonders befreit, wenn die Leut' immer noch unterdrückt werden – nur eben von einer anderen Schicht.«

»Aber es wird keine Rolle mehr spielen«, widersprach Milena bestimmt. »Sie wird gerecht sein, unsere neue Zeit.«

Ich hatte genug gehört. Das war die Tragödie mit den tapferen Idealisten und Reformern, die Feuer nicht nur mit Feuer bekämpften, sondern auch durch Feuer ersetzten. In Milenas Worten klang Lišeks Plan allerdings deutlich plausibler – und gefährlicher.

»Sie entschuldigen?«, fragte ich abrupt und erhob mich. »Dr. Rosenstein, wenn Sie einen Moment mit mir kommen könnten? Ich würde Sie gerne unter vier Augen sprechen.«

Esther seufzte. »Auf der einen Seite Revolutionäre und auf der anderen Seite Geheimniskrämer. Und ich hab' mir immer gedacht, das ist ein anständiges Haus. Na, Servus! Das Zimmer von der Louise, drei Türen weiter, ist frei.«

Dr. Rosenstein löste die Fessel an seinem Handgelenk, verstaute den Schlüssel sorgfältig wieder in der Innentasche seines Jacketts und reichte die Kette sodann an Esther weiter. »Ich darf sie Ihnen anvertrauen?«

»Aber ja, geben'S her.« Esther strich sich eine widerborstige Haarsträhne hinters Ohr. »Wobei ich Ihnen eines sage: Normalerweise politisier' ich schon lieber mit Leuten, die nicht angebunden sind.«

Nachdem Dr. Rosenstein und ich die Tür hinter uns geschlossen hatten und er seine Verlegenheit angesichts des eindeutigen Interieurs und des Spiegels über dem Bett überwunden hatte, wiederholte ich rasch die Ereignisse der letzten beiden Tage.

»Ich habe eine große Bitte an Sie«, schloss ich meinen Bericht. »Brechen Sie unverzüglich zum Schwarzen Adler auf. Um Mitternacht – also in einer guten Stunde, verdammt! – werden sich die Verschwörer dort einfinden. Geben Sie sich unauffällig, lauschen Sie an den Türen, befragen Sie den Wirt.«

»Das Übliche.«

»Das Übliche«, bestätigte ich ihm und fischte die Zeichnung, die Leo Vlcek von Lišeks angefertigt hatte, aus meinem Jackett. »Und wenn dieser Bursche auftaucht, schicken Sie schnellstmöglich einen Boten zu mir. Sie selbst bleiben vor Ort. Geht der Fuchs, bevor ich eintreffe, folgen Sie ihm!«

Eingehend studierte Rosenstein die Zeichnung. »Ich schicke meinen Boten also hierher, wenn ich Ihrer Unterstützung bedarf?«, fragte er zuletzt.

Ich deutete ein Nicken an. »Wir werden versuchen, uns noch ein wenig mit Milena zu unterhalten.«

Er steckte die Zeichnung in seine Jackentasche. »Wissen Sie, das ist vermutlich der anspruchsvollste Auftrag, der mir jemals zugestanden wurde.«

»Dann hoffen wir beide, dass Sie ihn zu einem glücklichen Ende bringen.«

Ein anderer, geringerer Charakter hätte gelacht oder wäre vielleicht beleidigt gewesen. Dr. Rosenstein verstand die Bitte, die Hoffnung, den Segensspruch.

»Adieu, Baron«, sagte er leise, indem er die Tür hinter sich zuzog.

Ungeniert streckte ich mich auf dem Bett aus; ein schwacher Parfümduft hing noch in der Luft. Ein paar Minuten wollte ich mich nur ausruhen. Ein paar Minuten …

Schreie auf dem Gang weckten mich aus wirren Träumen. Von der Decke starrte mir mein verwundertes Spiegelbild entgegen. Es bedurfte eines langen Augenblickes, ehe ich die Orientierung wiedererlangte. Im selben Moment erkannte ich auch die Stimmen.

»Jesusmaria, was ist der Bub für ein Idiot!«

»Dort! Schnell, lauf.«

»Verdammt, verdammt, verdammt.«

Im Nu war ich auf den Beinen und stürzte auf den Gang. Mirko preschte an mir vorbei, knapp gefolgt von Lysander. »Milena!«, rief mir mein alter Freund zu, in der Annahme, ich würde verstehen. Und ich verstand tatsächlich: Ein Fluchtversuch der Vilja musste geglückt sein – und augenscheinlich trug Mirko daran nicht geringe Schuld.

Ich hastete hinter ihnen her, die Treppen hinab, quer durch den Salon. Mädchen, Freier und Dienstpersonal gleichermaßen stoben empört auseinander. Draußen, auf der Straße, holte ich endlich meine Gefährten ein.

»Dort!« Im Laufen fuchtelte Mirko aufgeregt mit den Armen. »Dort drüben! Sie fliegt in Richtung der Spanischen Synagoge!«

Kurz überlegte ich, ob es wohl sinnvoll wäre, den Wagen zu holen; verwarf den Gedanken aber rasch. Bis ich den Benz gestartet hatte, mochte die Vilja bereits sonst wohin verschwunden sein.

Eine Krähe in der Dunkelheit zu verfolgen, erwies sich als aussichtsloses Unterfangen: Sämtliche Trümpfe lagen in ihrer Hand. Kaum waren wir ein paar Meter gerannt, war von Milena keine Feder mehr zu sehen.

Ich lehnte mich schwer atmend gegen die Hausmauer von Esthers Etablissements. Mirko barg das Gesicht in beiden Händen und murmelte immer wieder ein »Verdammt«.

»Wie habt ihr das zustande gebracht?«, brachte ich mühsam beherrscht hervor.

»Er hat das Fenster aufgemacht«, grollte Lysander. »Und Milena hat unter Beweis gestellt, wie rasch sie eine Verwandlung vollziehen und aus ihrer Kette schlüpfen kann. Deshalb ist sie vermutlich auch so willig mit Dr. Rosenstein nach Prag gekommen.«

»Weil sie schon geahnt hat, dass irgendein Idiot ihr vor Ort eine Fluchtmöglichkeit bieten wird«, vervollständigte ich Lysanders Satz.

Mirko sah betroffen drein. »Es tut mir wirklich sehr, sehr leid. Aber ich habe mir nichts dabei gedacht.«

Ich verbiss mir meine Empörung und rief mir stattdessen die erste Lektion in Erinnerung, die ich dem Jungen beigebracht hatte: Niemand war davor gefeit, Fehler zu machen. Die Ausbildung würde zwar die Risiken minimieren, wirklich dumme und banale Schnitzer zu begehen; für die großen, fatalen Fehler blieb dennoch Raum genug. (Danach hatte ich eine enervierende Viertelstunde damit zugebracht, ihn in das Mysterium einzuweihen, wie einem weichen Ei beizukommen war, ohne sich als Barbar auszuweisen.)

Mirko war wohl demselben Gedankengang gefolgt, denn er fragte mich bange: »Schnitzer oder fataler Fehler?«

»Zu dumm, um noch ein Wort darüber zu verschwenden.«

Keckernd verschaffte sich Lysander Gehör, um auf ein ungleich relevanteres Thema zu sprechen zu kommen. »Wir müssen Dr. Rosenstein warnen, dass Schwierigkeiten im Anflug sind.«

»Rasch, Papier und Bleistift«, verlangte ich. Mirko fischte sein zerschlissenes Notizheft und einen Bleistiftstummel aus seiner Tasche. Die Botschaft, die ich noch im Stehen verfasste, fiel entsprechend knapp aus: *Milena entflohen, kommen Sie sofort zurück.* Ich riss die Seite aus dem Heft und schickte Mirko mit der Nachricht in das Nachtcafé zwei Häuser weiter, wo sich gewiss ein Botenjunge auftreiben ließ, der klug genug war, den Doktor der Beschreibung nach zu erkennen und ihm die Nachricht auszuhändigen.

Es fiel mir schwer, Mirko nicht zu zürnen. Ein dummer Fehler hatte die einzige Möglichkeit genommen, an den Fuchs heranzukommen. Nun würden die Verschwörer vorsichtiger denn je zuvor agieren. Die Zeit drängte jedoch, und wir hatten all unsere Chancen vertan …

Der Einspänner, der in jenem Moment vor uns zum Stehen kam, unterbrach meine düsteren Überlegungen. Mit Verwunderung sah ich Simon, den altbewährtesten Dienstboten im Trubic'schen Haushalt, aus dem Wagen klettern. »Herr Baron! Gut, dass ich Sie endlich finde! Seine gräflichen Gnaden müssen mit Ihnen sprechen!«

Felix erwartete uns im Gelben Salon – dem ehemaligen Kartenzimmer, das seine Umbenennung der Abneigung des Hausherrn gegen Kartenspiele jeglicher Art sowie der in beige und ocker gehaltenen antiquierten Weltkarte, welche sich über eine ganze Wand erstreckte, zu verdanken hatte. Felix wirkte auf mich so müde und schwach, dass ich erleichtert war, ihn überhaupt auf den Beinen zu sehen.

Nach einer freundlichen Begrüßung lud er uns ein, an dem ehemaligen Kartentisch Platz zu nehmen, der nun mit allerlei Schreibwaren bedeckt war. Aus einem aufklappbaren Globus produzierte er eine Brandykaraffe und Gläser; er schenkte uns ein und begann zu erzählen. »Der Herr in meinem Weinkeller und ich, kamen vor ein paar Stunden, als es mir besser ging, ein wenig ins Gespräch. Und da fiel mir etwas auf, das mir in meiner miserablen Verfassung heute Mittag erstaunlicherweise entgangen war: Als ich ein Knabe war, kannte ich den Herrn als Marius von Landsberg. Mittlerweile hege ich gewisse Zweifel, dass der klangvolle Name ihm wahrhaftig zusteht.«

Felix lehnte sich in seinem Sessel zurück, genoss unser Staunen. »Er war ein guter Bekannter meines Vaters«, teilte er uns dann mit, als sei dies Erklärung genug. »Natürlich war er damals noch erheblich älter und bärtiger, wohl auch etwas stämmiger. Allesamt Gründe, die dazu beigetragen haben mögen, dass ich ihn zunächst nicht erkannt habe.«

Mirko, der bisher geschwiegen hatte, sah uns fragend an.

»Vampirblut«, zischte ihm Lysander zu.

»Vampirblut«, nahm Felix den Faden auf. »Es schenkt Jugend und Gesundheit, auf Zeit. Nicht jedoch das ewige Leben. Oder etwa Unverletzbarkeit.«

Ich sah den harten, bitteren Zug um Felix' Mund und schauderte.

»In meiner Kindheit war von Landsberg gelegentlich im Palais zu Gast«, nahm er seine Erzählung wieder auf. »Bis er schließlich eines Tages, nicht lange vor dem Tod meines Vaters, spurlos verschwand. Seltsamerweise fiel mir gerade, als ich mich mit Landsberg zu unterhalten suchte, eine Begebenheit ein: Während eines kleineren Abendessens mit Bekannten erzählte Vater von der skurrilen Falle, die er in seinen Schreibtisch eingebaut hatte, um seine Dokumente und Tagebücher zu schützen. Woraufhin Landsberg bemerkte, wirklich nützlich wäre eine solche Vorrichtung nur, wenn sie mit vergifteten Pfeilen auf den Eindringling schießen würde. Mir gefiel die Idee ganz gut, aber zu meiner Verteidigung sei angemerkt, ich zählte damals vielleicht zwölf Jahre.«

»Er wusste, wo die Tagebücher versteckt waren«, sagte ich.

Felix nickte. »Den Diebstahl allerdings hat auf seine dringenden Bitten hin deine Bekannte, die Vilja, durchgeführt.«

»Wissen wir auch schon, weshalb er die Tagebücher entwendet hat?«, erkundigte sich Lysander arglos. Ich hatte mein Versprechen gehalten: Nicht einmal ihm hatte ich von dem Makel in der Herkunft des gegenwärtigen Grafen Trubic erzählt.

Felix hielt inne, um in sein Taschentuch zu husten. »Aber ja, Sir Lysander«, antwortete er, als er wieder zu Atem kam. »Nur ist der Grund von so beachtlicher Dummheit, dass er Ihnen diesen lieber selbst darlegen soll.«

Ich gab Felix ein rasches und, wie ich hoffte, heimliches Zeichen – »deshalb«? Er deutete ein Kopfschütteln an und zog mit großartiger Geste ein arg mitgenommenes Briefkuvert aus seinem Jackett. »Hier, Dejan, dies heitere Kuriosum fand sich bei der Durchsuchung von Landsbergs Garderobe.«

Ich faltete den Briefbogen auseinander.

Wien, am 25. Juni 1909

Marius,

ich habe nachgedacht, und ich habe mich entschieden. Aber wie schwer fällt es mir nur, zu dieser Entscheidung zu stehen. Schwer genug, dass ich Dir diese Zeilen schreibe, statt das Gespräch mit Dir zu suchen. Du bist so gut mit Worten, Marius, so viel besser als ich. Ich höre Deine Schmeicheleien und Bitten, Deine vernünftigen Argumente. Ich weiß, ich kann Ihnen nicht widerstehen. Deshalb dieser Brief.

Du fragst mich, was mich noch an Lišek bindet? So einfach ist es, so beschämend: die drei Jahrhunderte, die wir geteilt haben. Ich kann ihn nicht aufgeben, nicht jetzt, nicht so nahe vor dem Ziel, vor der Erfüllung seines Traumes. Jetzt, wo das alte Kaiserreich, die überkommene Ordnung taumelt und schwankt, naht die Stunde der Offenbarung. Die Nationalisten, die Idealisten und die Revolutionäre, sie alle arbeiten in unsere Hand. Wir werden uns den Tumult zunutze machen!

Aber Du – hast »Du« *jemals daran geglaubt, wahrhaftig geglaubt, dass wir es wagen könnten? War es denn jemals mehr als ein Spiel für Dich, das Dir ein langes Leben in Jugend und Kraft gewährte? Du und ich, wir kennen die Antwort, Marius, und sie lautet Nein. Vorgestern Nacht, als wir die Tagebücher aus dem Palais Trubic entwendeten (Weshalb fürchtest Du nach all den Jahren plötzlich die Enthüllung Deines furchtbaren Geheimnisses?), da hast Du es ja selbst gestanden: Ein Spiel soll es gewesen sein, Dich in die Herzen derer zu Trubic zu stehlen, eine Herausforderung an Dich selbst. Wie hast Du dabei nur reüssiert. Zitterst Du, wenn Du an die Folgen denkst, die unmittelbar bevorstehen?*

Nach außen hin trägst Du die Maske der Gleichgültigkeit bemerkenswert zur Schau, das muss ich Dir zugestehen. Aber vielleicht spielt es für Dich wahrhaftig keine Rolle mehr – ich weiß, wie schwer es mit dem Lauf der Jahrhunderte doch wird, zu lieben, zu hassen, zu »fühlen«.

Erinnerst Du Dich noch, wie viele Menschen Du der Bruderschaft wegen gemordet hast? All die zaudernden, nutzlosen Gefährten, all die Risiken hast Du vernichtet. Lišek hatte das niemals über sich bringen können. Ich mache Dir keinen Vorwurf, Marius. Die Schwachen, die Sanftmütigen können leicht gut sein, weil ihnen der Wille zur Grausamkeit fehlt. Aber Du – Du bist anders. Du wirst niemals aufgeben, wie Lišek es getan hat. Zwei Dinge sind es, die ihn noch am Leben halten: Sein Traum von der Rückkehr der Göttin, und – ich.

Ich kann und will und werde ihn nicht im Stich lassen, auch nicht um Deinetwillen. Das, was zwischen uns war, liegt nun in der Vergangenheit. Ich werde an Lišeks Seite stehen, was immer auch geschieht. Spiel Du nur Deine Spiele, spiel sie wie am ersten Tag, als Du zu uns gestoßen bist, mit Deinem Blendwerk, Deinem Zierrat, mit Deinen Drohbriefen und Fuchsringen.

Symbolik und Inszenierung, hast Du gesagt. Siehst Du, ich erinnere mich. Ich verstehe, es hat Dir Spaß gemacht, unsere Mission um Elemente der Schmierenkomödie zu bereichern, aber die Tage des billigen Theaterspiels sind vorbei. In Ernst und Würde wollen wir in die neuen Zeiten gehen. Und so sage ich Dir Adieu, mein Marius, mein Geliebter.

Milena

Aus den Aufzeichnungen Baron Sircos, Prag, 4. bis 6. Juli 1909

Furchtbares Geheimnis. In die Herzen stehlen. Zitterte er? Fassungslos starrte ich Felix entgegen. Hatte auch er die wahre Bedeutung dieser Botschaft begriffen? Wollte er sie begreifen? Hatte er es von Anfang an gewusst? Hatte er mich ein weiteres Mal belogen? Und spielte es noch eine Rolle?

Ruckartig schob ich den Sessel zurück und sprang auf. »Ich muss mit Landsberg sprechen«, sagte ich. »Sofort.«

Wir stiegen hinab in die Kellergewölbe; der Gestank von Blut und Fäkalien schlug uns entgegen, kaum dass Felix die Tür des Weinkellers geöffnet hatte. Mirko presste sich ein Taschentuch an die Nase. Felix riss ein Streichholz an und entzündete die Gaslampen; das Bild, das sich uns im flackernden Lichtschein bot, machte auch mich würgen.

Landsberg war noch immer gefesselt – selbst die demütigende Hundekette hatte Felix ihm nicht abgenommen. Er kauerte auf dem Steinboden. Das blutbefleckte Hemd hing ihm in Fetzen, gab den Blick frei auf ein Sammelsurium unterschiedlichster Wunden; keine davon mochte älter als ein paar Stunden sein.

»Du hast ihn gefoltert«, murmelte ich fassungslos. Ich hatte in meinem Leben schon unzählige Male Männer (und in einigen erschreckenden Fällen auch Frauen) mit weit schwerwiegenderen Verletzungen gesehen, und ich wäre in dieser Hinsicht auch nicht sonderlich zartbesaitet gewesen – aber dies war Felix' Werk.

Dies, und der Anschlag gegen Alvin Buckingham.

Mit einem Mal schwindelte mir.

»Gefoltert? Ich bitte dich!« Eine wegwerfende Handbewegung. »Ich habe lediglich von ein paar nachdrücklicheren Argumenten Gebrauch gemacht. Seine lächerlich niedrige Toleranzschwelle gegenüber physischem Schmerz kam uns beiden dabei sehr entgegen.« Felix ging neben dem Verwundeten in die Hocke. »Nicht wahr, Herr von Landsberg?«

Landsberg hob den Kopf. Seine ehemals so elegante Nase war gebrochen, seine Lippen dunkel verkrustet. Einen Moment trafen sich ihre Blicke, dann spuckte er Felix blutigen Speichel ins Gesicht.

»Ich kannte Sie einst mit besseren Manieren«, sagte Felix leichthin, während er sich mit einem Taschentuch säuberte.

»Zur Hölle mit Ihnen«, keuchte Landsberg.

Felix hob eine Hand. »Oh, seien Sie unbesorgt, das werde ich. Aber alles zu seiner Zeit.« Schwerfällig richtete er sich wieder auf, warf sein zerknülltes Taschentuch in eine Ecke. »Vorerst wollen sich die Herren mit Ihnen unterhalten.«

Mit wachsender Abscheu hatte ich die Szene beobachtet; jetzt wandte ich mich an meine Begleiter: »Lasst uns einen Moment allein.«

Hatte ich Widerworte oder eine beißende Erinnerung erwartet, in wessen Haus wir uns befanden, wessen Schicksal auf dem Spiel stand, so wurde ich eines Besseren belehrt. Wortlos wandte sich Felix zum Gehen. Ich drehte mich zu Mirko und Lysander um, die – bleich und zitternd der eine, angewidert der andere – in der Tür standen. »Ihr auch. Hinaus!«

Ich wartete, bis die Tür ins Schloss gefallen, die Schritte verklungen waren. »Ich habe den Brief gelesen«, sagte ich schließlich einfach. »Warum?«

Der Schatten eines Lächelns huschte über Landsbergs Züge. Ich sah, dass ihm ein halber Schneidezahn fehlte. »Ich hätte nicht von Ihnen erwartet, dass sie die Privatkorrespondenz eines Fremden lesen.«

»Warum?«, wiederholte ich und ignorierte seinen Einwand.

Er hob die Schultern. Seine Ketten klirrten leise. »Es war ein Spiel«, antwortete er mir zuletzt. »Lišek legte immer großen Wert darauf, dass wir uns vom Hause Trubic fernhielten. Ich fürchte, das allein reichte mir, um Jindřichs Freundschaft zu suchen. Ich betrachtete es als Herausforderung an mich selbst: Würde ich es einst zuwege bringen, das Leben eines Freundes für die Bruderschaft zu fordern?« Er schloss die Augen. »Dann lief die Angelegenheit aus dem Ruder.«

»Haben Sie die Gräfin geliebt?«, fragte ich. Ich konnte und wollte das Zittern aus meiner Stimme nicht bannen.

»Nein.« Er fuhr mit der Zungenspitze über seine aufgesprungenen Lippen. »Aber sie war sehr hübsch, und sie warf sich mir geradezu an den Hals. Es hätte eines stärkeren Mannes bedurft, ihr zu widerstehen.«

Mehr noch als die Ungeheuerlichkeit dieser Worte ließ die Ruhe, mit der er sie sprach, mich schaudern. »Und Sie waren dennoch bereit, Jindřich zu ermorden?«, vergewisserte ich mich.

Er nickte. »Milena tut mir Unrecht, wenn sie an meinem Glauben zweifelt. Alles würde ich für unser goldenes Böhmen tun. Nur muss nicht zwingend Lišek an der Spitze unseres zukünftigen Staates sehen, wenn Sie verstehen.«

Ich verstand; ich verstand nur zu gut. Mit zitternden Fingern tastete ich nach der Pistole in meiner Tasche. »Auch Ihren eigenen Sohn würden Sie töten, für die Idee einer gefälligeren Zukunft?«

Abermals neigte er den Kopf. »Alles würde ich tun!«

Ich hielt den Lauf meiner Pistole umklammert. Ein Finger lag am Abzug. Ich hatte niemals geglaubt, dass es mich eines Tages mit jeder Faser meines Herzens gelüsten würde, ein Leben auszulöschen.

Und dennoch hielt ich an mich. »Was meinen Sie«, wechselte ich das Thema. »Wird Sie Ihr Fuchs vermisst haben, beim mitternächtlichen Treffen im Schwarzen Adler?«

Für den Bruchteil einer Sekunde spiegelte sich etwas, das echtem Schrecken sehr nahekam, in den Augen meines Kontrahenten.

»Woher …?« Er fing sich rasch. »Ah, Leo, der kleine Dummkopf, hat seine Einladung vermutlich nicht vernichtet. Ich darf davon ausgehen, dass mein Kutscher Sie zu der Lagerhalle geführt hat?«

»Weshalb musste der Knabe sterben?«, fragte ich weiter und dann fügte ich hinzu: »Ctirad.«

»Ah«, murmelte er mit heiserer Stimme. »Sie sind besser informiert, als ich dachte, Baron. Mein Kompliment.« Landsberg atmete tief, verzog schmerzhaft das Gesicht. »Der kleine Vlcek musste aus dem selben Grund sterben, wie so viele andere vor ihm auch. Er war ein Risiko.« Mit dem Zeigefinger malte er ein Kreuz auf den schmutzigen Steinboden. »Doch den Fuchs hätten Sie heute gewiss nicht im Schwarzen Adler gefunden, nur ein paar Mitglieder seines engsten Kreises, alles idealistische Träumer, die aber nicht zögern würden, an der Ermordung *unseres* Grafen Trubic mitzuwirken.«

Ich zog die Pistole aus meinem Jackett, platzierte sie deutlich auf meinem Knie. »Wo kann ich Lišek dann finden?«, fragte ich ruhig. »Ihre Bruderschaft, Ihre Pläne, Ihr Bündnis mit Ihrer Königin kümmert mich vorerst nicht. Felix' Leben ist es, das ich retten will. Mit Lišeks Tod würde der Fluch doch enden?«

Landsberg faltete die Hände. »Nun, da nur er allein der Fürstin schwor, Rache zu nehmen – Ja.«

Ich stand auf, trat zu ihm. Kalt und schwer lag die Pistole in meiner Hand. »Was zögern Sie noch?«, flüsterte ich, als ich in die Knie ging, die Waffe an seine Schläfe legte. »Sie haben Lišek doch schon lange verraten – mit ihren Verbindungen zum Hause Trubic, mit ihrer Liebe zu Milena. Er würde Ihnen niemals vergeben.«

»Das stimmt! Er liebt Milena sehr und immer sorgt er sich um sie.« Er lachte. »Sie ist ein wenig … nun, man könnte sagen, verrückt«, nahm er den Faden wieder auf. »Glaubt in jedem hübschen Knaben einen Nachfahren ihres verlorenen Sohnes zu sehen.«

Nun begriff ich auch, weshalb sie Mirko in Wien, an der Straßenbahnhaltestelle angesprochen hatte! Mirko, das Findelkind aus der Gosse … aber es war nicht der richtige Zeitpunkt, um sich in müßigen Spekulationen zu verlieren.

Ich schöpfte Atem. »Wenn ich Ihnen bei allem, was mir heilig ist, schwöre, Sie gehen zu lassen, sobald Sie mich zu Lišek geführt haben, werden Sie es dann tun?«

»Bei allem, was Ihnen heilig ist«, wiederholte Landsberg. »Ja, schwören Sie nur – beim Leben *meines* Sohnes.«

Ich schwieg, lauschte der Stille, dem Ticken meiner Taschenuhr, den mühsamen Atemzügen meines Kontrahenten.

»Wo finde ich den Fuchs?«, fragte ich zuletzt.

Landsberg neigte den Kopf. Es war die Geste eines Todgeweihten, der den Schwerthieb seines Richters erwartete.

»Jeden Tag, bei Morgengrauen findet Lišek sich im Dom zu St. Veit ein.« Eine Pause. »Alleine.«

Wenig später taumelte von Landsberg, dem Felix (unter Bewachung) zugestanden hatte, sich zu säubern, seine Wunden notdürftig zu versorgen und ein unbeschädigtes Hemd anzulegen, von Mirko und mir flankiert, durch die Halle. Felix selbst hielt sich abseits. Während der letzten halben Stunde schien ein neuerlicher Fieberschub eingesetzt zu haben: Seine Stirn war wieder schweißbedeckt, er zitterte am ganzen Leib.

»Dejan?« Leise rief er mich zurück.

Ich bedeutete Lysander und Mirko, der Landsbergs Handgelenk umso fester umklammert hielt, vor dem Palais auf uns zu warten.

»Ja?«

Ich trat zu ihm. Fremder und Freund, Mörder und Held. Wenn alle Masken fielen, was blieb dann noch? Nur das vertraute, schmale Gesicht, gezeichnet von Krankheit und Schwäche.

»Ihr kommt doch auch ohne mich zurecht, nicht wahr?«, fragte er mit einem müden Lächeln.

Wie schlimm musste es um ihn stehen, wenn Felix sich freiwillig zurückzog! Ich versuchte, meine Bestürzung mit Selbstironie zu überspielen: »Du meinst, du hast dich endlich entschlossen, nach all der brillanten Arbeit, die wir bisher geleistet haben, uns vollauf zu vertrauen?«

Denn welche Wendungen dieser Morgen auch immer bringen mochte, eines stand fest – wir hatten versagt. Statt ein Rätsel zu lösen, waren wir bloß zwischen Zufällen einhergestolpert.

In seinen Augen las ich – unerwartet – eine Spur von Ehrlichkeit, als er meine Spötteleien aufnahm: »Brillante Arbeit, hah! Die größte Stümperei seit Erfindung der Kriminalistik!«

Ich schnitt ihm eine Grimasse verletzter Eitelkeit. »Stümperei? Ich würde es eher als Katastrophe bezeichnen!«

»Ja, wirklich«, seiner Schwäche zum Trotz brachte er ein würdevolles Nicken zustande. »Man fragt sich, wie deine Karriere wohl verlaufen wäre, hättest du von Anfang an deine wahren

Talente gezeigt, statt mit ein paar zufälligen Erfolgen über deine Kompetenzlosigkeit hinwegzutäuschen.«

Dann lachte er.

Lachte er mich aus? Ich glaube nicht, dass ich die Betroffenheit, die ich so jäh verspürte, aus meinen Zügen bannen konnte; zu deutlich schien mir das Körnchen Wahrheit in seinen Worten. Damals, als meine Offzierslaufbahn zerbrochen und ich Felix' Einladung nach Prag gefolgt war, als ich mich zum Detektiv in (nicht ausschließlich) Okkulten Belangen auszubilden begann, hatte er mir einen Vorschlag gemacht: Er würde seinen Dienst in der Centrale quittieren, um mit mir zusammenzuarbeiten.

»Du hast dich getäuscht«, flüsterte ich jetzt, an diese törichten Versprechungen denkend. »Niemals wären wir unbesiegbar gewesen.«

Felix nickte stumm.

Und dann, für einen winzigen Augenblick zwischen Nacht und Morgen, hielt er inne, der Maskentanz unseres Daseins. Es war eine kostbare Sekunde, in der ich Felix in enger Umarmung hielt.

Er machte sich rasch los.

»Gestern Nachmittag fragte ich mich, ob es nicht leichter wäre, mich dem Schicksal meiner Ahnen zu ergeben als dahinzusiechen«, bekannte er zuletzt. »Ein rascher, sauberer Tod.« Er seufzte. »Aber ich sagte mir, dass das die Wahl des Feiglings zu treffen hieße. Die Entscheidung weiterzureichen – wie es Generationen vor mir getan haben. Ich sagte mir, ich würde kämpfen, um diesen Fluch vom Hause Trubic zu lösen.«

»Aber du kämpfst nicht mehr«, wandte ich plötzlich sehr müde, sehr mutlos ein.

Felix hob eine Augenbraue. »Nein. Das Kämpfen überlasse ich dir.«

Mirko rutschte auf der regenfeuchten Sitzbank herum – vor seinen Augen hätte der Benz deutlich mehr Gnade gefunden, wäre er mit Verdeck und bequemeren Sitzen ausgestattet gewesen.

Von Landsberg, den wir auf der viel zu engen Sitzbank in unsere Mitte genommen hatten, ertrug Nässe und Unbequemlichkeit ungleich stoischer. Nur seine gräuliche Gesichtsfarbe erzählte von den Schmerzen, die ihm die Vielzahl seiner Verletzungen bereiteten.

»Nun, Baron?«, fragte er mit einem Anflug von Häme, während wir hügelaufwärts über das holprige Kopfsteinpflaster fuhren. »Haben Sie sich schon überlegt, wie sie Lišek aufhalten werden, seinen Schwur zu erfüllen?«

Ich gestattete mir einen raschen Seitenblick auf meinen überheblichen Passagier. Lišek ist sterblich, meldete sich eine kleine, böse Stimme in meinem Hinterkopf zu Wort. Lišek kann bluten, und fallen – gerade so, wie sein verräterischer Gefährte. Sein Leben für das Leben eines Freundes. Ist das nicht ein gerechter Handel?

»Lassen Sie mich an einem Teilaspekt unseres Mysteriums teilhaben?«, brach Lysander das Schweigen, als sich unsere kurze Fahrt dem Ende zuneigte. Soeben hatten wir das Palais Schwarzenberg passiert und der Hradschiner Platz kam in Sichtweite.

»Der Blutschwur war ausgesprochen worden, und seither kann das Haus Trubic nichts tun, um den Fluch abzuwehren …«, überlegte Lysander.

»Sie könnten den Adelstitel ablegen«, unterbrach ihn Landsberg. »Ich weiß nicht, was Lišek dann tun würde.« Er hob die gefesselten Hände, betastete vorsichtig seine Lippen. »Vermutlich würde seine Welt zusammenstürzen.« Eine gewisse Schärfe lag nun in seiner Stimme, wenn er von Lišek sprach.

»Warum sendet Lišek dann die Drohbriefe, wenn es nicht

darum geht, zum Handeln zu motivieren? Um den Todgeweihten zu verunsichern? Um ihn in den Freitod zu treiben und sich selbst einen weiteren Mord zu ersparen?«, forschte Lysander weiter.

»Ach, die Briefe«, lachte von Landsberg leise. »Das war meine Idee.«

Lysander hob den Kopf. »Sie meinen, die schriftliche Ankündigung des anstehenden Todes gehört nicht seit jeher zu Lišeks Repertoire?«

»Aber nein. Jindřichs Vater war der erste Graf Trubic, der diesen Brief erhielt. Ich fand die Idee … amüsant.«

»Es war ein Spiel, nicht wahr?«, fragte ich, den Blick starr auf die letzte Straßenbiegung, die uns noch von unserem Ziel trennte, gerichtet.

»Ja, Baron. Nur ein Spiel.«

Mögen wir uns auch gegen die Unterstellung verwehren: Eine Unzahl der Dinge, die Menschen tun, pflegen im Grunde von erfreulicher Sinnlosigkeit zu sein. Abends, in den Salons der großen Gesellschaft etwa, da wird verführt, gelogen und gedemütigt – aus keinem besseren Grund, als um der allgegenwärtigen Langeweile zu entkommen. Man spinnt Intrigen, weil es unterhält. Abneigungen werden gepflegt wie seltene Orchideen, denn der Herr von Welt glaubt zu wissen, dass er eines Tages am Wert seiner Feinde gemessen wird. Wie banal all dies doch erscheint. Aber kaum pirscht sich das Übersinnliche, das Okkulte in die Lebenswelt, da will man in jeder Geste, jedem Wort eine tiefer gehende Bedeutung verorten. Da fällt es schwer, eine Wahrheit in all ihrer Banalität zu akzeptieren, und wenn sie noch so offenherzig präsentiert wird: Es war ein Spiel.

Ausgestorben und menschenleer lag der Platz an jenem Morgen vor uns. Ich stellte den Benz dicht an der Rampe ab, von der sich an klaren Tagen eine wunderbare Aussicht auf die Dächer, auf die hundert Türme Prags bot; unwillkürlich starrte ich auch jetzt hinab auf die hellgraue Geisterstadt, der mein vertrautes, mein liebgewonnenes Prag gewichen war.

»Dann verfolgte der Fuchsring auch keinen besonderen Zweck?«, setzte Lysander unterdessen seine Erkundigungen fort.

»Symbolik«, antwortete Landsberg, als ich zu ihm trat, um ihm aus dem Wagen zu helfen. Als er sich mit dem Ärmel Speichel und Blut aus den Mundwinkeln wischte, reichte ihm Mirko wortlos ein Taschentuch.

»Er sollte an jenen Ring gemahnen, den Milan Trubic einst einem unschuldigen Mädchen von der Hand schnitt, ehe er sie zum Sterben zurückließ.«

Lysander gab einen Laut von sich, der größte Ähnlichkeit mit dem Maunzen einer Katze aufwies.

»Lišek versteht nichts von Symbolen«, fuhr Landsberg fort, als er an meinem Arm über die feuchten Pflastersteine stolperte. »Er versteht auch nicht, wie man Gefährten rekrutiert. Über die Jahrhunderte suchte er sich jene aus, denen er Sympathie entgegenbrachte. Ihnen schwärmte er von seinem Goldenen Böhmen vor, und versprach, wenn auch nicht die Unsterblichkeit, so doch ein sehr, sehr langes Leben. Was glauben Sie? Wie viele unter Ihnen hat die Aussicht, ein unsterbliches Leben zu führen, stärker gelockt als seine Vision?« Er lachte überheblich.

Lysander keckerte böse. »Aber Sie, Herr von Landsberg, seit Sie die Rekrutierung übernommen haben, geschieht sie mit weitaus größerer Effizienz, nicht wahr? Sie sammeln die Unzufriedenen, die Idealisten, die Nationalisten, um sich – in Scharen. Am liebsten solche, die noch jung sind, begeisterungsfähiger. Und dann heißt es, ihre Treue auf die Probe zu stellen.« Abermals miaute er. »Die große Probe. Die Beteiligung an einem Mord. Wer bereit ist, so weit für die Bruderschaft zu gehen, der wird nicht so leicht zum Verräter.«

»Und wenn dennoch Gefahr besteht«, warf Mirko ein. »Dann gibt es …«

»Die alten, bösen Wege«, vervollständigte Landsberg seinen Satz.

Die Pistole in meiner Tasche wog sehr schwer, als wir, vorbei an Palais' und Regierungsgebäuden, durch Torbögen und Höfe auf die Kirche zuhielten. Hellgrau dämmerte der Sommermorgen über der Stadt; ein hellgrauer Morgen im Herbst war es vor unendlich vielen Jahren auch gewesen, an dem Felix Trubic mich, den Fremden und Verlorenen, zum Dom von St. Veit führte. »Schau«, hatte er gesagt, »Dämonenfratzen und Ungeheuer.« All die steinernen Dämonen, welche die Kirchenfassade erklommen; sie symbolisierten das Unheil, das doch nicht in die Kathedrale eindringen konnte. Mehr als auf jeder anderen Kirche Europas, hatte Felix mit großer Ernsthaftigkeit versichert, denn Dämonen kämen gerne nach Prag; es brauche nicht viel, dass sie sich hier heimisch fühlten. Damals hatte ich ihn verlacht: Wer zählte schon die Ungetüme, die sich auf Kirchenmauern tummelten?

»Und der Name?«, stellte ich eine letzte Frage, ehe ich die wenigen Stufen zum Haupttor der Kirche erklomm. »Wie kam es, dass er Lišek wurde?«

Landsberg zuckte die Schultern; gleich darauf verzog er das Gesicht zu einer schmerzlichen Grimasse. »Ja, wieso eigentlich«, sagte er leichthin. »Vielleicht mochte er Füchse?«

Am Eingangstor des Doms blieb ich stehen und zog die kleine Pistole, die von Landsberg gehört hatte, aus meinem Jackett.

Dabei war mir, als wandten all die steinernen Heiligen, die Helden und Märtyrer ihre kalten Statuenaugen mir zu und missbilligten eine Wahl, die ich noch nicht getroffen hatte. Aber wie sonst sollte ich den Fuchs bezwingen, wenn nicht in Kampf und Tod? »Wo?«, fragte ich Landsberg knapp.

»Irgendwo. Überall«, gab er mir zur Antwort.

»Du bleibst hier«, wies ich Mirko an, der Landsbergs Handgelenke fest umklammert hielt. »Lysander?«

Es bedurfte keiner weiteren Worte. Schon war mein alter Gefährte in Unbill und Abenteuer an meine Seite gehoppelt. Zusammen traten wir in die Mitte des Hauptgangs. Ich hob den Kopf. Blasse Sonnenstrahlen fielen durch die Fenster aus buntem Glas, durchbrachen das Zwielicht aus dunklem Stein und den Flammen tausender Kerzen.

Wo sollten wir die Suche beginnen? Er konnte überall sein: unten, in der Gruft, wo König Ottokar begraben lag oder oben, auf der Galerie, wo jedes geflüsterte Wort verräterisch laut durch die Kathedrale getragen wurde. Verbarg er sich hinter einem der prachtvollen Altäre, im Chorgestühl?

»Lišek!«, rief ich. »Lišek von Zdar! Zeigen Sie sich!«

Ich hielt den Atem an, aber nichts geschah. Nur das Echo meiner Stimme hallte durch die leere, große Kirche.

Ich wandte dem Altar den Rücken zu; als ich in einem Seitenschiff einen Schatten zu sehen meinte, wirbelte ich mit gezückter Pistole herum. Doch dort war nichts mehr. Wohin war er verschwunden?

Vorsichtig, nach allen Seiten um mich blickend, strebte ich den Mittelgang entlang. Ein fernes Krächzen erklang, und ich hielt inne. Doch nur Stille herrschte in dem Gotteshaus – steinerne, erhabene Stille. Selbst mein Atem dröhnte plötzlich unerträglich laut in meinen Ohren.

»Dejan«, flüsterte Lysander eindringlich, stieß mit der Schnauze gegen mein Bein. »Dort.«

Ich wandte den Blick.

Das Holztor zu der engen Wendeltreppe, die hinaufführte auf jenen Turm, dessen Spitze noch immer auf Vollendung harrte, stand einen Spaltbreit offen. Natürlich: Die Vilja mochte Türme. Wenigstens das hätte mich unsere Begegnung bei der Ruprechtskirche in Wien lehren müssen.

Schnellen Schrittes durchquerte ich das Hauptschiff und schlängelte mich durch die Bankreihen; Lysanders Krallen kratzten auf den blanken Steinfliesen.

»Lišek von Zdar!«, rief ich einmal mehr, als ich die Tür aufstieß. »Wir sind gekommen, um mit Ihnen zu reden!«

Dann trat ich mit heftig klopfendem Herzen in die Düsternis des Turms.

Die Steinstufen waren alt und unregelmäßig; immer wieder stolperte ich, konnte mich nur mit knapper Not an der rauen Wand abstützen. Lysanders Schnaufen hinter mir verriet mir, dass mein alter Gefährte ebenfalls größere Schwierigkeiten mit dem engen Stiegenaufgang hatte.

Die Stufen endeten hoch in der Luft in einer halboffenen Plattform, umgeben von einer niedrigen Brüstung. Auf dieser saß eine Krähe – und neben ihr ein schlanker, kleiner Mann mit rötlich-blondem Haar.

»Herr von Zdar?«, rief ich ihn wiederum bei dem Namen, den er sich so hoffnungsvoll gegeben hatte.

»Lišek«, sagte Lysander mit großem Ernst, als handelte es sich um einen Ehrentitel.

»Baron Sirco. Sir Lysander.« Er neigte den Kopf. Obschon in seinen Einzelheiten – eine zu große Nase, ein allzu scharfes Kinn – alles andere als ansprechend, war seinem Gesicht ein seltener Zauber zu eigen. »Ich habe auf Sie gewartet.«

Die Vilja krächzte und flatterte auf seine Schulter.

Abwesend strich er mit dem Zeigefinger über ihr schwarzgraues Gefieder.

»Sind Sie gekommen, um mich zu erschießen?«, fragte er nach langem Schweigen.

Ich sah auf die Pistole in meinen Händen. »Ich weiß es nicht«, gestand ich. Ich hatte gekämpft und ich hatte getötet, doch niemals mit klarem Kopf und kalten Blutes. Ich wusste wohl, dass da kein Unschuldiger vor mir stand: Auch er hatte im Namen seines Traumes, seiner Illusion eines fernen Königreichs gemordet. Kurz meinte ich den Jüngling zu erkennen, der Böhmen in die Freiheit führen wollte. Der Preis war jedoch das Leben jenes Mannes, in dem er den Schuldigen erkannte an Leid und Unterdrückung. Mit Bedacht hob ich die Pistole, zielte zwischen Lišeks Augen.

Er rührte sich nicht, blinzelte nicht einmal. Nur Milena schlug wild mit ihren Flügeln.

»Lassen Sie Felix leben. Das ist meine einzige Forderung.«

Er schüttelte den Kopf. »Ich gab der Fürstin mein Versprechen. Sie darf sich nicht von mir abwenden.«

Er glaubte also immer noch an die Versprechungen seiner Fürstin und an sein Goldenes Böhmen. Aber was wusste er, der Fuchs, der sich durch die Jahrhunderte träumte, von dieser Welt und dieser Stadt und diesem neuen Morgen?

Und so antwortete ich: »Es sind nur Träume. Träume sind billig, wenn sie mit dem Blut anderer bezahlt werden.«

Zu spät vernahm ich die Geräusche aus dem Stiegenaufgang – Stiefelabsätze auf Stein; zu spät bellte ich ein »Zurück!«.

Schon hatte Mirko die Plattform betreten – dicht hinter ihm Marius von Landsberg, dessen Handgelenk er noch immer fest umfasst hielt.

»Unseliger!«, warf ich dem Jungen, der von Sorge und Neugier stammelte, an den Kopf.

»Marius«, sagte Lišek leise. »Du, mein Verräter?«

Für ein paar Sekunden schien die Zeit stillzustehen. Dann stürzte sich die Vilja flügelschlagend und mit einem wilden Schrei auf Landsberg, der auf der engen Plattform gegen Mirko taumelte; gemeinsam gingen sie zu Boden. Lišek, offenbar gewillt, die Gunst des Augenblicks zu nutzen, rannte auf die Stiegen zu. Ich schnellte nach vorne, bekam sein Hemd zu fassen, stolperte jedoch über etwas Niedriges, Pelziges – Lysander –, was Lišek Gelegenheit bot, sich loszureißen. Jetzt stürmte er die heimtückischen Stufen hinab. Mühsam rappelte ich mich auf und nahm die Verfolgung auf. Ich rang nach Luft, jeder Atemzug fühlte sich an, als stieße man mir glühendheiße Messerklingen in die Lunge; ich lief weiter, mir schwindelte, nur noch zwei Stufen, die Tür, da vorne …

»Halt!«, brüllte ich so laut ich es vermochte.

Lišek erstarrte, die Hand schon auf der Klinke des schweren Kirchentors.

Für dich, Felix, für dich, dem ich alles vergab, alles vergebe, alles vergeben werde. Für dich, den ich immer geliebt habe, auch wenn ich vorgab, dich zu hassen, dich zu verachten, dich zu vergessen. Für dich, für den ich alles tun, selbst meine Seele verschachern würde.

Ich nahm mir keine Zeit zum Zielen.

Der Schuss zerbrach die Stille wie feines Porzellan. Lišek schrie, taumelte und fiel. Wimmernd schleppte er sich auf Händen und Ellbogen vorwärts, schweres, dunkles Blut tropfte auf die heiligen Steine, entehrte den Boden.

Die Vilja attackierte lautlos. Mit wilder Entschlossenheit kam sie aus der Turmstiege geflogen, stürzte sich flatternd auf mich. Ich ließ die Pistole fallen und riss die Arme hoch, suchte meine Augen zu schützen, sie abzuwehren. Mit Schnabel und Krallen schlug sie nach meinem Gesicht, Blut strömte über meine Wangen. Ich hörte Rufe, einen Schuss – dann erklang ein Laut wie der Schrei eines todwunden Tieres.

Milena ließ von mir ab. Einmal mehr zurückverwandelt in das Mädchen, das sie einst gewesen war, warf sie sich über ihren todwunden Gefährten.

Ich brach in die Knie. Verschwommene Bilder und Gedanken wirbelten durch meinen Kopf: wie Mirko die Pistole von sich warf, dass die Schüsse mit Sicherheit weithin hörbar gewesen sein mussten, wie Lysander und Landsberg aus dem Turm liefen, dass ich blutete.

Von Bedeutung war es freilich nicht mehr.

Auf Händen und Knien tastete ich mich zu Lišek voran.

»Nein!«, schrie Milena wild. »Rühren Sie ihn nicht an!«

Ich ignorierte sie.

Es tut mir leid, wollte ich ihm sagen. Bitte, verzeihen Sie mir. Ich konnte nicht.

Lišeks weißes Hemd war blutgetränkt. Und dunkles Blut quoll auch über seine Lippen, als er hervorstieß: »Aber sie hat es mir doch …« Dann brachen seine Augen.

Mit langsamen, beinahe feierlichen Bewegungen richtete Milena sich auf. Lišeks Blut klebte an ihren Händen und an ihrem Kleid. Ihr Gesicht blieb ausdruckslos, ebenso wie ihre Stimme, als sie sagte: »Bilden Sie sich nur nichts ein, Baron. Sie haben nur meinen Lišek ermordet. Nicht seine Zukunft.«

Ich blinzelte ihr durch einen Schleier von Blut und Tränen entgegen.

»Sie werde mir büßen, Baron«, fuhr sie sanft fort. »Vielleicht nicht heute, vielleicht nicht morgen. Aber eines Tages werden Sie teuer bezahlen.« Mit ihrer verstümmelten Hand wies sie auf Landsberg. »Auch du, mein falscher Freund. Und Sie, Sir Lysander.« Sie trat zu Mirko, der zurückwich. »Und du, der du bist von meinem Blute.«

»Niemand ist hier von deinem Blute, Milena«, flüsterte Landsberg. »Nicht der hier, und auch kein anderer hübscher Jüngling mit traurigen Augen.« Er bleckte die Zähne. »Sie haben dein Kind getötet, Milena, an einem Sommertag. Lišek hat davon gewusst. Er wollte es dir nur ersparen.«

Milena schüttelte den Kopf. »Glaube, was du glauben willst«, entgegnete sie ruhig. »Glaubt alle, was ihr wollt. Büßen werdet ihr mir. Büßen. Das ist *mein* Schwur!«

Dann schwang sich eine kleine Krähe empor, stieg höher und höher, bis sie sich im ewigen Zwielicht des Gotteshauses verlor.

»Dejan?« Lysander war bei mir. »Wir müssen fort.«

Mechanisch stand ich auf, sah die Pistole auf dem Boden und schob sie zurück in die Innentasche meines Jacketts. So endet es, dachte ich dumpf. So endet es, in Blut und Beliebigkeit. Ein Fluch war gebrochen, ein Mensch war – frei. Und auf meinem Gewissen lastete ein weiterer Toter, der vielleicht nicht mehr, nicht weniger Schuld auf sich geladen hatte als jener Mann, dem ich erneut einen Fetzen meiner Seele geopfert hatte.

»Was machen wir mit ihm?«, meldete sich Mirko zu Wort.

Den Blick starr auf den Hauptaltar gerichtet, stand Landsberg vor uns. Lysander umrundete ihn, Skepsis ins pelzige Gesicht geschrieben. »Wir könnten«, begann er; ich unterbrach ihn rasch.

»Nein. Wir lassen ihn gehen.« So, wie ich es geschworen hatte, beim Leben seines Sohnes.

Wir entfernten uns durch den Südeingang der Kathedrale, durch das Goldene Tor. Und golden glänzte auch die Stadt unter uns, hier, am Ende eines goldenen Traumes. St. Veit, der ewige Dom, der doch niemals seine Vollendung finden würde … einen Augenblick schöpfte ich Trost aus der Gewissheit, dass Lišek selbst sich nichts aus Symboliken gemacht hatte.

Der Platz war zum Glück menschenleer, als Mirko sich mit seinem Taschenmesser an Landsbergs Fesseln zu schaffen machte.

»In einem Punkt wenigstens hatte Milena Recht«, unser ehemaliger Gefangener hob mir die blutverkrustete Ruine seines Gesichts entgegen. »Sie haben nichts erreicht. Der Fuchs ist tot, es lebe der Fuchs.«

»Lišeks Bruderschaft wird seinem Verräter nicht folgen«, warf Lysander ärgerlich ein.

Von Landsberg rieb sich die wundgescheuerten Handgelenke. »Nein, seinem Verräter nicht. Aber wem werden sie glauben, wenn mein Wort gegen das einer Verrückten steht?« Er tat einen ersten, vorsichtigen Schritt. »Auf Wiedersehen, meine Herren«, sagte er leichthin.

Wir blickten ihm nach, wie er sich langsam entfernte, sein linkes Bein dabei ein wenig nachschleppte.

»Ja, dich werden wir bestimmt wiedersehen, das habe ich so im Gefühl«, murmelte Lysander, dann hob er seinen Kopf. »Also, meine Herren. Wen interessiert es außer mir noch, ob Dr. Rosenstein in Sicherheit ist?«

Dr. Rosenstein! Bevor ich gestehen konnte, dass ich ihn in dem Wirrwarr der letzten Stunden tatsächlich vergessen hatte, hörte ich eine Stimme rufen: »Baron! Sir Lysander!«

Eine rundliche Gestalt in unvorteilhaftem Blassblau kam auf uns zu gerannt, schwang ihren Sonnenschirm wie ein Soldat sein Bajonett. »Dem Himmel sei Dank!« Atemlos kam Lili

Trubic vor uns zum Stehen. »Papa hatte seine Zweifel, dass Sie noch hier sein würden, aber …«

Der Satz blieb unvollendet. Stattdessen unterzog Lili mich einer kritischen Betrachtung. »Was ist mit Ihrem Gesicht geschehen, Baron?«, fragte sie zuletzt.

Ich erging mich in einer beredten Handbewegung. Ich bedurfte keines Spiegels, um zu erahnen, dass Milenas Attacke gröbere Schäden hinterlassen hatte. Bald würde die dumpfe Gleichgültigkeit nachlassen, der Schmerz einsetzen.

»Weshalb sind Sie hier, Comtesse?«, erkundigte ich mich müde, während wir den Platz überquerten und auf den Benz zuhielten.

»Sie müssen mir helfen, Alvin zu befreien«, teilte uns Lili Trubic mit.

Lysander stellte sich auf die Hinterbeine, wobei er sich an Lilis Knie stützte, und stieß einen schrillen, ärgerlichen Pfiff aus. »Comtesse. Bitte, sagen Sie nicht, Sie hätten den verdammten Vampir noch einmal besucht.«

Das Mädchen schwieg trotzig.

»Sie wollten also die noble Heldin geben und ihm zu Hilfe eilen?« Seine düstere Miene verriet restlos, was er von Helden im Allgemeinen und Lili Trubic im Besonderem in jenem Augenblick hielt. »Kind!«, rief er aus. »Wollen Sie denn nicht begreifen, dass es kein Abenteuer aus einem Unterhaltungsroman ist, in das Sie hier gestolpert sind?«

Lili drehte ihren Schirm in den Händen.

»Schon allein daran erkennbar, das kein Roman jemals so geschmacklos ist wie unsere Realität«, setzte Mirko mit unerwartetem Zynismus hinzu.

Ich öffnete die Tür meines Benz, versuchte Schwindel, Erschöpfung und das höchst erratische Sehvermögen meines linken Auges so weit unter Kontrolle zu bekommen, um den Wagen in Gang setzen zu können.

Lili beobachtete mich. »Mein Onkel Karel hat mir beigebracht, ein Automobil zu lenken. Papa war sehr verstimmt darüber.«

Es war nicht der rechte Zeitpunkt für Eitelkeiten. Mit einer kleinen Verbeugung trat ich zur Seite, überließ ihr das Steuer. »Wo finden wir Buckingham?«, kam ich endlich dazu, die Frage zu stellen, die mich schon seit Minuten beschäftigte.

Vorsichtig lenkte Lili Trubic den Wagen die Rampe hinab.

Die Antwort indes erstaunte mich nicht wenig. »Fast in Ihrer Nachbarschaft, Baron. In einem Haus, gleich beim Pulverturm.«

Lili Trubic hatte nicht gelogen: Sie wusste tatsächlich weitgehend, was sie tat, wenngleich sie auch enervierend langsam fuhr. Unterwegs legte sie uns die Geschichte ihrer nächtlichen Abenteuer dar: Nach unserer Begegnung vor dem Haus hatte sie – wie es ihrem widerborstigen Naturell nun einmal entsprach – keinerlei Anstalten gemacht, nach Hause zurückzukehren. Stattdessen war sie stracks hinauf zum Vyšehrad gefahren, um sich dort auf die Suche nach dem verwundeten Vampir zu machen. Schließlich, beinahe hatte sie ihre Bemühungen schon einstellen wollen, war sie seiner auf der Bank nahe dem Ehrenfriedhof ansichtig geworden.

»Er hatte Gesellschaft«, sagte sie bitter, und machte einen Schaltfehler. Hart musste ich an mich halten, um sie nicht wieder ihrer privilegierten Position zu verweisen, und selbst das Steuer zu übernehmen.

»Etliche Herren, allesamt sehr aufgebracht, einige mit Fackeln.« Sie schürzte die Lippen. »Ich habe mich versteckt, so gut es ging.«

Am Brückenweg passierten wir ein Pferdefuhrwerk, dessen Kutscher uns mit einem bekümmerten Kopfschütteln, an dem ich nicht zuletzt Lilis extravagantem Hut die Schuld gab, hinterherblickte.

»Leider habe ich mich nicht in Hörweite vorgewagt«, bekannte das Mädchen. »Nur manchmal, wenn sie besonders laut wurden, verstand ich ein paar Fetzen der Unterhaltung.« Offensichtlich hatten sie Alvin die Schuld an dem Verschwinden eines gewissen Marius gegeben. Zuletzt hatte er sich von ihnen abführen lassen.

Schon lag die Karlsbrücke hinter uns, und Lili manövrierte vorsichtig durch die schmalen Gassen der Altstadt. »Alvin muss bemerkt haben, dass ich in der Nähe war, denn mit einem Mal rief er laut, sie dürften ihn nicht zum Haus des Fuchses bringen. Was die Herrschaften amüsierte. Er protestierte weiter, zeterte, sie sollten die Ölkanister und die Fackeln fortnehmen, wenn sie nicht explodieren wollten wie anno 1757 der Pulverturm.«

Lysander keckerte vergnügt. Bei seiner Affinität zur Historie musste es ihm gefallen, wenn man sich selbst in derartigen Notsituationen an exakte Jahreszahlen erinnerte.

Alles andere als exakt hingegen schien mir die Ortsangabe: Obgleich sie die Zahl der möglichen Gebäude erheblich einschränkte, würde es dennoch mit einigen Mühen verbunden sein, das richtige Haus zu identifizieren.

»Ich wartete, bis ich mir einigermaßen sicher sein konnte, dass sie verschwunden waren, ehe ich mich aus meinem Versteck wagte. Dann machte ich mich auf den Rückweg. Ungeschickterweise hatte ich meinen Kutscher nicht aufgefordert, zu warten, weshalb es unverzeihlich lange dauerte, bis ich zu Hause ankam. Papa …« Sie zögerte. »Es geht ihm sehr schlecht. Er war mir nicht einmal böse, dass ich ihn belogen hatte, als ich ihm gestern Abend sagte, ich wolle früh zu Bett gehen und nicht gestört werden.«

Eine hektische Szene, an der mehrere Fahrzeuge, uniformierte Beamte und zahllose Schaulustige jeglichen Alters und sämtlicher Gesellschaftsschichten beteiligt waren, offenbarte sich uns, als Lili Trubic den Benz in unmittelbarer Nähe des Pulverturms zum Halten gebracht hatte. Ich sprang aus dem Wagen, Lysander, Mirko und auch Lili folgten mir auf dem Fuße. Es schien, als hätten wir unser Haus gefunden.

»Bedaure, da dürfen Sie nicht weiter«, hielt uns ein Polizist auf. Das sonst so allgegenwärtige »Herr« blieb mir verwehrt. Tatsächlich maß der Beamte mich mit einer Miene, die nahelegte, dass er gerade über meine vorbeugende Verhaftung als potentieller Ruhestörer und Vagabund nachsann.

»Was ist hier vorgefallen?«, erkundigte ich mich, ein wenig atemlos. Ein Sarg wurde aus dem schmucken Wohnhaus getragen.

»Alles«, vernahm ich eine wohlbekannte Stimme. Ich wandte mich um: Dr. Rosenstein stand vor mir, sichtlich erschöpft – schwärzliche Ringe rahmten seine Augen –, aber unleugbar stolz. »Mord, Geiselnahme, Widerstand gegen die Staatsgewalt, Selbstmord und politische Agitation«, zählte er auf, und klang dabei recht vergnügt.

»He! Den Sarg lassen Sie mir doch bitte hier!«, rief er zwei Polizisten zu, die sich an dessen Verladung machten. »Entschuldigen Sie mich bitte einen Moment, Baron.«

Er fischte eine silbrige Identifikationsmarke aus seinem Jackett, die er vor den Polizeileuten schwenkte, während er ihnen wortreich darlegte, weshalb er unter allen Umständen den Sarg selbst mitnehmen musste, im Namen von Kaiser und Vaterland.

Ich war nicht der Einzige, der staunte.

»Das soll unser Dr. Rosenstein sein?«, flüsterte Mirko frech. Lysander, der auf seinen Schultern hing, keckerte leise.

»Es tut mir leid.« Dr. Rosenstein hatte sich wieder zu uns

gesellt. Mit dem Handrücken wischte er sich den Schweiß aus der Stirn. »Ich denke, ich sollte den Vampir in Sicherheit bringen, ehe noch ein wohlmeinender Versuch unternommen wird, ihn in die Leichenhalle zu bringen«, flüsterte er und wies mit beredter Geste auf den Sarg.

»Es geht ihm gut?«, bestürmte ihn Lili Trubic.

Dr. Rosenstein machte eine kleine Verneigung. »Nun, die Verbrennungen sind gravierend« – die Comtesse und ich hüstelten unisono –, »aber ich vermute, er wird heilen. Natürlich bin ich kein Experte auf dem Gebiet untoter Medizin ... Halt! Nein! Nicht den Sarg, nicht die Papiere!«, unterbrach er sich. Zwei schuldbewusste Polizisten zogen von dannen.

Ich nahm Lili beiseite. »Ich denke, wir sollten Sie Ihren Aufgaben überlassen, Doktor«, erklärte ich in wahrhaft heroischer Selbstüberwindung, brannte ich doch darauf, zu erfahren, wie sich diese unwahrscheinliche Situation ergeben hatte.

Dr. Rosenstein nickte dankbar. »Ich habe um Verstärkung nach Wien telegraphiert, aber bis jemand eintrifft.« Er seufzte.

»Schon gut.« Freundschaftlich drückte ich seinen Arm.

Er sah zu mir auf. »Sie sehen so aus, als hätten Sie Ihren Fuchs zur Strecke gebracht«, sagte er leise.

Ich blinzelte und schämte mich der Tränen, die mit einem Mal in meinen Augen brannten. All die Schrammen und Kratzer taten plötzlich sehr weh.

Dr. Rosenstein sah mich an – und verstand. Oder heuchelte er nur Verstehen? Es spielte keine Rolle in jenem Augenblick.

»Es tut mir leid«, murmelte er. »Es tut mir sehr leid.«

Ich raffte mich auf. »Gehen wir«, wandte ich mich an meine Begleiter. »Wir haben einen Gefangenen freizulassen.«

Ich schickte ein Telegramm an Felix: *»Es ist vorbei.«* Ich schlief; ich wurde verhaftet und verbrachte einen langen Nachmittag auf dem Polizeipräsidium, wo man einhellig beschloss, dass ich in diesem Fall zu weit gegangen war: Einen unliebsamen Zeugen über 24 Stunden gegen seinen Willen festzuhalten, würde ein gerichtliches Nachspiel mit sich bringen. Dass ich bis zu dem Prozess auf freiem Fuß bleiben konnte, durfte ich als Zugeständnis an meine Integrität betrachten. Ich nickte, schüttelte Hände, nahm halbherzige Genesungswünsche und neugierige Blicke entgegen. Ich kehrte nach Hause zurück und schlief weiter.

Ich träumte von Lišek. Er trug ein Lächeln und einen Purpurmantel. An seiner Seite schritt, statuengleich, die Fürstin, deren Rückkehr er so sehr ersehnt hatte.

Als ich erwachte, fielen Sonnenstrahlen durch die unordentlich geschlossenen Vorhänge und zeichneten abstrakte Muster auf Teppich und Parkett. Ein paar Minuten lang gestattete ich mir den Luxus, die Risse und Linien im Plafond anzustarren, während ich den wohlvertrauten Stimmen lauschte, die aus dem Salon zu mir drangen. Lysander dozierte, und Mirko war gegenteiliger Meinung, wann immer sich Gelegenheit bot.

Mirko. Ich war nicht naiv genug, den temporären Waffenstillstand, den wir in den letzten Tagen geschlossen hatten, als Friedensabkommen zu betrachten. Meine alten Sünden waren mir nicht vergeben, das wusste ich wohl; bald würde die Kluft, die sie unweigerlich in eine sonderbare Freundschaft trieben, zu weit klaffen, als dass sie sich noch mit Nachsicht und Lügen überbrücken ließ.

Vor dem Badezimmerspiegel zählte ich meine Wunden. Einige der tieferen Kratzer würden Narben hinterlassen. Es schien mir nur gerecht, dass ich auch eine äußerliche Erinnerung an jenen vergangenen Morgen mit mir tragen sollte.

»Gerade haben wir uns überlegt, ob wir uns ernstliche Sorgen um dich machen oder doch lieber noch eine Partie Schach spielen sollen!«, grüßte Mirko und salutierte aus Gründen, die sich vermutlich nur ihm erschließen mochten.

»Neuigkeiten?«, fragte ich knapp. Pavel deckte Kaffeegeschirr auf, obwohl es kurz nach eins war.

»Esther war gestern Abend kurz zu Besuch«, sagte Lysander. »Dem allgemeinen Konsens entsprechend, haben wir dich nicht geweckt. Trubic hat ein Telegramm geschickt, und heute Vormittag wurde ein Brief von Dr. Rosenstein für dich abgegeben. Was noch?« Er kratzte sich hinter dem Ohr. »Oh, Mirko und ich haben heute ein paar interessante Stunden damit zugebracht, uns von Professor Novak erzählen zu lassen, was sich da gestern in dem Haus beim Pulverturm zugetragen hat. Entweder er ist ein sehr geübter Lügner, oder die Centrale leistet grandiose Vertuschungsarbeit.«

»Nicht einmal eine Meldung im Tagblatt gibt es«, stellte Mirko ein wenig beleidigt fest. »Von einer Leiche, die im St. Veitsdom gefunden wurde, haben wir im Übrigen auch noch nichts gehört.«

Ich füllte meine Kaffeetasse erneut. Nein, Milena würde es nicht zulassen, dass ihr verehrter Fuchs als namenloser Niemand in einem Armengrab seine letzte Ruhe fand. Und eines Tages würde sie kommen, und ihren höchstpersönlichen Schwur, der nichts mit Politik und sehr viel mit Liebe zu tun hatte, zu erfüllen.

Ich faltete das Telegramm auseinander. *»Komm vorbei wenn Zeit«*, schrieb Felix. Kein Dankeswort, keine Entschuldigung. Damit hatte er schon immer Schwierigkeiten gehabt.

Ich zündete mir eine Zigarette an und begann, Dr. Rosensteins Brief zu verlesen.

Prag, am 6. Juli 1909

Hochverehrter Baron,
zunächst bitte ich Sie inständig, meine Entschuldigungen anzunehmen. Zu meinem tiefen Bedauern sehe ich mich gezwungen, schon heute nach Wien abzureisen, ohne Zeit zu finden, mich persönlich bei Ihnen zu verabschieden. So muss dieser Brief genügen, um Ihnen die Ereignisse, in die ich mich in bewusster Nacht verstrickt sah, darzulegen.

Ihren Wünschen gemäß begab ich mich zum Schwarzen Adler. Alsbald stach mir eine Gruppe größtenteils jüngerer Männer ins Auge, die sich allesamt so krampfhaft vergnügt und heiter gaben, dass sie mein entschiedenes Misstrauen erweckten.

Nach einer Weile sah ich draußen eine Droschke vorfahren, der ein distinguierter junger Mann entstieg. Kaum hatte er die Schenke betreten, bestürmten die Herrschaften ihn schon, dass ein gewisser Ctirad verschwunden sei, woraufhin der Neuankömmling auf dem Absatz kehrtmachte, und zu seiner Kutsche eilte, nicht ohne seinen Kameraden zuvor den Befehl zu geben, sich umgehend zurückzuziehen.

So unauffällig wie ich nur vermochte, schickte ich mich an, der Kutsche zu folgen. Erst zu Fuß, in schnellem Schritt. Dann, als ich meinte, sie beinahe verloren zu haben, kam ich an einem Droschkenstandplatz vorbei. So führten sie mich – in sicherem Abstand – bis zum Pulverturm.

Da ich nicht das Risiko eingehen und ihre Aufmerksamkeit auf mich ziehen wollte, indem ich meine Droschke ebenfalls halten hieß, konnte ich nur sehen, wie sie gemeinsam ein Wohnhaus betraten. Ich tat das Vernünftigste, was mir in diesem Moment einfiel: Ich ließ mich zur Polizeidirektion kutschieren und erzählte dort, dass eine Gruppe politischer Aufrührer einen jungen Mann entführt hätte, und Schlimmes bevorstand und dass es einer sofortigen polizeilichen Intervention bedürfe. Wie üblich, wenn »sofort« und »Po-

lizei« in einem Satz fallen, dauerte es noch sehr lange, bis die Operation begann. (Schon allein deshalb, weil ich mich mit einer Unzahl ignoranter Beamten herumschlagen musste, ehe ich an einen Kommandanten weitergereicht wurde, der meine Identifikationsmarke überhaupt erkannte!)

Was in der Zwischenzeit geschah, kann ich Ihnen nur aus zweiter Hand schildern, nachdem ich mich gestern Nacht mit Meister Alvin Buckingham darüber unterhalten habe: Denn er war von seinen Mitverschwörern aufgegriffen und des Verrats an der Bruderschaft bezichtigt worden! Zu seinem Glück hatten die vier anwesenden Herren Verschwörer beschlossen, nichts zu unternehmen, bis nicht der Fuchs erschienen sei.

Ein Mindestmaß an Anstand ist ihnen dabei nicht abzusprechen: Obgleich sie den Vampir mit Fackeln bedroht hatten, hatten sie ihn doch unter Decken und Planen in einem Kasten versteckt, als die Sonne aufgegangen und er in seine Starre verfallen war.

In jenem Kasten fanden ihn dann auch bald die tapferen Polizeibeamten, als wir zu früher Morgenstunde endlich das Haus stürmten. Zu meinen tiefen Bedauern muss ich festhalten, dass es uns nicht gelang, auch nur einen der vier Verschwörer festzunehmen – einem war die Flucht gelungen, einer wurde im Schusswechsel getötet, einer hatte so schwere Verletzungen, dass er ihnen noch gestern Nachmittag erlag, und der letzte hatte sich selbst gerichtet. (Ich muss an dieser Stelle hinzufügen, dass auch zwei Polizeibeamte den Tod fanden und drei weitere mit kritischen Verwundungen behandelt werden mussten.)

Was wir sicherstellen konnten, waren einige Papiere, Briefe und Aufzeichnungen, die uns vielleicht genauere Hinweise zur Verschwörung des Fuchses und den Beteiligten liefern werden. Die Centrale nimmt sich gegenwärtig ihrer Durchsicht an.

Ein Wort noch zu Buckingham, dem Vampir: Meine Bitten, er möge uns nach Wien begleiten, verhallten ungehört. Seien Sie auf der Hut!

Ich hoffe, unsere Wege werden sich eines nicht allzu fernen Tages wieder kreuzen, Baron. Bitte verabsäumen Sie nicht, mir Bescheid zu geben, sollten Sie wieder einmal Wien besuchen.
Stets der Ihre,

A. R.

18

PRAG

7. JULI 1909

Aus den Aufzeichnungen Baron Sircos, Prag, 7. Juli 1909

Unter sämtlichen Persönlichkeiten, die ich niemals im Palais Trubic anzutreffen geglaubt hätte, stand František Čapek gewiss an vorderster Front (noch vor Seiner Kaiserlichen Hoheit; bei Felix konnte man nie wissen). Und doch fand ich ihn an jenem Nachmittag im Garten des Palais vor, wo er mit der Comtesse auf der Terrasse saß, den betroffenen Mienen zufolge in ein ernstes Gespräch vertieft.

Ich beging den schwerwiegenden Fehler, im Zuge der Begrüßungsformalitäten seine Anwesenheit in Prag zu kommentieren. Wie nicht anders zu erwarten, fiel seine Erklärung hierzu höchst ausführlich aus: »Ja, ich hatte die Ehre, von der Lili … von der Comtesse, will ich sagen, eingeladen zu werden, dass ich sie besuch'. Gestern Abend hab ich ein Telegramm erhalten: Komm so schnell du kannst, schreibt sie mir, und da war ich so froh, dass sie mich wiedersehen will, dass ich alles hab' stehen und liegen lassen und gleich mit dem Frühzug hergekommen bin.«

Lili Trubic lauschte dem Redeschwall ihres Kavaliers und rückte die Roseblüte, die in ihrem Haar steckte, zurecht. »František, wärst du wohl so freundlich, und würdest mich einen Moment mit dem Herrn Baron alleine lassen?«

Er schien bestürzt, und auch ein wenig beleidigt, setzte sich dann jedoch widerspruchslos in Bewegung.

»Sie bringen Neuigkeiten, Baron?«, erkundigte sich Lili, als er sich endlich aus Hörweite entfernt hatte.

»Sie müssen fort, Comtesse«, sagte ich einfach. »Wie Buckingham selbst es Ihnen angeraten hat. Er hat sich in den Kopf gesetzt, in Prag zu bleiben. Früher oder später wird er der Versuchung, Sie zu« – ich flüchtete mich in eine wortreiche Geste und einen Euphemismus – »besuchen, nicht widerstehen können.«

Lili nickte versonnen. »Das wollen wir auch tun, fortgehen – František und ich. Vielleicht nach Wien, oder nach Triest. Es gibt so viele Möglichkeiten. Natürlich«, fügte sie eilig hinzu, »werden wir heiraten.« Als stünde es mir zu, die Moral ihres Lebenswandels in Frage zu stellen!

Ihr Blick verfing sich an einem Rosenstrauch. »Wenn Papa wieder gesund ist.«

Ich seufzte.

Unsere Blicke trafen sich.

»Er wird nicht wieder gesund, nicht wahr?«, fragte sie.

Vielleicht wäre es meine Pflicht gewesen, zu lügen, zu trösten und Hoffnungen zu wecken, doch wie in so vielen entscheidenden Augenblicken war ich um alle Worte verlegen.

»Ich weiß, dass er ein abscheulicher Mensch ist«, flüsterte sie. »Aber es fällt mir trotzdem so schwer, ihn nicht zu mögen.«

»O weh, Dejan!« Felix saß, von einem Stapel Kissen gestützt, im Bett, umgeben von dem üblichen Durcheinander aus Zeitungen, Büchern und Schreibwaren. »Jetzt, fürchte ich, hast du es hinsichtlich der charaktergebenden Verletzungen endgültig übertrieben!«

Er war bleich, sehr matt, doch offensichtlich guter Dinge.

Ich ließ mich an der Bettkante nieder.

»Die Geheimdienste übernehmen den Fall«, teilte er mir mit. »Man hat mir heute telegraphiert. Anscheinend wird den Resten der Verschwörung jetzt große politische Brisanz zugemessen.«

Dann krümmte er sich in einem Hustenanfall; ein Dienstbote erschien, brachte ein Sortiment an Getränken und Schlaftabletten, räumte mit resignierter Miene, die nahelegte, dass er diese Tätigkeit bereits zum wiederholten Male verrichtete, Bücher und Papierwaren zur Seite.

Erschöpft lag Felix in den Kissen. »Was denkst du, wie es weitergeht?«, fragte er zuletzt. Seine Stimme war heiser, verriet von den Anstrengungen, die ihm das Sprechen gegenwärtig bereitete.

»Mit der Verschwörung?«, vergewisserte ich mich; ich ging nicht davon aus, dass Felix Wert darauf legte, seine Krankheit zu diskutieren.

Ich überdachte die Antwort: Die Bruderschaft des Fuchses würde weiterbestehen, daran änderte auch Lišeks Tod nichts, so hatte mir Landsberg versichert und in jenem Augenblick sogar selbst daran geglaubt. Bei näherer Betrachtung schien mir diese Einschätzung indes nicht sehr wahrscheinlich – wie viele Revolutionen, wie viele Verschwörungen haben sich schon im Sand der Zeit verlaufen, nachdem sie sich ihrer Führerfigur beraubt sahen?

»Selbst wenn es Landsberg gelingt, sich als Lišeks Nachfolger zu präsentieren, hängt es wohl davon ab, ob Buckingham sich entschließt, sie weiterhin zu unterstützen«, sagte ich schließlich. »Wenn sich ihre Quelle der Unsterblichkeit ihnen entzieht, dann sind sie nicht mehr als arme Sterbliche, mit einem Traum. Wie so viele andere auch.«

»Dann sind sie erst recht gefährlich«, gab Felix leise zu bedenken. »Nur nicht auf eine Art, die das Departement für Okkulte Angelegenheiten interessiert.«

Eine Weile schwiegen wir. Er begann wieder zu husten.

»Soll ich nach einem Arzt schicken?«, fragte ich hilflos.

»Nein. Lass nur.« Er hielt die Augen geschlossen; suchend tastete er über die Laken, berührte mit den Fingerspitzen meine verbundene Rechte. Ich zog die Hand zurück, als hätte ich sie mir abermals verbrannt.

»Du verabscheust mich, Dejan«, äußerte er eine Feststellung, keine Frage.

Ich überlegte lange. »Vielleicht«, bekannte ich zuletzt. »Unter anderem. Ein wenig.«

»Was ist, Dejan, keine gnädigen Lügen am Totenbett eines alten Freundes?«

Ich nickte, sinnloserweise, denn seine Augen waren fest geschlossen. »An deinem Totenbett, ja. Dann werde ich dich belügen, darauf gebe ich dir mein Wort.«

Er ließ mein absonderliches Versprechen unerwidert. Vielleicht verkannte er es als billiges Scherzwort; vielleicht schlief er.

Ich blieb bei ihm und schweigend teilten wir die Wehmut eines langen Sommernachmittags, harrten der unausweichlichen Dunkelheit.

»Ich habe keine Angst vor dem Sterben«, sagte Felix irgendwann. »Es ist nur etwas, das ich *partout* nicht tun will.«

Unten, auf der Straße, blökte die Hupe eines Automobils, als ich eine Entscheidung traf, die eher nach Fanfarenstößen verlangt hätte.

»Dejan. Dejan Sirco, Baron und Freund. Ich wiederhole zum letzten Mal: Weißt du auch wirklich, was du tust?«

Wenn meine Zählung stimmte, dann war es das zwölfte Mal, dass Lysander mir diese Frage – zum letzten Mal – stellte, seit ich ihm mein Vorhaben dargelegt hatte. Unruhig wetzte er seine Krallen auf den mitgenommenen Ledersitzen meines Benz.

Ich hielt ihm die Tür auf. »Ich denke, er schuldet mir noch einen Gefallen«, gab ich ihm mit glaubhaft geheuchelter Überzeugung zur Antwort.

Lysander schwieg; nur seine Schnurrbarthaare zitterten voll Entrüstung.

Gemächlichen Schrittes durchwandelten wir die Gärten, oben am Vyšehrad, vorbei an der Rotunde, passierten den Ehrenfriedhof, blickten über die Festungsmauer den Hang hinab auf die Lichter einer Stadt, die uns beiden wohl zum Schicksal geworden war, wichen einem Paar mit Pudel aus, das sich lautstark über ein Theaterstück, das sie allem Anschein nach beide nicht gesehen hatten, ausließ.

Lysander spitzte die Ohren, schnupperte in den lauen Abendwind.

»Ah, Baron. Sir Lysander«, ertönte es aus den Schatten.

Dann trat Master Alvin Buckingham, allen Wendungen und Ungeschicken zum Trotz offenbar noch stets der Vampir vom Vyšehrad, vor uns. Er hatte seinen alten Gehrock aus dunkelgrünem Samt angelegt und hohe Stiefel. Auf dem Kopf, über den verbrannten, ärmlichen Resten seiner einstmaligen Locken, trug er seinen Dreispitz mit Feder.

»Die Antwort ist Nein«, sagte er. Weiße Fangzähne blitzten aus der Ruine seines Gesichts. »Falls Sie gekommen sind, um mich zu fragen, ob ich Landsbergs Bemühungen, die Bruderschaft weiterzuführen, unterstützen werde.« Im Mondlicht ließ sich ein Lächeln erahnen. »Es war ein schöner Traum, solange Lišek ihn träumte.«

»Er heißt wirklich von Landsberg?«, erkundigte sich Lysander interessiert, ehe ich auch nur daran denken konnte, wirklich wichtige Fragen zu stellen.

»Es ist ein Name, der ihm gefällt«, erwiderte Meister Buckingham, einst Thomas Carlton. »Er verwendet ihn schon recht lange – seit dem Wiener Kongress, wenn ich mich recht entsinne. Damals hat er ihn noch als Pseudonym für seine Bilder gebraucht.«

»Er war Maler«, murmelte ich verständnislos. Welchen Berufen wohl Lišek nachgegangen sein mochte, im Laufe seiner Jahrhunderte, welche Namen er für die Öffentlichkeit getragen hatte? Ich sah ihn als Diplomat vor mir, als Fechtmeister, als Bauer, der sein Feld bestellte, sah ihn durch seine Leben taumeln, den Blick beständig gerichtet auf sein Ziel; auf seine neue Zeit, die ihm endlich herangedämmert war – jetzt, wo die Balken unseres sinkenden Schiffes, des Kaiserreichs, zu brechen drohten. Ein paar Jahrzehnte noch, mehr gab ich der alten Ordnung nicht: Vielleicht würde sie noch zu meinen Lebzeiten bersten.

»Baron?« Die Bernsteinaugen des Vampirs blitzten beinahe amüsiert.

Ich schüttelte die müßigen Gedanken ab, murmelte eine Entschuldigung.

»Ich fragte, was Sie dann zu mir führt, wenn es nicht die Neugier ist?«

»Es gibt etwas, um das ich Sie bitten muss. Einen Gefallen.«

»Einen großen Gefallen«, verbesserte mich Lysander unbarmherzig.

Buckingham umkreiste mich; ich erkannte den hungrigen Blick, rüstete mich für das unerfreuliche Intermezzo, das nun bevorstand. Schon schloss mich der Vampir in fast zärtliche Umarmung, schon fühlte ich den scharfen, wilden Schmerz, als seine Zähne sich in meinen Hals gruben, schon …

Ich will Ihnen ein Geheimnis verraten, Baron, ein großes Geheimnis, weil es doch keine Bedeutung mehr hat: Es spielt keine Rolle, ob man sich in Treue, oder Liebe, oder Schuld, oder nur durch ein magisches Band an einem Menschen fesselt. Ob als Verräter, oder Freund, man bleibt doch gebunden.

Ich lag auf Ellbogen und Knien im Staub. Ich verstand, denn wie konnte ich, gerade ich, nicht verstehen?

Buckingham leckte sich Blut von den Überresten seiner Lippen. »Nennen Sie mir Ihre Bitte«, sagte er und lachte laut auf, als ich es tat.

Felix trug seinen lächerlichen, der späten Stunde kaum angemessenen Panamahut, und einen Spazierstock.

»Ich hoffe, du hast dir einen interessanten Grund ausgedacht, um diese überstürzte Einladung zu rechtfertigen.« Seine Erschöpfung war ihm anzusehen, ungeachtet seines munteren Gehabens. Schon die Stiegen zu unserer Wohnung hatten ihn ein wenig atemlos zurückgelassen.

Ich nickte. Nach weidlicher Überlegung hatte ich entschieden, nicht das Risiko einzugehen, Alvin Buckingham in das Palais Trubic und damit in Lilis Nähe zu bringen. Ich führte Felix in den Salon.

»Sir Lysander, ich grüße Sie!«, rief er aufgeräumt, »Guten Abend, Herr ...« Er zögerte. Ich merkte mit Schrecken, dass ich ihm Mirko niemals vorgestellt hatte.

»Zdar«, erklärte der Junge mit Würde.

Felix blinzelte; Lysander tat keckernd seine Erheiterung kund. Ich beschränkte mich auf ein Achselzucken.

»Mir gefällt der Name«, teilte uns Mirko leichthin mit und beendete somit jede Diskussion, bevor ich sie noch hatte beginnen können.

Buckingham, der Vampir, erhob sich von dem Kanapee. »Graf Trubic«, begrüßte er ihn mit samtweicher Stimme.

Wenn Felix Angst hatte, so überspielte er sie gut. »Was soll das werden, Dejan?«, fragte er ärgerlich. »Willst du ihm die Gelegenheit bieten, Rache zu nehmen, ehe es zu spät ist?«

Buckingham strich sich die Hutfeder glatt. »Sie haben nie erkannt, wenn ich in Freundschaft zu Ihnen kam, Graf«, sprach er hochmütig. »Schon beim ersten Mal haben Sie Ihr Messer gegen mich geführt, obgleich Sie doch nicht mehr waren als ein Knabe.«

Felix erbleichte um eine weitere Nuance. »Sie wollten mich damals schon zu ... Ihresgleichen ... machen? Also habe ich Sie doch angegriffen. Ich war ein dummes Kind.«

Der Vampir seufzte schwer. »Ja, ich kam, weil ich einem Versprechen folgte, das ich mir selbst gegeben hatte: Die Träger Ihres Namens als Menschen zu sehen und kennenzulernen; und den Preis nicht zu vergessen, um den Lišek die Vision erkaufen musste.«

»Schön.« Felix sank in einen Fauteuil. »Sehr freundlich von Ihnen, auch wenn es mir, ich gestehe, ein wenig schwerfällt, Ihre verqueren Gedankengänge nachzuvollziehen: Steigt auch für Sie der Wert einer Vision, je teurer sie erkauft wird? Oder wollten Sie bloß Ihre masochistischen Tendenzen ausleben?« Wütender Spott funkelte in seinen Augen.

Buckingham dachte nach. »Es ist etwas kompliziert. Hauptsächlich wollte ich nicht sein wie Lišek, der in jedem Grafen Trubic nur Milans verhasstes Angesicht sah.«

»Nun gut.« Felix neigte sich nach vorne, fixierte den Vampir. »Dann wenden wir uns also der Hauptfrage zu – worin besteht der Sinn dieses kleinen Rendez...«

Er verstummte, plötzlich begreifend. Und nutzte diesen einen, flüchtigen Augenblick, um für alle Zeiten festzuhalten, was es bedeutete, Felix Trubic zu sein: »Oh«, sagte er. »Das ist sehr liebenswürdig von Ihnen.«

Am selben Tag, da die Zeitungen vom plötzlichen Tod des Grafen Felix von Trubic berichteten, erhielt ich ein Schreiben des Polizeipräsidiums, in dem mir mitgeteilt wurde, dass die Anzeige gegen mich fallengelassen sei, und ein Telegramm aus Wien: »*Erwarte euch ehebaldigst in Centrale. Felix*«

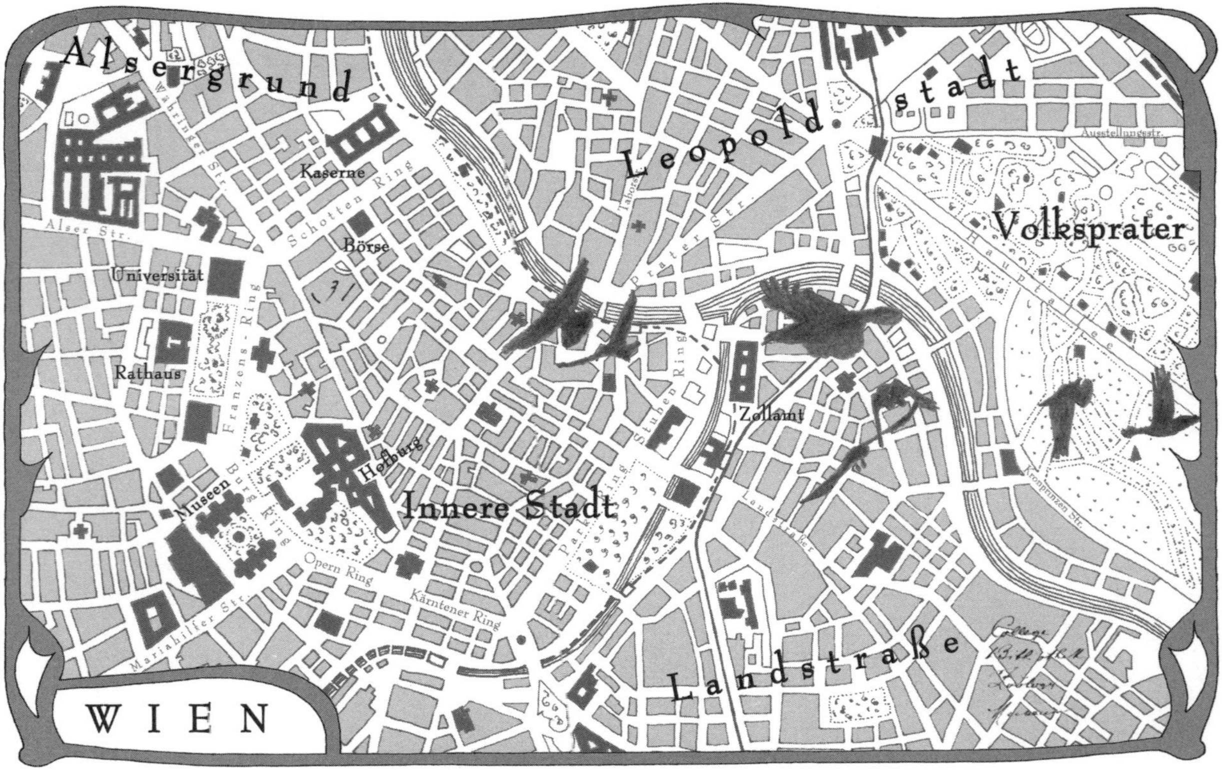
Alsergrund
Leopoldstadt
Volksprater
Ausstellungsstr.
Hauptallee
Kaserne
Währinger Str.
Schotten Ring
Börse
Alser Str.
Universität
Taborstr.
Prater Str.
Franzens-Ring
Rathaus
Stuben Ring
Zollamt
Hofburg
Museen
Burg Ring
Innere Stadt
Park Ring
Landstraßer
Kronprinzen Str.
Opern Ring
Kärntener Ring
Mariahilfer Str.
Landstraße
WIEN

19

Wien

12. bis 18. Juli 1909

Aus den Aufzeichnungen Baron Sircos, Wien, 12. Juli 1909

»Dir war«, entschied ich nach eingehender Kontemplation, »mit 40 und todkrank weit mehr physischer Charme zu Eigen als mit ...«

»21, so du meiner Geburtsurkunde Glauben schenkst«, half er mir aus. Ein altbekanntes Lächeln huschte durch ein Gesicht, das selbst mit jenem Felix Trubic, dem ich einst in Mostar begegnet war, nur wenig gemein hatte. »Ja, das höre ich hier in der Centrale von allen Seiten. Ein Jammer. Und Lili erst! Zuerst war sie angewidert, mittlerweile lacht sie sich halbtot über mich!«

Lysander, der träge auf Mirkos Schulter ritt, drehte sich halb zu uns um. »Erzählen Sie, Graf. Wie ist es, seinen eigenen Sohn zu verkörpern?«

Felix konsultierte seine Taschenuhr. »Vorerst anstrengend. Sie ahnen nicht, mit viel Aufwand es verbunden ist, eine plausible Vergangenheit zu fälschen. Ich weiß wirklich nicht, was ich täte, wenn ich keine Verbindungen hätte.« Er schob die Uhr zurück in sein Jackett. »Gut. Sind Sie bereit, dem General zu begegnen, meine Herren? Nicht, dass er nur ein einfacher General gewesen wäre, aber irgendwie muss man das Oberhaupt einer Organisation ja nennen, wenn schon seine Untergebenen Direktoren sind.«

Und dann öffneten sich die Flügeltüren, und wir traten in einen weitläufigen Raum, den die Abwesenheit jeglichen Mobiliars – das über einen Marmorschreibtisch und einen dunkelroten Perserteppich hinausging – noch größer erscheinen ließ.

»Mein General«, sagte Felix einfach, und verneigte sich. War es möglich, dass ich in jenem Moment zum ersten Mal etwas, das an Ehrfurcht grenzte, in seiner Stimme vernommen hatte?

Der General, der zwischen wehenden Vorhängen am Fenster gestanden hatte, wandte sich uns zu. Er maß uns unter schweren Lidern. Obschon seine Züge sein hohes Alter verrieten, bewegte er sich mit dem Schwung und Elan eines deutlich jüngeren Mannes.

»Ah, Trubic.« Er deutete ein Nicken an. »Baron Sirco, Herr Zdar, ich freue mich, endlich Ihre Bekanntschaft zu machen«, grüßte er uns in volltönendem Bariton, mit leisem Akzent, den ich nicht zuordnen konnte. »Sir Lysander, wie schön, Sie wiederzusehen.«

Lysander stieß ein lautes, überraschtes Keckern aus und ruderte so jäh mit den Vorderpfoten, dass Mirko ihn beinahe fallen ließ.

»Fürst?«, fragte er fassungslos.

Der General lächelte.

Lysander blinzelte. »Verzeihen Sie meine Unverschämtheit, mein lieber Fürst, und glauben Sie mir, es ist wahrlich nicht so, als würde es mir nicht unendliches Plaisir bereiten, Sie zu sehen, aber wenigstens die Geschichtsbücher sind der Meinung, Sie wären schon vor einer Weile … « Er brach ab.

»Sir Lysander!«, tadelte ihn der General. »Gerade Ihnen sollte ich doch nicht erklären müssen, wie leicht solche Dinge geschehen.«

»Ich kenne eine Dame in Prag, eine gewisse Mrs. Everett, die ist der Meinung, Sie würden Ihr zuweilen als Geist erscheinen und mit ihr plaudern.«

»Was Sie nicht sagen, Sir Lysander!«

Der General grinste. Es gab keine andere Bezeichnung, auch wenn sie bei dem hochwohlgeborenen Herrn, der da vor uns stand, kaum angemessen schien. »Seien Sie so freundlich und lassen Sie ihr das Vergnügen.«

Er ließ sich hinter seinem Schreibtisch nieder. »Ich will es kurz machen, meine Herren. Der jüngste Vorfall in Prag, mit dem sich mittlerweile weit prosaischere Organisationen als unsere befassen, hat uns vor Augen geführt, dass wir dringend wieder einer Dependance in der Stadt bedürfen.« Er strich sich eine schlohweiße Locke aus der Stirn; an seiner Linken sah ich einen Freimaurerring blitzen. »Graf Trubic hat sich schon bereiterklärt, die Leitung des neuen Prager Bureaus für Okkulte Angelegenheiten zu übernehmen, und hat Sie, meine Herren, gewissermaßen als Gründungsmitglieder vorgeschlagen.«

»Mich auch?«, platzte Mirko, von jeglichen Manieren und allen guten Geistern verlassen, heraus.

Der General legte den Kopf zur Seite. »Ja, auch Sie, Herr Zdar«, sagte er sanft.

»Mit Verlaub, Herr General, ich denke nicht, dass wir dieser Aufgabe gewachsen sind«, warf ich vorsichtig ein.

Er hob beide Augenbrauen. »Aber, Baron. Nur weil Sie in dem Fall Lišek auf kaum einen grünen Zweig gekommen sind? Nur Mut!«

»Ja«, sagte Lysander.

»Das ist ja kolossal«, sagte Mirko.

Ich zögerte. Hauptsächlich, weil mir der Gedanke, unter Felix' Kommando zu stehen, grundlegend missfiel.

»Entscheiden Sie nicht sofort. Nehmen Sie ein paar Tage Bedenkzeit«, riet der General.

Aus den Aufzeichnungen Baron Sircos, Prag, 18. Juli 1909

Das Requiem für Felix Trubic in der St. Nikolaskirche stellte ein gesellschaftliches Großereignis dar, das noch am darauffolgenden Sonntag beim Grabenkorso das Hauptgesprächsthema bildete: Nicht alleine deshalb, weil der verschiedene Graf sich größter Beliebtheit hatte erfreuen dürfen, oder weil die Begräbnisfeierlichkeiten so denkwürdig ausgerichtet waren – nein! Die skandalträchtigen kleinen und größeren Irregularitäten waren es, welche für Gesprächsstoff sorgten. Etwa das unmögliche Betragen der noch kaum in die Prager Gesellschaft eingeführten Comtesse, die zum einen mit ihrem gänzlich unangemessenen Verlobten erschienen war, und zum anderen eine widernatürliche Heiterkeit an den Tag gelegt hatte, deren Ursache wiederum Grund zu Spekulationen bot.

Erwähnung fanden auch Baron Sirco, den eine ehemalige Dirne und gegenwärtige Besitzerin eines stadtbekannten Bordells begleitet hatte und das entlaufene Frettchen, das für allgemeines Durcheinander sorgte, ehe es eingefangen werden konnte.

Den Höhepunkt der Absonderlichkeiten stellte jedoch zweifelsohne der Auftritt jenes blutjungen Mannes dar, der sich nicht nur als Sohn des verstorbenen Grafen, sondern in den folgenden Tagen auch als dessen alleiniger Erbe herausstellte! Auch wenn er erhebliche Unruhe in die Prager Oberschicht brachte, so musste man dem Jüngling (er war vermutlich keine zwanzig), zugutehalten, dass er einige der charmantesten Qualitäten seines Vaters geerbt hatte, so auch dessen Konversationstalent, Esprit und rotes Haar. Wahrlich, das Einzige, was man Graf Felix-Ilja von Trubic vorzuwerfen hatte (abgesehen von der nicht gänzlich geglückten Vornamenkombination, die ihm gerechterweise jedoch nicht angelastet werden durfte), war sein ausgeprägter Hang zum Zynismus, der einem so jungen Menschen schlecht zu Gesichte stand.

Im Durcheinander des Grabenkorsos bahnte sich Graf Trubic seinen Weg durch die tratschende Gesellschaft, steuerte direkt auf Baron Sirco zu, der mit Frettchen, Ziehsohn und stadtbekannter Bordellbesitzerin einherschlenderte.

»Nun?«, fragte Felix. Seine Augen, entschied ich, seine Augen hatten sich nicht verändert.

Und ich sagte: »Ja.«

K&K Departement für Okkulte Angelegenheiten, Bureau Prag
28. September 1916

Hochverehrter Graf Trubic,

ich möchte mich herzlich für die Ehre bedanken, die ersten Kapitel Ihres Romanfragments vorab lesen zu dürfen. So lebhaft ich mich jenes Sommers noch entsinne, so haben Sie doch vollkommen Recht: Wer wird diese Geschichte schon glauben!

Ihr ergebener Diener
Leutnant Mirko Zdar

K&K Departement für Okkulte Angelegenheiten, Centrale Wien
3. Oktober 1916

Leutnant Zdar,

anbei retourniere ich Ihnen Ihren Brief an Graf Trubic. Leider muss ich Sie darüber in Kenntnis setzen, dass der Graf gegenwärtig nach einer leichten Gefechtsverwundung beurlaubt ist, und voraussichtlich erst in einigen Wochen in den aktiven Dienst zurückkehren wird. Meinen Informationen zufolge bereist er zur Zeit Bulgarien, um einigen Spuren, die mit dem Tod von Baron Sirco in Zusammenhang stehen, nachzugehen. Was Sie und ich auch davon halten mögen, Graf Trubic ist immer noch der festen Überzeugung, dass der Baron nur verschollen, nicht verschieden ist. Gott gebe es, dass er Recht behält!

Herzliche Grüße
Dr. A. Rosenstein

Weitere Dokumente

LISTE ÖSTERREICHISCHER WÖRTER

Achterl	ein Achtel (Wein)
Ahnfrau	Vorfahrin, Stammmutter
arg	sehr
bang	ängstlich
bisserl	bisschen, wenig
Bub	Knabe, Junge
Chuzpe	Dreistigkeit (hebr.-jidd.)
Deut	nicht, gar nichts
Erdapfel	Kartoffel
feist	fett
Gendarm	Polizist
geschwind	rasch
grauslich	unangenehm, hässlich
Habe die Ehre	Gruß
hocken	sitzen
Jossas	Ausruf des Erstaunens
Karren	Wagen, Gefährt
Mäderl	Mädchen
Mischpoche	Verwandtschaft, üble Gesellschaft (hebr.-jidd.)
na	nein
Nachtkastl	Nachttisch

Offiziale	Beamte
Ordinationsstunden	Arztpraxiszeiten
patschert	unbeholfen, ungeschickt
Pennäler	Schüler einer höheren Lehranstalt
Plafond	Zimmerdecke
rumpeln	holprig bewegen
sacht(e)	zart, leicht
Simpel	Dummkopf, Einfaltspinsel
Stiege	Treppe(nflur)
Stückerl	kleines Stück
übernächtiges	übernächtigtes
Wurstzipfel	Wurstende

LISTE ALLER ZEICHNUNGEN

LISTE ALLER KARTEN

Eine motorsportliche Randnotiz

Die Grand-Prix-Formel wurde 1906 in der Absicht, Autorennen auf geschlossenen Kursen fortan nach einem international gültigen – und vergleichbaren – Reglement durchzuführen, ins Leben gerufen. Obschon der moderne Rennsport noch in der Wiege lag, kann diese Zeit als Beginn einer Professionalisierung im Motorsport betrachtet werden; allerdings waren die technischen Beschränkungen in den ersten Jahren so minimal, dass durchaus noch Platz für Hobbyrennfahrer und Abenteurer mit etwas kurioseren Rennwagenkonstruktionen blieb.

Leserinnen und Leser, die sich für die Geschichte des Motorsports interessieren, wird der »Wiener Grand-Prix 1909« vermutlich mit berechtigtem Erstaunen erfüllt haben: Schließlich handelt es sich um jenes Jahr, in dem Differenzen zwischen den französischen Konstrukteuren und dem Automobilclub dazu führten, dass der einzige geplante Grand-Prix – jener von Dieppe – schlussendlich aus dem Kalender gestrichen wurde!

Vor die Wahl gestellt, mich auf gefährliches Terrain zu begeben, und die Ereignisse eines realen Rennens nach meinem Gutdünken zu verbiegen oder einen Willkürakt zu setzen, und eine Grand-Prix-Saison 1909 ins Leben zu rufen, habe ich mich aufgrund taktischer Überlegungen für zweitere Variante entschieden. Dass Aspekte von Ablauf und Aufbau der Rennveranstaltung halbwegs realistisch erscheinen, verdanke ich der Geduld mehrer Motorsportexperten und -enthusiasten, die ich mit allerlei Fragen behelligen durfte, dem Technischen

Museum Wien sowie etlichen Autorinnen und Autoren, die im Lauf der Zeit über den Autorennsport vor dem Ersten Weltkrieg geschrieben haben; mir selbst hingegen bleibt die zweifelhafte Ehre, die alleinige Urheberschaft sämtlicher Irregularitäten und technischer Absonderlichkeiten mein Eigen nennen zu dürfen.

Zum Schluss bleibt mir nur noch, mich herzlich zu bedanken bei:
… all jenen, die im Laufe der Zeit »Des Teufels Maskerade« in den verschiedenen Entstehungsstufen kennengelernt und mir mit Kommentaren, Kritiken und Anregungen weitergeholfen haben;
… Familie und Freundeskreis, die mit Interesse und Enthusiasmus Anteil genommen haben an meinen Reisen in ein vergangenes Prag, und mich zuweilen ein Stück weit begleitet haben; ich denke Namensauflistungen sind hier nicht von Nöten – ihr wisst wer ihr seid;
… sämtlichen geduldigen Damen und Herren, die mir bei meinen Recherchen assistiert haben;
… meiner Lektorin Martina Vogl;
… und meiner Mama, die die Geschichte seit ihren zögerlichsten Anfängen kennt.

Victoria Schlederer
Wien, Oktober 2009